PETER DEMPF

Der Teufelsvogel

W0208083

Buch

Augsburg im Dreißigjährigen Krieg: Der Schuster Salomon Idler gelangt zufällig in den Besitz eines geheimnisvollen Manuskripts mit Plänen für ein Fluggerät. Besessen von dem Wunsch zu fliegen, schlägt Idler alle Warnungen in den Wind und beginnt mit dem Bau seines Teufelsvogels. Doch der schwedische Hauptmann Stierna und die Agenten der kaiserlichen-katholischen Heere, die die Stadt belagern, wissen um die Brisanz der Pläne: Mit einem Flugapparat glauben sie den Schlüssel zum Sieg in der Hand zu haben. Mit aller Gewalt wollen sie die Zeichnungen in ihren Besitz bringen. Idlers Frau Maria wird in den Wahnsinn getrieben, und Idler selbst muß sich in der von der Pest heimgesuchten Stadt vor seinen Häschern verstecken. Er findet Unterschlupf in den Quartieren der Bettler und Gaukler, nicht zuletzt dank der Hilfe der jungen Gesine, der gegenüber er bald mehr als nur Dankbarkeit empfindet. Die Zustände in der belagerten Stadt sind lebensbedrohlich, seine Gegner die klügsten Köpfe der Stadt, doch seine große Vision läßt Idler nicht ruhen …

Ein dramatisches Epochengemälde und eine mitreißende Hommage an den ewigen Menschheitstraum vom Fliegen.

Autor

Peter Dempf, geboren 1959 in Augsburg, studierte Germanistik und Geschichte. Er schreibt seit 1983 Rundfunkbeiträge, Drehbücher, Romane, Erzählungen, Lyrik und Sachbücher, vor allem zu historischen Themen.

Von Peter Dempf außerdem bei Goldmann lieferbar

Das Geheimnis des Hieronymus Bosch. Roman (44870)

Peter Dempf

Der Teufelsvogel

Roman

GOLDMANN

Die Originalausgabe erschien im Eichborn Verlag
unter dem Titel
»Der Teufelsvogel des Salomon Idler«

Umwelthinweis:
Alle bedruckten Materialien dieses Taschenbuches
sind chlorfrei und umweltschonend.

Der Wilhelm Goldmann Verlag, München, ist ein
Unternehmen der Verlagsgruppe Random House GmbH

Taschenbuchausgabe Juli 2002
Copyright © Eichborn AG, Frankfurt am Main, Juli 2000
Umschlaggestaltung: Design Team München
Umschlagbild: »Die Belagerung« von
Carl Friedrich Lessing, AKG, Berlin
Satz: deutsch-türkischer fotosatz, Berlin
Druck: Elsnerdruck, Berlin
Titelnummer: 45111
TH · Herstellung: Sebastian Strohmaier
Made in Germany
ISBN 3-442-45111-6
www.goldmann-verlag.de

1 3 5 7 9 10 8 6 4 2

ERSTES BUCH

Das Manuskript

Prolog

Der Kampf spielte sich in über sechzig Fuß Höhe ab.

Idler folgte mit dem Blick dem Flug einer Taube, er kniff die Augen zusammen, als sie mitten durch die Sonne hindurchzuschießen schien und ihm für einen Augenblick außer Sicht geriet. Dann entdeckte er sie wieder, wie sie ruhig, ohne ein einziges Mal mit den Flügeln zu schlagen, über die Dächer hinwegglitt. Wie mühelos. Idler seufzte, als er an die Leichtigkeit dachte, mit der sie die Luft durchschnitt, während er hier auf dem lehmigen Boden der Vorstadt hockte und Schuhe besohlte. Sinnend sah er dem Vogel nach, als aus heiterem Himmel ein Sperber direkt aus der Sonne auf die Taube niederstieß. Erschrocken und neugierig, was geschehen würde, ließ Idler die Nähnadel auf den Kloben sinken und hielt den Atem an.

Wie ein Stein stürzte der Sperber auf die Taube herab, breitete kurz vor dem Zusammenstoß die Flügel auf und stieß einen heiseren Schrei aus, während er sich um sich selbst drehte und die Taube zu fassen versuchte. Graue Federn stoben. Die Taube legte die Flügel an den Körper und fiel beinahe senkrecht zur Erde. Idler starrte auf das stürzende, fast flugunfähige Tier, das sich rasend schnell seinem Verfolger entzog. Der Sperber stieß nach, taumelte hinter der Taube her in die Tiefe, den Kopf zum Zuhacken gesenkt, spreizte und schloß in schnellem Rhythmus die Schwingen. Idler erwartete, daß die Taube auf den Vorstadtdächern zerschellen würde, aber kurz bevor dies geschah, breitete sie ihre Flügel aus, glatt und schnittig, schlug zwei Haken, denen der Sperber nicht gewachsen war, und landete vor dem Taubenhaus, in das sie scheinbar sorglos spazierte.

Nur graue Federn schwebten langsam zur Erde. Salomon Idler stand auf, legte sein Schusterzeug auf den Schemel und sah in die Luft, um dem Spiel der Federn folgen zu können, die in der sich langsam erwärmenden Luft abwechselnd stiegen und fielen. Nur langsam näherten sie sich dem Erdboden. Idler seufzte. Stundenlang hätte er zusehen können, wenn die Vögel ihre Kunststücke in freier Luft zeigten. Er aber war an diesen Erdboden gebunden. Die Lehmklumpen an den Füßen zogen ihn abwärts, auch wenn er sich den Kopf frei machte.

Sanft segelten die Federn auf seine kräftigen, schwieligen Hände nieder. Idler ließ sie auf seinen offenen Handflächen ruhen und betrachtete sie neugierig. Wie genau sie gearbeitet waren, wie eng sich die einzelnen Fädchen ineinander verzahnten und verwebten, bis ein dichtes, steifes und doch hauchdünnes Geflecht entstand, das die Luft schnitt und imstande war, das Gewicht eines Vogels zu tragen.

Über ihm schrie der Sperber heiser gegen den Wind. Er war auf der Suche nach Beute und hatte noch nicht aufgegeben. Er kreiste mehrmals über dem Taubenhaus, als suche er nach einem ausreichend großen Einschlupfloch. Doch dann zog der Räuber mit wenigen Flügelschlägen davon.

Ohne daß Idler sie bemerkt hatte, war Maria aus dem Haus hinter ihn getreten. Sie blickte über seine Schulter auf die Federn und blies sie ihm aus der Hand.

»Daß du immer diesen Hirngespinsten nachjagen mußt, Salomon!«

Idler lachte, faßte Maria um die Hüfte und hob sie vom Boden weg.

»Damit du mit mir eines Tages über diese Mauern hinausfliegen kannst.«

Er drehte sich mit ihr, bis sie kreischte.

»Es soll nur ein Vorgeschmack auf unsere zukünftigen gemeinsamen Flüge sein!«

Atemlos stellte er Maria ab, die ihre Kleider ordnete.

»Du bist verrückt! Bleib am Boden, Mann. Schaff lieber an deiner Arbeit, statt ehrbare Jungfern von der ihren abzuhalten.«

Idler trottete zu seinem Nähkloben zurück und hockte sich auf den Schemel.

»Du hast ja recht, Maria. Es ist nicht die Zeit für Scherz und Spiel.«

Dann nahm er wieder seine Arbeit auf und hämmerte in kurzen Schlägen Holzstifte in die Sohlen.

Maria kehrte zurück ins Haus. Idler sah aus dem Augenwinkel, daß sie sich an der Türschwelle nach ihm umdrehte und ihn musterte, wie er sich über die Arbeit beugte. Er wußte, daß sie jetzt dachte, er sei ein rechter Träumer.

1.

Idler schreckte vom Nähkloben hoch.

Der Fremde in seinem schwarzen Umhang hatte mit dem Fuß gegen die Lattung des Zauns getreten, so daß die schmale, höchstens fünf Brettchen breite Pforte aufsprang und gegen die Hauswand schlug, als würde er sein Kommen mit einem Musketenschuß ankündigen. Bedrohlich stand er einen Moment im Eingang zum Schusterhof, musterte das einstöckige Fachwerkhaus, das sich mit dem Schuppen der Werkstatt zusammen schief an die Stadtmauer lehnte, und spähte suchend unter den kleinen Vorbau. Dann schloß er die Pforte und eilte auf Idler zu.

»Ihr seid mir empfohlen worden, Meister Idler«, sagte der Magere und stolperte dabei über das uneben verlegte Pflaster.

»Fallt mir nicht in Eurer Eile, Fremder!«

»Magister Eduard!«

Der Schwarzrock deutete eine Verbeugung an. Er wollte eben anheben zu sprechen, doch zog in diesem Augenblick eine Gruppe Landsknechte grölend und fluchend die Gasse hinauf, schlug drohend mit ihren Waffen gegen die Holzlattung. Idler wußte, daß jeder Stadtbürger, der ihnen entgegenkam, aufgehalten, durchsucht und um die mageren Groschen erleichtert wurde, die ihm in diesen Kriegstagen verblieben waren.

Wie erstarrt stand der hagere Fremde, fixierte die Hellebarden, die über den Zaun hinausragten, schien kaum mehr zu atmen.

»Wie ist Euch?« flüsterte Idler.

Der Magister schwieg und starrte vor sich hin. Erst jetzt fiel Idler die schäbige Kleidung des Fremden auf. Regenfilz und Kapuze machten den Eindruck, als wären sie nicht nur lange, sondern auch über eine weite Strecke hin getragen worden. Der Filz war an manchen Stellen graugescheuert und speckig. Den Schuhen waren bereits mehr als einmal neue Absätze aufgenagelt worden, die Spitzen waren sogar durchgelaufen, und sein Unterrock starrte geradezu vor Dreck.

Dann entspannte sich die Haltung des Magisters, er atmete tief ein: Die Schweden waren vorübergezogen.

»Es ist nichts!« krächzte er, räusperte sich zweimal und wiederholte: »Nichts.«

»Nun zur Sache, Magister«, ermunterte Idler den Fremden. »Setzt Euch.«

»Wo können wir ungestört miteinander reden, Schuster? Ihr seid mir, wie gesagt, empfohlen worden.«

Magister Eduard streifte sich die Kapuze vom Kopf. Idler sah rote, übernächtigt fiebrige Augen, eine gerade römische Nase, ein spitzes, ausladendes Kinn, der Mann war mager bis in die Fingernägel hinein, schmal und ausgehungert. Alles an ihm schien zu groß, der Überwurf, die Schuhe, der Kopf.

Idler blieb vorsichtig. Seit die Schweden in der Stadt lagen, seit Gustav Adolf Augsburg zur protestantischen Festung ausbauen ließ und die Arbeiten an den Fortifikationen das Gesindel in Scharen anzogen, mußte man umsichtig sein wie eine Eule.

»Es gibt nichts, was wir nicht hier im Hof besprechen könnten!«

Magister Eduard leckte mit der Zunge über seine Lippen, nickte bedächtig.

»Ihr seid ein mißtrauischer Mensch, Schuster«, begann er langsam. »Richard hat mich hierher verwiesen, der Bettler, Ihr wißt, der vom Jakober Tor. Doch zur Sache«, dabei beugte sich die hagere Gestalt des Magisters biegsam wie ein Weidenzweig über den Nähkloben, die Adlernase zielte auf Idlers Gesicht, »paßt mir ein Paar Schuhe an. Stiefel mit doppelter Sohle und Eisen an Spitze und Ferse. Wollt Ihr?«

Idler hatte sich wieder in seine Arbeit vertieft, setzte gemächlich die letzten Stiche in den Schuh, den er gerade bearbeitete.

Gut möglich, daß dieser Wunsch nur ein Vorwand war. Richard hätte ihn sonst nicht zu ihm geschickt. Jetzt galt es, nicht voreilig und unvorsichtig zu sein.

»Der Auftrag kommt nicht von der Zunft!«

Unwirsch fegte die Hand des Magisters durch die Luft:

»Der Bettler meinte, daß Ihr auch an der Zunft vorbei Stiefel –«

»Manchmal. Es ist gegen das Gesetz – aber setzt Euch, Magister Eduard, einen Augenblick Geduld.«

Resigniert schloß Idler die Augen. Stiefel, Stiefel – jeder wollte in dieser Zeit Stiefel von ihm haben. Als böten Stiefel die Garantie, den Pfaden dieser kriegslüsternen Zeitläufte entfliehen zu können. Kopfschüttelnd stach er die Ahle durch doppeltes Sohlenleder, führte die Krummnadel nach, faßte sie mit der Zange und zog den Zwirn hindurch.

Magister Eduard setzte sich auf die Holzbank, die unter dem Vordach stehend gegen die Hauswand lehnte, schränkte die

Hände ineinander, biß sich auf die Lippen, sprang im Moment wieder auf, lief hinüber zum Zaun, schüttelte den Kopf, kam zurück, setzte sich wieder, starrte immerzu durch die Lücken der Bretter hinaus.

Idler ging ins Haus und holte seinen Leisten. Maria, die ihn innen empfing, hob fragend die Augenbrauen, aber Idler zuckte nur mit den Schultern. Er konnte den Magister nicht einschätzen. Bevor er hinausging, streichelte er ihr sanft die Wangen.

Als er wieder heraustrat, blieb er kurz an der Schwelle stehen und beobachtete die offensichtliche Unruhe des Magisters. Dann trat er auf diesen zu, zog den Schemel bis vor den Magister, ließ sich umständlich darauf nieder, setzte sich dessen Fuß auf die Kante und nahm Maß.

»Erwartet Ihr jemanden? Ihr seid so unruhig?«

»Erwarten? Ja, ich weiß nicht.«

Der Magister entzog ihm den Fuß, sprang auf.

»Kennt Ihr diesen Mann, der dort draußen steht?«

Idler sah von seiner Arbeit auf, blickte hinaus, konnte aber niemanden erkennen.

»Wer soll dort stehen?«

»Niemand, Schuster, niemand.«

Langsam setzte sich der Magister wieder, den Rücken dem Zaun zugedreht. Umständlich begann Idler wieder zu messen.

Idler fühlte, wie ihn der Magister von seinem höheren Standpunkt aus betrachtete, ihn abschätzte, einschätzte, wie er zögerte, sein eigentliches Anliegen vorzubringen. Idler unternahm nichts, fragte nicht, tat ruhig seine Arbeit, aber seine Sinne waren ganz bei der Unruhe des Fremden. Dieser langte endlich doch unter seinen Mantel, zog hastig ein verschnürtes Bündel hervor, eingeschlagen in ölgetränktes Papier, reichte es Idler unter dem Schutz des Umhangs und senkte die Stimme:

»Macht mir dafür ein Futteral aus hartem Leder, doppelt genäht, wasserdicht, wenn es möglich ist. Nehmt das Paket, bewahrt es so lange auf, bis ich es hole. Wann könntet Ihr fertig sein?«

Fast hätte Idler gelächelt. Das also war es. Nach außen hin zögerte er, gab sich unentschlossen.

»Ich bin kein Weißgerber, ich bin Schuster. Wenn die Zunftoberen erfahren, daß ich fremde Arbeit annehme, ist mir der Pranger sicher, wenn nicht Schlimmeres ...«

Wieder griff Magister Eduard unter seinen Mantel, holte einen Beutel hervor, dessen Inhalt dumpf metallisch klang.

»Genügen dreißig Kreuzer?«

»Ich kann nicht ...«, wehrte sich Idler.

»Vierzig Kreuzer. Am Ende der Woche, Meister Idler, ich muß mich darauf verlassen können. Der Bettler versicherte mir, daß Ihr zuverlässig seid.«

Vierzig Kreuzer! Das waren zwei Wochenlöhne! Nur mühsam konnte Idler seine Freude unterdrücken. Geldkatze und Bündel wechselten den Besitzer, und Magister Eduard stellte sich bei der Übergabe so, daß sie von der Straße aus nicht gesehen werden konnten. Dann sah er Idler in die Augen.

»Hört mir genau zu, Schuster. Wenn ich am Ende der Woche nicht komme, behaltet das Futteral nicht, gebt es samt Inhalt weiter – an den Bischof. An niemanden sonst, habt Ihr verstanden? An niemanden!«

Eindringlich suchte er in Idlers Augen nach einer Bestätigung, so daß diesem unbehaglich zumute wurde.

»Ich verlasse mich auf Euch. Versteckt das Futteral – es könnte sein ...«, weiter kam er nicht.

Ein Geräusch von der Straße schreckte den Fremden auf. Hastig erhob sich der Magister: Gruß, Handbewegung, wehender Mantelfilz, Schlagen der Pforte. Magister Eduard verschwand, als würde ihn der Erdboden verschlucken. Hätte Idler nicht sicher gewußt, daß der Teufel einen Pferdefuß besitzt, er hätte den Magister Eduard dafür gehalten.

Noch immer schlug sein Herz einen unregelmäßigen Takt.

2.

Flügelschlagen, Fauchen, Schreien. Federn füllten den Raum unter der Wehrüberdachung. Graue Blitze fuhren aus dem Balkenansitz, mit angelegten Flügeln schossen Tauben durch die Luft, leise surrend ließen sie sich in einiger Entfernung und im Schutz des Taubenschlages auf seinem Hof wieder nieder. Dort, wo der Wehrgang der Stadtbefestigung verlief und eben noch die Vögel gesessen hatten, hockte jetzt der Sperber. Wie ein Komet war er in die Taubengruppe eingefallen, aber Beute hatte er nicht gemacht.

»Kometen«, dachte Idler, »bedeuten Unheil und Krankheit für die Zukunft.«

Trotzdem freute er sich, daß der Raubvogel wieder keine der Tauben geschlagen hatte. Hin und wieder kamen die Gejagten eben doch ungeschoren davon.

Langsam, als müßte er erst zu sich kommen, drehte sich der Sperber um, machte einen kleinen Satz ins Leere, ließ sich in den Raum des Innenhofs fallen, schlug zweimal, dreimal mit den Flügeln die Luft und verschwand aus dem Gesichtskreis von Idler, der interessiert und gespannt den Flugbewegungen zugesehen hatte.

Gern beobachtete er das Geschick der Tauben, sich in der Luft zu halten, zu segeln, ohne abzustürzen. Wenn sie ohne Flügelschlag die Straße kreuzten, über seinen Garten hinzogen, dachte er manchmal, daß es eine Lust sein mußte, diese Kunst zu beherrschen, und daß er sie sich auch nicht von einem beliebig dahergestoßen kommenden Sperber nehmen lassen würde. Er lachte bei dem Gedanken zu den Tauben hinauf.

Geduckt saßen sie bereits wieder auf den hölzernen Simsen unter der Wehrüberbauung der Stadtmauer, dicht gedrängt wie die Mönche im Domchor, und ruhten gurrend, die Köpfe im Gefieder verborgen.

Idler erschrak, als die Stimme anhub.

Durch die Spalten im Zaun starrte ihm ein dunkles Auge entgegen, das zu einer ebenso dunklen Gestalt gehörte.

Seit die Truppen der Bayern und die Kaiserlichen unter Tilly das Umland heimsuchten und der Wehrbau voranschritt, war die Stadt voller Gesindel. Überall bettelten sie, belästigten unbescholtene Bürger oder nahmen sich einfach, ohne lange danach zu fragen.

»Gebt um Gotteslohn. Gotteslohn!« bettelte die krächzende Stimme, die etwas Lauerndes hatte. Kaum etwas von der Gestalt war zu sehen. Alles verhüllte ein erdfarbenes Kleid, von dem die Kapuze so übers Gesicht gezogen war, daß nur die Stimme zu vernehmen war. Zigeuner, schoß es Idler durch den Kopf. Liederliches Gesindel. Und doch stimmte etwas nicht mit der Erscheinung, aber Idler konnte nicht sagen, was. Idler fühlte, wie ihm eine Gänsehaut über den Rücken lief.

»Ich habe selbst nichts, verschwinde, Zigeuner«, rief er über den Zaun. Doch eine Hand schob sich durch eine Lücke zwischen den Latten, die Finger spreizten sich zu einem kralligen Griff. Am Unterarm zeigte sich als dunkler Fleck ein pelziges Muttermal. Sofort fiel Idler auf, daß die Hände für einen Bettler zu gepflegt erschienen, zu hell und schwielenlos waren.

Bevor er darüber nachdenken konnte, begann die Stimme wieder:

»Um Gotteslohn. Bitte um Gotteslohn!«

Jetzt wurde Idler ärgerlich. Vom Boden sammelte er einen Kiesel auf und warf ihn mit einer raschen Bewegung nach dem penetranten Menschen vor seinem Garten. Die Hand wurde sofort zurückgezogen, die Stimme hob sich, ging über in ein Kreischen, das Idler aber nicht verstand.

Dann schwang die Pforte auf, und der Zigeuner stand in der Lücke, eine gebeugte, gedrungene Gestalt ohne Gesicht, da seine Kapuze weit über die Stirn fiel und so einen Blick hinein verwehrte.

»Bist du nicht eben bezahlt worden, Schuster? Hast du nicht Geld? Wundre dich nicht. Sie werden dir das Fell noch über die Ohren ziehen! Warte. Du wirst noch an mich denken! Verflucht sollst du sein, Schuster.«

Steif saß Salomon Idler auf seinem Schemel, den Hammer mit dem breiten Kopf als Waffe fest umklammert, aber der Zigeuner trat bereits hinaus auf die Gasse, das Gatter fiel zurück. Nur ein schrilles, bellendes Lachen hing noch eine Zeit über dem Garten.

Idler fühlte, wie er am ganzen Körper zitterte, sah, wie die Knöchel seiner Finger blutleer liefen, weil er den Hammer weiter krampfhaft festhielt, bemerkte, wie sein Atem jagte.

Da fiel ihm das Paket wieder ein, das unter seinem Hemd steckte. Feucht fühlte es sich jetzt an, feucht von seinem Schweiß und seiner Furcht.

3.

Wie Stierna diese Stadt haßte, die Stadt und ihre Bewohner.

Vom Fenster seines Quartiers aus überblickte Ole Stierna das Jakober Tor, den Platz davor und einen Teil der engen Straße, die in die Vorstadt hinein zur Jakober Kirche führte. Neben ihm, fast einen Kopf kleiner, stand der Cellerar des Franziskanerklosters vom Weiler Lechfeld, zwanzig Meilen vor Augsburg. Stierna entging nicht, wie dieser nervös mit der Unterlippe spielte. Ihm war sichtlich nicht wohl in seiner Haut, und er schwankte zwischen dem Wohlergehen seines Priors und dem Verrat, den er bereit war zu begehen. Stierna mußte grinsen. Es war eine ausgezeichnete Idee gewesen, den Prior des Franziskanerklosters vom Lechfeld als Geisel zu nehmen, wenn sie auch nicht von ihm, sondern von seinem Adjutanten Ole Larsson stammte.

»Wir wissen nichts«, hatte ihm Johann Georg aus dem Winckel, der Stadtkommandant, zwei Wochen zuvor mitgeteilt.

»Das sind für Sie die besten Voraussetzungen. Wir wissen nicht, wer Tilly – oder dessen Nachfolger – aufsuchen soll, wir wissen nicht, was er mit sich trägt, und wir wissen nicht, wann die Übergabe stattfinden wird. Einzig, daß das Material, das aus Rom heraufgebracht wird, kriegsentscheidend sein könnte, davon sind wir über Mittelsmänner aus Florenz und Bozen informiert worden, und daß es sich um das Manuskript eines Ingenieurs handelt. Strengt Euch also an, Stierna.«

Der Auftrag hätte kaum ungenauer sein können. Er hatte geflucht, nachdem er wieder in seinem Quartier gesessen hatte. Was sollte er mit dieser unsinnigen Botschaft anfangen?

Kriegsentscheidend. Was das schon bedeutete. Jeder angeworbene Landsknecht konnte kriegsentscheidend sein, wenn er zum richtigen Zeitpunkt das Richtige tat. Aber aus dem Winckel hatte ihm im Vertrauen gesagt, daß Augsburg nur deshalb von den Schweden eingenommen worden war, weil der Überbringer der Botschaft an die kaiserlichen Truppen unter Tilly hier hindurchmußte. Er hatte also die Augen offenzuhalten.

Wie aber suchte man nach jemandem, den man nicht kannte?

Geahnt hatten er und Ole Larsson einiges: Der päpstliche Bote mußte von Süden kommen, aller Wahrscheinlichkeit nach – und als Mann der Katholiken würde er in einem Kloster Herberge suchen. Und das letzte Kloster vor Augsburg war das bei Untermeitingen, an der Römerstraße. Also hatten sie sich des Priors versichert. Vierzehn Tage war keine Nachricht gekommen – und vorgestern hatte der Cellerar der Franziskaner vor ihm gestanden, hatte ihm die Ankunft des Boten verraten und eine Beschreibung geliefert. Auch den Namen kannte er: Magister Eduard.

An die Stadttore waren Befehle ergangen, die nächsten Tage niemanden einzulassen, einer Seuchengefahr wegen. Er streute aus, daß Pest und Blattern von Süden her auf die Stadt zukamen. Nur das Jakober Tor blieb für Flüchtlinge und Wanderer gleichermaßen geöffnet. Von dort mußte der Magister Eduard irgendwann kommen.

Jetzt standen sie hier am Fenster, so daß sie Tor und Straße im Blick hatten und jeden Fremden, der in die Stadt gelassen wurde, mustern konnten.

Die Häuserzeile gegenüber lag noch im Dunst des verhangenen Morgens.

Vor dem Fenster zog ein endloser Strom an Kreaturen über den gepflasterten Torplatz: Bettler, Bauern, Geistliche, allesamt Menschen, die in der Stadt Zuflucht suchten. Marketenderinnen, farbig geschminkt und in grellbunten Kleidern, schoben ihre Wagen über das holprige Pflaster der Straße, schwedische Reiter durchquerten eben das Tor, bepackt mit Beute, die sie irgendeinem Bauern entrissen hatten.

Stierna musterte den Strom der Menschen vom Fenster aus und beobachtete gleichzeitig den Cellerar neben sich, ob dieser den Boten irgendwo erspähte.

Seine Gedanken schweiften nach Norden, nach Uppsala. In Morbaecksettern hatte er eine Familie zurückgelassen, Jule und die beiden Kinder, Ole und Marie. Die beiden mußten jetzt vierzehn und fünfzehn sein. Marie würde in nächster Zeit heiraten. Bis dahin war er sicher wieder bei ihnen. Schließlich mußte dieser Krieg, der die Schweden durch halb Europa schickte, irgendwann einmal zu Ende sein.

Ole Stierna atmete tief die stickige Luft des Hauses ein. Es roch nach Schimmel und nassem Holz. Er wollte sich eben einen Stuhl heranziehen, als er bemerkte, daß der Cellerar zusammenzuckte und unruhig wurde. Sofort suchte er die Tordurchfahrt nach auffälligen Personen ab.

Eine Frau schleppte, zwei Kinder an der Hand, eine Kraxe mit Hausrat und Nahrungsmitteln auf dem Rücken und wartete immer wieder auf einen Mann, der sich an Krücken fortbewegte. Das linke Bein war ihm wohl aus der Hüfte gedreht worden, denn es hing an ihm wie ein Stück Stoff.

Dahinter folgte eine Hübschlerin in bunten Kleidern und mit Bändern in den Haaren. Dann blieb sein Blick an einem schwarzgekleideten Magister hängen, der eben den wachhabenden Soldaten am Tor in einen Disput verwickelte. Vielleicht war es die ungewöhnliche Art, wie er mit den Händen redete, die ihm fremd und südländisch erschien, vielleicht aber auch nur das Verhalten der hageren Gestalt, die unauffällig Blicke in alle Richtungen aussandte. Vielleicht war es auch nur der römische Schnitt der Kleidung, die auffiel unter all den Lumpen, die das Tor durchschritten.

»Ist er das? Der Magister in Schwarz?« meinte Stierna eher beiläufig und schielte zum Cellerar hinüber.

Dieser kaute an seiner Lippe, vermied es, Stierna anzusehen, und nickte endlich.

»Ja.« Der Cellerar zögerte noch, dann blickte er Stierna direkt an.

»Kann ich jetzt wieder nach Lechfeld zurück?«

Stierna war in Gedanken bereits bei dem Magister, dessen heftige Armbewegungen darauf schließen ließen, daß er Schwierigkeiten hatte, in die Stadt zu gelangen.

»Ja, geht!« meinte er zerstreut und wandte sich der Treppe zu. Jetzt hatte er es eilig. Stierna polterte die Holztreppe hinunter. Für den Hauptmann, der gut sechseinhalb Fuß maß, waren diese Treppenhäuser ein Greuel. Zu niedrig und zu düster, verursachten sie in ihm eine Abneigung gegen die Erbauer. Häuser, die nicht großzügig angelegt waren, die sich duckten, konnten keine offenen Kreaturen hervorbringen. In ihnen mußte den Menschen das Kreuz bereits schief wachsen, schief genug für Bücklinge und Beichtschemel.

Im Flur sprang ein Landsknecht vom Boden auf. Er hatte gedöst, wollte Stierna aber sofort folgen. Doch dieser deutete zum Cellerar hinauf und flüsterte:

»Folgt ihm! Ich will wissen, wohin er geht. Aber unauffällig!«

Dann trat Stierna auf die Straße hinaus. Trotz des diffusen

Lichts, das Nebel und Regen über die Stadt legten, war es gegenüber den dunklen Zimmern der Häuser ungewöhnlich hell. Er brauchte eine Zeit, bis sich seine Augen daran gewöhnten.

Mit schnellen Schritten ging Stierna auf das Tor zu. Säbel und Geld schlugen gegen Stiefel und Hose, der Tritt krachte auf dem grauen Pflaster des Platzes. Erschrocken wichen die armseligen Gestalten zurück, die eben erst die Stadt erreicht und hinter ihren Mauern Schutz gefunden hatten.

Als er sich dem Torbogen näherte, erkannte Stierna, daß der Magister nicht mehr zu sehen war. Nur der junge Soldat stand noch und kontrollierte Mantelsäcke und Wagen.

»Soldat!«

Der Hauptmann war hinter den Jungen getreten und hatte ihm seine rechte Hand auf die Schulter gelegt. Erschrocken fuhr dieser herum, erkannte Ole Stierna und salutierte.

»Ihr habt eben mit einem Fremden gesprochen, einem Magister, ganz in Schwarz gekleidet, südländisches Aussehen.«

Der Soldat nickte, versuchte, seine Waffen klar und sauber zu präsentieren, zog an Jackenschoß und Weste, bevor er antwortete, während hinter ihm die Menschen warteten und Stimmen des Unmuts laut wurden, weil nur noch ein einziger Wachhabender kontrollierte.

»Jawohl. Der Mann wollte in die Stadt, konnte sich aber nicht ausweisen. Ich habe ihn zurückgeschickt. Er übernachtet vor den Mauern!«

Stolz grinste die Wache, der es sichtlich Freude bereitet hatte, den Fremden abzuweisen. Stierna wußte, daß die Entscheidung beinahe einem Todesurteil gleichkam, denn allerlei Gesindel lauerte vor der Stadt, das sich an dem wenigen der Armen noch zu bereichern suchte, wenn der Magister nicht draußen irgendwo unterschlüpfte, sich vielleicht im Wald versteckte. Nur der Zufall konnte dem Fremden über die Nacht helfen.

Ole Stierna nickte. Die Chance war verpaßt. Er ließ den Soldaten stehen, der sich den Wartenden zuwandte.

»Ach ja«, Stierna drehte sich noch einmal um. Der Landsknecht erhob sich, daß beinahe sein Tisch umgefallen wäre, und salutierte erneut. Zwei Schritte ging Stierna wieder auf den Wachhabenden zu:

»Wie sprach er, welsch?«

Bereits der Blick des Landsknechts verriet Stierna, daß er keine Antwort erwarten durfte. Woher sollte der einfache Mann auch welsche Sprachen kennen, war er doch kaum alt genug, seine Muttersprache einigermaßen zu beherrschen.

Er drehte auf dem Absatz herum und steuerte eher unbewußt als absichtlich den Bierschenk an, der dem Tor schräg gegenüber sein Geschäft betrieb. An einem Bettler vorbei, der ihm die leere Hand hinstreckte, betrat er den Schankraum. Dem Magister nachzulaufen lohnte sich nicht. Sobald dieser sich verfolgt fühlte, würde er die Stadt meiden wie die Pest. Mit der Faust schlug er in die offene Handfläche. Beinahe hätte er den Kerl in seinen Fängen gehabt. Aber jetzt wußte er wenigstens, wie er aussah.

4.

Es hatte zu nieseln begonnen. Ein feiner Staub aus Wasserschleiern fiel über den Hof, über die Gasse, dunkelte Lehm und Steine ein. Ein leichter Wind strich durch die Lücken des Zauns.

Idler fühlte sich beobachtet.

Er saß unter dem Vordach, aber der Niesel sprühte bis hinunter und machte das Leder feucht und den Zwirn schwergängig. Idler wollte seine Werkzeuge, den angefangenen zweiten Schuh, Schemel und Schusterfuß packen, um in der Werkstatt Zuflucht zu suchen, aber das Bündel unter dem Hemd störte ihn. Er getraute sich nicht, es abzulegen, weil ihm ein unbestimmtes Gefühl sagte, daß ihn jemand ausforschte.

Statt in die Werkstatt zu gehen, rückte er nur seinen Arbeitsplatz weiter gegen die Wand zurück. Idler setzte sich so, daß er einen Blick auf die Straße und die gegenüberliegenden Häuser hatte, und musterte beides unauffällig.

Die Zunft hatte ihm bereits mehrfach Kontrolleure nachgeschickt, die seine Arbeit überprüften, die nachspürten, was und wieviel er bearbeitete. Aber sie waren bislang offen zu ihm gekommen, waren ihm nicht heimlich und verdeckt nachgeschlichen.

Während seine Augen über das lückenhafte Gebiß der Zaunlattung hinausspähten und forschend über Straße und Häuserfront wanderten, tobte eine Horde Kinder die Gosse entlang, die Kittel vom Dreck der ersten Pfützen bespritzt.

»Hungerleider, Hungerleider!«

Das Wort dröhnte ihm in den Ohren. Wie Fastnachtsfratzen preßten sich Kindergesichter, Kinderzungen, Kindernasen durch Spalten und Astlöcher. Spuckten und schrien, lachten und johlten, überschlugen sich an ihrer eigenen Freude am Wort.

»Hungerleider, Hungerleider«, riefen sie ihm in die Stille seines Werkhofes nach, warfen kleine Steine und Äste über den Zaun und vervollständigten den Vers:

»Hungerleider – Beutelschneider! Hungerleider – Beutelschneider!«

Idler lächelte. Mit gespielter Verärgerung faßte er in den Restekorb und entnahm eine Handvoll kleingeschnittener Lederschnipsel, sprang auf und eilte auf den Zaun zu. Schreiend wichen die Gören zurück, spotteten aber weiter, bis er die Fetzen mit einer schnellen Handbewegung über den Zaun schleuderte. Das Aufkreischen der hellen Stimmen zeigte ihm, daß er richtig gehandelt hatte. Draußen im schmierigen Seim der Gosse balgten sie sich jetzt um den Abfall, aus dem sie Spielzeug basteln würden.

Nicht aus den Augen gelassen hatte er währenddessen die gegenüberliegende Häuserfront. Aus dem Augenwinkel heraus nahm er hinter einem der Fenster im Haus der stummen Agnes eine Bewegung wahr, ein kaum merkliches Verschieben des Vorhangs in einem der Fensterlöcher. Unwillkürlich langte er an das Futteral unter seinem Hemd. War es deswegen?

Idler kehrte er auf seinen Schemel zurück, beugte sich über den Schuh, wartete. Nichts weiter geschah. Hinter dem Fenster blieb alles ruhig. Vielleicht hatte sich der Horchposten wieder verzogen. Das Nähen der Sohle nahm ihn in Anspruch, und langsam vergaß Idler die Erlebnisse.

Schwer ging ihm die Arbeit von der Hand. Obwohl gut eingefettet, ließ sich die Krummnadel nur mit Mühe durch das starke Sohlenleder führen und mußte immer wieder geklopft werden. Es war zu feucht heute. Das Leder quoll, und die Nässe saß in dieser verfluchten Stadtbefestigung, als hätte man sie beim Bau mit eingemauert. Seine Gedanken schweiften ab zu dem Paket unter seinem Hemd und zu der Gestalt, die sich dort oben hinter dem Fenster verbarg, und wanderten schließlich hinüber zu den Tauben, die gurrend und ruckend unter der Wehrbedachung hockten. Es war ein merkwürdiger Tag.

5.

Der Gastraum war beinahe leer. Zwei Männer, Kaufleute, die ein Geschäft halblaut beredeten, eine Frau auf einer der hinteren Bänke.

»Hoch die Schweden!« prosteten die beiden Männer Stierna zu, als er eintrat. Stierna nickte abwesend.

Das Holz der Täfelung war vom Rauch der offenen Feuerstelle speckig und teerig geworden und verdunkelte den Raum. Die Läden waren von innen geschlossen. Wenige Schlitkerzen brannten. Stierna setzte sich vor ein Fenster, öffnete einen Laden, und durch die Fensteröffnung fiel ein Balken Licht in die Schankstube. Mit einer nachlässigen Geste bestellte er ein Braunbier.

Erst jetzt musterte er das Frauenzimmer im Hintergrund, das ihn ebenso aufmerksam betrachtete.

Sie war hübsch, wenn man das bei diesem Menschenschlag sagen konnte. Die Augen hatte sie mit Ruß umschwärzt, die Lippen aufgerötet. Schlank war sie, mit einem enggeschnürten Mieder über dem Hemd. Die Finger deuteten an, daß sie an harte körperliche Arbeit nicht gewöhnt war. Eine Hübschlerin, vermutete Stierna, dem der Schankkellner das Bier auftischte, nicht ohne zuvor noch über die Eichenbohle gewischt zu haben.

»Wohl bekomm's!« murmelte der, sah aber dem Schweden nicht in die Augen.

Angst haben sie vor uns, dachte Stierna und stellte sich währenddessen den Körper der Schönen ihm gegenüber vor. Ihre Brüste zeichneten sich schwer unter der Kleidung ab. Die Beine konnte er nicht sehen. Sie saß da, sah ihn unverwandt an und folgte jeder seiner Bewegungen.

Stierna riß sich von dem Frauenzimmer los, überblickte die Straße und musterte die einströmenden Menschen. Alle waren sie gezeichnet vom Krieg, die Bauern und Handwerker, die Frauen und Kinder, die sich gegenseitig durch die Torgasse schoben, um rechtzeitig vor dem Einlaßende hinter den Mauern geschützt zu sein. Die allermeisten würden morgen weiterziehen oder die nächsten Tage, um weiteren Flüchtlingen Platz zu machen.

Eine plötzliche Wärme und ein unsicheres Berühren seines Armes ließen ihn herumfahren. Neben ihm saß die Hübschlerin. Sie lächelte ihn an, so offen und frei, daß er nicht anders konnte, als ebenso zu lächeln.

»Das ist eine Überraschung!« schmunzelte der Hauptmann und legte ihr seine Hand auf den Arm. Sie zog ihn nicht zurück. Stierna konnte erkennen, daß sie hinter ihrer Schminkfassade auch hübsch war.

»Was willst du von mir?« fragte er, obwohl ihm die forsche Annäherung bereits ausreichend darüber verraten hatte.

Zu seinem Erstaunen hob die Frau die rechte Hand an ihren Mund, deutete auf ihr rechtes und linkes Ohr und zuckte mit den Schultern.

»Was ist mit dir? Was soll das bedeuten?«

Die Hübschlerin wiederholte aber nur ihre merkwürdigen Bewegungen, ohne ein Wort zu reden. Der Hauptmann begann zu begreifen. Er faßte der Frau unters Kinn, drehte ihren Kopf ganz zu sich her.

»Bist du stumm? Und taub auch?« fragte er, wiederholte beide Fragen mehrere Male, bis er begriff, daß es nichts nützte.

Stierna griff zum Bierkrug, leerte ihn mit einem kräftigen Zug, wischte sich den Mund. Das war ein netter Tag! Zuerst entkam ihm dieser sonderbare Magister, und dann begegnete er auch noch einer taubstummen Hübschlerin, die ausnehmend ansprechend war.

Die Frau saß ruhig da, sah ihn nicht an. Stierna fühlte nur die Wärme ihres Oberschenkels. Er rutschte auf der Bank näher an sie heran und strich ihr über die Haare.

Unaufgefordert brachte der Schankkellner einen zweiten Krug, stellte ihn neben dem Hauptmann ab. Beim Weggehen sah Stierna, daß er die Hand der Frau berührte. Sie sah zu ihm hoch. Klar und deutlich, den Mund ihr zugewandt, fragte er:

»Du auch, Agnes?«

Der Kellner sah Ole Stierna und Agnes an. Beide nickten, das hieß, Stierna hatte gewartet, bis Agnes nickte, dann hatte er zu verstehen gegeben, daß er selbstverständlich zahlte. Wieder lächelte sie ihn an, zog ihren linken Arm zurück und verschwand damit unter der Tischplatte. Stierna fühlte, wie sich die Hand über seinen Oberschenkel schob.

Der Kellner brachte das Bier. Mit der Rechten hob Agnes ihren Krug an den Mund und prostete ihm zu.

Während sie tranken, wanderte Ole Stiernas Blick über den Schankraum. Inzwischen hatte er sich gefüllt. Durch die Türöffnung waren, laut über die Besatzung schimpfend, zwei Bauern eingetreten, die sofort verstummten, als sie den Schweden im Winkel am Fenster sitzen sahen. Ein junger Kurierreiter hatte sich dazugesellt, und die beiden Kaufleute hatten ebenfalls Bekanntschaft erhalten, Goldschmiede, wie aus den Zunftzeichen am Wams für Stierna ersichtlich war. Sogar ein korpulenter Mönch trat durch die Tür ein und setzte sich in einen der hintersten Winkel. Stierna fiel auf, daß er von dort aus zwar nicht gesehen werden konnte, aber die Tür im Blick hatte.

»Ein Hoch auf die Schweden in der Stadt«, rief einer der Goldschmiede und prostete Stierna mit dem ersten Schluck aus seinem Krug zu.

Der Schankwirt hatte zu tun und malte mit Kreide die Außenstände auf die Tische der Gäste. Strich um Strich kam hinzu.

Stierna legte den Arm um Agnes, versuchte mit der rechten Hand unter ihre Brüste zu greifen, die weiche, warme Form zu ertasten. Sie drückte sich an ihn, erleichterte seine Bemühungen, begann selbst wieder ihre tastende Suche. Stierna fühlte Agnes' Hand an ihrem Ziel. Mit gespielter Langeweile sah er zur Fensteröffnung hinaus.

Stierna wollte sich ganz dem Genuß hingeben, als unerwartet eine Gestalt in der Türe stand, die er sofort wiedererkannte: der Magister. Offenbar hatte er einen Weg in die Stadt gefunden, der nicht über das Jakober Tor führte.

Mit einer heftigen Bewegung schob er Agnes aus seiner Umarmung, hieß sie abrücken und machte so Platz für den Magister, der im Türrahmen stand, sich an das Dunkel gewöhnte und nach einem freien Schemel Ausschau hielt.

»Setzt Euch, Fremder!« rief Stierna, und der Magister wandte ihm den Kopf zu, lächelte unsicher, zögerte aber, den Platz einzunehmen. Sein Blick wanderte durch den Raum, als suche er etwas oder jemanden.

»Wollt Ihr Euch nicht einen Schluck genehmigen?«

Aus dem Augenwinkel sah Stierna Agnes in der Ecke sitzen und einen Schmollmund ziehen. Und dann fiel sein Blick an ihr vorbei auf den Mönch im Hintergrund. Der Magister mußte den Mönch zur selben Zeit entdeckt haben, denn Stierna sah, wie er einen Schritt auf den Mönch zuging, dieser aber leicht den Kopf schüttelte, ohne den Magister weiter zu beachten. Sofort drehte sich der Schwarzgekleidete um und verließ den Schankraum.

Stierna zählte bis zehn, dann erhob er sich, warf eine Münze für das Bier auf den Tisch, strich der Hübschlerin übers Haar und folgte dem Magister. Aus dem Augenwinkel heraus bemerkte er, daß der Mönch ihn neugierig beobachtete.

Es war nicht leicht, dem schwarzgekleideten Fremden zu folgen.

Schließlich fiel er selbst auf in dieser Stadt mit seinen blonden Haaren, der blassen nordischen Haut und seiner Größe. Der Magister gewann dadurch einen gefährlichen Vorsprung und verschwand eben hinter einer Ecke. Im Laufschritt überquerte Stierna die Straße, den Platz, hin zum Brunnen vor der Jakobskirche, und bog dann ein in den Winkel, der in das Viertel zwischen Domstadt und Jakober Vorstadt führte. Stierna kannte die Gegend flüchtig. Einige Schmiede hatten dort ihre Essen stehen, Schuster werkten in den engen Gassen, und zwei geheime Hurenhäuser boten ihre Dienste an.

Der Magister war ihm eine Straßenlänge voraus, gerade daß er immer den schwarzen Umhang um eine Ecke biegen sah. Was wollte der Magister in dieser Gegend? Wußte er, daß er ihm folgte, und führte er ihn in die Irre?

Plötzlich hielt Stierna im Schritt inne. Eben hatte er den Magister noch in eine Gasse einbiegen sehen, war ihm nachgesprungen, jetzt war er verschwunden. Ratlos darüber, ob er die Straße hinauf oder hinunter weitersuchen sollte, zögerte er. Dann vernahm Stierna hinter sich Schritte, drehte sich um, und hinter ihm stand der Magister und sah ihn mit einem merkwürdig flackernden Blick an, der ihm beim Schankwirt schon aufgefallen war. Er nickte kurz, schob sich an ihm vorbei und ging weiter. Ole Stierna war wie erstarrt. Entweder hatte der Magister damit gerechnet, daß er verfolgt würde, und wollte es nur überprüfen, um sicherzugehen, wer ihm folgte, oder er kannte sich nicht aus und mußte suchen. Beides hielt Stierna für wahrscheinlich.

Jetzt wurde er noch vorsichtiger, vertraute auch auf sein Gehör und schielte zuerst um die Straßenecken. Tatsächlich konnte er wenige Straßen weiter sehen, wie der Magister Gassenkinder vertrieb und hinter einem Bretterzaun verschwand.

Stierna mußte wissen, was der Magister in diesem Hof machte. Er stürmte zum gegenüberliegenden Haus und drückte die Klinke. Die Tür war nicht abgeschlossen. Er schlüpfte hinein und jagte in den ersten Stock hinauf.

Es war ein merkwürdiges Haus, in das er eingedrungen war. Niemand war zu Hause, aber der Geruch erschien Stierna vertraut, ohne daß er sich erinnern konnte, warum dies so war. Das Zimmer mit dem Fenster zur Straße hinaus war nur spärlich möbliert: Kisten mit Wäsche, ein Tisch, ein Stuhl, grob gezimmert, mehr nicht. Die Fensteröffnungen waren mit dünnem Leinen verschlossen. Stierna eilte ans Fenster, schob mit dem Finger eine der Stoffbahnen beiseite und blickte auf den Innenhof einer Schusterei.

6.

Idler mochte die Stimmung, wenn die Nacht über die Stadt herfiel wie ein Bussard über eine Maus, wenn sie, ungestüm und ohne Vorwarnung, die Sonne verdunkelte und ihr Gefieder aus Schattenflecken über die Vorstadt breitete.

Er zog sich zurück in seine Werkstatt, prüfte mehrmals, ob verriegelt war, setzte sich auf seinen Schemel, den Schusterfuß zwischen den Beinen, das Bandmaß in der Hand. Doch statt eines Stiefels lag auf dem Amboß das Paket, das in dunkles, halbzerfleddertes Ölpapier geschlagen war. Bislang hatte er seine Neugier bezähmen können, jetzt riß sie an ihm wie ein Seil.

Was mochte das Bündel enthalten?

Den Tag über hatte er an nichts anderes denken können, und jetzt, im Schutz der Dämmerung, in der Abgeschlossenheit seiner Werkstatt, zog ihn dieses Paket an, als wäre es der Magnetberg der Sagen.

Auf dem halbhohen, gerade bis zur Höhe des Ambosses reichenden Tisch stand seine Schusterkugel, dahinter die Kerze, deren herabfließendes Wachs sich Säulen geschaffen hatte. Ruhig brannte das schwefelgelbe Licht und warf seine Helligkeit durch das Wasserglas. Es wurde gebrochen, gesammelt, verstärkt und als rötlicher Fleck auf den Gegenstand geworfen.

Rasch glitten Idlers kräftige Hände über das Ölpapier, bogen das Bandmaß um das Bündel, maßen, notierten Zahlen, rechneten. Flinke, geübte Striche entwarfen mit dem Spitzeisen auf einer gegerbten Haut ein Etui, in das er dieses Paket einschlagen wollte.

Sollte er das Bündel öffnen oder in geschlossenem Zustand ummanteln?

Die rauhe Innenseite seiner Hand fuhr über sein stoppeliges Kinn, strich die mageren Wangen hoch und glitt über die schmale, hohe Stirn. Er zögerte, besah sich die verschnürte Hülle genau.

Stockflecken auf der bereits abgeschabten, an manchen Stellen aufgequollenen Ummantelung gaben den Ausschlag, seiner Neugier nachzugehen.

Wenn er ein neues, wasserdichtes Etui anfertigen sollte, mußten die feuchten Stellen der alten Hülle entfernt werden.

Behutsam begann Idler, die ersten Knoten zu lösen. Dabei drehte er das Paket so, daß die verdichtete Helligkeit der Kerzenflamme seine Handgriffe ausleuchtete. Langsam entklumpte das Ölpapier. Es bekam lose Stellen, unter die er mit dem Nagel seines kleinen Fingers fuhr, um die Stärke des Papiers zu prüfen, das jetzt aufgehoben werden konnte.

Idler nahm die durch lange Pressungen versteifte Hülle, bog

sie vorsichtig auseinander, schlug den Inhalt aus, einmal, zweimal, dreimal.

Dann gab das Paket sein Geheimnis preis: braune Bögen, übersät mit einer Schrift, die er nicht zu entziffern vermochte, und mit Zeichnungen, Skizzen, die seinen Atem beschleunigten. Andächtig löste er Blatt für Blatt, legte sie sich einzeln nebeneinander auf die Werkbank, auf der sonst fertige Schuhe und Leder lagerten.

Die Blätter glänzten in mattem Gelb. Mit zusammengekniffenen Augen betrachtete er sie. Noch konnte er sich keinen Reim darauf machen. Idler sortierte, versuchte eine Abfolge in die Manuskriptseiten zu bringen, steckte Blatt zu Blatt, verglich, trennte, ordnete.

Ein kaum wahrnehmbares Geräusch ließ ihn auffahren. Stille wieder. Unruhig flackerte jetzt das Kerzenlicht hinter der Kugel. Mit geschlossenen Augen horchte Idler hinaus aus seiner Werkstatt auf die Straße und ins Haus hinein zu Maria, seiner Frau.

Tatsächlich, auf der Gasse vernahm er Schritte, ein Schleifen, Stöhnen, dann wieder unterdrücktes Rufen. Gesindel gab es genug in den Gassen, seit die Stadt von Flüchtlingen aus der Umgebung überschwemmt wurde, seit Landsknechte nachts ihr Mütchen an den Bürgern kühlten.

Wieder hörte er deutlich ein Gurgeln. Idler riß die Augen auf. Es war ohne Zweifel die Stimme einer Frau. Behende griff er sich einen schweren Lederklöppel, trat zur Tür, hob den Riegel und öffnete sie spaltweit. Deutlich drangen von der Straße her die Geräusche eines stumm geführten Kampfes an sein Ohr.

Idler zögerte. Er fühlte, wie ihm die Hitze in den Kopf stieg. Dort draußen geschah Ungeheuerliches. Er wußte nicht, ob er sich zurückziehen und die Ohren verschließen oder ob er eingreifen sollte. Ihm krampfte die Luftröhre zu, so daß er nur noch stoßweise atmen konnte. Er war nicht der Mutigste, aber die Geräusche ließen keinen Zweifel übrig. Und bevor er noch nachdenken konnte, faßte er den Klöppel fester und schlüpfte durch die Tür. Rasch war er im Vorgarten, schlich zur Gartenpforte, spähte über den Zaun. Das Mondlicht leuchtete die Gasse bis in den letzten Winkel hinunter aus. Wenige Schritte entfernt hielt ein Landsknecht, deutlich an seiner Tracht zu erkennen, eine junge Frau umfaßt. In der Linken einen Schnapskrug haltend, versuchte er, ihr den Rock hochzuschieben. Dann griff er ihr übers Gesicht, preßte ihr den Mund zu, so daß es der Frau unmöglich war, laut zu rufen.

Niemand sonst war zu sehen.

Idler überlegte nicht. Es war eines, aus der Pforte herauszuschlüpfen, dem Landsknecht mit dem Lederklöppel einen Schlag zu versetzen und dem Mädchen zuzuflüstern, daß sie ruhig sein solle, um nicht weitere Schweden auf den Plan zu rufen. Der Landsknecht, dessen Gesicht durch eine Augenklappe halb verdeckt wurde, sackte in sich zusammen und rutschte an der Frau hinab in den Schlamm der Gasse. Rasch langte Idler ihm unter die Arme und schleppte ihn so einige Straßen weiter. Vor seiner Werkstatt sollte der einäugige Landsknecht nicht wieder erwachen. Das war zu gefährlich. Er flößte ihm noch einen kräftigen Schuß Schnaps ein und setzte den Krug, der bei allem heil geblieben war, in den Schlamm daneben. Der Landsknecht sollte sich an nichts erinnern können.

Erst, als er zurückkam, sah er, daß die Frau noch immer auf ihn wartete. Schnell hob und senkte sich ihre Brust.

»Was wolltet Ihr zu so später Stunde auf der Straße, Jungfer? Wißt Ihr nicht, daß es gefährlich ist in unserer Zeit?«

Sie nickte nur. Ihr Gesicht wurde vom Schatten verborgen, den das Mondlicht warf.

»Seid Ihr …? Ich meine, hat er Euch …? Tut Euch etwas weh?«

Idler wußte nicht, wie er das Gespräch beginnen sollte. Die Anstrengung fraß seinen Atem, und der Anblick der Frau verursachte einen Kloß im Hals.

»Kann ich Euch sonst helfen? Wohin müßt Ihr?«

Jetzt erst, nachdem sich Idler langsam in Richtung seiner Werkstatt bewegte, auch aus Furcht, der Einäugige könnte erwachen, fiel Mondschein auf das zerkratzte Antlitz der Frau. Tränen standen ihr in den Augen und liefen die Wangen hinab.

Sie mochte Anfang Zwanzig sein, mit gerader Nase, dunklem Haar und weichen, fließenden Gesichtszügen. In der Gasse hatte der Schustermeister sie noch nie gesehen.

»Danke«, flüsterte sie, berührte leicht seinen Arm und lächelte ihn an. »Menschen wie Ihr sind selten!«

Dann raffte die Frau ihr Kleid, sprang über die Gasse und verschwand in einer Seitenstraße. Nur ihre Schritte hörte Idler, wie sie von den Wänden zurückgeworfen wurden und davoneilten.

»Wie heißt Ihr?« rief er noch in das mondbeschienene Dämmerlicht hinter ihr her, doch die Frau konnte ihn nicht mehr gehört haben.

7.

Als Idler zurückkehrte, stand die Tür zu seiner Werkstatt offen. Ein Schatten bewegte sich im schwachen Lichtkegel, der in den Hof hinausfiel. Idlers Augen weiteten sich. Aus dem Raum hinter der Tür drang jetzt ein eigenartiges Rascheln.

Er begann zu schwitzen. Einen kaum wahrnehmbaren Augenblick zögerte er, dann öffnete er entschlossen die Werkstatt. Eine Gestalt beugte sich eben über den Inhalt des Päckchens.

Rasch erfaßte Idler die Situation. Mantel, Schuhe, die hellen Hände, die jetzt die Bogen des Pakets übereinanderschoben, hatte er schon gesehen. Trotzdem die Gestalt ihm den Rücken zukehrte, konnte es nur der Zigeuner sein.

»Was wollt Ihr hier?« Idlers Stimme klang unsicherer, als er es wollte.

Langsam, dabei keineswegs ängstlich, drehte sich der Zigeuner um. Einen guten Kopf kleiner als Idler, in seinen Bewegungen geschmeidig und voll lauernder Energie, stand er vor ihm. Es war wirklich der Zigeuner, die Kapuze seines Mantels tief herabgezogen, so daß dort, wo üblicherweise ein Gesicht saß, nur ein schwarzes Loch in den Raum ragte. Aus diesem Nichts heraus murmelte eine heisere Stimme:

»Ihr habt interessante Neuigkeiten, Schuster. Für wieviel sind sie Euch feil?«

Zuerst verstand Idler die Frage nicht, dann aber schoß ihm die Hitze in den Kopf.

»Haut ab, Zigeuner, sonst mache ich Euch Beine. Und rührt mir die Blätter nicht an!«

Idler spielte mit seinem Lederklöppel. Drohend schlug er mit ihm in die Handinnenfläche. Die Hände des Zigeuners fuhren beschwichtigend nach oben, obwohl Idler das Gefühl nicht los wurde, als suche der Kerl nach einer Möglichkeit, ihn zu überwältigen.

»Ich verschwinde ja, Schuster.«

Dabei lachte der Zigeuner ein heiseres Lachen in sich hinein.

Idler beschloß, noch vorsichtiger zu sein und bei der kleinsten Bewegung, die ihm verdächtig vorkam, zuzuschlagen. Langsam ging der Zigeuner auf ihn zu. Idler wich ihm an der Tür aus. Sich beständig die Vorderseite zuwendend, glitten sie aneinander vorbei. Erst als er durch die Türe hindurch war, drehte sich der Zigeuner um, lachte laut auf und verschwand flink wie ein Wiesel durch die Gartenpforte. Idler atmete auf. Er war schweißgebadet. Er trat an die Regenwassertonne neben der Werkstattür und warf sich zwei Hände voll Wasser ins Gesicht, damit er abkühlte. Erst jetzt konnte er wieder klar denken.

Dann verschloß Idler rasch die Tür zur Werkstatt. Er setzte sich auf seinen Schemel, grübelte: Was hatte das Bündel an sich, daß nachts Zigeuner vor seiner Werkstatt lauerten, um die nächstbeste Gelegenheit abzupassen und dort einzudringen?

Sein Blick fiel auf die Blätter vor ihm – und sofort war sie wieder da, die Neugier, das Verlangen nach dem Neuen, dem Besonderen. Sein Atem beschleunigte sich.

Er nahm die Bögen in die Hand und studierte sie. Hängen blieb er bei der Betrachtung der unterschiedlichsten Zeichnungen: Ihm unbekannte Vögel waren mit wenigen die Flugbewegung charakterisierenden Strichen skizziert. Spitz zulaufende Schwingen mit nur angedeuteten Körpern, nur Flügel, oft nur Teile von ihnen, standen nebeneinander, untereinander, durchdrangen sich. Vögel im Gleitflug, im Steigflug, bei Wendungen, im Fallen, beim Landen, Aufsteigen – alle Situationen des Vogelflugs hatte der Zeichner festgehalten, alle diese Stellungen kannte Idler aus eigenen Beobachtungen an seinen Tauben.

Die rötliche Kohle, mit der die Bilder ausgeführt worden waren, war an manchen Stellen schon verwischt, an anderen mit einer schwärzlichen Tinte nachgezogen, um die Konturen zu fixieren. Wasserflecken und das Fett, das durch häufige Berührungen das Papier in Mitleidenschaft gezogen hatte, begannen bereits, die Aufzeichnungen zu zerfressen. Noch einige Jahrzehnte, und die hier ausgeführten Ideen würden zerfallen.

Und da waren diese anderen Blätter, mit denen Idler zuerst nur wenig anfangen konnte. Es waren dies nicht die hohlen Knochen von Vögeln, es waren Fledermausflügel, ausgespreizt, offengelegt, gefügt aus Holz und Leinwand, und dann Holzrollen, Holzverbindungen, Holzgelenke, Holzzüge, Holzgerüste, Holzkonstruktionen.

Inmitten dieses Holzgeflügels standen, mit verwischten Strichen hingeworfen, um ihre Anwesenheit anzudeuten, Menschen. Angewinkelte Arme, gebeugte Körper wie in den Treträdern der Holzkräne, wie die bei der Schanzwehr verwendeten bewegten Flügelteile, drückten Hebel nieder, traten Pedale. Komplizierte Mechanismen ließen die gerötelten Flügel sich bewegen.

Idler schloß die Augen und hörte in sich hinein.

Die Erinnerung an seine Werkstatt verblaßte, und undeutlich

vernahm er in sich das knatternde Geräusch von Schwingen, wenn sie gegen den Wind anschlugen.

Kaum konnte er sich losreißen von den Hebeln und Holmen, den Segeln und Spanten, den Flügelmaschinen und Maschinenvögeln.

Wie von selbst ordneten sich die Seiten zueinander, erschienen bald nicht mehr wie die zufällige Kombination zufälliger Gedanken. Hier war ein Traum niedergezeichnet worden, ein Traum von Flügeln und vom Fliegen. Sie alle bewegten sich, alles bewegte sich – und in Idler stieg ein Gefühl des Glücks hoch, das ihm beinahe die Luft abschnürte. Hatte er nicht genau das gewollt, seit jeher, seit er als Junge von den Bäumen sprang, angetan mit Tuchfetzen, und Taube spielte oder Falke?

Er fühlte den Luftzug, der über die Spanten strich, fühlte das Zerren der Flügel – und erwachte, als die Kerze plötzlich aufflackerte und erlosch.

8.

Unruhig zuckten Idlers Arme, die Beine stießen nach dem Fußbrett. Die Augen rollten unter den Lidern, lasen Manuskripte, durchwühlten Manuskriptseiten voller unerklärlicher Zeichnungen. Ein Alp setzte sich ihm drohend und schwer auf die Brust. Der Mund öffnete sich leicht, als würde ihm im Traum die Kehle abgeschnürt. Die Haare verklebten mit Schweiß, der Kopf schlug rechts, links, rechts, links gegen das harte roßhaargepolsterte Kissen. Der Alp stieß ihn hinein in eine wirre, bedrohliche Traumwelt, die angefüllt war von den seltsamsten Wesen:

Es war ein Schwan, der ihn verfolgte, ein Schwan, gewaltig in seinen Ausmaßen, wie der Vogel Roch, von dem ein durchreisender Geschichtenerzähler einmal gefaselt hatte. Doch dieser Schwan war nicht weiß, nicht wie die Jungtiere braungrau.

Schwarz war er wie die Hölle und besaß die Fledermausflügel Luzifers.

Zwei Gesichter schob der Schwan vor sich her durch den Wind. Hölzern, starr das eine, mit pupillenlosen Augen, die Wimpern emporgezogen durch Fäden, die auf dem Rücken befestigt waren, ohne Schnabel, ohne Mund. Menschlich das andere, verzerrt vor Anstrengung und Mühsal, schwitzend und naß und rot, mit dem flüchtigen, getriebenen Ausdruck der Angst. So jagte dieser Schwan hinter ihm her.

Von einem Berg aus sah Idler ihn kommen, klein zunächst, wie der Fleck, den eine Fliege auf Scheiben und an der Wand hinterließ. Dann nahte dieser Riesenschwan mit leichtem Flügelschlag, aufwärtsgebogenen Schwingen und dem Knattern von Fahnentuch, das im Wind schlug. Wie ein Sperber fiel der Vogel auf ihn zu, stürzte sich ihm entgegen, als wolle er ihn mit seinen Schwimmfüßen gegen die Erde drücken oder mit hinauf in die Wolken reißen. So jagte der Schwan ihn durch seinen Traum, so daß er laut aufschrie und ihn seine Frau nur noch mit starken Armstößen von seinem Alp befreien konnte.

Als Idler sich, der Last des Traumes entledigt, im Bett aufsetzte, die warme Hand Marias noch in seiner feuchten, schweißklebrigen, und auf ihre ruhigen, unbeschwerten Atemzüge lauschte, blieb das Erstaunen über den leeren, durchscheinenden Körper dieses Flugtieres, dieses Sperberschwans, dieses … – er fand keinen Namen mehr dafür –, durch den er einen Teil des Himmels erkennen konnte.

»Schläfst du schlecht, Salomon?«

Maria lag ebenfalls wach auf dem Rücken, hielt seine Hand.

»Ich hatte einen Alptraum, Maria.«

Idler saß aufrecht im Bett und starrte in die Dunkelheit hinein, die alles aufsog.

»Du hast geschrien. Schlimm?«

Idler hockte vornübergebeugt, die Beine angezogen, die Arme um die Knie geschlungen.

»Es war vom Fliegen. Ich bin geflogen, Maria, und bin von einem riesigen Vogel verfolgt worden, einem künstlichen Vogel, einem Flugschwan. Kannst du dir das vorstellen?«

Maria neben ihm murmelte:

»Immer deine Fliegerei. Sie wird dir noch den Kopf verdrehen.«

Idler hörte nicht hin. Er wußte, was folgen würde. Was wußte sie schon von seinen Träumen? Sie war zu praktisch veranlagt, als daß sie teilhaben würde an seinen Gedanken.

»Richtig geflogen bin ich, mit einem Flügelapparat«, murmelte er mehr zu sich als zu Maria. »Als wäre nichts leichter, Maria. Im Traum natürlich. Aber das gibt es, das gibt es wirklich. Glaub mir.«

»Laß mich mit deinen Phantastereien in Ruhe. Ich bin müde.«

Sie ließ seine Hand los, drehte sich zur Seite und rollte sich ein.

»Wenn du dich um deine Arbeit ebenso bemühen würdest ...«

Den Rest des Satzes vermurmelte sie bereits im Schlaf.

Mehr zu sich flüsterte Idler:

»Stell dir das vor. Ich bin geflogen. Kannst du dir das wirklich vorstellen, Maria?«

Dann schwieg auch Idler. Maria war wieder fest eingeschlafen.

Ruhig atmete sie neben ihm. Über das Zimmer legte sich eine sanfte Stille, die Idler genoß. Jetzt konnte er seine Gedanken ordnen.

War es wirklich möglich, sich durch die Lüfte zu schwingen?

Warum stürzten die Tauben nicht wie die Äpfel zur Erde?

Warum glitten sie, als könne ihnen die Erdenschwere nichts anhaben, durch die Luft wie die Strahlen der Sonne, daß es einem schwindlig wurde beim Zuschauen?

Die Menschen fielen wie Steine, geradlinig, ohne Umwege. Idler hatte es beobachtet. Beim Buben des Fischer-Bauern hatte er es gesehen, unfreiwillig. »Stadtluft macht frei!« hatte der geschrien, als er die Mauer hinabgesprungen war. Frei schon – der Junge hatte recht gehabt –, aber nicht schwerelos. Aus einem Menschen wurde kein Vogel, nur weil er glaubte, dieses Recht stehe ihm zu.

Geahnt hatte er das sicher, und dennoch war er lieber in den Tod gesprungen, als sich von den Schergen der Schwedischen in die Armee pressen zu lassen.

»Stadtluft macht frei!« murmelte Idler. Seine Freiheit dachte er sich anders.

Damit warf er seine Bettdecke beiseite, stand auf – müde noch von den wenigen, unbefriedigenden Stunden Schlaf –, zog Hose, Schürze und Jacke über das knielange Hemd und trat aus dem Haus, streckte sich und atmete die feuchte, kühle Luft des nahen Morgens in tiefen Zügen ein. Er fühlte sich erstmals seit Jahren leicht und befreit.

9.

Behängt mit seiner Kraxe, einem Bündel bestellter Schuhe links und dem Schemel an einem breiten Tragriemen rechts, in der Hand seinen Kasten mit Flicken, Sohlenledern, Ahlen, Zwirnen, Nägeln, Holzstiften, Eisen und Hämmern, drängte sich Idler durch die Menge vor dem Weinmarkt. Viel fahrendes Volk hatten die Landsknechte mitgezogen. Rund um den Herkulesbrunnen lagerte es mit tanzenden Bären, mit Ziegen und Hunden, die auf Befehl bellten und zählten, mit doppelköpfigen Wunderpferden, Schlangen und noch abscheulicheren Kreaturen. Ein Wesen halb Tier, halb Mensch hatte Idler entdeckt, nur kleiner, schwarz behaart, verdicktes Maul und von Sinnen und Witzen. Seilläufer schlugen Purzelbäume, Artisten warfen Messer und Schwerter auf Menschen, ohne sie zu verletzen. Feuerspeier und Schwertschlucker boten ihre Kunst auf dem erhöhten Umlauf um den Brunnen herum dar, eine Wahrsagerin hockte auf einer der Schwellen, und es war ein Gekreische und Gejohle, daß einem ganz schwindlig davon wurde.

Vor einem Krüppel blieb Idler stehen. Vor wenigen Tagen hatte er ihn bereits an derselben Stelle bewundert. Der Mann war gelähmt an beiden Armen, jedoch so geschickt mit den Zehen wie mancher nicht mit den Fingern. Mit den Zehen hatte er Schach gespielt. Er hatte ein Messer zwischen den Zehen gehalten und auf jeden Punkt eines Holzbrettes geworfen, den die Umstehenden ihm bezeichnet hatten. Je weiter er der Mitte zu lag, desto teurer wurde die Demonstration seiner Geschicklichkeit. Idler war der Mund offengeblieben.

Heute nun hob der Lahme einen Humpen auf den Kopf, stellte ihn sich zurecht und schenkte denselben mit einem Fuße voll Wein. Dann stand er auf und übergab den Humpen an den Soldaten, der dafür bezahlt hatte. Danach überreichte ihm eine der Marketenderinnen eine Nadel, und der Lahme fädelte mit Geduld und Beweglichkeit einen Zwirn ein und begann damit Löcher in seinem Hemd zu stopfen, bis die Frau lachend die Nadel zurückholte und ihm eine Münze in den Schoß warf.

Stunden hätte Idler diesem Treiben auf dem Weinmarkt zusehen können, Stunden sich durch dieses Gewühle schieben lassen wollen. Da erkannte er im Gedränge plötzlich die junge Frau von letzter Nacht. Sie war mit durchsichtigen Seidenschals in den verschiedensten Farben bekleidet. Ihr schwarzes Haar war streng nach hinten gekämmt und mit Öl getränkt. Um ihren Hals wand sich eine Schlange von derart gewaltigen Ausmaßen, wie er sie noch nie zu Gesicht bekommen hatte. In einer Hand hielt sie den Kopf des Untiers in Gesichtshöhe vor sich, und eben starrten sich die beiden an, die junge Frau mit dunklen, beinahe irislosen Augen, die Schlange mit ihrem starren gelben Blick. Dann spitzte die Gauklerin ihre Lippen, schloß die Augen und näherte sich der züngelnden Mundöffnung der Schlange. Die Menge um sie herum verstummte, die Zuschauer wagten nicht mehr einzuatmen, aus Furcht, das Wagnis mißlinge.

Ein vorsichtiger Kuß löste die Spannung im Publikum in Beifall auf. Die Schlangenbeschwörerin öffnete die Augen wieder, verbeugte sich, und jetzt, nachdem ihr Kunststück gelungen war, trafen sich ihr Blick und der Idlers für einen lidschlagschnellen Moment. Sie lächelte, zwinkerte mit beiden Augen, hob das Untier von ihren Schultern und ließ es in einen Bastkorb gleiten, den sie verschloß. Dann drückte sie sich mit einer Blechdose durch die Menge und sammelte Münzen als Lohn für ihre Darbietung.

Auch an Idler kam sie vorbei, knickste vor ihm, zog aber, als dieser einen Kupferpfennig aus der Tasche kramte und ihn einwerfen wollte, die Dose beiseite:

»Ihr habt bereits bezahlt. Danke, Schuster!« flüsterte sie, dann war sie schon weiter.

Die Menschen drängten sich noch an den Bastkorb heran, aus dessen Deckel sich vorwitzig der Kopf der Schlange herausschob, als Idler für sich einen Platz suchte. Gegenüber einer Bühne ließ er die Kraxe zu Boden gleiten, stellte sich den Kasten zurecht und bot lautstark seine Dienste feil.

»Schuhe, Sohlen nähen, beschlagen!«

Hier ließ sich schnell und reichlich Geld verdienen. Soldaten trugen immer etwas, das geflickt oder bearbeitet werden mußte. Zudem waren sie bei guter Arbeit nicht kleinlich.

»Schuhe, Sohlen nähen, beschlagen; Schuhe, Sohlen nähen, beschlagen!«

Recht bei der Sache war Idler allerdings nicht. Zu sehr beschäftigte ihn der Traum von letzter Nacht. Und über seinen Köpfen schwirrte ein Schlag Tauben in strenger Formation von der Traufe des Weinstadels herab, schlug über dem Brunnen exakte Haken in der Luft und ließ sich auf dem Dach des Fuggerhauses nieder.

10.

»Kund und zu wissen sei jedermänniglich, daß heut und zu den nächsten Tagen hier vor Ort Spaß und Ernst, Freud und Leid zugetragen werden dem, der zwei Pfennige entrichtet und wissen will, was geschehen in der Geschichte gegenwärtig und vergänglich. Zu Lust und Erbauung und zu allgemeiner Warnung soll nun hier und heute das tragische Ende der Handwerker Daidalos und Ikaros explizieret werden.«

Neugierige sammelten sich vor der Bühne, auf der ein kräftiger Schauspieler in einem blauen Mantel stand und die Worte ins Publikum rief. Im Hintergrund stellten weitere Mitglieder der Komödiantentruppe große, mit Leinen verhängte Tafeln auf. Unter ihnen erkannte Idler mit einigem Erstaunen die Schlangenbeschwörerin wieder. Ein dunkles Rupfenkleid hatte sie jetzt übergezogen und unterschied sich nur durch ihre Haare von den anderen.

Starr stand der Künstler auf dem Bretterboden, mit gespreizten Beinen, sah über die Menge hinweg und ließ plötzlich den Mantel, den er vor die Brust gelegt hatte, mit einer ausladenden Gebärde über die Neugierigen hinwegfegen. Idler erhob sich und drängte sich neugierig unter die Zuhörer. Die Kraxe ließ er zu seinen Füßen auf den Boden gleiten.

Theater. Aber zwei Pfennige waren Idler zuviel. Er packte Kraxe und Kasten und wollte sich eben aus dem Gedränge herauswühlen, als ihn ein Griff am Arm festhielt.

»Ruhig, Schuster!« flüsterte es nahe seinem Ohr. »Seht Euch das Stück an. Hört dem Prinzipal zu. Ich bezahle. Erbaulich, Schuster, lenkt ab von unnützen Gedanken.«

Idler erkannte die Stimme Magister Eduards, ohne ihn sehen zu können.

»Haltet sie fest, die Münzen. Wer nicht bezahlt, stirbt. Sie haben gute Verbindungen zu den Mächtigen dieser Stadt.«

Er fühlte, wie ihm jemand zwei Münzen in die Hand drückte, die Finger darum schloß, dann ließ der Griff nach. Bis sich Idler umwandte, war der Magister verschwunden.

Was sollte er davon halten? Doch zum Nachdenken kam er nicht mehr. Eine herrische Geste des Prinzipals zwang die Zuschauer zu Ruhe und Aufmerksamkeit. Eine Leier hob an mit einer hoch auffahrenden, kratzenden Melodie, und der Prinzipal im blauen Mantel begann mit einem reinen und deutlich gesprochenen Bariton die Geschichte eines griechischen Handwerkers und seines Sohnes zu erzählen.

»Der Athener Daidalos war weit über die Mauern seiner Vaterstadt hinaus berühmt. Niemand fand sich, der sich mit dem kunstreichen Handwerker messen konnte.«

Idler ließ sich von der Stimme und der Umgebung mitführen, während er die Schlangenbeschwörerin beobachtete, die ihn offenbar ebenfalls in der Menge entdeckt hatte und betrachtete. Sie blickte freundlich und ruhig von der Bühne herab, aber Idler konnte nicht unterscheiden, ob es ihm galt oder zu ihrer Rolle gehörte.

»So hätte er angesehen und in einem hohen Alter in seiner Vaterstadt sterben und den Ruhm seines Namens den Nachkommen vererben können, hätte er sich nicht durch Neid, Mißgunst und Eitelkeit verleiten lassen. Sein Schüler Talos war ihm nämlich schon bald an Geschicklichkeit und Kunstsinn überlegen, und statt die Gaben des Knaben zu fördern und einen würdigen Nachfolger in ihm heranzubilden, stieß er diesen vom Dach des Athenatempels in den Tod.«

Für Idler war es, als stünde er selbst auf dem Dach dieses Tempels und fühlte die Hand des Meisters im Rücken, der eben den Entschluß gefällt hatte, Talos in die Tiefe zu stoßen.

Ihn schauderte. Für einen kurzen Augenblick breitete sich der blaue Mantel aus wie das Himmelsgewölbe über Athen. Die Münzen in Idlers Hand waren naß vor Schweiß. Atemlos folgte er dem Bericht des Komödianten.

Die drei Schauspieler hinter dem Erzähler entfernten die Leinwand von der ersten Tafel.

Idler sah die Schlangenbeschwörerin, sah sie die Leinwand einrollen, sah, daß sie ihn wieder betrachtete, fühlte ein merkwürdiges Schaudern – und schon griff die Geschichte wieder nach ihm.

Die Holzschnitte unterstrichen bildlich das dramatische Geschehen. Eine Gruppe Hoplitensoldaten, so wußte der Prinzipal, jagte den Schuldigen, der aber auf dem Schiff eines Freundes entkam und auf der Insel Kreta Zuflucht und eine zweite Heimat fand.

Minos, auf dem Bild als gewaltiger bärtiger Herrscher charakterisiert, nahm den Flüchtigen auf und betraute ihn mit der Aufgabe, für das gräßlichste aller Ungeheuer ein Labyrinth zu bauen, für den Minotaurus, halb Mensch, halb Stier.

Idler wußte nicht mehr, ob er den Bilderfolgen nachblickte oder dem Text lauschte. Beides verwob sich in eins. Die Menschen standen so gedrängt, daß Idler Atembeschwerden bekam. Er lebte in einer anderen Welt, in einer anderen Zeit.

»Dem kunstreichen Handwerker gelang der Auftrag so vorzüglich, daß er der Hochachtung des Hausherrn sicher war. Minos überschüttete Daidalos mit Ehren, doch den Athener quälte der Gedanke an seine Heimatstadt jenseits des Meeres. Minos aber ließ den Künstler nicht gehen. Er umgab ihn mit Wachen, die jeden seiner Schritte beobachteten. So wurde ihm und seinem mittlerweile erwachsenen Sohn Ikaros die Insel zum Gefängnis, und die Mauern waren das Wasser, das dieses Eiland rings umschloß.«

Idler stand auf einer der hohen Zinnen des minoischen Palastes, starrte aufs Meer hinaus, ließ sich tragen von der Sehnsucht, die Daidalos in jeden seiner Atemzüge legte.

»Lieber tot als ewig gefangen auf dieser Insel!« sprach er dem Erzähler nach und hinein in den weißen Äther über dem Mittelmeer, der den Wellenschlag träge und kraftlos machte.

Idler schliefen die Beine ein, so daß er versuchen mußte, durch leichtes Stampfen das Blut wieder in Wallung zu bringen. Seine Augen kehrten zurück zur Bühne, suchten nach der Schlangenbeschwörerin, fanden sie neben den Bildern. Sie musterten sich lange. Dann nickte sie. Idler fühlte sich ertappt wie ein Junge.

Mit seiner volltönenden Stimme zwang ihn der Prinzipal wieder zurück in das Geschehen auf Kreta.

Der nächste Holzschnitt zeigte Daidalos, der dem Flug der Möwen nachblickte, die Arme ausgebreitet und über eine Idee nachsinnend, die nur ihm, dem genialsten aller Handwerker und Künstler, hatte in den Sinn kommen können, weil nur er sie zu verwirklichen vermochte.

»Daidalos' Erfindergeist zwang die Natur unter seinen Willen«, sang der Bariton.

»Wenn der König mir Wasser und Land versperrt, bleibt mir nur der Weg über den Himmel und durch die Lüfte. Darüber kann selbst ein Minos nicht wachen, dort versagen Herrschaft und Gewalt der Könige«, ließ er den Griechen sagen.

Die zweite Tafel wurde von den schlanken Armen der Schlangenbeschwörerin enthüllt, und ein Zyklus von vier Bildern erläuterte die Idee des Atheners. Er fügte gesammelte Vogelfedern mit Wachs und Fäden zusammen. Dann bog er sie in eine Form, die den Schwingen der Vögel ähnelte. So baute er vier Flügel, je zwei für sich und seinen Sohn Ikaros. Je weiter das Werk wuchs, desto neugieriger wurde der Sohn, bis ihn Daidalos in sein Vorhaben einweihte. Schließlich war der Tag gekommen. Der Vater band dem Sohn die Flügel um die Arme und verrichtete dasselbe bei sich.

Bevor der Vater sich in die Lüfte schwang, mahnte er Ikaros, sich weder zu nahe an die Sonne zu wagen, sonst würde das Wachs schmelzen und er unweigerlich ins Meer stürzen, noch zu tief zu fliegen, sonst könnten die Wellen die Flügelfedern durchnässen. Dann hoben sich beide leicht in die Lüfte.

»Zwischen Wellen und Sonne halte deinen Flug, mein Sohn,

folge stets meiner Führung!« rief Daidalos Ikaros ein letztes Mal zu, so erzählte der Schauspieler. Sein blauer Mantel blitzte wie das Meer, über das die beiden hinwegflogen, und glaste wie der helle Himmel, durch den sie segelten.

Idler wollte seine Arme ausbreiten, das Gefühl, das Ikaros und Daidalos ergriffen hatte, nachfühlen, aber er war zwischen die Menschen gepreßt, die sich drängten, die schoben und stießen und ihn zum Schwitzen brachten, trotz der kühlen Temperaturen.

Was alle erwartet hatten, geschah: Die letzten Holzschnitte der dritten Tafel zeigten den Athener Daidalos, der seinem Sohn nachsah, die Hand nach ihm ausstreckte, während Ikaros unaufhaltsam dem Meer näher stürzte. Die Federn hatten sich unter der Einwirkung der Sonne gelöst, flatterten lose um ihn, und wie um Ikaros' Schicksal zu verdeutlichen, hatte der Künstler eine fliegende und eine eben ins Wasser eintauchende Möwe dem Bild hinzugefügt.

Idler schloß die Augen, lauschte einzig dem Gesang des Prinzipals, unter den sich ein Chor mischte, gebildet von den Schauspielern. Idler hörte ihre Stimme heraus, die klang wie das Zirpen der Sphären, und versuchte, Hitze und Kühlung zu erfühlen, die Ikaros selbst gefühlt haben mochte, als er der Sonne zu nahe gekommen war und begann, ins Meer zu stürzen.

Plötzlich wurde die Masse der Zuhörer unruhig. Idler sah über die Schulter nach hinten. Ein Trupp Landsknechte in Waffen und Montur näherte sich der Menschenmenge, unter ihnen ein Feldwaibel, in dem Idler den Einäugigen der vergangenen Nacht erkannte, und Ole Larsson, die rechte Hand des schwedischen Stadthauptmanns Stierna. Beides Geißeln der städischen Katholiken.

11.

»He, Prinzipal!« rief Idler dem Blaubemantelten zu und warf seine beiden Münzen zu ihm hinauf, während sich um ihn her die Menge aufzulösen begann. Für einen Moment sahen sich Idler und der Schauspieler in die Augen, der eine sehnsüchtig, der andere um des Geldsegens erstaunt. Dann schulterte Idler seine Kraxe, nahm den Kasten auf und enteilte in entgegengesetzter Richtung, um einer Kontrolle zu entgehen.

Idler schleppte seine Ausrüstung in Richtung St. Ulrich, umrundete mit ihr den Salz- und Weinstadel und spähte kurze Zeit später wieder von der anderen Seite her auf den Bretterboden, der eben noch Griechenland gewesen war.

Mit flinkem Auge überblickte er den Platz. Die Gefahr war vorüber. Die Landsknechte hatten sich über den Markt verteilt. Eine Gruppe von Soldaten betrat das Zelt einer Marketenderin. Der Feldwaibel, dem das rechte Auge fehlte und über dessen rechte Wange eine Narbe lief, die von einem Schwertstreich herzurühren schien, betrat die Bude einer Wahrsagerin. Zwei weitere Soldaten hatten sich vor einem Würfelspieler niedergelassen. Ole Larsson fehlte. Auch die Komödianten waren verschwunden, die Bühne blieb verwaist. Keine Spur des Schlangenmädchens konnte er entdecken. Zu gerne hätte der Schuster das Ende noch gehört, hätte wissen wollen, was mit Daidalos und Ikaros weiter geschehen war.

Sicher hatte der Alte Trauer empfunden um den Tod des Sohnes. Aber war es nicht gerecht gewesen, für den Mord an Talos, seinem Gehilfen, mit dem eigenen Sohn zu büßen?

Der Schuster suchte sich zögernd eine Lücke zwischen den Schaustellern und Handwerkern, stellte Kraxe und Kasten ab und bot erneut seine Arbeit feil. Die Menschen strömten wieder zurück auf den Platz. Die Schwedischen hatten nur Furcht verbreiten wollen. Idler vergaß sie.

Nicht vergessen konnte er die Geschichte. Davon mußte er Maria erzählen, von diesem Daidalos, dem es eingefallen war, den Luftraum für seine Flucht zu nutzen. Erzählen mußte er ihr, daß es ein Mensch gewagt hatte, sich über andere zu erheben, sich ganz seinen Ideen zu überlassen.

Idler schloß die Augen und ließ sich den Wind des Meeres durch die Haare wehen, roch das salzige Aroma der Wellen und lauschte dem entfernten Rauschen der See tief unter ihm.

Ein grelles Lachen schreckte Idler hoch. Einer der Landsknechte klatschte wie wild in die Hände und trieb damit den Taubenschwarm von eben über den Platz. Ihre Flügel rauschten im Takt der Flügelbewegungen. Gleichmäßig, als hätten sie zuvor Wochen exerziert, vollführten sie ihre Wendemanöver, strichen glatt und leicht durch die Luft und wurden immer wieder vom knallenden Händeklatschen des Soldaten hochgescheucht. Dann hob der Landsknecht plötzlich seine Radschloßpistole und feuerte unter den Schwarm. Torkelnd löste sich ein Vogel und fiel ins Wasser des Herkulesbrunnens. Idler konnte nicht fassen, was er gesehen hatte. Tränen schossen ihm in die Augen.

»Träumt nicht, Schuster!«

Vor ihm stand mit seinen fiebrigen Augen der Magister und beugte sich zu ihm herab.

»Beeilt Euch mit meinen Stiefeln, Schuster. Sie sind wichtig. Das Futteral ebenfalls. Säumt nicht. Am Sonnabend werde ich sie mir holen.«

Der Magister wandte sich ab, aber Idler war schneller, hielt ihn am Rocksaum fest.

»Ein Wort, Magister Eduard. Wie ging die Geschichte aus?«

In seiner Bitte lag etwas Bestimmtes, so daß sich der Schwarzgekleidete zögernd bereit fand, auf den Wunsch einzugehen.

»Es ist nicht gut, uns zusammen zu sehen. Es schadet Euch, Schuster. Trotzdem, wenn Ihr die Geschichte mit dem Griechen meint: Daidalos suchte seinen Sohn, flog auf und ab, fand ihn aber nicht, sah nur lose Federn auf dem Wasser treiben und langsam darin versinken. Erschöpft und mutlos ließ er sich deshalb auf einer nahe gelegenen Insel nieder, streifte die Flügel ab und setzte sich an den Strand, mitten hinein in den Glast, den die untergehende Sonne über das Wasser warf. Dort betrauerte der Vater drei Tage den Tod des Sohnes, bis eine glückliche Fügung den Leichnam ans Ufer spülte, so daß der Vater Ikaros den letzten Dienst erweisen und ihn in der Erde bestatten konnte. Dem Eiland gab Daidalos deshalb den Namen Ikaria. Auf Sizilien soll der Künstler noch zu Ruhm und Ansehen gekommen sein, seinen Seelenfrieden aber fand Daidalos bis an sein Lebensende nicht mehr.«

Die ganze Zeit über hatte Idler am Mund des Magisters gehangen, hatte Silbe für Silbe in sich hineingesogen. Jetzt sahen sie sich an, und Idler bemerkte ein merkwürdiges Flackern in den entzündeten Augen des Schwarzgekleideten.

»Es ist eine gefährliche Moritat, Schuster, zu gefährlich für Euch. Haltet Euch an Euren Leisten.«

»Was ist daran gefährlich, Magister?«

»Sie lügen – lügen alle!«

»Wer lügt, Magister Eduard?«

Zweimal, dreimal hob und senkte sich die Brust des Magisters. Starr blickte er weiter auf den Schuster. Diesem war es aber, als verschleierten sich die Augen des Fremden.

»Die Sage hat ein anderes Ende, Schuster. Sie verschweigen es. Alle verschweigen es. Sie erzählen eine falsche Wahrheit!«

»Wer sind *sie,* Magister?« bohrte Idler nach. Seine Neugier war geweckt.

Das Marktleben um sie herum hatte längst wieder die Lebhaftigkeit vor der Kontrolle zurückerlangt. Gaukler schrien, das Wilde Mennlin, ein Zwerg mit einer furchterregenden Fratze, war aufgetaucht und machte Possen, zwickte die Umstehenden und riß Späße über Kleidung und Aussehen, und selbst der Armlahme warf wieder mit seinen Messern.

Langsam kehrte das Leben auch in die Augen des Magisters

zurück. Er beugte sich über Idler, faßte ihn an der Schulter, so fest, daß der Schuster zusammenzuckte:

»Die Mächtigen, Minos, die Griechen, der Papst, der Kaiser, alle, alle lügen.«

Die Augen quollen brennend unter den Lidern hervor, starrten Idler ins Gesicht, aber er bemerkte, daß sie eigentlich durch ihn hindurch und auf den dahinterliegenden Boden starrten.

»Daidalos war verrückt vor Rache, weil Minos ihm seine Freiheit genommen hatte. Nichts hoffte und wünschte er sehnlicher, als den König seine Rache fühlen zu lassen. Bevor er mit seinen Flügeln abhob, entzündete er ein griechisches Feuer, trug es in einer Schale, die er an einer Kette befestigt hatte, und flog mit ihr und mit dem Sohn über den Palast des Herrschers. Dort kreiste er, bis Minos sich zu einem Spaziergang durch seine Gärten aufmachte. ›Minos‹, schrie der Handwerker aus der Luft, ›Minos, du wirst es büßen müssen, daß du mich festgehalten hast. Erinnere dich an Daidalos, dessen Gaben du besitzen wolltest. Ich werde deinen Palast und das Labyrinth in Schutt und Asche legen.‹ Und schon landete die Schale mit dem griechischen Feuer im Innenhof, fraß die trockene Bepflanzung und holte sich die erste hölzerne Säule des Palastes.«

Magister Eduard mußte Luft holen, da er sich in Rage geredet hatte. Schweißperlen standen auf seiner Stirn, als litte er an Fieber.

»Minos ließ die beiden Menschenvögel vom Palast aus mit Pfeilen und Bogen beschießen. Thimaios aus Halikarnassos, dessen weittragender Eibenholzbogen über Kreta hinaus berühmt war, legte einen Pfeil auf die Sehne, zielte und traf Daidalos' Sohn Ikaros. Tödlich verwundet, wurde der Junge vom Feuer, das er wie der Vater in Händen hielt, erfaßt und stürzte als brennende Fackel auf den Opferaltar des Minotauros. Die Götter hatten ihr Urteil über den Frevel des Vaters gesprochen. Doch Daidalos erhob sich auch gegen ihren Willen. Er stahl den schwelenden Leichnam vom Altar und trug Ikaros aufs offene

Meer hinaus, um ihn dort in den unergründlichen Tiefen zu versenken. Aber die Götter ließen nicht zu, daß ein Frevler wie er sich mit dem reinen Wasser des Meeres vermischte. Sie spülten ihn an den Strand ... und das Weitere kennt Ihr, Schuster.«

Der Magister war ganz atemlos. Schriller Gesang hatte die letzten Worte übertönt. Idler wollte nicht mehr hören, aber der Magister fand kein Ende.

»Daidalos übertrat die Gesetze der Götter. Den Mord an Talos hatten sie ihm längst vergeben, dazu war er zu genial. Daß der Mensch Daidalos jedoch begann, mit seiner Macht des Fliegens andere Menschen zu bedrohen, bewohnbare Landstriche abzubrennen, und sich damit ein Vorrecht der Götter anmaßte, konnten sie ihm nicht verzeihen. Deshalb mußte Ikaros sterben.«

Idler warf ein: »Muß jede Kunst Verderben bringen? Kann sie nicht einfach nur sein? Kann man die Dinge nicht denken, ohne den Tod darunterzumischen?«

Idler sah hoch über sich Krähen über den Himmel taumeln.

»Fliegen, was das wäre!«

»Teufelswerk, Meister Idler, Teufelswerk.«

»Ihr nehmt Aufträge an?« drang plötzlich eine Stimme in die eben erst entstandene Stille zwischen den Gesprächsbrocken, die der Magister Idler zugeworfen hatte.

Idler nickte.

»Eure Wünsche?«

Er blickte einem Mann ins Gesicht, dessen ganzes Wesen etwas Füchsisches ausstrahlte, was die rötlichen Haare und die helle Haut noch unterstrichen.

»Flickt mir den Beutel!« bat der Fremde und fixierte den Schuster. Magister Eduard hatte die Unterbrechung genutzt, um sich loszureißen, und verschwand jetzt in Richtung Domstadt. Idler beobachtete, wie der Fremde ihm nachsah.

»Kanntet Ihr den Mann?« fragte der Fuchsköpfige eher beiläufig. Idler wurde hellhörig, starrte auf den Beutel, der mit drei, vier Stichen genäht werden konnte. Eine der Nähte war anscheinend absichtlich mit dem Messer durchtrennt worden.

Idler blickte auf und antwortete: »Er war mir ebenso fremd wie Ihr, Herr. Seit die Schweden einquartiert sind, wimmelt es nur so von unbekannten Gesichtern.«

Mit einem spöttischen Lächeln musterte er den Hellhaarigen. Sein Blick fiel auf ein dunkelbraunes Futter unter feingewirktem Gewebe.

»Es ist viel Gesindel darunter.«

Der schmächtige Fremde sah Idler an.

Ein Fuchs, dachte Idler, nähte die letzten beiden Stiche, verknotete das Band und verlangte einen Pfennig für die Arbeit.

»Ihr seid nicht billig, Schuster«, mahnte der Fuchs.

»Dafür könnt Ihr mich jederzeit um einen Dienst angehen, Fremder.«

Sie sahen sich noch für wenige Augenblicke an, dann verschwand die kleine Gestalt in der Menge.

Die Art zu gehen, grübelte Idler, hatte er schon gesehen.

12.

Aus dem Haus drang ein spitzer Schrei, danach ein Schlag, dann noch einer – und leises Weinen. Es war jetzt die richtige Zeit gekommen, das Haus zu betreten. Ole Stierna schritt die Treppenstufen hinauf, die unter seinem Gewicht wie vor Schmerzen ächzten. Er schob die Tür auf, die Angeln pfiffen. Beim Eintreten mußte er sich bücken. Im vorderen Wohnteil lag ein Aufenthaltsraum, der karg eingerichtet war: ein Tisch, zwei Stühle, zwei Truhen aus dunklem Holz an der Wand, ein Kruzifix im Winkel.

In der Ecke zwischen den beiden Außenfenstern ragte eine Sonnenblume des letzten Herbstes in den Raum, vertrocknet und staubig und groß. Der Boden vor ihr war mit kleinen schwarzen Spelzen bedeckt. Wie ein verlöschendes Licht stand sie im trüben Morgendämmer, als hätte man den Rest ihres Leuchtens mit in den Winter hineingenommen.

Ole Stierna betrachtete das vertrocknete Gewächs eine ganze Zeit, wunderte sich darüber, daß das Gelb der Blütenblätter über die Monate hin noch so intensiv leuchtete, und betrat den zweiten Raum. Es war die Schlafstube.

Das heugefüllte Laken war zu Boden gerissen worden. Unter dem Bett sahen zwei Nachttöpfe hervor, auf einem Schemel war der Kohlenkessel abgestellt worden. Es roch nach Schlaf und Urin, so daß Ole Stierna mit einer Handbewegung befahl, die Frau, die zwei Landsknechte auf dem Bett festhielten, in die Stube zu führen und auf einen der Stühle zu setzen. Die Landsknechte gehorchten.

Der schwedische Hauptmann betrachtete die Frau, deren Figur sich unter dem zerschlissenen Hemd abzeichnete. Mitte Zwanzig mochte sie sein, die Frau dieses Schusters. Kinder hatten sie keine, wie er feststellte. Es fehlten die Betten dafür. Die Hausfrau war auf ihre unscheinbare Art hübsch, mit großen dunklen Augen, die eher an eine Römerin erinnerten als an eine Reichsstädterin nördlich der Alpen. Ihr Haar fiel aufgelöst über die linke Brust herab. Mit einer langsamen Bewegung schob er die Haarfäden beiseite. So konnte er ihre Brüste betrachten.

»Wo ist Euer Mann?« fragte er in seinem gutturalen, schwedisch gefärbten Deutsch.

Die Schusterin zuckte nur mit den Achseln.

Ole Stierna beugte sich vor, fuhr mit dem Zeigefinger die Konturen einer der Brüste nach, umrundete die Brustwarze, ließ den Finger unter der Brust verschwinden und auf der anderen Seite zwischen den Wölbungen wieder auftauchen. Bei jeder Berührung zuckte die Frau zusammen. Sie wollte nach hinten entweichen, aber seine Männer hielten sie fest.

Wie nebenbei wiederholte er:

»Wo ist Euer Mann?«

»Er ist früh aus dem Haus. Hinauf ist er, zum Lager und zum

Markt. Dort lassen sich mit den Schwedischen bessere Geschäfte machen.«

Sie kniff die Lippen zusammen.

»Nein, bitte«, preßte sie dazwischen hervor, während Ole Stierna die andere Brust entlangstrich, langsam und genau die Form umfuhr.

»Wo ist das Manuskript?«

Ole Stierna fragte ruhig und ohne Nachdruck.

Einer der Landsknechte, ein grobschlächtiger Kerl mit einer Narbe auf der rechten Gesichtshälfte, half nach, indem er ihr den Kopf in den Nacken drückte und sie so zwang, Stierna anzusehen.

Die Schusterin schüttelte den Kopf. Sie drängte mit dem Körper nach hinten, um seinem Finger zu entkommen, der langsam begann, nun auch den Bauch zu erkunden.

»Ich weiß nicht, was Ihr meint«, flüsterte sie, »wirklich nicht. Ich weiß von keinem Manuskript.«

Mit einem Ruck hatte Ole Stierna sie am Hemd gepackt und ihr den Stoff vom Hals gerissen. Nackt saß sie vor ihnen. Die Landsknechte in der Stube lachten begehrlich. Ole Stierna sah ihr Erschrecken in den Augen flackern, ihre Scham die Wangen hochziehen. Er ließ sie nicht aus den Augen, während sie seinem Blick zu entgehen versuchte.

Maria begann zu weinen.

Stierna betrachtete sie eine ganze Weile, dann ging er auf und ab, den Kopf gesenkt. Er dachte nach. Möglich war es, daß die Frau wirklich nichts wußte von Manuskript und Magister, daß der Schuster sie nicht eingeweiht hatte in den Auftrag.

Dann mußte er sich den Schuster selbst angeln, und das war nur möglich mit einem Köder, den der Handwerker schlucken würde. Stierna grinste in sich hinein. Die Menschen waren nicht besser als das Vieh, das sich draußen auf den Straßen suhlte. Warf man ihnen einen Brocken hin, zeigten sie sich dankbar, auch ihrem Metzger gegenüber.

»Wo ist Euer Mann? Wo ist Salomon Idler?«

Der Hauptmann blieb vor Idlers Frau stehen, betrachtete sie, glitt mit den Augen prüfend über ihren Bauch, über die Brüste und das Haar, das im fahlen Morgenlicht schimmerte. Ausgekämmt mußte es leuchten, mußte diese graue Person mit leuchtenden Haaren durch den Tag gehen.

Sie schwieg, ihre schreckstarren Augen auf ihn gerichtet.

Stiernas Blick lief über die groben Hände eines Landsknechtes weg, der Idlers Frau in den Stuhl drückte, dessen Arme hinauf. Schrundig waren die, mit Narben bedeckt. Roh wirkten sie auf der weiblichen Haut, die das Alter noch nicht hatte welken lassen. Er sah seinem Feldwaibel ins Gesicht.

Wie der Krieg die Menschen zerstörte. Dem Mann fehlte das rechte Auge, ausgeschlagen mit einem Schwerthieb, der eine Narbe über die rechte Gesichtshälfte gezogen hatte. Würden solche Menschen je wieder zurückfinden in ihre Berufe, in ihr gewöhnliches Leben? Solange sie lebten, würde dieser Krieg kein Ende finden, würde er verlängert hineinreichen in jeden Frieden.

Stierna starrte dem Mann so ins Gesicht, daß dieser verlegen seine zerschlagene Hälfte beiseite drehte.

Er brauchte die Frau als Köder für den Schuster. Und er brauchte sie gefügig.

Mit leiser Stimme befahl er die Landsknechte aus dem Raum.

»Verschwindet!«

In die Gesichter der Männer sprang etwas wie Enttäuschung über eine verpaßte Gelegenheit.

»Wartet vor dem Tor auf mich.«

Die drei Schweden verließen den Raum und polterten die Treppen hinunter. Stierna stand Idlers Frau gegenüber, die den Kopf gesenkt hielt und mit beiden Händen ihre bloßen Brüste bedeckte.

»Ich habe Euch etwas gefragt!« bellte Stierna herrisch und beugte sich zu ihr hinunter.

Marias Augen weiteten sich, dann schüttelte sie den Kopf und flüsterte:

»Nein, nicht!«

13.

Maria hatte sich gänzlich zur Seite gedreht, preßte ihren Körper gegen die Bodendielen. Ein lautloses Wimmern riß ihr rhythmisch die Schultern nach oben.

Ole Stierna beachtete sie nicht mehr. Er rückte sich die Kleidung zurecht, schloß den Hosenlatz, sah aus dem Fenster und hinüber zu Agnes' Haus. Es war vermutlich leer. Sie suchte Kunden in der Stadt. Gegen Abend wollte die Stumme zurück sein. Auf der Schwelle lagerte eine Unbehauste, in schwarze Lumpen gewickelt, mit nur einem Bein, und lauste sich. Den vorbeistreichenden Landsknechten streckte sie ihre Bettelhand entgegen.

Warum hatten sie dieses Weibsstück passieren lassen?

Stierna fluchte.

Auf niemanden konnte man sich mehr verlassen. Er widerstand dem Bedürfnis, sofort nach unten zu springen, den Einäugigen zur Rechenschaft zu ziehen, das Bettelweib zu vertreiben. Hinüber sah er zu den drei dunklen Fenstern, hinter denen er letztens noch gestanden hatte …

Stierna hatte gewußt, daß er von Beginn an die Pfeile gesehen hatte, Pfeile, die auf den Querbalken des Türsturzes im Eingang genagelt waren, die Spitze nach unten. Ein Schauer war ihm über den Rücken gelaufen. Nicht der Schuster, nicht der Magister war plötzlich wichtig gewesen. Deutlich hatte er gegenüber zwei, drei, vier Häuser erkennen können, die mit einem Pfeil gekennzeichnet waren.

Deshalb war in diesem Raum niemand, deshalb war die Tür nicht verschlossen gewesen, deshalb war alles so still. Die Pest hatte hier Einzug gehalten und die Bewohner ausgerottet. Jeder

Pfeil über der Türschwelle bedeutete, daß das Haus verseucht war, daß dort ein Pestkranker lag oder gelegen hatte. Oft getraute sich niemand mehr in die Wohnungen. Die letzten Bewohner starben einsam, ohne Beistand, moderten dahin, bis der Gestank der Verwesung die Nachbarn zwang, die Leichen doch wegzuschaffen und für Ordnung zu sorgen.

Unbewußt hatte der Hauptmann der Schwedischen die Luft eingesogen. Es hatte nicht nach Verwesung gerochen. Hatte sich der letzte Kranke von selbst ins Brechhaus geschleppt? Glauben konnte er es kaum. Das bedeutete zumeist ein sicheres Todesurteil. Bevor sie dort dahinsiechten, starben die Menschen lieber zu Hause. Dort bestand immerhin die Möglichkeit, die Pest zu überleben.

Bedrohlich hatte das Zimmer vor ihm gewirkt, dunkler und bedrückender als zuvor. Als wäre alles Leben aus diesen Räumen geflossen und hätte sich im Schmutz der Straße gesammelt, um irgendwo in den Boden zu versickern.

Mit der Zunge fuhr er sich über Lippen und Zähne. In ihm stieg etwas auf, das er nur schwer beherrschen konnte. Es war das Grauen vor einer Leere, die gefüllt war mit Ahnungen. Es war wie ein Wissen um den Tod, der mitten im Raum schwebte, plötzlich, nachdem er die Pfeile entdeckt hatte. Seine rechte Hand hatte zu zittern begonnen, sein Atem hatte gestockt. Nichts hatte er mehr berühren, keine Luft mehr einatmen wollen, aus Furcht vor den schlechten Dünsten, die den Schwarzen Tod weitertrugen, straßenzügeweit, die Bewohner in die Grube warfen ohne Rücksicht auf Stand und Ansehen.

Eben hatte Stierna sich angeschickt, das Fenster, seinen Beobachtungsposten, zu verlassen, sich in die Zimmermitte zu begeben, um möglichst lautlos das Haus hinter sich zu lassen, als er die Tür im Erdgeschoß hatte schlagen hören.

Jemand war ins Haus getreten.

Ole Stierna war stehengeblieben und hatte den Griff seines Messers entschlossen mit der Rechten umfaßt. Jeden hätte er niedergestochen, jedem den Lebensfaden abgeschnitten, der ihm den Weg nach draußen nicht frei gemacht hätte.

Mit leichten Schritten war ein Mensch die Treppe heraufgekommen. Ein Haarschopf war sichtbar geworden, ein Kleid, helle Arme. Dann war die Person stehengeblieben, halb auf der Treppe, mit Kopf und Oberkörper in den Raum hineinragend. Beide hatten sich angestarrt, dann war ein Lächeln des Erkennens über die Lippen der Frau gehuscht.

Stierna hatte zweimal hinsehen müssen, hatte die Person auf der Treppe als die stumme Hübschlerin wiedererkannt, die ihm zuvor in der Schenke ihren Körper angeboten hatte: Agnes.

Langsam war sie ganz ins Zimmer getreten, lächelnd, hatte mit ruhigen Bewegungen ihren Umhang abgestreift, ohne ihn aus den Augen zu lassen, und während sie auf ihn zugelaufen war, hatte Agnes den Gürtel des Hemdes gelöst. Das Haar war ihr über die Schultern nach vorne gefallen, hatte Hals und Brust bedeckt. Stierna hatte die Hand vom Messer genommen, sie gegen das Mädchen ausgestreckt, das schon auf Armlänge herangekommen war, und ihr die Haarsträhnen über die Schultern nach hinten geschoben. Langsam war Agnes das Unterhemd über Schultern und Hüfte weggeglitten. Sie hatte ruhig dagestanden, hatte ihn angesehen und sich betrachten lassen.

Vom Dachgeschoß herab hatte der traurige Ruf eines Käuzchens geklungen.

Je länger er das Gebäude betrachtete, desto unwohler fühlte er sich. Das Haus habe Augen, hatte Agnes angedeutet mit ihrer Fingersprache und einigen Buchstaben, die sie in den Staub des Dielenbodens gemalt hatte, Augen und Ohren, und würde alles sehen, alles hören, und jetzt fühlte er sich wirklich von Blicken verfolgt. Eine Gänsehaut lief ihm über den Rücken.

Er riß sich los von diesem Bild, das er doch nicht enträtseln konnte, drückte die Türe auf und trat ins Freie.

Müde saßen die Tauben auf dem Verschlag, die Köpfe unterm Gefieder. Nutzloses Viehzeug, dachte er sich, lenkte die Schritte in Richtung des Holzbaus und schlug mit dem Fuß gegen die Stange, daß die Tauben erschreckt aufflogen und unter die Balken des Wehrganges über ihnen flohen. Federngestiebe und kotiger Staub erfüllten die Luft und schwebte langsam zur Erde. Stierna mußte husten. Eine feine Jungvogelfeder war ihm in den Hals geraten. Husten mußte er, daß er rot anlief und wenige Augenblicke nach Luft rang, daß es ihn würgte, bis er sich am Haltestamm übergab. Danach fühlte er sich erleichtert. Noch schwer atmend gab er Befehl:

»Schafft mir die Frau ins Lager. Ihr haftet mir persönlich dafür. Laßt Eure Finger von ihr. – Zur Werkstatt. Das Manuskript muß hier irgendwo liegen. Findet es. Und zerschlagt alles.«

14.

Auf das vereinbarte Klopfzeichen hin hatte Pater Konrad die Pforte geöffnet, und Reibenstein war hereingeschlüpft. Sie begrüßten sich mit Handschlag.

»Es ist hier«, flüsterte Pater Konrad.

»Ich weiß. Laßt uns später reden. Zuerst zum Bischof.«

Pater Konrad drehte sich wortlos um und führte Reibenstein durch die dunklen Gänge der bischöflichen Residenz bis zu einer Tür.

»Der Empfangsraum!« flüsterte er. »Aber seid vorsichtig, er ist gereizter Stimmung!«

»Ich auch«, knurrte Reibenstein.

Pater Konrad schob Reibenstein an sich vorbei in ein lichtdurchflutetes Zimmer, schloß hinter ihnen die Tür und ging auf Bischof Heinrich von Knöringen zu, der mitten im Raum in einem Ohrensessel saß und döste. Er berührte ihn leicht an der Hand. Der massige Körper zuckte zusammen, der Bischof hob verschlafen den Kopf. Pater Konrad beugte sich vor und flüsterte von Knöringen ins Ohr.

»Der Bote des Generalissimus Tilly, Exzellenz. Heinrich von Reibenstein. Er ist mit Eurer Exzellenz verabredet!«

Bischof von Knöringen sah an Pater Konrad vorbei und musterte den Boten schläfrig. Dann gähnte er.

»Natürlich. Ich lasse bitten!«

Pater Konrad nickte Reibenstein zu, dieser verbeugte sich und trat näher. Pater Konrad zog sich hinter den Sessel zurück, blieb aber in der Nähe. Bischof Heinrich von Knöringen streckte sich und wuchtete sich aus dem Sessel.

»Mein lieber Reibenstein! Gut, daß Ihr endlich gekommen seid. Ich warte auf Euch.«

»Beinahe wäre ich gar nicht gekommen. Man munkelt in der Bevölkerung, Ihr seid nach Tirol geflohen, zusammen mit dem Kirchenschatz, Exzellenz, hättet Eure Schafe dem Löwen aus Mitternacht ausgeliefert, um die eigene Haut zu retten. Kaum dachte ich, daß ich Euch hier treffen würde.«

Reibenstein schlug einen Ton an, den Pater Konrad mißbilligte. Er blickte Reibenstein an, aber der verzog nur schwach die Lippen, kniff die Augen zusammen und musterte den Bischof. Ihn einzuschätzen würde ihm schwerlich gelingen, dachte Pater Konrad. Was den Bischof auszeichnete, war, daß er seine tatsächlichen Gefühle und Regungen hinter sich endlos wiederholenden Gesten und tickhaften Zuckungen der Augenbrauen versteckt hielt. Selbst er konnte nicht immer unterscheiden, wann eine Geste Bischof von Knöringens echt war oder einfach nur eingeübt, und er kannte ihn seit Jahren. Auch jetzt wackelte von Knöringen nervös mit dem Kopf und lief mit kurzen Schritten auf und ab, wobei er mit den Armen wie mit Windmühlenflügeln schlenkerte.

»Laßt den Pöbel glauben, was er will, Freund Reibenstein. Solange der Schwedenkönig Gustav Adolf in der Stadt weilte, hielt ich mich fern von Augsburg. Reine Vorsicht, mein Lieber. Aber der Löwe aus dem Norden hat zu tun! Er ist nach Bayern hinein unterwegs, gegen Tilly, Wallenstein, den bayerischen Kurfürsten Maximilian und den Kaiser selbst. Eine gewaltige Aufgabe.«

Knöringen hüstelte, stellte sich vor Reibenstein und sah ihm ins Gesicht. Pater Konrad mußte sich zusammennehmen. Er konnte sich ausdenken, was Reibenstein jetzt sah, ein beinahe blödes Antlitz nämlich, das ihm zuzwinkerte und mit der Zunge über zuckende Mundwinkel fuhr.

»Ich bin zurückgekommen, nachdem Gustav Adolf abgezogen war. Sein Statthalter ist eine Marionette. Dieser Johann Georg aus dem Winckel wird vorerst nichts unternehmen, was den Unfrieden in der Stadt weiter schüren wird. Nicht, Pater Konrad?«

Von Knöringen drehte sich zu Pater Konrad um. Der hielt den Blick auf Reibenstein gerichtet und nickte stumm.

»Sollen die Menschen in der Gosse den Schweden die Geschichte meiner Flucht so glaubhaft wie möglich machen, um so ungestörter kann ich hier wirken. Mir ist wichtig, daß der Schwede nichts von meinem Aufenthalt in Augsburg erfährt. Nur so können wir gegen ihn bestehen, Reibenstein.«

»Mir dünkt, Exzellenz, der Schwede hat die Fäden der Stadt in der Hand. Er bietet den Bauern für ihre Konversion die Freiheit von der Leibeigenschaft. Er läßt die protestantischen Kirchen wieder öffnen und schließt die katholischen. Sogar den großen und den kleinen Rat hat er mit protestantischen Geschlechtern erweitern lassen. Und wenn ich recht unterrichtet bin, wurden alle katholischen Ratsangehörigen und Stadtdiener entlassen und dafür unter schwedischem Druck neue gewählt, protestantische natürlich. Sagt mir eines, wie wollt Ihr da wirken?«

Bischof von Knöringen sah Pater Konrad hilfesuchend an. Der wunderte sich zwar über die überaus genaue Kenntnis der Situation in Augsburg, lächelte aber und begann für den Bischof zu sprechen.

»Für uns Katholiken bleibt zwar nur die Basilika. St. Ulrich und Afra ist aber groß.«

»Und wenn ich richtig unterrichtet bin, Pater Konrad, hat Euer Konvent den Treueeid auf Gustav Adolf nicht verweigert. Er kapitulierte vor dem Druck des Protestanten. Wieviel ist er damit noch wert? Sogar die Kirchtürme wurden gesperrt, aus Angst, die Katholiken könnten den Truppen der Kaiserlichen außerhalb der Mauern geheime Botschaften zukommen lassen. Mir scheint die Lage geradezu auf den Kopf gestellt. Die katholische Seite hat keinerlei Handhabe mehr.«

Diese Attacke hatte Pater Konrad nicht erwartet. Reibenstein fiel ihm in den Rücken. Was mochte ihn dazu bewegen? Wollte er einem möglichen Mißtrauen Knöringens begegnen? Wollte er ihn in Mißkredit bringen? Er nahm sich vor, abzuwarten und ihn zur Rede zu stellen. Jetzt war der falsche Zeitpunkt. Bischof von Knöringen begann nämlich wie wild zu nicken. Die Hände vor dem Bauch verschränkt, wippte er mit den Zehenspitzen seinen massigen Körper. Pater Konrad sah den Fingerzeig seines Herrn gerade rechtzeitig, so daß er die Antwort auf Reibensteins Einwurf dem Bischof überließ.

»Ihr vergeßt, daß das Domkapitel den Eid verweigert hat!«

»Weil es darauf bestand, Euch zu konsultieren, Ihr aber bereits auf dem Weg nach Bozen wart!« flocht der Kurier ein.

»Das schaffte uns Zeit, ohne unsere Position zu verraten«, lächelte Bischof von Knöringen. »Damit verderben wir es nicht mit dem Kaiser. Als reichsfreie Stadt durften wir dem Schweden keinen Treueid leisten, Ferdinand hat uns von dem seinen nicht entbunden!«

Bischof von Knöringen beugte sich zu Reibenstein hinüber, sprach leise und eindringlich.

»Wir brauchen die Unterstützung der Kaiserlichen! Deshalb sind wir bereit ...«

Bischof von Knöringen hielt inne und sah sich um. Pater Konrad beruhigte den Bischof mit einer beschwichtigenden Geste seiner Hand.

»Wir sind allein! Ich will also ehrlich sein!«

Pater Konrad beobachtete, wie Reibenstein mit einem Blick seiner Augen zu ihm hinüberdeutete. Obwohl er ihn mit jedem Satz unangenehmer fand, mußte er zugestehen, daß er seine Rolle hervorragend spielte. Der Bischof würde nichts ahnen.

»Jeder Brokat, jede Säule hat hier zwar Ohren, Reibenstein. Aber was Pater Konrad anbelangt! Ein treuer Katholik. Verschwiegen und fleißig, jedoch etwas eigensinnig. Er hört alles, sieht alles und ist sehr gesprächig. Ich würde Euch meinen Zeremonär nicht als Beichtvater empfehlen. Er hat in diesem Punkt seine eigene Ethik. Aber als rechte Hand unentbehrlich. Und ich habe ihn lieber bei mir als gegen mich. Über kurz oder lang hätte er ohnehin erfahren, was wir hier sprechen!«

Pater Konrad sah, wie der Bischof ihm zuzwinkerte.

»Lange werde ich mich hier nicht halten können, dann folge ich dem Domschatz nach. Doch zuvor ist etwas zu tun. Wir müssen ihn aufhalten, diesen Antichrist.«

»Augsburg wird belagert werden«, eröffnete Reibenstein dem Bischof. »Tilly und Wallenstein haben es längst beschlossen. Es ist nur noch eine Frage der Zeit, wann Truppen zur Verfügung stehen.«

Reibenstein hatte leise gesprochen, beinahe geflüstert. Um so erstaunter war er, als Bischof von Knöringen sich aufrichtete.

»Erklärt ihm die Lage, Pater Konrad!«

Pater Konrad räusperte sich, trat einen Schritt vor, während der Bischof an eines der verglasten Fenster trat und hinaussah.

»Die Schweden verstärken die Fortifikationen. Die Gräben sollen vertieft werden, und rund um die Stadt wird eine Sternenwallanlage entstehen. Sie pressen Hunderttausende von Gulden aus den Säckeln der Bürger, allein eine monatliche Kontribution von 30 000 Gulden. Die Protestanten sind sich ihrer Grenzlage bewußt. Die Stadt wird mit ihren eigenen Geldern zu einem heiligen Jerusalem ausgebaut, das den Stürmen der Ungläubigen zu trotzen hat.«

Reibenstein trat an den Bischof heran:

»Eure Exzellenz, darin liegt unser Vorteil. Wir müssen die Schweden nur einschließen und ausheben.«

»Ist das alles? Ist das alles?« rief Bischof von Knöringen und watschelte, ohne zu unterbrechen, das kurze Stück zwischen seinem Pulttisch und dem Stuhl Reibensteins hin und her, immer wieder.

»Einschließen und ausheben! Wie das klingt. Als säßen nicht Tausende schwedischer Söldner hinter dem Mauerring, sondern allenfalls ein paar Dutzend. Ihr könnt die Stadt nicht einschließen und ausheben«, äffte von Knöringen die Worte Reibensteins nach, »ihr müßt ihre Seele gewinnen. Der Antichrist muß ausgebrannt werden in den Köpfen der Menschen, wie eine schwärende Wunde zu säubern ist. Vielleicht habt Ihr dann Erfolg.«

Er schnippte mit dem Finger. Pater Konrad ging zum Schreibpult und holte von dort ein Blatt. Er reichte es dem Bischof, der es lange betrachtete. Dann verlangte er eine Feder, tauchte sie in ein Tintenfaß und unterschrieb.

»Der Dispens sei gewährt!«

Wie um die Tragweite seiner Entscheidung zu unterstreichen, schlug er mit der flachen Hand auf den Schreibtisch, daß selbst Pater Konrad zusammenzuckte. Die Rauchfahne einer Räucherkerze, die mit einem feinen, senkrecht in die Luft steigenden Kräuseln abbrannte und den Raum in Weihrauchduft hüllte, verwirbelte und benötigte eine Zeit, um sich wieder zu beruhigen.

Pater Konrad wußte, daß Bischof von Knöringen Theater spielte. Längst war dem Bischof der Boden zu heiß geworden. Lieber heute als morgen wäre er dem bischöflichen Troß nach Tirol nachgeeilt, aber seine Aufgabe hielt ihn zurück. Er selbst wußte nur noch nicht, was sich der Bischof davon versprach und was genau es war, das in die Stadt gebracht werden sollte. Von Knöringen selbst riß ihn aus seinen Überlegungen.

»So muß man vorgehen, mein lieber Reibenstein. Hier, der

Geyger, soll er doch zu Hause heiraten, wenn er mir nur eine Seele zuführt. Ist selbst Konvertit, der Kerl, und will eine Protestantin ehelichen. Braucht sich nicht öffentlich trauen zu lassen, der Wurm. Solange er die Frau dazu bringt, dem Aberglauben abzuschwören und in den Schoß der Kirche zurückzukehren, darf er die Öffentlichkeit draußen lassen. Der Herr sieht ihn auch so. Mein lieber Reibenstein, man muß von unten anfangen in diesen Zeiten. Man muß graben, den Boden aushöhlen, bis er löcherig wird und nicht mehr trägt, um ihn dann zum rechten Zeitpunkt einstürzen zu lassen.«

Bischof von Knöringen holte mit den Armen weit aus und beschrieb einen Bogen, während gleichzeitig der Kopf unkontrolliert von einer Seite der Schulter zur anderen wackelte. Pater Konrad hätte beinahe losgelacht, und Reibensteins verkniffene Lippen zeigten ihm, daß es dem Kurier ebenso erging.

Offenbar zufrieden mit seiner Wirkung fuhr der Bischof mit dem Zeigefinger unter das Pileolum, rückte es zurecht.

»Maulwürfe sind nötig, mein Lieber, Maulwürfe, die den Boden lockern und vorbereiten. Soll er also in den eigenen vier Wänden feiern, wenn er Schimpf und Schande fürchtet. Sollen die katholische Kirche großzügig erleben, der Geyger und seine Gemahlin. Hab ich recht, Pater Konrad?«

»Eure Exzellenz haben recht!«

Der Bischof setzte sich und kratzte seine Unterschrift unter ein Dokument. Dann reichte er es Pater Konrad, der es faltete, zum Schreibpult ging und mit Hilfe einer der Kerzen Petschaft auftrug, in das er den Siegelring des Bischofs drückte, der dort auslag.

»Reibenstein, Reibenstein, man muß den Menschen fangen wie einen Fisch«, hörte er hinter sich den Bischof schwadronieren.

Heinrich von Knöringen stolperte dabei, mehr als er lief, durch den Raum. Pater Konrad war sich sicher, daß sein tolpatschiges Verhalten seinen Eindruck hinterlassen würde, und er wußte ebenso, daß alles Reibenstein auf eine falsche Fährte locken sollte.

»Laßt mich das Netz knüpfen, mein lieber Reibenstein, und Ihr gebt den Fang weiter an Tilly!« Knöringen trat neben Pater Konrad. Dieser sah, wie das Doppelkinn des Bischofs den Kragen hob. Mit einer nervös schüttelnden Bewegung befreite er seinen Adamsapfel aus der beengenden Stellung, atmete einmal laut auf und schob dann den Fettansatz wieder unter den Kragen.

»Eure Exzellenz sind ein Taktiker. Aber dem Wort Gustav Adolfs, die Stadt wieder in ihre alten Freiheiten einzusetzen, habt Ihr nichts entgegenzuhalten. Die evangelische Bürgerschaft, lieber Bischof, ist aus drohender Gefahr errettet worden, mag man dem Schwedenkönig glauben. Er hat damit Euch gemeint, Exzellenz, Euch und Eure Vehemenz bei der Durchsetzung des Restitutionsediktes. Was also wollt Ihr noch fischen?«

Reibensteins Stimme klang resigniert. Pater Konrad ahnte, was der Bote jetzt dachte: Dieser fettleibige, plumpe Mensch mit den nervtötenden Ticks vor ihm sollte sein Mittelsmann sein, dem Kaiser ergeben, den Protestanten verhaßt? Pater Konrad mußte mit Gewalt sein Bedürfnis unterdrücken, laut hinauszulachen. Warum ließ sich Reibenstein von den plumpen Tricks einlullen?

Bischof von Knöringen watschelte über das stumpfe Parkett und gestikulierte wieder unter den wildesten Zuckungen.

»Ich sehe es selbst. Der Schwede – ich mag seinen Namen gar nicht in den Mund nehmen – hat den Rat ausgetauscht. Jetzt hocken sich dort die Protestanten ihre Ärsche platt. Der katholische Rat ist gänzlich abgesetzt worden. Eine Schande, mein lieber Reibenstein. Aber wo wir nicht regieren können, müssen wir im Verborgenen tätig sein. Die Bevölkerung gilt es zu gewinnen!«

»Und Ihr glaubt, daß heimliche Heiraten dafür das probate Mittel sind? Ist das nicht etwas zu tief gegriffen, Exzellenz?«

Reibenstein lachte. Wie ein Donnerwetter fuhr Bischof von Knöringen hinein in den Spott des Kuriers.

»Es nützt dem schwedischen König nichts, dreizehn neue Familien in den Reigen der Patriziergeschlechter zu erheben. Soll er nur. Er vergißt die dreihundert, die wir durch Predigt und Büßerhemd wieder zurückgeführt haben. Wir schwimmen inmitten eines rechtgläubigen Meeres, Reibenstein. Um uns schäumt ein katholischer Ozean. Die Bayern werden den Teufel tun und konvertieren, und das Land ist zutiefst abergläubisch, als daß es sich von heute auf morgen zum Antichristen bekehren ließe. Irgendwann werden wir von den anbrandenden Wellen wieder überspült werden. Gustav Adolf kann es nicht verhindern.«

Mit einer großen Geste beugte der Bischof sich zu dem im Sessel sitzenden Reibenstein herab.

»Ich habe das Netz, Reibenstein.« Dann wandte er sich an Pater Konrad. »Los, Pater, sagt es ihm!«

»Aus Rom, der Bote, er ist eingetroffen!«

»Und jetzt werden wir unseren Fang machen, Reibenstein!«

15.

Pater Konrad lief voraus, stumm und mit über den Kopf gezogener Kapuze. Zielsicher steuerte er durch die Gänge. Erst in einiger Entfernung des Besuchszimmers hielt er inne und zog Reibenstein in eine Nische. Er schob sich die Kapuze vom Kopf und herrschte Reibenstein an.

»Mein Gott, Reibenstein, Ihr hättet beinahe alles aufs Spiel gesetzt!«

Reibenstein fuhr sich übers Gesicht, als müsse er schlechte Gedanken verscheuchen.

»Ihr hättet mich warnen sollen. Der Mann ist ein Wahnsinniger!«

»Wovor hätte ich Euch warnen sollen, Reibenstein? Vor einem der ältesten Tricks der Menschheit? Euch? Ihr kennt mehr Schliche, als ich Haare auf dem Kopf habe!«

»Nun«, grinste Reibenstein, »dann können es nicht viele sein. Euer Haarwuchs ist spärlich.«

»Laßt das«, knurrte Pater Konrad jetzt ärgerlich. Reibensteins flapsige Art hatte ihn zuvor schon gestört. »Ihr habt einen Fehler begangen. Ihr habt ihn unterschätzt. Mußtet Ihr zuletzt auch noch um Geld schachern, während er versuchte, Euch betrunken zu machen?«

»Das war kein Meßwein, das war das reinste Gift! Stark und schwer.«

Pater Konrads Zorn verflog beim Gedanken an den Wein. Er kicherte.

»Hat er Euch geschmeckt, Reibenstein? Der Tropfen ist alt. Ein Meßwein, der so recht für große Kirchenfeste geeignet ist. Ein kleiner Schluck zuvor, ein zweiter während der Wandlung, und die Liturgie wird zur Offenbarung.«

»Und beinahe hätte ich meine Pläne offenbart und alles ausgeplaudert.«

»Eure Pläne?«

»Unsere Pläne, natürlich, Pater Konrad. Ihr habt die Verbindungen!«

Pater Konrad forschte in Reibensteins Gesicht, aber das blieb ausdruckslos bis auf die Augen, die ihn kalt abschätzten. Dieser Mann versprach sich nicht unabsichtlich. Daß Reibenstein ihn nur als Handlanger benutzte, um an das Manuskript heranzukommen, nahm er wie selbstverständlich an. Aber Reibenstein sollte sich vorsehen.

»Der Bischof verbirgt hinter seiner Unruhe eine ebenso skrupellose Machtgier, wie Ihr sie besitzt, Reibenstein. Seid Euch dessen bewußt. Ihr seid ihm auf den Leim gegangen.«

»Nicht ganz, ich habe nichts verraten.«

»Weil ich Euch geholfen habe! Aber das tut jetzt nichts zur Sache. Kennt Ihr denn den Boten?« fragte Pater Konrad so unbefangen wie möglich.

»Nein. Woher? Ihr sagtet mir, daß er in der Stadt sei. Also kennt Ihr ihn.«

Ob er ihm trauen sollte? Reibenstein würde seine Mutter verkaufen, wenn es ihm einen Vorteil brachte. Von christlichen Tugenden hielt er soviel wie vom Paradies, beides war nützlich, um andere übers Ohr zu hauen. Vermutlich kannte er den Boten längst und wußte möglicherweise auch schon, wo das Manuskript versteckt war. Pater Konrad traute dem Kurier Tillys alles zu.

»Ihr wißt, daß es darum geht, das Manuskript in die Hand zu bekommen, bevor der Schwede es findet. Ich weiß, daß der Bischof weder den Kurier noch den Übergabeort kennt. Er soll hier auftauchen, irgendwann. Ich weiß nur, daß er in der Stadt ist. Mit ihm sprechen konnte ich allerdings nicht.«

Pater Konrad erinnerte sich, daß zum Zeitpunkt ihres Zusammentreffens ausgerechnet Stierna die Bierschenke besucht hatte und sich von einer Hübschlerin hatte bedienen lassen. Magister Eduard und er hatten nur einen raschen Blick wechseln können.

»Zu früh, Pater. Leider zu früh. Einige Monate noch, und wir hätten den Bischof …«

»Bah!« unterbach ihn Pater Konrad. »Seid froh, daß von Knöringen noch innerhalb der Mauern weilt. Ihr werdet Geld brauchen, und solange hier im Hause die Truhen voll sind, steht nichts zu befürchten. Ihr solltet Eure Habgier trotzdem mäßigen. Schließlich geht es hier nicht um Euren weltlichen Profit, Reibenstein, sondern um andere Dinge. Noch einmal werde ich Euch nicht beispringen.«

Reibenstein verneigte sich spöttisch.

»Man dankt, daß Ihr mich vor dem Genuß weiteren Meßweins abgehalten habt, indem Ihr mir das Glas zur Gänze über die Hosen geschüttet habt.«

Pater Konrad grinste.

»Ungewöhnliche Zeiten erfordern ungewöhnliche Mittel. Und so war Eure Betrunkenheit glaubhafter. Es sah schließlich so aus, als hättet Ihr das Glas ...«

»Genug davon. Was wißt Ihr noch?«

Pater Konrad preßte die Lippen fester aufeinander, bevor er anfing zu sprechen.

»Die Schweden wissen längst Bescheid. Der Cellerar des Klosters Lechfeld brachte mir die Nachricht. Gott sei Dank trafen wir uns zufällig auf der Straße. Unabsichtlich und deshalb unverdächtig. Sie sind sicher schon dabei, das Manuskript in ihre Gewalt zu bringen, und suchen nach dem Boten, wenn sie ihn nicht schon gefunden haben. Sie haben auch davon gehört, daß sich hier in Augsburg ein Gesandter Tillys aufhält, um das Konvolut entgegenzunehmen. Womöglich spionieren sie bereits hinter Euch her, Reibenstein. Vorsicht ist angebracht. Der Cellerar jedenfalls wurde verfolgt.«

Reibenstein traf diese Nachricht wie ein Schlag, auf einmal wich das Blut aus seinem Gesicht.

»Wir müssen uns damit abfinden, daß auch die Schweden Wind davon bekommen haben. Ein Überbringer hat geplaudert. Ihr wißt ja, Alkohol und Frauen sind für Kleriker mehr als nur Versuchungen, sie sind der Urgrund allen Übels, Teufelswerk. So auch hier. Eine Konvertitin horchte den Boten aus.«

Reibenstein preßte die Lippen zusammen, aber Pater Konrad wußte, daß der Kurier Tillys ihm jetzt eine Komödie vorspielte. Sein verzweifeltes Verhalten, seine unsicheren Gesten, all das paßte nicht zu Reibensteins kühler, gelassener Art, die er seit Jahren kannte. Er mußte ihn warnen.

»Mein lieber Reibenstein, es ist gefährlich, sich in dieser Stadt aufzuhalten. Der Schwede fischt jeden Hecht aus dem Teich der städtischen Bevölkerung, wenn er nur weiß, wo er steht. Jeder des Domkapitels könnte einen von uns, Euch eingeschlossen, an die schwedischen Häscher verkaufen. Die Silberlinge des Judas sind noch immer im Umlauf, werter Freund.«

Reibenstein nahm die unverhohlene Drohung mit gelassener Miene auf.

»Kommt, ich muß weiter. Ich habe Euch verstanden, Pater Konrad. Wir sehen uns hier wieder, um dem Bischof das nötige Geld abzuschwatzen. Vielleicht wissen wir dann mehr.«

Pater Konrad zog seine Kapuze über den Kopf und schritt wieder voraus. Es dauerte nicht lange, und sie standen vor einer kleinen Pforte.

»Es ist besser, Ihr verlaßt das Palais an einer anderen Stelle, Reibenstein. Gehabt Euch wohl. Und sucht nicht zu angestrengt nach dem Boten. Er findet von selbst hierher.«

16.

Ein Musketenschuß ließ Idler zusammenzucken, grelles Lachen, das verängstigte Wiehern von Pferden, ein Fuhrwerk ruckte an, polterte die Marktgasse hinter dem Weinstadel entlang, Peitschenknallen, Fluchen, schrille Stimmen johlten. Ein wilder Spaß der Landsknechte! Warenballen polterten von der Ladefläche herab auf das Kieselsteinpflaster, der Fuhrmann stand auf dem Bock, die Zügel um ein Handgelenk gewunden, und schwang die Peitsche. Buden krachten ein, Zeltseile rissen wie Saiten mit einem scharfen, hohen Ton.

Pferde erschrecken nannten sie es. Wieder ein Schuß und wieder.

Mit verdrehten Augen jagten die Gäule die Straße hinab. Wie ein Geißbock sprang der Wagen übers Pflaster. Landsknechte grölten hinter ihnen her.

Idler stand mitten im Weg. Er wollte zur Kirche, drehte sich um nach den Schüssen. Geistesgegenwärtig sprang er zwischen die Buden. Aber dort gab es kein Durchkommen, er mußte zur Bühne laufen. Die Pferde scheuten und das Gefährt raste auf ihn zu, Räder wirbelten, der Fuhrmann schrie.

»Seid Ihr von Sinnen?«

Mit Sack und Pack wurde Idler auf die Bühne gerissen. Lärmend stob das Fuhrwerk um Haaresbreite an ihm vorbei.

»Das hätte ins Auge gehen können.«

Der Prinzipal sah ihn an, als wäre Idler eben von den Toten auferstanden, und rieb sich die Hand.

»Ihr seid ganz schön schwer mit Eurer Kraxe. Habt Ihr etwas ausgefressen, daß sie die Gäule hinter Euch herjagen?«

Jetzt lachte auch Idler und untersuchte seine Schulter.

»Kommt mit hinunter. Wenn nicht gerade Fuhrwerke durch die Zelte rasen, unterhält es sich dort besser.«

Vor ihm her ging der Prinzipal zum Bühnenvorhang, schlug ihn zurück und stieg dort eine Treppe hinab, die auf einen kleinen Innenhof führte. Um ihn herum hatten die Schauspieler drei Zelte gruppiert, hinter denen jeweils Wagen standen.

»Unser Reich!« kommentierte der Prinzipal. »Habt Ihr Hunger? Gesine, bring Brot und Wein!«

Nachdem der Prinzipal das Mädchen gerufen hatte, konnte der Schuster fühlen, daß Röte in sein Gesicht schoß. Nur Augenblicke später trug sie auf: Wein in einer Karaffe und auf einem Tablett in heiße Zwiebelbutter getunktes Brot. Sie setzten sich an einen grobgezimmerten Tisch.

»Ein bescheidenes Mahl, aber langt zu.«

Aus dem Augenwinkel heraus beobachtete der Schuster die Schlangenbeschwörerin, die wieder in einem Rupfenkleid steckte, das mit einem Band um die Hüfte zusammengehalten wurde. Idler wagte es nicht, sie direkt anzusehen, während sie ihn mit offenem Blick musterte.

»Stoßen wir auf ein neues Leben an!« polterte der Prinzipal und gab dem Schuster Bescheid. Idler trank mit, vorsichtig und langsam, hatte er doch seit Tagesanbruch nichts gegessen. Dann langte er nach einer Brotecke und kaute mit Genuß.

Das Zelt war geräumig und ausgefüllt mit allerlei Besonderheiten. Stolz kommentierte der Prinzipal seine Stücke.

»Auf unseren Reisen zusammengesammelt: Perchtenmasken aus einem Dorf, einige Tagesreisen weg von hier; oder das, ein Horn aus dem Appenzell; oder hier, eine baskische Flöte aus rotem Holz; dieser Teppich, auf dem Ihr steht, das Geschenk eines Mauren …«

Mit dem Schauspieler war Idler aufgestanden und hatte einen Rundgang durch das Zelt begonnen. Ketten aus Glasperlen und maurische Turbane hingen an den Zeltstangen, unterschiedliche Gefäße zum Trinken und Aufbewahren standen auf dem Boden, Amphoren aus der römischen Antike zählte der Prinzipal auf und Schalen aus Griechenland, die mindestens fünfhundert Jahre alt seien, aber auch Kuriositäten fanden sich darunter wie ein Stück Einhorn, das Bein eines Elephanten als Hocker oder die Mumie einer Katze und ein ausgestopftes Krokodil, von dem der Prinzipal berichtete, wie es gefangen worden war. Während sein Gastgeber erklärte, wurde Idlers Aufmerksamkeit von einem Gegenstand gefesselt, der an einem Faden unter der Decke hing.

»Was ist das? Wozu dient es?«

Sofort war die Erklärungslust des Prinzipals angestachelt.

»Das ist ein Vogel, ein papierener Vogel. Seht her, gefaltet und gebogen. Eine Kunst, die aus China stammen soll. Ein Jahrmarktsakrobat hat mir vor einigen Jahren beigebracht, wie man es macht. Ich zeige ihn Euch.«

Er nahm den Vogel ab und hielt ihn Idler unter die Nase.

»Gebt acht!«

Mit einer behutsamen Bewegung stieß der Prinzipal das Papiergefährt in die Luft, ließ los, und tatsächlich segelte es wie ein Vogel einige Meter weit durch den Raum, bevor es an der Stoffwand des Zeltes scheiterte.

Das Herz schlug Idler bis in den Hals, seine Wangen glühten. Also war es doch möglich, durch die Luft zu gleiten wie ein Vogel! Vor seinen Augen tauchte die Taube auf, die wie der Papiersegler durch die Luft strich, die Flügel starr, pfeilschnell und geradlinig und sicher.

»So etwas kenne ich, habe ich schon …«, gesehen hätte er sagen wollen, aber dann verschloß Mißtrauen seinen Mund. Er durfte sein Geheimnis nicht einfach herumposaunen. Das war gefährlich. Trotzdem konnte er seine Unruhe nicht verbergen.

»Bevor ich gehe, zeigt mir, wie man den Vogel faltet. Was verlangt Ihr dafür?«

Grinsend zeigte der Prinzipal hinüber zu Gesine.

»Etwas habe ich noch gutzumachen. Gesine hat mir Ihr Erlebnis von gestern nacht berichtet. Setzt Euch. Gesine, einen Papierbogen, rasch.«

17.

Beichten mußte er, dem Herrn gegenüber bereuen, daß er das Vertrauen des Magisters mißbraucht und dessen Manuskript betrachtet hatte. Aber noch war Messe. Idler stellte sich zu einer der Säulen nahe dem Beichtstuhl.

Er hatte keinen Blick für die Dimensionen, kein Auge für die Ausstattung des Kircheninneren, obwohl er sich an anderen Tagen gerne davon blenden ließ. Dann sog er den mattgelben Goldglanz und die schwärzliche Silberfarbe von St. Ulrich in sich hinein und die Altarkrone, hinter der die Sonne aufging und den Strahlenglanz zum Leuchten brachte, der dann wie ein Tor schimmerte, das ins Paradies führte.

Heute sah Idler nur die Menschen, die sich in der Halle versammelten, zwischen den Gängen standen. Ein wogendes Meer an schwarzer Kleidung und verschlossenen Gesichtern. Eben erhoben sie sich von den Knien. Ein Rauschen bewegter Leiber füllte das Gewölberund. Dann trat aus dem Chorgestühl ein Mönch, beugte das Knie vor dem Altar und schritt hinaus in den Kirchenraum. Pater Konrad, der Zeremonär Knöringens, bestieg bedächtig die Kanzel.

Nicht einmal die Zeit hatte sich der Bischof genommen, den

Pater auf seiner Flucht mitzunehmen, dachte Idler. Oder sollte er ihn als Ersatz dagelassen haben? Sollten die Augsburger Katholiken durch die Anwesenheit des Benediktiners entschädigt werden für sein eigenes unrühmliches Verschwinden?

Der Mönch bestieg die Kanzel, bekreuzigte sich und begann seine Predigt mit weithin schallenden Worten und großen Gesten. Predigen konnte er wie der Leibhaftige, daß es einem Schauer über die Haut warf. Aber zusammen mit seinem Konvent hatte er den Unterwerfungseid unter den Schwedenkönig gesprochen und die katholische Sache und die des Kaisers leichthin verraten. Idler hatte nicht vergessen, daß der Schwarze auf der Kanzel mit zweierlei Zungen sprach.

»Brüder und Schwestern im Glauben!« hob Pater Konrad an.

Brüder und Schwestern, daß er nicht laut loslachte. Am liebsten hätte Idler auf den Boden gespuckt, um auszudrücken, wieviel er von dieser Eröffnung hielt.

»Einstmals wurden in einer Komödie auf die Schaubühne selbst viele unterschiedliche Kreuze hinaufgetragen. Man ahnte, daß der Wille dahinterstand, jedem sein eigenes Kreuz aufzubürden, weil der Mensch nicht ohne Kreuz sein kann. Also betraten viele der Besucher die Bühne, um sich ihr Kreuz auszusuchen, von dem sie glaubten, es auch tragen zu können. Alte und Junge, Adelige und Unedle, Tapfere und Ängstliche, Arme und Reiche stiegen hinauf und wählten. Ein junger Bursche, der als Eisenbeißer und Baumausreißer gelten wollte, hatte sich dabei nicht lange besonnen und war gleich auf das größte und schwerste Kreuz zugelaufen und hatte es für sich genommen. Als jeder bei seinem Kreuze stand, befahlen die Komödianten, daß ein jeder sein Kreuz wenden sollte, damit man sähe, für welches Schicksal im Leben sich ein jeder bestimmt hatte. So drehten sie die Kreuze, und auf jedwedem Balken waren Worte geschrieben. Der eine hielt die Armut in Händen, wieder einer die Begierde, ein dritter Krankheit, einer Schmach, ein anderer Ungemach, der nächste Unbilden und vieles mehr. Nur der Jüngling wollte nicht drehen. Als der Schauspieler diesen dazu aufforderte, antwortete der geläufig: Sei, wie es sei, er hätte gewählt, um zu tragen, und nicht, um sich zu fragen, welche Bürde der Herr für ihn erwählt habe. Er sei zuversichtlich, daß der Herr ihm dieselbe schon ein Stück weit schleppen hülfe – mehr würde er vom irdischen Leben nicht verlangen.«

Idler war nun doch fasziniert der Predigt gefolgt. Wie geschickt der Mönch die Menschen mit seinen Worten fing, wie er die Köder ausstreute, an deren Haken schließlich die Gläubigen hingen und zappelten, bis ihnen die Luft ausging. Sollte er einer Kirche glauben, deren Oberhäupter sich aus der Stadt stahlen, um die eigene Haut zu retten, und dann verkünden ließen, daß Gott für alle eine Bürde auserwählt habe, die zu tragen die Lebensaufgabe aller wäre? Aller! Das sollte der Mönch betonen, aller, nicht nur der Armen, die von jedem Herrn und jedem Krieg in den Schmutz getreten wurden.

Die Zeiten wären wieder so, lief die Predigt weiter, daß die Bürde oft groß sei und die Menschen – insbesondere die Bürger zu Augsburg – daher aufgefordert seien, ihrem Glauben treu zur Seite zu stehen, so wie der Herr ihnen zur Seite stünde. Dann könnte das Kreuz getragen, wenn möglich sogar abgeschüttelt werden.

Hinter dem Gitter der nördlichen Seitenkapelle, zunächst der er stand, nahm Idler eine Bewegung wahr. Ein Flattern, Fliegen. Tatsächlich, dort saß auf den Stangen der Absperrung eine Meise. Sicher hatte sie sich verirrt, war über die Portale, über offene Fenster in den Kirchenraum gelangt, jagte jetzt die Spinnen und Fliegen hier drinnen, brütete vielleicht.

Idler mußte unwillkürlich lächeln, als der kleine Vogel auf den Altar flog, sich geschickt aus den Ritzen der Schnitzereien bediente.

Der Prediger hatte inzwischen weiterlamentiert:

»... Getier und Plagen über den Menschen gekommen, so vor allem von den Deibelsvögeln. Sicher, es haben dem großen

Mann Eliae die Raben täglich Brot und Fleisch in die Wüste gebracht: Das waren gute Vögel. Dem frommen Altvater Noe hat eine Taube ein Ölzweiglein in die Arche getragen zum Zeichen, daß die Sintflut im Abnehmen sei: Auch das war ein guter Vogel. Den heiligen Colomanum hat allezeit rechtzeitig um Mitternacht zur Mette ein Gockel mit seinem Krähen geweckt: Auch das war ein guter Vogel ...«

Die Aufzählung war ermüdend. Idlers Blick schweifte hinüber zum Gitter der Bartholomäus-Kapelle. Dort saßen Angehörige der Familie Fugger, herausgeputzt und wie Puppen ausstaffiert. Selbst an diesen Tagen des Unrechts verdiente das Haus. Fuggersche Handelskarawanen waren mit die einzigen, die ungehindert die Mauern passieren konnten. Die Fugger belieferten die Schweden mit Stoffen und Pulver, sogar mit Krediten, wie man munkelte.

Wieder entdeckte er das Huschen, diesmal auf dem Altaraufsatz, der über das Gitter hinausreichte. Es war wie eine Ahnung, eine schleifende Bewegung im Augenwinkel. Fleißig war das Tierchen, fleißig und zäh und eine Augenweide.

»So gibt es aber einige Vögel, die verrucht sind, verdammte Vögel, vermaledeite Vögel, ja, mit einem Wort: Deibelsvögel.«

Die letzten Worte schrie Pater Konrad von der Kanzel, die Arme ausgestreckt, als wolle er mit seiner Kutte die Schwingen dieser Vögel nachahmen. Sein Gesicht, dessen habichtsschmale Kontur unter der Kapuze hervorlugte, verstärkte den Eindruck, als wäre er selbst ein Greifvogel.

»Wer aber sind die? Es sind die, die aus dem Lauf der Welt auszubrechen suchen und die Taten des Weltheilands leugnen, neue Wege gehen, wo die alten noch nicht beschritten sind. Werden nicht die Krähen von den Feldern verscheucht und die Elstern mit den Bolzen geschossen, richtet nicht der Adler Schaden genug an in den Herden der Schafe und die Sperber unter den Hühnern? Werden sie nicht gefangen und erschlagen, wo man sie findet, werden nicht die Nester geleert, und wird nicht die Brut ausgebrannt? Also soll es gehen denjenigen unter uns, die in den Dienst Satanas' getreten sind und als diese Deibelsvögel unsere Zeit …«

Pater Konrad brüllte, daß es ihm die Stimme überschlug. Er hämmerte es diesen Köpfen ein, daß die Vögel des Teufels ausgerottet gehörten, daß man sie erschlagen müsse.

Idler sah, wie auf dem Gitter der Bartholomäus-Kapelle eine Ratte entlanglief. Deutlich konnte er in der Dunkelheit den Schwanz des Tieres erkennen, der auf und ab wippte, um das Gleichgewicht zu halten. Eilig trippelte der Nager über die Querstange des Gitters weg und verschwand hinter dem Altar.

»… sendet der Herr Fieber und Pestilenz über welche, so die Stirn haben, sich abzuwenden und eigene, der Ordnung zuwidere Gedankenflüge zu machen! Schwarz regnen wird es, und Blut husten und herabfallen werden die, so gesündigt haben gegen das Gesetz unseres Weltheilands …«

Unbeweglich saß die Meise auf einem der Vorsprünge des Altaraufsatzes, und die Ratte schlich sich mit langsamen Bewegungen an. Idler bekam ein würgendes Gefühl im Magen.

»… sehet ihr aniezo, wie Gott, der Herr, kann diese Deibelsvögel von ungefähr rupfen.«

Das Amen, das wie ein Donner von den Menschen, die eben unter dem Wort des Klerikers zusammengesackt waren, wiederholt wurde, drang nicht allzu tief in Idlers Bewußtsein. In dem Moment sprang die Ratte, und die Meise flog auf, zirpte nur schwer hörbar und floh zu einem der Kirchenfenster hoch, auf dessen Brüstung sie sich niederließ. Neugierig und anscheinend belustigt blickte sie mit schiefem Kopf hinunter. Die Ratte verschwand wieder hinter dem Altar.

Idler atmete auf. Wer fliegen konnte, dachte er, wer das konnte! Träumend saß er da und bemerkte nicht, daß um ihn die Wandlung vor sich ging, daß die Kerzen flackerten, daß die Menschen vor zur Kommunion drängten.

»In nomine patris et filii et spiritus sancti. Amen!«

»Amen!« sang die Gemeinde nach, dann kam Bewegung in die Menschenmasse. Die Menschen beugten die Knie gegen den Altar hin, und dann krochen sie alle zu den Toren, die Hucker und Gerber, die Weber und Seiler, Fischer und Sporenmacher, die Haubenschmiede und Nadler, bekreuzigten sich mit geweihtem Wasser und verließen die Kirche.

18.

Mit wehender Kutte betrat Pater Konrad den Beichtstuhl in der Nähe der Bartholomäus-Kapelle. Noch wartete niemand. Idler trat hinter der Säule hervor, nahm seine Last auf, ging bis vor den Beichtstuhl, stellte Kraxe und Kiste ab und wollte eintreten.

In einer Vertiefung brannte ein Talglicht. Es zeigte an, daß der Stuhl besetzt war. Aus dem Inneren drang das Rascheln von Papier. Vielleicht las der Zeremonär in einem Brevier, was Idler aber kaum glaubte, denn innen war es bereits nachtdunkel.

Er zog die Türe auf und trat ein.

Dunkelheit und ein Geruch nach altem Stoff und speckigem Leder umfingen ihn.

»Jesus spricht: Es ist im Himmel mehr Freude über einen Sünder, der Buße tut, als über neunundneunzig Gerechte, die der Buße nicht bedürfen«, empfing ihn die melodische Stimme Pater Konrads, die jetzt wieder ruhig und sinnlich klang, ganz den harten Tonfall der Predigt verloren hatte. Der Beichtiger flüsterte, den Kopf eng gegen die Trennwand geneigt:

»Wie heißt du?«

»Idler, Vater, Salomon Idler, Schuster allhier zu Augsburg.«

»Wann hattest du das letzte Mal an der Gnade unseres Herrn Jesus Christus teil, mein Sohn?«

Idler konnte hinter dem aus Weiden geflochtenen Wandschirm die Umrisse des Mönchs erkennen, der die Kapuze abgenommen hatte. Nase und Mundpartie zeichneten sich deutlich gegen das Licht ab, das von außen hereinfiel. Die Tonsur spiegelte schwach. Dann senkte der Schuster den Blick und sprach leise:

»Mein Jesus, Barmherzigkeit! Meine letzte Beichte liegt lange zurück. Ich kann mich nicht daran erinnern. Sicher vor dem Einmarsch der kaiserlichen Truppen in Augsburg.«

Ein Räuspern bestätigte Idler die Vermutung, daß sein Beichtiger dieses Bekenntnis keineswegs billigte.

»In Demut und Reue bekenne ich meine Sünden!«

»Sprich, mein Sohn, ich höre.«

»Letztens übergab mir ein Fremder ein Manuskript, um es mit einem Futteral zu versehen. Ich habe sein Vertrauen mißbraucht, es geöffnet und mir angesehen. Es enthielt merkwürdige Zeichnungen.«

Idler hatte jetzt das Gefühl, daß der Pater heftiger atmete. Das konnte aber auch daran liegen, daß die Luft in dem engen Raum schnell verbraucht war und es stickig wurde.

»Sprich weiter!« forderte ihn der Mönch auf – und Idler hörte aus der Stimme ein leichtes Zittern heraus.

»Ich habe mir die Zeichnungen angesehen. Fliegende Maschinen und Vögel waren darauf abgebildet. Ich weiß, daß ich das nicht hätte tun dürfen. Ich habe das Vertrauen des Magisters hintergangen und die Gesetze der Zunft gebrochen. Außerdem spuken die Bilder ständig in meinem Kopf herum. Sie lassen mich nicht mehr los.«

Eben wollte der Schuster die Bußformel sprechen, als ihn der Mönch unterbrach.

»Hast du ihm das Manuskript wieder übergeben?«

»Nein, ehrwürdiger Vater, er holt es erst am Sonnabend bei mir ab.«

»Wie heißt der Mann?«

»Er nannte sich Magister Eduard.«

»Wo hält er sich in der Stadt auf?«

»Ich weiß es nicht.«

Idler erschien die plötzliche Neugier des Mönchs sonderbar.

»Wo befindet sich das Manuskript?«

Was hatte diese Frage mit seiner Bußfertigkeit zu tun? Es wurde ihm zuviel. Da der Bischof das Manuskript ohnehin bekommen würde, beschloß er zu schweigen. Er schickte sich an, nachdem keine weiteren Fragen zu seiner Sündenlast mehr auf ihn eindrangen, die Beichte zu beenden.

»Gott sei mir armem Sünder gnädig! Ich bitte um eine heilsame Buße und die priesterliche Lossprechung.«

Der Pater hinter der Wand schnaufte, als hätte er sich etwas anderes erwartet, murmelte schließlich eine Ablaßformel, dann flüsterte er:

»Bete zwanzig Vaterunser und eine ebensolche Anzahl Gebenedeit seist Du, Maria, und laß dich nächste Woche wieder hier sehen. Spende außerdem zwei Kreuzer für dein Seelenheil zu Bau und Unterhalt des Hauses Petri in Rom und eine Unschlittkerze zu Ehren des heiligen Ulrich.«

Idler mußte Pater Konrad unterbrechen, denn was dieser verlangte, belastete seinen Säckel empfindlich.

»Vater, ich bin ein armer Schuster. Bedenkt das bitte.«

Eine Pause entstand, in die hinein Pater Konrad schwer atmete.

»Nun, ich will es berücksichtigen. Ich erlasse dir also zehn Gebenedeit seist Du, Maria. Kind Gottes, freue dich, wie sich der Vater über den heimkehrenden Sohn freut. Te absolvo!«

»Amen!« flüsterte Idler, erhob sich und verließ den Beichtstuhl. Der Mönch hatte offenbar keine Ahnung vom Leben und Arbeiten in der Stadt. Der Konvent schirmte die benediktinische Brut ab und ließ sie in ihrem eigenen Sud schmoren.

Hinter ihm betrat ein weiterer Büßer den Beichtstuhl und wartete auf die Erlösung durch Pater Konrad.

Idler beschloß, nicht sofort mit seinen Bußübungen zu beginnen. Er mußte diesen muffigen Ort verlassen, sonst würde er ersticken.

Die Dämmerung begann vom Kircheninneren Besitz zu ergreifen. Wenige Kerzen geleiteten Idler zum Ausgang. Auf dem Weg dorthin beschäftigten ihn die merkwürdigen Fragen des Beichtigers.

Wie ein Donnern schlug die Kirchentüre hinter Idler zu. Draußen war es noch leidlich hell.

19.

Ungläubig betrachtete Idler das Treiben auf dem Weinmarkt vor dem Salzstadel. Auf dem Pflaster hatte man mehrere Feuer entfacht. Landsknechte mit ihren Dirnen sprangen um die Brände. Einige der Soldaten trugen Frauenkleider, weil es den Kriegsleuten offenbar an Uniformen mangelte.

Über manchen Feuern wurden Fleischteile gebraten, und in weidenen Körben lag frisches Brot. Idler bediente sich nicht ohne Zögern. Das Gesindel, das sich Soldaten nannte, war unberechenbar. Alles wurde gutgeheißen, solange es gegen die Katholiken gerichtet war.

Idler erkannte Musiker aus der Stadt, die den wilden Gesellen aufspielten: den Geigenhansel und die Rote Trude, die auf ihrer Laute zupfte und dabei sang, den blinden Hias mit der Maultrommel und den Jackl mit seinem Horn. Alle vier waren beliebte Gäste auf Hochzeiten, und sie spielten dabei wie die Siebenschwänzigen, so daß schon mancher Pfaffe, der zum Fest geladen war, das Kreuz geschlagen hatte.

Mitten durch die wirbelnde Horde zwängte sich Idler, sprach Bekannte an, lachte mit den jungen Hübschlerinnen in ihren bunten Trachten und ging betrunkenen Landsknechten aus dem Weg. Er wollte nach Hause, bevor die Nacht hereinfiel, aber das Treiben zog ihn an. Wie gebannt sah er die lachenden und scherzenden Gestalten, die durcheinanderhüpften und sich unablässig drehten, Reihen bildeten und sich zwischen den Feuern hindurchschlängelten. Hochauf stoben die Brände, wenn Holz nachgelegt wurde, wenn Wagemutige über die Glut hinwegsprangen oder durch sie hindurchliefen.

Das Auge wurde geblendet von der Helligkeit, und für kurze Zeit mochte man die harten Jahre des Krieges vergessen, vergessen, daß Augsburg besetzt war, daß überall Mord und Totschlag herrschten. Idler seufzte. Die Belustigungen trafen ihn. Er wäre gern mitgesprungen mit den jungen Dingern, hätte gern ausgelassen um die Feuer getanzt. Aber ihn drückte, daß Gott es so eingerichtet hatte, daß er ohne Unterlaß arbeiten mußte, um sich einen kargen Unterhalt zu verschaffen. Für Vergnügungen blieb keine Zeit.

»Setzt Euch, Schuster, gebt mir Eure Hand«, wurde Idler mit einer melodischen Stimme angesprochen, die er sofort erkannte. In einer Lücke zwischen zwei Häusern hatte sich der Zigeuner niedergelassen. Er winkte ihm und forderte ihn zum Bleiben auf. Idler schüttelte abwehrend den Kopf.

»Kein Geld!«

»Macht Euch darüber keine Gedanken. Ich lese Euch nicht um des Geldes willen aus der Hand. Ihr interessiert mich. Gebt mir Eure Hand«, antwortete der Zigeuner.

Idler riß sich vom Anblick der Feuer los und wandte sich dem Mann zu. Die Gestalt saß im Dunkeln, von der Straße her kaum zu sehen. Eine Mischung aus Neugier und Furcht ließ ihn zögern. Dann streckte er ihm seine rechte Hand hin.

»Die linke Hand«, bat der Zigeuner. Idler korrigierte seinen Irrtum.

Danach beugte sich der Zigeuner über die Handfläche, zog ein schwaches Talglicht näher, das er unter einem Stülphut versteckt gehalten hatte, und betrachtete die Linien genau. Seine Finger strichen über die Falten der Innenhand, begutachteten Länge, Form und Tiefe der Verbindungslinien. Mit sanfter Gewalt drehte er die Hand um, besah sich deren Rücken. Sein Blick war ernst und die Stimme etwas brüchig.

»Ihr bringt das Verderben, Meister Idler. Habt Ihr nicht ein Manuskript erhalten, Schuster? Habt Ihr nicht darin gelesen?«

Erschrocken entzog Idler dem Zigeuner die Hand und wich einige Schritte zurück.

»Erzählt mir nicht Dinge, die Ihr ohnehin kennt. Schließlich wart Ihr frech genug, Euch das Manuskript anzusehen.«

»Und Ihr wollt das Manuskript dazu verwenden, Euch einen Traum zu erfüllen!«

Idler fuhr auf.

»Das ist Hexerei!«

Die Gestalt verschmolz mit dem Schwarz der Häuserlücke. Einzig die Stimme drang daraus hervor, klar und drängend.

»Ihr mit Eurer Hexerei. Was Ihr nicht versteht, was nicht in Euren beschränkten Verstand paßt, ist Hexerei«, spottete der Zigeuner. »Könnt Ihr nichts anderes? Habt Ihr keine Visionen, keine Träume mehr, Schusterkopf? Denkt Ihr nicht manchmal an etwas, das Ihr zukünftig verwirklichen wollt? Ist das Hexerei? Nein, denn es verwandelt sich in Wirklichkeit!«

Idler wurde verlegen. Natürlich dachte er an Dinge, die sich nicht verwirklichen ließen, was glaubte der Kerl.

»Laßt mich in Ruhe!« herrschte er den Zigeuner an.

Der hielt seine Hand fest und zwang Idler, in die Hocke zu gehen.

»Hoffnungslose Träume!«

»Ich glaube an Dinge, die sich verwirklichen lassen, sehe aber nicht in die Zukunft der Menschen«, versuchte Idler, sich zu verteidigen. »Laßt endlich los!«

»Denkt nicht, daß alles, was sich ein Mensch vorstellen kann, von Menschen verwirklicht wird. Es gibt Unterschiede. Einer ist der zwischen Frieden und Krieg. Wie viele Maschinen und Erfindungen wurden für den Krieg erdacht, wie viele nur zu diesem Zweck gebaut und eingesetzt? Tod und Verderben haben sie gebracht – und Ihr haltet eine davon in Eurer Hand.«

Eindringlich sprach der Zigeuner, mit bitterem Unterton.

Idler durchschaute das Spiel, antwortete mit einer unschuldigen, ahnungslosen Frage.

»Ich? Was halte ich in den Händen?«

»Schlimmer als der Krieg ist nur der Mensch. Deshalb gehört Courage dazu, sich gegen den Menschen durchzusetzen. Noch schwieriger als das ist jedoch der Sieg über sich selbst. Glaubt das, Schuster. Vergeßt die Pläne, die Ihr versteckt. Ich sehe, daß sie Verderben bringen über den Menschen, daß sie Tod säen und Vernichtung, daß sie den Menschen quälen werden.«

»Ich weiß nicht, wovon Ihr sprecht!«

Der Zigeuner lachte heiser. Er erhob sich, drängte an ihm vorbei und lief zwischen den Feuern hindurch. Verwirrt und unsicher stand Idler da, seine linke Hand noch immer etwas vorgestreckt.

»Vergeßt nicht, Schuster, schlimmer ist nur der Mensch. Er tötet!« hörte er ihn noch rufen, dann war die Gestalt verschwunden.

20.

Das Rauschen des Herkulesbrunnens begleitete Idler. Wie stark der Halbgott dort oben stand, die Feuerkeule gegen die hundertköpfige Hydra schwang, als könne er mit Kraft und Gewalt allen Widrigkeiten trotzen. War nicht die Hydra, deren abgeschlagene Häupter nachwuchsen, die Hydra des Krieges? Aber log es nicht, das Standbild, das die Stadt zu ihrem 1600jährigen Jubiläum hatte aufstellen lassen? Keine Feuerkeule konnte gegen den Krieg etwas ausrichten. Hilflos mußte man zusehen, wie die Hydra Jahr um Jahr verschlang, die Menschen zu Boden warf und die Bevölkerung verkleinerte. Standen nicht überall in der Stadt Häuser leer, gab es nicht in manchen Straßenzeilen nicht eine einzige lebende Seele mehr? Wo blieb der Halbgott, der die Halsstümpfe dieser Hydra ausbrannte und das Auswachsen neuen Unheils verhinderte?

Idler, ganz in seinen Gedanken verfangen, kam zu sich, als er hinter sich Schritte vernahm, die auf ihn zueilten. Als er sich umwandte, stand die Schlangenbeschwörerin vor ihm, mit einem Gesichtsausdruck, der Freude und Verlegenheit vereinte.

»Ich hatte schon befürchtet, Euch zu verfehlen. Der Prinzipal sagte mir, daß Ihr zur Kirche gegangen seid.«

Idler war überrascht, sie zu sehen. Sie blickte ihn wieder in ihrer neugierigen Art an, und er versuchte, diesem forschenden Blick standzuhalten. In diesen Zeiten kam es selten vor, daß die Menschen einander offen gegenübertraten.

»Der Prinzipal? Woher wußte er ...«

Die Schlangenbeschwörerin lachte herzlich.

»Der Prinzipal. Ja. Erinnert Ihr Euch nicht? Ich mußte mich umziehen. Ich wollte mich aber selbst bedanken. Für Eure Hilfe. Wenn Ihr nicht eingegriffen hättet ...«

Sie ließ den Satz unbeendet, senkte die Augen.

»Ihr hättet zu dieser Zeit nicht unterwegs sein dürfen!«

Sie nickte, aber in ihrem Gesicht sah Idler Trotz und Widerspruch.

»Warum? Weil ich eine Frau bin? Habe ich nicht das Recht, mich in dieser Stadt frei ...«

Idler räusperte sich und versuchte sie zu beschwichtigen.

»So war es nicht gemeint.«

»So denken viele. Und man muß beim Denken anfangen, wenn man etwas verändern will, Schuster. Trotzdem: Danke.«

Idler sah die Frau nachdenklich an. Sie sagte das so ohne Übertreibung, ohne Nachdruck, mit so viel Natürlichkeit. Nur das Denken konnte man ändern. Er bemerkte, wie die Schlangenbeschwörerin den Blick senkte, weil er sie zu forsch anstarrte.

»Ihr habt mir noch nicht einmal Euren Namen gesagt«, bemerkte er, um der Frau aus ihrer Verlegenheit zu helfen, obwohl er genau wußte, wie sie hieß. Der Prinzipal hatte den Namen einmal erwähnt, und er hatte sich ihm sofort eingeprägt. »Damals seid Ihr zu schnell auf und davon!«

Sie sah ihn mit erstaunter Miene an und richtete dann den Blick an ihm vorbei. Idler drehte sich um. Er hörte ein Rasseln, das aus tiefster Brust hervorgezogen wurde. Der Mann, der auf sie beide zuwankte, keuchte und rang schwer nach Atem. Hemd und Gesicht waren naß vor Schweiß. Ehe die Schlangenbeschwörerin noch einen Satz sagen konnte, stolperte die Gestalt zwischen sie. Vor Idler strauchelte der Mann, ein Bader der Kleidung nach. Idler kniete nieder, untersuchte den Gestolperten, auf dessen Stirn sich ein See von Schweißperlen bildete. Er wollte ihm aufhelfen. Die Schlangenbeschwörerin riß ihn zurück:

»Nicht. Seht doch!«

Mit ausgestrecktem Arm zeigte sie auf den Hals des Bedauernswerten, der sich mit letzter Kraft auf allen vieren an eine Häuserwand schleppte und sich dagegenlehnte.

Während Idler noch überlegte, ob er seinen Kasten abstellen und helfen sollte, schreckte er schon zurück. Die Haut am Hals und unter den Achseln des Baders war von schwarzen, eitrigen Geschwüren bedeckt, manche aufgebrochen, andere noch geschlossen. Der Bader hustete trocken. Kraftlos lehnte er sich gegen die Hauswand. Idler trat einen Schritt zurück.

»Wir müssen weg von hier. Wenn sie uns mit ihm zusammen sehen, sind wir unseres Lebens nicht mehr sicher.«

Vorsichtig sah er um sich. Noch hatte niemand den Bader entdeckt. Idler zog die Schlangenbeschwörerin mit sich auf die andere Straßenseite und hastete in Richtung Rathaus davon. Kasten und Kraxe schlugen gegen seinen Körper.

Hinter sich hörten sie bereits den Ruf: »Die Pest! Die Pest!«

In einiger Entfernung blieben sie stehen.

»Nun?« keuchte Idler. »Darf ich auf Antwort hoffen?«

»Gesine«, flüsterte das Schlangenmädchen. Dann nahm sie seine Hand, drückte sie und eilte davon. Bevor sie um das Weberhaus bog, drehte sie sich noch einmal zu ihm um, sah ihn auf die Entfernung hin an, winkte kurz und entschwand seinem Blick.

21.

»Magister! Magister Eduard, so wartet doch!«

Zum Rathaus hin hatte das Gedränge zugenommen. Arme und Handwerker strömten zurück in die Vorstädte.

Idler war in den Judenberg eingebogen, hatte sich zwischen die Leiber gedrängt und war den Weg hinunter in Richtung Jakober Vorstadt gelaufen. Inmitten der Schiebenden, Stoßenden, Drängelnden hatte Idler plötzlich eine Hakennase und einen schwarzen Umhang wiedererkannt.

»Magister Eduard, Magister Eduard!«

Mit der ganzen Kraft seines Körpers lehnte sich Idler jetzt gegen die Menschenwand vor ihm, um dem Magister näher zu kommen.

»Magister, so hört doch, wartet einen Moment, Magister Eduard, Magister!«

Doch kein Kopf ruckte zurück. Unbeirrt, als hätte er nichts gehört, strebte der Magister weiter, abgeschirmt von den Rücken seiner Nachbarn, und Idler erreichte ihn nicht, bedrängt von den Leibern um ihn herum und behindert durch sein Gepäck.

Der Weg teilte sich und mit ihm der Leiberstrom. Idler achtete darauf, daß er hinter dem Magister in die richtige Gasse einbog. Mit einemmal waren Mantel und Hakennase verschwunden.

Vor Idler geriet der Strom ins Stocken. Rücken drängte an Rücken, schob: Kontrolle. Zwischen den unzähligen Köpfen hindurch erspähte Idler bunte Federn und Flinten von Landsknechts-Offizieren. Er verwünschte die Schweden, die um diese dämmrige Abendzeit nichts anderes zu tun hatten, als die Menschen von ihrer Arbeit abzuhalten.

Mäntel wurden durchsucht, Beutel durchwühlt, Säcke aufgeschnitten, Münzen wechselten den Besitzer, Flüche wurden laut, Verwünschungen wurden ausgestoßen. Die verwirrte Masse drückte Idler gegen die Wand. Dann wurde er mit sanfter Gewalt rückwärts in einen kaum brustbreiten Zwischenraum zwischen zwei Häusern gezogen. So schmal war dieser Feuerspalt zwischen den Bauten, daß er sich, die Kraxe auf dem Rücken, nicht mehr drehen konnte und nur an der Stimme erkannte, daß der Magister ihn festhielt.

»Ruhig, Schuster, bis sich die Kontrolle auflöst!«

So stand er, das Gesicht hinaus zur Straße, mit der Kraxe in den Feuerspalt gezwängt, an der Schulter festgehalten von einer knochigen, schwitzigen Hand, während vor ihm Schreien und Fluchen zu einem trommelfellzerreißenden Wasserfall anschwollen und in einem Crescendo an Verwünschungen den Besatzungstruppen gegenüber gipfelten.

Betrunken waren sie, die Landsknechte. Rauschig klammerten sie sich an die Hellebarden, schlugen, schrien und zankten sich mit denen, die nach Hause wollten in die Jakober Vorstadt oder hinauf zur Oberstadt mußten. Ein Geruch von Erbrochenem schwappte immer wieder herüber zu Idler, der sich in der schwankenden Menge wie ein Brückenpfeiler vorkam. Dann brach der Damm vor ihm, die Stimmung hatte einen Punkt erreicht, an dem die Landsknechte die Menge nicht mehr zurückhalten konnten. Die Grenze des Zumutbaren war erreicht, die Mautstelle wurde aufgehoben, die bunten Papageien ließen sich an die Wand zurückdrängen, lachten, fluchten, zählten die erpreßten Groschen für den nächsten Humpen und zogen, als der Leiberstrom versiegte, weiter zur nächsten Bierstube.

Idler wurde aus der Lücke herausgestoßen, stolperte, hielt sich mit beiden Händen an der gegenüberliegenden Hauswand fest. Tasche und Holzkasten fielen in den Schmutz.

»Was schreit Ihr hinter mir her? Hab' ich Euch darum gebeten?«

»Ich habe Euch erkannt«, meinte Idler leichthin, während er mit der Kraxe in die Hocke ging und die aus dem Holzkasten herausgefallenen Kleinteile zusammensammelte.

»Dann kennt Ihr mich besser nicht mehr!«

Damit wandte sich der Magister von ihm ab und stapfte in die entgegengesetzte Richtung davon, die die Soldaten genommen hatten.

»Wartet doch einen Moment«, rief Idler ihm trotzdem nach.

Zu rasch ging er hoch mit seiner Kraxe. Der Inhalt schlug ihm so gegen den Hinterkopf, daß ihm schwindlig wurde.

»So wartet doch.«

Keines Blickes würdigte ihn der Magister Eduard. Die Rockschöße stellten sich gegen den Wind, flatterten wie bemühte Fledermausflügel und gaben ihm den Anschein, als wolle er abheben.

»Ich wollte Euch noch etwas fragen«, rief Idler ein letztes Mal hinterher, »der Zeichnungen wegen.«

Im selben Moment erstarrte der Magister, hielt inne, wandte sich um, segelte regelrecht auf ihn zu, die Arme von sich gestreckt, die Augen gerötet, das Gesicht kalkig weiß, als wolle er ihn erwürgen. Idler wich bis an die Gossenmauer zurück.

»Ihr seid des Todes, Schuster. Ruhig. Still. In Gottes Namen!«

Magister Eduard hakte sich bei Idler unter. Seine fiebrigen Augen hefteten sich auf ihn, tasteten seine Gesichtszüge ab.

»Worüber wolltet Ihr Euch mit mir unterhalten?«

Idler schwankte. Der Stimmungswechsel war ihm unheimlich. Trotzdem drängte ihn die Neugier, stach ihn die Frage, die ihn beschäftigte, seit er Tauben im Flug beobachtete, und die zu einer lodernden Flamme geworden war, seit er das Manuskript gesehen hatte. Er strich sich mit der Zunge über die trockenen Lippen und stieß dann hervor:

»Wie denkt Ihr über das Fliegen, Magister Eduard?«

Der Magister schien nicht im mindesten erstaunt zu sein. Unbeirrt zog er ihn, am linken Arm untergehakt, durch die Gasse, blieb aber vorerst stumm.

Über ihnen hing Wäsche zum Trocknen. Sie tropfte ihre Feuchtigkeit auf den Lehmboden der Gossenschlucht, suchte sich die Menschen, die unter ihr hindurchschritten, verwehrte ihnen aber gleichzeitig den freien Blick hinauf in das schmale Grau über der Gasse. Frauen unterhielten sich über die schmale Lücke hinweg von Fenster zu Fenster, Kinder schrien und spielten im spärlichen Licht der Hofeingänge. Aus den runden Türöffnungen und aus den kellertiefen Fenstern, die die Schlucht zur Straße hin durchbrachen, drang das regelmäßige Schlagen der Webstühle, das Hämmern der Schäffler und das Klatschen nasser Wäsche.

»Vögel fliegen, Fledermäuse auch. Federn schweben zur Erde, wenn man sie losläßt … und?«

Getragen klangen die Worte des Südländers, so als würde er sich jede Silbe zuvor mühsam im Kopf herbuchstabieren, um sie dann mit Anstrengung und holpernd über die Lippen zu rollen.

»Ich meine …«, Idler zögerte. »Ich glaube … nein, ich weiß, daß mehr unter Gottes Himmel fliegen kann als nur die Vögel.«

»Ach!« war die ganze Antwort des Magisters. Der blieb stehen, drückte Idler gegen die Mauer, ließ ein Maultier vorbei, das einen Karren zog, dessen Räder die beiden bis auf Gürtelhöhe mit Schlamm bespritzte. Obenauf waren Schlachthühner gebunden. Den Kopf nach unten, waren sie in ihren Bewegungen erstarrt und warteten erschöpft darauf, gerupft zu werden.

Bereits jetzt versuchte eine Anzahl Gossenlümmel die schönsten Federn zu ergattern. Unter dem Schimpfen des Wagenführers sprangen sie hoch und rissen ihnen die Schwungfedern aus.

»Flog nicht der Prophet Hesekiel im Weltenäther? Pater Konrad hat so etwas in einer seiner Predigten einmal erwähnt. Gibt es nicht fliegende Engel? Waren nicht Christus und Maria aufgestiegen in den Himmel? Selbst der Mensch kann fliegen, Magister Eduard. Ihr kennt sicher den Inhalt …«

Der Magister griff nach Idlers Mund, verschloß ihn mit der flachen Hand.

»Nichts von den Zeichnungen … Niemand kann fliegen,

Schuster. Ihr nicht, ich nicht, niemand, und Papier ist geduldig.«

Idler schüttelte den Kopf, ganz Widerspruch.

»Magister, glaubt Ihr nicht auch, daß wir es einfach nicht zu denken wagen? Ihr, ich, wir alle. Ich muß nur denken, ich fliege, dann wachsen mir Flügel. Die Angst vor dem Denken zu überwinden ist unsere Aufgabe, Magister. Die Natur zeigt uns den Weg. Wir müssen ihn nur beschreiten. Wenn ich einen Schwarm Tauben betrachte und sehe, wie leicht sie sich in der Luft halten können, dann weiß ich, daß wir es eines Tages ...«

»Gott lenkt, Schuster. Er ist der Ausgangspunkt aller Dinge. Wenn Gott nicht wollte, daß uns Flügel wachsen, wußte er, warum.«

»Aber er hat uns doch Verstand gegeben, Augen zu sehen, Hände, Dinge zu schaffen. Von Natur aus besitzen wir keine Flügel, aber Augen, Hände und Verstand könnten sie uns ersetzen. Warum sollten wir da nicht auch fliegen können?«

Magister Eduard schüttelte den Kopf.

»Ich denke mir die Erde als ein Haus, durch das wir wandern, nicht fliegen.«

»Es hat nie ein Mensch versucht. Außer ...«

Die Augen des Magisters bekamen im Halbdunkel der Gasse das flackernde Leuchten von Elmsfeuerchen, die sich an Unglückstagen auf die Dächer der Häuser setzten.

»Man kann den Vogel nicht vom Fliegen trennen. Beides gehört zusammen. Es ist deshalb ketzerisch, das Fliegen einzeln zu denken. Gott schuf vollendete Dinge, keine Halbheiten. Warum also wollt Ihr fliegen?«

Idler schwieg einige Schritte lang. Darüber hatte er noch nicht nachgedacht. Dann aber, es war wie der Stich der Ahle durch starkes Leder, glühte in ihm ein Gedanke:

»Nur um Luft zu holen«, sprach Idler den Magister an, dem er immer tiefer in die Jakober Vorstadt hinein folgte, »nur um Luft zu holen, müßte man sich über die Mauern dieser Vorstadt erheben. Darum allein müßte man das Fliegen lernen wie der Prophet Hesekiel oder wie dieser Grieche, dieser ...«

»... Daidalos, Meister Salomon. Ihr setzt Euch einen Floh ins Ohr. Mit Wachs könnt Ihr keine Federn befestigen. Die Flügel würden Euch zerbrechen. Zudem, wo wolltet Ihr die anbringen? Warum glaubt Ihr, habe ich Euch Geld gegeben? Damit Ihr dem Wahn des Daidalos nicht verfallt. Damit Ihr gemahnt werdet, Idler. Nur deshalb. Wartet darauf, bis Ihr mit Engelsflügeln in ein anderes Reich fliegen dürft. Im Paradies, Meister Salomon, im ewigen Jerusalem, werden Euch alle Eure Wünsche erfüllt werden.«

Magister Eduard sah den Schuster nachdenklich von der Seite her an, während der antwortete:

»Ihr kennt die Armen nicht, Magister Eduard. Für uns gibt es nur die Hölle, hier auf Erden und im Himmel. Erlösung finden nur die, denen auch im Leben das Glück winkt.«

»Versündigt Euch nicht!«

»Ach was, versündigen. Es ist die lautere Wahrheit. Warum sterben wir Hungers, während den Reichen mit ihrer Völlerei hienieden ein Teil der Unsterblichkeit geschenkt wird? Das wird bei uns abgezogen, sag ich Euch, und ihnen aufgerechnet. Nennt mir einen Grund, warum dies im Leben danach anders werden sollte!«

»Die Gerechtigkeit des Herrn, Idler, vergeßt sie nicht!«

Sie waren an der Schlossermauer vor dem Unteren Graben angelangt. Idler mußte nach links, wollte über die Barfüßerbrücke und das Barfüßertor nach Hause.

Der Magister trat nahe an Idler heran, bis er den fauligen Geruch seiner schlechten Zähne roch.

»Vergeßt mich, Schuster. Vergeßt, daß es mich gegeben hat. Ich ziehe den Tod hinter mir her. Das merkt Euch. Wer mich kennt, lebt meist nicht lange. Wir sehen uns Sonnabend. Nicht eher. Vergeßt das nicht, Schuster.«

Der Magister verschwand entlang der Schlossermauer.

Von draußen hörte man das Rufen der Soldaten, die die Menschen mit Peitschen und Stöcken zum Ausbau der Schanzen antrieben. Bei Fackelschein gruben die Stadtbürger und schütteten rund um die Uhr die Sternwälle auf für das protestantische Jerusalem.

Salomon Idler wandte sich zum Gehen. Die Gassen wurden enger hier, überall roch es nach den unzähligen Klöstern und Orden, die sich festgesetzt hatten im Handwerkerviertel. Von Süden zog der Odem der Gerber- und Färberstraßen hoch und verpestete die Luft. Der Schuster schnüffelte in das Luftgemisch hinein, es stank süßlich nach Tod und Verwesung.

Aus einem der Tore trat eine Gestalt, die Idler zu kennen glaubte, im Moment aber nicht einzuordnen wußte. Es war ein kleingewachsener Mann mit blauen Augen und einem füchsischen Ausdruck im Gesicht.

22.

Salomon Idler wagte kaum zu atmen. Eine Hand hatte sich auf seine Schulter gelegt.

Die Dämmerung hatte sich in die Gassenschluchten hinabgesenkt, unterwegs war nur noch, wem es zu spät geworden war bei seinen Geschäften oder wer Unheil streute über die nächtlichen Wanderer. Aus einer der Nebengassen ertönte bereits, leise und tragend, der Ruf des Nachtwächters.

Die Hand auf Idlers Schulter wog schwer.

»Still. Ein Freund!« flüsterte eine Stimme hinter ihm.

»Richard, du?«

»Ich, ja. Ich warte den ganzen Tag schon auf dich. Froh bin ich, daß ich dich endlich treffe, Salomon.«

»Was ist, warum sprichst du mich hier auf der Straße an. Komm mit. Maria hat bestimmt gekocht. Es reicht für drei.«

Die Stimme des Bettlers stockte.

»Du kannst nicht nach Hause, Salomon. Du ...«

Idler drehte sich mit einem Ruck um, faßte den Bettler an seiner Jacke und schüttelte ihn.

»Was ist? Sprich!«

»Ich bin an allem schuld! Ich bin es, nicht du. Das wollte ich wirklich nicht, wirklich ...«

»Sprich!«

Idlers letztes Wort war gedehnt und gezwungen langsam gesprochen. Sein Griff wurde härter. Er zog sich die schmächtige Gestalt näher heran.

»Die Schweden«, keuchte Richard.

»Was ist mit den Schweden?« unterbrach Idler wieder, Ungeduld in der Stimme.

»Laß mich ausreden, Salomon, und laß los, wenn du etwas hören willst. Laß!«

Richard hatte sich gefaßt und schüttelte energisch die Hände Idlers ab. Der befolgte den Wunsch seines Freundes, ließ los, trat dafür aber noch einen Schritt näher.

Richard zog ihn weg von der Gasse und hinein in einen Torweg. Kurz und knapp berichtete er: »Die Schweden haben Haus und Werkstatt auf den Kopf gestellt und alles von Wert zerschlagen. Irgend etwas haben sie gesucht. Ich weiß nicht, was.«

Idler erstarrte ein zweites Mal bis ins Innerste. Sofort begriff er. Die Schweden waren hinter dem Manuskript her. Hatten sie es gefunden? Hatten sie ihre Wut am Haus ausgelassen? Hätte er doch nur die Finger von diesem Auftrag gelassen.

»Was ist mit Maria?«

Richard zögerte, blickte zu Boden, flüsterte:

»Sie ... sie haben sie mitgenommen.«

23.

»Sie suchen dich. Zwei Landsknechte warten vor deiner Tür, einer sitzt in der Stube. Du kannst dich davon überzeugen. Wir haben kein Licht gemacht, damit der Schwede von gegenüber keinen Verdacht schöpft oder etwa herüberkommt. Sieh nach draußen, erkennst du die beiden dort im Dunkeln, links und rechts vom Gärtchen?«

Idler stand am Fenster. Nur mühsam erkannte er die Schatten zweier Männer, die hinter dem Zaun standen und warteten. Sein Blick stieg langsam hoch zum Haus. Im Fenster gegenüber flackerte eine Kerze, als würde Maria ihn erwarten.

»Das ist Ole Stierna«, sagte Richard, »Hauptmann. Zuständig für besondere Aufgaben. Blond, übergroß, ohne Skrupel. Vor allem an Geld interessiert, an viel Geld. Er trinkt kaum, spielt nicht und lebt auch sonst eher bescheiden. Ganz das Gegenteil des Stadtkommandanten. Johann Georg aus dem Winckel hat mit ihm einen sicheren Griff getan. Mehr konnten wir über ihn nicht erfahren, Salomon. Jetzt sitzt er jedenfalls in deiner Wohnung und wartet auf dich. Er ist der Schlächter für den Löwen aus Mitternacht, für Gustav Adolf von Schweden, Salomon. Er macht die Drecksarbeit – aber genau wie ein Uhrwerk.«

In Idler stieg Wut auf. Was war das für ein Mensch, der ihn dort drüben erwartete und wie eine Katze vor dem Mauseloch hockte? Mehr konnte er nicht denken. Was für ein Mensch? Das erleuchtetete Fenster verschwamm vor seinen Augen.

Willenlos hatte er sich von Richard mitziehen lassen. Der Bettler hatte ihn in den Torweg hineingeführt, war behende über ein Mäuerchen gestiegen, hatte sich durch die Lücke zwischen zwei Apfelbäumen gezwängt, die noch keine Blätter besaßen und ihre dunklen Astarme gegen den lichtblauen Abendhimmel streckten, dann hatten beide vor einem Hinterhaus gestanden. Richard hatte gegen die Tür gedrückt, die lautlos aufgesprungen war.

In Idler stieg ein Widerwillen hoch, eine Übelkeit vor allem Protestantischen, vor der Religion überhaupt, vor diesem Schweden, vor allen Schweden.

Die Schatten unten wechselten die Position, der Mond ging eben auf und leuchtete die Gasse aus. Jetzt schlüpften die Landsknechte in die gegenüberliegenden Hauseingänge und Toreinfahrten.

Gewaltsam riß er sich weg vom Fenster, weigerte sich, weiter an die erleuchtete Höhle vor ihm und an den Mann dahinter zu denken.

Sein Blick fiel ins Zimmer hinein, durchsuchte jetzt den Raum hinter sich, sah Richard, den Bettler, und dahinter, auf einem Stuhl, eine Frau.

»Wo bin ich hier?« fuhr es aus ihm heraus.

»Im Hurenhaus, bei Agnes, direkt gegenüber.«

Idler blieb stumm. Was spielte es jetzt für eine Rolle, wo er sich befand? Er gehörte seit heute zu den Unbehausten, zu den Ausgestoßenen, durfte sich nirgends in der Stadt mehr öffentlich sehen lassen, riskierte bei jedem Gang auf die Straße, daß ihn die Schweden verhafteten, folterten, sein Geheimnis aus ihm herauspreßten. Wenn er Glück hatte, kannte ihn der Schwede von drüben nicht vom Sehen. So würde es ihm möglich sein, bestimmte Stadtteile zu betreten, so konnte er vielleicht Maria suchen.

In dem Moment erhob sich die Dirne von ihrem Stuhl, ging auf den Besucher zu und reichte ihm die Hand. Es war eine feingliedrige, zarte Hand, der man ansah, daß sie keine schwere Hausarbeit verrichtete. Idler nahm sie, drückte sie leicht. Er hatte Angst, er könnte sie zerbrechen.

»Du kannst hier wohnen, solange dein Haus bewacht wird, Salomon. Ich habe mit Agnes gesprochen. Schließlich ist es meine Schuld, daß du in die Sache verstrickt worden bist.«

Der Schuster horchte auf. Das war es, was er eben noch hatte fragen wollen. Warum?

»Warum bist du daran schuld, Richard?«

Zögernd begann Richard zu sprechen.

»Ich habe den Magister zu dir geschickt. Auf der Straße vor dem Tor hat er mich angesprochen, ob ich einen Schuster kenne, der über die Zunftmeldung hinweg Arbeit annähme. Ich wußte dich, gab ihm eine Beschreibung und den Hinweis auf deine Wohnung. Mehr nicht. Wenn ich gewußt hätte, was daraus wird, hätte ich ihn zum Zunftoberen geschickt. Wirklich.«

Immer schneller hatte Richard gesprochen, so als wolle er alle Last von sich werfen, die er durch diesen Hinweis auf sich geladen hatte. Mit jedem Satz war er ihm jämmerlicher erschienen in seiner Lumpenkleidung.

»Schon gut. Du kannst am allerwenigsten dafür.«

Jetzt erst bemerkte Idler, daß er Agnes' Hand noch immer in der seinen hielt. Verwirrt ließ er los. Die stumme Agnes sah ihn an, ernst, mit gerunzelter Stirn. Dann strich sie ihm eine Haarsträhne aus dem Gesicht, die sich dorthin verirrt hatte. Die Geste verwirrte Idler. Er wandte sich ab, spähte wieder aus dem Fenster. Drüben wartete die Folter auf ihn, dessen konnte er gewiß sein. Und beinahe wäre er in diese Falle gelaufen. Er konnte sich noch nicht mit dem Gedanken anfreunden, knapp dem Tod entgangen zu sein.

Betete man in solchen Situationen? Dankte man einem Gott oder den Menschen, die geholfen hatten? Freute man sich daran, Freunde zu besitzen?

Er schlug mit der Faust gegen den Fensterbalken und starrte auf dieses Flackern von gegenüber, das ihn zu locken schien. Das Flackern war feindlich, das wußte er. Richard war ein Freund. Auch das begriff er. Aber dazwischen? Dieses Dazwischen konnte er nicht einordnen.

»Richard«, sagte Idler hell und klar in den Raum hinein, und er wartete, bis der Bettler sein fragendes »Ja?« geantwortet hatte.

»Danke!«

24.

»Wo ist Maria?« flüsterte Idler in den Raum hinein. »Wo haben sie Maria hingebracht, Richard?«

Er löste seinen Blick vom Flackerschein der Kerze, die in seiner Wohnung gegenüber brannte, und blickte hinauf an den Himmel. Die Sterne warfen ein blaues Licht in die Nacht. Idler sah empor in den von Lichtpunkten durchlöcherten blauen Samt des Himmels. Dort oben sein. Was das wäre, dachte er.

»Ich weiß es nicht, noch nicht. Es wird noch dauern«, war Richards Antwort, der auf ihn zutrat und ihm die Hand auf die Schulter legte.

Lange schon kannten sie sich. Idler hatte den Bettler vor nun fünfzehn Jahren von der Straße aufgelesen. Damals hatte er mit seiner Werkstatt in Augsburg angefangen, war Meister geworden, weil die Pest eine ganze Reihe alter Meister dahingerafft hatte. Eines Morgens im Winter hatte der Kerl wie steifgefroren vor seiner Tür gelegen, weil gegenüber die Schergen das Haus geräumt hatten. Hochgepäppelt hatte er ihn, in der Werkstatt schlafen lassen, Brot und Bier mit ihm geteilt. Dafür brachte ihm Richard Fremde, die sich an der Zunft vorbei bei ihm Lederwaren machen ließen, günstig und ohne daß der Zunftobere davon erfuhr. Es war eine Zweckgemeinschaft gewesen, obwohl sie sich mit den Jahren nähergekommen waren. Idler bot dem Bettler Unterschlupf, der dankte es ihm mit Kleinigkeiten. Richard galt etwas in der Bettlerzunft, war mit den Jahren zu ihrem ungekrönten Oberhaupt aufgestiegen. So brauchte Idler sich das Bettler-Gesindel nicht fortwährend vom Leib zu halten. Wenn er aus der Kirche kam, bedrängte ihn niemand, schob keiner ihm Schale oder Napf unter die Nase, riß niemand an seiner Kleidung. Heute erfuhr er, daß Richard weiter ging. Er war ihm ein Freund in diesen unruhigen Zeiten, der sich, ohne nachzudenken, selbst in Gefahr brachte.

»Suchen sie bereits?«

Richard nickte.

Richards Kumpane, wußte Idler, würden in der Stadt das Unterste zuoberst kehren, würden in alle Winkel und Höhlen kriechen, die Augsburg besaß, würden mit ihren Klopfzeichen alle Kerkerwände durchsichtig machen. Jetzt, im Moment, war die Stadt hellwach, obwohl die meisten Bewohner in ihren Betten lagen. An jeder Ecke lauschten Ohren, über jeden Platz glitten Augen, jedes Flüstern gab einen wichtigen Hinweis weiter. Irgendwann, das hatte er schon einmal erlebt, irgendwann würde es an die Tür klopfen, rasend schnell und nur kurze Zeit, bis die Klopfzeichen das gesagt hatten, was sie mitteilen wollten. Solange mußte er sich gedulden.

»Ich bringe ihn um!« wisperte Idler.

»Das rettet deine Frau nicht, Salomon!« antwortete Richard nahe seinem Ohr. Idler legte einen Arm um Richards Schulter und drückte ihn. Womöglich hatte der Einäugige die ganze Zeit über dasselbe gedacht, es nur nicht auszusprechen gewagt.

»Laß ihn am Leben, dann erfährst du auch, was er von dir wollte. Tust du es nicht, schicken sie dir einen anderen nach, den du nicht kennst. Was ist schlimmer? Den Gegner zu kennen, seine Winkelzüge zu beobachten, oder einem Neuen in die Falle zu tappen, die man nicht vorhersieht?«

Idler blieb die Antwort schuldig. Jeder von ihnen kannte sie. Und trotzdem hatte er das Gefühl, als würde ihm diese unausgesprochene Antwort sein ganzes Dilemma vor Augen führen. Er fühlte sich wie gelähmt, als hätte ihn eine plötzliche Steifheit der Gliedmaßen befallen und würde ihn taub und gefühllos machen.

»Warum mußte sie in diese Sache verwickelt werden?«

Idler sprach mehr zu sich als zu den beiden im Zimmer.

»Du weißt also, wonach sie suchen?«

»Nach einem Traum, Richard, meinem Traum.«

Das Dunkel des Zimmers umgab ihn. So fühlte er sich nicht

beobachtet, so konnte er phantasieren, ohne daß ihn die Blicke der anderen bedrängten. War es nicht der Traum der Taube, der ihn verfolgte, sich frei über die Dächer zu erheben, ohne von den engen Gassen der Armut, vom zähen Lehm der Gosse an den Schuhen zurückgehalten zu werden?

Aber Maria dafür zurücklassen, nur damit er abheben konnte?

Es war seine Vision, nicht die Marias. Sie sollte und durfte nicht darunter leiden, daß er verrückt genug war zu glauben, sich aus dieser Welt stehlen zu können. Vielleicht war es ja wirklich nur der Wahn des Daidalos, der ihn bereits gefangennahm, wie es der Magister vorausgeahnt hatte. Er war auf einmal müde und erschöpft vom Tag, von den Begegnungen, von den Ereignissen.

»Richard, wo kann ich schlafen?«

Idler blickte noch einmal über die Schulter zu seinem Haus hinüber.

»Das Licht ist aus!« Im ersten Stock war das Flackern erloschen.

»Der Schwede kommt hierher. Sicher, Salomon. Wir müssen weg!«

Idler sah einen Hünen von beinahe zwei Metern die Treppen seines Hauses herunterkommen. Hell leuchtete das Haus im Mondlicht. Er streckte sich, trat auf den Taubenschlag zu, öffnete die Hose und schlug sein Wasser an dessen Stamm ab. Sein Haar glänzte rötlichblond.

»Komm, Salomon!«

Idler folgte Richard in einen Nebenraum. Dort, gegen die Wand gelehnt, stand ein Holzverschlag, der als Schrank gedeutet werden konnte. Richard öffnete ihn, schob die wenigen Kleider beiseite und stieg hinein. Das Quietschen aus dem Inneren verriet Idler, daß sich dahinter Tür und Treppe befanden.

Agnes hatte mittlerweile eine Kerze angezündet und leuchtete ihnen.

25.

»Erst in zwei Stunden wird der Mond aufgehen. Das muß genügen, Richard«, flüsterte Idler.

Noch überzog ein Schleier aus Nebelfäden den Himmel, aber hier und da brachen erste Sterne durch. Bald würde es aufklaren.

Ihnen blieb ausreichend Zeit. Seit dem späten Nachmittag hatten sie keinen der Schwedischen mehr in der Straße gesehen. Freunde Richards hatten die Torwand mit Zinken versehen, die »keine Gefahr« verhießen. Aber die Schweden waren heimtückisch. Niemand konnte sicher sein, obwohl sich einen Tag lang nichts gerührt hatte.

Der Kauz rief in die Dunkelheit hinaus, und gegenüber der Einfahrt stand der Taubenschlag gegen den schwarzblauen Himmel wie eine Mahnung.

Richard legte die Hand auf Idlers Schulter und schlich an ihm vorbei.

»Ich sehe nach. Warte, bis ich pfeife.«

Agnes, wußte Idler, wartete oben am Fenster. Auch sie war bereit, jeden nächtlichen Gast ihrer Straße durch ein Lichtzeichen anzukündigen. Plötzlich glühte eine Sternschnuppe über den Himmel, zog einen Schweif deutlich über das Firmament. Selbst die Mächte der Weltsphären gaben Kunde davon, daß ungewöhnliche Ereignisse bevorstanden. Sollte er es als ein gutes Vorzeichen oder als Ankündigung einer Katastrophe werten?

Er kam nicht mehr dazu, sich in Deutungen zu verlieren, denn in diesem Moment pfiff es kurz und grell herüber. Der Weg war frei.

Idler schlich auf die andere Straßenseite, bewegte sich entlang des Zauns in dessen Schlagschatten, stieß das Türchen zu seinem Garten auf und setzte in großen Schritten über die freie Grasfläche hinweg. Wie ein Wiesel erklomm er die Leiter zum Taubenhaus und öffnete den Verschlag. In der Ecke, im Kästchen, bedeckt mit Taubenmist, lag das Bündel, verschnürt und vollständig. Rasch griff er danach, es fühlte sich kalt und glitschig an. Die Klappe schließen, hinabspringen und wieder über den Rasen hetzen waren beinahe eine einzige Bewegung. Hinter ihm schaukelte der Taubenschlag mit einem scheppernden Geräusch, daß die Tiere hochflogen und voller Panik im Schlag flatterten.

Als Idler den Boden berührte, wußte er, daß Richard und er einen Fehler gemacht hatten. Aus dem Dunkel des Zaunes löste sich eine Gestalt, klein, drahtig, ebenso flink wie er. Als er an ihr vorbeiwollte, griffen eiserne Hände zu.

»Wohin so spät nachts, Schuster?«

Idler blickte in das fuchsische Gesicht eines Mannes, den er von zufälligen Begegnungen her kannte. Er trat ihm in den Weg. In seiner Hand hielt er ein Stilett, das er gegen Idlers Magen drückte.

»So viel Bewegung und Flinkheit hätte ich Euch nie zugetraut. Sucht Ihr etwas Bestimmtes? Nachts, im eigenen Garten?«

»Tauben«, log Idler. »Tauben für das Nachtessen.«

»So? Tauben! Nun, Schuster, wir sollten uns über diese Tauben unterhalten.«

Gehorsam ging Idler vorbei an dem Fremden und vor ihm her über den Hof, vom kühlen Stahl des Stiletts im Rücken gefügig gemacht.

Die Tür zu seiner Werkstatt stand offen, das Schloß war gesprengt worden.

»Setzt Euch, Salomon Idler. Wenn Ihr mir nicht zur Tür hinausspringt, nehm' ich das Messer weg. Versprecht es mir aber zuvor. Ja? Ich hätte sonst nur die Klinge für Euch. Das wäre mir unangenehm. Tote liebe ich nicht. Ihr braucht nur zu nicken.«

Idler nickte, dann durfte er sich umdrehen. Mit Stahl und Feuerschwamm entzündete der Fremde geschickt eine Kerze, ohne ihn aus den Augen zu lassen. Er stellte die Schusterkugel davor. Lange sah ihm der Fremde ins Gesicht, musterte Idler in deren schwachem Schein. Sie setzten sich einander gegenüber auf dreibeinige Hocker ohne Rückenlehne.

»Ihr scheint mir kein Lump zu sein, und ein Umstürzler schon gar nicht. Solches Gesindel hätte ich nicht am Arm festgehalten, sondern sofort niedergestochen. Bei Euch habe ich eine Ausnahme gemacht.«

Idler blieb stumm. Was hätte er auch sagen sollen? Was wollte dieser Mensch von ihm? Wer war er? In wessen Diensten stand er? Um den Mund seines Gegenübers spielte ein Lächeln, als würde er Idlers Gedanken erraten.

»Von Reibenstein, mein lieber Idler, Heinrich von Reibenstein, Sonderbeauftragter General Tillys.«

»Aber Tilly ist tot!«

»Sieh da, der Schuster aus Augsburg ist unterrichtet.«

»Die Spatzen pfiffen es von den Dächern, daß er bei der Belagerung verwundet wurde und auf der Festung Ingolstadt verstarb.«

»Ihr habt recht, Tilly ist tot. Mein Unglück und Euer Glück, Schuster. Lebte Tilly, dann hättet Ihr diese Nacht nicht überlebt. Ich frage nicht lange, wenn ich etwas will. – Und jetzt zur Sache.«

Reibenstein beugte sich vor, sah Idler von unten herauf ins Gesicht und kniff dabei die Augen etwas zusammen.

»Das Manuskript. Ihr habt es, Idler. Vielleicht sogar unter Eurem Hemd. Ich möchte wissen, was in diesem Manuskript steht. Es gibt, sagen wir, bedeutende Persönlichkeiten in Augsburg, die stark daran interessiert sind.«

Mit einem Lächeln streckte Reibenstein seine Hand aus.

»Gebt es mir freiwillig, dann werdet Ihr von mir nicht mehr belästigt.«

Starr sah Idler ihn an und dachte an Maria.

»Ich kann nicht.«

Tonlos kamen ihm die Worte über die Lippen. Ein Luftzug ließ die Flamme der Schusterkugel flackern und wirre Schatten über die Gesichter werfen.

»Ihr könnt sehr wohl. Ein Griff unters Hemd – und schon …«

»Das Manuskript gehört nicht mir. Es gehört …« Idler biß sich auf die Lippen.

»Ihr meint den Magister Eduard. Zu mir könnt Ihr offen sein. Er hätte die Papiere in die Stadt bringen und mir übergeben sollen. Wir haben uns verfehlt, Idler.«

Jetzt wußte Idler Bescheid. Der angebliche Beauftragte Tillys log. Von Magister Eduard hatte er einen anderen Auftrag bekommen, klar und eindeutig. Von einem Heinrich von Reibenstein war nie die Rede gewesen.

»Was ist, gebt Ihr mir nun das Manuskript?«

In diesem Moment öffnete sich die Tür. Idler hatte zuvor schon einen leichten Luftzug im Nacken verspürt.

Reibenstein sprang auf, zog seinen Degen. In der Türöffnung stand Richard mit zwei weiteren zerlumpten Gestalten, die ihre Bettlerstäbe in der Hand hielten.

»Hab' ich nicht noch etwas gutzumachen, Salomon?« sprach ihn Richard an. »Natürlich will ich nicht stören, aber ich glaube, Euer Gespräch ist damit beendet.«

Die drei betraten die Werkstatt, stellten sich vor Idler und warteten, bis er sich in Richtung der Tür bewegte.

»Zahlen, Idler, ich werde zahlen! Ich bezahle Euch das Manuskript«, rief Reibenstein hinter ihm her.

Richard, den Stab fest im Griff, spöttelte: »Wir nehmen alles.«

»Hundert Gulden. Hundert rheinische Goldgulden, Idler, für das Manuskript.«

»Ich glaube nicht, daß er es verkauft. Aber für hundert Gulden wird er Euch vielleicht sagen, was drinsteht, oder, Salomon?«

Idler war stehengeblieben. Wenn er Maria freikaufen mußte, brauchte er Geld. Das Angebot kam ihm also recht.

»Nun«, rief er über die Köpfe der zerlumpten Gestalten hinweg, die von hinten aussahen wie eine Vorhut der Apokalyptischen Reiter aus den Endzeitvisionen des Johannes, »darüber ist zu reden. Bringt mir das Geld, Reibenstein. In zwei Tagen.

Hierher. Dann werde ich Euch erzählen, was auf den Blättern steht. Mehr nicht. Hundert Gulden dafür, daß ich Euch berichte, was die Seiten enthalten. Wenn Ihr mir eine Falle stellt, Reibenstein, werden Euch meine Freunde hier zerreißen. Sie spüren Euch in jeder Stadt auf, verfolgen Euch, bleiben wie die Bluthunde auf Eurer Fährte – und dann …«

26.

Der Mond leuchtete nun kräftig in die Innenhöfe und Torwege hinein, wenn er sich durch die Nebelschwaden stehlen konnte. Keine zehn Schritte von Idler entfernt drückte sich eine Gestalt in den Schatten des Tores.

Um Reibenstein nicht in die Hände zu fallen, war er die Straße entlanggehastet, hatte den Gebäudekomplex umrundet und Agnes' Haus von der Rückseite her betreten.

»Richard?« flüsterte er in das kalt ausgeleuchtete Dunkel hinein. »Bist du es?«

Sollte er sich der Gestalt nähern oder besser fliehen? Vorsichtig schlich er näher. Der Mond überflutete die Gasse mit seinem Schein. Auch durch die Bretter des Tores fiel Licht ins Innere. Idler erkannte die Gestalt, hielt inne, stürzte dann auf sie zu und umarmte sie.

»Maria! Maria!« flüsterte er.

Er drückte die Frau an sich, hob sie vom Boden, drehte sich mit ihr um die eigene Achse, daß ihm das Manuskript beinahe aus dem Hemd gerutscht wäre. Dann setzte er sie wieder ab.

Vor Freude konnte er es kaum fassen. Er nahm sich nicht einmal die Zeit, sie näher zu betrachten, bis ihm auffiel, daß sie weder etwas sagte noch auf seine Zärtlichkeiten reagierte.

Idler küßte sie, preßte seine Lippen auf die ihren, versuchte, mit seiner Zunge die ihre zu erfühlen, ließ aber schon nach wenigen Malen ab von ihr. Maria erwiderte seinen Kuß nicht, hing ohne Anspannung und willenlos in seinem Arm und schien seine Anwesenheit nicht einmal zu bemerken. Idler stellte sich vor sie, faßte mit beiden Händen ihre Oberarme, lächelte sie fassungslos an.

»Maria, ich bin's, Salomon, dein Mann!«

Die Schusterin neigte den Kopf, als müsse sie dem Klang seiner Stimme nachlauschen, lächelte dann ebenfalls, zeigte aber sonst kein Zeichen des Erkennens.

»Was haben sie gemacht? Was haben die Schwedischen mit dir gemacht?« flüsterte er und schüttelte Maria so heftig, daß sie anfing zu weinen. Tränen zogen im Schmutz ihrer Wangen feuchte Bahnen. Idler wischte ihr mit der Hand das Wasser aus dem Gesicht, zart und vorsichtig, um sie nicht wieder zu erschrecken.

»Was haben sie mit dir gemacht, Maria?« flüsterte er wieder und bemerkte, wie auch ihm das Wasser in die Augen stieg.

Vorsichtig, als hielte er ein wertvolles Gefäß in Händen, zog er sie in den Eingang zu Agnes' Haus und hinauf in den Wohnraum im ersten Stock. An der Treppe erwartete sie Agnes, die Marias freie Hand ergriff und ihm half, sie auf einen Stuhl zu setzen. Willenlos ließ Maria alles mit sich geschehen, abwesend der Blick, kein Lidschlag zuckte über die Augen, ein Lächeln wie angenäht.

»Maria! Maria!« hauchte Idler und streichelte ihr die Wangen.

Sanft schob Agnes ihn beiseite und kniete sich vor Maria hin. Sie hatte eine Kerze geholt, hielt sie in der Hand und leuchtete damit Marias Gesicht ab. Sie hob das Licht dicht vor deren Augen, die dem Schuster weit und dunkel erschienen, wie in den hellen Liebesnächten im Sommer, wenn sie einander begehrten.

Agnes kniff den Mund zusammen und sah Idler ins Gesicht. Ihr Mund bewegte sich, aber Idler verstand nichts. Mit den Augen fuhr sie Idlers Gesicht ab. Endlich nahm sie seine Hand und führte sie an Marias Handgelenk, drückte die Fingerspitzen gegen deren Unterseite, und Idler konnte ihren Herzschlag fühlen. Unruhig schlug Marias Puls, unruhig, aber langsam, viel langsamer als sein eigener oder der anderer Menschen, die er kannte. Dann drückte sie selbst Marias Finger und Arme, ließ los und zeigte ihm die weißen Stellen, die ihre Finger auf der Haut hinterließen und in die nur langsam das Blut nachfloß, als hätten sie zu lange im Schnee gelegen.

Idler sah Agnes an und zuckte mit den Schultern. Was wollte sie ihm zeigen?

Umständlich erhob sich Agnes und ging hinaus in die Schlafkammer.

Während er in Marias teilnahmslosen Augen nach einem Erkennen suchte, hörte er, wie Agnes draußen im Schrank Schubfächer aufzog und darin wühlte. Dann kam sie zurück.

Idler kniete vor Maria, hatte den Kopf in ihren Schoß gedrückt und weinte. Als Idler aufsah, streckte Agnes ihm in der hohlen Hand etwas entgegen, das er trotz des Kerzenscheins sofort erkannte.

»Tollkörner? Was soll das, Agnes? Warum hältst du mir Tollkörner hin?«

Er sah sie fragend an. Die stumme Agnes lächelte bitter, nahm eines der Mutterkörner, zerrieb es zwischen den Fingern und führte es an den Mund. Sie ahmte Schluckbewegungen nach und begann, die Augen zu verdrehen. Zuletzt deutete sie mit dem Kopf gegen Maria. Was sollte Agnes' Schauspielerei?

»Sie haben Maria Tollkörner gegeben?«

Agnes nickte.

»Warum?«

Mit seiner Frage gefror das Lächeln der Hure. Eine ausladende Bewegung deutete einen dicken Bauch an, dann verzog sie das Gesicht zu einer Grimasse und spielte ihm Preßkrämpfe vor. Idler schüttelte den Kopf, wandte den Blick zu Maria.

Warum bloß hatten sie ihr Tollkörner gegeben?

Im Aufgang wurde es laut. Mit schweren Schritten stieg jemand die Treppen empor. Als der blonde Schopf Richards über dem Treppenaufgang erschien, atmeten sie beide auf.

»Wir haben Reibenstein noch ein Stück heimlich begleitet. Er ist ein Fuchs, mit allen Wassern gewaschen. Hat doch glatt einen zerschlagenen Laden des Verkaufstisches abgerissen und ist durchs Verkaufsfenster geschlüpft. Wir sind ihm nach, aber plötzlich war er wie vom Erdboden verschluckt. Wir waren auch zu dumm. Wie Anfänger haben wir uns angestellt. Selbst der Wahrsager hat sich über uns lustig gemacht. Was auch mit den Schweden zusammen für Gesindel in die Stadt kommt!«

Idler horchte auf.

»Ein Wahrsager? Ein Zigeuner vielleicht?« bohrte er nach.

»Ein Zigeuner! Stand vor uns, als wir um die Ecke bogen, hielt uns kurz auf mit seinem Betteln – und da haben wir Reibenstein verloren. Verdammt alle Zigeuner«, fluchte Richard.

»Merkwürdig!«

Idlers Gedanken wurden durch Richards erstaunten Ausruf unterbrochen.

»Aber Maria! Wie kommt sie hierher? Wer hat sie hergebracht?«

»Wissen wir nicht«, sagte Idler. Agnes hob die Schultern.

»Wie geht es ihr? Maria, wie geht es?«

Idler sah zu Boden.

»Wissen wir auch nicht. Sie sitzt da wie abwesend. Ich hab sie hinter dem Torverschlag gefunden, nachdem ich von hinten her ins Haus geschlichen bin. Es ist … als wäre sie nie hier angekommen.«

Mit einer Handbewegung machte Agnes jetzt auf sich aufmerksam, zeigte dem Bettler die erweiterten Augen der Schusterin und dann die länglichen schwarzen Körner in ihrer Hand.

»Sie haben sie mit Tollkorn betäubt, Idler. Das ist übel. Sie vergiften sie damit, je nachdem, wieviel sie bekommen hat.«

»Wozu?« fragte Idler. »Warum machen sie das?«

Noch immer hockte der Schuster vor Maria, streichelte unbewußt ihre Hände, die sie auf die Oberschenkel gelegt hatte, und flüsterte ihr Kosenamen zu.

»Zu viele Tollkörner verwirren den Geist. Die Opfer fallen in einen Zustand, der zwischen Leben und Tod liegt, irgendwo in einem Land, das nicht jeder betreten kann. Wer nicht stabil genug ist, Salomon, den nehmen sie mit hinüber, für immer. Außerdem«, und Richard lachte, denn Agnes hatte die Bewegung wiederholt, die sie schon Idler vorgeführt hatte, »außerdem nehmen Frauen es als Abtreibungsmittel. Es zerstört die Frucht. Wer es häufig genug nimmt, wird dauerhaft unfruchtbar.«

Maria saß da, starrte unbewegt in den Raum hinein, atmete flach und unregelmäßig.

»Wir sollten sie hinlegen, und morgen sehen wir weiter.«

»Warte, bevor wir sie hinlegen, sollte sie sich übergeben. Wer weiß, wieviel von dem Zeug sie ihr eingeflößt haben.«

Agnes eilte in ihren Schlafraum und brachte einen der Nachttöpfe herbei. Die beiden Männer hielten Maria fest, beugten sie über den Topf, und Agnes fuhr ihr mit ihrem Zeigefinger in den Hals. Würgend und sprotzend übergab sich Maria. Danach erst führten sie die Kranke durch die Schranktür in den zweiten Stock hinauf und betteten sie auf eine Strohschütte. Maria schloß die Augen, sobald sie lag, und Idler verspürte bald ihre regelmäßigen Atemzüge.

Im Schuster klangen die Sätze seines Freundes nach:

»... den nehmen sie mit hinüber, für immer.«

27.

Der Zigeuner hatte Stierna schon mit dem ersten Satz gefesselt.

»Ich weiß, wen Ihr sucht!« hatte er ihn angesprochen mit dieser melodischen Stimme, die so wenig zum Äußeren paßte – und Stierna war neugierig stehengeblieben.

Seit der Zerstörung seiner Werkstatt war der Schuster vom Erdboden verschwunden, und der Magister tauchte ebenfalls nicht mehr auf. Ein Gerücht war ihm zu Ohren gekommen, daß der Bischof, dieser Knöringen, sich in der Stadt versteckt haben sollte, und jetzt hatte er sich als gläubiger Protestant auch noch dazu bereit erklärt, sich aus der Hand lesen zu lassen.

»Gebt mir die Linke, Hauptmann Stierna!« hatte ihn der Zigeuner geködert, und er hatte sie ihm hingestreckt, so daß der Alte im Schein eines Talglichtes seine Zukunft besser erkennen konnte.

Wie konnte ein vernünftiger Mensch nur einem solchen Aberglauben verfallen? Stierna biß sich auf die Lippen. Es war der Aberglaube, der die Menschen im Würgegriff hielt, schoß es ihm durch den Kopf. Teufel und Hexen, gute und böse Dämonen bevölkerten die Köpfe seiner Zeitgenossen. Überall sahen sie ihr Wirken, sahen sie Eingriffe und Schicksalsfügungen, ausgelöst von den unheilbringenden Kräften einer beseelten Natur.

Der Alte fingerte in seiner Hand, erfühlte die schrundigen Linien, strich über Schwielen und Narben und sah ihm schließlich unverwandt ins Gesicht.

»Ihr sucht den Mann mit dem fiebrigen Blick. Doch seine Tage sind gezählt, er hustet sich die Lunge aus dem Leib, früher, als Ihr ihn erreichen könnt, Hauptmann.«

Sofort war Stiernas Aufmerksamkeit bei dem Zigeuner, versuchte er, in dessen Gesicht zu lesen, aber es verschmolz mit dem filzigen Gewirr aus Haaren und Schatten, das seine Kapuze warf. Der Zigeuner drückte sich in eine der Brandlücken zwischen den Häusern, versteckte seine Gestalt, und nur seine schmale Hand ragte aus einem dunkelbraunen Umhang hervor, der in der Dunkelheit und bei der Beleuchtung etwas Luziferisches bekam.

»Woher wißt Ihr das?«

»Es steht in Euren Händen geschrieben, Hauptmann Stierna. Ich sagte Euch doch, ich könnte lesen, was das Schicksal Euch zugedacht hat.«

»Weiter, lest weiter«, drängte er jetzt plötzlich. Vergessen war sein Mißtrauen, vergessen die Furcht, von Protestanten bei dieser heidnischen Prozedur beobachtet zu werden, obwohl noch immer davon überzeugt, daß der Aberglaube etwas war, das eher den Katholiken auszeichnete als seine Glaubensgenossen.

»Ihr habt ein Leben zerstört, Stierna, aus dem Diesseits hinausgetrieben in einen Raum zwischen Leben und Sterben. Sie wird nicht mehr zurückkehren in diese Welt, Hauptmann. Sie wird drüben bleiben. Warum habt Ihr sie nicht gleich getötet? So wird sie umgehen in Euch, wird sie Euch mit ihrem Irrsinn suchen und mitnehmen.«

Ein Rinnsal lief Stierna plötzlich über den Rücken und zwischen die Gesäßbacken. Niemand konnte davon wissen, daß er Maria Mutterkornpulver eingeflößt hatte. Niemand.

»Ihr Weinen, es war ihr unerträgliches leises Weinen«, rechtfertigte er sich. »Immerzu, bis hinein in meine Träume. Sie weinte nur noch, da habe ich … Man kann dieses Weinen nicht ständig ertragen.«

Daß er sie geschlagen hatte, daß er sie mißbraucht hatte, davon schwieg er, im Glauben, der Zigeuner wüßte davon nichts. Aber er sah sich getäuscht. Mit schreckgeweiteten Augen folgte er dessen Ausführungen, während deren der Zigeuner seine linke Hand wendete und wendete.

»Habt Ihr nicht Huren genug im Lager? Mußtet Ihr sie nehmen? Erinnerte sie Euch nicht an Eure Frau, an deren Elend im Norden, ohne Mann, ohne Geld? Ich sage Euch, Hauptmann Stierna, Ihr werdet den Weg nach Mitternacht nicht mehr finden. Eure Frau wird dafür betteln müssen, daß Ihr sie in der Schusterin geschändet habt.«

Immer leiser war der Zigeuner geworden, immer weiter war er zurückgewichen in den schmalen Spalt zwischen den Gebäuden. Plötzlich ließ er Stiernas Hand los und verschwand nach rückwärts. Er war so schnell und gewandt und lautlos, daß Ole Stierna eine Zeit brauchte, um festzustellen, daß er allein dasaß.

»Sucht den Magister, Stierna, sucht ihn in den Brechhäusern, in den Siechenhäusern, im Heilig-Geist-Spital. Ihr werdet ihn finden, Hauptmann, sucht ihn.«

Noch bevor der Schwede wirklich begriff, war der Zigeuner über eine kleine Mauer geklettert, die im Hintergrund die Brandlücke abschloß, und in einem dahinter liegenden Garten entschwunden. Er hatte es leichter, war kleiner und wendiger als er, der sich erst mühsam durch die Lücke zwängen mußte, um in den Hof dahinter sehen zu können.

Woher hatte der Alte das alles gewußt?

Er schlüpfte mit den kräftigsten Verwünschungen wieder aus dem Zwischenraum heraus. Dann blieb er stehen, strich sich mit beiden Händen übers Gesicht.

Es wurde dunkel. Die Schusterin war sicher aus ihrem Rausch erwacht und zur Werkstatt zurückgekehrt.

Er betrachtete seine linke Hand, besah sie kritisch im letzten Licht des Tages – und ärgerte sich wieder darüber, auf den ersten Satz des Alten hereingefallen zu sein, wie ein Fisch auf den ausgelegten Köder.

Natürlich hatte dieser recht damit, daß er den Magister finden mußte.

Dabei hatte seine Suche so aussichtsreich begonnen:

Am Jakober Tor war ihm der Magister beinahe in die Hände gelaufen, wie es ihm der Cellerar des Klosters Lechfeld angekündigt hatte. Gefolgt war er ihm, in die Stadt und hinunter zum Schuster – und dann war er ihm entwischt und mit ihm der Idler. Als hätte die Erde sie verschluckt.

28.

Stierna war ziellos durch die Nacht gelaufen, ohne darauf zu achten, welchen Weg er gerade einschlug, aber selbst in der Dunkelheit erkannte er jetzt das Haus, den niedrigen Bretterzaun und, als er sich umdrehte, das Fenster über ihm, in dem Licht brannte.

Im Wirtshaus hatte er das Mädchen kennengelernt, die Agnes, wie sie ihm unter dem Tisch eindeutige Angebote gemacht hatte. Zumindest die Sehnsucht nach seiner Frau hatte sie in ihm geweckt mit ihren Haaren und ihrem kleinen Gesicht. Nur stumm war sie gewesen, stumm wie ein Fisch, aber mit einer Sanftmut – Stierna mochte nicht weiterdenken –, dann war er ihr bei der Verfolgung des Magisters ins Haus gelaufen. Daran erinnerte er sich jetzt.

Vielleicht war Agnes allein. Er würde zu ihr hochgehen. Mit einem Mal verspürte er das Bedürfnis, mit jemandem zu reden, jemandem zu erzählen, daß die eigene Frau weit weg war und noch Jahre auf ihn warten mußte. Er hatte das Bedürfnis nach einem warmen Körper, der sich nicht unter ihm wegbog, sondern willig fügte, nach Haut und Geruch einer Frau, die sich zufrieden und lustsatt an ihn schmiegte.

Er ließ den Blick über die zerschlagene Werkstatt gegenüber gleiten, die im Dunkeln so friedlich und ruhig schien. Keine Seele hatte sie mehr betreten, seit er sie bewachen ließ. Irgendwo mußte der Einäugige, sein Feldwaibel, in der Dunkelheit stehen und ihn und das Haus beobachten. Irgendwo.

Stierna trat in die Tordurchfahrt, schob geräuschvoll die Tür auf und stieg langsam nach oben. Er wollte lärmen, schließlich konnte die Hure gerade Besuch haben, und er wollte ihr eine peinliche Situation ersparen. Als er von den letzten Stufen aus den Raum überblicken konnte, war er leer, mit Ausnahme des Stuhles, auf dem Agnes saß und dem späten Gast etwas unsicher entgegenblickte. Als sie ihn erkannte, hellte sich ihr Blick auf. Sie erhob sich, machte einen Knicks und trat auf ihn zu. Sie hatte ein Hauskleid übergeworfen, das nur von einem Gürtel gehalten wurde, darunter war sie nackt. Sie wußte offenbar, daß er sich zu ihr legen wollte, ahnte wohl auch, daß er mit sich unzufrieden war und daß er sich ablenken mußte.

Das Bett war nur einfach aufgeschüttelt und über die Bettkante gelegt worden. Langsam begann Agnes ihm seine Knöpfe und Schlaufen zu öffnen, fuhr mit gespreizten Fingern durch die Haare auf seiner Brust und begann, ihn zu kraulen. Willig ließ er es geschehen. Er wollte genießen, wollte verwöhnt werden, wenn ihn der Zufall schon so im Stich ließ. Von Stiefeln und Hose entledigte er sich selbst. In Griffweite deponierte er den Degen und eine geladene Pistole, dann überließ er sich Agnes' Lippen. Während sie mit der Zunge über seine Brust fuhr, öffnete sie die Schlaufen ihres Gewandes und ließ es über die Schultern gleiten. Der Schwede fühlte schon bald die heiße Haut ihrer Brust auf Bauch und Oberschenkeln.

Stierna genoß ihr Hinhalten und Reizen. So konnte er ihrem Körper nachfühlen, konnte spüren, wie ihr Blut pulsierte, wie er sie ausfüllte.

Agnes lag auf ihm, drückte ihren Körper gegen den seinen, lag still und bewegungslos, den Kopf abgewandt, und Stierna dachte daran, daß sie wie er die Augen geschlossen hielt und über die Haut seine Erregung aufnahm. Nur unmerkliche Bewegungen waren es, die sie austauschten, das Auf und Ab der Atmung, das sanfte Pochen ihres Geschlechts, die Reibungen der Haut, wenn sich die Bauchdecken hoben und senkten.

»Die Weisheit Gottes nimmt wunderbare Wege«, begann Stierna zu flüstern. »Warum hat er dich stumm gemacht, meine Taube, und mich hierher verschlagen? Begreifst du das? Ich nicht. Und doch hat er uns zusammengeführt, hat er gewollt, daß wir uns begegnen. Nicht?«

Agnes richtete sich auf, ohne ihn zu entlassen, und sah ihn fragend an. Dabei legte sie den Kopf schief, als würde sie seiner Stimme angestrengt nachlauschen. Er lächelte spöttisch.

»Wird nicht die Welt geformt aus all diesen Worten und Tönen, die du nicht verstehst? Sie ist dir verschlossen, Kind. Bleiben nicht unsere Gedanken so lange roher Lehm, solange sie nicht in unserem Mund umgeformt und im gesprochenen Wort zu Ziegeln unseres Verstandes gebacken werden, um einen Turm an Weisheit in uns aufzuschichten? Und doch lebt es sich gut ohne das.«

Stierna schloß die Augen. Aus dem Dach klang wie bittere Ironie der Ruf eines Käuzchens.

Mit einer sehr bewußten Handbewegung strich Agnes ihm über die Stirn, als versuchte sie, die Falten darauf zu glätten.

»Wenn du wüßtest, was mich beschäftigt, würdest du vor mir fliehen, meine Stumme. Weißt du um den Zusammenhang von Wort und Schrift, vom Sterben der Wörter wie vom Sterben der Menschen? Sie sind dahin, wenn sie nichts hinterlassen, wenn sie sich nicht einprägen in das Gedächtnis der Menschen, unauslöschlich. Alle Geheimnisse der Schöpfung sind, sofern sie nur denkbar waren, niedergeschrieben worden, Kind, und eines dieser Manuskripte, die das Geheimnis des Schöpferischen im Buchstaben in sich tragen, ist hier in Augsburg eingetroffen. Ich muß es finden. Ich muß es haben. Wir müssen damit dieses Morden beenden – mit einem noch größeren Morden!«

Stierna lachte düster. Er hob den Kopf und warf ihn wieder in die Kissen. Er wurde unruhig, ließ sich mitreißen von seiner Stimmung, die ihn rot färbte im Gesicht. Und sie schloß sich um ihn und hielt seiner Unruhe stand.

»Trotzdem du stumm bist, ist deine Sprache deutlich«, lachte der Schwede. Er drehte Agnes auf den Rücken, betrachtete ihr Gesicht, das hell im dunklen Zimmer schimmerte.

»Vielleicht tötet der Buchstabe doch die Sprache des Herzens, und das Wort vermengt sich mit dem Unrat der Gedanken. Du bist frei davon, Mädchen, du schaffst dir das, was wir Welt nennen, selbst aus dem, was nicht hörbar ist, was hinter unserer Welt liegt.«

Agnes hatte ihn entlassen, und er sah, wie sie ihm aufmerksam ins Gesicht blickte, als könne sie von seinen Lippen lesen. Dann übermannte ihn der Schlaf, einen Arm über ihre Schulter gelegt, ihren Körper halb unter sich begraben.

29.

»So sieht man sich wieder!«

Idler fuhr auf. Vor ihm stand die Schlangenbeschwörerin.

»Gesine?«

Verstört sah er sich um. Er mußte sich orientieren. Das Zimmer, in dem er geschlafen hatte, war unmöbliert. Nur in der Ecke war Stroh zusammengeschoben worden. Darin lag er. Der Abdruck eines Körpers in der Schütte verstörte ihn. Aber dann erinnerte er sich: Richard, der einäugige Bettler, hatte neben ihm geschlafen.

Die Wände waren frisch gekalkt. Eine Treppe führte nach oben in ein weiteres Stockwerk. Die Bodentür war aber herabgelassen. Im Haus schien alles ruhig. Nur ein Käuzchen, das irgendwo unter dem Dach wohnte, rief die ersten Sonnenstrahlen des Tages herbei.

»Wie kommt Ihr hierher?« fragte Idler, dem langsam aufging, daß er im Hurenhaus geschlafen hatte.

Gesine betrachtete ihn spöttisch und ein wenig mitleidig von oben herab. Dann wies sie mit dem Kopf in Richtung des hinteren Fensters.

»Ihretwegen.«

Idler folgte ihrer Bewegung. Jetzt erinnerte er sich: Maria!

Sie lag im Winkel hinten, merkwürdig verkrümmt, schwer atmend.

Auf allen vieren kroch Idler zu ihr. Gesine folgte ihm.

»Woher wißt Ihr davon?« fragte er.

»Richard hat mich hergeschickt und gebeten, nach ihr zu sehen. Agnes muß arbeiten. Und um sie sollte sich jemand kümmern.«

Idler, der sanft über Marias Körper streichelte, ihr die wirren Haare aus dem Gesicht strich, wunderte sich.

»Wie kommt Richard dazu, Euch zu holen?«

Ein Lächeln huschte über Gesines Lippen, dann wurde sie ernst:

»Später, sie braucht mich jetzt. Geht!«

Idler gehorchte. Die Blindtür, die er gestern nacht nur erahnt, nicht aber gesehen hatte, stand offen. Er stieg hindurch.

Das Bett, das er durch den Kleiderschrank erkennen konnte, war zerwühlt. Niemand lag mehr darin.

Er lief hinaus in die Stube, aber auch dort begegnete er keiner Menschenseele. Wie ausgestorben wirkte das Haus. Ein Blick aus dem Fenster überzeugte ihn, daß kein Soldat mehr wartete. Sie waren abgezogen. Ein Bedürfnis trieb den Schuster die Treppe hinunter und auf den Torweg hinaus.

Er entledigte sich seiner Hose, hockte sich hin.

Die Stadt verbot es, sorgte mit Schweinen für Sauberkeit, aber hier unten, im Wasserviertel, war von den Neuerungen noch nicht viel zu spüren. Erleichtert reinigte er Hände und Unterleib am Ziehbrunnen, der an der Wand eingelassen war.

Wo mochten Agnes und Richard stecken?

Als er die Treppe wieder hinaufschlich, um weiter nach Richard zu sehen, stand Gesine im Zimmer.

Sie beobachtete eben die Straße vom Fenster aus.

»Es geht ihr schlecht, Schuster. Sehr schlecht.«

Die ersten Morgenstrahlen fingen sich in ihrem Haar, das dadurch bläulich schimmerte.

»Sie haben es noch nicht aufgegeben. Sieh hinunter.«

Idler trat wieder ans Fenster. Draußen vor seiner Werkstatt patrouillierte jetzt ein schwedischer Landsknecht, einäugig, mit einer Narbe über dem rechten Auge. Er hatte irgendwo gewartet, verborgen, vom Fenster aus nicht zu sehen. Idler bekam eine Gänsehaut. Er wäre ihm beinahe in die Fänge gelaufen. In Zukunft mußte er vorsichtiger sein. Man verlor sein Leben rasch in diesen Zeiten.

Gesine berührte seine Schulter.

»Dort«, flüsterte sie. »Kennst du ihn?«

In einer der Lücken zwischen dem Verkaufsraum seiner Werkstatt und einem Nebengebäude hatte sich der Zigeuner niedergelassen, hob seine Hand den Vorübergehenden entgegen, bettelte den einäugigen Landsknecht an und schielte immer wieder auf das Gebäude, in dem Agnes, Richard und jetzt auch Maria und er wohnten.

»Sieh ihn dir an. Wie er in seiner Ecke hockt. Eine Spinne, die darauf wartet, daß sich die Fliege in ihrem Netz fängt.«

Der Schuster sah hinüber auf seine Werkstatt, auf das Haus, den Taubenschlag, den Garten. Leer gähnte ihnen das Gelände entgegen, ausgestorben.

»Der Zigeuner. Was will er hier?«

»Er kennt das Haus gut, der Fuchs! War oft hier.«

Gesines Stimme klang nüchtern, als erzähle sie eine Geschichte, die sie langweilte.

»Er hat dich beobachtet, Schuster, wie du hier untergeschlüpft bist. Seine Augen hat der Kerl überall. Er steht mit dem Teufel im Bund, das sag ich dir, mit dem Teufel und mit der Kirche.«

Idler blieb stumm. Was sollte er auch sagen? Aufmerksam beobachtete er die Gestalt in ihrem schwarzen Filz mit den schmalen Händen.

»Er hat das Teufelsmal auf der Innenseite des Unterarms, einen schwarzen Flecken mit dunklen Haaren, links. Wenn er die Hand zu weit ausstreckt, schlüpft es darunter hervor. Er hat es, ich weiß es – und Ihr wißt es jetzt auch. Und wenn es andere wüßten, würde er brennen!«

»Woher kennt Ihr ihn so genau?« bohrte Idler nach.

Gesine zuckte mit den Schultern.

»Ich weiß es eben.«

»Ist er denn wirklich ein Zigeuner?«

Gesine lachte.

»Zigeuner? Oh, Schuster, er ist alles: Zigeuner, Mönch, Kaufmann, Fuhrmann, Handwerker, Totengräber – er ist ein Fuchs. Ihr erkennt ihn nicht, und doch ist er um Euch. Ihr wißt nicht, mit wem Ihr redet, aber er spricht mit Euch. Ihr wollt nichts sagen, aber er horcht Euch aus. Ihr wollt leben – und er tötet Euch in einem unbedachten Augenblick.«

Für einen Moment waren sie unaufmerksam gewesen.

»Er ist weg, Gesine!« rief Idler. »Wo ist er hin?«

»Kommt mit hinauf. Ich weiß es. Schnell!«

Lautlos huschten die beiden in den Schlafraum und die Geheimtreppe hinauf, nicht ohne zuvor die Schranktür und den Durchgang sorgfältig verschlossen zu haben.

Mitten im Raum stand Agnes. Nicht recht erklären konnte sich Idler, woher Agnes gekommen war, denn die Zimmer waren leer gewesen, als er sie verlassen hatte. Aber er fand jetzt keine Zeit, darüber nachzudenken.

Oben trat er noch einmal ans Fenster. Von dort konnte er die Straße besser überblicken. Vielleicht hatte sich der Zigeuner nur einen anderen Platz gesucht.

Gesine berührte ihn am Arm und gebot ihm zu lauschen. Aus dem Raum unter ihnen vernahm er ein Geräusch.

»Leise. Ich höre ihn. Ich höre den Fuchs, wie er durchs Unterholz schnürt, wie er wittert und sucht. Habt Ihr die Türe verschlossen, Idler? Ja?«

Tatsächlich vernahm Idler, wie im Erdgeschoß vorsichtig der Eingang aufgestoßen wurde und die Türe in den Angeln knarrte. Danach war Stille.

»Was sucht er? Sagt. Was?« fragte Gesine.

Idler legte sich auf den Boden und drückte das Ohr gegen die Dielenbretter. Gesine mußte ähnliches gedacht haben, denn sie setzte sich neben Maria, deren sanfter Atem immer noch zeigte, daß sie schlief.

Idler lauschte nach unten. Wie eine Katze bewegte sich der Zigeuner unter ihnen über die Bodenbretter, suchte in den Ecken und Winkeln, öffnete Türen und Schubkästen, drehte Agnes' Bett um und machte sich auch am Kasten zu schaffen, der die Treppe nach oben verbarg.

Plötzlich mischte sich zu den Geräuschen des Suchens und Wühlens ein weiteres: die Stiefel eines Schweden. Idler hörte den Unterschied sofort. Es war anderes Leder, als es hier in der Stadt zu kaufen gab.

Wenn es Stierna war, der Agnes aufsuchen wollte, und wenn der Schwede hier mit dem Zigeuner zusammentraf, dann waren sie verloren. So schnell konnten sie nicht fliehen, wie das Haus umstellt und die Räume durchsucht wurden.

Idler hielt den Atem an, schloß die Augen. Auch Stierna schien durch die Räume zu wandern, rief einmal nach Agnes, aber nichts rührte sich. Der Zigeuner hatte sich verborgen. Idlers Nerven waren gespannt, das leiseste Geräusch nahm er wahr. Wo war der Zigeuner geblieben? Er hatte gerade noch den Schrank durchsucht, der zur Treppe führte, und ... Idler wagte nicht, daran zu denken. Jetzt hockte der Zigeuner im Wandschrank, hinter ihm der Zugang zur Treppe. Jeder Luftzug verriet das Geschoß darüber.

Stierna schien sich nur vergewissert zu haben, ob Agnes anwesend war. Noch einmal rief er nach ihr, dann verschwand er die Treppe hinunter und warf die Tür ins Schloß.

Tatsächlich huschte kurz danach der Zigeuner aus seinem Versteck und begann die Suche erneut. Offenbar hatte er vom Hohlraum hinter seinem Rücken nichts bemerkt.

Doch nach ein paar Minuten hörte Idler die Schritte des Zigeuners die Treppe hinabgehen. Er atmete auf, erhob sich, trat an eines der Fenster, die zur Gasse hinausgingen, und sah nach unten. Tatsächlich schlich der Zigeuner wieder an seinen alten Platz zurück, nicht ohne das Haus genauer zu betrachten.

Wenn er nicht auf den Kopf gefallen ist, dachte Idler, muß er bemerken, daß es mehr Stockwerke hatte, als er untersuchen konnte. Jetzt erst konnte er sich Gesine zuwenden, die neben seiner Frau saß und sie betrachtete.

Sie standen sich gegenüber, sahen einander an, und Idler bemerkte, daß Tränenwasser in ihren Augenwinkeln stand. Wie von selbst hob sich seine Hand. Er wischte ihr mit der Handfläche übers Gesicht, und sie ließ es geschehen.

»Es ist eine grausame Zeit«, bemerkte er beinahe ohne Stimme.

»Irgendwann wird es wieder Frieden geben, Salomon Idler. Irgendwann in der Zukunft. Dieser Krieg kann nicht ewig dauern. Ewig ist nur das Paradies.«

Idler lachte nicht, lachte deshalb nicht, weil sie es ernst meinte, weil er wußte, daß es nicht einfach nur dahingesagt war wie diese Predigten in den Pfarrkirchen, um die Gläubigen ruhig zu halten.

Gesine saß noch an ihrem Platz und musterte Idler. Der wandte sich ein letztes Mal zum Fenster und spähte hinaus.

»Er ist weg. Er hat uns Gott sei Dank nicht entdeckt.«

Langsam schien Gesine sich wieder zu fangen. Ihr Mund verzog sich spöttisch.

»Ihr kennt ihn nicht, den Fuchs. Natürlich hat er gefunden, wonach er gesucht hat. Habt ihr nicht gehört, wie er den Verschlag aufzog? Habt ihr nicht seinen Atem gerochen, der bis zu uns heraufdrang? Nicht entdeckt? Euch nicht entdeckt? Ha. Er braucht Euch nicht zu sehen, um zu wissen, wo ihr Euch verborgen habt.«

Betreten sah Idler die beiden an.

30.

»Wie könnt Ihr Euch nur diesem Aberglauben verschreiben, Exzellenz? Ein Horoskop! Für einen Kirchenfürsten!«

Pater Konrad beobachtete Bischof von Knöringen, wie dieser um Heinrich von Reibenstein kreiste. Der Fuchs hatte ihn wieder einmal hinters Licht geführt. Er hielt sich an keinerlei Absprache. Keine Rede war davon gewesen, daß er von Knöringen ein Horoskop stellen wollte. Aber der Bischof wischte alle Bedenken seines Zeremonärs beiseite.

»Solche Talente muß man nutzen. Nicht wahr, mein lieber Reibenstein?«

Der Bischof sah dem Botschafter Tillys über die Schultern. Auf dem Schreibtisch lag ein Bogen Papier. Die Feder Reibensteins hatte darauf drei Quadrate und zwölf Dreiecke eingezeichnet. Sich kreuzende Linien, die von der Seitenmitte zu den Eckpunkten des äußersten Quadrates liefen, teilten die Fläche in zwölf gleichseitige Dreiecke.

»Sie entsprechen den zwölf Häusern der irdischen Dinge, im Gegensatz zu den Tierkreiszeichen. Man liest an ihnen ab, wie sich das Schicksal auf das Physische, auf die Welt, auswirken wird«, erläuterte Reibenstein und warf Pater Konrad einen spöttischen Blick zu. Der verdrehte nur die Augen und wollte nicht glauben, daß Reibenstein den Bischof auf diese plumpe Art in seinen Bann ziehen wollte.

»Ihr solltet Euch beeilen«, warf der Pater ein. »Die Entwicklung in Augsburg wird immer drängender. Der Rat läßt die Katholiken nicht in Ruhe. Mathaeus Klainer, der Weber aus dem Kleinen Rat, und die beiden Goldschmiede Dumbler und Eberlin heizen die Stimmung gegen uns Katholiken an. Man überlegt, uns gänzlich aus der Stadt zu vertreiben, das Domkapitel und die Geistlichen, nebst allen Ordensbrüdern und Ordensschwestern. Vor den Mauern herrschen die kaiserlichen Marodeure wie die Siebenschwänzigen und in den Mauern die Schweden nicht minder. Man kann nicht mehr unterscheiden, wer sich schlimmer verhält, Freund oder Feind. Und wer von den Zinnen übers Land sieht, dem leuchten die brennenden Dörfer entgegen, als wären Lechfeld und Ried mit Fackeln illuminiert. Wir brauchen Frieden vor der Stadt, sonst wird uns der Hunger hinter den Mauern fressen.«

Bischof von Knöringen bestätigte stumm die Ausführungen seines Zeremonärs. »Ich muß beständig um mein Leben fürchten!« betonte er und richtete sich wieder auf.

Pater Konrad ärgerte sich, daß Reibenstein ihm nicht einmal

antwortete. Dabei verhielt er sich gänzlich gegen ihre Absprachen. Am liebsten hätte er Reibenstein vom Pult gezerrt, als der sich wieder ungeniert über seine Tabellen beugte. In eine Wachstafel schnitt er Berechnungen, addierte und subtrahierte Zahlenkolonnen und überprüfte seine Berechnungen anhand eines Astrolabiums, dessen Messing- und Silbersphären im Dämmerlicht glänzten. Sein Abakus klapperte dabei einen unregelmäßigen Rhythmus.

Bischof von Knöringen räusperte sich:

»Das Ende naht, Reibenstein, glaubt es mir, wir erleben den ersten Akt der Apokalypse: ›Es blies der erste Engel: Da kam Hagel und Feuer, mit Blut vermischt, und wurde auf die Erde geworfen, und es verbrannte der dritte Teil der Erde, und es verbrannte der dritte Teil der Bäume, und es verbrannte alles grüne Gras.‹«

Pater Konrad beschloß, sich zurückzuziehen. Sollte doch Reibenstein allein versuchen, den Bischof für sich einzunehmen. Ohnehin schritt der Bischof unruhig durchs Zimmer und sah immer wieder über Reibensteins Schultern, ob die Arbeit Fortschritte mache. Dabei lamentierte er pausenlos vor sich hin, zitierte Stellen der Apokalypse und ließ sich endlich dazu hinreißen, mit ausgebreiteten Armen gegen das Fenster zu predigen:

»Da fiel ein großer Stern vom Himmel, der wie eine Fackel brannte. Habt Ihr gehört, Reibenstein? Der Stern! Fiel er nicht zu Beginn dieses Krieges vom Firmament?«

Beinahe hätte Pater Konrad laut aufgelacht, denn ohne aufzusehen, ohne seine Berechnungen zu unterbrechen, murmelte Reibenstein:

»Wenn Ihr Euch setzen würdet, Exzellenz, könnte ich schneller arbeiten. So werde ich beständig gestört. Das verlangsamt, und Zeit, höre ich von Eurem Zeremonär, Zeit haben wir keine mehr.«

Der Bischof murrte.

»Wie kann ich mich setzen, wenn Ihr an meiner Zukunft rechnet?«

Pater Konrad ahnte, daß sich von Knöringen nicht deshalb so unruhig gebärdete, weil er glaubte, keine Zeit mehr zu haben. Er wollte höchstens davon ablenken, daß er sehr, zu sehr am Horoskop selbst interessiert war. Langsam begann Pater Konrad das Vorgehen Reibensteins zu begreifen.

»Graf Tilly ist tot, Reibenstein«, wechselte Bischof von Knöringen das Thema. »Wer finanziert Eure, sagen wir, Auslagen?«

Pater Konrad standen plötzlich die Schweißperlen auf der Stirn. Das war die entscheidende Frage. Darüber hatten sich Reibenstein und er stundenlang die Köpfe heißgeredet. Doch Reibenstein arbeitete betont ruhig weiter. Er schrieb seine Feder aus, hob sie vom Blatt ab, begutachtete das Werk und unterhielt sich wie nebenbei, ohne in der Arbeit nachzulassen:

»Ich weiß«, dann setzte er einen Punkt ans Ende der Schrift.

Pater Konrad bewunderte langsam seine Nervenstärke und Kaltblütigkeit.

»Euer Schicksal«, fuhr der Gesandte fort, »wird uns bald in ebenso klaren Linien vorliegen wie das des bedeutenden Generals. Kepler, der große Hofastronom und Mathematiker, würde seine Freude daran haben. Hat er nicht Wallenstein glücklichst beraten?«

Es entstand eine Pause, in der Reibenstein das Blatt begutachtete.

»Ach ja, Graf Tilly starb in der Festung Ingolstadt vor einigen Wochen. Der Löwe aus Mitternacht hat ihm bei Rain am Lech die Pranken eingeschlagen. Davon hat er sich nicht erholt.«

Wieder tauchte er die Spitze der Feder in Tinte und besserte die Vorlage aus, und Pater Konrad konnte beobachten, daß der Kiel nicht wackelte, sondern völlig ruhig über das Papier gezogen wurde.

»Ihm wird meine Hilfe nichts mehr nützen«, meinte Reibenstein, die Zungenspitze zwischen den Zähnen.

»Wer bezahlt Euch jetzt, Reibenstein, will ich wissen!«

Reibenstein verzog seinen Mund zu so etwas wie einem Lächeln, Pater Konrad schien es mehr ein Grinsen zu sein.

»Eine interessante Konstellation, äußerst ungewöhnlich. Ihr seid ein bemerkenswerter Mann, Exzellenz, wenn man Euren Sternen glauben darf.«

»Meine Frage, Reibenstein!«

»Ja, habe ich das nicht eben schon gesagt? Wer bezahlt mich? Ihr natürlich! Wir hatten dahingehend eine Vereinbarung, wenn ich mich recht erinnere.«

Pater Konrad mußte husten. Er sah aus dem Augenwinkel, wie Bischof von Knöringen mitten im Raum innehielt und sich auf den Absätzen umdrehte. Er wagte kaum zu atmen. So viel Unverfrorenheit hätte er Reibenstein nicht zugetraut. Der Mann verdiente Bewunderung. Er wußte die Schwächen eines Menschen für sich auszunutzen. Im selben Augenblick beschloß Pater Konrad für sich, noch vorsichtiger gegenüber Reibenstein zu sein.

»Da soll doch die Offenbarung des Johannes …«, antwortete Bischof von Knöringen verblüfft. »Ihr scherzt. Warum sollte ich Euch finanzieren, wenn der kaiserliche General hinüber ist? Nennt mir einen vernünftigen Grund.«

Reibenstein kehrte dem Bischof noch immer den Rücken zu, beugte sich über Tabellen und Berechnungen und übertrug letzte Ergebnisse aus den Operationen mit Aufzeichnungen, Astrolabium und Abakus auf einen der Bögen. Langsam rundete sich die Interpretation der Sternkonstellationen.

»Einen Grund? Nun, ich …«

Das füchsische Lächeln, das über Reibensteins Gesicht glitt, konnte der Bischof nicht sehen. Während Reibenstein sprach, blickte er Pater Konrad in die Augen, den es dabei fröstelte. Er sah, wie aus Reibensteins Augen jeglicher Glanz wich. Er hob seine Berechnungen auf Augenhöhe, damit nicht auffiel, daß er den Pater anstarrte. Matt und trübe, als wollte er verschleiern, daß das Tier, daß der Fuchs seine Beute erspäht hatte, blickte er auf die Vielzahl von Planeteneintragungen und Gradianten – und an ihnen vorbei.

Für einen kurzen Augenblick hatte Pater Konrad das Gefühl, als öffne sich ihm der Gesandte, als zerreiße der Schleier und lasse ihn den Ort sehen, der vom Herrn dafür geschaffen wurde, andere zu beglücken, und er fand ihn kalt und leer.

»... ich weiß, wo sich das Manuskript befindet, Exzellenz!«

Pater Konrad trat auf den Bischof zu, der sich an den Hals faßte und nach Luft rang. Besorgnis über die Überreizung der Nerven von Knöringens trieb ihn dazu. Aber der wies ihn schroff ab.

»Und das sagt Ihr so? Das wird mir so hingeworfen wie einem Hund? Das erfahre ich so nebenbei! Wo? Wo ist es?«

31.

»Wer will das Geld? Vierhundert rheinische Gulden sind viel Geld.« Bischof von Knöringen war empört und hetzte wie ein gefangenes Tier im Käfig in seinem Zimmer auf und ab.

»Ihr solltet Euch zumindest anhören, Exzellenz, was der Gesandte vorschlägt!« versuchte Pater Konrad zu vermitteln. Er nickte Reibenstein zu, der offenbar unsicher darüber war, ob er den Bischof weiter reizen durfte. Pater Konrad war sich sicher, daß der Geiz Bischof von Knöringens nur noch von seiner Gier übertroffen wurde. Reibenstein hatte ihn bis hierher getrieben, jetzt durfte er nicht lockerlassen. Mit einem Augenzwinkern bestärkte er ihn, und Reibenstein erfaßte die Situation offenbar richtig.

»Es ist nichts im Vergleich zum Manuskript, das Ihr dann in Händen halten werdet. Glaubt mir. Euer Saturnrhythmus ist günstig. Ihr werdet zum Erfolg gelangen.«

Reibenstein hob das Horoskop ans Licht einer Kerzenflamme

»Es wird nicht leicht sein, Exzellenz, aber Ihr könnt es schaffen, Ihr seid die Persönlichkeit dazu. Besinnt Euch auf die wesentlichen Anliegen, beschränkt Euch auf das, was Euer Fortkommen befördert, nicht behindert.«

Ein Schweißausbruch nach dem anderen jagte Pater Konrad über den Körper. Jetzt keinen Fehler, jetzt kein falsches Wort. Reibensteins Drängen und Drohen, seine Schmeicheleien und seine Lügen wirkten.

»Ich könnte das Geld bereitlegen«, brummte der Bischof.

Der Pater jubilierte. Bischof von Knöringen hing an Reibensteins Angel. Er gab Reibenstein ein weiteres Zeichen, und der hakte nach. Wenn er zuvor auch skeptisch gewesen war, was das Vorgehen des Gesandten anbetraf, der Erfolg gab ihm recht.

»Die Gelegenheit ist günstig. Ihr habt Mars im Aszendenten. Ihr seid eine Kämpfernatur, mein Bischof, mit viel Mut zum persönlichen Einsatz, wachsam und aggressiv.«

»Sollte der Kurier nicht mit mir Kontakt aufnehmen, Reibenstein? Wo ist er?«

Knöringen hatte langsam gesprochen. Pater Konrad wurde für einen Moment unsicher. Fühlte der Bischof, daß man ihn hinterging? Sagte ihm sein Mißtrauen, daß er auf eine falsche Karte setzte?

»Sollte er! Aber niemand weiß, was mit ihm geschehen ist. Nur das Manuskript ist aufgetaucht, Exzellenz. Glücklicherweise gelang es dem Kurier, es zuvor zu verbergen. Stierna sucht auch danach. Aber nur ich weiß, wo es verborgen liegt. Vierhundert Gulden.«

Daß Bischof von Knöringen zögerte, machte Pater Konrad nervös. Er räusperte sich.

»Die Übergabe wird in den nächsten Tagen erfolgen. Exzellenz, Eure Planeten zeigen sich wohlwollend. Merkur steht im Stier. Ausdauer und Konsequenz in der Verfolgung einträglicher Geschäfte werden dadurch vorhergesagt. Aus den kleinsten Dingen können geradezu Wunderwerke entstehen – allerdings auch ein verhängnisvoller Hang zum Geiz ...«

Jetzt übertrieb Reibenstein. Pater Konrad hob eine Augenbraue. Er mußte den Gesandten zügeln, bevor Bischof von Knöringen sein Angebot widerrief.

»Was Ihr mir nicht alles aus diesem Papierbogen herausschwätzt, Reibenstein. Habt Ihr nicht auch das Gefühl, daß Eure Deutungen Eure Bedürfnisse geradezu unterstützen? Meint Ihr nicht auch, Pater?«

Pater Konrad fühlte sich ertappt. Er wollte nicht in den Vordergrund gezerrt werden, jedenfalls nicht in dieser Situation. Er räusperte sich wieder, bevor er ansetzte.

»Nichts Wunderbares geht in dieser Welt verloren, Exzellenz. Wenn sich die Voraussagen des Horoskops mit den tatsächlichen Gegebenheiten decken, ist das nicht eher ein Beweis der Vorhersagen? Denn der Samen der Sterne wird erst dann keimen und Wurzeln treiben, wenn er auf den richtigen Boden gefallen ist.«

»Gut gesprochen, Pater«, meinte Bischof von Knöringen und begann seine Wanderung erneut. »Wenn ich Euch nur glauben könnte, Reibenstein. Habe ich nicht Menschen auf den Scheiterhaufen geschickt, nur weil sie mir vorlogen, anhand solchen Firlefanzes die Zukunft, um deren Existenz nur der Herr weiß, deuten zu können? Ist es nicht Gotteslästerung, was Ihr hier betreibt?«

Reibenstein grinste, und Pater Konrad wußte, daß der Zeitpunkt gekommen war, den letzten Trumpf auszuspielen. Er wußte, daß die Schwedenzeit den Bischof gefügig gemacht hatte für Ansichten aus den Sternbildern. Obwohl voller Zweifel, mußten jetzt nur noch die Fakten mit einigen intimen Details gewürzt werden, und sein Bischof hätte sich im Netz der eigenen Machtgier verfangen. Reibenstein mußte nur geschickt genug ansetzen.

»Urteilt selbst«, begann der Gesandte Tillys, und Pater Konrad hielt den Atem an. »Wenn ich die enge Konjunktion zwischen Venus und Mars besehe und mir ausdeute, so läßt sie auf ein leidenschaftliches Liebesleben schließen. Nun, Ihr seid Fürstbischof, niemand wird ernsthaft den Zölibat von Euch verlangen. Aus dem Horoskop könnte ich jedoch entnehmen, daß Euch die überschäumenden Gefühle durchaus Qualen bereiten, die ...«

Bischof von Knöringen unterbrach ihn: »Genug. Nichts mehr davon.«

»... einem Ziele zusteuern, das Ihr, darf ich sagen, regelmäßig erreicht. Dabei seid Ihr treu und nutzt nicht die Gelegenheit zum Abenteuer, wenn es sich bietet. Euch ist das weibliche Geschlecht kein unbekanntes.«

Hitze überflutete Pater Konrad. Reibenstein hatte geschickt an der Angel geruckt. Ihn wunderte nur, woher er wußte, daß Heinrich von Knöringen regelmäßig die Dienste der stummen Agnes in Anspruch nahm. Reibenstein hatte seine Beute offensichtlich bestens ausgespäht. Pater Konrad war einerseits mit der Entwicklung des Gesprächs zufrieden, andererseits begann er sich vor diesem Menschen zu fürchten. Wie genau wußte Reibenstein Bescheid? Welche Rolle hatte er all seinen Figuren zugedacht? Und wie lange würde er sie an seiner Leine laufen lassen? Im Moment zählte vorderhand nur, daß der Bischof am Haken hing. Auf dessen Stirn glänzte der Schweiß.

»Wenn ich Euch die vierhundert Gulden überlasse, kann ich das nicht ohne Sicherheiten. Was habt Ihr mir dahingehend zu bieten?«

Die Stimme des Bischofs wurde geschäftlich, ernst. Pater Konrad frohlockte, und Reibenstein warf ihm einen triumphierenden Blick zu, dessen Botschaft unmißverständlich war: Wie die Menschen doch in ihrem Aberglauben verhaftet waren. Je gläubiger sie sich nach außen hin gaben, desto abergläubischer waren sie, und desto leichter waren sie zu überrumpeln.

»Pater Konrad«, flüsterte der Gesandte Tillys, »Euer Zeremonär, könnte die Aufgabe übernehmen, das Geld zu verwahren. Ihm vertraut Ihr gewiß. Ich will das Gold nicht einmal in die Hand nehmen.«

Nicken. Kopfschütteln. Nicken. Bischof von Knöringens Talar glühte purpurn im dämmrigen Licht des Zimmers. Bis sich der Bischof entschieden hatte, warteten Pater Konrad und Reibenstein geduldig, den Blick aufs Papier gesenkt. Mit zur Decke gerichteten Augen schritt der Bischof die Zimmerflucht ab, murmelte Unverständliches und gestand endlich zu:

»Besser er, als daß ich die vierhundert Gulden ganz aufgebe. Vierhundert Gulden für das Manuskript! Mein Zeremonär verfügt über das Geld. Schlagt ein!«

Bischof von Knöringen trat vor Reibenstein und hielt ihm die offene Hand hin. Der Gesandte blickte am Bischof vorbei auf Pater Konrad. Der nickte ganz leicht.

Pater Konrad schloß die Augen. Er wollte das Klatschen der Hände, wenn Reibenstein einschlug, genießen. Aber nichts dergleichen geschah. Als er die Augen öffnete, sah er entsetzt, daß sich Bischof von Knöringen umgedreht hatte.

»Aber noch eine Frage, Reibenstein. Was bringt mir die Zukunft? Werde ich Bischof bleiben in diesem maroden, naßkalten Reichsdorf?«

Der Pater sah, daß Reibenstein sofort reagierte, obwohl er von der Wendung wohl ebenso überrascht worden war wie er selbst. Reibenstein nahm das Horoskop in die Hand und begann darin zu lesen:

»Gott, Exzellenz, hat den Menschen dazu erschaffen, aus den Inklinationen der Sterne, den Bestimmungen, die sie ihm verordnen, auszubrechen. Der Ursprung des Handelns liegt in Euch selbst. Er ist der göttliche Funke. Was ich Euch über die Zukunft mitteilen kann, ist wenig bestimmt, schließlich hängt vieles davon ab, inwieweit Ihr die Anlagen, die uns die Sterne zeigen, reifen laßt oder selbst willentlich verändert. Das Medium coeli im Steinbock deutet auf einen Umbruch hin, der Euch nach Süden bringen wird. Viel Selbstvertrauen, gepaart mit

Fleiß und Ausdauer, führen hier zum Ziel. Dabei ist zu bedenken, daß ein noch unbekannter Einfluß hilfreiche Dienste, ja entscheidende Steigbügelfunktion ausüben wird. Purpurfarben steigt die Sonne aus dem Nadir, um hell und weißlich strahlend ihren Tagesrhythmus zu vollenden.«

Den Kopf in die Hände genommen, breitbeinig mitten im Raum stehend, war Bischof von Knöringen den Ausführungen Reibensteins gefolgt. Jetzt trat er vor den Gesandten hin, faßte ihn bei der Schulter, das Blatt fixierend, das Reibenstein auf seine Knie hatte sinken lassen.

»Wenn auch nur ein Wort davon wahr wird, mache ich Euch zu meinem persönlichen Leibastronomen und bischöflichen Astrologen. Wenn aber nichts davon sich in Zukunft verwirklichen wird, brennt Ihr, mein lieber Reibenstein, und ich werde zusehen, wie die Flammenzungen über Euren Körper lecken. Und Eure Asche werde ich höchstselbst in den Lech streuen, damit am Jüngsten Tag mit untrüglicher Sicherheit kein Staubkorn mehr zum anderen findet.«

Er stieß sich von Reibenstein ab, segelte mit ausgebreiteten Armen durch die Zimmerflucht.

»Das war keine Drohung, nicht die geringste Drohung. Aber Ihr wißt ja, mein Freund, ein Zufall, der Gutes bringt, wird als Vorsehung angesehen. Ein Zufall jedoch, der böse ausgeht, ist Schicksal. Und gegen das Schicksal kann kein Astrologe ankämpfen. Dann aber brauchen wir auch keine Astrologen, Reibenstein.«

Daß es für Reibenstein ungemütlich wurde, bemerkte Pater Konrad sofort, er wußte nur nicht, wie er gegen die plötzlichen Attacken einschreiten sollte. Jetzt mußte sich Reibenstein selbst verteidigen.

»Exzellenz, die Sterne bestimmen unser Leben nicht, sie deuten nur an, wohin es führen könnte. Jeder weiß es, unsere Zeit ist voller Beispiele, die unumstößlich die Wahrheit sagen. Sind wir doch ehrlich, hat nicht ein Komet den Beginn dieses unseligen Krieges angekündigt? War nicht am ersten Tag im Dezember des Jahres 1618 der Nachthimmel hell wie der lichte Tag und blieb es gut einen Monat hindurch, und der Schweif fuhr wie der Nachtvogel über das Himmelszelt? Krieg und Blutvergießen folgten ihm, Teuerung und das große Sterben zogen im Troß seines Schweifes über die Lande. Nun, er fiel nicht zur Erde, also kündete er nicht das Ende, das Johannes uns prophezeit, aber er säte doch den Tod und hielt reichlich Ernte.

Wurde nicht am Vortag der Übergabe an den Löwen aus Mitternacht ein Kreuz am Firmament beobachtet? Und kam nicht das Kreuz über uns in Gestalt des Schwedenrats und der Kontributionen an den Schweden?

Ist nicht die Pest in der Stadt, und wird uns nicht der Hunger bald die Luft abschnüren? Ihr seht, die oberen Sphären künden die Zukunft, man muß nur verstehen, sie zu deuten.«

Bischof von Knöringen konnte dem Gesandten nur zustimmen.

Pater Konrad schlug ein Kreuz.

»Auch uns war die Kunde vom Kreuz hinterbracht worden, Exzellenz, und wir haben sofort im Dom und in den katholischen Kirchen der Stadt das Lesen der heiligen Messe angeordnet, um größeres Unheil abzuwenden.«

»Ihr mögt recht haben, mein lieber Pater, wenn Reibenstein auch recht behält, reden wir nicht mehr darüber. Er soll die vierhundert Gulden erhalten.«

32.

Diesmal würde er ihm nicht entwischen!

Stierna betrat die Halle des Heilig-Geist-Spitals. Der dunstigsüßliche Geruch schwärender Wunden schlug ihm entgegen. Vor ihm ragte ein Altar empor, dessen Tafelbilder rot und gold im hereinflutenden Licht der hohen Fensterwand glühten.

Um den Altar herum standen Liegen. Dicht an dicht lagen Sieche und Sterbende mit dem Blick auf die Bilder der Erlösung und Himmelfahrt.

»Ihr wünscht?«

Hinter dem Altar hervorgetreten war ein kleingewachsener Mönch, kaum dreißig Jahre alt, mit feisten Backen und einer rundlichen Figur.

»Ich suche einen Mann. Dunkle Haare, spitzes Gesicht, fiebrige Augen. Ein Neuzugang, erst vor wenigen Tagen. Spricht in einer welschen Zunge.«

Stierna hatte den Mönch des Heilig-Geist-Ordens nicht einmal angesehen, als er ihm seine Beschreibung weitergab. Einfach weitergegangen war er, hatte sich bei den Bettlägerigen umgesehen. Jeden einzeln gemustert. Der Mönch war ihm mit trippelnden Schritten gefolgt, hatte versucht, ihn aufzuhalten, und hatte zuletzt an seinem Rock gezerrt.

»Ihr wißt, daß wir keine Kranken aufnehmen, wenn sie nicht Mitglied der Pfründe sind. Unser Krankenlager ist nur Insassen zugänglich. Ich kann also nicht dienen.«

Aus einem der Betten im Hintergrund erscholl tiefes Husten. Stierna fuhr herum, eilte auf das Lager zu. Mit einem raschen Schritt trat ihm der Mönch in den Weg.

»Ihr habt kein Recht …«

»Was, Recht?« schrie Stierna ihn an, holte mit der Hand aus und wischte den Zwerg von Mönch beiseite.

Die Gestalt aus dem Bett richtete sich auf.

»Magister Eduard? Hab ich Euch gefunden!«

Wie der Blitz war der Welsche aus dem Bett, nur angetan mit seinem Hemd. In einer Geschwindigkeit, die der Schwede ihm nicht zugetraut hätte, griff er nach seinen auf einem Stuhl abgelegten Kleidungsstücken.

»Wer seid Ihr? Was wollt Ihr?«

Die Stimme des Angesprochenen klang atemlos, als müßte er sich die Luft zum Sprechen zusammenklauben. Dabei drückte er seine Kleidung und ein Paket an den Brustkorb, als würde es ihm das Atemholen erleichtern.

»Ihr wißt, was ich will.«

Mit seinen hellen Fingern deutete er auf den Gegenstand, den der Magister krampfhaft vor sich hielt.

Ein Hustenanfall folgte, der überging in ein heiseres Lachen des Kranken.

»Stierna, Ihr seid immer zu langsam!« bemühte er sich zu sagen. Mit diesen Worten verschwand er hinter einem Vorhang, der eine enge Pforte freigab. Stierna fluchte. Der Ort war gut ausgesucht gewesen für ein Krankenlager, von dem aus man schnell verschwinden mußte.

Stierna stolperte bei seinem Versuch, ihm nachzusetzen, über das Mönchlein, das ihn an einem Bein festhielt.

»Verdammtes Mönchspack«, geiferte der Hauptmann, schüttelte sich den Mönch vom Fuß und hastete dem Flüchtenden hinterher.

Doch im Taumel der Jagd unterschätzte der Schwede die Höhe des Türsturzes, schlug mit dem Oberkopf gegen den Holzbalken und erkannte für einen Moment, in dem er in das dahinterliegende Gemach stolperte, daß der Magister eben Stuhl und Tisch aufeinandergebaut hatte und über ein Oberlicht ins Freie floh. Der Vorhang riß unter der Gewalt seines Körpers und bedeckte ihn halb. Für einige Augenblicke umfing ihn eine rötliche Nacht, die mit weißen Punkten durchsetzt war.

»Wacht auf, um Gottes Willen, was habt Ihr?« hörte er die Stimme des Mönchs.

Auf seiner Zunge schmeckte er Blut, sein Schädel schmerzte höllisch.

»Wo ist der Magister?« schrie er heraus, daß der Mönch von ihm abließ. Langsam kehrte sein Augenlicht zurück, erkannte er Pritschen und Altar wieder, das bemalte Gewölbe, die pickelige Haut und die Kutte des Mönchs.

»Wo ist er hin? Der verfluchte Magister.«

»Von wem sprecht Ihr? Ich verstehe das alles nicht. So verfolgt Ihr jemanden?«

Entgeistert sah Stierna ihn an, dann mußte er trotz seiner Schmerzen lachen.

»Seid Ihr so unbedarft, oder tut Ihr nur mir gegenüber so? Die Leiche, die eben getürmt ist. Wo ist sie hin?«

Mit den Achseln zu zucken war alles, was das Mönchlein zustande brachte.

Mühsam erhob sich Hauptmann Stierna, klopfte seine Kleidung ab. Um ihn herum stöhnten die Schwerkranken.

Den Magister zu fassen, daran war nicht mehr zu denken, außer der Welsche war ungeschickt genug gewesen …

»Hauptmann Stierna! Seid Ihr hier?«

Eben öffnete sich die Pforte zum Spital. Im Eingang erschien Ole Larsson, sein Adjutant. Larsson winkte und verzog ein wenig spöttisch den Mund. Stierna nickte nur. Dann drehte er sich zu dem Mönch um, der nahezu stumm neben ihm gestanden hatte.

»Nehmt Ihr Almosen?« fragte er.

Der Mönch nickte treuherzig: »Zu Diensten!«

Mit seiner Eisbärenpranke holte Stierna aus und schlug dem Mönch ins Gesicht, daß es diesen über drei Pritschen hinwegriß.

»Für den Ausbau des Gebäudes«, setzte er mit Genugtuung hinzu und grinste dabei zu ihm hinüber.

Humpelnd, mit rasenden Kopfschmerzen, verließ Stierna das Spital.

33.

»Wo bleibt er? Was glaubst du?«

Idler sah Richard an. Der zuckte mit den Schultern.

»Was weiß ich?«

Der Magister war weggeblieben. Beinahe den gesamten Sonnabend, den Sonntag und jetzt schon den halben Montag hindurch hatten Richard und der Schuster abwechselnd am Fenster gesessen und von Agnes' Haus aus die Werkstatt beobachtet. Kein Stoffetzen des schwarzen Umhangs hatte sich blicken lassen, kein Schatten, der ihm ähnlich sah, und auch keine Nachricht anderer Art war zu ihnen gelangt. Magister Eduard blieb verschwunden. Am Grundstück des Schusters patrouillierte nur der einäugige Feldwaibel Stiernas in längeren Zeitabständen vorbei, sah über den Bretterzaun, ob sich jemand im Garten oder im Haus befand. Auch der Zigeuner zeigte sich nicht mehr.

Idler haßte dieses Warten, das endlose Ziehenlassen der Zeit, die sich nur widerstrebend entfernte. Es war ihm, als würde sie sich mutwillig verlangsamen, als müsse er jeden Glockenschlag herbeibeten.

So saß er, starrte auf die Mauer draußen, vor dem Fenster, ohne sie wirklich zu sehen, nahm nur Bewegungen wahr und hinderte weder Zeit noch Gedanken daran, ihn fortzutragen. Wenn er jetzt eine Taube wäre, wenn er sich jetzt in die Lüfte emporschwingen könnte. Über die Stadt würde er wegsegeln, mit offenen Augen, würde in jede Ritze sehen, in jeden Brunnen spähen können. Nichts bliebe ihm verborgen. Ja, das war der Grundgedanke. Es würde weit weniger Mord und Totschlag geben, weil die Furcht vor Entdeckung größer wäre als der Vorteil, den ein Überfall mit sich brächte.

Aus dem Schlafzimmer hörte er einen Klageruf, durchdringend und hell. Idler erwachte aus seinem Grübeln.

»Maria?« fragte er den Bettler.

Der nickte.

»Sie ruft!«

»Ich sehe nach Maria, Richard.«

Maria lag auf dem Bett, Agnes saß neben ihr und wischte der Frau mit einem feuchten Lappen über die Stirn. Fieber schüttelte sie, Krämpfe zogen die Gliedmaßen zusammen, bogen die Beine bis hinauf ans Kinn.

»Wie geht es ihr?« fragte er, ohne daß er eine Antwort erwartete.

Mit einem Ausdruck, der Unglück und Sorge in einem enthielt, sah Agnes ihn an und schüttelte den Kopf.

Wie wild schlug Maria den Kopf in das Kissen, stöhnte und knirschte mit den Zähnen, daß Idler glaubte, sie müßten zerspringen. Dann wieder nahm ihr ein Krampf die Luft, ließ sie blau anlaufen, drohte sie zu ersticken, und mit einem erlösenden Seufzer strömte wieder Luft in Körper und Lungen. Die Augen hatte sie nach oben gedreht, so daß nur das Weiße übrigblieb und der Körper rhythmisch sich aufbäumte, so daß Agnes ihn nur dadurch zu bändigen vermochte, daß sie sich mit ihrem Gewicht auf den Leib der Schusterin warf.

Idler nickte Agnes zu, dann drehte er sich wieder um und ging hinaus.

»Richard!«

Ohne den Blick vom Fenster zu lassen, wandte Richard sich dem Schuster zu.

»Was willst du?«

Entschlossen ging Idler auf Richard zu.

»Ich muß den Magister finden. Vielleicht kann der uns helfen, vielleicht kann er Maria helfen.«

Jetzt erst wandte sich Richard ganz um und sah Idler mit seinem einen Auge durchdringend an.

»Wo willst du ihn suchen?«

»Auf dem Weinmarkt. Letztens ist er mir dort begegnet.«

34.

»Wir finden ihn nie. Zu viele Fremde sind in der Stadt.«

Richard deutete mit dem Stock auf eine liegende Gestalt, von Hose und Schuhwerk entkleidet, soweit sie sahen. Die Totengräber kamen mit dem Abtransport der Leichen nicht nach.

»Übervölkern wird sie nicht, die Stadt. Der Tod schlägt seine Schneisen rascher, als mancher wahrhaben will. Da entfliehen sie den Marodeuren vor den Mauern, und in ihnen würgt sie der Schwarze Tod. Du magst recht haben, Salomon. So werden wir ihn nicht finden.«

Seit die kaiserlichen und bayerischen Truppen vor den Mauern mehr und mehr die Oberhand gewannen, strömten Flüchtlinge in Scharen in die Stadt, Bauern zumeist und Dörfler.

Vor ihnen her zog ein Hübner seinen Karren. Er hatte sich vor die Deichsel gespannt und zerrte Tisch und Stühle, einen Sack Getreide sowie Tiegel und Pfannen durch den schmalen Weg. Er behinderte die beiden Freunde. Eine schmächtige, bis auf die Knochen abgemagerte Alte schob von hinten. Das Klappern der Pfannen und das Schlagen der Räder auf dem Steinpflaster vermengten sich zu einem gewalttätigen Rhythmus. Obenauf ritt auf einem Strohbündel ein vielleicht achtjähriges Kind, gänzlich in Lumpen, das mit weit aufgerissenen Augen die Stadtwelt aufsog. Die Alten hatten es hinaufgesetzt, damit es in den engen Windungen der Gassen nicht unter die Räder kam. Im Gesicht des Jungen zeichneten das Entsetzen und der Tod gleichermaßen ihre Linien. Blaß war der Knabe, abgemagert, schwach und von einem Husten geplagt, der ihm fortwährend den Halt auf seinem Bündel zu nehmen drohte. Die Alten beugten sich unter der Last des Karrens.

»Komm noch mit hinauf zum Weinmarkt, Richard. Vor der Theaterbühne. Dort habe ich ihn zuletzt gesehen ...«

Richard und Idler eilten die Kanäle entlang, drückten sich durch das Gerber- und Färberviertel. Die Tuche hingen naß und schwer an den Trockentürmen. Das Wetter war nicht geeignet, sie schnell trocknen zu lassen. Aus den Jauchegruben der Gerber stiegen Gerüche, die ihnen beinahe den Atem nahmen. Endlos wanden sie sich zwischen den Färbertöpfen hindurch, vermieden den Kontakt mit den gärenden Blättern und Wurzeln und Salzen und stiegen endlich eine steile Straße hinauf in die Oberstadt, die sonst nur von Juden mit städtischem Geleit benutzt wurde.

An jeder Hausecke blieben sie stehen, beobachteten jede Straßenenge, ob sie aus dem Gewimmel der Menschen den schwarzen Umhang oder die entzündeten Augen des Magisters heraussehen konnten.

Eben trat der Prinzipal auf die Bühne hinaus. Von weitem schon konnte Idler seine Stimme vernehmen. Er deklamierte etwas, das er nicht genau verstand. Hastig drängte Idler sich in die Nähe des Bühnenaufbaus.

»Hören wir ihnen zu«, flüsterte Idler Richard ins Ohr. Idler drängelte sich durch die Menge, die gebannt auf den schwarzen Vorhang auf der erhöht stehenden Bühne sah. Jeden Moment mußte sie sich öffnen.

»Warum, Salomon? Was erhoffst du dir davon?«

Idler schüttelte den Kopf und deutete mit dem Kinn zur Bühne.

Der Stoff wurde beiseite geschoben, die Gestalt des Prinzipals erschien, und hinter ihm tauchte Gesine auf, die ihn offenbar sofort erkannte und ihm kaum merklich zuwinkte.

Ein hinter dem Vorhang nicht sichtbarer Chor aus Schauspielern hub an:

»Heute ziehn wir nicht aufs Trasimenische Feld,
wo Mars den kriegerischen Karthagern half,
noch unterhält man euch mit Liebeshändeln,
die Königshöfe in Verwirrung stürzen,
noch will zum Heldengang stolzkühner Taten
die Muse ihrer Verse Himmelspracht
entfalten.«

Die Stimmen sprachen abwechselnd, sammelten sich in einem Wort, um sich dann wieder aufzuspreiten und auseinanderzufließen, hinein in die Menge, mitten in offene Münder und Ohren.

Längst hatte Idler sein eigentliches Ziel aus den Augen verloren, versank er im Gesang des Chors und im Monolog des Prinzipals, vergaß den Magister und den Einäugigen, verlor Maria und das Manuskript.

»Nur ein Spiel von Faustens Schicksal,
von seinem Auf und Ab, gilt's vorzuführen …«

Richard stieß Idler unsanft von hinten.

»Wer war dieser Faust?«

Richard mußte seine Frage noch einmal wiederholen, bevor Idler sich dazu bequemte, eine Antwort zu geben.

»Ich weiß es nicht, Richard. So hör doch zu.«

Richard verstummte. Hinter dem Vorhang erschien der Chor, ganz in weiße Gewänder gekleidet, mit Masken über den Gesichtern. Sie umringten Gesine. Idler hing an den Lippen des Mädchens. Sie trat aus dem Chor heraus, ganz Frau und schlank, mit aufgelöstem Haar, und sprach einen Monolog in die Menge, als wäre sie eine der Schicksalsgöttinnen:

»… So rasch ward ihm Theologie vertraut,
das reichste Feld ehrwürdiger Wissenschaft,
daß man ihm bald den Doktorgrad verlieh;
und alle überragend, konnte er trefflich
über die heil'gen Themen disputieren.
Bis er von Wisseneitelkeit geschwollen,
gleich Ikarus zu hoch die Flügel schwang
und seinen Sturz beschloß der Himmel, schmelzend
sein Wachs. Denn Faustus, von den goldnen Gaben
der Weisheit übersättigt, wirft sich auf
des Teufels Künste …«

Idler spürte, wie Richard ihn auf einmal am Ärmel packte und ihn aus der Menge zog.

»Unvernünftig bist du, Salomon. Willst den Magister finden, und dann stellst du dich mitten unter ein Publikum, um einem Theatergecken zuzuhören. Außerdem sind wir nicht die einzigen, die dem Spektakel folgen.«

Idler wurde ärgerlich und wehrte sich gegen Richards unsanfte Art, ihn von dem Schauspiel abzuhalten, mußte aber angesichts der Enge nachgeben. Richards Hand schloß sich eisern um seine Leibschnur und zog ihn mit sich.

Jetzt deutete Richard auf ein kleines Podium gegenüber der Bühne, auf der Stierna saß und dem Stück folgte. In den Sprechpausen ließ er den Blick über das Publikum gleiten, suchte mit gleichmütigem Blick die Gesichter ab, konzentrierte sich dann aber wieder auf das Stück. Idler bedeckte den Kopf mit seinem Ärmel und folgte Richard.

Er hörte noch, wie der Prinzipal als Dr. Faustus über die Zuschauer hinweg den Himmel der Nekromanten anrief:

»... doch wer in diese Sphären dringt, des Herrschaft
streckt sich, soweit des Menschen Denken schweift:
Ein wahrer Magier ist ein mächtiger Gott.
Drum, Fauste, strenge deines Geistes Kräfte
hier an, Gottgleichheit zu gewinnen! ...«

Aus dem Hintergrund schwebten zwei Gestalten heran, ein weißgekleideter und ein in schwarzes Tuch gehüllter Engel. Einer von ihnen hatte Gesines Gesichtszüge und lächelte ihm nach. Dann verschlang ein Gäßchen, kaum so breit, daß man darin die Arme ausstrecken konnte, Bild und Worte.

35.

»Bist du von Sinnen?« fragte Richard außer Atem. »Der Schwede kennt dich. Hätte er dich entdeckt, würdest du jetzt in einem Turm vor dich hin faulen.«

Idlers Augen brannten, wie durch Wasserrauschen hörte er Richards Stimme.

»Ist dir nicht gut, Salomon?«

Mit beiden Händen faßte Idler ihn an den Schultern und sah ihm starr in die Augen.

»Hast du es gehört, Richard? Auch der Prinzipal sprach vom

Fliegen, von Ikarus, vom Versuch dieses Mannes, dieses Doktor Faustus, es zu erlernen. Hast du es gehört?«

»Er hat sich dem Teufel verschrieben, Salomon!« antwortete ihm Richard.

Idler schüttelte den Kopf.

»Alles, was die Kirche nicht erklären kann, ist des Teufels. Und auf alle Gedanken, die sie für gefährlich genug hält, die Grundfesten der Kirche zu untergraben, steht der Scheiterhaufen.«

»Das Stück spricht eine andere Sprache, Salomon.«

Idler ließ sich von Richard widerwillig mitziehen. Sie schlichen durch schmale, wenig begangene Gäßchen, ohne daß er darauf achtete.

War der Doktor ein Ketzer, nur weil ihm die Theologie und die abgehandelten Wissenschaften nicht mehr genügten, weil er weiterfragte? Er selbst war ein einfacher Schustermeister, der nachdachte, der Stadt und Mauern, Nadel und Schusterfuß nicht so sah, wie alle sie sahen. Er hatte Träume, eigentlich nur einen Traum – und dafür … aber vielleicht träumte er wirklich zuviel. Und doch wußte Idler, daß nur, wer träumte, die Welt verändern konnte – zumindest im Kopf.

Ein Klageschrei wie der Marias riß ihn aus seinen Gedanken. Richard hatte ihn geführt, und er war dem Bettler gefolgt, ohne auf den Weg zu achten. Jetzt sah Idler sich um. Richard hatte ihn hinters Rathaus geführt, das über den sich duckenden Handwerkerhäusern mächtig in die Höhe wuchs. Dort hatten die Schweden ihre Stätte für die Hochgerichtsbarkeit aufgeschlagen, nachdem der Galgenberg vor dem Gögginger Tor zu unsicher geworden war.

Auf dem Platz war ein dreieckiges Gerüst aufgeschlagen, ein Galgen, an dem zwei Delinquenten hingen, die bereits einen süßlichen Verwesungsgeruch verströmten. Daneben staken auf mannshohen Pfählen drei Räder, auf die man Verurteilte gebunden hatte. Zweien waren die Gliedmaßen abgeschlagen worden. Sie hingen mit Stricken an den Speichen und waren bereits verblutet. Ein dritter stöhnte noch. Ihm hatte der Henker nur die Beine gebrochen.

Als sich Idler und Richard dem Platz näherten, flogen Scharen von Raben und Krähenvögeln mit klatschenden Flügelschlägen auf, die sich an den Leichnamen gütlich taten. Rasch wollte Idler, vom Geschrei des dritten Opfers in seinen Überlegungen gestört, den Schreckensort verlassen, als sein Blick an einem der Stoffetzen hängenblieb, der vom Rad des noch Lebenden herunterwehte. Schwarz und schmierig von Blut, aber aus einem Stoff, der in diesen Breiten nicht üblich war.

»Richard. Halt. Dort liegt er!« flüsterte Idler.

»Wer?«

Mit dem flüchtigen Blick des sichernden Tieres sah sich Idler um. Die Landsknechte, die abgestellt waren, den Richtplatz zu bewachen, waren eingenickt. Weinschläuche zwischen ihren Beinen ließen vermuten, daß sie betrunken waren und Rausch und Ärger wegen ihrer Arbeit hier ausschliefen. Keiner konnte wissen, wann sie wieder erwachten, vor allem dann nicht, wenn der Delinquent derartig schrie.

Richard drängte.

»Komm jetzt. Wenn die beiden uns hier entdecken, binden sie uns dazu, Salomon. Also los.«

»Nein, Richard. Du hast mich nicht verstanden. Dort liegt der Magister. Magister Eduard. Ich kann nicht weggehen, ich muß ihn sprechen. Er lebt noch.«

»Bist du verrückt, Salomon? Wenn es der Magister ist, fressen ihn die Raben, und wenn du nicht schnellstens hier verschwindest, fressen sie dich ebenfalls.«

Richard sprach leise, aber eindringlich. Vom Turm des Katharinenklosters herüber schlug die Glocke mit einem dünnen Ton. Kaum hatte sie geendet, wurde sie mächtig abgelöst von der Stimme der Domglocke, die sich hier unten gewalttätig brach und trotz der Entfernung zwischen den Häuserzeilen und der Rathausfassade hallte. Die Körper der Wachen zuckten unter den Stundenschlägen, einer drehte sich sogar zur Seite, aber keiner erwachte aus seinem weinseligen Schlummer.

Idler scheuchte die Krähen vom Rad, die sich bereits wieder auf dem noch lebenden Körper niedergelassen hatten. Ihre blutigen Schnäbel öffneten sich, als der Schuster sich näherte, sie stießen einen drohenden Ton aus, flogen aber doch beiseite und machten ihm Platz.

»Magister, Magister, könnt Ihr mich hören? Ich, der Schuster, erinnert Ihr Euch? Magister, der Idler.«

Leicht drehte sich der Kopf des Gefolterten, richtete sich ein Ohr aus auf die Stimme, die er noch zu hören schien. Als Idler nahe genug war, konnte er erkennen, daß dem Schädel bereits die Augen fehlten. Raben und Krähen hatten sie ihm bei lebendigem Leib ausgehackt.

Wieder zerriß ein Schrei die Stille. Er quoll aus dem Mund des Magisters. Die Vögel flogen auf, schlugen die Luft und ließen sich mit einem Kreischen auf den beiden Rädern nieder, deren Delinquenten bereits tot waren.

»Hört Ihr mich, Magister Eduard? Hört Ihr mich?«

Idler starrte in die schwarzen Augenhöhlen. Ein Geruch nach Verwesung und getrocknetem Blut erfüllte die Luft. Da bewegten sich die Lippen des Magisters.

Langsam näherte sich Idler dem Mund, hielt die Luft an und schloß die Augen. Der Magister sagte immer dieselben Wörter vor sich hin:

»Zeit, daß wir gehen. Das Manuskript – verbrennt es.«

»Was meint Ihr damit, Magister? Was heißt das?« Aber Magister Eduard wiederholte nur dieselben Wörter, wurde dabei leiser und leiser, und schließlich übertönte das Kreischen der Rabenvögel sein beinahe schon stummes Geflüster.

»Salomon, komm endlich«, wurde er von Richard ermahnt.

Nur schwer konnte sich Idler von dem Sterbenden lösen. Daß er den verstümmelten Körper des Magisters nicht losbinden, ihm kein Begräbnis zuteil werden lassen konnte, bedrückte ihn.

Die Vögel würden auf ihm herumhacken, bis die Knochen blank in der Sonne bleichten.

Richard zog ihn gewaltsam von dem Sterbenden weg. Hinter Idler stürzten sich die Vögel zankend und streitend wieder auf den lebenden Leichnam. Ein Schrei zerriß das Geflatter, ein Schrei, so spitz und hoch, wie der Schuster noch keinen gehört hatte. Dann brach er ab, endete abrupt an seiner höchsten Stelle, und nur noch in Idlers Ohr gellte er eine Zeit nach.

»Du hättest ihm nicht helfen können, Salomon.«

»Ich weiß. Aber er sagte etwas Merkwürdiges. Ich weiß nicht, ob ich ihn recht verstanden habe.«

Dabei wiederholte er für Richard die Worte des Magisters.

Die beiden zwängten sich wieder durch die Reihen der einströmenden Bauern, die Lebensmittelsäcke und Hausrat auf dem Rücken hinter die Mauern schleppten, krumm gingen an diesen Dingen und selbst hier ihr Leben wegwarfen an die Pest und andere Krankheiten der Schwedischen. Richard verabschiedete sich eben, wollte zu St. Jakob hinüber, um dort seiner Arbeit nachzugehen – Pilger nach Santiago gaben gern –, als Idler plötzlich am Rock festgehalten wurde.

»Laßt mich aus Eurer Hand lesen, Schuster. Wir kennen uns, Idler, treffen uns immer an den Orten des Todes. Merkwürdig, nicht?«

Bis ins tiefste Mark erschrak Idler, als er sich umdrehte und den Zigeuner vor sich sitzen sah, in seinem schwarzen Umhang, das Gesicht von der Kapuze vollständig verschattet.

»Was willst du, Alter? Hab' nichts mir dir zu schaffen.«

Doch der Zigeuner ließ nicht los.

»War er nicht schön, der Magister? Hatten sie ihn nicht hübsch geschminkt für seinen Weg hinauf? Rot kleidet, Schuster, rot ist die Farbe, die allen steht. Besonders dann, wenn die Zeit fehlt, sich zurechtzumachen. Gebt mir Eure Hand, Schuster, laßt mich nachsehen, ob es sich lohnt, Euch die Wahrheit zu sagen!«

Unwillkürlich zuckte Idler zurück. Die Stimme des Alten erinnerte ihn an eine andere, ähnliche.

Der Schuster starrte auf die schmale, feingliedrige Hand, die sich ihm entgegenstreckte. Über den kleinen Finger und den Ringfinger der rechten Hand zog sich eine weißliche Narbe. Kaum sichtbar, so gut war sie verheilt. Sie bog jedoch die beiden Finger leicht nach innen, hielt sie zusammen, als wären sie aneinandergebunden.

»Scher dich zum Teufel«, fluchte der Schuster.

»Wartet, Idler, wartet, bis er Euch holt. Laßt Eure Hirngespinste, sonst endet Ihr dort, wo dem Magister die Lebensflamme ausgeblasen wurde.«

Ein heiseres Lachen hallte durch die schmale Gasse, in der sie auf den Zigeuner gestoßen waren. Richard zog Idler weiter. Sie ließen den Alten hinter sich. Nur sein Gelächter verfolgte sie ein Stück weit.

»Woher kannte er deinen Namen, Salomon?« fragte ihn Richard. »Woher weiß er, wer du bist und wen du gesucht hast?«

Idler zuckte mit den Schultern, sah hinauf auf den Wehrgang, unter dem Tauben gurrten. Er klatschte zweimal in die Hände, so daß die Vögel aufflogen und hinüberglitten auf das Dach eines gegenüberliegenden Gebäudes.

»Ich weiß nicht, Richard, ich weiß es wirklich nicht. Ist es so wichtig?«

»Nein, noch nicht.«

ZWEITES BUCH

Die Flugmaschine

1.

Richard hatte recht behalten.

Seit geraumer Zeit lauschte Idler schon den beinahe lautlos gesetzten Schritten im Geschoß unter ihm. Zielsicher wanderten sie hinüber in Agnes' Bettzimmer, verhielten vor dem Schrank. Behutsam wurde die Schranktür von außen aufgezogen.

Idler versuchte, möglichst ruhig zu liegen, um die feinen, kaum wahrnehmbaren Bewegungen unten an der Treppe zu hören.

Vorsichtig tasteten Finger die Rückseite des Schrankes ab, fanden den Öffnungsmechanismus, rückten die Scheinwand beiseite. Jemand stieg hindurch, schlich langsam die Holzstufen hoch, hielt kurz inne, bevor er das Geschoß durchschritt, spähte umher.

Idler zog seine Decke höher, drehte sich, den Schlafenden mimend, mit dem Kopf zur Treppe. Im Dämmerlicht erkannte er einen Haarschopf, der undeutlich gegen das Schwarz des Abstiegs stand. Langsam bewegte sich der Körper, wuchs hinauf in den Raum, bückte sich wieder, drückte sich an den Boden, verharrte so, lugte umher.

Hinter Idler stöhnte Maria, die in Neumondnächten besonders unruhig schlief und in den letzten Wochen körperlich stark verfallen war. Wie eingefroren lag die Gestalt mit einem Mal, verschmolz mit den Holzdielen. Deutlich konnte Idler erkennen, daß sie ein Stilett in der Hand hielt, bereit zuzustoßen, sollte sich irgendwer zur Unzeit regen.

Diesem Reibenstein sei nicht zu trauen, hatte Richard gestern noch verkündet. Ein Fuchs sei er, der seine Beute einlulle, mit ihr spiele, um dann in einem geeigneten Moment zuzubeißen.

Jetzt begann der Schatten wieder zu kriechen, kam auf ihn zu, hielt ihm das Messer an die Kehle. Damit hatte er nicht gerechnet. Nur mit Mühe konnte er sich zwingen, nicht zurückzuzucken, den Atem nicht anzuhalten. Ruhig und gleichmäßig atmete er weiter. Schmale Hände suchten ihn ab, fuhren seine Kleidung entlang, griffen unters Stroh. Währenddessen fühlte er die Kälte des Stahls am Hals. Idler spürte ein Zögern im Arm des Fremden, das den Schnitt durch die Schlagader hinderte, dann ließ er von ihm ab, suchte weiter im Raum.

Der Eindringling kroch, soweit Idler das erkennen konnte, zur Mitte des Zimmers. Dort hatte Richard einen Tisch aufgebaut und einige Papierbögen aufgelegt.

Auch damit behielt Richard recht. Wie von einem Magnet wurde der Eindringling von den Manuskriptblättern angezogen.

Die Gestalt richtete sich halb auf, ließ eine Hand über die Bögen gleiten, rollte sie und wollte eben umkehren, als sie zusammensackte.

Was jetzt geschah, ereignete sich in einer Schnelligkeit und Stille, daß es dem Schuster beinahe unheimlich wurde, obwohl er davon wußte. Aus der Finsternis des Raumes schälten sich drei Gestalten, lange Stäbe in den Händen. Lautlos stießen und schlugen sie auf den Fremden mit dem Manuskriptbündel ein, bis der stöhnend zu Boden sackte. Nur das matte Klatschen der Stöcke und den dumpfen Fall des Körpers vernahm Idler.

»Mach Licht, Salomon!« tönte der Befehl, nachdem sich die dunkle Gestalt nicht mehr rührte.

Idler kroch aus der Decke, hielt den Zunder an eine Öllampe, bis deren Docht aufflammte. Dann drehte er das Licht hoch. Vier Gestalten gab die Nacht frei: die Welschge Jenna, Richard, ein ihm fremder Bettler, der sich selbst Windig nannte, und, verkrümmt auf dem Boden liegend, Reibenstein.

»Sieh da«, spottete Richard. »Kennen wir uns nicht?«

Der Angesprochene ächzte und versuchte, sich zu erheben. Mit einer wischenden Bewegung seines Bettelstabes schlug ihm Richard den Arm unter dem Körper weg.

»Aber, aber. Macht uns keine Probleme, Reibenstein. Wir reagieren empfindlich. Was wolltet Ihr hier? Stehlen? Auf Diebstahl steht Verstümmelung. In der Linken haltet Ihr das Papier, das zufällig auf dem Tisch lag und dem Schuster gehört. Also schlagen wir ihm die Linke ab!«

Reibenstein rappelte sich langsam hoch. Quer über sein Gesicht lief der Striemen eines Stockhiebs. Mit beiden Händen hielt er sich die Seite. Blaß und mit verzerrten Zügen lehnte er sich gegen den Tisch, dessen Aufbau ihm zum Verhängnis geworden war.

»Was habt Ihr zu sagen, Reibenstein?« fuhr ihn die Welschge Jenna an.

Mit einer schnellen Bewegung hielt der Gesandte sein Messer in der Hand, griff nach der Bettlerin, erwischte sie am Umhang und zog sie zu sich, wollte ihr den Dolch an die Kehle setzen. Nur ein drohendes Knurren war zu vernehmen, dann wehrte sich die Welschge Jenna. Den Rücken Reibenstein zugewandt, hieb sie ihm mit ihrem Stock blitzschnell die Waffe aus der Hand und schlug zweimal gefährlich nahe am Genick zu. Stöhnend ging der Eindringling wieder zu Boden.

»Habt Ihr noch immer nicht begriffen, wer hier Herr der Lage ist? Ihr seid hartnäckig«, grinste sie ihn an.

Mit einem Wink der Augen gebot Richard der Welschgen Jenna, einen Blick auf Reibenstein zu werfen, während er sich Idler zuwandte.

»Er wollte das Manuskript, wie ich es vorausgesagt habe, Salomon. Glaubst du mir jetzt? Dieser Fuchs ist gefährlich.«

Idler nickte. Was sollte er schon sagen.

»Gut, daß die Blätter nicht mehr hier sind!«

Plötzlich ließ sich die Stimme Reibensteins hören.

»Was könnt Ihr schon damit anfangen? Nichts. Gebt mir die Blätter – es wird Euer Schade nicht sein, Schuster.«

Die letzten Worte hatte der Gesandte nur gepreßt hervorgebracht. Er hielt sich die Seite, während ihn der Schmerz sichtbar krümmte. Idler ging einen Schritt auf Reibenstein zu.

»Was wißt Ihr schon vom Inhalt der Blätter? Woher seid Ihr Euch so sicher, daß ich das Wissen des Futterals nicht gebrauchen kann?«

Reibenstein lachte auf, soweit es ihm sein Umstand zuließ. Keuchend und stöhnend antwortete er:

»Wäre der Umgang mit dem Manuskript ein Kinderspiel, wären dessen Ideen längst verwirklicht worden. Aber niemand war bislang in der Lage, sie umzusetzen. Wie also sollte es Euch gelingen?«

Spott lag in der Stimme Reibensteins, Spott über die Anmaßung des Schustermeisters aus der Wasservorstadt Augsburgs.

»Nun«, meinte Idler, »dann spielt es ja keine Rolle, wem das Manuskript gehört. Ihr könnt nichts damit anfangen. Und ob wir es können …? Wir werden sehen, Reibenstein. Noch ist das letzte Wort dazu nicht gesprochen.«

2.

Ein kauzartiger Schrei gellte durchs Haus.

Idler erwachte. Tief und traumlos hatte er die letzten Stunden geschlafen. Mit beiden Händen rieb er sich die Augen. Erste Morgenstrahlen der Sonne fielen in den Raum.

Wieder schrie der Kauz unterm Dach. Niemand hatte ihn recht beachtet, nur die Welschge Jenna, die neben Reibenstein wachte, hob den Kopf und nickte.

Reibenstein lag am Boden, die Hände auf den Rücken gebunden, die Augen offen.

»Für ihn haben wir noch eine Überraschung!« verkündete die Bettlerin und stieß Reibenstein, den Gesandten Tillys, mit dem Fuß an. Sie zwang ihn aufzustehen.

Umständlich erhob sich der Eindringling, stumm, mit fragendem Gesichtsausdruck. Die Welschge Jenna zog die Nasenflügel hoch.

»Er wird sich wundern!« meinte sie und lachte rauh. »Komm, Salomon. Windig, du wartest mit Reibenstein unten, bis wir dich und ihn rufen.« Sie trat an den Gesandten heran, entblößte die Zähne, und Idler sah, daß sie ihm ins Gesicht spuckte. »Es wird eine Höllenfahrt, Fuchs!«

Sie betrat ihm voraus die Treppe, die ein weiteres Stockwerk nach oben führte, hob die Falltüre an und kroch hindurch. Verwundert über den Weg, den sie ihn führte, folgte ihr Idler. Durch die Luke fiel staubiges Licht, und ein Geruch nach feuchtem Holz, nach Urin und Kot wehte ins Geschoß darunter.

Es war dämmrig oben. Nur durch zwei beinahe ebenerdig angebrachte Luken drang Licht. Langsam gewöhnten sich Idlers Augen an das Dunkel. Vor ihm stand Agnes, daneben hockte eine Gestalt.

»Richard!« rief Idler, aber der bewegte sich nicht. Er starrte auf einen Korbsessel, der gegen eine der Luken geschoben war – und erst jetzt erkannte Idler, daß darauf ein Körper saß, den eine schmutzige Decke nur dürftig verbarg.

Aus dem Dämmerlicht schälten sich die Gestalten. Das Wesen im Stuhl bewegte sich unruhig, stieß dumpfe Laute aus, rief wie ein Kauz, daß Idler erschrak.

»Wer ist das?« fragte er in die Stille hinein.

Agnes nahm den Stuhl, der auf hölzernen Rollen lief, drehte ihn Idler zu:

»Da bist du ja, Söhnchen«, begrüßte ihn die Gestalt mit einer beinahe tonlosen, gehauchten Stimme. »Erkennst mich nicht mehr? Hast mir als Bub untern Rock gesehen und durch die

Türspalten gestarrt. Als Bub. Vor Jahren. Ging mir besser damals.«

Langsam kam Idler die Erinnerung an das Hurenhaus, das sie als Kinder umschlichen hatten, um zu sehen, was Männer und Frauen darin miteinander trieben.

Das Gesicht nahm im Dämmer immer deutlichere Konturen an: Ein Auge war ausgeschlagen, Lippen und Nase existierten nicht mehr, die Lider waren abgerissen und vernarbt, so daß er glaubte, sie würden sich über dem einen noch sehenden Auge nie schließen können. Die Finger und Zehen, die aus der Decke ragten, waren unnatürlich verkrampft, manche fehlten gänzlich.

Zerbrochen, zerschlagen, fuhr es dem Schuster durchs Hirn, der mit aufgerissenen Augen in das Dämmerlicht starrte.

In Idlers Gedächtnis stieg das Bild einer jungen Frau empor, die von den Schergen der Stadt halbnackt aus ihrem Haus getrieben wurde. Sie waren erst kurz aus Cannstadt nach Augsburg gezogen, sein Vater, der Schustermeister, und er. Seine Mutter war kurz davor gestorben, und Vater wollte wohl ein neues Leben beginnen. Er entsann sich eines weißen Busens, der durch seine halbgeschlossenen Finger hindurchschimmerte, die er sich vors Gesicht halten mußte, und auf dem dunklen Hintergrund seiner Erinnerung erschien ein Name: »Hutter Babette? Seid Ihr die Hutter Babette?«

»Die Babette, ja!« bestätigte ihm die Gestalt, und Richard, der noch immer vor der verkrüppelten Frau hockte und sie unverwandt ansah, wiederholte ihm: »Ja. Die Hure.«

»Sie lebt noch?«

»Nein, das nicht«, flüsterte Richard heiser. »Sie kann nur nicht sterben.«

Hinter Idler erhob sich Lärm. Der Windig rief Unverständliches, ein Stuhl stürzte, etwas polterte die Treppen hinunter. Sofort sprangen Richard und die Welschge Jenna auf und setzten die Leiter hinab. Alles lauschte. Unterdrücktes Fluchen, das Schlagen der Türen, ein Splittern. Dann war Ruhe.

Bevor Idler begriff, was geschehen war, kam Richard die Stufen wieder hoch. Flüsterte niedergeschlagen:

»Reibenstein. Er ist auf und davon. Offenbar hat er die Fesselung lösen können.«

Sie schwiegen. Jetzt begann Agnes liebevoll den Körper der Alten umzudrehen, wusch mit einem Lappen Gesicht und Bauch, reinigte ihn von Ausscheidungen, deckte ihn wieder ab, gab der Frau zu trinken und löffelte ihr eine Suppe in die Mundöffnung.

Idler wurde schwindlig. Er hielt sich an einem der Balken fest, hockte sich dann aber neben Richard.

»Warum?« fragte er.

»Fanatismus!« antwortete ihm Richard nach längerem Schweigen. »Weil es den Menschen nicht genügt, in einer Zeit zu leben, die für sich schrecklich genug wäre. Sie müssen sie anfüllen mit eigenen Grausamkeiten. Sie wurde gefoltert, vor zwanzig Jahren. Sie war von einem ihrer Freier«, er deutete dabei nach draußen, auf den geflohenen Reibenstein, »als Hexe angeschwärzt worden.«

Idler besah sich den Klumpen Fleisch, der dort vor ihm saß. Ihr Körper war, sofern er ihn noch als den einer Frau zu erkennen vermochte, von Narben übersät. Die Verstümmelungen verbogen ihn.

»Woher weißt du?« flüsterte Idler.

Agnes war mit der Reinigung fertig. Sie trug einen Krug mit Wasser und ein Becken zum Treppenaufstieg, stellte beides dort ab. Behende erhob sich Richard, strich mit der Hand über den haarlosen Kopf der Alten, drehte ihn so, daß das eine Auge ihn anblicken konnte.

»Sie ist meine Mutter«, sagte Richard in den Raum hinein.

Der Mund der Frau stieß einen kauzähnlichen Ruf aus.

Sanft ließ er den Kopf der Hutter Babette zurückgleiten, strich nochmals über den kahlen Schädel und ging dann zum Abstieg.

»Mein Gott«, murmelte Idler.

»Sie war schwanger damals. Mit Agnes. Kurz bevor die Inquisition sie hat laufen lassen, entband sie das Mädchen.«

Idler hatte sich gesetzt und den Kopf in die Hände gestützt. Richard war wieder die Treppen heraufgekommen und hinter ihn getreten. Jetzt ließ er seine Hände auf Idlers Schultern sinken.

»Was hat sie nur durchgemacht? Wie habt ihr nur all die Jahre überlebt?«

»Durch mich«, meinte Richard leichthin. »Ich war damals gerade sechs. Alt genug, sie zu versorgen. Ich habe einfach gebettelt. Als Agnes soweit war, haben wir uns in die Pflege geteilt. Niemand hat davon gewußt, geschweige denn geahnt. Du hast mir geholfen, sie mit Lebensmitteln zu versorgen, hast mir hin und wieder Arbeit gegeben, mich aufgenommen, bis Agnes das Haus allein führen konnte.«

Plötzlich schreckte die Hutter Babette hoch und rief in ihrer Flüsterstimme:

»Hier könnt ihr nicht bleiben! Der Fuchs wird Euch finden. Du bist zu weit gegangen, Richard. Entweder tötet er dich – oder du tötest ihn.«

So leise hatte die Hutter Babette gesprochen, so ohne Stimme, daß Idler das Knacken des Gebälks empfand wie kleine Explosionen. Sie hockten vor der Hutter Babette und überlegten, was zu tun sei.

»Sucht Euch ein leeres Haus. Die Stadt ist voll davon. Die Pest hat sie herrenlos gemacht«, riet die Hutter Babette. »Und gerade in den Hinterhäusern könnt Ihr Euch verbergen. Augsburg ist dafür groß genug.«

Dann verdrehte sich ihr eines Auge, und sie stieß wieder ihren Schrei aus, der sie für Idler so weit weg rückte, als wäre sie ein Wesen aus den Fabelwelten der Geschichtenerzähler. Dann wiederholte sie immerzu nur den einen Satz:

»Er wird kommen. Er wird kommen. Er wird kommen!«

3.

Lange hatten sie gesucht. Jetzt standen die beiden vor einem Tor am Mittleren Lech. Es dämmerte. Über die Zinnen der Stadtmauer schickte die Sonne bereits ihre ersten Strahlen. Der Nachtwächter schritt seine letzte Runde ab, und vom Perlach herunter rief der Türmer den Beginn des neuen Tages.

Das Tor war mit einem roten Pfeil gekennzeichnet. Idler blickte die Fensterfront hinauf, die über ihm aufragte. Todesfälle hatte es darin gegeben, eine letzte Leiche war von den Totengräbern herausgeschafft und zur Warnung für die Lebenden eben dieser Pfeil aufgehängt worden.

»Sollen wir?«

Richard nickte. Idler stemmte sich gegen das Tor. Mit einem häßlichen Kreischen öffnete es sich.

»Wir müssen es sofort schmieren.«

Wieder nickte Richard, schlüpfte hinter Idler in den Innenhof. Über ihnen wölbte sich ein Bogen, dahinter öffnete sich ein Hof, dessen Fläche mindestens zwanzig zur Hälfte eingegrabene Bottiche enthielt. Rechter Hand ragte ein dunkles Gebäude in den Himmel, hoch genug, um über mehrere Höfe hinwegzusehen. Stille hockte in den Ecken des Fachwerkbaus.

»Ein Färberhaus. Gerade richtig für uns«, flüsterte Richard. Vor ihnen raschelte es, eine Ratte tänzelte über die Einfahrt. Mit einem Fußtritt verscheuchte Richard sie.

»Jetzt kommt die unangenehmste Aufgabe!«

Mit der Nase im Wind schnüffelnd, lief er alle Räume im Parterre ab.

»Was tust du, Richard?«

»Hundearbeit!« verkündete Richard – und als ihn Idler nur verständnislos ansah, ergänzte er: »Wenn doch noch einer herumliegt. Wir müssen es kontrollieren. Die Pest, habe ich mir sagen lassen, werter Freund, kann tödlich sein.«

Idler zuckte mit den Schultern, dann begann auch er zu schnüffeln.

Zusammen stiegen sie im Färberhaus in die Wohnstube und dann weiter bis zum zweiten Trockenboden hinauf. Es waren steile, gefährliche Treppen, die bis unters Dach führten. Die Lampe, die der Schuster innen entzündet hatte, gab nur spärlich Licht. Sie tasteten sich eher voran, als daß sie sich ihrer Tritte sicher waren.

Idler, der mit der Laterne voranging, schob endlich die letzte Tür auf und trat auf einen Trockenboden hinaus, hängte das Handlicht an einen Haken und drehte es heller. Ein matter Schein fiel in den Raum, der in seiner Größe beeindruckend war. Hier waren die Spalten der Holzzwischenräume mit Stroh und Werg abgedichtet worden.

Hörbar atmete er aus.

»Glück gehabt. Leer, das gesamte Haus ist leer, Richard, seit die Pest auch die Feigerin geholt hat. Ein ideales Versteck. Hier findet uns keiner. Und der Fuchs schon gar nicht.«

Idler schritt stumm durch das saalartige Geschoß.

»Salomon, der Raum ist gerade richtig für unser Vorhaben. Er ist geräumig, man kann die Schalungen von der Wand im Süden nehmen, um hinauszufliegen, wenn es soweit ist. Was wollen wir mehr?«

Idler lief die Wände entlang, um die Dimension des Raumes in sich aufzunehmen. Richard hatte recht, hier ließ sich eine Flugmaschine bauen, ohne daß sie von anderen behindert wurden. Und der Pfeil an der Türe sicherte sie ab. Kaum jemand würde ein Haus betreten, in dem Pesttote gelegen hatten.

Idler breitete die Arme aus, als könnte er nur so die Ausmessung des Trockenbodens tatsächlich erfassen. Hier würden die Flügel wachsen, hier würde er die Schwingen ausbreiten können, von hier aus würde er zu Stierna hinüberfliegen und ihn aus dieser Stadt verjagen. Ja, in Angst und Schrecken wollte er ihn versetzen, in eine Angst, die ihn alles vergessen ließ und die man roch, weil er sich die Hosen beschmutzte mit seiner endlosen Furcht.

Mit einer heftigen Bewegung riß er sich los von seinen Gedanken, nahm das Bündel der Manuskripte, das er am Leib trug, und begann, die Verschnürung zu lösen. Es überkam ihn derselbe Schauder, den er beim ersten Mal erlebt hatte, als er die letzten Lagen entfernt und die Manuskriptseiten darunter freigelegt hatte. Zärtlich strich er über die Zeichnungen, fuhr die Linien der Vogel- und Menschenflügel nach, betrachtete jede Einzelheit im Schein der Lampe und breitete die Seiten vor sich aus. Er nahm die Blätter und legte sie an der nördlichen Längsseite des Trockenbodens entlang.

»Wir brauchen Werkzeug, Papier und Stangen«, teilte er Richard mit, der ihm bis dahin nur zugesehen hatte.

»Willst du etwa heute noch beginnen?« fragte Richard ungläubig, obwohl er damit gerechnet hatte. »Jeder unnötige Lärm könnte uns verraten.«

»Wir werden die Arbeitsgeräusche im Rahmen halten. Wer sollte uns außerdem in der Umgegend verraten? Es lebt hier niemand mehr.«

»Aber wir müssen erst die Materialien besorgen, Salomon! Reibenstein schuldet uns noch etwas. Goldgulden, hundert Goldgulden für das Manuskript. Ich denke, wir sollten sie eintreiben. Wir werden es nötig haben. Beginnen wir mit den einfacheren Dingen, Salomon. Ich kenne eine Offizin in der Nähe, die trocknet ihre Fahnen draußen. Papier für die Flügel gibt's dort reichlich, Salomon. Komm!«

4.

»Wenn es dem Manuskriptschreiber gelungen ist, wird es mir auch gelingen, Richard. Was soll uns unterscheiden?«

Idler stand auf dem Dach der Hütte im Hof des Färberhauses und redete beruhigend auf den unten bei den Farbtrögen wartenden Bettler ein.

Breit genug war der Hof, um den Versuch zu unternehmen. Von den in den Boden eingelassenen Bottichen ging keine Gefahr aus. In ihnen befanden sich längst keine Farben mehr.

Von unten beschwor Richard seinen Freund. Nervös trat er von einem Bein aufs andere.

»Du bringst dich um, Salomon! Es ist einfach verrückt.«

Idler grinste zu ihm herunter.

»Glaubst du, ich schufte vier Wochen an diesem Gerät, um mir dann von dir Ratschläge anzuhören? Paß auf, ich springe. Wenn die Papiervögel des Prinzipals dahingleiten, kann ich es auch.«

Die Flügel, die Idler sich umgebunden hatte, wippten unter seinen Bewegungen. Je einer war an jedem Arm befestigt und ein dritter als Vogelkörper an den Rücken gebunden. Es waren einfache Holzgestelle, mit Papier gegen den Wind abgedichtet. Idler hatte sie nach den Plänen des Magisters Eduard zusammengebunden.

»Zehn Fuß haben noch keinen Menschen umgebracht, Richard. Ich komme!«

Idler sprang. Die Flügelarme klappten nach oben, die Papierbespannung riß, die Spanten brachen, und Idler landete mit einem häßlichen Krachen unsanft auf dem hartgetretenen Lehmboden des Hofes.

Richard eilte sofort hinzu, bog das Holz auseinander.

»Salomon, Salomon? Ist dir etwas passiert?«

»Schrei nicht so!« Eingekeilt in einem Haufen Stangen und Papierfetzen, bemühte Idler sich, sich zu befreien.

»Was hab ich falsch gemacht, Richard?«

Mit verzerrtem Gesicht kroch er aus dem Haufen heraus, hielt sich den Knöchel des rechten Fußes, hockte sich, wo er war, einfach auf den Boden. Aus einer Wunde am Unterarm blutete er leicht.

»Vielleicht sollte ich nächstens doch nur von einem Holzstoß springen, Richard. Zehn Fuß Höhe sind nicht zu unterschätzen.«

Grinsend setzte sich Richard neben Idler.

»Du hast es überlebt.«

Finster starrte Idler auf das Gewirr aus Stangen und weißen Fetzen.

»Wenn dieses verfluchte Papier beim Prinzipal segeln kann, wenn jemand in der Lage ist, genaue Zeichnungen einer Flugmaschine anzufertigen, warum kann ich dann nicht fliegen?«

Über ihm rauschten die Tauben auf ihre Stammplätze zurück, von denen er sie aufgeschreckt hatte. Elegant zogen sie ihre Bogen und landeten wieder auf den Trockenstangen des Färberhauses, zwei an zwei, und sahen den beiden Männern zu, die im Hof hockten und über ihren Mißerfolg nachdachten. Idler verfiel ins Grübeln, während Richard ihm die Hand auf die Schultern legte.

»Wir werden es wieder versuchen ...« tröstete er ihn mit leiser Stimme.

»... und uns dabei den Hals brechen!« konterte Idler.

»Nein, Salomon, wir werden ...«

Richard konnte den Satz nicht beenden, denn wieder unterbrach ihn Idler, der sich mühsam erhob und humpelnd auf den traurigen Trümmerhaufen zuschritt:

»... uns Geld besorgen und einen neuen Apparat bauen. Soll Reibenstein blechen. Stoff brauchen wir, steife Stangen, biegsames Holz, Eibe, Richard, wir brauchen Eibe – und zwei miteinander verbundene Flügel –, und, Richard, ich werde Versuche machen. Ich habe dir doch von den Papiervögeln erzählt ...«

»Beruhige dich, Salomon. Wir sollten die Reste hier wegräumen und uns schlafen legen. Die Sonne geht bald unter. Morgen ist auch noch ein Tag. Agnes wartet sicher auf uns. Du solltest dir aber überlegen, ob Reibenstein recht hat. Vielleicht kann niemand den Vogel nachbauen. Niemand ...«

Idler schüttelte den Kopf. Er begann, einzelne Spanten und

Papierteile aus dem havarierten Vogel herauszuziehen, sie auseinanderzubinden und säuberlich auf einem Holzstoß zu stapeln.

Seine Gedanken waren bei der Flugmaschine, die er zu bauen gedachte, waren bei den Fehlern, die er aus Übermut begangen hatte. Nein, so ein Vorhaben konnte nicht schnell und unbedacht durchgeführt werden. Es brauchte Zeit, um nachzudenken. Wenn ihm das Schicksal diese Manuskripte in die Hände gelegt hatte, würde er sie nutzen. Auch wenn ein Reibenstein andere Ansichten vertrat. Er mußte die Zeichnungen genauer mit dem Flug der Tauben vergleichen.

Idler stand auf und klatschte in die Hände. Ein Dutzend Tauben schreckte auf, schlug rauschend die Luft und fiel in einem sanften Bogen in den Hof, um von dort aus in Richtung Hausdach aufzusteigen. So mußte man es machen, dachte Idler, so mußte man springen und an Höhe gewinnen. Aber ihm war durchaus bewußt, daß er unmöglich die schweren Flügelteile würde bewegen können. Aber mußte er sie bewegen? Ließen sich nicht manche der Tauben einfach in ihre ausgebreiteten Flügel fallen und glitten so auf der Luft dahin, ohne auch nur einen Flügelschlag zu machen?

»Ich werde einen Flugapparat bauen, und müßte ich mit dem Teufel ein Bündnis schließen, Richard!« murmelte er.

5.

»Ich höre niemanden mehr!«

Pater Konrad in seiner schwarzen Benediktinerkutte neben dem ausgemergelten Reibenstein nickte.

»Ich auch nicht!« flüsterte er Reibenstein ins Ohr.

»Er ist die Gasse hinuntergelaufen, zur Stadtmauer hin, Pater.«

Pater Konrad fächelte mit der Hand vor seinem Mund, damit ihn die Atemfahne nicht verraten konnte.

»Habt Ihr erkannt, wer es war, Reibenstein?« fragte er nach

und drückte sich dabei tiefer in den Feuerspalt zwischen den Häusern.

»Ein Schwede, groß, blond, gut gekleidet. Stierna oder sein Adjutant Larsson. Wer genau, konnte ich nicht erkennen. Kommt jetzt weiter, der Mond geht bald auf.«

Sie hielten einen Moment inne, auf dem Wehrgang in ihrer Nähe patroullierte eine Wache. In regelmäßigen Abständen liefen die Bewaffneten die hölzernen Bohlen entlang, spähten durch die Schießluken hinaus, deren Schurz sie aufzogen. Sie warteten das Quietschen und Krachen der herabschlagenden Luken ab, dann schlüpften sie aus ihrem Versteck und schlichen den Weg entlang.

»Nicht einmal Tauben gibt's mehr«, murrte Reibenstein. »Alle weggefressen. Wenn nur endlich die Schweden aus der Stadt wären.«

Pater Konrad stimmte innerlich zu. Selbst der sonst typische Geruch nach Taubenmist, der in den Schrägen und Bohlen hing, hatte sich in den letzten Monaten langsam verloren. Er faßte mit der Hand gegen seinen Magen. Ein Geschmack wie bitterer Wein war ihm aufgestoßen. Allein der Gedanke an Tauben machte ihn hungrig. Er mochte nicht überlegen, wann er zum letzten Mal etwas zu sich genommen hatte. Lange war es her, länger, als er sich zurückerinnerte, denn mit der Erinnerung kam der Hunger, und schon deshalb wollte er über Vergangenes nicht nachdenken.

»Glaubt Ihr, er kommt?« fragte Reibenstein Pater Konrad, dessen dunkle Benediktinerkutte mit dem Schatten verschmolz, so daß er beinahe ganz verschwand. Sie bogen in die Gasse ein, in der die ehemalige Werkstatt Salomon Idlers lag.

»Wozu braucht er das Geld?«

»Weiß ich, was er macht? Er hat mir durch diesen einäugigen Teufel mitteilen lassen, daß er Geld nötig hätte. Dringend.«

»Dann verkauft er das Manuskript?« drängte der Benediktiner.

Reibenstein sah dem Mönch in die Augen.

»Was weiß ich? Nein, der Bettler meinte, Idler würde die Maschine im Manuskript nachbauen. Und Material sei teuer.«

Pater Konrad war verblüfft. Dieser Teufel von Reibenstein ließ sich seine Pläne nur so weit entlocken, wie die Enthüllungen für ihn günstig waren. Bis jetzt war er davon ausgegangen, daß sie das Manuskript bezahlten. Daß er nur den vierten Teil des von Bischof von Knöringen ausgehandelten Preises dafür ausgab, hatte er für einen klugen Schachzug gehalten. Aber die Lage war vollkommen anders. Reibenstein hatte nie die Absicht oder die Möglichkeit besessen, das Manuskript zu erwerben.

»Habt Ihr dem Bettler erzählt, daß wir zu zweit kommen, daß der Benediktiner dabei ist?«

»Warum? Erzählt er mir, was er vorhat?«

Sie mußten jetzt auf den freien Platz vor Idlers Werkstatt hinaustreten. Reibenstein hielt Pater Konrad an der Kutte fest.

»Wir sollten vorsichtig sein und abwarten. Auch wenn es unangenehm ist. Kommt, Pater Konrad, wir verbergen uns hier hinter dem Zaun. So sieht uns niemand von der Straße her und vom Wehrgang herab. In Stundenglaszeit ist es gänzlich dunkel. Dann schleichen wir in den Garten.«

Beide kauerten sich neben dem ehemaligen Verkaufsfenster hinter eine zurückspringende Mauer. Pater Konrad wurde es unbehaglich, weil sein Magen vernehmlich knurrte. Außerdem fror er erbärmlich. Die Kutte bot keinen Schutz gegen den Frost.

»Hunger, Pater Konrad? Bei dem Lärm verratet ihr uns«, spottete der Gesandte.

»Ich bin das Fasten gewöhnt. Bis Weihnachten hätte ich sowieso wenig gegessen. Unsere Lage wird sich bis dahin geändert haben.«

Pater Konrad sah zum Wehrgang hoch, auf dessen Ziegeldeckung noch Schnee lag.

»Unsere Lage hier ist schlimm genug. Noch schlimmer kann es nicht kommen. Seit Gustav Adolf tot ist …«

Der Mönch nickte im Dunkeln.

»›Der Schwede ist tot!‹ ist der Schrei durch die Gassen geschallt.«

»Der Schwede ist tot! Der Schwede ist tot! Ja!« bestätigte Reibenstein.

»Wißt ihr noch, Reibenstein? Die Menschen auf den Straßen, wie erstarrt. Alles war mit einem Mal Stillstand. Kein Rad hat sich mehr gedreht. Kein Mund sich bewegt.«

»Und die Landsknechte, Pater. Man hat förmlich sehen können, wie sich die schwedischen Landsknechte zurückzogen, in den Quartieren sammelten und ängstlich der Befehle harrten.«

Sie flüsterten einander in ihrem Versteck immer neue Anekdoten zu und unterhielten sich dabei prächtig.

»Sogar das Wasser der Lechkanäle soll beim Eintreffen der Todesnachricht für einen Augenblick innegehalten haben und in die entgegengesetzte Richtung geflossen sein.«

»Ja«, bestätigte Reibenstein wieder. Dabei zog er seinen Mantel enger, um sich gegen die heraufkriechende Kälte zu schützen.

Pater Konrad überließ sich seinen Gedanken. »Der Schwede ist tot!« war zum Schreckensschrei für die Protestanten innerhalb der Stadt geworden – und zugleich Erlösung für alle Katholiken gewesen.

Bei Lützen sollte er gefallen sein, gegen Wallensteinsche Truppen, und man hätte ihn nachts vom Schlachtfeld geholt, nackend und bloß. Gesiegt hätte er trotzdem, der Löwe aus Mitternacht, aber sein Gebrüll sei in jener Nacht versiegt, allein der Widerhall, so erzählte man sich, hätte genügt, den Feind in die Flucht zu schlagen.

Schritte näherten sich, brachen den Harsch gefrorenen Schnees, hielten inne. Blitzschnell fuhr die Hand Reibensteins hinüber und verschloß Pater Konrads Mund, der eben zu einer neuen Anekdote ansetzen wollte.

»Idler – oder unser Verfolger!« flüsterte er hinüber, dann ließ er los.

Wieder waren die Schritte zu vernehmen, Schritte von festen Lederstiefeln, die den Schnee scharf brachen. Auch sie verhielten vor dem Platz, auf den das letzte Licht des Tages fiel. Sie drehten ein, zwei enge Runden, spähten zum Garten hinüber, verharrten eine Weile unruhig und enteilten dann in die entgegengesetzte Richtung. Die beiden Verfolgten konnten von ihrem Versteck aus die Gasse nicht überblicken und daher den Fremden nicht recht erkennen.

»Wenn ich nur wüßte, wer es war«, hauchte Pater Konrad dem Geräusch der sich entfernenden Schritte nach.

»Besser so! Wenn Ihr es wüßtet, wäre es vermutlich Euer Tod«, betonte Reibenstein.

»Glaubt Ihr, daß es Idler gewesen ist?«

Reibenstein zuckte mit den Achseln.

»Er oder sein Freund, der Bettler!«

»Und wenn er mich erkannt hat? Er glaubt, Ihr seid allein!«

Der Pater lauschte noch eine Weile hinein in die anbrechende Nacht. Er war diese Heimlichtuerei leid, aber Reibenstein bestand darauf und schickte immer wieder Idler und dessen Wunsch vor, nicht entdeckt zu werden. Mit jedem Tag begann er Reibenstein mehr zu hassen. Er war ein Blutsauger, ein Egel, der sich an einen Todkranken hing und ihm den letzten Lebenssaft aussaugte. Irgendwann mußte er sich entscheiden, das wußte er. Entweder mußte er sich des Gesandten entledigen oder aus der Stadt fliehen. Beides bereitete ihm Unbehagen. Pater Konrad zwang sich, an anderes zu denken, sich zu erinnern, um so der Kälte zu entgehen:

Johann Georg aus dem Winckel, der Stadtkommandant, hatte die Geistlichkeit, allen voran den bischöflichen Generalvikar und den Prior des Benediktinerkonvents von St. Ulrich, zu sich rufen lassen. Gewandet in ihre goldbrokatenen Umhänge, waren das Domkapitel und die meisten der städtischen Geistlichen vor ihm erschienen. Dagegen hatten sich die in schwarzen Kutten aufmarschierenden Mönche wie ein Trauerzug ausgemacht.

Auch er hatte sich damals als Kleriker in die Visite eingeschlichen, war den Priestern gefolgt.

Geduldig hatte sich Johann Georg aus dem Winckel den Aufmarsch angesehen, sich aber nicht von seinem Stuhl erhoben, sondern hatte, eine Wange in die Hand gestützt, ruhig, beinahe flüsternd, den Treueid gegenüber der schwedischen Krone gefordert, mit der rechten Hand war er dabei immer wieder nervös über sein Gesicht gefahren, als wolle er einen schlechten Traum oder eine ihn peinigende Müdigkeit abstreifen. Beinahe entschuldigend, aber mit einer schneidenden Schärfe hatte er hinzugefügt, angesichts der veränderten, jetzt schwieriger gewordenen Lage müsse er darauf bestehen. Schweigend hatte ihm die Menge der katholischen Geistlichen gegenübergestanden, hatte sie ihn angesehen und auf eine Antwort ihres derzeitigen Oberhauptes gewartet. Doch der bischöfliche Generalvikar war stumm geblieben. Eine ganze Zeit hatten sie so voreinander gestanden und sich angeschwiegen.

Nach Ablauf der Zeit, die Johann Georg aus dem Winckel mit dem Betrachten der Einzelpersonen zugebracht hatte, war er aufgestanden, vor den Vikar getreten und hatte ihm mitgeteilt, daß er binnen einer Nacht die Stadt mit allen Priestern, die den Treueid nicht abgelegt hätten, verlassen müsse, es sei denn, er leiste den Eid noch.

»Woran denkt Ihr, Pater?«

Pater Konrad schlotterte. Ihm war kalt geworden. Steifgefroren stand er auf und trat jetzt von einem Fuß auf den anderen. Durch das Leder seiner Sandalen drang die Nässe.

»An den Bischof.«

Reibenstein gluckste in sich hinein.

»Knöringen wird bald wirklich in Bozen sitzen und sich darüber ärgern, daß er Geld investiert hat und noch nicht einmal weiß, wofür.«

Die Hand vor dem Mund, versuchte Pater Konrad ein lautes Lachen zu unterdrücken.

»Zu gerne hätte ich sein Gesicht gesehen, als er von der möglichen Ausweisung der Geistlichkeit und der bevorstehenden Einquartierung des Schweden in die bischöfliche Residenz hörte, Benediktiner.«

»Noch ist es nicht soweit. Der Generalvikar ist ein geschickter Taktierer. Bis Mai hat er Dispens erhalten. Bis Mai. Das sind vier Monate. In vier Monaten kann die Welt mehrmals untergehen.«

Wieder verfielen sie in ein unbestimmtes Schweigen, das nur durch ein beständiges Knurren des Mönchsmagens unterbrochen wurde. Über ihnen schritt auf dem Wehrgang eine Wache entlang, zog die Luken auf, spähte hinaus und ließ sie krachend zurückfallen.

6.

Pater Konrad spähte hinein in die Dämmerung. Langsam legte sich die Nacht auf die Stadt, gewalttätig und hart und mit einer schneidenden Kälte. Selbst der Schnee begann sich zusammenzuziehen und löste ein Wispern und Knirschen aus, das sich wie das Huschen einer Maus über die geschlossene Decke hinweg fortsetzte. Er lauschte in dieses Dunkel hinein, war ganz Konzentration auf die unterschiedlichsten Geräusche. Neben diesem feinen Rascheln, das der harsche Schnee verursachte, konnte er jetzt auch das langsame Setzen von Fußtritten wahrnehmen. Bedächtig und vorsichtig wurden Schuhe in den Schnee gedrückt, das Gewicht auf diesen einen Tritt verlagert, der Firn zusammengedrückt und so langsam eine Distanz überwunden. Sofort spannten sich Pater Konrads Sinne weiter an, war er hellwach und suchte mit Augen und Ohren das Gelände um ihn her ab. Er atmete lautlos mit offenem Mund, obwohl ihn die Zähne dabei schmerzten. Aber im Zwielicht der Dunkelheit konnte er niemanden entdecken. Er legte Reibenstein einen Arm auf die Schultern und deutete an sein Ohr, ob dieser das Geräusch ebenfalls vernahm. Reibenstein nickte.

Plötzlich wurde er von schräg hinten angesprochen. Er drehte sich um, aber in seinem Rücken ragte nur die Mauer doppelt mannshoch empor, die das Grundstück Idlers zum nächsten Garten hin abschloß.

»Reibenstein, seid Ihr es?«

»Ja«, antwortete der zögerlich und verwirrt, kam doch die Stimme scheinbar aus der Mauer selbst.

»Wo seid Ihr, Idler?«

Ein verhaltenes Lachen zeigte ihm, daß Idler sich über seine Unwissenheit amüsierte. Aus einem Mauerspalt drang das flackernde Licht einer Kerze. Jetzt erst erkannte Pater Konrad, daß sich in der Steinwand eine Öffnung befand, durch die hindurch man bequem eine Hand stecken konnte.

»Habt Ihr gesehen?«

Pater Konrad deutete an, daß Reibenstein das Gespräch weiterführen sollte.

»Ja«, flüsterte Reibenstein.

»Habt Ihr das Geld?«

Idlers Frage klang eher beiläufig. Doch jetzt mischte sich Pater Konrad ein.

»Hundert Gulden rheinisches Gold. Haben wir. Wo ist das Manuskript, Idler?«

Plötzlich herrschte eine merkwürdige Stille. Pater Konrad fühlte, wie Reibenstein ihm in die Seite stieß. Als er in das Gesicht des Gesandten sah, bemerkte er, daß er den Blick zum Himmel richtete.

»Wer ist noch bei Euch?« flüsterte Idler, und Pater Konrad hörte einen angestrengten Unterton heraus. Idler hatte Angst.

»Pater Konrad. Der Benediktiner, Zeremonär des Bischofs. Er verwaltet das Geld. Ohne ihn …«, beeilte sich Reibenstein zu sagen.

»Also gut. Aber nächstens informiert Ihr mich über solche

Umstände!« erwiderte Idler barsch. Pater Konrad fühlte, daß sich der Schuster auf der anderen Seite etwas entspannte. Trotz der Kälte schwitzte er. Beinahe hätte er durch sein unbedachtes Eingreifen die Übergabe verhindert.

»Wo ist das Manuskript?« fragte er noch einmal nach, diesmal weniger forsch, um Idler nicht zu verärgern.

Wieder herrschte für einen Augenblick Stille. Pater Konrad hörte nur seinen und Reibensteins Atem.

»Ich brauche es noch. Die Maschine nimmt Gestalt an. Sie kostet aber. Alles wird teurer. Wenn ich damit fertig bin, könnt Ihr das Manuskript haben.«

»Ohne Manuskript kein Geld!«

Hart und gefühllos klang die Stimme Reibensteins. Von gegenüber der Mauer war nichts zu hören. Nur die weißliche Atemfahne, die durch die Maueröffnung zu ihnen herüberblies, zeigte, daß Idler noch auf der anderen Seite stand.

»Ohne Geld, Reibenstein, kein Manuskript!«

Pater Konrad wurde wütend. Er fühlte, wie sein Gesicht rot anlief. Nur mühsam konnte er seinen Ärger unterdrücken. Hier spielte jemand mit ihnen. Gegenüber dem Bischof würde er keine weitere Verzögerung mehr erklären können, und damit schwand sein eigener Einfluß.

»Erinnert Euch an unser letztes Treffen, Reibenstein.«

Wieder entstand eine kurze Pause, in der Idler wohl eine Zustimmung erwartete. Pater Konrad wurde hellhörig. Reibenstein und Idler hatten sich bereits einmal getroffen, ohne daß er davon erfahren hatte.

»Ja, und?« entfuhr es dem Fuchs gepreßt, nachdem Idler nicht weitersprach.

»Ihr habt es vergeblich gesucht. Nie werdet Ihr es von mir erhalten, wenn Ihr nicht – sagen wir – bereit seid mitzuarbeiten. Dafür erzähle ich Euch, was in diesem Manuskript steht: daß es eine Kriegsmaschine enthält, dürftet Ihr wissen. Eine noch nie dagewesene Maschine ist es, die jeden Schweden in die Flucht schlagen könnte, die seinem Besitzer die Herrschaft über die deutschen und alle angrenzenden Länder sichern würde. Nun, ich habe Euch – aus weiser Voraussicht – nicht gesagt, um welche Maschine es sich handelt, Reibenstein.«

Idler lachte leise. Trotz der Kälte begann Pater Konrads Kopf zu glühen. Sein Atem beschleunigte sich. Zorn und Neugier griffen gleich heftig nach ihm. Das also hatte Reibenstein ihm verschweigen wollen. Eine Kriegsmaschine, ein Mordwerkzeug, eine Vernichtungswaffe. Als wenn es in dieser Welt nicht schon genügend Verderben und gewaltsamen Tod gab.

Auch Reibenstein schien die Enthüllung auf die Stimme zu schlagen, so daß er nur noch ein Krächzen hervorbrachte.

»Und, was ist es für eine Maschine? Redet, Idler.«

»Das Geld, Reibenstein, das Geld«, war die prompte Antwort.

Pater Konrad mischte sich wieder ein. Er mußte etwas sagen, er mußte seinem Ärger Luft machen. Er hörte selbst, daß seine Stimme zitterte, und wußte, daß nicht die Kälte daran schuld war.

»Wer garantiert uns, daß Ihr nicht verschwindet, ohne Euch mitgeteilt zu haben?«

»Ich, Pater, ich persönlich garantiere Euch dafür. Außerdem habt Ihr nicht viel Wahl. Auch der Schwede interessiert sich brennend für die Manuskriptblätter. Ein Wort an Ole Stierna, und ich beziehe das Geld von dort.«

»Wartet einen Moment, wir müssen uns beraten.«

Pater Konrad beugte sich zu Reibenstein hinüber, der jetzt den Kopf schüttelte. Reibenstein flüsterte: »Geben wir ihm das Geld. Er wird die Kriegsmaschine für uns bauen, und wir werden sie verwenden. Wenn ich erst weiß, um welche Maschine es sich handelt, kann ich gezielt suchen. Wir finden ihn, glaubt mir, Pater Konrad.«

Pater Konrad schürzte die Lippen und hob die Augenbrauen. Endlich hatte er den Fuchs durchschaut. Endlich wußte er, welche Figur in seinem Spiel er spielte. Reibenstein war gar nicht am Manuskript selbst interessiert. Stummen Blättern konnte man nichts entnehmen, Zeichnungen blieben tot, solange sie auf dem Papier standen. Er wollte Ergebnisse, wollte einen vorzeigbaren Erfolg für die Generäle und Kriegsminister, die ohnehin nur praktisch veranlagt waren und an papierene Theorien keinen Gedanken verschwenden wollten. Dafür brauchte er Geld und Helfer. Das eine sollte die Waffe ermöglichen, die anderen sollten sie schützen. Der Gesandte sollte sich hüten. Das war Verrat, Verrat an ihm und an seinem eigentlichen Auftrag.

Langsam zog Pater Konrad die Geldkatze unter seiner Kutte hervor und reichte sie Reibenstein hinüber.

»Findet ihn«, hauchte er Reibenstein ins Gesicht, »sonst brennt Ihr wirklich, und ich freue mich daran, wie die Flammen Euch die Haut abziehen.«

»Nehmt das Geld, Idler«, betonte Reibenstein und stopfte den Lederbeutel durch die Öffnung, »aber sprecht!«

Gespannt horchte Pater Konrad hinüber, hörte, wie Idler das Gold weitergab, wie sich Schritte entfernten, die Stimme des Schusters sich aber wieder dem Spalt näherte.

»Pater Konrad, Reibenstein, hört zu und vergeßt nicht, was ich Euch jetzt mitteile. Die Blätter enthalten das Gewaltigste, was je ein Mensch zu träumen wagte. Es sind Konstruktionspläne für eine Flügelmaschine, für ein Gerät, mit dem man sich wie Daidalos in die Lüfte erheben, mit dem man den Äther beherrschen und alle Vögel als Brüder des Himmels begrüßen kann.«

Leise sprach Idler, leise und eindringlich, als käme seine Stimme aus weiter Ferne, aus den Sphären, von denen er Idler leichthin erzählte.

»Nicht genug, Pater, nicht genug damit. Ich habe jetzt entdeckt, wie sie zu bauen und was zu tun ist, damit das Flügelwesen von einem Menschen geflogen werden kann. Es ist einfach, aber es kostet Geld, viel Geld. Alles Material kommt von außerhalb, alles muß teuer bezahlt werden.«

Pater Konrad schlotterte vor Kälte und Hunger, sein Kopf

glühte, sein Gehirn fieberte, seine Augen sahen das Flügeltier über der Stadt schweben und die Menschen darunter vor ihm fliehen, in den Häusern Schutz suchen.

»Noch eins, Pater. Versucht nicht, mich zu finden. Ich werde das Manuskript sonst vernichten. Es wird nicht in Eure Hände fallen, ich schwöre es, bei Gott. Gehabt Euch wohl.«

Er hörte durch die Lücke hindurch Schritte, die sich entfernten. Dann war es still. Nur Reibensteins beschleunigter Atem war noch zu hören.

Pater Konrad schnaubte hörbar durch die Nase.

»Habt Ihr gehört, Reibenstein? Idler baut einen Flugapparat. Eine Flügelmaschine. Ein Ätherschiff. Und Ihr habt davon bereits gewußt!«

Die Kapuze von Pater Konrads schwarzer Kutte war um den Kopf herum beschlagen vom weißen Reif seines Atems. Sein Gesicht lag im Dunkeln der Stoffkapuze.

»... ach GOTT, durch deine Gnad' verleih, auf daß es ewig hab' Bestand, ach HERR, gib Fried' dem Vaterland!« zitierte Pater Konrad in einem Singsang, der deutlich machen sollte, daß dieser Spruch eigentlich gesungen gehörte. Aber es mißglückte ihm. Kälte und Zähneklappern verhinderten eine deutlichere Aussprache.

Reibenstein sah ihn an.

»Ich hoffe, Ihr habt mich richtig verstanden, Reibenstein!«

»Laßt uns gehen und aufwärmen«, beschloß Reibenstein, und sie folgten dem Ruf des Nachtwächters, liefen auf die Straße hinaus und drückten sich die Schatten der Häuser entlang bis hinauf zum bischöflichen Palais in der Domstadt.

7.

Er hockte in einer Ecke des Hofs, ließ den Stock tanzen, fuhr mit ihm über den Sand, schnitt Bilder in den Untergrund, verwarf sie wieder, kratzte erneut, löschte, wiederholte sich, um danach wieder genau Linien zu zeichnen und Sandbilder zu entwerfen: fliegende Vögel, Holzgerippe, Schwingen, Doppelflügel.

Eine Kapuze beschattete sein Gesicht, der Mond warf Helligkeit von hinten über die Mauer.

Stumm kauerte er. Neben ihm eine Taube, tot und steif wie der Haselstock. Herzschlagentleert durch den Stein einer Schleuder, getroffen im Schlaf auf dem vermeintlich sicheren Gebälk.

Schnell war sie gefallen, blitzartig wie der Kiesel, der sie gegen den Unterbauch getroffen, Lunge und Brustbein zerrissen hatte. Mit angelegten Schwingen war sie aus dem Himmel gestürzt.

Er zog ihr die Flügel auseinander, zeichnete sie, bog mit Ruten die Form nach, tauchte die Weidenstöcke in Wasser, daß sie geschmeidig wurden und biegsam, und zwang sie in Form, verglich, korrigierte.

Lange hatte er suchen müssen, um den Vogel zu entdecken. Krank und zerzaust war er in einem Spalt verhockt, der durch das Herausbrechen eines Faches unter dem Dach des Gerberhauses am Mittleren Lech entstanden war. Obwohl schäbig, genügte Idler der Balg zur Anschauung.

Plötzlich verfinsterte sich der Boden. Idler erschrak und schnellte hoch. Er hatte, ganz in Gedanken versunken, nicht bemerkt, wie sich jemand genähert hatte.

»Ruhig, Salomon, ich bin's, Gesine«, flüsterte es.

Idler setzte sich wieder, ohne dem Vorfall eine Bemerkung zu schenken, prüfte weiter, band die Enden der Ruten zusammen, nahm sich eine weitere, begann von vorne.

»Ob das was wird?«

Der Angesprochene blieb stumm, verglich seinen Flügel aus

Holz mit dem der Taube, die starr und still vor ihm lag, verglich beides mit seiner Zeichnung im Sand. Kühl schien der Mond, und Idler bohrte und verband und steckte und schnitt. Dann war der zweite Flügel fertig, während Gesine solange vor ihm stand, ihm zusah, stumm blieb. Idler hielt das Paar gegen den Mond, ein scharfer Schatten zog über den Boden, ein Flügelpaar, und wer nicht genau hinsah, konnte den Unterschied nicht wahrnehmen. Ob künstlicher Flügel, ob natürlicher, es blieb sich gleich. Zuerst bewegte er die Weidenflügel gleichmäßig, als würden sie fliegen, versehen mit einem Gelenk in der Mitte, dann besann sich Idler und schnürte sie zusammen zu einem starren Körper.

»Es fehlt noch das Wachstuch, dann wird es fliegen, mein Modell, Gesine, dann wird es sich hinaufheben in die Sphären über unseren Köpfen.«

Er wischte sich die Augen, war müde und übernächtigt.

Die Idee mit dem Modell hatten ihm das Manuskript und sein Fehlversuch eingegeben. Er hatte sich überlegt, daß es gewagt war, wieder etwas zu bauen, das so groß, so sperrig war wie dieses Fluggerät, ohne daß man zuvor wußte, ob und wie es fliegen würde.

»Nur leicht muß es sein und stabil und tragfähig, Gesine!«

»Das ist jetzt die zweite Nacht, Idler. Geht schlafen. Ein müder Geist denkt nicht gern.«

Ihre Stimme klang beruhigend, so daß Idler kurz aufsah. Gesine betrachtete ihn mit einem ruhigen Blick aus tiefdunklen Augen. Aber Idler ließ sich nicht in seiner Tätigkeit beirren, wenn ihn auch die Anwesenheit Gesines etwas verwirrte. Weiter bog und formte er. Seine Stimme klang entschlossen, als er antwortete:

»Nicht jetzt, Gesine. Wenn ich die Augen schließe, kommt der Alp. Er hält mich, läßt nicht mehr los. Der Schwan verfolgt mich bis hinein in die Träume, und Maria schreit, bis ich durchnäßt erwache. Ich träume: Man führt mich dem Inquisitor zu, der sich die Lippen leckt, weil lange niemand gebrannt hat und ihm der Geruch von verkohltem Fleisch eine Lust bereitet. Ich will nicht schlafen.«

»Ihr müßt, Salomon, Ihr müßt, wenn der Apparat fliegen soll.«

Idler murrte und begann, die Flügelflächen mit Wachspapier zu umspannen, dem er eine leichte Wölbung nach oben gab. So ersah er es aus den Flügelkuppen des toten Vogels.

»Später! Später ist ausreichend Zeit zum Schlafen. Seid Ihr um mich besorgt? Keine Angst. Es vertreibt mir nur die Langeweile ...«

Grimmig stieß die Stimme Idlers zwischen den Zähnen hervor, während er an seinem Modell baute.

»... die Langeweile, bis Maria in ihren letzten Hafen eingelaufen ist. Lange kann es nicht mehr dauern. Bis dahin hab ich zu tun.«

»Dann geh ich Euch zur Hand, Salomon.«

Kein Wort wurde mehr gesprochen. Sie verstanden sich so. Mit feinem Garn umnähte Idler die Spanten, setzte das Flügelpaar zusammen, und als sie damit fertig waren, graute hinter seinem Rücken bereits der Tag.

Idler wog das Modell in der Hand, warf es leicht in die Luft, bemerkte, daß die Schwingen trugen, daß es aber noch unsicher in der Luft lag. Dann suchte er den Schwerpunkt, indem er mit dem rechten Zeigefinger unter das Modell langte, es darauf balancierte, immer wieder verrutschte, bis es ohne Hilfe auf diesem einen Finger verharrte. Mit einem kleinen Ledermesser machte er sich an der Stelle eine Kerbe.

Idler war sich bewußt, daß er so wenig Gewicht wie möglich für das Gefährt verwenden durfte. Er befestigte deshalb an dieser Stelle nur eine Art Schaukel aus geknicktem Weidenrohr, mehr nicht. Dort hinein setzte er ein Gewicht. Dann stand er auf, schlenderte zum Tor, stellte sich mit dem Rücken dazu auf und warf den Flugapparat in den leeren Raum vor ihm. Er segelte eine kurze Strecke, beschrieb eine Linkskurve und krachte gegen die Umfriedung des Hauses.

Idler preßte die Lippen aufeinander. Warum hielt sich der künstliche Vogel nicht in der Luft? Etwas fehlte, er glaubte es dem Gerät anzusehen. Etwas Entscheidendes. Für heute war er zu müde, um noch einmal zu überlegen, die Zeichnungen, den Vogelbalg zu studieren. Nur einen letzten Versuch wollte er noch wagen.

Mit geduldigen Bewegungen nahm er mit seinem Messer von den linken Flügelspanten Span für Span ab. Immer wieder warf er das Gefährt kurz in die Luft, beobachtete, auf welche Seite hin es krängte, schnitt wieder Holz heraus, bis es waagerecht schwebte. Gesine stand neben ihm, sie berührte seinen Arm leicht mit den Fingerkuppen, doch Idler ignorierte ihre Berührung und besah sich sein Werk ein letztes Mal.

»Er nahm den Wind in die Hand und formte daraus die Wolke, hat einmal der Domprediger gesagt«, flüsterte Gesine, »als er über die Schöpfung lamentierte!«

Weiß schimmerte das Ölpapier in den ersten Strahlen der aufgehenden Sonne. Idler hob den künstlichen Vogel in die Luft. Alles wurde unter diesem Licht durchscheinend. Durch die weißen Flügeldecken des Ölpapiers leuchtete matt die Sonne. Idler schloß die Augen.

Ja, er war der erste, der es wagte, diesen Gedanken umzusetzen.

Vor dem Tor klangen die Schritte der Soldaten, die das Schusterhaus gegenüber tagsüber bewachten.

Wieder berührte sie seinen Arm, diesmal umfaßte sie ihn aber energisch und holte ihn so aus seinem Traum.

Idler seufzte, nickte dann. Behende nahm er den Vogel auseinander, zog die Flügel ab. Die Teile legte er sorgfältig unter den Holzstoß. Zuletzt schob er die Taube mit dem Fuß ebenfalls darunter und deckte alles mit einer wächsernen Plane ab.

»Ich darf ihn nicht hier bei Agnes verbergen. Ich muß ihn zum Färberhaus schaffen, Gesine.«

Ausgiebig streckte er Beine, Oberkörper, Arme und folgte Gesine die Treppe hinauf, wo es nach Essen roch, nach eingekochter Hirse mit Milch und Ei und saurem Bier, das Agnes bereitet hatte. Sie setzten sich, müde, mit grauen Gesichtern.

»Salomon, warum müßt Ihr diesem Traum nachhängen? Gibt es nicht genügend Träume dort draußen auf der Straße, hinter den Mauern, Träume, die alle zu verwirklichen sind?«

Lange sah Idler Gesine an, sprach endlich, und seine Stimme bekam Feuer, die Augen weiteten sich:

»Ist nicht ein Traum, der verwirklicht werden kann, keiner mehr? Knöringen träumt davon, Kardinal zu werden, der Kaiser davon, Europa zu beherrschen, und der Schwedenkönig träumte von einem Reich im Süden. Alles Vorstellungen, deren Verwirklichung nur an einem scheiterte, daß sie in unseren Augen unmöglich sind – und doch gab es Kaiser, die Europa regierten, und Heerführer, die sich gewaltige Reiche erobern konnten. Sie konnten es nur, weil sie davon träumten. Ihr Wunsch hielt alles am Leben.«

»Ihr sprecht wie ein Geistlicher«, unterbrach Gesine den Gedankenfluß. Sie legte ihre Hand auf die seine. Idler betrachtete die schmalen, vom Arbeiten aufgerauhten Hände, die über seine Adern und Sehnen strichen. Er zog seine Hand nicht zurück.

»Sollte ich nicht? Träumen nicht gerade sie den höchsten Traum, den vom Frieden in einer anderen Welt?«

Idler beugte sich über den Tisch, die Arme aufgestützt, das Gesicht in ernste Falten gelegt.

»Ich halte eine Kraft in Händen, Gesine, eine Kraft gegen diese absterbende Welt. Es ist die Hoffnung der Kaiser! Und ich werde es so lange versuchen, bis es mir gelingt. Mein Modell wird fliegen!«

Idler zog langsam seine Hand unter der Gesines hervor. Beide griffen sie nach den Löffeln. Gesine sprach das Tischgebet, hastig und schnell: »Der Herr segne diese Mahlzeit und schenke uns einen guten Appetit!« Stumm kauten sie an ihrem Essen. Gesines Wangen glühten.

8.

Es war nicht Marias unruhige Art, nicht der Irrsinn, der sie umhertrieb. Sie schlief vermutlich, wenn er das Atmen im Hintergrund richtig deutete. Es war vielmehr ein schleichender, ruhiger Gang, der sich langsam näherte.

Idler wandte sich der Öffnung des Bodens zu. Mit gleichmäßigem Schritt stieg ein Mensch die Treppe empor. Ein schwarzer Haarschopf erschien, dann der Nacken einer Frau, bräunliche Arme mit Ringen.

»Gesine!« flüsterte Idler.

»Ihr seid es, Salomon? Wie kommt Ihr …?« Freude stand in ihren Augen, Idler zu sehen.

»Hierher? Wie Ihr, Gesine. Die Treppen herauf.«

Plötzlich mischte sich die beinahe unhörbare Stimme der Hutter Babette darunter.

»Junges Volk gackert. Wie die Hühner. Kümmert Euch um die Schusterin, die Schusterin.«

»Du hast ja recht, Babette«, meinte Gesine und setzte sich neben Idler auf den Boden. »Ist es das, was du mir sagen wolltest? Richard hat mich holen lassen.«

»Maria muß aus dem Haus, Gesine. Agnes kann sie nicht hierbehalten – und dich kann ich nicht immer bitten herzukommen. Beim Schuster kann sie nicht bleiben, sie würde ihn verraten mit ihren Anfällen.«

Erschöpft von der langen Rede sank der Kopf der Alten zur Seite. Dann hob sich der Blick, und zwei langgezogene Schreie entfuhren dem Mund, die Schreie eines Käuzchens. Gesine und Idler sahen sich an.

»Wohin glaubt Ihr, daß wir sie bringen können, Gesine?«

Idler lächelte bitter.

Maria ging es von Tag zu Tag schlechter. Kaum etwas konnte sie bei sich behalten, erbrach sich nach jeder Mahlzeit. Nur wenige Stunden dämmerte sie noch hoch, die restliche Zeit schlief die Frau einen unruhigen Schlaf.

»Sie wird sterben!«

Mitten hinein in seine Überlegungen sprach die Hutter Babette diesen Satz, tonlos, als redete der Tod, dessen Skelettwesenheit ohne Kehlkopf auszukommen hatte. Idler schauderte – und plötzlich fühlte er eine Hand auf seiner. Gesine sah ihn an, drückte ihm die Finger.

»Wir haben uns Gedanken gemacht. Sie muß in ein Spital. Dort können Geistliche sie pflegen.«

Idler schüttelte den Kopf. Das kostete Geld, viel Geld, das er nicht besaß.

»Selbst wenn Maria dieses Jahr noch sterben müßte, sie verlangen zuviel Unterhalt.«

Jetzt rückte Gesine näher.

»Wir haben es uns überlegt. Jeder zahlt dazu. Es wird gehen. Und wenn du von Reibenstein noch einmal eine Summe bekommen könntest, dann würde es leicht ausreichen.«

Die Hand der Hutter Babette unterbrach ihr Gespräch.

»Horcht!« hauchte sie in die so entstandene Stille.

Unter ihnen wurde die Tür aufgestoßen, schwere Stiefel polterten die Treppe hinauf. Eine Stimme rief gedämpft und nur schwer verständlich nach Agnes.

»Der Schwede. Ich höre es an seinem Tritt!«

»Stierna?« flüsterte Gesine und rückte näher an Idler heran.

Der nickte. Er kämpfte mit sich und dem Bedürfnis, ihr einen Arm um die Schultern zu legen. Schließlich war er noch verheiratet. Gesine roch angenehm nach Lavendel und Herbstblumen. Vermutlich hatte sie sich aus Kräutern und Pflanzenölen ein Duftöl gefertigt. Mit geschlossenen Augen sog er die Luft ein.

»Hoffentlich weckt er Maria nicht auf!«

Idler erschrak. Wenn Maria erwachte, dann würde der Schwede unweigerlich erfahren, daß es über dem Geschoß, in dem Agnes hauste, weitere Räume gab, und nachsehen wollen.

Er ließ Gesines Hand los und schlich zur Treppe. Geschmeidig wie eine Katze huschte er ein Stockwerk tiefer, hinunter zu Maria.

Maria schlief einen tiefen, der Bewußtlosigkeit ähnlichen Schlaf mit langen Pausen zwischen den Atemzügen. Unter den beinahe weißen Lidern bewegten sich die Augen, rollten wild und ruhelos und gaben ihrem Gesicht etwas Verhetztes. Erschreckt beobachtete Idler, wie die Hände seiner Frau sich in beständigen Krämpfen nach innen bogen, sich wieder streckten, um im nächsten Augenblick wieder unvorstellbare Verrenkungen zu erleiden.

Tief atmete er durch. Dafür würde er sich an Stierna rächen.

Ihm blieb beinahe das Herz stehen, als ihm Gesine von hinten durchs Haar fuhr und ihren Kopf auf seine Schultern legte.

»Sie kann nicht mehr lange widerstehen. Das alles kostet sie zuviel …«

Idler legte ihr die Hand auf den Mund und hauchte: »Stierna.«

Aber Gesine schüttelte nur den Kopf. Während Idler losließ, lauschte er nach unten. Von dort war nichts mehr zu hören. Möglicherweise hatte er sich auf einen Stuhl gesetzt und wartete auf die Stumme. Aber Gesine unterbrach seine Überlegungen:

»Er ist aus dem Haus. Hast du es nicht gehört?«

Erstaunt blickte Idler sie an: »Wann?«

»Vor geraumer Zeit, aber du hast hier gesessen und Maria angestarrt.«

Davon wußte Idler nichts. Er wandte sich wieder Maria zu, bemerkte aber, daß Gesine hinter ihn trat, sich an ihn drückte und die Arme um ihn legte. Für einen Moment schloß er die Augen und genoß die Wärme des Frauenkörpers. Dann besann er sich. Idler drehte sich um, ohne Gesine von sich zu stoßen. Er sah ihr ins Gesicht.

»Wollt ihr Maria …?« fragte er zögernd.

Gesine sah ihn kurz an, dann senkte sie den Kopf und nickte.

»Nächsten Montag. Das Heilig-Geist-Spital nimmt sie. Fünfzehn Gulden verlangen sie für ein halbes Jahr, die Halsabschneider. Es war nicht leicht, sie in die Pflege zu geben. Sie hatten kaum Plätze frei. Das neue Gebäude ist bereits überbelegt.«

»Wird sie allein ...?«

»Nein, mit fünf anderen in einem Verschlag. Sie werden gehalten wie die Tiere, Salomon.«

»Es geht ihr doch gut dort?«

Er mußte gegen Tränen ankämpfen.

»Ich denke, besser als bei uns. Sie bekommt regelmäßig zu essen.«

Gesine entzog sich seinem Arm, kniete sich hin.

»Vielleicht will sie ja sterben, Salomon. Vielleicht will sie ja fort aus dieser Welt.«

Idler nickte. Dann sah er Gesine in die Augen.

»Vielleicht sollte ich sie nicht allein lassen, Gesine.«

»Die uns verlorengehen, Salomon, diese Menschen gewinnen wir in unserer Erinnerung. Legen wir ihnen nicht in Gedanken ihre größte Fröhlichkeit, ihr Lachen, ihre Freude wie einen Mantel um die Schultern? Laß Maria in diesem Bild. Du änderst nichts, wenn du neben ihr sitzt, ihre Hände hältst.«

Sie fuhr ihm mit der Hand über die Wange, und Idler ließ es zu, wie er zuließ, daß sie ihn duzte.

»Nicht für mich, Gesine, ich meine nicht für mich selbst, sondern für sie. Glaubst du nicht, daß selbst der Mensch, der innerlich zerfressen wurde von diesem Kraut, nicht etwas wie Liebe fühlt, etwas wie Zuneigung erkennen kann? Mehr will ich ihr nicht geben. Es ist dieses wenige, das ich noch für sie tun kann.«

»Sollen wir sie nicht ins Spital geben?«

Idler zögerte. Sollte er ja sagen und Agnes und Gesine und sich damit in Gefahr bringen? Sollte er wieder Arbeiten an die

Frauen übertragen, die eigentlich ihm oblagen? Zu selten kam er jetzt in Agnes' Haus, zu oft und zu lange war er im Färberhaus.

Schließlich schüttelte er den Kopf.

»Ich werde dir helfen, sie dorthin zu bringen!«

9.

Idler hörte Gesine in ihrem typisch leichten Schritt die Treppe heraufstürmen. Daran erkannte er sie sofort. Zudem lachte sie übermütig. Noch bevor er sie sah, rief sie ihn.

»Salomon, komm, ich habe etwas für dich!«

Ganz außer Atem mit rotem Gesicht erklomm sie den zweiten Stock in Agnes' Haus. Sie hielt kurz inne, um ihre Lungen zu beruhigen. In der linken Hand hatte sie eine Maske, über dem rechten Arm hing bunter Stoff.

»Du mußt auf die Straße, Salomon. Unbedingt. Die Narren haben das Regiment übernommen!«

Idler stand auf und ging auf Gesine zu.

»Ich weiß. Man hört die Ratschen schon den ganzen Tag in den Straßen. Aber es ist gefährlich.«

Gesine schüttelte heftig den Kopf.

»Nein. Ich habe eine Maske. Sieh her. Ein Vogel. Hier, der Kopfputz, und das ein Leinenkostüm mit Federn daran. Du schlüpfst in die Gestalt eines Täuberichs!«

Idler mußte lachen. Eine Taube sollte er vorstellen, aberwitzig. Er betrachtete die Maske. Aus Leder und gefärbtem Stroh und Leinen waren eine Augenbinde und ein spitzer Schnabel gefertigt, auf die Leinenkappe, die man über den Kopf zog, waren in mühsamer Arbeit Federn aufgenäht worden. Über den Kopf gestülpt, mußte er darin wirklich aussehen wie eine zu groß geratene Taube. Unter der Maske war er für die Schweden nicht zu erkennen, ganz davon abgesehen, daß die Protestanten dem Narrentreiben, soviel er wußte, ohnehin mit gemischten Gefühlen gegenüberstanden.

»Und du? Gehst du als Gesine?«

»Nein. Hier!« Verschämt hob Gesine ihr Kleid an, und darunter kam ebenfalls ein Vogelkostüm zum Vorschein. »Ich werde deine Täubin vorstellen!« Sie blickte an Idler vorbei und lief über und über rot an.

Idler hob die Augenbrauen. Für ein paar Stunden dieser Düsternis zu entfliehen tat ihm sicher gut. Zudem hatte es für ihn etwas Amüsantes, das auch noch in der Verkleidung einer Taube zu tun. Und Gesine konnte er wohl kaum enttäuschen, nachdem sie sich so viel Mühe gemacht hatte. Auch lockte sie ihn, soviel verstand er, lockte mit ihrem Taubenkostüm und mit ihrer Schönheit.

»Getan!« entschied er. »Wo hast du deine Gesichtsmaske?«

Gesine strahlte ihn an und deutete nach unten.

»Auf dem Tisch in der Küche.«

»Woher kommt die Maskerade? Aus eurem Fundus?«

Gesine wirkte etwas verlegen.

»Eine Idee von mir. Ich freue mich schon seit Wochen darauf!«

»Na dann!« murmelte Idler, entledigte sich seines Kleides und zog den Vogelrupfen über. Auch Gesine schlüpfte aus ihrem Kleid, und Idler sah verstohlen zu ihr hinüber. Sie war auch in ihrer Vogelverkleidung eine begehrenswerte Frau.

»Komm!« drängte Gesine. »Vor dem Rathaus haben die Narren dem Rat den Stadtschlüssel abgetrotzt und halten jetzt Ratssitzung. Es gibt ein wenig Tanz und dünnes Bier.«

Sie nahm ihn an der Hand, kaum daß er sein Vogelkleid angelegt und nach der Gesichtsmaske gegriffen hatte, und zog ihn die Treppe hinunter. Rasch holte sie ihre Larve, stülpte sie sich über, achtete darauf, daß Idler die seine ebenfalls richtig sitzen hatte, und dann war sie auch schon vor ihm auf der Straße. Ungeduldig schleppte sie Idler hinter sich her.

Die Menschen um sie her wirkten fröhlicher. Zwerge, Kobolde, Gespenster und allerlei andere groteske Gestalten mit Narrenmützen, Schellenkappen und Larven aus Holz bevölkerten die Straße. Idler sah plötzlich ein Lachen, wo er sonst nur nach unten gezogene Mundwinkel erblickt hätte. Die Gesichter schienen sich aufzuhellen, selbst der Tag leuchtete, und die Sonne lachte. In Gruppen zogen Narren in den abenteuerlichsten Verkleidungen zum Rathaus hin. Von dort erschollen bereits die Rufe der Übermütigen, und immer wieder begannen einzelne sich im Kreise zu drehen, wenn aus einem der Häuser, an denen sie vorübertrieben, Musik erklang.

Und dann wurden sie auf den Rathausplatz gespült. Hunderte Menschen warteten und sahen, auf Zehenspitzen stehend, zum Balkon des Gebäudes hinauf. Dort oben hatte der Narrenkönig die Stadtschlüssel in den Händen, und neben ihm assistierten zwei wunderliche Wesen, ein Narr und eine Strohperchte mit Ratsche, dem neuen Stadtherrn bei seinen Aufgaben. Weiter hinten, dort, wo er und Gesine standen, schluckten Lärm und Musik dessen Rede, so daß sie dazu übergingen, sich nach anderen Vergnügungen umzusehen.

»Es sind keine Schweden zu sehen!« rief Idler Gesine zu.

»Sie haben Angst. Wenn jetzt etwas passierte, würde die Bevölkerung den Schweden den Garaus machen. Sie verstecken sich.«

Eine Drehleiher schnarrte plötzlich in ihr Gespräch. Gesine griff nach seinem Arm, hängte sich unter und begann zu tanzen. Idler blieb nichts weiter übrig, als ihr zu folgen. Neben ihm hängte sich eine weitere Frau unter, die sich von irgendwoher einen Schwedenhut gegriffen hatte und jetzt mit den langen Federn die Tänzer um sie her neckte.

Idlers Beine verselbständigten sich mit dem Rhythmus der Musik und Gesines Begeisterung. Bald waren nur noch die Melodien um ihn und die Wärme, die von Gesine ausging. Sie wurden mitgerissen, wurden langsam über den gesamten Platz hinweggetragen, von einer Melodie zur anderen, von einem Takt zum nächsten. Sie drehten sich links herum, rechts herum, und Idler fiel nur auf, daß Gesine es vermied, ihn zu verlieren. Egal wer versuchte, sich mit ihm zu drehen, Gesine hielt an seinem Arm fest und verhinderte so, daß sie getrennt wurden.

So viel Fröhlichkeit und Ausgelassenheit hatte Idler seit Jahren nicht mehr erlebt, und er wartete darauf, daß es ihn irgendwann schmerzen würde, daß es weh täte, aber nichts dergleichen geschah. Im Gegenteil, Gesines Nähe wurde ihm immer vertrauter, ihr Bemühen um ihn war ihm angenehm. In einem Anfall von Übermut schrie er plötzlich auf, nahm sie bei der Hüfte und warf sie hoch, so daß ihr Rock flog und sie erschrocken nach einem Halt griff. Beinahe hätte sie ihm die Maske vom Gesicht gerissen. Sie landete in seinem Arm wie eine Feder, leicht und geschmeidig, und begehrte offenbar nicht danach, zu Boden gesetzt zu werden, sondern genoß wie er die innige Umarmung nach dem Wurf.

So tobten sie über den Platz, ganz zeitvergessen und unbeschwert, ließen sich von Drachen hofieren und von Mönchen Bier einschenken, aßen von Metzgern mit Riesenhörnern Saftwürste und griffen nach Fettausgebackenem, das die Feldköche der Schweden kostenlos verteilten.

Und wie von selbst wurden Idler und Gesine in einen der Hauseingänge gespült, als es zu dämmern begann. Erschöpft sank Idler nieder, und Gesine setzte sich wie selbstverständlich auf seinen Schoß. Idler wollte eben die Maske abnehmen, als Gesine nach seinem Arm griff.

»Nein. Nicht hier, Salomon. Du bist zu bekannt.«

»Ich bin erschöpft!« keuchte Idler und atmete tief ein. »Wir sollten unser Glück nicht versuchen und von hier verschwinden.«

»Niemand wird dich entdecken, solange du die Larve aufbehältst!«

Idler beobachtete, wie Kohlenbecken in die Mitte des Platzes getragen wurden. Heute würde sicher niemand ins Bett gehen. Die Nacht gehörte den Narren, und niemand würde es wagen, diese Tatsache zu bezweifeln. Trotzdem fühlte er sich hin- und hergerissen zwischen einem Gefühl der Angst und der Ausgelassenheit, die ihn an diesem Tag umtrieb.

»Ich glaube«, begann er, »ich war noch nie so ausgelassen wie heute. Und einer der Gründe dafür bist du, Gesine!«

Sie fuhr mit der Hand unter seine Maske und streichelte ihm die Wange.

»Mach dir nichts vor, es ist die Zeit, die uns den Ernst aufzwingt. Aber jeder Mensch ist im Grunde seines Herzens fröhlich. Die Freude muß nur geweckt werden.«

»Du lachst so ... so wundervoll, Gesine!«

»Und du bist ein Kindskopf, Salomon Idler. Ich habe am ganzen Körper blaue Flecken von deinen Fingern. Mußt du mich so herumwerfen?«

Idler schwieg für einen Augenblick. Warum hatte er es gemacht? Warum hatte es ihn hingerissen? Im Grunde wußte er es, wollte es sich aber nicht eingestehen. Er hatte Gesine berühren, hatte ihre Nähe fühlen dürfen, hatte sie an sich pressen und sie genießen können. Mit nichts auf dieser Welt konnte man das vergleichen.

»Vielleicht wollte ich dich das Fliegen lehren!« antwortete er zögerlich, keineswegs zufrieden mit seiner Antwort, weil er merkte, daß Gesine die Wahrheit hören wollte und nicht seine Ausreden.

»Bevor ich nicht mehr unten ankomme, Salomon, sollten wir zum Feuer gehen. Mir wird kalt.«

Idler hörte plötzlich eine ganz andere Stimme Gesines, eine Stimme mit einem Ton, der ihn sofort festhielt und fesselte. Er wirkte ergeben auf der einen Seite und spöttisch auf der anderen, als hätte sie nichts anderes erwartet, aber eine Öffnung seinerseits erhofft.

Er wußte, was Gesine ihm damit sagen wollte, konnte aber nicht mehr darüber nachdenken, denn sie stand auf, zog auch ihn auf und zerrte ihn hinter sich her zu den Kohlenbecken, deren Feuer bereits hochauf loderte. Er faßte sie um die Hüfte und begann sich bereits wieder mit ihr zur Laute zu drehen.

»Schlafen können wir ein andermal«, meinte sie nur.

Idler wußte, daß er diese Nacht mit Gesine durchtanzen würde, und wäre es die letzte Nacht in seinem Leben. Dieses eine Mal wollte er alles um sich her vergessen.

10.

»Wie oft hast Du mich schon hier heraufgeschleppt?«

Kaum hatten sie die ersten dreißig Stufen hinter sich, klang Richards Stimme bereits gepreßt. Idler hörte, daß er schwer atmete. Noch umfing sie der steinerne Unterbau des Perlachturms. Es roch nach nassem Stein und Schimmel. Idler und er stiegen die Wendel empor, Idler voraus, ein Paket unter dem Arm, mit hastendem Schritt.

»Ist es das vierte oder das fünfte Mal?« wollte Richard wissen. Er blieb stehen und ruhte aus. Ein Hustenanfall würgte ihn, Schleim und Speichel warf er aus, spuckte beides in eine Ecke, stützte sich an einer der Mauern ab. Die Treppe stieg in der engen Röhre unerbittlich höher.

»Sechsmal.«

Idler stand bereits auf dem ersten, mit Holzbohlen belegten Zwischengeschoß und rief in die Mauerröhre hinein: »Richard? Kommst du?«

Idler stieg weiter. Er wußte, daß Richards Erkältung ihn quälen mußte, aber er hatte darauf bestanden, mitzukommen, auch wenn er jetzt schimpfte. Der Gang verlor hier oben seine steinerne Ausdünstung. Der Duft frischen Holzes löste sie ab. Er öffnete sich auf die erste Plattform hinaus.

»Warum wartest du auf mich? Steig weiter.«

Richard war bei Idler auf der Zwischenebene angekommen, erschöpft und müde. Sein Atem rasselte hörbar.

»Geht es?« fragte Idler besorgt. »Vielleicht hätte ich dich doch nicht mit heraufnehmen sollen.«

»Ich mach' nicht schlapp. Es ist nur der elende Katarrh.«

Mit einem Blick nach oben vergewisserte Idler sich, wie weit es zum nächsten Zwischengeschoß war. Er sorgte sich um Richard, der hinter ihm die Stufen hinaufkeuchte. Als wäre sie an die Mauer geklebt, wand sich von hier aus eine Holztreppe ohne Geländer weiter hinauf bis zum Türmer.

»Hast du auch den Krug Birnenschnaps nicht vergessen?«

»Nein. Alles sauber im Paket verschnürt. Wird schon nichts schiefgehen«, antwortete Idler.

Beide bestiegen die nächste Treppe. Jetzt ließ Idler Richard den Vortritt.

»Weißt du, Richard, ich hab die Lösung.«

Richard drehte sich auf der Treppe vorsichtig um und sah ihn spöttisch an.

»Die hattest du immer, Salomon. Jedesmal, wenn wir hochstiegen, hattest du die Lösung.«

Idler sog Luft durch die Zähne.

»Wozu hat uns der Herr Verstand gegeben. Wolltest du dich einem Fluggerät anvertrauen, von dem du nicht weißt, ob es funktioniert? Mir genügt ein Fehlversuch!«

Für seine Antwort mußte Richard stehenbleiben und für einen Moment tief durchatmen.

»Je länger du an diesen Modellen arbeitest, desto eher glaube ich, daß dieser Magister Eduard, Gott sei seiner Seele gnädig, recht hatte. Laß die Finger davon, Salomon.«

»Komm, wir haben es bald geschafft, gehen wir weiter. Ich weiß, daß es geht. Hier«, dabei deutete er auf das Paket unter seinem Arm, »habe ich den Beweis. Der Apparat wird fliegen, glaub mir, wie eine Taube!«

Diesmal war es Idler, der innehielt und sich gegen die Wand lehnte, den Blick hinunter in den Glockenschacht gerichtet.

»Man muß daran glauben, Richard. Nur wer glaubt, ist stark

genug, seine Ziele in dieser Zeit und zu allen Zeiten durchzusetzen. Du wirst allein schon davon getragen, daß du dir vornimmst, eine Sache zu Ende zu bringen. Du allein schaffst es, du allein setzt dich durch, gegen alle Widrigkeiten. Es ist ein schönes Gefühl.«

Für einen Augenblick blieb Idler noch stehen, dann durchlief ihn ein Schauer, und sie stiegen weiter. Der Turmschacht verengte sich nach dem zweiten Geschoß, die Treppenwendeln rückten näher zusammen, die Stiegen wurden schmäler. Ihr Holz war bereits silbergrau, obwohl es erst vor wenigen Jahren eingebaut worden war. Der Türmer hatte seither seine Wohnung auf der vierten Ebene hoch über der Stadt. Niemand durfte auf den Perlach, die Schweden verboten es, aber der Türmer war Idlers Schwager, und diese Familienbande überwanden jedes Verbot. Zudem war Matthias Brechtinger froh, wenn er gelegentlich ein Wort mit den Städtern wechseln konnte, wie er sie nannte.

»Stell dir vor, Richard, eines Tages werden diese Stufen verstauben, wird das Holz brechen, und niemanden wird es kümmern, weil Höhen auf andere Weise überwunden werden.«

Hohl und laut klang Idlers Stimme im Glockenschacht.

»Und die Alten werden ihren Enkeln davon erzählen, wie sie noch um die Wette gelaufen sind, die Treppen hinauf, wie sie stolperten, wie sie Angst hatten vor den freikragenden Wendeln, wie sie sich an der Mauer entlangschlichen, nur um nicht hinabsehen zu müssen. Und ihre Kindeskinder werden darüber lachen und darüber erstaunt sein, daß Türme wie der Perlach auch ein Innenleben haben. Alles wird sich draußen abspielen, und die Dächer bekommen keine Traufen mehr, sondern flache, betretbare Landeplätze.«

Stehengeblieben war Idler, ganz vernarrt in seine Vision, die er in den Schacht hineingesprochen hatte. Nur Richards Keuchen über sich vernahm er und das Knarzen der Treppe.

»Kannst du dir das vorstellen, Richard? Es wird eine andere Welt werden, eine neue Zeit.«

Tief atmete er die feuchte Luft ein und blies sie durch die Nase wieder aus. Ein pfeifendes Geräusch entstand. Er beobachtete Richard, der sich nur langsam vorwärts bewegte. Der nickte und schob sich eng an der Mauer entlang. Offenbar wagte er es nicht, in den Glockenschacht zu sehen, aus Angst, das Gleichgewicht zu verlieren.

»Träum du nur. Zeig mir erst, ob dein Flugapparat das halten kann, was du mir versprochen hast. Wenn es der Fall ist, dann bau ihn – und erst danach werden wir sehen, was damit anzufangen ist.«

Richard durchstieg die nächste Ebene. Idler hörte ein erleichtertes Seufzen.

»Matthias wartet ungern auf seinen Gebrannten. Wenn du ihn verärgerst, dann kann es dir passieren, daß er dich nicht hinausläßt. Heute aber ist ein Flugwetter wie selten. Der Wind schlummert, ohne zu schlafen. Los, weiter, bevor die Sonne über den Horizont steigt und der Tag kommt.«

11.

»Der Schwed' war hier.«

Matthias Brechtinger preßte den Satz zwischen den Zähnen hervor, stieß Dampfwolken aus seiner Pfeife und saß sonst stumm in seinem Korbsessel.

Richard und Idler sahen sich an.

»Der Stierna? Bei dir? Was wollte er?«

»Weiß nicht!«

»Was hat er dich gefragt?«

»Nichts!«

»War bloß da und hat nichts gefragt, ist hinaufgestiegen, hat sich nur umgesehen – und sonst nichts, Mattheis?«

Der Türmer nickte.

Wieder sahen sich die beiden Freunde an. Was hatte der

Hauptmann hier gewollt? Wie war er auf die Idee gekommen, auf dem Perlach zu suchen?

Idler zog aus dem Bündel, das er über der Schulter getragen hatte, einen Krug mit Schnaps und gab ihn an Brechtinger weiter. Der grinste nur, ohne sich aus seinem Sessel zu erheben, blies Dampfwolken in den Raum, deutete Idler an, den Krug an die Brüstung zu hängen, in seine Reichweite, und zeigte mit der Pfeife auf die Luke über sich. Sie war herabgelassen worden, um die Kälte vom Raum fernzuhalten. Idler stieg die schmale Leiter empor, Richard folgte ihm. Mit dem Kopf drückte er die Falltüre auf. Sanft schwang sie nach oben weg. Sie hatte ein Gegengewicht, das sie leicht beweglich machte. Er schlüpfte hinaus auf die Laterne und blickte um sich. Die Dächer der Häuser lagen noch im Dunkeln, und die Gassen wirkten wie ein schwarzes Gespinst, mit dem die Stadt durchwoben und zusammengehalten wurde. Am Horizont graute bereits der Tag herauf. Dicht hinter ihm folgte Richard, zuerst den Stab auf den Laternenboden werfend. Dann schlüpfte auch er durch den engen Durchstieg. Danach verschlossen sie die Luke wieder sorgfältig.

»Hier oben hatte ich als Kind schon das Gefühl, dem Himmel näher zu sein«, begrüßte ihn Idler. Er lehnte an der Brüstung und sog hörbar die Nachtluft durch die Nase ein. Tief unter sich erkannte er schwach das Lager der Schwedischen auf dem Weinmarkt mit den glühenden Resten der Feuerstellen. Alles lag ruhig. Auf den Stufen des Augustusbrunnens gewahrte er eine Gestalt, die sich in einen schwarzen Umhang hüllte und zu ihnen emporsah. Idler versuchte, ihn zu erkennen.

»Richard, ich glaube, der Zigeuner lauert unten, am Augustusbrunnen!«

»Mir ist schwindlig, Salomon. Ich kann an diesem Turm nichts finden, glaub mir. Allein wenn ich hinuntersehe, kippt alles weg. Ich fürchte nur immer, der ganze Bau könnte unter mir zusammenstürzen. Froh bin ich, wenn wir wieder unten sind. Ich hasse Türme, ich hasse die Höhe überhaupt. Menschen laufen auf ihren beiden Beinen fest auf der Erde. Das ist ihre Bestimmung. Und dabei interessiert es mich wenig, ob sich der Zigeuner unten aufhält oder nicht. Im Gegenteil, ich beneide ihn darum.«

Idler kannte das Lamento des Freundes nur zu gut, wußte, was daran Übertreibung war. Bislang hatte er sich noch nie davon abhalten lassen, seine Flugapparate mit über die Brüstung zu katapultieren. Zwischenzeitlich begann Idler, sein Bündel auszupacken. Zum Vorschein kamen Holzspanten und Papierbögen. Jedes Teil legte er auf dem Boden der Laterne aus, beschwerte es mit einem Gegenstand und begann, nachdem sechs Bauteile vor ihm lagen, eines nach dem anderen zusammenzusetzen. Richard hatte sich mit dem Rücken gegen die Balustrade gelehnt und beobachtete Idler, der mit Sorgfalt und einer gewissen Scheu die Einzelstücke mit feinen Lederschnüren geschickt verband. Keine zehn Minuten dauerte die Prozedur, bis ein Gerät vor ihm lag, das aussah wie eine überdimensionale Fledermaus und etwa so groß war wie sein Arm lang. Zwei Flügel waren über einem Gestell zusammengesteckt, das wie ein Dreieck nach unten hing. Vom Flügelrücken aus ragte ein Stab nach hinten weg, der eine Art Pfeilbefiederung hielt, drei gespleißte Federn, zwei waagerechte und eine senkrechte.

»Hier die Flügel, die kennst du ja, Richard. Der Gewichtsausgleich ist neu. Damit mir das Gerät nicht wieder nach hinten wegkippt, wie beim letzten Mal. Auch der Teil ist neu«, er deutete auf das Dreieck unter den Flügeln, »hier steigt der Mensch ein, hält sich an der Stange und steuert den Flugapparat durch die Bewegung seiner Körperhaltung. Ich habe es aufgegeben, die Flügel beweglich zu machen. Das muß scheitern, Richard. Kein Mensch hat so viel Kraft, Flügel dieser Größe zu bewegen. Vielleicht fällt mir später noch etwas dazu ein. Aber erinnerst du dich an die Tauben und Krähen, die wir beobachtet haben?«

Auf dem Trockenboden des verlassenen Färberhauses hatten sie gelegen. Dort oben, wo die Stoffe noch hingen, bretthart und von einem weichen weißen Schimmel überzogen, hatten sie ausgeharrt und den Vögeln nachgesehen.

»Sie konnten mit starren Flügelpaaren segeln, konnten sich im Wind halten, hochsteigen, herabschweben, Sturzflüge beschreiben. Das will ich versuchen nachzuahmen. – Hilfst du mir?«

Richard stand auf und griff das Fluggerät von der anderen Seite. Im ersten hellen Schimmer des Morgens leuchtete das Ölpapier wolkenhaft, mit dem Idler die Flügel bespannt hatte. Aus der Tasche zog Idler jetzt noch eine Figur, ein aus Holz geschnitztes Männchen, und hängte sie unter die Flügel, die Hände an der Dreiecksstange, die Beine nach hinten gestreckt und in einer Schlaufe hängend, die von der Stabilisation herabhing.

»Fertig, Richard? Jetzt kann es beginnen.«

Damit traten beide auf die Brüstung zu, hielten das Gerät hinaus ins Freie und ließen los.

»Damit es erfolgreich fliegt«, flüsterte Richard. Er schlug ein Kreuz und berührte den Zeigefinger mit dem Mund. Idler machte es ihm nach und stieß ein kurzes Stoßgebet gen Himmel.

Beide hielten den Atem an. Im ersten Moment sackte der Flugapparat schnell ab. Er fiel wie ein Stein und drohte gegen den Steinkörper des Perlachturmes zu schlagen. Dann aber griff ihn plötzlich ein Windstrom, trug ihn vom schlanken Turm weg und riß ihn mit hinaus in die freie Luft über den Dächern. Jetzt begann der Sturz flacher zu werden, der Apparat hielt sich in der Luft, wurde von einem weiteren Windstoß nach oben getragen, verlangsamte seine Bewegung – er flog, segelte in einer großen Schleife über den Platz vor dem Turm. Dann traf ihn einer der ersten Sonnenstrahlen des neuen Tages. Weiß leuchteten die Flügel auf, engelgleich. Der künstliche Vogel schwankte noch etwas, dann glitt er sanft in der morgendlich frischen Luft dahin. Eine leichte Bö erfaßte ihn, hob ihn empor. Der Flugapparat begann zu steigen, leicht zuerst, dann im aufsteigenden Wind, den der Sonnenaufgang verursachte, immer höher, bis er die Höhe der Turmlaterne wieder erreicht hatte.

Jetzt drehte er zwei Kreise eng und schnell und segelte mit sanfter Geschwindigkeit und einem sicheren Gefühl für seine Bestimmung in Richtung Jakober Vorstadt davon, bis das Satteldach der Kirche von St. Peter das Gerät verbarg.

Richard und Idler standen und sahen dem Vogelapparat nach, der jetzt wieder hinter der Traufe auftauchte, weiter an Höhe verlor und über die Stadtmauer hinweg den Weg hinaus auf die Lechauen nahm.

»Hast du's gesehen, Richard, es fliegt. Mein Modell fliegt.«

Über Idlers Wangen liefen Tränen, seine Stimme hatte einen rauhen Unterton.

Richard blickte dem Flugobjekt nach, das langsam auf die Büsche der Auen zusteuerte, ruckartig sank, aber lange in der Luft blieb. Bald entschwand es aus dem Blickfeld der beiden.

»Es ist ein Wunder, Salomon, ein Wunder. Wie ein Raubvogel ist es über die Stadt weggesegelt.«

»Ja, wie ein Raubvogel, der eine neue Zeit einschreit. Jetzt muß ich dieses Wunder nur noch bauen.«

»Laß uns sofort damit beginnen, Salomon.«

Richard wollte eben die Luke öffnen, als er von unten Stimmen vernahm. Sanft ließ er den Hebel zurückgleiten, schloß den Spalt, den er bereits geöffnet hatte, und deutete Idler an, ruhig zu bleiben.

»Schweden!« flüsterte er. Dann legte er sich auf den Boden und spähte durch einen Schlitz der Abdeckung hindurch. Er winkte Idler zu sich heran, erhob sich auf die Knie:

»Sieh selbst«, flüsterte er ihm ins Ohr.

Idler legte sich ebenfalls auf den Bauch und sah durch einen Spalt hindurch. Unter ihm standen Stierna und der einäugige Feldwaibel und sprachen mit Brechtinger, schrien ihn an, aber der Türmer schien ruhig und gelassen, rauchte in seinem Korbsessel Pfeife und verriet mit keiner Geste, mit keinem Blick die beiden Besucher oben auf der Turmlaterne.

»Du wirst uns nicht zum Narren halten, Türmer. Ich habe die

beiden gesehen, habe beobachtet, wie zumindest einer von ihnen hier hochgestiegen ist.«

Idler vernahm das kehlige Lachen Brechtingers, das unnatürlich laut wirkte und vermutlich ihnen beiden galt. Sie sollten bemerken, daß er nicht alleine war. Idler sprang auf.

»Sie werden zu uns hochsteigen, Richard. Wir müssen uns verstecken.«

Richard grinste und breitete die Arme aus. Spöttisch flüsterte er:

»Wenn du mir sagst, wo ich mich hier verbergen soll, dann tue ich's.«

Idler atmete schwer. Seine Gedanken flogen. Richard hatte recht. Wohin sollten sie hier oben? Wie magisch wurde sein Blick zur Turmzwiebel hinaufgezogen. Von hier unten sah man nur eine dunkle Öffnung, unter der die Sturmglocke und die Ratsglocke hingen. Brechtinger hatte ihm einmal von der Dachzwiebel erzählt, von deren Hohlraum hinter den Glocken. Von unten spähte er hinauf, versuchte hinter das Gerüst zu sehen, das die Stadtglocken hielt. Richard folgte seinem Blick.

»Nein, Salomon, das kann ich nicht«, protestierte Richard.

»Denk an Magister Eduard, Richard, komm!« drängte ihn Idler, stieg auf die Balustrade, hangelte sich zu den Glockenstühlen hinüber und begann, sich daran hochzuziehen. Von dort aus streckte er Richard seine Hand entgegen.

»Komm, Richard. Es muß sein!«

Richard lief kalkweiß an. Er zitterte am ganzen Körper.

12.

Ole Stierna sah in das Weinglas, in dem der Rote funkelte und in der Kerzenflamme glänzte wie frisches Blut. Froh war er, daß dieses Narrentreiben auf den Straßen ein Ende gefunden hatte und das Leben wieder in einigermaßen geordnete Bahnen zurückgeflossen war. Er konnte kein Klingeln einer Narrenkappe und kein Ratschenschnarren mehr hören. Außerdem hatten die beiden Wochen, in denen die Stadt außer Rand und Band geraten war, seine Suche zum Stillstand gebracht.

Er schwenkte das Naß, betrachtete die Wand des Glases, an dem der Wein einen feinen Film bildete, durchscheinend und wolkig, der dann langsam ablief. Dann hob er es an die Nase, roch den gewürzten Trunk. Obenauf schwammen fein gemahlen Zimt und Kardamom, die dem Wein einen eigenartig orientalischen Geruch verliehen.

Aus dem Hause Fugger hatte er Wein, Glas und Gewürz. Gesichter wie das dieses Fuggerschen Pfeffersacks waren ihm schon zu Hunderten untergekommen, seit er im Reich weilte – und er hatte keines davon leiden können. Man brauchte diese Händler und Diebe, wenn man mit einer Armee unterwegs war, wie Gustav Adolf sie in den Süden des Reiches geführt hatte. Selbst die Protestanten waren auf dieses Gesindel angewiesen. Wie Stehaufmännchen überlebten sie jeden Umbruch, waren vielleicht angeschlagen, mürbe, aber ihre Verbindungen blieben bestehen, ihre Zulieferer brachten Gewünschtes, ihre Geldquellen sprudelten weiter, egal, wem sich das Glück an die Brust warf. Sie verdienten immer und an allem und jedem. Und damit es so blieb, bestachen die Katholischen die Protestanten und die Protestanten die Katholischen, und wenn es nur mit Wein, einem Glas und Gewürzen war, damit die Transporte rollten, damit die Fuhrwerke ungehindert Stadtmauern passieren konnten, damit sich auch noch an diesem Krieg verdienen ließ. Und er mußte sich hier, im Süden dieses Drecksreiches, schmieren lassen, um überhaupt an irgendwelche Informationen heranzukommen. Niemand in dieser muffigen Reichsstadt wollte mit einem Schweden zusammenarbeiten. Und die protestantische Bevölkerung war zu klein, zu unbedeutend, zu lange kurzgehalten worden von den Katholiken, als daß sie über ausreichend Verbindungen verfügte.

Stierna stellte das Glas ab, der Wein schwappte noch ein wenig darin. Der Geruch blieb im Raum stehen, hielt sich in der Nase, so daß er unwillkürlich an Jule und die beiden Kinder denken mußte, an die schöne Jule, mit der zusammen er ein letztes Glas getrunken hatte, bevor er mit dem König der protestantischen Sache dienen und im Reich sein Glück machen wollte. Und jetzt saß er hier, sein König Gustav Adolf war gefallen, der Stadtkommandant hielt ihn auf diesem undankbaren Posten fest, und nichts, nicht der geringste Erfolg war ihm vergönnt, mit dem er sich hätte nach oben dienen können. Das Manuskript, das dieser Magister Eduard mit in die Stadt gebracht hatte, lag noch immer nicht in seinen Händen. Das Wissen um den Inhalt hatte der Welsche mit in den Tod genommen. Hatte er ahnen können, daß die Schwindsucht ihn unter der Folter sterben ließ? Auch dieser Idler, den er seither suchte, war wie vom Erdboden verschluckt. Als hätte er die Stadt verlassen. Einzig den Satz des Magisters, daß die Engel über Augsburg kämen zu ihrer Zeit, hatte er im Ohr, ohne daß er verstanden hätte, was damit gemeint war.

Eben wollte er das Glas wieder zur Hand nehmen, die Vorfreude auf den kräftig gewürzten Schluck hatte ihm das Wasser im Mund zusammenlaufen lassen, als es klopfte.

Stierna benötigte eine Zeit, sich wieder zurechtzufinden in seiner Einquartierung, den Korbstuhl wieder als Korbstuhl zu begreifen, den dunklen, schwerhölzernen Tisch wieder als Tisch, den Sekretär ihm gegenüber wieder als Sekretär mit eingelegten Jagdszenen. Plötzlich empfand er wieder die Wärme des Kachelofens hinter sich und die Kälte, die durch die vielen undichten Fenster des Eckzimmers drang. Zu langsam geschah ihm diese Rückkehr von seiner Gedankenreise, zu schwerfällig. Vielleicht hatte er nur schon zuviel getrunken.

Wieder klopfte es, diesmal energischer, ohne aufdringlich zu wirken.

»Bitte!« forderte er laut zum Eintritt auf, zu laut, wie er im nachhinein glaubte.

Im Türrahmen erschien Ole Larsson.

»Was habt Ihr?« fragte Stierna nach, und tatsächlich bemerkte er, daß seine Zunge schwerfällig reagierte und er beim Sprechen Silben verschluckte. Er räusperte sich umständlich, um seinen Zustand zu verbergen, aber Larsson, das wußte er, hatte längst bemerkt, daß Stierna bereits am frühen Morgen nicht mehr ganz nüchtern war.

»Habt Ihr das Flugblatt gelesen?«

Damit trat er in den Raum, reichte Stierna einen gelblichen Fetzen Papier über den Tisch, salutierte und blieb dann wie angewurzelt stehen. Stierna forderte ihn auf, sich zu setzen.

Der Schwede entfaltete das Blatt. In braunen Lettern stand breit über dem Folioformat: »Wahrhaftige und niuwe allgemeine Zeitung einer Engelserscheinung allhier in der Reichsstadt Augspurg«.

Darunter fand sich eine Abbildung, die einen Engel zeigte, der mit starren Flügeln über der Stadt schwebte, die gut an den halbfertigen Fortifikationen und an ihren typischen Kirchturmspitzen, denen des Doms und des Rathauses, der des Perlachs sowie der Ulrichskirche zu erkennen war. Die Reichsstadt war von Osten her gesehen worden. Die Stadttore standen weit offen, und eine Schar Teufel floh aus dem Bereich der Innenstadt, während aus dem Hintergrund, von Süden kommend, in einer Prozession der Papst, erkennbar an der Tiara, gefolgt vom Kaiser und unzähligen Geistlichen, das Kreuz vorantragend, Einzug hielt. Der Engel, Vorhut der katholischen Sippschaft, leistete die Vorarbeit. Er befreite Augsburg vom Ungeziefer des Aberglaubens, während der Papst die Stadt segnete und wieder der katholischen Kirche zuführte. Daß die ausgetriebenen Teufel allesamt Protestanten waren, daran ließen die in gelb und blau handkolorierten Figuren keinen Zweifel.

Die Botschaft, die hier verbreitet wurde, war eindeutig.

Unter dem Holzschnitt waren in schiefen Lettern die Erscheinungen der Engel mit Datum und Sichtungsort vermerkt.

Auffällig war, das konnte Stierna schon beim ersten Überfliegen erkennen, daß sie alle im Abstand von wenigen Tagen etwa zur selben Tageszeit am selben Ort gesichtet worden waren.

Nichts wäre an diesem Flugblatt ungewöhnlich gewesen. Solche Machwerke überschwemmten zu gewissen Zeiten Augsburg, bis die Offizin, in der das Blatt gedruckt wurde, ausgemacht, bis der Buchhändler, der die Flugblätter unter der Hand verkaufte, entdeckt und verhaftet war. Man ließ die Delinquenten einige Wochen im Turm angekettet, die Ratten sich satt fressen an den Halbtoten, dann warf man sie wieder auf die Gasse, den Unbescholtenen als Exempel. Zuletzt verwies man sie der Stadt, wenn sie nicht zuvor an der Pest oder ihren Wunden krepiert waren. Was ihn an diesem Flugblatt irritierte, war, daß der Schreiberling, der sich selbst Cancer nannte, auf eine Engelserscheinung hinwies, die in den letzten Monaten mehrmals Augsburg heimgesucht haben sollte und von der auch Gustav Adolfs Tod auf dem Schlachtfeld angekündigt worden war.

Hatte nicht der Magister von Engeln gesprochen? War das seine Spur?

»Wer ist dieser Cancer? Kennen wir ihn?«

Die Frage war an Larsson gerichtet, der wieder salutierte. Jetzt erst fiel es Stierna auf, daß der Junge sich nicht gesetzt hatte.

»Wir kennen ihn. Sein vollständiger Name ist Johannes Cancer, Secretarius und Chronist im Dienste des Domkapitels.«

Es verwunderte Stierna nicht: Secretarius und Chronist.

Diese Zeiten ließen die selbsternannten Schreiberlinge aus dem Boden wachsen wie Unkraut. Jedermann kaufte deren Machwerke, und alle glaubten ihren Schmierereien. Es war ein zusammengelogenes und erkünsteltes Zeug, das zu Papier gebracht wurde, ohne daß die Chronisten tatsächlich schreiben konnten oder sich bemüßigt fühlten, sich an die Wahrheit zu halten. Selbst als Schwede hatte er bemerkt, daß auch der Secretarius Cancer in seiner eigenen Sprache nicht sehr bewandert war. Ob er allerdings log, konnte er so nicht entscheiden. Dazu mußte er den Secretarius aushorchen, ihn vielleicht auch peinlich befragen. Er seufzte. Es war ein grausamer Krieg, ohne jede Gnade. Außerdem kannte er sich. Wenn er zuviel getrunken hatte, schon am Vormittag getrunken hatte, dann vergaß er sich schnell – Stierna wollte nicht darüber nachdenken. Zu allen Zeiten starben Menschen. Es mußten nur ausreichend viele sein, damit man nicht weiter darüber nachdachte.

»Bringt ihn her!« befahl er seinem Adjutanten.

Wieder salutierte Larsson und schlug die Hacken zusammen, so daß Stierna zusammenzuckte und den Eifer, den dieser junge Nichtsnutz an den Tag legte, verwünschte. Doch Larssons Meldung war hörenswert.

»Der Secretarius steht draußen, seit gestern abend. Ich habe ihn sogleich verhaften lassen. Nun, ihm ist es die Nacht über draußen vor der Tür vielleicht etwas kalt geworden, aber er ist gefügig. Soll ich ihn hochkommen lassen?«

Im Moment wußte Stierna nicht, ob er sich vor Begeisterung auf die Schenkel klatschen oder den Jungen wegen eigenmächtigen Handelns bestrafen sollte.

»Fragt mich nächstens«, antwortet Stierna, statt auf die Frage einzugehen. »Denkt daran. Ich hätte Euch dafür hängen lassen können. Aber bringt ihn mir hoch.«

So schnell der Ärger über Larssons Eigenmächtigkeit in ihm aufgestiegen war, so schnell war er wieder abgeklungen. Man konnte Larsson nicht böse sein. Er handelte seiner Natur entsprechend. Wäre es nicht ausdrücklich seine eigene Sache, dem Manuskript nachzuspüren, hätte er diese Aufgabe längst an Larsson abgegeben.

Stierna nahm das Glas mit dem Roten auf, während sein Adjutant die Treppen hinabpolterte, schwenkte den Wein darin einige Male, bevor er ihn mit einem Zug austrank. Er schmeckte bitter. Die Nachricht hatte ihn wieder nüchtern gemacht.

Der Hauptmann stand auf und ging an eines der Fenster, öffnete es, um frische Luft in den Raum zu lassen. Die morgendliche Kühle würde ein übriges tun. Eines der Patrizierhäuser gegenüber war noch illuminiert. Musik drang über die Straße bis zu ihm. Eine Melodie, die melancholisch machte. Ihr Rhythmus verband sich mit dem Wind, der draußen durch die Äste der kahlen Bäume fuhr, der über die Zeltplanen wegfegte und die Tore in den Angeln krachen ließ. Es war eine Melodie des Fortgehens, die er hörte oder vielleicht nur so hören wollte. Plötzlich brach sie ab, ohne Ausklang, ohne versöhnenden Akkord. Sicher hatte der Komponist diesen letzten Akkord geschrieben, aber um diese Uhrzeit war niemand mehr da, der ihn hören wollte, deshalb hatten die Musiker abgebrochen. Für heute hätte ihm ein versöhnliches Ende genügt, hätte es ihm weitergeholfen über den Tag, aber wie die Zeit, so war die Musik. Niemand war daran interessiert, auf die letzten Akkorde zu warten, niemand hatte dazu noch das Leben.

13.

»So tretet doch ein!«

Auf der Treppe hatte Stierna das Steigen von Stiefeln vernommen und innerlich die Stufen mitgezählt. Er hatte versucht, den Zeitpunkt vorherzubestimmen, wann der Besucher an die Tür klopfen würde. Aber nichts dergleichen geschah. Die Person hatte vor seiner Tür innegehalten und sich keinen Schritt weiterbewegt. Ungeduldig wiederholte er seine Aufforderung:

»So tretet doch ein!«

Die in Brusthöhe angebrachte Klinke der Zimmertür wurde nach unten gedrückt. Die Tür öffnete sich einen Spalt, kaum daß eine Menschenseele hindurchgepaßt hätte, und doch schlüpfte ein mageres Männlein herein, nicht einmal so groß, daß es ihm unter die Achsel reichte. Im ersten Moment staunte Stierna über den Menschen, der ihm da entgegentrat. Das Gesicht war grau vor Angst und Kälte und aufgrund der Tatsache, daß der Kerl als Schreiber wohl selten die Sonne in den Gassen sah, gerade den Winter über.

Die Schultern zierte bereits der Rundrücken, der Menschen auszeichnete, die viel schrieben, über Bücher gebeugt, über Lese- und Schreibpulte gebogen. Seine Hakennase saß ihm schief im Gesicht. Irgendwann war sie ihm gebrochen worden. Er war in einen langen schwarzen Mantel gehüllt, dessen Schöße durch den Bückling, den er vor ihm machte, an den Seiten herunterfielen. Darunter trug er ein ebenfalls aus der Mode gekommenes Kleid, das in Hüfthöhe geschnürt war.

»Wie heißt Ihr?« fragte Stierna und versuchte, seiner Stimme einen barschen, unfreundlichen Unterton beizumischen.

Das Männlein zuckte zusammen, begann am ganzen Körper zu zittern, was sicherlich auch eine Folge der langen Wartezeit in der Kälte vor der Türe war.

»Nun, ich warte«, betonte der Hauptmann, nachdem der Secretarius beharrlich schwieg.

»Secretarius Johannes Cancer!«

»Secretarius Johannes Cancer!« wiederholte Stierna gedehnt. »Habt Ihr nicht etwas vergessen? Wollt Ihr von Euren Titeln nichts wissen? Seid Ihr nicht der Chronist und Secretarius Johannes Cancer? Ja? Nun, das will ich doch meinen!«

Wieder zuckte der Schreiberling zusammen, kroch beinahe in seinen Mantel hinein, so daß gerade noch der Kopf heraussah, und der war bis auf die Wangen eingezogen.

»Habt Ihr das geschrieben oder drucken lassen?«

Stierna stand auf, trat auf den Secretarius zu und hielt ihm das Folioblatt vors Gesicht, hielt es, bis der Secretarius es mit seinem etwas kurzsichtigen Blick gemustert hatte. Er nickte.

»Gefällt es Euch?« fragte er mit einer Stimme, aus der Stierna nicht heraushören konnte, ob es sich um eine unverfrorene Art von Humor oder um reine Einfalt und Dummheit handelte. Womöglich war es der Stolz des Verfassers auf sein Geschmiere.

»Legt ab und setzt Euch. Ich habe mit Euch zu reden!«

Der Secretarius zog den Mantel aus, warf ihn über die Bank vor dem Kachelofen und setzte sich auf den Stuhl, der von Stiernas Adjutanten abgelehnt worden war. Als er bemerkte, daß der Hauptmann noch immer stand, erhob er sich wieder, offensichtlich unsicher ob der Etikette.

Der Hauptmann trat auf den Secretarius zu, drückte ihn mit der Hand auf den Stuhl, beugte sich dann über ihn und sah ihm in die Augen, die so matt und grau und unscheinbar waren wie die Gesichtsfarbe.

»Woher«, fragte er langsam, aber mit einer Bestimmtheit, die dem Männlein vor ihm sichtbar die Haare im Nacken aufstellte, »woher wißt Ihr das mit den Engeln?«

Der Secretarius Cancer sah an ihm vorbei und zu Boden. Er rang mit der Fassung, biß sich auf die Unterlippe, verzog die Mundwinkel.

Cancer bekam sich in die Gewalt. Sein Gesichtsausdruck entspannte sich wieder. Er dachte sicher über die Folgen seiner Aussage nach, über die Folgen des Holzschnittes, den er als Illustration zu seinem Flugblatt hatte anfertigen lassen, und beschloß nun offenbar, vom Secretarius zum Märtyrer seiner Kirche aufzusteigen: »Ich habe diese Erscheinungen der Wiederkunft unseres Herrn mit meinen eigenen Augen, und so wahr mir Gott helfe, beobachtet. Gelobt sei Jesus Christus!«

Die letzten Worte waren mit einer Festigkeit und Halsstarrigkeit gesprochen, die Stierna aufstießen. Wie konnte der Secretarius seiner nur so sicher sein?

»Wo habt Ihr sie gesehen, Eure Engel?«

»Was kann Euch das interessieren, da Ihr als Abweichler der Lehre unseres Herrn nicht an Engel glaubt?«

Stierna überraschte die Antwort. Für einen Augenblick fühlte er sich überrumpelt. Dann holte er aus und schlug mit dem Handrücken zu. Cancers Kopf wurde von der Wucht nach hinten gerissen, seine Unterlippe blutete.

»Nun, es interessiert mich.«

Erschrocken weiteten sich die Augen des Secretarius. Eilfertig begann er mit seiner Erzählung.

»In den letzten sechs Wochen jeweils vor oder bei Sonnenaufgang habe ich sie mit eigenen Augen gesehen. Sie schwebten über der Stadt. Die ersten stürzten sich sogar in sie hinein und gossen das Blut Christi aus über dem gefallenen Augsburg. Die Erlösung naht. Amen.«

Wenn er nicht so sehr an das Manuskript des Magisters Eduard und dessen letzten Satz gedacht hätte, wäre er in lautes Gelächter ausgebrochen. Das Blut Christi über der Stadt ausschütten. Die Pest, ja die Pest hatte irgend jemand über der Stadt ausgegossen, krügeweise, daß die Menschen nicht mehr wert waren als die Fliegen in den Gruben und Dunghaufen und ebenso schnell verreckten.

»Das jeweilige Datum steht auf dem Flugblatt. Ihr könnt es nachlesen.«

Der unsichere Ton zu Beginn war einer wenig angebrachten Selbstsicherheit gewichen. Diese etwas zu stutzen beschloß der Hauptmann, während er sich mit dem Rücken gegen den Kachelofen stellte und sich wärmte.

»Habt Ihr je zuvor Engel gesehen?«

Cancer zögerte.

»Nein. Bis zur ersten Engelserscheinung nicht. Jetzt aber bin ich mir sicher, ganz sicher. Jawohl.«

Wie um sich selbst in dieser Ansicht zu bestärken, hatte er die letzten Worte hinzugesetzt. Stierna bemerkte, daß der Secretarius etwas verschwieg, mit einem Wissen hinter dem Berg hielt.

»Woher wißt Ihr so genau Bescheid über die Sichtungen?«

»Ich habe ihr Erscheinen erwartet. Nachdem der erste Engel aufgetaucht war, wartete ich täglich darauf, daß uns der Herr, unser Gott, ein neues Zeichen geben würde, daß die Herrschaft euresgleichen ein Ende haben wird. Drei Wochen danach wurde mir das zweite Himmelszeichen zuteil.«

Jetzt wurde Stierna wirklich neugierig. Er wollte Einzelheiten, eine genaue Beschreibung der Erscheinung. Der Secretarius redete sich in seinem Abscheu gegen den Protestantismus immer mehr in einen Eifer hinein, der dem Schweden gerade recht kam.

»Als käme er vom Perlach herab, stürzte sich der Engel auf die Zelte und Einrichtungen, die der Protestant am Weinmarkt hinterlassen hatte. Mit seinem Feuerschwert hieb er auf die Bürger und Soldaten ein, die sich verbündet hatten mit dem Glaubensfeind, und verkündete unter entsetzlichem Gebrüll das Ende der Tage und das Ende der Schwedenherrschaft.«

Die Begeisterung riß den Secretarius aus seinem Sitz, und laut, mit einer ausladenden Geste, zitierte er:

»Denn wahrlich, ich sage Euch, eher kommt ein Kamel durch ein Nadelöhr, als ...«

»Genug! Das genügt!«

Der Secretarius fand langsam wieder zurück in die Wirklichkeit. Sein Gesicht war vom Eifer und von der Hitze des Kachelofens gerötet.

»Alles erstunken und erlogen!« Stierna wartete geduldig auf die Reaktion des Eifereres. »Hirngespinste, Phantasien, Kopfgeburten!«

Der Secretarius Cancer kroch in sich hinein, wurde wieder zum Federfuchser und Schreiberling.

»Ich kann alles beweisen!«

Das war offensichtlich ein letzter Trumpf, den er gegen Stierna ausspielen konnte, und eben auf einen solchen hatte Stierna spekuliert.

»Wie wollt Ihr Engelserscheinungen nachweisen? Ist das nicht Blasphemie? Hütet Euch vor unlauteren Gedanken! Oder habt Ihr etwa eine Feder des Vogels?«

»Ich habe einen Flügel. Ich besitze einen Engelsflügel. Vom Boden aufgelesen und verwahrt habe ich ihn, als sich die Engel in die Stadt begaben, um dort im Verborgenen zu warten. Ich kann es beweisen!« Cancers graue Augen leuchteten in einem merkwürdig fahlen Glanz.

»Dann zeigt mir den Engelsflügel. Wenn Ihr recht behaltet, erspart Ihr Euch den Kerker!«

Die Augen des Secretarius weiteten sich. Er rannte zur Tür, öffnete kurz, schob nur die Hand nach draußen und holte ein in Leinen gehülltes Paket dahinter hervor.

»Hier ist er. Hier ist der Engelsflügel.«

Behutsam entknotete er die Schnüre, entfaltete das Leinen – und dann tauchte eine Art großer Fächer auf, der einem Engelsflügel, wie ihn die großen Maler auf den Bildern der Katholiken verewigten, recht ähnlich sah. Statt der Federn war Papier über eine Fläche gezogen, das weiß im Licht der aufgehenden Sonne schimmerte, die durchs Fenster schien.

»Gebt ihn her!« befahl Stierna in einem Ton, der keinen Widerspruch zuließ.

Er nahm den Flügel in die Hand, besah ihn sich und überlegte, wozu dieses Ding gut war, wozu es diente. Daß es von keinem Engel stammte, war zweifelsfrei, wollte der Secretarius darüber denken, wie es ihm Spaß machte. Es war ein von Menschenhand geschaffener Flügel, leicht und doch stabil.

Stierna trat, die Schwinge in der Hand, ans Fenster, betrachtete abwechselnd das Gebilde und dann die Straße. Von gegenüber traten eben die Musiker aus dem Haus, die Musikinstrumente geschultert oder in Koffern verpackt, und zerstreuten sich. Ein Schwarm Krähen begrüßte den Morgen, flog über die Straße, auf dem Weg zu Friedhöfen und Hinrichtungsstätten. Und dann verstand Stierna. Er drehte sich ins Zimmer um, kippte den Flügel aus der Senkrechten in die Waagerechte und ließ los. Eine Zeit segelte die Schwinge in den Raum hinein, dann kippte sie seitwärts weg und stürzte zu Boden. Fasziniert sah Stierna dem Phänomen nach. Das war es! Das also enthielt das Manuskript. Idler war dabei, etwas zu bauen, das eine elementare Eigenschaft der Engel auf diese Welt brachte: das Fliegen. Er wollte es nicht recht glauben.

Ein Schrei des Secretarius riß ihn aus seinen Überlegungen.

Der war seinem Flügel nachgesprungen, hatte versucht, ihn vor dem Aufprall auf dem Boden zu erreichen. Der Flügel aber zerschellte auf der Diele. Eine der Spanten brach, das Papier riß ein. Spitz und hoch kreischte der Secretarius, nachdem er die Beschädigungen bemerkte. Cancer saß am Boden, den Flügel an sich gedrückt, weinte.

»Schert Euch nach draußen, bevor ich Euch rädern lasse!« brüllte Stierna ihn an.

Mühsam rappelte sich der Schreiberling auf, raffte Mantel und Leinen und Flügel zuammen und verließ eilends das Zimmer.

Ein Flügelapparat – das war es. Mit beiden Händen stützte Stierna sich auf dem Fensterbrett auf und starrte nach draußen in den Morgen hinein. Er hatte seine Spur – und diesmal würde er sie nicht wieder verlieren.

14.

Die Stimme überschlug sich.

»Vierhundert Gulden, achthundert Gulden, tausend Gulden, warum nicht gar zweitausend Gulden oder dreitausend, oder wären viertausend gerade angenehm? Glaubt Ihr denn, Ihr könnt mich zum Narren halten? Wo sind die Ergebnisse? Weiß ich, was in diesem Manuskript steht? Hab ich es schon zu Gesicht bekommen?«

Im Schlafgewand durchmaß Bischof Heinrich von Knöringen den Raum von einer Ecke zur anderen, warf die Arme in die Luft, fuhr sich mit den Händen durchs Haar und wischte sich Speichel aus den Mundwinkeln.

»Ergebnisse will ich sehen, Pater Konrad, Ergebnisse, keine Geschichten hören. Was drinstehen könnte ... was der Schuster erzählt hat ... was die Zeichnungen bedeuten könnten ... – Es interessiert mich alles nicht, Pater Konrad, habt Ihr gehört, es ist mir egal. Entweder Ihr bringt mir den Fetzen Pergament, oder ich lasse Euch gerben, mein Lieber. Und vorderhand nichts mehr von Gold und Gulden. Und damit basta!«

Pater Konrad verzog angewidert den Mund. Er stand in der Tür zum Vorzimmer, das zu Knöringens Schlafgemach führte. Er hatte nicht erwartet, den Bischof in aufgeräumter Stimmung zu finden, schließlich mußte er jeden Tag mit der Ausweisung aller Katholiken aus Augsburg rechnen.

»Exzellenz, wo denkt Ihr hin. Eure Gulden sind gut angelegt. Sie wuchern. Und das Pfund ist zu seiner Zeit zu ernten.«

Wieder riß Knöringen die Arme in die Höhe. Die Stimme schnappte über, das rundliche Gesicht lief puterrot an, die Fäuste ballten sich:

»Was hab ich vom Wucher, wenn ich das Kapital nicht besitze? Schafft mir das Manuskript, Pater Konrad, schafft es mir, oder ich liefre Euch ans Messer. Stierna wird darüber begeistert sein. Wenn ich meine Ziele im Schoß der Kirche begraben muß, könnt Ihr Euch begraben!«

Sichtlich erschöpft sank der Bischof in einen der Armsessel, atmete schwer und tief.

»Ich habe Euch nicht dreimal vierhundert Gulden ausgehändigt, damit Ihr Feste feiert, Pater Konrad. Ihr solltet einen Baustein liefern für …«, Knöringen hielt kurz inne und fuhr dann fort, »… für die Sache der Katholiken.«

Heuchler, dachte Pater Konrad, warum habt Ihr nicht ›für meinen Weg nach oben‹ gesagt? Sprecht aus, was Euch quält! Jeder hier in der Diözese weiß, daß Ihr das Augsburger Bischofsamt als Steigbügel benutzen wollt, um nach dem Kardinalshut zu greifen oder vielleicht noch höher, darüber hinaus auf die Tiara des Papstes. Laut beschwichtigte er den Bischof:

»Beruhigt Euch, Exzellenz. Ich weiß, was der Schuster macht.«

Knöringen tat erstaunt.

»Was? Nun? Besinnt Euch, Pater Konrad!«

Wieder wollte der Bischof aufbrausen, da sich sein Zeremonär Zeit ließ mit seiner Antwort und statt dessen vor sich hinsah. Mit einem plötzlichen Ruck wandte sich Pater Konrad an den Bischof und sah ihm scharf in die Augen. Er hatte das ewige Lamentieren satt. Knöringen begriff nichts, war nur an seinem eigenen Fortkommen interessiert, ohne die großen Zusammenhänge zu erkennen, geschweige denn zu begreifen. Für seinen momentanen Vorteil opferte er alles. Er mußte ihn in die Schranken weisen, vorsichtig, aber bestimmt. Und es würde ihm Spaß machen, das wußte er jetzt bereits.

Pater Konrad begann zu sprechen, mit einer ruhigen, etwas übervorsichtigen Stimmlage, die er langsam steigerte:

»Was geschähe, wenn die Schweden Euch auswiesen und Ihr unter der Menge der Mönche und Priester, die unsere Stadt verlassen, entdeckt würdet? Nun? Ich werde es Euch sagen. Die Schwedischen würden kurzen Prozeß machen. Ans nächste Stadttor gehängt ist man schnell, Exzellenz. Und wenn man Euch dann befragte, ob Ihr der Bischof von Augsburg seid, würde Euch das Antworten mit einem Strick um den Hals und einer dicken blauen Zunge, die Euren Mund ausfüllen würde, schwerfallen. Und wenn …«

Bischof Heinrich von Knöringen blieb der Mund offenstehen. Er schnappte nach Luft.

»Wie … wie redet Ihr mit mir?«

»… wenn man unter Eurer Kutte ein Manuskript fände, auf dem eine Kriegsmaschine von solcher Tragweite beschrieben wäre, wie sie der Schuster eben baut, spätestens dann wäre die Sache der Katholischen verloren.«

Pater Konrad schlenderte in den Raum hinein, trat vors Fenster, sah hinaus. Nichts hatte sich verändert. Die Eiche im Innenhof stand hohl wie je, aber erste Märzenbecher und Schneeglöckchen durchbrachen den Frostboden und die leichte Schneedecke. Nur die Gebäude duckten sich, noch grauer geworden, noch enger aneinandergelehnt, hinter die Mauer.

»Ich male Euch nur aus, was geschähe, wenn Heinrich von Reibenstein kein Geld mehr an Idler zahlen könnte und er, nicht ich, Euer Zeremonär, die Dinge in der Hand hielte und den Geldfluß kontrollierte.«

Bischof Heinrich von Knöringen atmete tief ein. Pater Konrad war zufrieden. Der Bischof hatte offensichtlich verstanden, was er ihm sagen wollte. »Reibenstein, Exzellenz, ist weit gefährlicher als jeder Schierlingsbecher.«

Zwischen den Geistlichen entstand eine Stille, in der man das Knacken des Gebälks hören konnte, das durch die Erwärmung draußen im ganzen Haus zu arbeiten begann.

»Was kann man mit der Erfindung beginnen, Pater Konrad? Laßt mich doch nicht im Ungewissen. Habe ich kein Recht darauf, zu erfahren, was so viel Geld verschlingt, daß meine Privatschatulle die Schwindsucht bekommt?«

Die Stimme des Bischofs klang brüchig, als hätte er zuviel geschrien und wäre heiser dabei geworden.

Pater Konrad sah sich den Bischof an. Wie wenig es brauchte, um diesen ehrgeizigen Kriecher wieder auf seine Seite zu ziehen. Er holte unter seinem Wams einen Bogen Papier hervor, reichte ihn Knöringen, der ihn auseinanderfaltete und las. Es war ein Flugblatt. Zeile für Zeile studierte der Bischof bewegungslos. Dann sah er auf, sah Pater Konrad an, zuckte mit den Schultern.

»Was soll ich damit? Secretarius Cancer hat recht. Vertreiben muß man ihn, den Schweden. Nur Erzengel werden uns keine zur Verfügung stehen, mein Lieber.«

»Wie könnt Ihr so sicher sein, Exzellenz?«

Bischof von Knöringen horchte auf.

»Ihr lehnt Euch weit aus dem Fenster, Pater Konrad. Blasphemie hat schon manchen ins Feuer sehen lassen. Oder glaubt Ihr das Geschwätz des Secretarius Cancer? Kein Wort davon ist wahr, mein Lieber. Ich kenne ihn, eine Dienernatur, krumm geboren, um krumm zu leben und krumm zu sterben. Ein Lügencharakter.«

»Exzellenz, es mag sein, daß Ihr recht habt. Ich versichere Euch, daß nicht nur Euer Secretarius die Erzengel gesehen hat.«

Knöringen sah erstaunt auf. Er wand sich aus seinem Sessel, in den er sich zuvor verkrochen hatte.

»Ich, Exzellenz. Ich habe die Flugapparate gesehen. Drei an der Zahl, es können aber mehr gewesen sein.«

Er lief in das Staunen des Bischofs hinein wie in eine Festung, die es zu erobern galt und die bereits kurz vor dem Fall stand.

»Und alle drei Erzengel – so will ich sie jetzt einfach nennen – schwebten wie Mahnungen des Herrn über der Stadt.«

»Das ist unmöglich. Oder das Ende der Welt ist nahe!«

»Nicht doch, Exzellenz, der Herr hat sicher ein Einsehen mit Euren Plänen für die Zukunft. Die Aufgabe ist schneller und weltlicher zu lösen. Es handelt sich dabei um Flugmaschinen, gebaut nach den Entwürfen des Manuskripts. Der Schuster hat sie verfertigt. Noch sind es kleine Modelle, für Menschen untaugliche Maschinen, aber sie fliegen, Exzellenz, sie fliegen wirklich – und verbreiten bereits Furcht unter den Protestanten.«

Knöringen hatte sich wieder gesetzt und folgte staunend den Ausführungen Pater Konrads.

»Warum erfahre ich davon erst jetzt? Mein Gott, Flugmaschinen. Wißt Ihr, was das heißt, Pater Konrad? Wißt Ihr das wirklich?«

Pater Konrad zuckte mit den Schultern. Wer konnte schon wissen, was geschehen würde. Er empfand nur ein Gruseln bei dem Gedanken, daß diese Erfindung nur einer einzigen Macht zur Verfügung stehen würde, seien es jetzt die Protestanten oder die Katholiken. Die Pforte der Hölle würde sich für den Unterlegenen öffnen, und es war keineswegs klar, wie tief der Fall in den Höllenschlund sein würde.

Pater Konrad war so in seine Gedanken vertieft, daß er erst jetzt bemerkte, wie Bischof von Knöringen nach Luft rang und mit beiden Händen an seinem Kragen zerrte.

»Exzellenz, wie ist Euch? Geht es Euch gut?«

Knöringen rutschte langsam aus seinem Sessel und lag jetzt auf dem Boden, das Haupt auf das Sitzpolster gelehnt. Er reichte Pater Konrad die Hand, die dieser ergriff, und mit einiger Anstrengung und viel Mühe von seiten des Zeremonärs gelangte der Bischof zurück in den Sessel.

»Mir ist übel, Pater Konrad. Bringt mir etwas Wein und ein kaltes Tuch.«

Pater Konrad sah sich im Zimmer um. Auf einem niedrigen Tisch stand eine Karaffe, daneben ein Becher. Er goß ein, der Rotwein schäumte etwas. Knöringen trank gierig. Dann lehnte er sich im Sessel zurück, schloß die Augen.

»Wißt Ihr, was Ihr da sagt? Niemand kann fliegen, Pater Konrad, niemand, den Teufel ausgenommen. Ihr liefert uns dem Beelzebub aus, dem Satan und seinen Heerscharen, wenn Ihr den Schuster weitermachen laßt. Habe ich nicht Hexen deshalb verbrennen lassen, weil sie aussagten, mit dem Höllenfürsten um die Wette geflogen zu sein? Reiten sie nicht auf Besen zur Walpurgisnacht und zurück, in ihrem Bauch den Samen des Siebenschwänzigen, um Höllenkreaturen zu gebären? Laßt mich in Frieden mit Fluggeräten. Allein der Gedanke an den Geruch eines Scheiterhaufens verursacht mir Übelkeit.«

Pater Konrad war wieder zum Fenster zurückgekehrt. Die Schwäche des Bischofs entpuppte sich für ihn als pure Todesangst.

Daß dieser Kleingeist die Tragweite einer solchen Erfindung nicht erkennen konnte, war ihm bewußt. Man mußte sich doch nur überlegen, welche Möglichkeiten in diesem unheiligen Krieg dem Besitzer dieser Maschine offenstanden.

»Das Manuskript enthält die Baupläne für eine Kriegsmaschine, Exzellenz. Aus Furcht vor den Nachstellungen der katholischen Kirche verbarg der Ingenieur sein Wissen, legte es aber in einem geheimgehaltenen Dokument nieder, das irgendwann doch in die Hände der Kurie gelangte. Offensichtlich wurde sein Wert erkannt, und eine Gruppe wohlwollender Kleriker unter Papst Urban VIII. sorgte dafür, daß die Unterlagen in die Hände derjenigen gelangten, die ihrer bedurften. Niemand von uns, Ihr nicht, verehrter Bischof, ich nicht, war in diesem Plan vorgesehen. Allerdings, das muß ich zugeben, Reibenstein und der Tod Tillys ebenfalls nicht. Handlanger eines größeren Plans, eines Plans, der Euch und uns zu übergehen rechtfertigte, sollten wir sein. Mehr nicht. Idler war darin ebenfalls nicht eingeplant. Aber er baut an dieser Kriegsmaschine. Wenn sie funktioniert, Exzellenz, wird sie die Welt verändern. Nichts mehr wird sein wie zuvor!«

Pater Konrad sprach gegen das Fenster und hinaus in die noch in Winterkälte verfangene Natur.

»Wenn es kein Teufelswerk ist, woher wollt Ihr wissen, daß der Schuster fliegen kann, daß er jemals fliegen wird?«

Knöringens Stimme klang brüchig und leise, als müsse er gegen Atemnot kämpfen.

»Nichts weiß ich, Exzellenz, nichts wißt Ihr. Und das ist gut. Werdet Ihr entdeckt und verhört, Exzellenz, dann könnt Ihr mit Überzeugung leugnen. Niemand weiß, daß es das Geld des Domkapitels war, das die Flugmaschine entstehen ließ. Ich habe nur irgendwelches Geld an Reibenstein weitergegeben. Sollte aber dennoch ein Verfahren wegen Hexerei in Gang gesetzt werden, von wem auch immer, wird der Schuster es auszulöffeln haben. Er baut, er fliegt, er stürzt sich für uns in den Tod.«

»Warum tut der Mann das?«

Pater Konrad zuckte mit den Schultern. Ungefähr konnte er es sich denken, weshalb, und auch dem Bischof mußten die Motive klar sein.

»Weiß ich es? Interesse. Er ist ein neugieriger, ein gerissener Mensch. Vielleicht rechnet er sich aus, gegen die Schweden zu fliegen? Was immer ihn treibt, es kann uns nur nützen.«

»Weiß der Schwede davon, Pater Konrad?«

Der Hof vor dem Fenster lag verlassen, nicht ein Vogel überquerte die kahlen Flächen bis hinter zur Mauer. Die Eiche, in der Mitte gespalten und in ihrer Monstrosität zerbrochen, schwieg beharrlich in den leichten Frühlingsbrisen, die über die

Wiese fuhren. Irgendwann würde sie brechen, gefällt von einem der Stürme, die den Frühling mit sich brachten.

»Stierna weiß nichts, vermute ich. Er tappt im dunkeln. Allerdings hat er Euren Secretarius verhört. Des Flugblattes wegen. Ein armer Mensch. Man müßte ihn bedauern, weil er doch die Wahrheit gesagt hat. Stellt Euch vor, Exzellenz, die Wahrheit, die er nicht kennt, die an ihm vorübergeflogen ist und die sein beschränkter Verstand nur als Wunder deuten konnte.«

Stumm und in sich zusammengesunken hockte der Bischof in seinem Sessel. Sein aufgeschwemmtes Gesicht war grau, die Lippen blutleer und dünn. Mit harten Schritten, so daß die Nägel der Sohlen auf dem Parkett klackten, schritt Pater Konrad auf den Bischof zu.

»Habt Ihr Euch nicht schon einmal Gedanken darüber gemacht, daß den Menschen so wenig Verstand gegeben ist, daß es nicht einmal ausreicht, Tatsachen als solche zu erkennen? Er sieht einen Flugapparat und leidet dafür, daß er behauptet, Erzengel wären ihm begegnet.«

Pater Konrad lachte.

»Ich könnte mich amüsieren.«

Pater Konrad fühlte, wie ihn der Bischof musterte. Hatte er sich zu sehr aus seiner Deckung gewagt? Nein. Bischof von Knöringen konnte ihm nicht mehr gefährlich werden. Vielleicht hatte er langsam verstanden, daß er selbst nur eine Masche war in einem Spinnennetz an Plänen, das gespannt wurde. Sicher fragte er sich, ob er darin überhaupt vorkommen würde, ob er nicht vielmehr nur einer dieser zerreißbaren Leimfäden war, die unbeschadet für das Gesamtwerk entfernt werden konnten, wenn sich in ihnen die Fliege verfangen hatte.

»Wenn der Stadtkommandant die Katholiken ausweisen läßt, was geschieht mit dem Fluggerät?«

Pater Konrad hob kaum merklich die Schultern und blickte von Knöringen unverwandt an. Der Bischof hatte seinen ganzen Verdacht in diese Frage gestreut.

»Wir sehen uns in Bozen wieder, Exzellenz.«

Oder auf dem Scheiterhaufen, dachte Pater Konrad, küßte den Ring an der ausgestreckten Hand von Knöringens und entfernte sich rasch.

15.

»Hört, Ihr Leut', und laßt Euch raten, unsre Uhr hat elf geschlagen, schließt die Läden, schließt das Tor ...«

Der Gesang des Nachtwächters erklang kehlig aus der Gasse vor ihm. Langsam kam die Laterne auf Idler zugeschwankt. Dann hörte er die Stiefel auf der Erde knirschen und den Nachtwächter den Stab setzen. Idler drückte sich mit seinem übermannshohen Bündel in eine verschattete Ecke über dem Mittleren Lech. Vor ihm rauschte der Kanal, hinter ihm wuchs ein Weberhaus in den Nachthimmel. Für ihn selbst deutlich hörbar schlugen die Hölzer im Bündel aneinander, hart und hell. Der Nachtwächter trat auf die Querstraße hinaus, leuchtete mit der Laterne einmal den Weg hinauf, einmal hinunter, nahm aber dann die andere Richtung, lief singend und eng in seinen weiten Umhang gehüllt weiter.

Erst als er außer Sichtweite war, wagte sich Idler wieder auf den schmalen Uferstreifen vor dem Gebäude, lief über den Steg auf die Gasse hinaus, hastete drei Häuser weiter und klopfte dort ans Tor eines Färberhauses. Über dem Eingang hing ein Pfeil.

Forschend sah er sich um, bevor er in das sich langsam öffnende Tor hineinschlüpfte.

»Ist dir jemand gefolgt, Salomon?«

»Nein, Richard, niemand, soweit ich sehen konnte. Auch den Zigeuner konnte ich nirgends entdecken. Nur der Nachtwächter schwankte mir heute etwas stark.«

»Er hat wieder einmal zu tief ins Weinglas gesehen, der Trunkenbold. Irgendwann wird er im Suff mit seiner Laterne in einen Heustadel fallen und sich und die Stadt anzünden. Das könnte ich wetten. Ein Fanal nach seinem Geschmack.«

Richard kicherte vor sich hin.

»Hast du die Hölzer?«

Idler legte das Bündel vor Richard auf den Boden, wickelte es auf. Es waren gut zwei Meter lange, schlanke Stangen.

»Bestes Eibenholz, mein Freund. Was für Hellebarden gut ist, kann für uns nicht falsch sein, oder?«

»Die Landsknechte werden sich wundern, wenn die Stangen aus der Schmiede verschwunden sind.«

»Und sie werden nicht weiter danach suchen, denn das Holz läßt sich ersetzen. Sie werden im Gegenteil froh darüber sein, daß die Hellebardenblätter keine Beine bekommen haben.«

Plötzlich wurden beide ernst. Vor der Tür lärmte es. Stimmen klangen durch das Tor hindurch, verhaltenes Stöhnen, zwei, drei Schläge, unterdrückte Rufe. Stiefelschritte knirschten auf dem Kiesboden.

»Was ist das?« Richard flüsterte ihm die Frage ins Ohr.

Idler reagierte nicht. Es erschien ihm überflüssig, zu antworten, wußte er doch selbst nicht, was er da hörte. Dann krachte ein Körper gegen das Tor, wurde wieder weggerissen und nochmals dagegengeschleudert. Gedämpfte Rufe und heftiges Klatschen waren zu hören. Etwas rutschte die Bretter entlang auf den Boden, dann war Ruhe. Stimmen flüsterten, aber weder Richard noch Idler konnten verstehen, was gesprochen wurde. Ein Scharren, Kratzen, Reißen von Leinen. Das ging so eine Weile. Hastig sich entfernende Schritte zeigten endlich an, daß das Ereignis vorüber war, im Moment jedenfalls.

Wieder näherte sich Richard Idlers Ohr, hauchte mehr, als daß er sprach:

»Sollen wir nachsehen?«

Idler nickte. Die Geräusche hatten in ihm durchaus ein Bild des Geschehens wachgerufen. Dort draußen war ein Mensch überfallen und ausgeraubt worden. Sie mußten nachsehen, ihre

Christenpflicht gebot das. Der Arme war vielleicht noch am Leben, was Idler nicht glaubte, weil er keinerlei Stöhnen des Verletzten vernahm. Und doch mußten sie versuchen, ihm zu helfen.

»Ein Samariter aber, der des Weges zog, kam hinzu, sah ihn und erbarmte sich seiner ...«, schoß es ihm durch den Kopf. Solche Tugenden waren in dieser Zeit gefährlich geworden. Trotzdem gab er sich einen Ruck. Behutsam hob er den Riegel und zog das Tor nach innen. Richard spähte hinaus.

»Ein Körper liegt vor dem Tor. Komm.«

Er schlüpfte hinaus, Idler folgte ihm. Gemeinsam hoben sie den schlaffen Leib eines Menschen auf, zogen und schoben ihn in den Eingang und legten rasch wieder den Riegel vor.

»Mach Licht, wir müssen sehen, ob er noch lebt.«

Aus dem Gang holte Richard eine Laterne, deren Flamme herabgedreht war und die Szene nur oberflächlich beleuchtete. Langsam schob er den Docht heraus, die Flamme erhellte den Vorraum.

»Ich sehe kein Blut. Er ist vielleicht nur bewußtlos.«

Idler kniete sich auf den Boden, zog dem Fremden, einem jungen Mann von etwa zwanzig Jahren, das Hemd auf und legte das Ohr auf die Brust. Mit geschlossenen Augen lauschte er nach dem Herzschlag.

»Er ist tot. Ich höre keinen Herzschlag.«

»Mein Gott«, entfuhr es Richard.

Die Eibenholzstangen und ihr Plan waren vergessen. Ein Toter lag im Toreingang des Färbertrockenbodens, und morgen würde ihn jemand vermissen, nach ihm suchen, ihn vielleicht hier finden.

Sie mußten ihn wegschaffen.

Idler durchsuchte Taschen und Kleidung, um Hinweise auf die Person zu finden, aber das Diebsgesindel hatte ganze Arbeit geleistet.

Der Mann besaß buchstäblich nur noch das Leinenhemd, das

er auf dem Leib trug. Erst als er ihm die Hände auf dem Bauch falten wollte, stutzte er.

»Richard! Leuchte mal!«

Richard hielt die Lampe ganz nahe an die Hände des Toten. Über den rechten Handrücken liefen zwei lange Narben, die längs zu den Knochenlinien lagen.

»Solche Narben haben nur Menschen, die viel mit Degen und Säbel umgehen. Der Kerl war Landsknecht, sage ich dir.«

Idler lief es kalt den Rücken hinab. Wenn der Tote wirklich ein Landsknecht war, dann hatte dieser seine Aufgabe gut gemacht. Er hatte ihn nicht bemerkt.

»Du meinst ...«, begann Richard – und Idler nickte.

»Er ist mir gefolgt. Vielleicht wollte er eben nur noch überprüfen, ob es das richtige Haus war, in das er mich hatte verschwinden sehen. Wenn die Bande nicht gewesen wäre, hätte Stierna uns entdeckt. So haben wir jetzt nur ein Problem: Wie werden wir ihn wieder los?«

Die beiden schwiegen. Richard faßte sich als erster.

»Los, hilf mit. Wir tragen ihn hinaus und versenken ihn im Kanal.«

Als Idler an der Kopfseite anhob, fühlte er eine klebrige Feuchtigkeit unter der rechten Schulter. Rasch nahm er die Lampe, die Richard neben den Toten gestellt hatte, und leuchtete den Boden ab. Eine schwarze Lache hatte sich unter der Schulter gebildet.

»Er hat geblutet. Wir müssen ihn wegbringen, bevor die Lache größer wird. Wenn Stierna den Mann vermißt und zu suchen beginnt, wird er jeden Winkel dieser Stadt durchstöbern, und dieser Blutfleck könnte uns verraten.«

Richard hatte bereits das Tor geöffnet, die Gasse ausgespäht und den Flügel ganz nach innen gezogen. Jetzt schleppten die beiden Freunde den Leichnam nach draußen, zogen ihn zwei Häuser weiter und ließen ihn dann sanft ins Wasser des Kanals gleiten. Die Strömung nahm den Körper rasch mit. Idler sah dem Körper nach. Plötzlich schlug er mit der Faust in die flache Handfläche.

»Er wird in den Schaufeln der Klessingsmühle hängenbleiben. Spätestens morgen früh weiß die Stadt Bescheid. Wir müssen die Spuren im Torweg beseitigen.«

»Das war übereilt gehandelt, Salomon. Wir hätten ihn nicht ins Wasser legen sollen«, flüsterte der Einäugige, während sie wieder zurückschlichen. »Wenn er gefunden wird, wissen alle, daß er getötet wurde. Wenn wir ihn vergraben oder in zwei Tagen dem Pestkarren mitgegeben hätten, hätte er ebensogut zu den Kaiserlichen übergelaufen sein können.«

Idler sah ein, daß sie sich falsch verhalten hatten.

Stumm begannen sie, den Blutfleck mit Sand und Wasser zu beseitigen, verwandten auf die Reinigung der Pflastersteine und das Auskratzen der Zwischenräume Sorgfalt und Zeit. Idler kniete mit einem Span am Boden und schabte jede Ritze aus, schüttete frischen Sand nach, und bald sah man im Schein der Lampe keinerlei Flecken mehr. Richard hatte in der Zwischenzeit auf dem Weg vor dem Färberhaus und am Tor nach Blutspuren gesucht und nur wenige Tropfen gefunden, die er mit viel Wasser verwaschen hatte.

16.

Idler starrte auf den Zettel, der an einen Fachwerkbalken vor ihm genagelt war. In der Beschreibung erkannte er sich sofort wieder. Unter seinem Namen stand fett gedruckt die Zahl Zwanzig. Zwanzig rheinische Gulden hatte der Stadtkommandant also auf seinen Kopf ausgesetzt, den Halbjahresverdienst eines Handwerkers – und jeder Bettler konnte weit länger davon leben. Jetzt war es für ihn wirklich gefährlich geworden, sich auf die Straßen zu wagen. Mit einem Ruck riß er den Steckbrief ab, knüllte ihn zusammen und warf ihn in eine Schlammpfütze vor sich. Langsam sog sich das Blatt voll Wasser, und die Farbe wusch sich aus.

Idler kauerte sich aufs Pflaster, zog seinen Rupfen enger, verdrehte die Augen, begann zu jammern und streckte den Vorbeieilenden seine offene, mit Rinderblut verschmierte Hand entgegen. Gesines Überlegung schien aufzugehen. Niemand interessierte sich für die Gestalt. Niemand beachtete ihn. Barmherzigkeit war etwas für Friedenszeiten. Jetzt galt es die eigene Haut zu retten, sich unauffällig zu verhalten. Jede Freizügigkeit konnte falsch ausgelegt werden. Wer gab, konnte noch geben, wer noch geben konnte, besaß Vermögen, und wer Vermögen besaß, konnte ausgenommen werden. Die Münzen fielen spärlich, die Gesichter blieben hart und verhärmt. Mitleid war eine Tugend der Satten. Heute hungerten alle.

Idler wartete. Aus der Kapuze heraus ließ er seinen Blick über die Menschenmenge schweifen, die den Platz bevölkerte. Die Gesichter verrieten nichts und doch viel. Narben von Pocken und Schwerthieben zierten die allermeisten Visagen, die ihm entgegenkamen. Die Syphilis war an einigen schwachsinnigen Gesichtszügen abzulesen, ausgeheilte Pest an den verschorften Halsdrüsen zu erkennen. Da entdeckte er für einen Moment den schwarzen Umhang des Zigeuners, der die Brotstände entlangschlich. Rasch duckte Idler sich, drehte sich weg, humpelte einige Meter weiter, sah sich um – von dem dunklen Mantel war nichts mehr zu sehen.

Er war unterwegs zum Prinzipal. Auf dem Weg dorthin fand Idler Unterschlupf zwischen den am Wegrand hockenden Armen, Bresthaften, Halbblinden, den Bettlern und Huren, den Mäulenstößern und Lahmen.

Es war seine Idee gewesen, den Prinzipal nach Stoffbahnen zu fragen. Bahnen aus Seide oder weichem, feinem Linnen benötigte er, luftdicht verwoben, damit die Flügel seines Vogels nicht zu schwer gerieten. Die Schwierigkeit war, in den Zeiten des Krieges Stoff dieser Menge und Qualität zu erhalten, ohne daß es auffiel. Schauspieler brauchten Stoff für ihre Aufbauten, für ihre Kostüme, für ihre Malerleinwände. Es würde nicht auffallen, wenn der Prinzipal Dutzende Ellen feinster Seide oder besten Linnens in großen Mengen bestellte. Außerdem hatte die Truppe gute Beziehungen zum Stadtkommandanten.

»Wohin, Schuster?«

Idler schrak aus seiner Versunkenheit auf. Der Ton war ihm vertraut. Mitten in den Weg getreten war ihm eine Gestalt in schwarzem Umhang mit tief ins Gesicht gezogener Kapuze. Beinahe wäre er mit ihr zusammengestoßen.

»Daß Ihr Euch so ungeniert durch die Stadt bewegt. Immerhin seid Ihr mittlerweile Geld wert. Sicher wißt Ihr das. Zwanzig rheinische Gulden. Ein gutes Stück Geld, Schuster.«

»Und das wollt Ihr Euch verdienen?«

»Traut Ihr mir das zu? Nicht doch, Schuster. Aber was treibt Euch hierher? Es ist gefährlich.«

»Woher wißt Ihr, daß ich mich nicht jeden Tag hier aufhalte?«

»Schuster!« lachte der Zigeuner laut auf. »Wollt Ihr mich zum Narren halten? Kein Schritt bleibt mir verborgen. Ich weiß mehr, als Ihr Euch erträumt.«

Bis auf eine Handbreit war der Zigeuner näher gekommen, wollte eben zugreifen und den Schuster am Arm packen, als ein Trompetensignal ertönte. Die Menschenmenge wurde gewaltsam auseinandergedrängt. Der Zigeuner mischte sich unter die Umstehenden.

Ein Brennholzwagen rollte schwer an Idler vorbei, tief fuhren die Räder in den Morast und bespritzten die Umstehenden mit dem Kot der Gasse. Mühsam hielt sich eine Jammergestalt auf der Ladefläche. Die Hände auf den Rücken gebunden, den Körper voller Schwären und die Lider entzündet. Ein Delinquent der Inquisition wurde zum Richtplatz gekarrt. Idler kannte ihn, den Secretarius des bischöflichen Domkapitels, den Johannes Cancer. Richard und er hatten sich über die Engelsberichte des Schreiberlings amüsiert. Wie unrecht er damit gehabt hatte, wie recht er hätte haben können, wäre er nicht leicht kurzsichtig gewesen.

Den Karren begleitete viel zwielichtiges Volk, das an den Szenarien unterm Rathaus seinen Spaß hatte. Längst waren die Verstümmelungen und Brandmarkungen, die Stäupungen und Vierteilungen kein würdevoller und erhebender Akt mehr, dessen erzieherische Wirkung man noch Wochen danach wahrnahm am Flüstern, wenn man über den Richtplatz lief oder wenn man beim Bier in der Schenke nur an die Vollstreckung dachte. Seit der Krieg die Bürger fortraffte, seit das Landsknechtsgesindel die Stadt drückte, waren es Schlachtfeste geworden, die in regelmäßigen Abständen zur Belustigung geboten wurden. Es waren die Feiertage der Blutlecker. Die Menschenmenge zog dem Fuhrwerk nach, schwemmte den Zigeuner mit. Idler stemmte sich dagegen, brach aus der Menge aus und schlüpfte in eine Gasse. Er blickte noch einmal zurück. Den Secretarius Cancer hatten die Schergen der Stadt noch mit einem Halsstrick an den Kohlenkarren gehängt, so daß dieser leicht gebückt unter den Schlägen der Pflasterung hin und her schwankte. Ein Sturz hätte ihn vermutlich stranguliert, was den symbolischen Akt des Handabhauens nicht behindert hätte. Der Angeklagte mußte dafür nicht notwendigerweise leben. Idler tat dieser Cancer leid. Er war ein harmloser Schmierfink, mehr nicht. Andererseits hatte es ihm niemand angeschafft, gegen die neuen Stadtherren aufzubegehren.

Die Menge zog dem Karren weiter nach. Den Zigeuner konnte er nirgends mehr sehen. Wie hatte der Kerl ihn entdeckt?

Idler schlich über den Brotmarkt weg hinauf zum Weinmarkt. Es roch nicht mehr, wie noch vor einem halben Jahr, nach frisch Gebackenem. Mehl war knapp geworden, und aus Furcht vor dem Zorn der Hungernden verkauften die Bäcker nur noch auf Bestellung und gegen Vorkasse. Wenig Ware lag deshalb auf den Verkaufstischen: mit Sägemehl gestrecktes Brot, mit Grassamen durchsetzte Semmeln. Die Frische und der Duft fehlten, die er auf seinen Rundgängen sonst so genossen hatte, auch wenn er nicht alles hatte kaufen können.

Jetzt standen nur ein paar Bäcker hinter den Ständen, boten Schwarzverbranntes an, harte Teigklumpen ohne Form und Geschmack, eine Schande für die Zunft. Sie sahen lustlos auf die wenigen Kunden und fluchten halblaut vor sich hin.

Idler war noch nicht am Zunfthaus der Weber und am Merkurbrunnen vorbei, als ihm der Zigeuner abermals den Weg vertrat.

»Wir haben noch eine offene Rechnung, Schuster!« flüsterte er, diesmal mit Zorn in der Stimme. »Ich will Euer Kopfgeld nicht. Was schert es mich, daß der Schwede Euch sucht. Ich will etwas anderes, Idler. Ihr wißt, wovon ich spreche.«

Der Zigeuner hatte ihn am Arm gefaßt und zog ihn mit Gewalt zu sich her. Durch den Mantel fühlte Idler die Spitze eines Stiletts gegen seinen Bauch drücken.

»Wollt Ihr?«

»Was könnt Ihr mit meinem Tod schon anfangen?« preßte Idler zwischen den schmerzhaft verzogenen Lippen hervor.

»Hab ich etwas von Euch gesagt? Ihr seid mir ein Einfaltspinsel, Schuster. Ich will nicht Euch, nicht Euren Tod, nicht das Geld. Ich will ...«

Eine Stange fuhr plötzlich zwischen den Schuster und den Zigeuner und traf den Schwarzgekleideten an der Schulter, so daß dieser vor Schmerzen aufschrie und zurücktaumelte. Ein weiterer Schlag fegte ihm die Beine unter dem Leib weg, so daß er stürzte, und ein dritter hieb ihm das Stilett aus der Hand.

Hastig kroch der Zigeuner außer Reichweite der Stange, fluchte und rappelte sich wieder hoch. Gebückt stand er Richard gegenüber, der sich lässig auf seinen Bettlerstab lehnte.

»Wir sehen uns noch, Idler. Ihr werdet an mich denken!«

»Ich denke eher, du wirst eine Zeitlang an uns denken«, lachte Richard, als der Zigeuner weghumpelte.

Richard wandte sich an den Schuster:

»Wollte er die Belohnung?«

Idler verneinte.

»Ich weiß nicht recht, was er wollte. Vielleicht das Manuskript.«

17.

»Der Prinzipal liegt im hinteren Zelt!« flüsterte Richard Idler zu, der wie zufällig an ihm vorüberging. »Ich warte auf dich!« Er deutete mit dem Kinn über den Platz zur anderen Seite. »Ob Stierna die Schauspieler vertrieben hat, weiß ich nicht. Seit Tagen ist es ruhig hinter den Zeltwänden. Zu ruhig. Sieh dich vor, Salomon.«

Richard entfernte sich, um in der Gasse gegenüber unterzuschlüpfen. Idler sah ihm noch nach, dann schlich er an der Bühne vorbei, sah sich vorsichtig um, zwängte sich durch einen Bretterverschlag auf der Rückseite und stand in einem kleinen Innenhof, den die Schausteller mit ihrem Bühnenwagen und drei großen Zelten gebildet hatten. Stellwände, mit Wachsplanen zugedeckt, verstellten die Blicke durch die Zeltlücken nach draußen. Unter denselben Planen verborgen, lagerten die Schauspieler die Bildwände ihrer Moritaten. Daneben lagen noch unfertige Holzsparren und einige Stoffbahnen für eine neue Kulisse.

Idler sah sich um. Das hinterste Zelt war das zur Straße hin. Allerdings war der Eingang wie bei allen anderen nur vom Innenhof her betretbar. Idlers Herz klopfte. Er riskierte hier sein Leben. Kurz blieb er stehen, überlegte und sah sich um.

Wie würde ihn der Prinzipal empfangen? Saß womöglich Stierna im Zelt, wenn er eintrat? Der schwedische Teufel war in den letzten Wochen überall. Ihm wurde heiß im Gesicht, die Augen brannten, seine Lippen wurden spröde. Langsam trat er auf den Zelteingang zu. Wie kündigte man bei einem Zelt sein Kommen an? Bei einer hölzernen Tür konnte man wenigstens klopfen. Idler zögerte, dann rief er leise den Prinzipal. Nichts rührte sich, also beschloß er, die Plane zurückzuschlagen und einfach einzutreten.

Das Innere war von einem gelblichen Schimmer ausgefüllt, den die Zeltwände als Licht hindurchließen. In zwei Räume war das Zelt eingeteilt, einen großen Eingangsbereich, in dem mehrere Stühle, ein Tisch und ein Schreibpult standen, und einen kleineren, in dem Idler den Schauspieler entdeckte. Er lag naßgeschwitzt auf einer Pritsche, das Gesicht fieberglühend. Idler trat näher.

»Prinzipal! Prinzipal, hört Ihr mich? Kann ich Euch helfen?«

Als würde der Kranke Idlers Stimme nicht wahrnehmen, blieb er liegen, warf aber den Kopf hin und her und begann leise vor sich hin zu stöhnen.

Idler blickte unsicher umher. Was sollte er tun?

Er nahm eines der herumliegenden Kleidungsstücke auf, ein gebrauchtes Hemd, und begann, den Schweiß aus dem Gesicht des Prinzipals zu entfernen. Er nestelte auch das Hemd um den Hals auf, um dem glühenden Körper Linderung zu verschaffen, aber plötzlich öffnete der Schauspieler die Augen, und im selben Moment erkannte Idler die wahre Ursache von dessen Erkrankung. Am Hals und unter den Achseln des Mannes hatten sich runde Wölbungen gebildet, schwarz und glänzend. Einige davon waren aufgebrochen und eiterten. Auch unter den Haaren und im Nacken waren schon Beulen schwarz angelaufen und öffneten sich. Als hätte er den Teufel selbst berührt, fuhr Idler hoch, warf das Leinen in eine Ecke und trat einige Schritte zurück. Es bestand kein Zweifel: Die Beulenpest hatte ihre Zeichen gesetzt.

Warum er nicht davonlief, konnte er nicht sagen. Idler stand zwischen Schlaf- und Aufenthaltsraum und wartete. Mit müden Augen sah ihn der Schauspieler an. Seine Zunge fuhr über die Lippen, die blutverkrustet und rissig waren: »Weg! Lauft!«

Idler blieb, wo er war. Stotternd begann er:

»Ich brauche Stoff. Seide. Linnen. Woher bekomme ich das?«

Mit geweiteten Augen starrte ihn der Prinzipal an. Seine dicke, bereits verfärbte Zunge fuhr über die rissigen Lippen.

»Warum?« flüsterte er kaum verständlich.

Idler hielt Abstand zum Prinzipal. Irgendein Umstand hielt ihn. Der Tod war etwas, das ihn faszinierte, das ihn immer schon berührt hatte, und der Schauspieler war vom Tod gezeichnet. Die Farbe seines Gesichtes wies darauf hin. Er war aschfahl auf jene weiße, durchscheinende Art, die vom Sterben kündete. Heute oder morgen würde er die Bühne der Erde verlassen. Für das Stück, das sein Leben gewesen war, fiel der Vorhang. Augsburg war der letzte Akt gewesen, ihre Begegnung die letzte Szene darin, wenn kein Wunder geschah.

Der Prinzipal schüttelte heftig den Kopf. Mit einem Finger langte er unendlich langsam unter seine Bluse in eine der Eiterbeulen und hielt ihm das schwärzlich verfärbte Sekret hin, das ihm über die Finger lief.

»Pest!« hustete er. »Lauft!«

»Stoff? Habt Ihr Stoff?« drängte Idler, und seine Stimme klang unsicher. Mit dem Tod des Prinzipals schwand seine letzte Hoffnung, das Fluggerät zu bauen. Ohne Linnen oder Seide konnte er nicht fliegen.

Der Schauspieler schloß die Augen. Idler wußte nicht, ob er sich entfernen oder bleiben sollte. Es war ihm durchaus bewußt, daß er mit seinem Zögern den Tod akzeptierte, seinen eigenen Tod. Aber was sollte ihm das Leben? Seine beiden Träume waren dahin: Maria war unrettbar, und das Fluggerät würde er nicht bauen können. Wie erstarrt stand er und wartete auf ein Zeichen, das er deuten konnte.

Plötzlich öffnete der Prinzipal die Augen, hob die Hand und deutete nach draußen, hinaus in den Hof.

Idler begriff zuerst nicht, dann aber erinnerte er sich der Stoffballen im Innenhof.

»Die Stoffballen? Soll, darf ich die nehmen?«

Ein Hustenanfall des Bettlägerigen unterbrach ihn. Der Prinzipal versuchte sich aufzustützen, fiel aber kraftlos auf die Pritsche zurück.

»Haben die anderen nichts dagegen?«

Idler schien seine Frage überflüssig, vermutete er doch, daß die Mitglieder der Truppe beim ersten Anzeichen der Pest ihres Prinzipals das Weite gesucht hatten, und Gesine wohnte seit Wochen bereits bei Agnes. Ihr mußte er berichten.

Idler schlich rückwärts hinaus, verließ das Zelt, immer dieses Atmen im Ohr, das ihn nicht verlassen wollte. So also starben die Kranken, bliesen sie stoßweise ihr Leben hinaus, verlassen, weil niemand sich in ihre Nähe getraute. Das war das Fürchterlichste an diesem Tod. Ohne Begleitung, ohne Hilfe trat man dem Schrecken gegenüber. Wie sollte man den Weg ins Paradies finden, wenn niemand einen führte, wenn keiner die Hand hielt, um über den schmalen Steg der Gerechtigkeit zu balancieren?

Idler suchte die Ballen und schlug die Plane beiseite, die über den Stoff gebreitet war. Feines Linnen für Kostüme kam darunter zum Vorschein. Zufrieden befühlte er den Stoff. Es war genau das, was er brauchte.

18.

»Bringt die Toten heraus! Bringt die Toten heraus!« hallte der Ruf zwischen den Häusern. Ein hochrädriger Wagen holperte durch die Gasse, dann raste das kreißende Geräusch einer Rassel in den Ohren. Drei Vermummte in Schwarz, mit spitzen, vorgebundenen Mundtüten, schoben einen Totenkarren durch die schlammige Straße.

Auf den Brettern lagen in löchrige Leinensäcke geschlagene Bündel. Eine von schwarzen Eiterbeulen gezeichnete Hand ragte aus einem der Risse, wippte im Takt mit dem Schlagen der

Hochräder, an deren Sprossen je eine der Gestalten schob, während eine dritte den Karren mit seinen überlangen Griffen tief gebeugt in der Waagerechten hielt.

Undeutlich Gebete murmelnd, zogen sie von der Oberstadt über die abschüssigen Wege des Lechviertels hinunter in Richtung Jakober Vorstadt.

Menschen, die dem seltsamen Zug begegneten, wichen entsetzt in die Hauseingänge zurück oder nahmen andere Wege. Man bekreuzigte sich, wenn der Karren unter den Fenstern vorüberfuhr, und schickte ihm Gebete oder Pestflüche nach.

In regelmäßigen Abständen rief der Schwarzgekleidete an der Deichsel mit einem langgezogenen, heulenden Ton seinen Satz: »Bringt die Toten heraus! Bringt die Toten heraus!«

Plötzlich richtete sich die Gestalt auf und stoppte so den Karren.

»Gesine, Richard, sollten wir nicht die Hauptstraße nehmen statt diese Gasse? Wir können nicht ausweichen!«

»Nein, Salomon, sie würden bemerken, daß wir keine Leichen aufnehmen. Weiter. Wir dürfen keine Zeit verlieren. Der Prinzipal muß ins Siechenhaus vor der Stadt.«

Niemand erschien in den Hauseingängen, die Straße vor ihnen war leer, bis auf die Toten in den Einfahrten und auf den Türschwellen. Üblicherweise wurden die Toten nachts auf die Straße gelegt und anderentags eingesammelt. Zu dieser späten Stunde wollte man nicht mit den Vermummten in Berührung kommen. Aber die drei schoben den Karren an den Toten vorbei, ohne sich um sie zu kümmern.

Mit einem Mal erhob sich Geschrei aus einem der Hauseingänge, an denen der Wagen vorübergerollt war. Eine Alte hockte mit ihrem bräunlichen, halb verrotteten Umhang neben einer Leiche und keifte hinaus auf die Straße:

»Lumpenpack. Wozu gibt es Euch? Nehmt die Toten mit!«

Der Karren hielt, Idler drehte sich zu der Alten um und meinte lakonisch:

»Unser Wagen ist voll. Morgen kommt wieder einer. Hab Geduld, Alte. Deinem Mann tut die nächste Nacht nicht mehr weh!«

»Ihr Hurenvolk«, keifte die krummgewachsene Alte wieder. »Was heißt voll? Halb leer ist der Karren. Zu faul seid ihr! Ist Euch wohl nicht gut genug, der rechtgläubige Körper des Mannes hier?«

Zunächst der Alten stand Gesine als Speichenhelfer. Verstohlen gab sie ein Zeichen, dann drückte sie wieder gegen das Rad, und der Karren ruckte an. Idler schüttelte den Kopf, packte seine Deichsel und zog ebenfalls. Jetzt rappelte sich die Alte hoch, trat gestützt von einem Krückstock auf den Weg hinaus und wetterte, indem sie ihren Stock schwenkte.

»Protestantisches Lumpenpack. Meinen Guten hier verrotten zu lassen. Ketzer, Abtrünnige.«

Unbeirrt zog der Pestkarren weiter.

»Das war keine Bettlerin«, flüsterte Gesine. »Sie hatte ein Mal auf der Innenseite des Armes, ein Teufelsmal!«

»Verdammt!« antwortete Richard von der anderen Seite. »Beeilt Euch.«

»Gleich sind wir am Mittleren Lech, dann heißt es aufpassen und schnell sein!« murmelte die Stimme unter der Kapuze.

Vor dem Geschrei der Alten floh der Pestkarren die Gasse entlang.

»Teufel noch mal!« entfuhr Idler lauter, als er es beabsichtigt hatte, ein Fluch.

Ein Trupp Schweden marschierte den Weg entlang. Sie horchten auf die Stimme der Alten und bauten sich vor ihnen auf: vier Landsknechte in ihrer farbigen Kleidung, blau und gelb. Breitbeinig versperrten sie die Straße.

»Eine Patrouille!«

Der älteste der Landsknechte, die Hand am Rapier, gebot Halt. Sein Gesicht wurde entstellt durch eine Säbelnarbe, die über die rechte Hälfte lief und ihn ein Auge gekostet hatte.

»Wohin mit dem Wagen?«

»Zur Stadt hinaus auf den Pestacker!« rief Idler von der Deichsel.

»Und da müßt Ihr durch die ganze Stadt?«

»Einer lebt noch!« antwortete Idler. Mit ausgestrecktem Arm wies er auf den Sack, aus dem die eine Hand ragte, deren Finger sich jetzt langsam bewegten. »Der muß ins Brechhaus.«

Hinter dem Karren begann plötzlich die Alte von eben wieder zu keifen, schrill, mit sich überschlagender Stimme.

»Sie lügen. Niemanden nehmen sie mit. Liegen bleiben die Toten. Nicht einmal den Alten wollten sie mitnehmen. Lüge!«

»Der Wagen ist voll!« betonte Idler. Er deutete auf die Lumpensäcke, grinste für die Landsknechte unsichtbar unter dem Schnabel: »Aber Ihr könnt Euch gern überzeugen. Er hat nur die Pest!«

»Den Teufel werd ich tun!« herrschte ihn der Feldwaibel an. »Nehmt die Leiche der Alten, und dann verschwindet!«

»Sie hat niemanden dort liegen. Einen alten Sack und sonst wirklich niemanden. Ihr könnt Euch vergewissern. Sie wollte uns foppen – und dafür ist weiß Gott jetzt keine Zeit. Sie ist durch die Umstände etwas – verwirrt. Gebt uns den Weg frei.«

Die Alte im Hintergrund heulte auf, tobte, verlangte von den Landsknechten, die Hunde festzuhalten, ihnen die Hände abzuhacken, die Schädel zu spalten, und zerriß sich schier, als das Narbengesicht den Weg freigab.

Wieder ruckte der Karren an, rollte die Gasse hinunter und am Feldwaibel Stiernas vorbei.

Gerade wollte Gesine am Feldwaibel vorbei, als dieser zugriff und sie am Arm festhielt.

»Zeigt mir doch Eure Schuhe, seid so freundlich.«

Zögerlich hob die Festgehaltene ihr Bein in die Höhe. Kurz betrachtete der Schwede das Bein, dann riß er ihr den Pestschnabel vom Gesicht.

»Sieh da, eine Frau!«

Weiter kam er nicht, denn in diesem Moment sauste eine Stange hart am Kopf des Feldwaibels vorbei und traf sein Schlüsselbein. Mit derselben Geschwindigkeit und bevor die Patrouille wußte, was recht geschah, schaltete Richard mit dem Stock drei weitere aus, die ohnmächtig zu Boden sanken. Der vierte Landsknecht wich zurück, wollte zum Degen greifen, aber ein gezielter Schlag mit der bloßen Faust hieb ihm die Waffe aus der Hand.

»Gesine, Salomon, schiebt den Wagen weiter, um ihn kümmere ich mich.«

Mit aller Kraft schoben die beiden den Pestkarren in den nächsten Seitenweg. Richard hielt die Stange abwehrend vor sich und ließ den Landsknecht nicht aus den Augen. Er folgte seinen Freunden, während er deren Rückzug absicherte.

»Hilf deinen Freunden, aber folg uns nicht, Landsknecht!« zischte Richard, dann verschwand auch er in der Enge der Gasse.

Idler sah sich um. Hinter Richard schien die Gasse leer, die Landsknechte folgten ihnen nicht. Keine zwanzig Meter weiter hielt der Karren vor einem alten Färberanwesen.

»Das Leinen hinter das Tor, Salomon, das verstauen wir morgen, und nichts wie hinaus mit dem Prinzipal aus der Stadt. Gesine, bleib du bei ihm.«

»Ich werde für ihn sorgen, Richard«, flüsterte Gesine.

Idler lud sich den Körper des Prinzipals auf die Schulter, während Richard die Stoffbündel, die in Säcke gebunden ebenfalls auf dem Karren lagen, hinter das Tor des Färberhauses warf. Den Karren ließen sie eine Strecke weiter einfach stehen. Er hatte seinen Dienst getan. Dann huschten sie zurück zum Färberhaus, schlüpften ins Tor und warteten.

»Am besten ist es, ihr verschwindet für einige Tage, Richard«, flüsterte Gesine noch. »Wenn ihr mir Vater noch ans Tor bringt, hinaustragen kann ich ihn selbst.«

Die beiden Männer nickten. Von der Straße her hörten sie die

Schritte der Landsknechte. Sie lauschten am Tor, ließen die Soldaten passieren und begaben sich dann zum Jakober Tor, den Prinzipal auf Idlers Schultern.

19.

»Richard?« rief Idler in das Dunkel hinein.

Schweiß stand ihm auf der Stirn. Er fieberte leicht. Er war verwirrt. Idler richtete sich auf, mußte sich orientieren, wo er sich befand. Ihm gegenüber raschelte etwas, ein Körper schleifte über den Boden. Sein eigener Körper brannte.

»Endlich wach?« drang aus der Nacht die Stimme des Bettlers zu ihm herüber, und erst jetzt wurde sich Idler bewußt, wo er sich befand. Richard hatte ihn hierhergeführt. Die Welschge Jenna und Gesine hatten sie gewarnt, daß Stierna wegen des Vorfalls die Vorstädte durchsuchen ließ. Die Manuskriptblätter waren rasch zusammengesammelt worden, und zwei Ballen Stoff in einem Färberhaus waren nicht weiter auffällig. Die Stangen und Stricke, die Idler zum Zusammenbau benötigte, hatten sie über das Haus verteilt. Die Stangen hatte er einfach draußen in die Trockenständer gehängt, an denen die Färber ihre Stoffe herabhängen ließen. Niemand hätte vermutet, daß in diesem Gebäude ein Flugapparat gebaut wurde.

Dann hatte Richard ihn in die Oberstadt geführt, über den Judenberg hinauf zum Holzmarkt und hinein in die Wintergasse. Mitten am Tag waren sie in den Arbeitshof des Weißgerbers Kobol spaziert, dort im Schälraum verschwunden und hatten ungesehen im hinteren Raum den Keller betreten.

Richards Stimme holte Idler zurück in die Gegenwart. Idler schmerzte jeder Atemzug, und das Sprechen fiel ihm schwer.

»Ausgeschlafen, Salomon? Glaubst du, es ist Tag oder Nacht? Hier unten verliert man jedes Gefühl für die Stunden. Wir haben geschlafen. Aber wie lange?«

Idler atmete stoßweise, versuchte sich aber sein Unwohlsein nicht anmerken zu lassen.

»Woher kennst du den Keller, Richard?«

»Ich habe bei Kobol gearbeitet: Felle geschabt und die fertigen Leder auf den Boden gehängt. Handlangerarbeit für Brot und Suppe.«

Idler unterbrach den Freund. Er hustete.

»Was nicht erklärt, wie du dieses Gewölbe entdeckt hast.«

»Beim Abräumen einiger Felle tauchte die niedrige Schlupftür auf, durch die wir gestern gekrochen sind. Früher hat es sicher einen eigenen, offenen Zugang gegeben, aber der Boden ist später wohl erhöht, über den Eingang sind Felle geworfen worden, das Haus besitzt außerdem einen zweiten Keller, weniger tief und weniger feucht, und da hat man diesen hier vergessen.«

Erschöpft schloß Idler die Lider. Vor seinem inneren Auge schossen rote und blaue Blitze hin und her. Im Ohr begann ein leises Summen, und unter den Achseln begann er zu schwitzen, daß ihm das Wasser herablief.

»Wie tief unten sind wir eigentlich?«

»Fünf Stockwerke. Die Luft hier ist recht gut. Es muß also einen Zugang nach draußen geben, der einen Zug ermöglicht. Gefunden habe ich ihn noch nicht. Ich bin mir sicher, daß man weit unter die Straße kommt. Vielleicht sind die Keller der großen Bürgerhäuser alle irgendwie miteinander verbunden. Wer weiß. Ich bin mir jedenfalls sicher, daß uns Stierna hier nicht finden wird.«

Idler tastete mit einer Hand nach dem Futteral, in das er das Manuskript gesteckt hatte.

»Wie lange wird er nach uns suchen?« keuchte er. Sein Atem ging flach und unregelmäßig. Plötzlich wußte er, daß er sich angesteckt hatte. Er hustete.

»Eine Woche, vielleicht zwei. Länger nicht.«

Idler fiel das Sprechen mit jedem Wort schwerer.

»Ich hoffe, sie finden Gesine und Babette nicht«, keuchte er.

20.

»Euch Galgenvögel lasse ich vierteilen!«

Zornig besah sich Stierna die Gegenstände, die vor ihm auf dem rohgezimmerten Holztisch lagen: ein Beutel, ein Dolch mit einem schwarzen Griff aus Ebenholz, eine silberne Schlangenkopfspange, dazu Mantel und Oberkleid. Der Mantel war dort, wo Hals und Kopf aus dem Kragen hervorbrachen, dunkel gefärbt. Es war Blut, das tief eingedrungen war, tief genug, um es aus dem Loden nicht mehr entfernen zu können. Zu oft hatte er die Utensilien an ihrem Träger gesehen, als daß er sich irren konnte. Niemand anderem gehörten sie als Ole Larsson, seinem Adjutanten, der hinter Idler hergewesen war. Und jetzt waren seine Leute hier zufällig auf dessen persönliche Hinterlassenschaften gestoßen. Stierna verfluchte sich, daß er die unangenehme Aufgabe, den Schuster aufzuspüren, einem Jüngeren, Unerfahrenen überlassen hatte.

Von außen hatte das Haus einen durchaus anständigen Eindruck gemacht. Klein und schmalbrüstig drückte es sich zwischen die mächtigeren Fassaden zweier Gerberhäuser. Unscheinbar lag es an einem der unzähligen Kanäle. Über eine Brücke war es mit der Gasse selbst verbunden.

Innen allerdings bot es einen grauenvollen Anblick: die Möbel zerschlagen, die Wände beschmutzt, die Räume im Erdgeschoß eine einzige Kloake, deren teuflische Gerüche das Schlimmste erahnen ließen. Diebsgesindel hatte sich hier versteckt und war aufgespürt worden. Die Pest hatte ihnen die Tür geöffnet oder der Aussatz oder sonst eine Krankheit, die den Menschen befiel und ihn außerhalb der städtischen Gesetze stellte, wenn sie ihn nicht gleich umbrachte.

Jetzt saßen die vier Kerle vor ihm, dreckige, vergammelte Gestalten, ebenso schwarz vor Schmutz wie die Nacht, in der sie auf Raub auszogen.

Stierna besah sich das Gesindel, das sich »Grätz«, »Iggel«, »Schwarzer Plack« und »Moer« nannte. Gaunernamen, die in der Umgegend einen Ruf besaßen unter den Halunken, Bettlern und Halsabschneidern.

»Wer von Euch ist der Schwarze Plack?«

Unter den vier Galgenvögeln entstand eine Unruhe, denn sie wußten wohl, mit wem sie es zu tun hatten.

»Ich, Herr«, meldete sich der links von ihm Hockende.

»Warum nennt man dich so?«

Das Interesse war keineswegs geheuchelt, schließlich galt es, den Versuch zu wagen, aus den Gaunernamen auf die Personen selbst zu schließen, da die Namen bekannter waren als die Gesichter der Galgenvögel.

Der Halunke deutete auf seinen Kopf, der von einer faustgroßen schwarzen Quaddel bedeckt war, die bereits die Haare beiseite gedrängt hatte, ein Blutschwamm, eine Plack.

»Deswegen, Herr.«

»Und der Moer? Warum heißt du Moer?«

Der ihm zunächst Sitzende war bei der Nennung seines Namens zusammengezuckt. Er begann in einem für die Gegend schwer verständlichen Dialekt, den Stierna seiner Erfahrung nach eher dem Westen, der Rheingegend des Heiligen Römischen Reiches zuordnete.

»Isch gomm us Göln. Do soocht ma moer, wenn's moer sinn soll!«

Mit einer Handbewegung unterbrach der Hauptmann den Kölner Lumpen.

»Woher habt Ihr das Gewand, woher Messer und Geldsack?«

Keine Antwort. Die vier Halsabschneider blieben stumm. Mit auf dem Rücken verschränkten Armen schritt Stierna den Raum ab, sechs Schritte hin, sechs zurück. Es war ein ärmliches Anwesen. Sechs Schritte hatten dem Handwerker nicht ausgereicht zu überleben. Mit sechs Schritten begann der Tod, unerbittlich und zügig und ohne jede Moral, denn die vier Kumpane dort auf der Erde lebten sicher schon einige Zeit hier – ohne sich angesteckt zu haben, ohne auf der Liste des Schnitters zu stehen. Letzteres aber wollte er nachholen, allein um der Gerechtigkeit willen, die den ehrlichen Bürger hier vernachlässigt und die Gauner eindeutig bevorzugt hatte.

»Ich werde es Euch sagen, Ihr Lumpen, Ihr Galgenvögel, Hundsfotte und Verbrecher, woher das alles stammt. Ich kannte den Besitzer zufällig ganz gut. Ein Freund von mir, wenn man es genau nimmt.«

Die Augen des Iggel rollten ins Weiße, so daß er mit seinen abstehenden Ohren und dem gelben Bürstenkopf aussah wie eine Vogelscheuche, die Krähen vom Feld jagen sollte.

»Und wißt Ihr, wo ihr vier mir das alles erzählen werdet? Auf der Folter. Stellt Euch vor, wie ungerecht und widersinnig es ist, unschuldigen Bürgern dieser Stadt die Haut bei lebendigem Leibe abzuziehen und Gliedmaß um Gliedmaß abzuschlagen. Das lockert die Zungen. Überhaupt spricht es sich besser, wenn die Zunge das alleinige Organ im Gesicht ist. Augen, Ohren, Nasen, alles überflüssiges Zeug, weg damit, sage ich immer. Einzig die Zunge benötigt der Mensch, um Zwiesprache halten zu können mit seinem Gott – und der von diesem eingesetzten Obrigkeit. Woher also habt Ihr das Zeug?«

Blaß waren die Gesichter geworden, alles Blut war daraus gewichen. Der Grätz überwand sich als erster.

»Lieber einen schnellen Tod – Erschießen, oder runter mit der Rübe – als die Folter. Wir haben den Mann überfallen, nachts. Er schlich durch die Gassen und ist uns in die Arme gelaufen. Hat sich gewehrt wie ein Berserker, aber der Schwarze Plack hat ihm mit seiner Bleikeule hinten eins übergezogen. Da ist er zusammengesackt. Dachten doch nicht, daß der wegstirbt. War auch nicht mehr da, als wir nachgesehen haben, ob er noch lebt. War verschwunden. Da haben wir geglaubt, er ist nicht krepiert. Ehrlich, hätt' sich nicht wehren sollen.«

Stierna konnte sich nicht entscheiden, ob er dem Halunken

glauben oder alles für Lüge nehmen sollte. Aber die Geschichte klang wahrscheinlich. Idler und Richard hatten also mit dem Verschwinden Ole Larssons nichts zu tun.

»Wo habt Ihr ihn überfallen?«

»Ich zeige es Euch, Herr«, mischte sich jetzt wieder der Schwarze Plack in die Unterhaltung.

»Gut.«

Stierna rief nach unten. Schwere Stiefeltritte waren auf der Treppe zu hören. Ein Landsknecht in Uniform stieg die Stufen hinauf, zwängte sich in das Zimmer. Über die rechte Wange lief ein Säbelhieb. Der Mann schien ständig zu grinsen, weil die Narbe ihm den Mundwinkel auf der zerschlagenen Seite nach oben zog.

»Häng die drei Halsabschneider auf, Feldwaibel. Gleich hier. Den vierten nehm' ich noch mit. Wir warten draußen solange.«

Der Einäugige in seiner schwedischen Uniform in einem frischen Blau und einem Sonnengelb lächelte ihn schief an, nickte und packte dann den ersten, der sich verzweifelt wehrte, während die anderen mit gesenkten Köpfen dasaßen.

»Komm, du!« befahl Stierna und deutete auf den Schwarzen Plack. »Führ mich hin.«

21.

»Hier, Herr. Vor diesem Tor haben wir den Fremden liegenlassen.«

Unterwürfig, mit einem hündischen Blick und gebeugtem Rücken, zeigte der Schwarze Plack auf das Tor eines Färberhauses. Über dem schwarzen Holz des Eingangs, das durch die unzähligen Farbspritzer nassen und farbigen Linnens innen und außen gebeizt war, hing ein Pfeil, der die Passanten warnte, daß das Haus nicht betreten werden sollte, weil es den Odem der Pest in seinen Mauern hielt. Stierna besah sich die Stelle.

»Gut gemacht. Einäugiger, er darf um sein Leben würfeln. Gewinnt er, so laß ihn frei, verliert er aber, ertränk ihn gleich hier im Bach«, befahl er dem Feldwaibel.

Mit einer heftigen Handbewegung scheuchte er den Halunken aus seinem Blickfeld. Er bekam noch mit, daß sich die beiden Männer im Toreingang gegenüber niederließen, sein Feldwaibel Würfel aus der Joppentasche kramte und sie ein Spiel begannen. Die knöchernen Würfel, von denen der Einäugige behauptete, sie wären aus den Fingerknochen kleiner Kinder geschnitzt, rappelten gegen das Tor.

Stierna konzentrierte sich auf den Platz, das Tor und das Haus.

Seine Leute hatten das Gebäude selbst nicht durchsucht, zu sehr schreckte der Pfeil ab.

Vor dem Wohnbau schickte einer der vielen Kanäle sein Wasser durch das Handwerkerviertel. Eine Brücke führte hinüber, das Holz ebenfalls schwarz vom Alter und den Farben, mit denen es wohl getränkt worden war. Stierna trat näher, überschritt den Steg, sah hinunter in das dünne Rinnsal, das jetzt im Sommer durch das Bachbett rieselte und grüne Haaralgen bewegte. Der Boden, auf dem er ging, war kiesig. Hier würde er keine Blutspuren finden. Zu schnell sickerten sie weg. Hunde und Ratten würden an dieser Stelle lecken und alles unbrauchbar werden lassen. In seinem Kopf spukte ein Gedanke, der ihn nicht losließ. War Ole Larsson dem Schuster und seinem Komplizen auf die Spur gekommen oder nicht? Was hatte er hier in diesem Wirrwarr an Straßen, was hier vor dem Färberhaus gesucht? Oder war er nur zufällig von diesem lichtscheuen Gesindel hier gestellt worden?

Stierna sah um sich, musterte die Fassaden und den Weg genau. Auf der gegenüberliegenden Seite würfelte der Schwarze Plack um sein Leben. Er wußte nichts vom Auftrag des Adjutanten, er wußte nichts von der Wichtigkeit seiner Information. Er war damit beschäftigt, sein Leben dem Zufall zu entreißen, und der Miene nach zu urteilen, schien ihm das mehr schlecht als recht zu gelingen. Nichts, was dem Schweden ins Auge gestochen wäre, nur daß 600 Fuß entfernt Larsson in den Schaufeln der Klessingsmühle gefunden worden war.

Dann rüttelte er am Tor. Es war unverschlossen, wie er erwartet hatte.

Der Hauptmann trat ein, die entsetzten Blicke seiner Soldaten ignorierend. Der Innenhof war durchflutet von Licht. Im Hintergrund erkannte er Bottiche für Farbpigmente, die in den Boden eingelassen waren. Daneben einen Holzstapel und eine Reihe von Stangen, die wohl für das Aufhängen der Stoffbahnen dienten. Auch sie waren schwarz verfärbt. Er blickte am Gebäude hinauf. Die Läden der Oberböden waren verschlossen. Schwarz und mächtig strebte das Gebäude hinauf, zwei, drei, vier Stockwerke hoch. Aus den Holzverschalungen ragten Ständer, an denen wieder Stangen befestigt waren, über die man den Stoff in freien Bahnen zum Trocknen hängte.

Die Tür zum Gebäude war ebenfalls nur angelehnt. Stierna stieß sie auf und trat ein. Das Innere wirkte sauber, aufgeräumt, ein sicheres Zeichen dafür, daß der Pfeil am Tor seine Wirkung tat. Niemand hatte das Anwesen bislang betreten, aus Angst, sich anzustecken. Gebückt und mit schweren Schritten durchmaß er Raum für Raum, kletterte die Leiterstiege empor, die vom Erdgeschoß aus bis hinauf in den vierten Stock durchging und nur jeweils einen Austritt in den jeweiligen Boden freiließ.

Nichts fiel ihm auf. Alles lag, als hätte der Tod hier die Uhr angehalten und das Haus vergessen.

Im dritten Stock lagen noch zwei Ballen ungefärbtes Linnen in der Ecke. Stierna war bereits versucht, das Gewebe mitzunehmen, dachte aber daran, daß einzelne Besitzer womöglich noch lebten, und einen Diebstahl wollte er seinem Namen nicht aufbürden.

Langsam, mit einer Haltung, als wolle er nach hinten überkippen, stieg er die Treppe wieder hinunter, stützte mit der

Hand seine Rückenlage ab. Als er aus dem Haus trat, die Augen blinzelnd aus der Sonne nahm, sah er den Fleck am Boden, mitten im Eingangsbereich hinter dem Tor: groß, dunkel, unregelmäßig. Hastig schritt er näher, hockte sich auf die Fersen und berührte mit den Fingern den Boden. Hier hatte jemand geblutet, stark sogar.

Stierna musterte aus diesem Blickwinkel das Haus, betrachtete dessen Lage und wiederholte sich noch einmal die Aussage des Schwarzen Plack. Ole Larsson war vor dem Tor niedergeschlagen worden, nicht dahinter. Jemand mußte ihn, wenn es tatsächlich sein Blut war, das er hier sah, hereingeholt haben. Aus eigener Kraft wäre es ihm kaum gelungen. Und wenn er doch das Tor aufgestemmt und sich bis hierher geschleppt hatte, mußte ihn jemand anderer von dort aus in den Bach geworfen haben. Wer aber hätte das tun sollen, denn das Gebäude war schließlich unbewohnt?

Er mußte den Schwarzen Plack ein letztes Mal befragen.

Als er aus dem Färberhaus auf die Gasse hinaustrat, sah er, daß das Spiel längst zu Ende war. Er winkte sich den Einäugigen heran, der einen respektvollen Abstand vor ihm hielt.

»Wo ist der Schwarze Plack?« fragte Stierna, aber schon der Blick des Landsknechts verriet ihm, daß der Räuber verloren hatte. Für einen Moment zu früh.

22.

Idler erwachte. Er fühlte sich klar im Kopf und bis auf die Druckschmerzen unter den Achseln wohl. Trotzdem wußte er, daß sein Gefühl ihn trog. Auch am Hals und unter seinen Achseln hatten sich Knoten gebildet, die ihn behinderten und schmerzten. Obwohl er die Augen weit aufgerissen hielt und die Nacht um ihn zu durchdringen suchte, befürchtete er, blind zu sein, denn nicht den geringsten Schimmer konnte er erkennen.

Von der Decke tropfte es beständig in einem langsamen, trägen Rhythmus. Rasch befühlte er das Futteral auf seiner Brust. Es war trocken geblieben.

»Richard!« Idler flüsterte in die Dunkelheit hinein. Richard war sicher in der Nähe. Nichts rührte sich. »Richard?« wiederholte er, etwas lauter, so daß der Einäugige selbst dann erwacht wäre, wenn er geschlafen hätte.

Der Keller blieb stumm. Nur das Tropfen fiel hinein in eine Stille, die etwas Grauenvolles bekam. Langsam kroch in Idler die Kälte hoch – und jetzt bemerkte er, daß diese Kälte doch mit einem Fieber zu kämpfen hatte, das langsam an ihm fraß.

»Richard!« brüllte Idler

»Was schreist du, Salomon?« fragte Richard, der in der anderen Ecke ihm gegenüber gelegen hatte und jetzt hörbar gähnte.

»Wie lange müssen wir hier unten noch bleiben, Richard?«

»Wenn ich richtig gezählt habe, dann sind es höchstens vier Tage, die wir hier verbracht haben. Stierna sucht eine Woche, vielleicht auch zwei. Danach sind wir wieder sicher.«

Idler belauschte sich selbst, wartete darauf, wann sich sein Körper für den Sieg der einen oder anderen Seite entscheiden würde. Plötzlich wußte er, warum sein Geist ihm anfänglich diese trügerische Klarheit vorgegaukelt hatte. Er starb. Und die Angst vor dem Tod klärte seine Gedanken.

»Richard, hast du Angst vor dem Tod?«

Das Tropfen von den Wänden verstärkte sich in der Stille, so daß ihn die Geräusche stärker zu schmerzen begannen als die Knoten.

»Er kommt, wenn der Augenblick da ist. Ich werde keine Zeit haben, darüber nachzudenken.«

»Und wenn du ihn kommen siehst, pechschwarz und mit einer Eiterbeule im Gesicht?«

»Jeder muß sterben, ob nun durch die Pest oder im Krieg. Es ist einerlei. Daß der einzelne Angst davor hat, mag sein. Aber es wird nichts helfen.«

Idler wußte, daß Richard recht hatte. Trotzdem trieben ihm sein Fieber und das Wissen um die Krankheit den Schweiß auf die Stirn.

»Der Tod streut weit, Richard. Er trifft Freund wie Feind. Und ich wünschte, er träfe Stierna und die Schweden mit seiner ganzen Macht, ihrer Schandtaten wegen.«

»Ja. Haben nicht auch die Kaiserlichen in diesem Krieg Greuel begangen, die nicht wiedergutzumachen sind? Hat nicht Tilly Magdeburg bis auf die Grundmauern niederbrennen lassen? Haben nicht seine Soldaten geraubt und gebrandschatzt und gemordet, daß es den Himmel erbarmen möge? Sie haben es getan im Namen des rechten Glaubens!«

»Mir wollte dieser Name egal sein, wenn nicht seinetwegen zwanzigtausend Menschen grundlos erschlagen worden wären. Tote, die ohne jeden Sinn und Verstand geopfert wurden.«

»Niemand von ihnen wollte sterben. Es traf sie.«

»Wie es mich treffen wird, Richard.«

Idler fiel das Atmen schwerer. Ein Gefühl, als müsse er ersticken, trat hinzu. Er dachte an die Taube, die er geschossen hatte, damit er ein Beispiel für ihre Flügelstellung besaß. Jetzt war sie so ganz ohne Sinn in den Tod gegangen.

»Könnte nicht auch mein Fluggerät töten? Ja? Ich will nicht, daß damit Tod gesät wird. Ich will fliegen, Richard, nur fliegen. Fliegen ist weniger als der Tod. Fliegen ist das Leben. Nur das Leben.«

Das Fieber siegte. Wie schwerer Wein stieg die Hitze in ihm auf und umnebelte seine Sinne. Sein Blick, der starr in die Leere der Dunkelheit gerichtet war, verwässerte. Hitze trübte sein Bewußtsein. Idler fühlte, wie ihn ein Schwindel packte, wie er vornüberkippte, sich nicht mehr abstützen konnte und mit dem Gesicht auf den feuchten Lehmboden schlug.

23.

Stierna war wieder dort angelangt, wo er angefangen hatte zu suchen: beim Nichts. Er strich sich mit den Fingern durchs Haar. Er stieß ins Leere, wie bei Wasser, das einem Degenstich auswich, gelangte nicht bis auf den Grund. Selbst der Blutfleck brachte ihn keinen Schritt weiter, solange er keine Spur entdeckte, die entweder zum Manuskript oder zum Versteck des Schusters führte. Und der konnte überall sein in dieser Stadt. Sie war zu groß, als daß selbst eine systematische Durchsuchung Erfolg versprochen hätte.

Das Wasser unter dem Steg rauschte nicht mehr wie noch vor Monaten, während der Schneeschmelze, als die Kanäle beinahe überquollen und Wasserzungen über die Gassen leckten. Das Rinnsal zu seinen Füßen war gerade so tief, daß es die Kraft behielt, die unterschlächtigen Schaufelräder entlang der Kanäle zu treiben. Eine Tätigkeit, die es ebenso schleppend verrichtete, wie er mit seiner Suche vorankam.

Stierna wurde aus seinen Gedanken aufgeschreckt. Der Einäugige kam auf ihn zu und bat ihn mitzukommen. Er willigte mißmutig ein. Er bedauerte es bereits, diese sinnlose Suche angeordnet zu haben. Was hatte er mit dem Gesindel zu schaffen, das beim Durchstöbern der Häuser ans Licht gelangte?

Der Landsknecht führte ihn in ein Haus gegenüber. Auch dort hing ein Pfeil über der Türschwelle, die zudem blutrot bemalt worden war. Die schwarze Pest hatte reiche Ernte gehalten, wenn die Bewohner zu solchen Mitteln griffen. Es war ein Weberhaus, dessen Erdgeschoß mit den Webstühlen unterhalb des Bodenniveaus lag, gerade so hoch, daß das Grundwasser der Kanäle nicht eindrang. Er mußte drei Stufen hinabsteigen. Der Lehmboden war glitschig. Im Hauptraum roch es nach Schimmel und vermoderndem Holz. Die Kett- und Schußfäden der Weber mußten feucht bleiben, deshalb lagen die Arbeitsräume so tief unterhalb der Gasse, deshalb waren die Lungen der Weber ebenfalls feucht und begannen zu faulen wie die Webstühle und das Mauerwerk. Sie husteten sich das Leben aus dem Leib, die Weber der Stadt, und starben daran, wenn sie nicht zuvor verhungerten oder von der Pest geholt wurden, der sie nichts an Kräften entgegenzusetzen hatten. Der Einäugige war ihm voraus in den ersten Stock hinaufgestiegen. Stierna folgte ihm. Er verfluchte die winklige Bauweise, erdacht für Zwerge und Bucklige, die nur einen schmalen Durchschlupf nach oben gelassen hatten, durch den er sich erst gewaltsam zwängen mußte.

Der erste Stock, der eigentliche Wohnraum, war ärmlich eingerichtet. An der Wand der Küche hingen wenige Töpfe und Pfannen, am Boden daneben standen ein Wasserbottich und ein kleines Salzfaß, in das Stierna den Finger tauchte und das er leer fand. Ein Tisch, feste Bänke und ein einziger Stuhl, wohl für den Hausherrn oder einen Gast, standen inmitten des Raumes. Das Bettenlager der Familie war an der Rückseite in die Wand eingelassen. Eine kleine offene Feuerstelle ergänzte die Einrichtung. Es war ein ärmliches Anwesen.

Jetzt erst konzentrierte sich Stierna auf die beiden Soldaten, die aus Angst vor Ansteckung Schweiß auf der Stirn hatten und mit ihren Spießen eine Person in Schach hielten, die er kannte. Er sah das schwarze Gewand eines Zigeuners, und als er näher trat, erkannte er auch das Mal an der rechten Hand wieder.

»Kennen wir uns nicht?« fragte er den Schwarzgekleideten, aber der Zigeuner blieb stumm.

»Was hast du hier zu suchen. Ist es dein Haus? Sicher nicht. Also versteckst du dich. Wovor? Vor uns?«

Kein Wort kam dem Zigeuner über die Lippen. Seine Kapuze verschattete das Gesicht.

»Sieh mich an, wenn ich mit dir spreche!« schrie Stierna und riß ihm die Kopfbedeckung herunter.

Erstarrung füllte den Raum. Der Schwede stierte mit blöden Augen auf das, was sich unter der Kapuze versteckt hatte.

»Ich glaube, wir sollten uns kennen!« meinte die Person, die darunter zum Vorschein gekommen war, nun ihrerseits.

Stierna sah noch immer verblüfft in das Gesicht, das nun ein füchsisches Lächeln zeigte.

»Wer seid Ihr?«

»Heinrich von Reibenstein, Gesandter Tillys und Beauftragter des katholischen Kaisers.«

Des Hauptmanns Überraschung war so vollständig, daß er im ersten Augenblick nicht zur Sprache zurückfand. Der Zigeuner entpuppte sich nicht nur als Schauspieler, sondern auch als katholischer Spion.

»Und das wagt Ihr mir einfach so ins Gesicht zu sagen?«

»Hauptmann Stierna, wir sollten uns über einen Menschen unterhalten, der uns beiden am Herzen liegt«, meinte Reibenstein leichthin. »Das geht leichter, wenn diese Spieße hier«, dabei deutete er auf die beiden Landsknechte, die ihn in Schach hielten, »mich nicht nervös machen. Es ist besser, Hauptmann Stierna, wir arbeiten zusammen, als daß wir uns gegenseitig befehden. Die Umstände sind danach.«

Stierna war verblüfft. Trotzdem fiel ihm auf, daß Reibenstein ihn unmerklich auf seine Seite zu ziehen versuchte. Warum tat er das? Eine Entdeckung wie diese hier wäre sonst ein Fest für den roten Freimann und seine Schwertgesellen gewesen.

»Warum sollte ich mit Euch zusammenarbeiten?« fragte er, bedächtig nach Worten suchend.

»Weil ich weiß, wo der Schuster Salomon Idler ist und was er macht.«

Für einen kurzen Moment wurde Stierna schwindlig. Reibenstein wußte, was dieser Schuster machte und wo er sich aufhielt, während er selbst seit Monaten im trüben fischte.

»Dafür gibt es die Folter. Danach weiß ich es auch.«

»Ich werde nicht sprechen. Lieber sterbe ich. Und sollte ich es doch verraten, dann ist Idler bis dahin mit dem fertig, was er unternimmt, und es wird Euch nichts mehr nützen.«

Stierna überlegte. Warum sollte er dem Mann dort nicht die Hand geben? Beseitigen konnte er eine solche Kreatur immer noch, wenn er erreicht hatte, was er wollte.

Mit einer Bemerkung zu seinem Feldwaibel hin brach er die Suche ab. Dann wandte er sich Reibenstein zu, schickte die Bewacher hinaus, die aufatmeten und schnellstens das Gebäude verließen. Nachdem das Poltern verklungen war und sich die beiden Männer vorsichtig gemustert hatten, streckte ihm Stierna zögernd die Hand hin – und Reibenstein nahm sie lächelnd an.

24.

»Die Einbeinige im schwarzen Kleid!«

Pater Konrads Blick folgte dem ausgestreckten Arm Reibensteins.

»Die Welschge Jenna?«

Reibenstein nickte.

»Nur sie kann es wissen.«

Mit den letzten Betern, die das Gotteshaus verließen, erhob sich die Welschge Jenna zusammen mit den anderen Mäulenstößern, Taugenichtsen und Stadtarmen. Sie humpelte auf ihren Holzkrücken vorwärts. Pater Konrad und Reibenstein folgten ihr. Außer Sichtweite der Kirche schlüpfte sie in eine Seitengasse, und Pater Konrad konnte beobachten, wie sie eine Schlinge unter ihrem Kleid löste und ihr zweites Bein auf die Erde stellte.

»Folgt ihr und fragt sie, Pater. Wir sehen uns vor dem Weinmarkt!«

Mit gerunzelter Stirn verfolgte der Pater Reibenstein, der sich rasch in Richtung innerer Stadt entfernte. Es war ihm lieber, selbst nach Idler zu fragen. Reibenstein hätte ihn nur behindert.

Beinahe hätte er die Welschge Jenna verloren, die ihr zweites Bein noch etwas massiert hatte, dann aber eiligst durch die Wintergasse verschwand. Er lief ihr hinterher und legte ihr, als er an ihr vorüberging, seine Hand so unmißverständlich und gewichtig auf die Schulter, daß sie gar nicht anders konnte, als stehenzubleiben.

Sie musterte Pater Konrad kurz.

»Was fällt Euch ein, Pater?«

»Nichts für ungut. Aber ich suche Euch!«

Die Welschge Jenna sah ihn erstaunt an.

»Mich? Ihr? Habt Ihr ein Almosen für mich, das mir entgangen sein sollte?«

Sie blickte um sich.

»Nicht, daß ich wüßte. Nur, Ihr habt mit dem Schuster zu tun, mit Idler. Ich weiß es. Wo ist der Schuster?«

Sie legte den Kopf schief, als wolle sie nicht glauben, was sie hörte.

»Was wollt Ihr von Idler?«

»Ich muß mit ihm sprechen.« Jetzt sah Pater Konrad um sich, um sicher zu sein, daß Reibenstein ihnen nicht heimlich gefolgt war und sie beobachtete. »Ich muß ihn warnen. Dringend!«

Die Welschge Jenna gluckste heftig, als müsse sie sich zwangsweise ein Lachen verbeißen. Sie sah Pater Konrad amüsiert an, dann schüttelte sie den Kopf.

»Ich werde ehrlich sein, Pater. Ich weiß tatsächlich, wo er sich aufhält – wir sollten uns beeilen, wenn Ihr mit ihm sprechen wollt. Er könnte leicht den Ort wechseln.«

So viel Willen zur Zusammenarbeit hatte Pater Konrad nicht erwartet. Ihm selbst hatte vorgeschwebt, als allerletztes Mittel die Exkommunikation einzusetzen, wenn die Welschge Jenna nicht bereit gewesen wäre, ihn zu Idler zu führen.

»Wenn Ihr wißt, wo er ist, führt mich hin.«

»Wenn Ihr es so wollt«, preßte sie durch die Lippen.

Sie sah ihn mit einem merkwürdigen Blick an.

»Wenn Ihr ihn unbedingt sehen wollt. Folgt mir.«

Die Welschge Jenna winkte ihm mit dem Kopf, ihr zu folgen, und humpelte dann über eine Schlupfgasse des Butzenbergles hinunter in den Hunoldsgraben, hinein ins Lechviertel der Handwerker. Zielstrebig steuerte sie die Jakober Vorstadt an, hinkte über die enge Pfladergasse und durch das Barfüßertor hinüber zur Jakober Kirche und den Lauterlech entlang zum Jakober Tor.

»Wohin willst du, Weib?« hielt sie Pater Konrad endlich fest, als sie zum Tor hinauswollte, ohne auf dem Weg dorthin auch nur ein Wort verloren zu haben.

»Wollt Ihr Idler sehen, dann kommt. Ich weiß, wo er sich aufhält. Wenn Ihr es besser wißt, kann ich ja gehen.«

»Weiter!« maulte Pater Konrad, verärgert über die Art, wie sie mit ihm sprach. Aber noch war er auf sie angewiesen. Die Welschge Jenna hatte den äußeren Posten der Brücke noch nicht passiert, als sie stehenblieb und hinüberdeutete. Gut zehn Minuten zu Fuß entfernt lag eines der Siechenhäuser der Stadt, in denen Bürger mit ansteckenden Krankheiten behandelt und versorgt wurden. Pater Konrad schluckte, als er begriff, was die Welschge Jenna ihm damit andeutete. Die letzten Jahre hatten einen Anbau nötig gemacht, in dem die Pestkranken untergebracht wurden, ein Brechhaus. Täglich fuhren die Leichenkarren zum Tor hinaus, holten die Toten aus den beiden Häusern und karrten sie zu einem eigens dafür eingerichteten Gottesacker in der Nähe. Trotzdem waren die Gebäude überbelegt.

»Dort soll der Schuster sein?«

»Ja!« betonte die Bettlerin. »Dort, im Brechhaus!«

Pater Konrad sah sie erstaunt an.

»Dann hat er …?«

»Er hat …!« ergänzte sie. »Kaum jemand glaubt noch daran, daß er überlebt.«

Der Pater holte Luft.

»Begleitet mich!«

Die Bettlerin schüttelte den Kopf, klemmte die Krücken fest und wandte sich zum Gehen. Rasch hielt Pater Konrad sie am Oberarm fest. Nahe an ihrem Ohr flüsterte er wieder.

»Was, wenn du mich belügst? Ich ginge alleine dorthin, fände keinen Idler, und du wärst über alle Berge. Das wäre ein schlechtes Geschäft für mich.«

»Es war für mich ein schlechtes Geschäft, Euch hierhergebracht zu haben. Und jetzt laßt los. Mehr kann ich Euch nicht sagen. Außerdem wißt Ihr, daß ich nicht weitergehen kann.« Sie deutete auf ihre Blechplakette. »Solange ich das Außentor nicht durchschritten habe, kann ich zurück. Danach nicht mehr. Und es hat mich viel Zeit gekostet, das Zeichen der Stadtarmen zu erlangen. Glaubt mir. Ich will es nicht verlieren.«

Pater Konrad sah sie an. Dann nickte er.

»Wenn du mich angelogen hast, Weib, wirst du es büßen.«

»Welchen Grund hätte ich, Pater? Würde ich nicht der ewigen Seligkeit verlustig gehen?«

25.

Pater Konrad hörte sein Ziel, bevor er es sah. Langgezogene, heulende Stimmen wurden abgelöst von schrillem Lachen oder meckernden Tönen. Bereits von der Straße aus, die über den Lech hinweg nach Lechhausen führte, hörte man die Schreie der Insassen. Die Stadtbürger ließen die übelsten Formen der Verwirrtheit hier hinter den Büschen und niedrigen Stämmen der Auwälder pflegen, was hieß, daß die Kranken in käfigähnliche Vorrichtungen gesperrt wurden und dort ihr Leben fristeten. Wer umgänglicher war, wer körperlich arbeiten konnte, der half auf dem Feld vor dem Siechenhaus Gemüse und Getreide anzubauen.

Das Brechhaus selbst, das daneben errichtet worden war, lag ruhig da. Aus seinem Innern drang kein Laut nach draußen. Beim Näherkommen bemerkte Pater Konrad allerdings, daß ihm ein süßlicher Geruch nach Verwesung und Exkrementen entströmte. Er mußte innehalten, sich den Ärmel seiner Kutte auf Mund und Nase pressen, damit ihm der Gestank nicht den Atem nahm. Der Eingang war verschlossen. Als er sich jedoch dem Haus näherte, öffnete er sich, als würde er von Geisterhand nach innen gezogen. Ohne die Tür zu berühren, trat er ein. Das Geheimnis ihrer Beweglichkeit saß direkt dahinter. Durch einen Spion in der Hauswand hindurch hatte ihn eine der Nonnen gesehen, die die Krankenpflege übernommen hatten. Sie öffnete über einen Zug, der die Tür nach innen aufschwingen ließ. So mußte er keine Klinke berühren.

»Kommt Ihr, um zu bleiben oder um jemanden zu sehen, Pater?« sprach ihn die Benediktinerin an. Nur ein schmales Verziehen der Lippen deutete an, daß sie ihn erkannte.

»Wo liegt der Schuster Salomon Idler?«

Hinter ihm fiel die Türe wieder ins Schloß, nachdem die Nonne den Zug, mit dem sie geöffnet hatte, losließ.

»Hier gelten Namen nichts, Pater. Wer hierherkommt, hat weder Namen noch Rang. Er ist vom Herrn gezeichnet. Vor dem Tod sind alle Menschen gleich.«

Ihre Stimme klang teilnahmslos. Die Sätze waren ohne Betonung gesprochen, und Pater Konrad wurde das Gefühl nicht los, als säße die Verkörperung des Todes selbst vor ihm. Wenn er der Frau ins Gesicht sah, konnte man es beinahe glauben, denn ein magerer Kopf mit tiefen Augenringen sah unter der Haube hervor.

»Sucht selbst. Aber berührt nichts, Pater Konrad. Wer Personen oder die Bettstätten berührt, bleibt hier. Wir werden ihn nicht wieder in die Stadt zurücklassen. Wir machen auch bei Euch keine Ausnahme.«

Pater Konrad nickte und trat durch eine zweite Tür, die ebenfalls über einen Zug von der Pfortenschwester geöffnet wurde, in einen großen dunklen Raum.

An den beiden Längsseiten reihte sich Bett an Bett. Vierzig, vielleicht auch fünfzig Personen lagen zu zweit, manchmal zu dritt im Bett, husteten, sahen mit glasigen Blicken zur Decke, hielten die Augen geschlossen, schliefen oder hatten sie für immer zugemacht. Langsam schritt er die Reihen ab. Der Geruch von fauligem Stroh, eiternden Wunden und den Exkrementen der Lebenden sowie ein süßlicher Leichenduft legten sich auf die Lungen. Er mußte ein Würgen unterdrücken und preßte sich sein Tuch noch fester vor Mund und Nase. Ohne Unterschied des Geschlechts oder Alters lagen die Kranken hier nebeneinander: Männer bei Frauen, Kinder bei Erwachsenen.

Teilnahmslos wurden die Toten von zwei schwarzgekleideten Nonnen mit spitzen Mundtüten und Gesichtsmasken aus den Betten gezerrt und im Gang aufgestapelt. Für die Lebenden wurde eben Suppe ausgegeben, die wiederum zwei Schwestern den Pestinfizierten reihum fürsorglich einlöffelten.

Ganz hinten, am Ende des Ganges, dort, wo das Gebäude zwei Fenster aufwies, saß eine Frau am Bett eines Mannes, dessen einer Nachbar bereits zuvor aus der Strohschütte genommen worden war. Jetzt lag er, die Arme in seiner Todesstarre unnatürlich verrenkt, vor dem Bett und wartete auf die Rassel, die den Leichenkarren ankündigte.

Pater Konrad erkannte ihn sofort. Der Mann im Bett war ohne Zweifel Idler. Die Frau, die davorsaß und ihm mit einem nassen Tuch immer wieder die schwärenden Wunden auswusch und übers Gesicht wischte, war die Schlangenbeschwörerin aus der Truppe des Prinzipals auf dem Weinmarkt. Ebenfalls mit im Bett lag der Prinzipal, mager und käsig im Gesicht.

Er blieb vor dem Bettgestell stehen und sah sich den Kranken an. Hier warteten die Menschen darauf, daß die Kerze des Lebens erlosch. Kaum jemand, der krank in dieses Gebäude kam, würde es je wieder lebend verlassen.

Gesine hatte ihn jetzt offenbar bemerkt, denn sie sah zu ihm auf. Es war weder ein Schrecken in ihren Augen zu lesen noch ein Wiedererkennen. Es war die stumpfe Müdigkeit der Resignation, die darin lag, die ungeweinten Tränen der Hoffnungslosigkeit.

Immer bemüht, nichts zu berühren, trat Pater Konrad noch einen Schritt näher.

»Idler, Salomon Idler, hört Ihr mich?«

Idler öffnete zwar die Augen, als er seinen Namen nennen hörte, reagierte aber nicht weiter. Auch sein Blick war leer, ausgebrannt vom Fieber, das ihn verzehrte. Die Gesichtszüge waren entstellt, verzogen vom Schmerz. Sein Mund bewegte sich, formte Wörter, die aber lautlos über die Lippen huschten, als würde er mit Wesen jenseitiger Welten reden. Hin und wieder lächelte er.

»Wo habt Ihr das Manuskript, Idler? Sagt es mir!« drängte Pater Konrad, aber ihm war bewußt, daß Idler ihn nicht hören konnte. »Ihr müßt es mir sagen, bevor Euch Reibenstein entdeckt. Ihr müßt, wenn Ihr leben wollt!«

Der Pater bemerkte, daß Gesine ihn die ganze Zeit über ansah, ohne in ihrer Tätigkeit innezuhalten. Ihre Blicke kreuzten sich. Sie schüttelte den Kopf – er verstand.

Reibenstein würde von seiner Entdeckung nicht begeistert sein. Er hatte sich sicherlich mehr erhofft. Jetzt besaß der Gesandte wieder einen Vorsprung, wenn er wußte, wo Manuskript oder Flugapparat verborgen sein konnten.

Rasch drehte sich Pater Konrad um, lief eilig den Gang entlang und wartete vor der Türe zum Liegesaal, bis die Pfortenschwester ihm geöffnet hatte. Er verabschiedete sich und legte einen Obolus in die Schale vor der Benediktinerin. Erst dann wurde geöffnet. Auf dem Weg zurück übergab er sich, noch bevor er das Tor erreichte.

26.

Auf dem Glockenturm saß er, in der Zwiebel, die Beine gespreizt, um sich darin zu verkeilen, neben ihm Richard, Richard, der Einäugige, der ihn ansah, mit seinen Blicken anflehte, den

Platz doch zu verlassen. Aber unter ihm die Schweden, die nichts von ihnen wußten oder vielleicht doch hinaufgrinsten zu ihnen, die sich vor Lachen die Bäuche darüber hielten, wie verquer die beiden dort oben standen. Geradezu ein Vergnügen machten sie sich daraus, ihn und den Freund dort sitzen zu lassen, bis die Kräfte erlahmten, bis der Glanz in Richards Augen erlosch, die Hände von den rohbehauenen Balken glitten und er stürzte und fiel, durch die Schnürung der Doppelzwiebel hindurch und dem Schweden, dem Stierna, vor die Füße, der nur meinte, die Kälte sei diesen Winter wieder groß, daß sogar die Vögel im Fluge erfrören. Weiter beachteten sie Richard nicht, der mit erloschenem Blick und starr und tot so vor ihnen lag. »Da wird der Schuster auch noch fallen!« sagte der Hauptmann Stierna, und es klang Idler in den Ohren wie das Dröhnen der Glocke, die schon Mittag schlug und die Ratsversammlung einläutete.

Er fühlte bereits, wie ihm die Muskeln erlahmten, wie er abrutschte mit den Fingern am klammgefrorenen Balken und endlich stürzte. Und dieses gräßliche Lachen des Schweden und das Schreien, dieser Schrei, sein Schrei ... daß er auffuhr von seinem Lager, schweißbedeckt, und um ihn die jammernden Körper, der Geruch nach Tod und Verwesung.

»Ruhig, Salomon«, sprach ihn die Frau an neben ihm, die er anstarrte, die aber nicht der Schwede war, der Stierna, sondern eine andere Person.

»Wo bin ich? Was ist los? Durst, ich habe solchen Durst!« schrie er – und doch war es nur ein Krächzen, ein Flüstern, Gurgeln, Husten.

»Ich bin da, Salomon, leg dich zurück, schlaf!« hörte er durch einen Nebel aus Schmerz. Jemand drückte ihm einen feuchten Lappen gegen die Lippen, an dem er gierig sog. Tropfenweise rann die Feuchtigkeit den Hals hinunter, brannte, als wäre es Essigwein, Schnaps.

Zu erinnern versuchte er sich an das Gesicht, das ihn ansah, und wurde fündig zwischen Kirche und Weinmarkt: Gesine, die Schlangenbeschwörerin.

Idler atmete schwer, und ihn fraßen das Stechen in der Brust und der quälende Schmerz unter den Achseln und in den Leisten. Wenn er die Augen aufschlug, war dort Gesine, die ihm zulächelte, einen feuchten Lappen auf die Lippen drückte. Er lächelte zurück und wußte nicht, war das ein Traum oder die Wirklichkeit, und wo war der Traum zu Ende, wenn es einer war, wo begann die Wirklichkeit, oder war nicht alles eins, verband sich nicht alles miteinander, und dann wurde er vom Vogel Schmerz hochgerissen, dessen Fänge sich in ihn krallten, ihm den Atem nahmen, und er bäumte sich auf und verließ dieses Gesicht, das lächelte, schwang sich hinauf und sah, daß ihm Flügel an den Armen hingen, daß er Daidalos war, der den Sohn suchte auf dem spiegelnden, blitzenden Wasser des Ägäischen Meeres, bis ihn der Schmerz zerriß und hochschleuderte, der Sonne entgegen, die auch sein Wachs schmolz und die Federn flattern ließ, so daß er stürzte – und da bemerkte Idler, daß nicht Ikaros die Götter erzürnt hatte, sondern Daidalos, daß nicht der Sohn vom Meer verschlungen worden war und für seinen Ungehorsam zu büßen hatte, sondern der Vater, und daß alle Generationen gelogen hatten, denn nicht Daidalos hatte Ikaros begraben, sondern der Sohn hatte das Grab für den Vater ausgehoben, nachdem die Götter an ihm ein Exempel statuiert hatten, nachdem er für seine Idee, die er in die Welt der unwissenden Menschen trug, verurteilt worden war. War es nicht das größte Geschenk seit dem Feuer, das Prometheus den Irdischen gebracht hatte? Das Fliegen!

Und der Sohn verluderte den Gedanken des Vaters, konnte nichts damit beginnen und war der erste, der die Sage fälschte, als er selbst im hohen Alter sich den Vater nannte und einen Sohn, der so nie existiert hatte, stürzen ließ. Dies erkannt, stieß Idler einen Schrei aus, weil Ikaros die Menschen verraten, weil er ihnen das größte Geschenk des menschlichen Geistes vorenthalten hatte, weil sich alles verkehrte in dieser Welt und die Lüge Wahrheit genannt wurde. Und er mußte es ihnen erzählen.

Und der Schrei ließ ihn aufhorchen, kam er doch aus seinem eigenen Mund. Er fühlte weiche Hände auf sich, fühlte den warmen Atem dieser Frau, von der er nicht sagen konnte, wie sie hieß und was sie tat, die da war, wenn er für Augenblicke auftauchte, wenn er die Holzdecke anstarrte, wenn ihn der Hunger plagte oder der Durst, das Feuer der Lungen und des Magens, und immer wieder stillte sie sein Verlangen, war einfach da, und Idler wußte, daß er sich fallenlassen konnte in diese Arme, die ihn wuschen und säuberten und drehten und seine Schmerzen linderten.

Er stand auf der Mauer dieser Stadt, stand und wartete darauf, daß sich der Wind drehte, daß er seine Flügel aufspreizen konnte, daß sie ihn trugen. Und dann war der Moment da. Er nahm seine Arme, drehte sie in den Wind und fühlte den Widerstand des Äthers, fühlte ihn und verlor den Boden unter den Füßen, hob sich, bevor er hatte springen können, hob sich hinauf, glitt durch die balkenlose Luft hinaus über die Stadtmauer, hinauf über die Kronen der Weiden und Eichen, die den Lech in seiner Au säumten, drehte sich links, rechts, steuerte seinen Flug, und immer rasender wurde die Fahrt, immer gewaltiger die Strecke, die er zurücklegte, so daß ihm die Geschwindigkeit die Luft vom Mund riß, daß er kaum mehr atmen konnte, daß es ihm Mühsal bereitete, die Arme in der ausgebreiteten Haltung zu belassen. Er sah sich stürzen, nein, sich auf einen Punkt am Boden zubewegen wie ein Sperber, wie eine Kanonenkugel, ziel- und treffsicher, und nichts konnte ihn aufhalten. Idler erkannte das Zeltlager Gustav Adolfs, sah den Schwedenkönig ausreiten. Hinterher jagte er auf seinen Schwingen, verfolgte den Löwen aus Mitternacht bis mitten hinein ins Schlachtengetümmel, und der Unbesiegbare wurde nicht getroffen von einer Kugel, nicht durchbohrt von einer Lanze oder dem Schaft eines Schwertes, sondern er, Salomon Idler, Schuster zu Augsburg, stürzte auf den Schweden zu, riß ihn mit seinen Fängen, schlug ihn wie eine Taube, begrub ihn, ganz Racheengel, unter sich, erschlug den König inmitten seiner Getreuen, fällte ihn wie einen Baum, riß ihn mitten aus dem Leben, noch triebfähig und stark.

Nichts hatte ihn aufhalten können, und er erkannte, daß er tot war, neben Gustav Adolf lag, und alle um sie herum berieten, welche Geschichte man erzählen sollte für die Menschen, die dieses neue Kriegsgerät nicht kannten, das Furcht und Schrecken verbreitete, aus den Himmeln stürzte und den Besten der ihren würgte. So sah er sich, war tot und lebte doch, denn dieses Auftreffen, dieser gewaltsame Kuß mit dem Element Erde hatte ihn hochgerissen. Aufrecht saß er in seiner Strohschütte. Den neben ihm trugen sie hinaus, der war steif, und die Frau neben ihm schlief, erschöpft wohl, denn durch das Fenster schien die Cassiopeia vom Himmel und verkündete die Nacht, das »W« des Sternbilds fragte ihn, warum und weshalb und wie, und er wußte keine Antwort, außer, daß er innerlich verglühte, daß ihm der Mund austrocknete und er vor Durst sterben würde oder vor Hunger. Aber kaum gedacht, fühlte er die Feuchtigkeit eines Lumpens an seinen Lippen, und Gesine lächelte ihr Lächeln, und er lächelte sein Lächeln, und so fand er zurück in die Nacht, in eine Dunkelheit, an die man sich nicht erinnert und die einen auffrißt und der erste Schritt ist auf dem Weg hinüber.

27.

Idler öffnete die Augen, sah das Gebälk des Bodens vor sich, sah Gesine neben ihm knien und auf der anderen Seite Richard, den Bettler. Beide sahen ihn an, ernst, zweifelnd.

»Was ist geschehen?« war die erste Frage, die er stellen wollte, aber es versagte ihm die Stimme, nur ein Krächzen war zu hören, wie der Schrei des Raben, und Richard hielt ihm die Hand mit Tränen in den Augen.

Wenn ihm seine Ohren nichts vorgaukelten, dann wiederholte Richard nur den einen Satz, und der schien Idler so wenig passend, daß er versuchte, Richard aufzuhalten.

»Es ist ein Wunder. Es ist ein Wunder. Es ist ein Wunder«, leierte Richard beständig, ohne anzuhalten. Und Gesine legte ihren Lappen beiseite und barg den Kopf in den Händen, als wolle sie andeuten, daß es nicht auszuhalten wäre. Darunter, das erkannte Idler, weinte Gesine – und Idler verstand nichts, bis Richard sagte:

»Wir glaubten dich tot, Salomon, aber du bist wieder auferstanden.«

Was daran so merkwürdig sei, wollte er sagen, aber seine Stimme reagierte nicht. Das mußte sich ändern. Es war jedenfalls, das ahnte er, einer der fürchterlichsten Alpträume gewesen, die er je durchlebt hatte.

Idler wurde ruhig. Er schloß die Augen, glitt hinüber in einen Schlaf, fühlte den Bewegungen der Hände nach, die zu Gesine gehörten, überließ sich ihr, die ihm die Schwären säuberte.

Der Kauz schrie im Mondlicht. Als Idler wieder erwachte, saß Richard neben ihm. Idler zog die Stirn in Falten, schloß die Augen. Sein Atem ging flach und stoßweise.

»Eine fürchterliche Zeit, Richard«, Idler sprach langsam, mußte sich die Wörter zusammensuchen, als müsse er neu reden lernen, »in der die Toten wieder auferstehen, um sich an den Lebenden zu rächen, und die Lebenden zu den Toten zählen.«

Eine Pause folgte, in der sie schwiegen. Schweiß floß Idler von den Schläfen.

»Richard?«

»Salomon?«

Idler fuhr sich mit der Zunge über die rissigen Lippen.

»Lebt Stierna noch, oder hat auch ihn die Pest geholt?«

Richard holte tief Luft.

»Er lebt, aber er sucht dich nicht mehr. Du bist tot, Salomon.

Im Brechhaus vor den Mauern an der Pest gestorben, abgeholt von den Totengräbern und verscharrt im Pestloch. Niemand wird mehr nach dir suchen.«

Mit geschlossenen Augen lauschte Idler den Worten des Einäugigen. Er weilte nicht mehr unter den Lebenden, war ein lebender Toter geworden. Das mußte sich erst in ihm festsetzen. Seine Lippen bewegten sich lautlos. Richard beugte sich zu ihm hinab. Leise, beinahe unhörbar flüsterte Idler, immer wieder unterbrochen durch einen heiseren Husten.

»Ich habe lange nicht – nach Stierna gefragt. Es schien mir sinnlos – ein Mensch, der an der Schwelle des Todes darauf wartet, eingelassen zu werden, kümmert sich um Rache. Jetzt aber – hat er mich zurückgewiesen, der Ackermann. Wir sollten daran denken, die Arbeit wiederaufzunehmen.«

»Du hast deinen Traum noch nicht begraben?«

Es entstand eine Pause, bevor Idler endlich antwortete.

»Ich denke an nichts anderes, Richard. Ich denke daran, daß wir etwas in Händen halten, das nicht nur uns gehört. Und selbst, wenn das nicht zählen sollte, dann sollte die Idee zählen, für die Maria leiden mußte, für die wir alle zu büßen hatten. Sieh mich an, Richard. Bin ich nicht selbst zum Moder der Gosse geworden? Hat mich nicht selbst der Tod aus dem Maul gespuckt, weil ich zu sehr nach den Fäkalien schmecke, die uns hier unten in der Jakober Vorstadt in die Hemdkrägen laufen? Einmal möchte ich dieses Wurmleben verlassen und mich von der reinen Luft tragen lassen wie die Vögel. Einmal soll auch einer meiner Träume zum Leben erwachen. Wir waren doch schon kurz davor.«

Ihn hatte die Rede angestrengt. Er schloß die Augen, atmete schwer und unregelmäßig.

Richard blieb stumm.

»Haben sie unser Versteck gefunden? Ist der Flugapparat entdeckt worden?«

»Nein, Salomon, nichts dergleichen. Das Manuskript, die

Stangen, der Stoff, alles ist noch so vorhanden wie vor einem Dreivierteljahr.«

Idler krampfte sich zusammen, so riß ein Hustenanfall an ihm. Er rang nach Luft, seine Lippen wurden zu einem schmalen weißen Strich.

»Vor einem Dreivierteljahr? Willst du damit sagen, daß ich beinahe ein Jahr ...?«

Er konnte nicht zu Ende sprechen.

Wohl war ihm bewußt gewesen, daß er an der Pest erkrankt war, wohl war ihm bewußt, daß er lange siech gelegen hatte, ihm war klar, daß er geschwächt und die Zeit an ihm vorbeigeronnen war, wie ein Bach vor sich hin rieselt, aber daß er so lange im Dämmer des Halbschlafs verbracht hatte, traf ihn wie ein Schock.

»Wir schreiben das Jahr unseres Herrn 1634!«

»Und die Schweden wurden aus der Stadt vertrieben?«

Richards Stimme klang bitter.

»Nein, Salomon, die Schweden sitzen fester denn je hinter den Mauern, nur die Lage hat sich geändert. Die Stadtbewohner verhungern langsam. Immer öfter werden Transporte mit Nahrungsmitteln von kaiserlichen Truppen abgefangen. Immer enger zieht sich die Schlinge um Augsburg zusammen. Man munkelte, daß Wallenstein vom Kaiser wieder zurückgeholt worden war, um ein Heer gegen Augsburg zu führen. Sie haben ihn aber in Eger ermordet, seine Neider und die Getreuen, denen er zu groß geworden war. Jetzt wird der Kaiser selbst die Katholischen hierherbringen. Niemand weiß, wer schlimmer ist, Wallenstein oder Ferdinand. Die Stadt jedenfalls wird ihm kampflos in die Hände fallen, denn bis dahin haben wir uns gegenseitig aufgefressen, und dem letzten Überlebenden wird nur noch die Aufgabe zufallen, den Truppen des Reiches die Pforten zu öffnen.«

»Dann müssen wir die Übergabe beschleunigen, Richard.«

Im Aufgang rumorte es. Die Schranktüre wurde beiseite geschoben. Schritte waren auf der Treppe zu hören, langsam und vorsichtig gesetzt. Richard und Salomon hielten in ihrem Gespräch inne, drehten ihre Köpfe gegen den Treppenaufgang.

Gesine kam die Stiegen herauf, in der Hand einen Henkeltopf, der nach Suppe roch. Sie stellte ihn neben Idler ab und holte aus ihrer Schürze einen Löffel. Mit Richards Hilfe setzte sie den Schuster auf. Salomon wurde schwindlig. Er mußte die Augen schließen und langsam durchatmen.

»Es ist doch nicht so leicht, ins Reich der Lebenden zurückzukehren«, spöttelte er leise.

Langsam nur erholte er sich. Gesine nahm den Löffel und führte ihm die Suppe zum Mund. Idler schluckte, und mit jedem Bissen fühlte er, wie die Kraft in seinen Körper zurückkehrte. Er besah sich seine Hand, die mager war wie die eines Verhungerten.

»Vielleicht ist es ein Vorteil, Richard, daß ich so dürr geworden bin«, brachte er mühsam zwischen zwei Löffelbissen hervor. »Ich bin leichter geworden für den Flugapparat. Viel leichter. Er wird mich hinauftragen bis über die Wolken.«

Beide lachten über den Gedanken, und Idler verschluckte sich dabei an einem Löffel Suppe, so daß er mit einem tiefen Husten abbrechen mußte.

Die Suppe war schnell gegessen. Gesine hatte Brot in ihr aufgeweicht, so daß er satt und müde und erschöpft auf sein Lager zurücksank.

»Schlaf«, schlug ihm Richard vor.

Idler lächelte matt. Richards und Gesines Fürsorge beschämte ihn. Er fühlte seine Gliedmaßen schwer werden.

»Nur von Gott Begnadete überleben die Pest«, meinte Richard.

Idler schüttelte den Kopf.

»Nein! Nur wer ein Ziel vor Augen hat, das er erreichen will.«

Er hatte die Augen bereits geschlossen, roch aber, wie Gesine ihn mit einem Tuch abrieb, das stark nach Essigessenz duftete.

28.

»Weißt du, was das ist, Salomon?«

Idler saß am Tisch und löffelte eine dünne Suppe, während Gesine, Agnes und Richard ihm zusahen. Richard hielt eine Stange in der Hand, übermannshoch, gelb und mit dunklen Verdickungen nach jeder Elle. Er hatte sie und eine weitere Stange aus Eibenholz, aus dem Hellebarden und Spieße gefertigt wurden, eben erst aus dem Hof heraufgeholt, und wog sie jetzt gegeneinander ab.

»Wenn du sie halten kannst, dann vergleiche, Salomon. Du wirst überrascht sein.«

Idler erhob sich noch etwas umständlich und mühsam. Er ließ sich die Stangen in die Hand legen und wog sie ab. Die gelbe mit den schwärzlichen Knotungen ließ ihn einen überraschten Ruf ausstoßen.

»Sie ist leicht, federleicht.«

»Und zumindest so stabil wie die Eibenstangen, Salomon«, ergänzte Richard. »Gesine hat mich darauf aufmerksam gemacht. Es ist chinesisches Rohr. Gaukler haben es mitgebracht. Sie benutzten es zu Aufführungen, kletterten daran hoch und verwendeten es zu Sprüngen. Ich habe gesehen, wie zwei eine Stange auf die Schultern nahmen, der dritte aber auf das Rohr hochstieg und darauf balancierte. Ja, sie warfen ihren Kumpan damit in die Luft, daß dieser sich überschlug und tanzte, als wäre er gewichtslos. Keines der Rohre brach, keines knickte ein. Ich dachte, wir könnten sie gebrauchen für den Flugapparat. Sie sind leicht und fest und gut zu verarbeiten, Salomon.«

Idler sah dem Freund ins Gesicht.

»Was ist mit den Gauklern?«

»Sie haben drei Vorstellungen gegeben, vielleicht auch vier. Die Pest hat sie geholt. Alle drei. Unterschiedslos. Manchen gönnt unser Herrgott nicht einmal das Salz in die Suppe. Jetzt liegen sie irgendwo vor den Toren in einer Grube wie viele andere. Ich dachte, die Stangen könnten uns nützlich sein. Ich weiß, wo etwa ein Dutzend davon zu holen ist.«

»Wo, Richard?«

Idler war unruhig geworden, hatte die Stange immer wieder in der Hand gewogen.

»Ein Fugger – es gibt deren so viele, daß ich nicht weiß, welcher – hatte sich für das chinesische Rohr interessiert. Er hat es bereits für sich beiseite geschafft, mit Stiernas Genehmigung, denke ich mir. Gesine und ich haben alles ausgekundschaftet. Sie liegen im Innenhof, direkt unter dem Kontor. Die Bluthunde, die den Hof bewachen, sind das einzige Problem. Das Rohr ist leichter als die Eibenhölzer, Salomon.«

Idlers Augen füllten sich mit Wasser.

»Und ich dachte schon, du hättest unsere Idee vergessen.«

29.

Der Bluthund fuhr mit heiserem Gekläff gegen die Torwand, so daß Richard zurückschreckte und sich ans Herz griff.

»Hab ich dir nicht gesagt, daß du vorsichtig sein sollst?« grinste Gesine. »Die Fugger wissen, wie man einen Besitz schützt.«

Mit bleichem Gesicht lehnte sich auch Idler gegen die Mauer, sah Gesine an.

»Dahinter lagern sie? Wie willst du da hineinkommen?«

Gesine legte einen Finger auf die Lippen, griff in die mitgeführte Basttasche und holte einen fleischigen Klumpen heraus, der einer Wurst ähnlich sah.

»Was ist das?«

Ungläubig betrachtete Idler das bläulichrote Stück Fleisch, dann entdeckte er den langen, schuppigen Schwanz daran.

»Ratten«, meinte Gesine leichthin, »gefangen, abgehäutet und – gefüllt!«

Das Tier lauerte mit geiferndem Maul, den bläßlichen Kopf so gegen die Lattung des Zauns gedrückt, daß es mit einem Auge die Gesellschaft vor dem Zaun beobachten konnte. Als Gesine ihm das Fleischstück vor seiner Nase hin und her schwenkte, begann es zu rasen, überschlug sich sein tiefes, hartes Gebell.

»Seht ihr. Sie bekommen ebenso wenig zu fressen wie wir. Vielleicht werden sie an den Tischen ihrer Herren sogar etwas besser behandelt. Der Hund jedenfalls ist hungrig. Sehr hungrig sogar.«

»He, ihr da, macht, daß ihr weggkommt!«

Von der Straßenseite gegenüber wurden sie angerufen. Eine Gruppe Landsknechte, die dort entlangmarschierte, war stehengeblieben.

»Wir gehen ja schon!« knurrte Richard, packte sein Bündel und zog mit Gesine und Idler ab, die Straße hinunter. Beruhigt setzten die Landsknechte ihren Weg fort.

»Auf dieses Fuggergesindel, das an uns verdient, haben die Schweden ein besonders wachsames Auge. Aber zur Sache, Gesine. Sollten wir nicht nachts in den Hof steigen? Nachts sieht uns keiner!«

Gesine schüttelte energisch den Kopf.

»Nein. Wenn die Hunde in der Dunkelheit anschlagen, taucht sofort das halbe Schwedenlager hier auf. Es ist besser, es tagsüber zu versuchen. Aber hört zu. Die Ratten sind mit Bilsenkraut und Tollkirschenauszug gefüllt. Wenn die Hunde sie fressen, werden sie zuerst irrsinnig, dann aber schläfrig. Das ist unsere Gelegenheit. Die Tore sind nicht abgeschlossen. Man braucht nur die Riegel hochzudrücken, und schon stehen wir drinnen. Und die Stangen lehnen unter dem Kontor. Wir haben sie bei unserem letzten Auftritt dort gesehen. Also los!«

Gesine weihte die beiden Männer in ihren Plan ein. Sechs Ratten hatte sie für die drei Bluthunde gefangen. Jeder von ihnen sollte mehrmals am Tor vorbeischleichen, die Hunde mit dem Geruch der Tiere scharfmachen und die Stücke in einem geeigneten Augenblick über den Zaun werfen.

»Achtet darauf, daß jeder Hund zumindest eine Ratte frißt. Dann heißt es nur noch warten. Also los!«

Gesines Plan gelang. Heißhungrig stürzten sich die Köter auf die wenigen Kadaver. Die drei lachten vergnügt, wichen aber, als sich das Gebell der Hunde kurzzeitig zur Raserei steigerte und danach zum Fiepen abfiel, gegen den Platz vor dem Rathaus zurück. Dort hockten sie sich auf die Stufen des Augustusbrunnens, lehnten sich gegen die Gittereinfassung.

»Woran denkst du?« fragte Gesine den Schuster. Idler legte den Kopf zurück und schloß die Augen.

»An Maria. Wie es ihr wohl im Spital geht?«

Die Sonne wärmte das Gesicht, ließ den Tag etwas vergessen. Plötzlich fühlte Idler die Hand Gesines. Sie suchte nach seinen Fingern, strich über sie hin, drückte jeden einzeln und blieb dann einfach auf seinem Handrücken liegen.

Idler wagte nicht, die Augen zu öffnen, wollte aber auch seine Hand nicht wegnehmen. Zu angenehm fühlte sich die Berührung an. Ein Schauder lief ihm über den Rücken.

Als er doch seine Augen öffnete, sah ihn Gesine an, wie sie sonst die Schlange betrachtete.

»Sie wird es nicht überleben, Salomon, aber sie stirbt unendlich langsam«, meinte sie leise. »Aber wir, wir beide, leben weiter.«

Unsicher und linkisch erhob sich Idler. Mit diesem Satz konnte er nichts Rechtes beginnen. Eine Hand ließ er auf Gesines Schulter ruhen. Über ihnen gurrten Tauben. Sie waren weniger geworden in der Stadt, weil jedermann sie jagte. Aber hier bei den Fuggerhäusern hockten sie noch unter den Traufen. Ein Vogel ließ sich in die Leere unter sich fallen und strich in einem sanften Bogen hinunter zur Straße, wo er sicher landete. Die Taube ruckte über die Gasse und suchte nach Freßbarem.

Gesine stieß ihn an und forderte seine Aufmerksamkeit.

»Die Kläffer sind ruhig geworden. Jetzt gilt's!«

30.

Alles wäre so einfach gewesen.

Richard schob mit Hilfe seines Bettlerstabes den von innen vorgelegten Riegel hoch. Gesine und Idler drückten das Tor auf und schlüpften hindurch, während Richard draußen wartete. Wie die Geister huschten sie in den Innenhof, der sich licht und freundlich zwischen den Häuserzeilen auftat.

»Dort ist das Kontor, dort stehen sie«, flüsterte Gesine Idler zu und zog ihn mit sich.

Als sie den besagten Platz erreichten, war von den Stangen nichts zu sehen. Unschlüssig stand die junge Frau vor der leeren Wand, atmete tonlos ihre Worte aus:

»Gestern noch, ich schwör's dir, Salomon.«

»Nichts wie weg, Gesine. Dann muß es eben ohne dieses Rohr gehen. Wir brauchen es nicht.«

Gesine blickte um sich und schüttelte ungläubig den Kopf.

»Sie müssen hier sein, sie können nicht einfach vom Erdboden verschwinden.«

Und dann starrte sie auf eines der Fenster, das schräg über ihnen in die Wand eingelassen war. Es war halb geöffnet. Drei Stangenpaare ragten gelb und kräftig daraus hervor.

Idler war Gesines Blick gefolgt.

»Die bekommen wir nie!« stöhnte er.

»Wart ab. Frechheit siegt. Bleib unter dem Fenster.«

Noch bevor er Gesine halten konnte, stürzte sie auf eine niedrige Tür zu und verschwand dahinter.

Idler wurde nervös. Jeden Moment konnte jemand in den Innenhof herunterkommen oder aus dem Fenster sehen. Auch Richard wurde unruhig, ließ einen gellen Pfiff hören, der andeutete, daß sich eine Landsknechts-Patrouille näherte. Keine zehn Schritte entfernt lagen die Köter Fuggers am Boden und atmeten schwer, grünlichen Geifer vor dem Maul.

Am liebsten wäre Idler geflohen, hinaus zum Tor und aus der Stadt, so unerträglich wurde ihm die Warterei. Plötzlich vernahm er einen kurzen Pfiff, sah Gesines Haare im Fenster erscheinen und hörte sie rufen: »Fang!«

Schon sauste eines der Stangenbündel senkrecht in den Hof hinunter. Kaum hatte Idler es abgefangen und gegen die Wand gelehnt, folgte das nächste, das dritte, vierte, fünfte. Als das sechste Stangenpaar folgte, öffnete sich einen Stock über ihnen ein weiteres Fenster, eine Gestalt mit Seidenkappe und einem dezenten Oberlippenbärtchen lehnte sich heraus und fragte erstaunt:

»Was macht Ihr Gesindel da?«

Idler erstarrte gänzlich, bevor er etwas aus sich herausbrachte. Gerade als das sechste und letzte Bündel herabsauste und in seinen Händen landete, konnte er antworten.

»Wir haben den Auftrag, die Stangen in den Hof zurückzustellen!«

»Ja seid Ihr von allen guten Geistern verlassen? Rührt mir das Rohr nicht an. Wartet. Ich komme herunter. Was ist nur mit den Hunden?«

Jetzt griff die Panik nach Idler. Hastig schob er drei Bündel zusammen und wollte damit zum Tor hinaus, als er von Richards Pfiff zurückgehalten wurde. Auf der Straße marschierten Schweden vorbei, bunt aufgeputzt mit blinkenden Hellebarden und gegen die Schenkel schlagenden Schwertern. Ohne lange zu überlegen, lehnte er seine Beute gegen den Zaun, eilte zurück, holte die nächsten Rohrbündel. In der Zwischenzeit trat Gesine aus der Tür, gefolgt von einer schwerleibigen Haushälterin, mit der sie einen heftigen Streit austrug. Gleich dahinter erschien der Geck aus dem zweiten Stock in zweifarbigen Hosenkleidern und einem langärmeligen Cape.

»Haltet sie. Das sind ja Diebe!« rief er, ohne seine Stimme allzusehr zu heben, was Gesine und Idler rettete. Denn in diesem Moment wurde das Tor aufgestoßen. Richard erschien. Die

Haushälterin schrie. Der Geck wurde zuerst blaß, dann rot, dann wieder blaß. Gesine sprang zum Zaun, schnappte sich drei Rohrbündel und rannte damit hinaus zum Tor. Nur schwach protestierte der Fuggersprößling gegen die gewaltsame Entführung des chinesischen Rohrs. Dann wandte er sich den Bluthunden zu, die, von Atemnot geplagt, japsend auf dem weißgekiesten Boden des Innenhofes lagen. Beruhigt klemmte sich Idler seine Rohrbündel unter die Arme und eilte Gesine nach.

31.

Idler fuhr mit einem Schrei hoch, bis er Gesine erkannte.

»Bist du verrückt? Du bringst mich um«, herrschte Idler Gesine an, als sie ihn an der Schulter berührte. Er war dennoch erleichtert.

»Und wenn nicht ich es gewesen wäre, der sich angeschlichen hätte? Wenn es der Schwede oder Pater Konrad gewesen wäre? Dann wärst du vielleicht tot. Sieh dich vor, Salomon. Hör darauf, wer das Haus betritt. Du bist nicht allein, und nicht alle Menschen sind dir und deiner Maschine wohlgesonnen.«

Gesine fuhr ihm mit gespreizten Fingern durchs Haar. Idler nickte, hatte aber keinen Sinn für die Zärtlichkeit. Er saß im zweiten Oberboden des Färberhauses auf den Dielen, die Manuskriptblätter um sich herum ausgebreitet, die zwölf neuen Stangen des chinesischen Rohrs vor sich, aus Seide gedrehte Seile und eingeweichte Lederriemen neben sich.

Durch die Lücke des Lüftungsgatters, mit dem der Färber den Boden sonst abschloß, blickte er hinaus. Die Sonne sank bereits unter die Dächer der Häuser, aber er sah das Gestirn nicht. Seine Augen richteten sich nach innen.

»Nachdenken, Gesine, ist eine Gabe.«

Idler holte Erinnerungen in sein Gedächtnis zurück. Sie sollten ihm den Weg weisen zu einem neuen Gebilde. Nur in seinem

Kopf bestand die Flugmaschine, nur dort hatte er sie erträumt, gebaut und ausprobiert über die Fiebermonate hin. Dort hatte sie Form angenommen, war sie verfeinert worden. Aus einem einzigen Grund hatte er schriftlich nichts niedergelegt, weil jede Aufzeichnung gefährlich war für alle, die sie fanden.

Die Teile wurden in seinem Gedächtnis zu einem Ganzen zusammengefügt. Aus dem konkreten Einzelnen erwuchs eine Vorstellung, und diese Vorstellung wollte er erproben, mit geschlossenen Augen, hinter den Lidern, bis er Zusammenhänge herstellen konnte. Es war im ersten Schritt eine Gedankenarbeit, weniger eine körperliche Tätigkeit. Einstellen mußte er sich darauf, das Bild verfertigen, bevor er darangehen konnte, es aus dem Gedächtnis heraus zu bauen, wie man einen Text abschrieb.

Er wog das chinesische Rohr in den Händen, spielte mit der glatten Oberfläche der Stangen, glitt über die Wülste und band in seinem Inneren die Rohre mit Seidenstricken aneinander, knotete und kantete, sägte einzelne Teile auseinander, verwendete sie als Stützen und Steifen, nahm Teile heraus, fügte andere hinzu und schuf langsam ein Bild, das die Manuskriptseiten so oder zumindest ähnlich gezeigt hatten.

Lange hatte er über einen besonderen Umstand der Zeichnungen nachgedacht. So wie der Flugapparat konstruiert war, wurde er zu schwer: die Holzunterbauten, die Holzspanten, das dicke Segeltuch als Bespannung. Schon beim Bau seiner Modelle hatte er davon abweichen müssen, stark abweichen, denn sie stürzten wie Hämmer zur Erde, ohne sich um den Widerstand der Luft Gedanken zu machen. Aus trockenen Weidenruten, aus feinen Lederriemchen und feinstem Papier hatte er seine Probedrachen gebaut.

Aber erst im Fieber seiner Krankheit hatte er erkannt, was an der Konstruktion, die das Manuskript zeigte, falsch gewesen war. Es war in ihm aufgedämmert wie lange verschwundenes Wissen:

»Die Flügelmaschine des Zeichners ist nie in der Luft gewesen, Gesine. Er hatte eine Idee. Mehr nicht. Erdacht hat er die

Maschine, aber nie verwirklicht. Er hätte das Gerät schon über ein Katapult in den Himmel schießen müssen, damit es geflogen wäre. Aber selbst das hätte den Absturz nur verzögert. Wie ein Stein wäre sein Vogel vom Himmel gefallen. Die Erfindung ist zu schwerfällig, zu plump. Sieh dir die Vögel an, wie elegant sie sich durch die Lüfte bewegen. Leicht sind sie und grazil. So muß eine Flugmaschine aussehen.«

Idler sprach wie mit sich selbst. Gesine, die stumm daneben stand, nickte nur. Er bemerkte, daß sie vermied, ihn zu berühren.

»Stabil und leicht, ohne Verzierung, ohne Schnörkel. Wenig Stoff, wenig Holz, viele Seile, die ebenso stark sein müssen wie die Stangen. Dann wird die Maschine steigen!«

Vor dem Gatter, das er jetzt vorsichtig aufschob, um Licht und Luft ins Innere des Bodens zu lassen, zog eben ein Schwarm Krähen vorbei. Die Vögel waren auf dem Rückweg von ihren Futterstellen bei den Pestfriedhöfen und in den Lechauen zu ihren Schlafbäumen auf den Wertachinseln. Wie Harlekine segelten sie durch die Lüfte, jagten einander, tanzten eben noch einen Reigen in der Höhe, kreisten dabei einmal, zweimal, als hätten sie alle Zeit dieser Welt für den Weg zum Ruheplatz, und regneten dann auf den Richtplatz hinter dem Rathaus ab, um für einige Minuten ihren Zug zu unterbrechen und sich an neuen Delinquenten zu laben, einen Abendimbiß zu nehmen.

Regungslos hatte Idler den schwarzen Vögeln zugesehen, hatte jeden einzelnen im Auge behalten. Gesine trat neben ihn und legte ihren Kopf auf seine Schulter. Jetzt griff er nach Gesines Hand und drückte sie. Sie setzten sich beide und ließen die Beine über den Rand des Stockwerks baumeln.

»Siehst du, wie schwerelos ihre Bewegungen im freien Raum anmuten. Wie leicht der Wind mit ihnen verfährt, sie hebt und niederdrückt, wie sie mit ihm spielen, ihn betrügen, von ihm zerzaust werden und nachgeben müssen. Dabei gleiten sie durch die Lüfte wie Fische durchs Wasser. Sie schlagen kaum einmal mit dem Flügel, stellen sich meist nur mit ausgebreiteten Schwingen gegen den Wind. Mühelos streben sie hinauf und fallen sie ab, mit dem Wind ebenso wie gegen ihn.«

Idler legte sich hin. Gesine nahm seinen Kopf in die Arme und drückte ihn gegen ihren Schoß.

Wenn der Wind sich zum Sturm wandelte, hatte Idler den Eindruck, als würden die Tiere diese Veränderung genießen, als würden sie eben deshalb aufsteigen, um sich mit den Elementen zu messen, um ihre Kraft und Geschmeidigkeit gegen die ungezügelte Kraft des Windes auszuspielen – und ihm zu zeigen, daß Formschönheit und Eleganz es aufnehmen konnten mit der rohen Gewalt, der Ursprünglichkeit dieser Welt. Sie setzten das Leben gegen die leblose Natur, die Formung der Schöpfung gegen die Schöpfung selbst.

Nur schwer fand er wieder zurück auf seinen Trockenboden. Der Krähenschwarm hatte sich aufgelöst. Sanft befreite Idler sich von Gesine und stand auf. Ihre Nähe machte ihn unsicher. Gesine verstand und erhob sich ebenfalls. Idler machte sich nun endgültig an die Arbeit, legte sich die Stangen zurecht und begann, ein Grundgerüst zusammenzusammeln. Mit raschen Wicklungen der Seidenstoffseile und Lederriemen schnürte er Teile der Schwingen provisorisch zusammen, fügte Spanten ein, während Gesine hielt. Dann legte er die so entstandenen angedeuteten Flügel auf hölzerne, schulterhohe Böcke. Sie mußten jetzt nicht mehr gebückt arbeiten, sondern konnten dabei aufrecht stehen.

Eine einzige Flügelfläche sollte das Flugmobil bilden, dreimal so lang wie er, eine Körperlänge tief. Mit geschickten Bewegungen begann Idler, die Stangen zusammenzubinden. Er paßte Streben ein, keilte sie fest und verband sie mit Pfropfen, die in Bohrlöchern steckten, die er zuvor mühsam mit Gesines Hilfe an den Hölzern plazieren mußte.

Idler summte leise vor sich hin, während er weiterbaute. Und Gesine richtete es so ein, daß sie in seiner Nähe blieb und ihm zureichte. Die sich wiederholenden Bewegungen des Schnürens und Bindens ließen ihm Zeit, seinen Gedanken nachzuhängen.

Wie von selbst fügten sich die Teile ineinander, als hätten Gesine und er jeden Handgriff schon geübt und seit Jahren nichts anderes getan, so sicher wurden sie sich beim fortschreitenden Bau der Maschine. Wenn das Gerät einmal geflogen war, würden mit derselben Sicherheit Hunderte von Händen diese Flugapparate bauen, mit immer denselben Handgriffen, mit immer denselben Teilen, eine nach der anderen würde den Oberboden verlassen und das Stockwerk darüber und das unter ihm. Wie ein Bienenkorb würde sich das Färberhaus ausnehmen, aus dem die Immen ausschwärmten. Er sah sie vor sich, die Flügelwesen, wie sie das Firmament bevölkerten, zahlreich wie die Krähen und ebenso geschwätzig, wie man sich über Windstärke und Flugwetter unterhielt, wie man im Fachgespräch gute von schlechten Flugtagen unterschied, gemeinsame Ausflüge machte oder sich im nächsten Ort verabredete. Ein neues Zeitalter würde heraufziehen, wie die Sonne am Morgen sich über den Horizont schob, hell und klar und leicht. Idler zitterte bei diesen Gedanken.

Es war dunkel geworden, wenn auch die bereits untergehende Sonne noch letzte Schimmer an Helligkeit bis hier herauf warf. Im zunehmenden Schatten wirkte das Gestell wie eine übergroße Trophäe, ausgestopft und zur Regungslosigkeit verdammt. Nur Idler ahnte, wieviel Leben und Energie in diesem toten Vogel steckten.

»Ist er nicht schön, Gesine?«

Gesine atmete tief ein und langsam wieder aus.

»Dein Vogelgerippe ist vor allem gefährlich. Wenn die Schweden und die Kaiserlichen dich nicht dafür umbringen, Salomon, dann wird es die Maschine selbst tun. Glaubst du wirklich daran, daß sie so fliegt? Ist nicht ein Unterschied zwischen deinen Modellen und diesem riesigen Drachen hier? Wer soll das Gewicht tragen? Die Luft? Nichts trägt sie, und daß deine Modelle gesegelt sind, liegt vielleicht nur daran, daß der Äther gerade eben das aushält. Du wirst dich zu Tode stürzen!«

Mit dem Rücken zu Gesine stand Idler da, sah hinaus ins Dämmerlicht, in dem bereits die ersten Fledermäuse über die Häuser weghuschten. Gesine trat von hinten an ihn heran und umfaßte ihn.

»Die Flügelmaschine wird mich tragen, Gesine, glaub mir. Jedes Lebewesen, das sich die Lüfte auserkoren hat, ist schwerer als Luft: Jeder Vogel, jede Fledermaus, ja sogar Bienen und Hummeln und Schmetterlinge sind schwerer. Und doch haben sie eines gemeinsam: Sie fliegen. Warum sollte es mir nicht gelingen? Warum sollten wir Menschen für immer auf den Boden verdammt sein? Steigt nicht unsere Seele hinauf in die Himmel? Und warum soll unser Wille nicht den Körper nachschicken können? Es hat nur nie jemand versucht in unserer Weltgegend. Selbst der Zeichner hat es nie ausprobiert, sondern uns nur seine Gedanken dazu hinterlassen.«

Eine Pause entstand, in der Idler dem schrillen, hohen Pfeifen der Fledermäuse lauschte, die dort in der Dunkelheit jagten. Es war ein feines, das Ohr gerade reizendes Sirren.

»Und was würde es ändern am Lauf der Welt, wenn ich mich mit dem Gerät zu Tod stürzte, Gesine? Nichts. Der Krieg würde kein Ende nehmen, die Stadt würde nicht freigegeben deshalb, der Hunger würde nicht enden. Es wäre das nämliche Elend vorher und nachher. Maria würde ebenfalls schwachsinnig dahinsiechen und auf den Tod warten, und Agnes würde die Sprache nicht wiederfinden, und Richard würde weiter betteln gehen müssen. Nur mich würden sie auf die Pestäcker werfen, und selbst dann wäre ich noch den Krähen und Raben nützlich, die ihre Kraft fürs Fliegen meinem Leib entreißen könnten. Du wirst mir meine Idee nicht ausreden können, Gesine, du nicht und kein Schwede oder Kaiserlicher.«

Idler hatte die letzten Sätze leise gesprochen, ohne darauf zu achten, ob sie von Gesine gehört wurden oder nicht. Jetzt griff er nach ihren Armen und zog sie an sich. Er fühlte ihre Wärme am Rücken und spürte, wie sie den Kopf auf seinen Rücken legte. Dann schob sie sich an ihm vorbei, drückte sich an ihn und wollte mit Idler zusammen den Streifen Licht hinter den Horizont sinken sehen.

»So war es nicht gemeint, Salomon. Ich werde dir helfen, wo ich kann.«

Idler drückte sie an sich und legte den Kopf auf ihr Haar.

»Ich weiß, Gesine. Ich weiß es gut. – Hilf mir, die Gatter zu schließen, es wird kühl.«

32.

»Ich möchte dir etwas zeigen, Salomon«, hatte Gesine ihn gelockt.

Gesine war es auch, die ihm versichert hatte, daß man ihn schwerlich erkennen würde, abgemagert, wie er war, mit seinen eingefallenen Gesichtszügen und dem Totenschädel, den er spazierentrug. Auf ihr Drängen hin war er mit zum Weinmarkt geschlichen. Es war die reine Neugier, die ihn trieb.

Natürlich wollte er nachsehen, was aus dem Prinzipal geworden war, obwohl er von Gesine Bescheid bekommen hatte. Außerdem hatte sie ihm den Mund wässerig gemacht. Die Truppe hätte etwas ausgegraben aus der Geschichte. Für ihn, den Schuster. Jetzt stand er vor der Bühne, Gesine vor ihm.

Der Platz selbst hatte an Leben verloren. Die bunten Zelte waren verschwunden, die offenen Feuer auch. Weniger Landsknechte, weniger fahrendes Volk waren auszumachen. Sie verteilten sich mehr und mehr über die leerstehenden Häuser der Stadt. Einige Schausteller und Gaukler scharten sich weiter um den Herkulesbrunnen, mußten jetzt aber mit geringerem Publikum vorliebnehmen. Mit Freude hatte er den Prinzipal wiedergesehen. In seinen blauen Mantel gehüllt, saß er auf der

Bühne und erzählte. Mager auch er, wie tot der Blick aus tiefen Augenhöhlen. Eine knochige Hand streckte er aus über die Menge und berichtete von der Reise eines genuesischen Admirals zur Insel Taprobana, und wie er dort gefangengenommen wurde von den Bewohnern der »civitas solis«, was er mit Sonnenstaat übersetzte. Eine wunderbare Welt breitete die trotz allem kräftig klingende Stimme des Schauspielers vor den Zuhörern aus. Sofort fesselte diese Stimme Idler und nahm ihn mit. Sie beschwor das feuchte Klima der Insel unter dem Äquator, beschrieb das Weiß der Strände, die im Sonnenlicht gleißten, das Grün der Bäume, die schwirrende Vielzahl der Stimmen, die tagsüber wie nachts das Eiland in eine Decke aus angenehmem Lärm hüllten, die bald den Schuster umfing.

Auch die anderen Schausteller hatten sich eingefunden, breiteten vor den Augen der Lauschenden Wandtafeln aus, auf denen die sieben konzentrischen Kreise der Sonnenstadt aufgezeichnet waren, die ihre Bewohner nach den sieben Planeten benannt hatten. Eindringlich legte er das Leben der Bürger dieses Gemeinwesens dar, sprach über Mahlzeiten und Kenntnisse, über die Gattenwahl und die Erziehung, und schlug jedweden Zuhörer mit seiner Vision eines idealen Staatswesens in den Bann, so daß ringsum Stille eintrat, als gäbe es kein Publikum mehr. Und doch hingen sie alle an den Lippen des Prinzipals, lauschten seiner Erzählung mit einer Ergriffenheit, als würde er aus dem Paradies berichten, obwohl er nur die astrologischen Berechnungen der Sonnenstaatler erläuterte, über deren Ackerbau und Viehzucht sprach und immer wieder den Begriff des Friedens und der friedliebenden Gemeinschaft im Munde führte. Wie ein Märchen hörte sich seine Geschichte an, und doch beteuerte der Schauspieler, er habe den Reisebericht aus berufenem Munde erfahren. Der Mann, der sich für ihn verbürgen könne, wäre ein gewisser Tommaso Campanella, Dominikanermönch, Missionar, und von daher schon über jeden Zweifel erhaben.

Idler blinzelte hinauf in den Himmel, weil er von dort das Schlagen von Flügeln vernommen hatte. Eine Taube kreiste über dem Platz, jagte von einem Anstand auf den nächsten, als würde sie immer wieder vertrieben, und Idler sah tatsächlich, daß jemand mit einer Schleuder und kleinen Steinen nach ihr zielte und schoß, sie aber verfehlte. Pfeilschnell verließ sie den eben noch sicheren Ort und jagte zum nächsten, um von dem wieder vertrieben zu werden. Das ging so eine Zeit, bis die Taube sich vom Platz löste und hinter einer der Haustraufen verschwand. Idler sah wieder zu Boden, sah den Prinzipal an, sah seine Gesten und schämte sich, für einen Augenblick unaufmerksam gewesen zu sein.

Es war ein Bild, das vor seinen Augen aufstieg. Ihn faszinierten vor allem zwei Inhalte, von denen der Schauspieler sprach: das Kriegswesen und die Erfindungen der Sonnenstaatler.

Der Prinzipal warf den Satz, daß der Wille von Wissen und Können hervorgebracht wird und nicht umgekehrt, so geschickt und an einer völlig unverfänglichen Stelle in die Menge, daß kaum einer ihn bemerkt haben dürfte, geschweige denn darüber nachdachte. Wäre ein katholischer Geistlicher unter den Zuhörern gewesen, was ja unmöglich war, denn sie waren allesamt aus der Stadt vertrieben worden, hätte der sicher einen ersten Stein geworfen. Damit leugnete der Prinzipal Gott und dessen Eingreifen in den Lauf dieser Welt. Aber leugnete nicht dieser Krieg Gott in gleicher Weise, dachte Idler gleichzeitig, wenn sich die Katholiken ebensowenig um die Folgen ihrer Kriegszüge scherten wie die Protestanten?

Die zweite wichtige Erfahrung, die er mitnahm, war die, daß die Sonnenstaatler über das Wissen um eine Kriegswaffe verfügten, die er für seine Idee gehalten hatte. Die Bewohner der mit sieben Mauern befestigten Stadt vermochten zu fliegen, erzählte der Prinzipal, sie erhoben sich in die Lüfte wie die Vögel, eine Erfindung, von der die Sonnenstaatler wußten, daß sie allein der Welt noch fehlte.

Ihnen wollte er nacheifern. Wenn die Bewohner der Sonnenstadt unter dem Äquator imstande waren zu fliegen, warum sollte die Luft hier im kühleren Norden nicht ebenfalls tragen?

Alles weitere entfiel seinem Gedächtnis.

Nach dem Vortrag standen sie noch vor dem Podium. Idler hatte eine Hand um Gesines Schulter gelegt und fühlte ihre Wärme unter dem dünnen Rupfenstoff. Die Zuhörer verliefen sich, versickerten in den angrenzenden Gassen oder wandten sich anderen Vergnügungen zu: Gauklern, die mit Feuerreifen jonglierten, der Wahrsagerin, einem Zwerg, der lautstark Possen riß. Nur Gesine und Idler harrten vor dem Podium aus, regungslos. Idler starrte hinauf zum Prinzipal. Sie erkannten einander – jedenfalls glaubte Idler daran, denn der Schauspieler sah ihn mit einem ebenso merkwürdig tiefen Blick an, verzog aber das Gesicht nicht. Er selbst aber lächelte in sich hinein und fand sich bestätigt im Glauben daran, die Kunst des Fliegens für die nördliche Hemisphäre zu entdecken.

Er faßte Gesine fester, als er sich umdrehte, und flüsterte eher, als daß er laut sprach, ein »Danke« zum Prinzipal hoch und Gesine ins Ohr.

33.

Wo immer dieser Fuchs seine Informationen hernahm, sie trafen zu.

Stierna fuhr sich mit der Hand über die Augen. Stadtkommandant aus dem Winckel hatte ihm angekündigt, Marschall Horn und Bernhard von Sachsen-Weimar begleiten zu müssen, wenn er keinen Erfolg in der Sache des Manuskriptes vorweisen konnte. Wo aber hätte er ansetzen sollen?

Den Hinweis hatte er von Reibenstein erhalten und wollte ihm nachgehen: Maria, die Frau des Schusters, sollte sich im Heilig-Geist-Spital aufhalten.

Das Spital am Roten Tor war großzügig angelegt, ein Neubau, dessen Fertigstellung nur wenige Jahre zurücklag. Reibenstein hatte von einer Unterbringung Marias im Unsinnigenbau gesprochen, und er hatte sich bis dorthin durchgefragt.

Jetzt stand er vor einem Holzanbau, zum Brunnenmeisterhaus zu ans Rückgebäude des Spitals angebaut, in das die von Sinnen und Witzen gepfercht wurden. Ein schriller Schrei drang aus dem Verschlag, auf den hin ein Toben und Schlagen einsetzte, als er auf ihn zuschritt, so daß er das Gefühl bekam, die Teufel der Hölle wären hier eingefangen worden und randalierten in ihrem Kerker.

Die Tür stieß er einfach auf, blieb im Türrahmen stehen und ließ seine Augen sich an das Dämmerlicht gewöhnen, das den einzigen Raum füllte. Es wurde durch schmiedeeiserne Gitter in Käfige unterteilt. Jeweils fünf bis acht Kranke waren dort hineingepfercht worden, getrennt nach Geschlechtern. Ihm zunächst stand ein Mann von vielleicht fünfunddreißig Jahren, der eben eine der Kranken durch die Stäbe des Käfigs hindurch an den Hüften gepackt hielt. Das Kleid, ein aus grobem Leinen gefertigtes Sackgewand, hatte er der Armen hochgeschoben, ihren bloßen Hintern gegen die Stäbe zu sich hergezogen und sich an ihr vergangen. Die Frau gab keinen Laut von sich, ließ alles mit sich geschehen, nur der Pfleger hatte sich bei seinem Eintritt nach ihm umgewandt, die Frau von sich geschoben und ohne Hast die Hosen hochgezogen.

Stierna wartete, bis ihn der Kerl ansprach.

»Habt Ihr einen bestimmten Wunsch, Herr?«

Die lange Zunge des Pflegers schleckte über die Unterlippe wie bei einem Rind.

»Die Idler Maria wurde Euch zugestellt zur Pflege. Wo finde ich sie?«

Lange sah ihm der Pfleger in die Augen, offenbar unschlüssig darüber, ob er ihm antworten oder die Person verschweigen sollte. Dann aber entschied er sich wohl für die Wahrheit, denn er deutete auf den Käfig, an dem er selbst eben gestanden hatte.

»Dort!«

Gänzlich unbeteiligt deutete er dabei auf die Insassin, die er eben noch dazu benutzt hatte, seine Lust zu befriedigen.

Die Frau lag inmitten des Käfigs, regungslos und ohne Anzeichen von Leben. Zwei Frauen, ebenfalls in dieses Sackgewand gehüllt, beugten sich zu ihr nieder, streichelten sie, während eine dritte in einer Ecke saß und abwechselnd heulte und lachte, in einem fort heulte und lachte, bis sie sich selbst zwischen die Beine griff und rieb und beruhigte.

Unwirsch gebot er dem Pfleger, das Gitter zu öffnen, was dieser mit einer lässigen Unterwürfigkeit tat.

Als er in den Käfig trat, zogen sich die Frauen verängstigt zurück.

Stierna drehte die Frau am Boden um, erkannte in dem leeren, tiefäugigen Gesicht die Maria nicht gleich wieder, die er vom Schuster aus zu sich geholt hatte, mußte aber doch zugeben, daß sie es war und sie sich in einem Zustand befand, der nur wenig entfernt war vom endgültigen Erlöschen der Lebensflamme.

Eine Zeit betrachtete er sie, erinnerte sich an ihren Körper. Dann fragte er einfach in das leere Gesicht hinein, das ihn nicht einmal ansah. Wartete auf Antwort, fragte noch einmal, ungeduldiger, schüttelte sie dann, schrie sie an, schlug mit der flachen Hand zu, schrie, daß sie ihm sagen solle, wo sich Idler befände. Maria verzog nicht einmal den Mundwinkel, blieb liegen und starrte ihn aus trüben Augen an, sah durch ihn hindurch, bis er aufgab vor dieser Wand aus Schweigen und Leere, bis er sich der Unsinnigkeit seines Tuns bewußt wurde, sich schnell erhob und den Käfig verließ. Schwer atmend lehnte er sich draußen gegen die Gitterstäbe, sah den Pfleger an, der abermals seine Zunge über die Unterlippe gleiten ließ.

Als er sich abwandte von ihr, als er gerade das Haus verlassen wollte, begleitet vom Pfleger, um es hinter ihm zu verriegeln, da vernahm er ein klares, deutlich erkennbares »Dort!«.

Stierna drehte sich um, aber der geschundene Körper Marias lag weiter da, ohne eine Regung, ohne das Zeichen von Anteilnahme und Leben, das die anderen Frauen auszeichnete, nur einen Arm hatte sie steil nach oben gereckt und deutete an die Decke des Anbaus. Stierna stellten sich die Haare zu Berge.

34.

Konnte ihm dieser Gott wirklich noch helfen?

Idler kniete auf den Steinfliesen in der Kirche, die Hände zum Gebet verschränkt. und starrte auf das übergroße Kruzifix vor ihm, das an Seilen von der Decke hing. Hatte er nicht zu ihm gebetet, es beschworen, seine großen Wünsche an den hölzernen Gott gerichtet: Kinder, die Wanderjahre seiner Gesellenzeit? Und hatte ihm dieser Gott mit seinem unseligen Krieg nicht alle Möglichkeiten vorenthalten, die er sich erträumt hatte? Seine Ehe war kinderlos geblieben. Seine Wanderungen während der Lehrzeit hatte er unterbrechen müssen. Er hätte nach Norden gehen können oder weiter nach Süden. Augsburg war das Sprungbrett für den Brenner – und dahinter lag welsches Land. Auch die Niederlande hätten ihn gereizt oder das Piemont. Alle diese Landschaften, die Orte, die sich in Namen seiner Phantasie wie Utrecht, Aosta, Aachen, Venedig oder Lüttich niedergeschlagen hatten, waren Träume geblieben, weil der Krieg sie ihm versagt hatte. In Augsburg war er geblieben, hatte dort geheiratet und den Meistertitel erworben. Die Stadt, die Zeit, die Frau, alle hatten ihn festgehalten in den Mauern der Reichsstadt.

Wenn er es aber aus dem Heute heraus recht bedachte, hatte er bislang keines seiner Ziele wirklich erreicht, so wie er es erhofft hatte.

Und jetzt kam er wieder mit Wünschen, großen Wünschen. Warum sollten sie ihm jetzt erfüllt werden?

Idler schielte zum Beichtstuhl hinüber, vor dem die Schlange der Beichtenden langsam kürzer wurde. Richard würde toben, einen Wutanfall bekommen, um sich schlagen, wenn er ihn so sehen würde, wie er vor dem Lettner kniete, während er zur Absolution hinüberschielte wie die Maus auf den Käse in der Falle. Und trotzdem trieb es ihn dort hinüber zu den schwarzen Verschlägen, mußte er versuchen, sich den Segen der Kirche geben zu lassen, denn was er unternehmen wollte, war so eng mit dem Tode verbunden, daß er zuvor gebeichtet haben wollte.

Büßer um Büßer rückte die Schlange vor, verkrochen sich die Gestalten eine nach der anderen in das Häuschen. Ein leises Murmeln drang aus dem Stuhl, das dann und wann eine verständlichere Lautstärke gewann, wenn Pater Konrad das Bußmaß zur Abschreckung und um der Gottesfurcht willen hinausposaunte. Die zuvorderst wartende Person zuckte dabei leicht zusammen.

Die Düsternis, die St. Ulrich ausfüllte, als wäre die Kirche damit vollgelaufen, drückte auf Idlers Stimmung. Ihm war, als könnten sich die Augen nicht an das Dunkel gewöhnen, das sie umfing. Er starrte hinein in das Kirchenschiff, ließ seinen Blick abwechselnd auf dem Kreuz und dann auf dem Altar ruhen. Weder der eine noch der andere Gegenstand gewann für ihn eine Bedeutung, die ihn ergriffen machte. Ihn ärgerte vielmehr, daß er es erst in den Abendstunden gewagt hatte, die Kirche zu betreten. Tagsüber, wenn das Licht durch die Fenster strömte und deren Farbigkeit über den Raum goß, lastete auf St. Ulrich nicht diese Todesstimmung.

Wieder sah Idler hinüber zum Beichtstuhl und fand den Raum davor leer. Sie alle, die hinter den Vorhang getreten waren, sich niedergekniet und das Haupt gebeugt hatten, waren ihrer Erlösung näher gekommen. Sie fanden Ruhe vor den Visionen der Höllenpein. Ihn aber plagten weiter die Träume des

Nachtalps, die ihn erschreckten. Die Flügel Luzifers, glaubte er, hatten ihn schon manches Mal gestreift.

Die Zähne spielten mit seinen Lippen, die sich rauh und rissig anfühlten. Selbst sein Speichel konnte die Kruste nicht aufweichen. Er begann, die Hornhaut darauf abzubeißen. Wenn er sich mit diesem Gott weiter einließ, setzte er sich gleichzeitig den Nachstellungen seiner Stellvertreter aus. Pater Konrad war bei den Geldübergaben dabeigewesen. Er wußte um seine Pläne, wußte darum, daß er im Besitz des Manuskriptes war. Konnte er ihn als Beichtiger überhaupt akzeptieren? Andererseits stünde dann das Beichtgeheimnis zwischen ihnen. Pater Konrad war als Geistlicher an sein Gelübde gebunden. Und bislang war ihm der Pater nicht als unzuverlässig hinterbracht worden. Trotzdem. Zu viel stand auf dem Spiel.

Und dann plagte ihn der Gedanke, ob er sich damit wirklich einen Gefallen tat. Wollte er denn eine Absolution? War Christus wirklich der, für den die Kirche ihn ausgab, der Heilsbringer der Menschheit, oder nicht vielmehr der hilflose, schwankende Charakter, den er für sich selbst entdeckt hatte?

Konnte ihm eine Befreiung von seinen Sünden nicht einerlei sein? Auf welche Art sündigte er auch? Es war doch kein Vergehen, daß er seiner Neugier nachgab und das ausführte, was ein anderer vor ihm erdacht hatte. Wenn das Wissen um die Welt die Dunkelheit in den Köpfen erhellte, wenn der Geist fortschritt zu einem Ziel hin, das war doch keine Sünde. Wenn sich Neues ergab aus der Verbindung von Bekanntem und Unbekanntem, dann hatte es seinen Ursprung im menschlichen Verstand – und der Mensch war Gottes Ebenbild. Das war keine Sünde, soviel begriff er in seiner theologischen Naivität. Und wenn es nicht so war, konnte er die Beichte auch zu einem späteren Zeitpunkt nachholen.

Schwerfällig stand Idler auf, beugte flüchtig sein Knie, bekreuzigte sich und schickte sich eben zum Gehen an, als ihn eine Stimme zurückhielt.

»Seid Ihr das, Idler?«

Idler glaubte Klang und Tonfall zu kennen. Mit verengten Augenschlitzen, um genauer sehen zu können, suchte er das Dunkel ab, fand aber den Träger der Stimme nicht sofort.

»Seid Ihr's nun oder nicht?« fragte die Stimme wieder, während sie langsam näher kam. Jetzt schälte sich aus dem Schatten der Säule vor ihm die Silhouette Pater Konrads, im Habit der Benediktiner. Er hatte ihn entdeckt.

»Nun«, stotterte Idler, »ich glaube schon.«

Der Geistliche lachte schallend, so daß das Dröhnen sich im Kirchenschiff fing und eine Zeit nachhallte. Er wechselte in einen vertrauten Ton.

»Hat dich die Pest doch wieder losgelassen? Bist dem Tod auf der Schippe gesessen, Idler.«

Dabei fühlte Idler die Blicke seines Gegenübers, als wolle er damit Widerhaken einschlagen.

»Die Werke des Herrn sind wunderbar und mitunter unergründlich. Was wolltest du hier in St. Ulrich? Beichten?«

Bei diesem Wort zuckte Idler zusammen. Beichten wollte er nicht mehr, jetzt nicht mehr.

35.

Die Sakristei roch nach kaltem Weihrauch, und ihre Decke war vom Entzünden der Rauchfässer, die in der hintersten Ecke an einer Stange hingen, rußgeschwärzt. Pater Konrad zog sich einen Stuhl heran, deutete auf einen zweiten ihm gegenüber und bat den Schuster unmißverständlich, Platz zu nehmen.

»Du bist ein von Gott begnadeter Mensch, Schuster!« begann er in einer überlauten, tönenden Stimme, als wolle er jemanden mithören lassen. »Wer die Pest überlebt hat, sollte als Dank dafür in ein Kloster eintreten. Du hattest doch die Pest?«

Idler nickte, sah aber dem Mönch nicht in die Augen. Er fühlte, daß ihn der Benediktiner aushorchen wollte, daß er es nicht ehrlich meinte. Mit unsicherem Blick sah er umher, konnte aber keinen verdächtigen Schlupfwinkel erkennen.

Der Raum war an drei Seiten kahl, wenn man von den beiden Türen, die hinaus- und hineinführten, absah. Die vierte Seite bestand aus einem wandfüllenden eingebauten Schrank, in dem die Meßgewänder aufbewahrt wurden. Aber der war verschlossen. Über die beiden Lücken links und rechts davon waren Vorhänge gezogen, hinter denen Meßgerät aufbewahrt wurde: Rauchfässer, mannshohe Kerzenhalter, Kerzenständer, Meßbuchhalter aus Silber. Nirgends hätte sich eine Person verstecken können.

»Du kommst doch nicht in die Kirche, um dich am Wohlgeruch und an den Bildwerken zu erfreuen, Idler. Wolltest du beichten?«

Wieder zuckte Idler bei diesem Wort unmerklich zusammen.

»Ich weiß es nicht«, stammelte er.

»Machen wir es nicht so förmlich, Schuster. Erzähl mir, was dir auf dem Herzen liegt, ich werde versuchen, die Absolution milde zu halten.«

Idler sah ihn fragend an, aber der Benediktiner grinste.

»Ungewöhnliche Zeiten brauchen ungewöhnliche Methoden.«

Mit diesem Wort beugte er sich zu Idler vor, hielt ihm sein Ohr entgegen und deckte das vom Schuster abgewandte mit seiner Hand ab. Dann murmelte er einen lateinischen Spruch: die Einleitung der Beichtformel.

Idler wollte sich nicht auf diese Art und Weise fangen lassen, und doch drückte ihn der Umstand, den Pater Konrad mit seiner Haltung herbeizuzwingen versuchte. Ohne jede Einleitung, ohne jede Vorwarnung, ohne sich überlegt zu haben, ob er richtig handelte, begann er:

»Ich werde fliegen, Pater!«

Der Mönch hob langsam und mit einem erstaunten Blick in den Augen den Kopf und sah ihn an.

»Ich werde fliegen!« wiederholte Idler, unsicher darüber, ob der Mönch ihn richtig verstanden hatte.

»Die Manuskripte enthielten Skizzen zu einem Flugapparat«, erzählte Idler weiter und setzte plötzlich hinzu, als würde es ihm eben erst einfallen, »ich sage Euch das unter dem Siegel des Beichtgeheimnisses, Pater Konrad!«

Der Benediktiner nickte.

»Du bist dabei, den Herrn herauszufordern.«

Idler ließ sich nicht beirren. Jetzt hatte er begonnen, jetzt mußte er es zu einem Ende bringen.

»Ich habe den Flugapparat nachgebaut, habe Modelle starten lassen, bis sie funktionierten, habe Versuche unternommen. Ich kann fliegen. Ich will vom Perlachturm aus starten und der Stadt damit ein neues Zeitalter einläuten.«

Jetzt war es draußen. Idler fühlte sich erleichtert.

»Vom Perlach, sagst du? Du willst vom Perlachturm herab auf die Stadt herniederschweben?«

»Ich will es nicht, Pater Konrad, ich kann und werde es tun.«

Noch immer glänzte in den Augen Pater Konrads offensichtlich der Unglauben darüber, daß er wirklich zu fliegen beabsichtigte.

»Du hast ein himmlisches Zutrauen zu deinem, wie sagtest du, Flugapparat.«

Idler nickte. Was sollte er dazu auch sagen.

»Und du bist sicher, daß er funktioniert, bist sicher, daß du dich nicht zu Tode stürzen wirst?«

Wieder nickte Idler. Er merkte Pater Konrads Mühe, das Gespräch in Gang zu halten, erriet, daß hinter der Stirn, auf der sich Schweißperlen gebildet hatten, die Gedanken einander jagten. Nur schleppend gelang es dem Mönch, seine Sprache wiederzufinden.

»Bedenke, mein Sohn, du begibst dich in Gefahr. Weit schlimmer ist aber, daß deine Seele in Gefahr ist, in großer Gefahr sogar, denn wenn dein Sprung ins Leere ein Sprung in den

Tod ist, hast du dich selbst entleibt. Das aber, Idler, ist eine Todsünde.«

Idler schwieg, was sollte er auch sagen? Deshalb kam er ja zu dem Mönch, das trieb ihn eben um. Aber Pater Konrad schien seine Beweggründe zu ahnen. Er hob die Stimme und nickte bedächtig.

»Wie die Vögel also. In den Äther willst du dich hineinfallen lassen, im Glauben daran, daß er dich trägt. Und ich soll dir die Absolution erteilen, damit aus einem Sturz in den Tod nicht ein Sturz in die Hölle wird.«

Langsam kam Pater Konrad in Schwung. Er redete sich warm. Seine Stimme bekam den Predigerton, den er auf der Kanzel verwendete.

»... um der Stadt zu zeigen, daß eine neue Ära beginnt, ein neues Zeitalter am Horizont emporsteigt. Und alles um der Ehre willen.«

Idler unterbrach Pater Konrad.

»Nicht nur um der Ehre willen, auch um die Neugier zu befriedigen, meine Neugier, und um der Menschheit einen unschätzbaren Dienst zu erweisen. Ganz andere Horizonte werden aufbrechen, wenn man erst über unseren Horizont hinaussehen kann.«

»Idler«, betonte Pater Konrad mit einem Mal, als wäre er zufrieden über einen Gedanken, den ihm der Zufall eingegeben hatte, »du willst doch nichts weiter zeigen, als daß deine Flugmaschine in der Lage ist, einen Menschen in den Weltenäther hinauszutragen? Nun, vom Perlachturm herab wird wohl jeder springen können. Damit ist keineswegs gesagt, daß er fliegen kann. Fallen aber kann er, das wird unmißverständlich bewiesen werden. Was aber, wenn du wirklich die Menschen in Erstaunen setzen wolltest. Ja? Dann flieg nicht herunter vom Perlach, sondern«, hier zögerte Pater Konrad, um seiner Bemerkung die ihr notwendige Spannung zu verleihen, »flieg einfach hinauf. Vom Boden aus den Stadtturm zu besiegen, erscheint mir überzeugender.«

Idler war im ersten Moment sprachlos. Vom Brotmarkt oder vom Holzmarkt aus auf den Perlach hinauf. Das war eine Demonstration der Flugfähigkeit seines vergrößerten Modells, wie er sie sich vorgestellt hatte. Das alles besaß nur den Haken, daß er zwar schon gesehen hatte, wie seine Modelle von Luftströmungen und Winden hinaufgetragen worden waren, wie man sich diese aber zunutze machte, das wußte er nicht. Dazu würde er Probeflüge mit seinem großen Flugapparat unternehmen müssen.

Idler vergaß den Pater vor sich, vergaß die Sakristei und die Kirche, die sich über ihm auftürmte mit ihrem Massiv aus Steinen und ihrer schützenden Hülle, die sie um ihn zu legen suchte. Er befreite sich davon, indem er sie einfach ignorierte, sich aufmachte in seinem Geist. Statt vom Perlach, auf den hinauf er den Drachen nur mühsam hätte schleppen können, herabzusegeln, würde er versuchen, auf ihn hinaufzugelangen. Dabei würde es genügen, die goldene Kugel mit der Cisa-Figur an der Spitze zu umschweben. Er sah sich selbst, wie er vom Schuppen aus oder noch besser von seinem Färberhaus aus startete, sich hineinfallen ließ in einen Morgen aus kühlender Luft und frischem Wind, die ihn dann höhertrugen und mitnahmen bis hinauf in die Oberstadt, immer knapp über den Dächern, von denen herab er den Menschen zurufen würde, sie sollten eilen und zum Perlachturm kommen, ihnen würde der Mund offen stehenbleiben, seines Flugs wegen.

Wenn die Menschen sich satt gesehen hätten an seinem Kunstwerk, würde er den Brotmarkt entlangfliegen, hinüber zum Weinmarkt, und die Menschenmenge würde ihm folgen. Vor dem Quartier Stiernas würde er kreisen, den Schweden beim Namen rufen, ihn herausbrüllen aus seinem Versteck, und schließlich würde eine Hetzjagd stattfinden, die den Hauptmann daran erinnern würde, was er Maria angetan hatte. Er wollte ihn der Menge in die Arme treiben, wollte, daß diese Menge den Schweden in Stücke riß oder doch so einschüchterte, daß die Angst ihn innerlich vernichtete, wie er es Maria angetan hatte, daß er dabei den Verstand verlor. Er sollte sich umnachten, der Geist des Schweden, er sollte körperlich unversehrt in seine Heimat zurückkehren können, aber niemand sollte ihn mehr als den erkennen, der er war. Zum Betteln zu ungeschickt und für die Armenversorgung zu reich.

»Du hast dich entschieden, Schuster?«

Die Frage brachte Idler wieder zurück in die Realität. Jetzt empfand er die Last des Gotteshauses als drückend, sie behinderte ihn beim Atmen.

»Ich fliege auf den Perlach hinauf, Pater. Danke.«

Idler erhob sich und entfernte sich rasch.

»Idler!« rief ihm Pater Konrad nach. »Auf ein Wort noch.«

Der Benediktiner lief ihm nach, erreichte ihn atemlos.

»Was wollt Ihr noch, Pater Konrad?«

»Habt acht vor Reibenstein. Wenn er davon erfährt, wird er Euch …«

Pater Konrad konnte den Satz nicht beenden, weil ihn ein Hustenanfall unterbrach.

»Wer soll ihm davon erzählen?« konterte Idler und sah den Pater scharf an. Dann drehte er sich um und ließ den Pater stehen.

Am Portal blickte er zurück auf Pater Konrad, der eben ein Kreuz schlug und »Te absolvo« murmelte. Idler bedankte sich nochmals mit einem Heben des Arms und schlüpfte dann hinaus ins Freie. Sommerlich warme Luft umfing ihn.

36.

Der Pater hatte recht behalten.

Idler vernahm das schabende Geräusch, das die Gestalt verursachte, die sich auf die Mauerkrone hinaufzog, hinunter in den Innenhof des Färberhauses spähte und dann hinabsprang auf das schmale Wiesenstück vor den Lehmbottichen. Sofort verschmolzen ihr schwarzer Umhang und die dunkle Unterkleidung mit der Ziegelmauer. Stille wieder.

Die Gestalt verharrte einige Zeit an der Wand, um zu prüfen, ob die Geräusche einen der Bewohner geweckt hatten, und schlich im Mondschatten vor zum Tor.

Idler konnte von seinem Standpunkt aus beobachten, daß die Gestalt auf die Schritte lauschte, die außerhalb des Anwesens auf und ab patroullierten.

Er lachte in sich hinein, griff aber nach der Armbrust, die er sich für alle Fälle zurechtgelegt hatte. Daß Reibenstein von der straßenabgewandten Seite kommen würde, damit hatte er gerechnet. Nur um sicherzugehen, hatte Richard ihm jemanden vor das Tor gestellt, den Windig, einen Bettler mit scharfem Gehör.

Die Gestalt musterte die Fassade. Idler hoffte, daß sie oben, im zweiten Stock, die Luke entdeckte, die für sie offengelassen worden war.

Spätestens als die Gestalt sich mit geschmeidiger Gewandtheit die Stangen hochschwang, an denen sonst Stoffschals und -bahnen hingen, sich an den Läden festhielt und in den Ritzen der Holzschindeln Tritt suchte, verschwanden bei Idler alle Zweifel. Der nächtliche Besucher war niemand anderer als Heinrich von Reibenstein. Die Stangen ächzten und quietschten merklich in den Eisenringen und Halterungen.

Kurz darauf kroch Reibenstein über die Kante in die Öffnung des Trockenbodens. Idler sah noch, daß er von der helleren Einstiegsfläche weg ins Dunkel robbte und dort verharrte.

Idlers Augen hatten sich längst an die Schwärze im Inneren gewöhnt. Er nahm Reibenstein als Schatten wahr, der auf dem Grau des Bodens kauerte.

Idler lächelte, weil er ahnte, warum Reibenstein so lange am selben Fleck verharrte. Langsam mußte sich für den Gesandten der künstliche Vogel aus der Dunkelheit schälen. Wie ein Habicht, der sich vor dem Sturzflug seiner Richtung vergewissert und über der Beute kreist, breitete er seine Flügel aus. Weiß die Schwingen, hell das Geflecht aus Spanten und Streben und dunkel die Lederriemen, die Einzelteile miteinander verbanden.

Sicher wunderte sich Reibenstein, daß es ihm doch gelungen war, das Gerät zu bauen.

Langsam kroch Reibenstein vorwärts. Idler nahm die Bewegung gegen das einfallende Mondlicht wahr. Er schlich näher heran an den Vogel, umrundete das Gebilde aus Stangen und Stoffbahnen, berührte die nach Bienenwachs duftenden Verbindungen, die bespannten Flächen. Fragte er sich, ob der künstliche Vogel flog?

Idler wagte immer noch nicht, sich zu bewegen. Reibenstein war nicht wegen des Vogels gekommen, das wußte Idler, er wollte das Manuskript. Und er vermutete es richtig hier im Haus.

Beinahe lautlos kroch Reibenstein über den Dielenboden, tastete in jeden Spalt, suchte jeden Winkel ab. Kaum daß er atmete. Jede Ritze, jede Lücke, die sich auftat, wurde untersucht. Idler amüsierte sich.

Irgendwann, der erste Mond hatte sich bereits über den Horizont geschoben und leuchtete im zunehmenden Licht den Trockenboden aus, richtete Reibenstein sich auf, und sein Blick fiel offenbar auf die Blätter mit Zeichnungen, die mit Nadeln an die schrägen Wände des Geschosses geheftet waren.

Jetzt mußte Idler eingreifen. Er hörte, wie Reibenstein tief einatmete. Als er jedoch die Hand nach der ersten Zeichnung ausstreckte, rief Idler ihn mit einer leisen Stimme zurück.

»Jetzt habt Ihr sie gefunden, Reibenstein, die Manuskriptblätter. Aber noch einen Schritt näher, und ein Bolzen wird Euch ein hübsches Loch in das Wams bohren.«

Wie zur Bestätigung ließ Idler an Reibensteins Hals vorbei einen Pfeilbolzen in das Holz der Wand sausen.

»Ich habe zwei Pfeile auf der Armbrust, Reibenstein. Bemüht Euch nicht. Ein falscher Gedanke, und Ihr könnt hinabsteigen in die Hölle. Und jetzt verschwindet, bevor mir der Finger zuckt«, flüsterte Idler aus dem Dunkeln.

Idler ging einige Schritte beiseite, so daß seine Stimme nicht den Ort verriet, an dem er sich aufhielt. Er wußte, daß Reibenstein ihn vermutlich nicht sehen konnte, schließlich hatte er sich schwarz gekleidet und auch das Gesicht geschwärzt.

»Gebt mir das Manuskript, und ich werde Euch nicht mehr belästigen. Ich schwöre es, bei der Ehre der Heiligen Jungfrau.«

Unterdrückt lachte Idler.

»Die Jungfrau ist Euch heilig? Euer Schwur ist die Luft nicht wert, in die hinein er gesprochen wurde. Genügt es Euch nicht, daß ich das Gerät gebaut habe? Genügt es Euch nicht, daß ich Euch beweisen werde, daß es fliegen kann?«

Reibenstein trat offenbar den Rückzug an, denn vorsichtig schlich er zurück zur Luke. Jetzt mußte Idler aufpassen, denn dieser Fuchs von Reibenstein gab sich sicherlich nicht damit zufrieden, einfach das Feld zu räumen. Wenn er sich wie auch immer verriet, hatte Reibenstein sicher ein Mittel …

»Es gehört Euch nicht, das Futteral mit den Blättern.«

»Euch ebensowenig. Dem Bischof sollte er es aushändigen, und nur ihm, hat Magister Eduard mir anvertraut. Aber der lebt in Bozen.«

»Ich bin der Bote des Bischofs!« versuchte Reibenstein sich zu rechtfertigen.

»Und wem dient Ihr? Der katholischen Seite oder der protestantischen oder gar beiden, oder vielleicht keiner? Vielleicht wirtschaftet Ihr in den eigenen Säckel? Ihr seht, ich weiß mehr über Euch als Ihr über mich.«

Idler wußte sofort, daß er einen Fehler begangen hatte. Nur mit der Fußspitze war er in den Strahl des Mondlichts getreten. Sofort ließ sich Reibenstein beiseite fallen. Idler duckte sich, und tatsächlich sauste ein Messer über ihn weg und fuhr in die Balken hinter ihm. Idler sprang sofort auf und riß dabei das Messer aus dem Holz. Klirrend fiel es zu Boden. Idler fluchte.

Jetzt wußte Reibenstein, daß er ihn verfehlt hatte. Hastig suchte er die Dunkelheit ab, und tatsächlich tauchte Reibenstein keine zehn Fuß vor ihm auf.

»Das war ein Fehler, Reibenstein. Mit einem Gruß der Hutter Babette!«

Der Klang der schnellenden Sehne sirrte ihm im Ohr. Idler sah schemenhaft, wie Reibenstein in sich zusammensackte und zur Seite wegglitt, dann hörte er einen dumpfen Fall. Das Projektil hatte Reibenstein getroffen. Er stöhnte auf. Idler beeilte sich, die Sehne wieder zu spannen. Währenddessen schwang sich Reibenstein hinaus auf die Stange vor der Luke und kletterte behende die Wand hinab. Idler stürzte zur Luke. Er sah Reibenstein noch über den Hof hetzen und im Schatten verschwinden. Sein linker Arm schien etwas zu hängen. Schwer verwundet konnte er nicht sein.

Über Idler fragte Gesines verschlafene Stimme:

»Was ist los, Salomon, warum schläfst du nicht?«

Idler spähte in den Hof hinunter und suchte Reibenstein. Er würde es nicht wagen, zum Tor hinauszuschlüpfen, also legte Idler sich die Armbrust so zurecht, daß er die Mauerkrone beschießen konnte.

Idler wurde davon überrascht, daß Reibenstein den anderen Weg wählte. Er hörte das Knirschen von Ledersohlen auf dem Kies, dann sah er Reibenstein über einen Lichtfleck hinwegsetzen.

»Halt, wer ist da?« rief ihm die Wache entgegen.

»Ich bin es!« gab Reibenstein Antwort.

»Windig, vorsichtig!« rief Idler noch in den Hof hinunter, aber er hörte nur noch das Röcheln des Bettlers, dessen Stab laut auf die Gassen polterte.

»Gott sei seiner armen Seele gnädig!« murmelte Idler.

Er hörte den dumpfen Aufprall des Körpers. Reibenstein entschwand im Schwarz der Gasse.

37.

So laut war es zwischenzeitlich im Schankraum geworden, daß Stierna nur den Kopf schütteln konnte. Alles schrie und brüllte durcheinander, Humpen schlugen, Krüge knallten auf die Holztische. Den Landsknechten schien jede Möglichkeit recht, ihre Ausgelassenheit in den Schankraum zu krakeelen. Wortkarg dagegen er selbst, still. Stierna fühlte sich müde und zerschlagen. Die letzten Tage waren die Hölle gewesen. Vor ihm der Bierkrug leckte an einem Riß. Ein dünnes Rinnsal lief auf den Eichentisch und tropfte von dort auf den Boden. Stier sah er dem Weg des Bieres nach.

»Und was macht Ihr hier in der Stadt?« brummelte sein Gegenüber bierselig. »Hört Ihr mich noch?«

»Seit drei Tagen bin ich wach. Drei aufeinanderfolgende Sturmnächte. Die gesamte Zeltstadt befestigen. Hunderte von Zelten. Hunderte!«

Auch Stierna brummelte nur und wiederholte stereotyp zwanzigmal den Begriff »Hunderte!«, bis sein Gegenüber einlenkte.

»Mehr Menschen als in der Reichsstadt selbst liegen da draußen.«

»Für mich, Pezel ein einziger, verdorbener Haufen, bis hinauf zu den Kommandeuren. Seit einer Woche nichts als Huren und Saufen und Fressen.« Stierna erhob sich schwankend, streckte den Arm aus und säuselte. »Die Herren Kommandeure wollen nach ihren Eilmärschen unterhalten werden.«

Schwer fiel er wieder zurück auf die Bank. Er hob den Krug, ohne zu zittern, an den Mund und trank ihn mit einem langen Zug aus. Bier rann ihm aus den Mundwinkeln. Dann hieb er das leere Gefäß so auf den Tisch, daß es an der undichten Stelle entzweisprang.

»Und für die Festgelage der Gäste, die Besuche in den Frauenhäusern und für die Hilfe bei der Befestigung der Offizierszelte hat unser Kommandant Johann Georg aus dem Winckel, Gott möge ihn schützen, ausgerechnet mich abgestellt.«

Mitten in seinem Lamento unterbrach sich Stierna, um aufzustoßen, während um ihn her der Lärm tobte, so daß keiner sein eigenes Wort verstand.

»Zu viele Menschen in der Stadt, zu viele Fremde, zuviel Gesindel«, murmelte er vor sich hin.

»Was habt Ihr gesagt?« fragte Pezel, sein Gegenüber.

»Zuviel Gesindel hier!« schrie Stierna und wischte dabei mit dem Arm über den Tisch, daß drei weitere Bierkrüge zerbrachen und die Mannschaften am Tisch bereits unwillig murrten.

»Kommt, Stierna. Wir gehen.«

Pezel erhob sich, nahm den Schweden am Arm und zog ihn auf die Straße hinaus.

»Ihr trinkt nicht viel, Stierna? Drei Bier können nicht solche Wirkungen haben. Erschöpft seid Ihr, schlaft Euch aus.«

Als sie vor die Tür traten, hielt sich Stierna die Hand über die Augen, um sie vor der aufgehenden Sonne zu schützen. Sie schmerzten, und er fühlte die Verkrampfungen in den übernächtigten Pupillen. Die Luft war noch feucht vom Sturm letzte Nacht, und in den Gossen stand beinahe knöchelhoch der Schlick. Schindeln, die von den Böen abgerissen worden waren, lagen auf den Wegen, so daß ihr unsicherer Gang zu einem einzigen Stolpern geriet. Trotzdem wimmelten die Straßen von Menschen, Troßvolk, das die Landsknechte vor den Toren versorgte. Vor der Stadt hatten Gustav Horn und Bernhard von Sachsen-Weimar zusammen mit zwanzigtausend Mann ihre Zelte aufgeschlagen, ohne den Troß und die Besatzung Augsburgs hinzuzuzählen. Es war eine eigene kleine Stadt, die sich vor dem Jakober Tor entwickelt hatte, unübersichtlich und riesenhaft, ein Ameisenhaufen, und schlimmer noch als die ägyptischen Heuschrecken der Bibel, die ganze Landstriche kahlgefressen hatten. Die beiden Kommandeure hatten sich vor einer knappen Woche hier getroffen und wollten weiter zur böhmischen Grenze, dem katholischen Ferdinand und dem König von Ungarn entgegen.

»Es geht, Pezel, es geht«, murmelte der Schwede. Die Morgenluft machte ihn sichtlich munterer. Plötzlich drehte er sich weg von seinem Begleiter, lehnte sich gegen eine Mauer, würgte und erbrach sich. Schwer atmend blieb er einige Augenblicke so stehen. Dann spuckte Stierna aus, wischte sich mit dem Ärmel den Mund ab, fluchte.

»Es geht wieder besser!«

»Ihr habt eben etwas gesagt, Hauptmann Stierna. Ich hatte Euch nicht verstanden.«

Der Schwede grinste.

»Wer versteht uns Kriegsleute schon?«

Mit der Hand fuhr er sich übers Gesicht, schmeckte das Erbrochene im Gaumen, zog die Nase auf und spuckte gelben Schleim auf die Straße.

»Zuviel Gesindel in der Stadt, als daß man sich auf seine Aufgaben besinnen könnte.«

»Nun? Was sind es denn für Aufgaben, die Euch dieses Kopfzerbrechen bereiten, Hauptmann? Ist Augsburg nicht ein leicht zu handhabender Stein in der Krone des schwedischen Südreiches?«

Mit einem nachdenklichen Blick musterte Stierna den Doktor aus Regensburg.

»Ihr seid ein gelehrter Mann, Doktor Pezel. Beantwortet mir eine Frage: Kann der Mensch fliegen? Mit Hilfsmitteln, künstlichen Flügeln?«

Offenbar geschmeichelt, hakte sich der Regensburger Gelehrte unter, und beide wankten die Straße entlang und über den Brotmarkt weg zum Weinmarkt. Stierna fühlte sich trotz seiner Bierseligkeit ganz mit sich zufrieden. Der Gelehrte redete, ohne daß er Verdacht schöpfte.

Nikolaus Pezel, von Bernhard von Sachsen-Weimar als Hofchronist, Secretarius und Astrologe mit auf den Feldzug genommen, war nun in seinem Element, sprudelte über von Berichten über Flugreisen, die Menschen bereits vor Jahrhunderten gemacht haben sollten: Lukianos aus Samosata wollte auf dem Mond gewesen und durch die Sternenwelt geflogen sein, was der Doktor sofort als literarischen Topos abtat. Auch Trygaios, eine Figur aus Aristophanes' attischer Komödie »Frieden«, sei mit Hilfe von Mistkäfern in den Himmel gelangt. Allein dieser Umstand zeige aber bereits das Lächerliche des Unterfangens.

Heilige und Propheten seien geflogen, Maria habe sich mitsamt ihrem Körper in den Himmel erhoben, um die Herrlichkeit Gottes zu schauen, schließlich sei sogar Christus nach oben entschwebt.

Stierna lauschte begierig den Ausführungen des Doktors, der sich in seiner Wissenschaft befand und mit jedem Beispiel ein anderes, besser bezeugtes aus dem Gedächtnis hervorholte.

Aber das alles seien Flüge ohne Hilfsmittel gewesen. Von Maschinenflügen, wie Stierna sie ihm glauben machen wolle, sei in der Überlieferung allerdings seltener die Rede.

Er nannte Roger Bacon, der gesagt haben sollte, daß irgendwann Instrumente gemacht werden könnten, überall hinzufliegen, wenn man in der Mitte des Gerätes säße und eine Maschine drehe, die über kunstgerecht zusammengesetzte Flügel die Luft nach Art eines fliegenden Vogels schlage. Auch von Regiomontanus, dem fränkischen Gelehrten und Astronomen, wußte er, daß er künstliche Vögel geschaffen habe.

Vor Christus sei sogar von der fliegenden Taube des Archytas von Tarent die Rede gewesen, habe er gelesen – aber, und jetzt zerstörte der Wissenschaftler das von ihm selbst entworfene Bild einer geflügelten Welt, nie sei auch nur einer dieser Apparate aufgetaucht, und noch weniger hätte einer funktioniert, wenn doch einmal einer aufgetaucht wäre. Und das sei schließlich das mindeste, was man verlangen könne. Sie alle seien Hirngespinste, Wunschträume der Menschheit, einzelner Gelehrter und Tüftler, denn sie alle scheiterten an dem einen Problem, daß der Äther nämlich Dinge nicht trug, die schwerer als Luft und unbelebt waren.

»So«, meinte Stierna, kurz angebunden und unsicheren Schrittes. »Meint Ihr!« Sie stolperten die Wintergasse hoch zu seinem Domizil. »Und wenn ich Euch sage, daß ich den Beweis dafür habe, daß etwas sehr wohl fliegen kann, auch wenn es schwerer ist als Luft?«

»Ihr habt doch mehr getrunken, als ich annahm, Hauptmann. Wollt Ihr mich auf den Arm nehmen? Die Wissenschaft beweist eindeutig und unbezweifelbar ...«

»Die Wissenschaft, die Wissenschaft«, äffte ihn der Schwede nach. »Nichts beweist sie. Ich habe mit eigenen Augen gesehen, daß Gegenstände, die schwerer als Luft waren, durch den Äther geglitten sind. Basta!«

Der Doktor lächelte spöttisch.

»Nach einem Glas Bier oder nach zweien? Seid ehrlich.«

Stierna blieb stehen. Dann packte er den Doktor am Kragen.

»Was ich sehe, Kerl, sehe ich. Vor zwei Wochen bin ich den Berg am Perlach hinaufgestiegen. Die Sonne ging auf. Es ist ein schönes Gefühl, ihn steigen zu sehen, den Ball aus Höllenfeuer. Und als ich gegen den Himmel blickte, schwebte darin ein Gegenstand, kein Vogel, keine Biene, ein – Holzgestell, so groß wie meine beiden Arme, wenn ich sie ausstrecke. Segelte einfach in der Luft, drehte Kreise und verschwand hinter den Zinnen.«

»Mit weißen Schwingen wie bei Engeln. Er leuchtete im ersten Glanz der Sonne!« frotzelte der Gelehrte.

»Woher wißt Ihr das? Habt Ihr ihn auch gesehen, den Vogel? Ja? Und ich ließ dem Schreiber Cancer deswegen die Hand abhacken.«

»Eure Phantasie, Hauptmann Stierna, oder ein Engel. Es soll sie ja geben, obwohl die Wissenschaft nichts Bestimmtes darüber weiß. Und jetzt laßt los!«

Überrascht bemerkte Stierna, daß er den Doktor so nahe zu sich herangezogen hatte, daß dieser sich in Rückenlage befand und beinahe hintenübergekippt wäre. Langsam verstand er auch, daß ihn der Gelehrte auf den Arm genommen hatte. Nervös spielte seine Zunge mit den Lippen.

»Ich werde es Euch beweisen.«

Gutmütig antwortete der Gelehrte:

»Beeilt Euch. Bevor die Kommandeure weiterziehen.«

»Morgen, zur ersten Tagesstunde, Pezel, auf der Mauer zum Jakober Tor hin. Ich habe den Beweis!«

Mit diesen Worten trennten sich die beiden.

38.

Hinaufgeschlichen war Idler, weil der Vollmond schien und der Kauz schrie und die Hutter Babette unruhig gegen die Lehne ihres Stuhles schlug, daß man es einen Stock tiefer noch vernahm.

Jetzt hockte er im Dachgeschoß des Hurenhauses unter der Traufe und sah die Alte an. Durch eine der Luken fiel das Licht wie eine Kaskade, grell und kalt. Gespenstisch sah sie aus, die Hutter Babette. Weiß leuchtete der Mond ihr Gesicht aus, das sie abwechselnd in den Lichtfall hielt und wieder herausnahm und hineinhielt und wieder herausnahm.

»Erzähl mir was übers Fliegen, Babette. Ich weiß, daß du es weißt«, flüsterte er ihr zu, und hustend lachte die Alte, sah ihn schief an von der Seite mit ihrem einzigen Auge.

»Oder bist du wirklich keine Hexe? Aber das glaube ich dir nicht. Wenn Mutter Schmerzen plagten im Bauch, dann hat sie die Kirche verflucht. Die Hutter Babette hätte Rat gewußt, hat sie immer gesagt.«

Nervös wackelte die Babette mit dem Kopf, als würde sie verneinen. Beinahe lautlos begann sie zu sprechen, und Idler mußte sich abmühen, ihre Stimme zu verstehen.

»Nur das, was wir Frauen alle wußten, weiß ich. Die Salbe,

die dich fliegen läßt, Salomon, die muß mir die Agnes anrühren. Einmal im Jahr, Schuster, einmal im Jahr fliege ich mit.«

Sie warf den Kopf zurück, stieß ihren kauzähnlichen Schrei aus, begann plötzlich zu phantasieren:

»Kauz, rühr mir die Salbe an, es ist soweit, der Mai bricht an, die Sonne zwängt sich in die Spalten der Nacht und reißt sie auf. Rühr sie mir im Mörser an aus Fett und Sellerie und Wolfswurz, gib Pappelzweige in den Topf und Weihrauch, Wassermerck und Ackerwurz, Fünffingerkraut, misch Nachtschatten darunter, Bilsenkraut, Tollkirsche und Stechapfel, gib Öl aus Leinsamen bei, der zur Nacht gepflückt wurde unterm vollen Mond. Vergiß sie nicht, die Alraune, die weibliche für diese Nacht, die einzige im Jahr, denn einmal möchte ich mit ihnen fliegen, mit zum Brocken.

Reib mich ein, Kauz, reib mir jedes Glied an meinem Körper ein mit diesem Gift, das aus den Menschen Nachtwesen macht. Schmier mir die Lippen damit, reib mir die Salbe ins Geschlecht, daß ich ausfahren kann auf meinem Besen zur Vereinigung, zum Tanz. Mit der Nachtschar will ich über den Himmel ziehen. Den Teufel will ich in mir fühlen, wenn ich für ihn schon gemartert wurde.

Ich möchte ausfahren durch den Kamin aus dem Haus hier, daß die Feuerzungen hinauflecken bis unter die Wolken, und den Inquisitoren und falschen Betern, den Heuchlern und Lügnern in die Herzen stoßen, daß es sie zerreißt. Mitreißen wollte ich sie, hinunter in die Hölle, jede Seligkeit erschiene mir dagegen ungerecht.

Über die Stadt hin, Kauz, wollte ich fliegen und die Pest streuen auf die Körper der Reichen, die Pocken ins Antlitz der Schönen und die französische Krankheit auf die Geschlechter derjenigen, die von ihrer Unsterblichkeit überzeugt sind. Auslöschen will ich sie, allesamt.

Hagelschlag und böse Stürme würde ich über die Stadt schicken, Gewitter, deren Blitze die Unfruchtbarkeit mit sich trügen für Mensch und Tier. Und nicht die Kinder wollte ich verschonen, sofern sie bei den Feuern gaffen, die unsereins verschlangen, ohne zu fragen, warum hier ein Mensch brennen muß. Ich würde den Untergang dieser Welt alltäglich werden lassen, bis die Menschen auf die Knie fallen und ablassen von diesem Unglauben, der uns der Zauberei beschuldigte, bis sie das Geschwür dieser Stadt, die Priester, ins Wasser stoßen und die Scheiterhaufen errichten für alle Kreuze und Bücher, mit denen der Aberglaube verbreitet wird, den sie den christlichen nennen.«

Bis hierher hatte Idler einfach zugehört, hatte sie nicht unterbrochen, die Alte, jetzt aber wurde es ihm unheimlich. Röchelnd lag ihr Kopf auf der Seite, fortwährend stieß sie ihre Kauzschreie aus. Idler trat vor sie, schüttelte die Hutter Babette an den Schultern.

Heftig atmend und keuchend saß sie, zuckte, als hätte sie Krämpfe.

Plötzlich erschien Gesine an der Falltür, steckte den Kopf zu ihnen hoch:

»Was ist, Salomon?«

Der zuckte mit den Schultern.

»Ich weiß es nicht. Sie ist sehr erregt und verwirrt. Ich habe sie nur danach gefragt, was sie vom Fliegen hält.«

Langsam kam Gesine die Treppen hoch, stellte sich neben ihn, so daß ihr Arm den seinen berührte, strich der Babette über die Stirn.

»Das ist nicht deine Schuld. So ist sie bei Vollmond. Im einen Moment klar – und dann wieder weit weg, weit hinter dieser Welt. Zwanzig peinliche Befragungen lassen die Menschen nur selten wiederkommen.«

Idler wußte nicht recht, was er sagen, wie er sich jetzt verhalten sollte. Hilflos sah er Gesine an. Mit derselben Geste, die eben noch die Hutter Babette beruhigt hatte, fuhr sie ihm über die Wange.

»Schuster!«

Es war die Stimme der Hutter Babette, die beinahe tonlos dazwischenfuhr.

»Schuster?«

»Sie will mit dir reden, Salomon«, versuchte Gesine die Töne der Alten zu deuten.

Unverwandt sah Idler auf die Alte.

»Warst ein Rotzbub, Schuster«, begann sie plötzlich das Gespräch, und Idler mußte die Ohren spitzen, damit er das Hauchen ihrer Stimme verstehen konnte.

»Ich erwarte nichts mehr, nur den Tod, fast nichts also. Und doch, Schuster, hab ich ihn gesehen, gestern, heute, die Tage her. Unverkennbar war er es. Sein Gesicht war verborgen unter der Kapuze, aber sein Schritt, das Schleichen seines Ganges. So schleicht nur einer, Schuster. Wie lange ich darauf gewartet habe, ihm zu begegnen. Hilf mir alter Frau, und ich helfe dir. Wer war der Zigeuner, gestern? Wer? Hast du ihn gesehen?«

Idler schüttelte den Kopf.

»Nein. Gesehen nicht. Gesprochen. Ich habe mit ihm ein paar Worte gewechselt. Ständig treffen wir uns.«

»Wir uns? Er dich, mein Sohn, er dich.«

Und dann war ihm, als würde die Babette nicht mehr mit ihm reden, sondern zu sich selbst:

»Hast du gesehen, wie der Fuchs ihn umsponnen hat, Kauz? Muß tüchtig aufpassen, der Schuster. Der versteht sich aufs Handlesen, der schwätzt ihm die Zukunft vor, daß ihm schwindlig wird, bis er nach ihm schnappt, und dann verschwindet er durch eines seiner Schlupflöcher, von denen er ausreichend hat in der Stadt. Kennen wir ihn nicht, Kauz? Haben wir ihn nicht vor Jahren schon gesehen und bedient? Nein? Erinnere dich, damals. Kam er nicht als junger Bursche zu mir? Sollte ich ihn nicht lehren, was Frauen so unterscheidet vom anderen Geschlecht? Hab ihn ausgelacht, den Fuchs, war mir zu grün hinter den Ohren, der Bengel, und ich mußte es büßen. Wußt' ich davon, daß sein feines Gehabe der Tod ist? Hat er nicht angeboten, mir ein Horoskop vorzuschwatzen, die Zukunft herabzubrabbeln von den Sternen, wenn ich ihn molk? Hat mir das Feuer prophezeit, das er mir selbst angezündet hat, der falsche Kerl. Ihm hätten wir etwas nachzutragen! Diesem Zigeuner.«

»Der Zigeuner ist Reibenstein?« stutzte Idler. Jetzt ging ihm ein Licht auf.

»Woher kennst du ihn so gut, Babette? Erzähl.«

Die Alte legte den Kopf schief, ihre Hände zuckten unruhig, ihr Atem beschleunigte, der Mund klaffte, und sie stieß diesen eulenartigen Schrei aus, diesen Käuzchenruf, der in sich den Schmerz dieser Frau trug.

»Sie wollen es wissen, Kauz«, flüsterte sie, und Gesine hielt Idler jetzt am Arm fest, als dieser nachfragen wollte, wer denn dieser Kauz sei. »Hockst unter der Traufe und steckst den Kopf ins Gefieder, als ginge dich das alles nichts an. Mich aber geht es etwas an. Es gibt sie noch, die Welt außerhalb dieses Raumes, die Helligkeit des Tages, die Dunkelheit der Nacht, und es gibt sie, meine Erinnerung. Nichts bilde ich mir ein, alles sehe ich vor mir. Hör, Kauz, kanntest ihn auch, den Fuchs, der sich bei uns einschlich und nach uns griff. Der wissen wollte, wie es so ist zwischen Männern und Frauen. Nicht?

Hat er nicht geredet, während er schlief, hat er nicht ausgeplaudert, wonach man ihn gefragt hat, wenn er danach erschöpft war und sich zur Seite drehte, während ich wach lag? Sein einziger Fehler, nicht, Kauz. Sein einziger. Erzählte mir davon, daß er dem König diente, dem einzigen König, der etwas galt für ihn, dem Franzosen. Stand im Dienst aller, vor allem aber im Dienst des katholischsten aller Kardinäle, im Dienst Richelieus. Hat sie alle verraten: die Engländer, die Schweden, die Habsburger, die Bayern. Alle, Kauz, für den Kuß auf den Siegelring des Kardinals. Und wir, Kauz, wir wußten es. Wir haben es ihm gesagt, wir haben ihm davon erzählt, daß er spricht, daß er antwortet im Schlaf. Und schon standen die Schergen da und schleiften uns zur Folter. Alles habe ich gestanden, alles, auch, daß er das Teufelsmal trug, aber er war bereits aus der Stadt – und ließ mich zurück, der Fuchs. Hat mich aber nicht totgebissen. Wird sich wundern, das Vieh, wird sich wundern ...«

Zum Ende hin war die Stimme der Hutter Babette immer leiser geworden, so daß sich Idler über ihren Mund hatte beugen müssen, um sie überhaupt noch zu verstehen. Jetzt zeigten ihre Atemzüge an, daß sie schlief.

39.

Sturm riß an den losen Läden, die Richard und er eben noch mit Mühe geschlossen hatten. Über den Mond, der beinahe voll war, zogen Wolkenfetzen, verdüsterten das Licht, das er hinunter in die Gassen des Lechviertels warf, schütteten mit Plötzlichkeit Nacht zwischen die Häuser und Hütten und ließen dann vorübergehend alles wieder in kaltweißer Helligkeit leuchten.

Gewitter würde es heute noch geben, dachte sich Idler, Gewitter, wenn sich die Wolkenbänke verdichteten. Noch war Zeit, das Gerät auszuprobieren. Er wollte nur von einem Aufbau aus gespaltenen Schleifprügeln springen, den Richard hinter ihm erstellte, fünf Ellen hoch. Von dort aus in den Hof hinunter konnte er die Tragfähigkeit des Gleiters erproben – und etwas Wind dazu würde nicht schaden.

Mühsam hatten sie den Drachen vom zweiten Stock an der Außenwand herabgelassen, jetzt war Idler damit beschäftigt, ihn zu einem Versuchssprung herzurichten.

Im Innenhof verwirbelten Böen trockenes Geäst und Staub, es heulte und blies, daß man glauben konnte, die wilde Jagd sei unterwegs. Vom Boden hob Idler einen Knüppel auf und warf ihn in die Dunkelheit.

»Was hast du, Salomon?«

Richard war zu ihm getreten.

»Nichts!« antwortete der. »Ratten. Sie werden fett, während wir hier hungern. Der Herrgott hat ein Einsehen mit uns, wenn er die Strafen der Hölle gleich zu Lebzeiten an uns vollzieht. Das spart Arbeit am Jüngsten Tag.«

Der Sturm wühlte in seinem Haar.

»Zum Philosophieren und Räsonieren haben wir keine Zeit, Salomon. Du mußt einen Sprung tun, damit wir sehen können, ob der Vogel dich trägt!«

Gemeinsam wuchteten sie das Fluggerät hoch, das, vom heftigen Wind gezerrt, hin und her geschoben wurde. Vorsichtig und mit einem flauen Gefühl im Magen erstieg Idler rückwärts das aus gespaltenen Sterscheiten gebaute Podest, das Fluggerät auf den Schultern. Auf halber Höhe ließ Richard los, und Idler nahm den Druck des Windes zu Hilfe, der unter die Flügel griff und das Gerät leichter erscheinen ließ, als er es gedacht hatte.

»Ich glaube, es ist doch einfacher, eine Holzpuppe unter ein Modell zu binden, als einen Menschen unter ein Fluggerät zu schnallen, Richard«, stieß Idler brockenweise hervor, bis er den Holzstoß erklommen hatte.

»Fünf Ellen werden dir schon nicht das Genick brechen, Salomon. Und wenn du wirklich Angst hast, mit dem Ding über die Stadtmauer wegzustarten, dann binden wir Stierna drunter. Bei dem wäre es egal.«

Sie lachten. Doch während Richard weiter prustete, als hätte er einen Komödienpreis damit gewonnen, verstummte Idler plötzlich.

Eben war hinter einer der Wolken der Mond wieder hervorgekrochen und hatte sein Licht in den Innenhof gesandt, als mit seinem Licht ein menschlicher Schatten auf den Boden geworfen wurde. Dunkel und bedrohlich wirkte er, weil der Schatten einen gezogenen Degen in der Hand hielt. Idler starrte von seinem Holzpodest herunter. Daß Richard ebenfalls verstummte, unter dem Drachenvogel nach hinten wegkroch und sich im Dunkel des Hauses verbarg, bemerkte er nicht.

»Es freut mich, Euch bei guter Laune zu finden, Schuster«, tönte es aus Idlers Flugrichtung, und Idler erkannte die Stimme sofort.

Der Wind riß an dem Vogeldrachen, daß er Mühe hatte, sich auf dem Holzpodest aufrecht zu halten. Er mußte plötzlichen Zug und ebenso plötzliches Nachlassen des unterfahrenden Windes ausgleichen und selbst aber das Gleichgewicht auf dem unsicheren Stand halten.

»Reibenstein, wenn mich nicht alles täuscht?«

»Recht so. Man kennt gute Bekannte, Idler. Ich weiß das zu schätzen. Richtig besorgt war ich, als ich erfuhr, daß Ihr am Schwarzen Tod erkrankt wart. Aber ich sehe Euch gesund und munter, Idler. Um so besser. Es freut mich.«

»Direkte Freude empfinde ich nicht darüber, Euch zu sehen, Reibenstein.«

»Das tut mir aufrichtig leid, Schuster. Ihr solltet das aber. Schließlich bin ich Euer – Geldgeber. Sagt man das so? Ja? Wenn das, was auf Euren Schultern ruht, wirklich das Fluggerät ist, das Ihr bauen wolltet, dann habe ich es Euch bezahlt. Ist das nicht richtig? Ohne mich wärt Ihr in dieser Zeit längst verhungert.«

Immer kräftiger rissen die Böen an den Flügeln, immer schwächer wurde der Widerstand Idlers dagegen, seine Arme ermüdeten, seine Beine rutschten zwischen das Spaltholz, verloren den Tritt.

»Nun, Schuster, wenn Ihr fertig seid mit Eurer Spielerei, dann bitte ich Euch, gebt mir das Manuskript. Ich habe dafür bezahlt – Ihr wolltet es behalten, bis der Flugdrachen gebaut ist. Der Zeitpunkt ist gekommen.«

Reibenstein trat aus dem Schatten des Tores heraus, in der rechten Hand noch immer den Degen, die linke gegen Idler ausgestreckt.

»Ihr habt versucht, es Euch zu holen. War das abgemacht?«

Reibenstein grinste.

»Ich mußte für mein voreiliges Handeln büßen! Der Bolzen steckte tief. Schießt man auf seinen Geldgeber?«

»Wenn er zu gierig ist.«

Reibensteins Gesichtsausdruck zeigte keinerlei Regung mehr. Leise, gerade so laut, daß Idler ihn noch verstehen konnte, meinte er:

»Ich will das Manuskript, Idler, nichts weiter.«

»Er wird es Euch geben, wenn er es für richtig hält!« tönte es aus dem Schatten hinter Idler. Richard stand dort, seinen Bettelstab in der Hand, bereit, auf die Drohung Reibensteins mit demselben zu antworten.

Reibenstein war keineswegs verlegen ob dieser Bedrohung.

In diesem Moment verfing sich eine Windbö im Gärtchen unterhalb des Färberhauses, wühlte im Staub des Bodens, so daß für einige Sekunden allen Beteiligten die Sicht genommen war. Idler fühlte sich plötzlich emporgenommen und sah, daß ihn der Sturm zusammen mit seinem Flugdrachen gehoben hatte. Er hing jetzt wie zuvor seine Holzpuppen im Gestell. Die Riemen der Halterung drückten. Die Bö drückte ihn nach oben und gegen die Hauswand im Rücken, was er vermeiden mußte. Eine Körperbewegung nach vorne, die ihm die Angst vor der Wand im Rücken eingab, veränderte die Flügelstellung, und ehe sich Idler versah, glitt er auf dem Druck des Windes hinab zur Erde und direkt auf Reibenstein zu, der mit weit aufgerissenen Augen und einer panischen Angst vor ihm stand.

»Duckt Euch!« schrie Idler aus Leibeskräften, aber der Fuchs blieb wie versteinert, stierte ihm entgegen, als sei Idler der Leibhaftige persönlich, und wurde von seinen Beinen, die Idler nach vorne gestreckt hatte, um die Wucht des Aufpralles bei der Landung zu mildern, zu Boden gestreckt. Sanft, als wisse der Wind um die Zerbrechlichkeit des Drachens, ließ die Bö nach und setzte Idler ohne viele Umstände am Boden ab. Nur das Gewicht des Geräts selbst, das jetzt nicht mehr vom Wind getragen wurde, sackte schwer auf Idlers Schultern zurück und stieß ihm kräftig ins Genick.

Richard hatte sich am schnellsten von diesem Schauspiel erholt.

»Es hat geklappt, Salomon!« rief er, nicht ohne gleichzeitig dem noch betäubten Reibenstein den Degen aus der Hand zu nehmen und ihm selbst auf die Brust zu setzen.

»Du warst zwanzig Ellen hoch, ich schwör's dir, zumindest fünfzehn. Und es hat geklappt. Wie ein Habicht, der auf seine Beute herunterstößt, mein Lieber. Der Herr von Adel hier am Boden war wie eingewurzelt vor Schreck.«

Reibenstein erholte sich langsam. Er wollte eben aufstehen, aber da bemerkte er die Degenspitze, die ihn ermahnte, sich vorsichtiger zu bewegen.

»Macht keinen Blödsinn, Einäugiger. Ich will das Manuskript, sonst nichts. Ihr könnt mir gestohlen bleiben. Wenn ich Euch hätte loswerden wollen, dann hätte ich den Platz hier längst an Stierna verraten. Seit dem Frühjahr weiß ich davon. Mittlerweile ist der Sommer beinahe zu Ende.«

Reibenstein sah auf, um zu prüfen, wie seine Rede bei dem Bettler angekommen war. Der aber sah ihn nicht an, hielt nur konsequent die Spitze des Degens gegen die Stelle unterhalb des Kehlkopfs gerichtet.

»Soll ich zustechen, Salomon?«

»Nein!« war die schnelle Antwort des Schusters. »Keiner von uns eignet sich zum Mörder, Richard. Ich glaube, das Geschäft sollte man denen überlassen, die nur mit dem Mund, nicht aber mit dem Herzen sprechen.«

»Aber, Salomon, er ist ein Lump, und um Gesindel ist es in der heutigen Zeit nicht mehr schade. Man muß es zeitig ausrotten, damit es sich nicht vermehrt.«

»Auch du wirst die Menschen nicht ändern, Richard. Der Herrgott hat sie so geschaffen, damit sie beim Durchschreiten des Jammertales Welt geläutert werden. Willst du ihm diese

Möglichkeit vorenthalten und ihn wieder zurückschicken ins Fegefeuer? Behalt den Degen meinetwegen, aber laß ihn frei, bitte.«

Nur widerwillig gab Richard nach, löste langsam den Druck des Degens gegen die Kehle Reibensteins, so daß dieser aufstehen und umhergehen konnte. Richard warf den Degen zum Haus hin in den Schatten, pflanzte sich vor dieser Front auf, stützte sich auf seinen Stock und ließ den Fuchs nicht mehr aus den Augen.

»Ihr könnt froh sein, daß ich Euch gefunden habe und nicht Stierna. Es ist eher der Zufall, wie er Tüchtigen zuteil wird. Der Schwede ist nicht dumm, allerdings etwas träge, was das Verfolgen von Gedankengängen anderer, und plump, was das Erkennen von Spuren anbelangt.«

Reibenstein trat an den Vogel heran, berührte die Tragflächen mit der Hand, roch daran.

»Habt Ihr die Leinwand mit Bienenwachs befestigt?«

Idler lachte.

»Daidalos? Nein, Reibenstein. Wir haben die Seide der Flügel nur mit Wachs verdichtet. So trägt sie besser, weil die Luft nicht durch sie hindurch entweichen kann.«

Reibenstein nickte und umschritt das Fluggerät.

»Der Neid muß es Euch zugestehen, daß der Vogel hier durchdacht ist. Leicht und stabil. Und – was alldem die Würze gibt: Er fliegt. Jetzt weiß ich, warum Stierna dahinterher ist wie der Teufel hinter der armen Seele.«

Reibenstein umrundete den Drachen mehrere Male. Dann trat er wieder in die Mitte des Platzes.

Ein feines Nieseln hatte eben erst eingesetzt, das der Sturm, der immer stärker gegen die Stadt zu toben begann, in Schauern über die drei hinwegtrieb und den Flugdrachen näßte.

Idler bat Richard und Reibenstein, den Drachen quer zu stellen und unter die Toreinfahrt zu tragen. Dort war er sicher vor dem Regen.

»Ihr müßt verschwinden von hier!« eröffnete Reibenstein,

nachdem der Vogel sicher gelagert war, den beiden Freunden. »Stierna wird über kurz oder lang erfahren, wo Ihr arbeitet. Und dann sind Jahre der Vorarbeit dahin, der Flugapparat ebenso – und vielleicht auch das Manuskript.«

»Laßt mich in Ruhe mit Eurem Manuskript. Ich habe versprochen, Ihr bekommt es – und ich werde mein Versprechen halten.«

Reibenstein nickte, als wüßte er, daß Idler sein Versprechen nicht brechen würde.

»Ihr könnt den Vogel nicht hierlassen, Schuster, könnt selber nicht hierbleiben. Vor den Mauern lagern zwanzigtausend Soldaten, die gegen Böhmen ziehen. Eine Kriegsmaschine, wie Ihr sie gebaut habt, in deren Händen würde die Truppen Ferdinands bis ins Heilige Land treiben und noch weiter hinunter, über den Rand der Welt hinaus, meinetwegen. Das darf einfach nicht passieren. Dafür ist das, was Ihr getan habt, viel zu wichtig, viel zu bedeutend.«

»Wollt Ihr uns einlullen mit Eurem Geschwätz, oder was sabbert Ihr da vor Euch hin?« unterbrach ihn Richard scharf. »Die Schweden, Kaiser Ferdinand, womöglich noch der Papst. Glaubt Ihr, daß wir nicht mitbekommen haben, wie sie alle nach dem Manuskript greifen, wie sie sich gegenseitig die Haut abziehen, um es zu bekommen – und da wollt Ihr, mit allen Wassern gewaschen, uns Eure Hilfe anbieten, einfach so, ohne Hintergedanken, ohne …«

Reibenstein sah Richard direkt an. Um seinen Mund spielte ein Lächeln, das alles bedeuten konnte, selbst den Tod.

»… ohne direkt sichtbaren Nutzen für mich. Genau das will ich, Einäugiger. In dieser Stadt nützt es mir wenig, wenn ein fleißiger Schuster einen Drachen baut, der mit ihm zusammen fliegen kann und in die Lüfte steigt, als wäre er lebendig. Ich bin mitten unter Protestanten und muß mich vorsehen, als Katholik nicht in Eisen gelegt zu werden. Nur die Bauanleitung kann mir helfen. Sie muß anderen Personen, Baumeistern, Ingenieuren, Gelehrten, zugeführt werden, die von den Dingen mehr verstehen, als Ihr es tut, als ich es tue. Dann erst schlägt meine Stunde. Ihr habt Euer Fluggerät, Ihr hattet Euren Spaß daran. Jetzt helfe ich Euch aus dem Schlamassel, bevor Stierna Euch findet und in den Kerker schließen läßt. Mich wundert es geradezu, daß er noch nicht hier ist, aber das liegt sicher nur an den Heeresteilen, die sich seit längerem hier sammeln. Ihr hättet keinen Vogel mehr, und mir fehlte das Manuskript. Ich habe demnach auch meinen Nutzen davon, Euch zu helfen. So einfach ist das.«

Inzwischen hatten sich die Wolken gänzlich verdichtet, aus dem Nieseln war ein heftiger, schwerer Regen mit Sturmböen geworden, die das Wasser gegen die Hauswände warfen, daß es nur so klatschte. Selbst der Nachtwächter hatte seine Stimme gegen eine Glocke getauscht, mit der er die Stunden einläutete, wie aus der Tiefe der Stadt zu hören war.

»Und wenn wir Euch glauben würden, Reibenstein, wohin sollten wir gehen? Wißt Ihr ein besseres Unterkommen als hier?«

Idler war jetzt ganz an Reibenstein herangetreten, um besser und vor allem leiser mit ihm reden zu können. Nur Richard war vorsichtig geblieben, stand vier Schritte abseits und beobachtete die beiden.

»Im Pfaffenwinkel der Bischofsstadt könnte ich Euch verstecken. Dort hatte von Knöringen ein Häuschen mit leicht abfallendem Garten. Da könntet Ihr ungestört üben, Platz wäre. Der Schlüssel gehört mir. Niemand würde Euch stören. Und für einen letzten Probeflug wäre das Grundstück ideal. Die Stadtmauer ist in der Nähe. Von dort hinunter und hinein in die Jakober Vorstadt fliegen – eine Aufgabe, der Ihr Euch nicht verschließen solltet, Idler.«

»Und wie wäre der Flugdrachen dorthin zu bringen?«

»Ich schicke morgen vormittag einen Karren vorbei. So groß ist der Flieger nicht, als daß er darauf keinen Platz fände. Damit könnte er unbemerkt hochgeschafft werden.«

Blitze begannen über den Himmel zu reißen und legten Tageshelle über die Stadt.

»Einverstanden, Idler?«

Reibenstein streckte ihm die Hand hin. Idler zögerte und griff dann danach.

»Einverstanden, Reibenstein!«

Richard war dem Schauspiel gefolgt, ohne etwas dazu zu sagen. Jetzt wandte sich Reibenstein auch wieder an ihn.

»Damit Ihr seht, Richard, daß ich es wirklich ehrlich mit Euch meine ...«, während er dies sagte, griff er in der Dunkelheit des Torweges neben sich und hielt einen weiteren Degen in der Hand, »... habe ich diesen Degen nicht verwendet, mit dem ich Euch hätte töten können. Bevor ich aus dem Schatten getreten bin, hatte ich ihn dort abgestellt. Das hat schon so manchen das Leben gekostet, Einäugiger. Heute war er nicht nötig. Vernünftige Menschen können miteinander reden.«

Damit drehte er sich um und verließ zusammen mit einem der vielen Blitzschläge, die das Firmament überzogen, den Hof. Am Tor drehte er sich noch einmal um und grinste ihnen zu. Idler glaubte in seinem Gesicht Spott und Hohn zu lesen über ihre Einfältigkeit, mit ihm Geschäfte zu machen.

Richard trat erst jetzt an Idler heran.

»Was will er von uns?«

»Was er genau will, weiß ich noch nicht. Aber jetzt will er vor allem, daß wir nicht dem Schweden in die Hände fallen, Richard«, war die lakonische Antwort. Idler schwieg und sah hoch zu den Balken des Schupfens. Darunter kauerte ein halbes Dutzend Tauben, ihre Köpfe ins Gefieder gesteckt. Sie zuckten bei jedem Blitz und gaben ein erschrecktes Gurren von sich. Dort oben versuchten die Tiere zu schlafen, denen er seine Träume verdankte, verschreckt und verängstigt wie Richard und er im Augenblick.

Ein Blitz zerriß über ihnen den Himmel, grellweiß und ohrenbetäubend. Eine der Tauben flatterte auf und schoß aus dem

Unterstand hinaus und hinein in Regen und Sturm. Sie wurde gebeutelt vom Wind und gegen eine der Fachwerkmauern getrieben, bis sie hilflos und durchnäßt zu Boden gedrückt wurde. Idler ahnte, daß sie sich zu weit aus ihrem Versteck hinausgewagt hatte und die Nacht nicht überleben würde. Er wandte sich Richard zu und sah ihn lange an, bevor er weitersprach.

»Was wir weiter zu zinsen haben, kann ich nur erraten. Aber ich vermute, daß er mehr will als nur das Manuskript. Wäre er der Teufel, dann wüßte ich, daß er es noch auf unsere Seelen abgesehen hat. So weiß ich nichts, denn der Mann, Richard, ist mehr als der Teufel, er ist das Böse selbst.«

40.

»Habt Ihr jetzt die Wache auf den Mauern übernommen, Stierna, oder seid Ihr nur noch nicht ins Bett gekommen?«

Der ihn so spöttisch angesprochen hatte, war schlank und hochgewachsen, mit einem schmalen, spitzen Gesicht, dessen Blässe darauf hindeutete, daß er sich wenig an der Luft bewegte.

Stierna nickte Doktor Nikolaus Pezel freundlich zu.

»Letzteres trifft zu, lieber Doktor. Aber auch Euch möchte man zu dieser Zeit nicht auf den Mauern vermuten.«

Der Doktor stimmte ihm zu.

»Es ist mein unruhiger Geist, der mich nicht ruhen läßt – und unser kleiner Disput gestern.«

»Wollt Ihr damit andeuten, Doktor, daß Ihr Eure Meinung geändert habt? Das erschiene mir denn doch ungewöhnlich bei Euresgleichen.«

»Stierna, Stierna, Ironie und Spott in Eurer Stimme sind unverkennbar. Statt Euch den Erkenntnissen der Wissenschaft zu unterwerfen und anzuerkennen, was bewiesen ist, lästert Ihr despektierlich darüber. Es ist eine Schande für einen Mann des

Geistes, sich von einem Kriegshandwerker derart auf den Arm genommen zu sehen. Ich hoffe, Ihr seid Euch dessen bewußt.«

Eigentlich mochte Stierna den Gelehrten, obwohl ihm dessen blinder Glaube an die Buchwissenschaft doch etwas blauäugig erschien.

»Dann wollt Ihr mir jetzt und auf der Stelle wirklich beweisen, daß nichts und niemand fliegen kann?« setzte Stierna dagegen und erinnerte den Doktor so daran, daß sie gestern nach ihrem Streitgespräch verabredet hatten, sich in den Morgenstunden hier auf der Stadtmauer zu treffen, um gegenseitig ihre Beweise auszutauschen.

»Oh, ich könnte Euch Hunderte von Beweisen liefern, wäre ich in Regensburg und säße in der Bibliothek des Klosters. Die Literatur ist voll davon. Heute muß ich aber zu handlicheren Mitteln greifen, aber auch hier kann ich Euch Stichhaltiges liefern.«

Aus seinem Umhang zog er eine Holzkonstruktion hervor, die entfernt eine Ähnlichkeit besaß mit einem Vogel. Er hielt sie über die Zinnen hinaus, ließ los, und das Holzgestell fiel wie ein Stein senkrecht hinunter und in den Graben, in den es mit einem derben Platschen eintauchte.

»Nun, überzeugt? Wie sollte ein Gerät fliegen, das doppelt oder dreifach, ja fünfzigfach so groß sein sollte?«

Nickend war Stierna der Demonstration gefolgt. Natürlich, so hatte er es bislang auch gesehen.

»Und Ihr seid sicher, Doktor, daß diese Demonstration ausreicht, die Wahrhaftigkeit der Behauptung zu beweisen, nichts könne fliegen? Kennt Ihr die Geschichte des Mathematikers und Astronomen Galilei, dessen Verurteilung noch nicht zu lange zurückliegt? Er hatte Professoren darum gebeten, durch sein Fernrohr zu sehen, um die vier neuen Monde Jupiters zu betrachten, die er ihnen darin eingestellt hatte. Kennt Ihr die Antwort der gelehrten Männer in ihren Talaren, die so schwarz waren wie ihre Augen blind? Kennt Ihr sie?«

Nikolaus Pezel lief rot an. Das war beinahe eine Beleidigung.

Beharrlich schwieg er, hatte Kopf und Blick abgewandt. Dann sah er Stierna ins Gesicht, als schäme er sich der Haltung dieser Kollegen.

»Natürlich! Wo denkt Ihr hin.«

»Sie sagten also, nachdem Ihr es mir nicht sagen wollt, Doktor, sie würden nichts erblicken. Alles sei eine einzige Täuschung, ein Linsenfehler. Einer hatte sogar die Stirn zu behaupten, ihm werde vor dem Fernrohr ganz schwindlig. Das heißt, sie alle wollten nichts sehen, wenn wir annehmen, daß die erlauchte Runde der führenden Köpfe der Bologneser Wissenschaft weder blind noch kurzsichtig war. Eine ausgesuchte Versammlung der größten Dummköpfe der Universität von Bologna, mein Freund. Gebt Ihr mir recht?«

Zustimmung von Seiten des Doktors hatte Stierna nicht erwartet, es wunderte ihn, daß er nickte.

»Gut, Doktor, dann seht her.«

Der Schwede holte einen gerollten Bogen Papier aus einer seiner Mantelinnentaschen, glättete ihn auf der Lücke zwischen zwei Zinnen, begann ihn zu falten, bis ein Gebilde entstanden war, das einem Vogel ähnelte. Dieses legte er beiseite und zog einen zweiten Bogen hervor, den er zwischen die Finger geklemmt über die Mauer hinaushielt.

»Ihr seht«, und dabei ließ er das Blatt los, »selbst Papier stürzt zur Erde, ist also zu schwer, als daß der uns umgebende Äther es zu tragen vermag. Was aber, wenn ich die Form des Papiers ändere, Doktor?«

Dabei nahm der Hauptmann das gefaltete Papier, hielt es in einer Hand und ließ es sanft aus dieser gleiten. Wie eine Schwalbe schoß das Papier hinaus, segelte geradeaus über den Graben hinweg, wurde von einem Windstoß erfaßt und schraubte sich langsam und würdevoll zur Erde hinab.

»Selbst Gegenstände, die schwerer sind als Luft, können fliegen. Sie müssen nur eine entsprechende Form aufweisen, Doktor. Überzeugt?«

Nikolaus Pezel biß sich auf die Lippen.

Es freute Stierna, Doktor Pezel sprachlos zu sehen. Dabei stammte das kleine Kunststück mit dem gefalteten Papier nicht von ihm selbst. Er hatte es vor wenigen Wochen erst dem Prinzipal abgeschaut, der wiederum behauptet hatte, es von einem venezianischen Kapitän zu wissen, der es seinerseits einem Araber abgekauft hatte, der von sich behauptete, in die Länder des Fernen Ostens gereist zu sein, wo diese Dinge allgemein und dem kleinsten Kinde bekannt seien und die Menschen deshalb gelb vor Neid auf die kleinsten Neuerungen schauen müßten und vor Anstrengung, ihre Habseligkeiten zusammenzuhalten, die Augen zukniffen und diese sich daher zu Schlitzen verengten.

Von seiner Krankheit genesen, hatte der Prinzipal, noch zu schwach zum Aufstehen, von seinem Stuhl aus die Geschichte des Daidalos-Fluges erzählend, die Papiervögel gefaltet, um dem Publikum die Langeweile zu vertreiben, da er sich selbst nicht auf der Bühne bewegte. Wie Kinder hatten die Erwachsenen, die Bettler, Soldaten und Huren, die biederen Bauern und Mägde mit den papierenen Vögeln gespielt, sie immer wieder in die Luft geworfen und aufgefangen, bis die Flügel lahm geworden waren und den Dienst versagten.

Bei einer Einladung des Prinzipals zu einem Glas Wein in seinem Quartier hatte er geschickt das Gespräch auf die Papiervögel lenken können – und von da war kein weiter Weg gewesen zu Idler.

Einigermaßen erstaunt war Stierna dann doch gewesen, als er erfuhr, daß der Prinzipal den Schuster kannte, daß er ihm erzählte, wie Idler ihn besucht hatte, als er fiebrig und von der Pest niedergeworfen auf der Bettstatt gelegen hatte. Er erzählte ihm weiter von den Stoffballen, die Idler geholt hatte, von der Deutung der Daidalos-Ikaros-Sage und von der Neugier des Schusters danach. Außerdem – und das war für Stierna das Wichtigste – berichtete er davon, daß Idler regelmäßig seine Vorstellungen besuchte.

»Glaubt Ihr wirklich, mich damit überzeugt zu haben, Stierna?« mahnte der Doktor die Lückenhaftigkeit der Beweisführung des Hauptmanns an. Die Zweifel, der Widerspruch waren ihm anzuhören.

»Euer Papiervogel ist doch ebenfalls zur Erde gestürzt, nur langsamer als der Papierbogen, langsamer auch als mein Modell. Nichts beweist es, außer daß sich kein lebloses Gebilde in der Luft halten kann und der Äther über uns nur Vögel und allenfalls noch unsere Gedanken zu tragen vermag.«

Jetzt war es an Stierna, sich am Kopf zu kratzen und nachzudenken.

»Genügt es nicht, sich in der Luft zu halten, wenn auch nur für kurze Zeit? Stellt Euch vor, diese fliegenden Papiermaschinen hätten pulvergefüllte Kanonenkugeln geladen und würden diese Mauer hinuntersegeln, mitten hinein zwischen die beiden Heerhaufen unter uns, und diese Kugeln abwerfen?«

Dabei deutete Stierna hinunter auf die Zeltstadt vor der Mauer, die pulsierte und sich bewegte wie ein lebender Körper.

»Ein heilloses Durcheinander wäre die Folge, ein Rennen und Fliehen, ein Springen, wie es die Welt nicht gesehen hätte und je wieder sehen würde. Angst, lieber Doktor, panische Angst könnten diese flugfähigen Gleiter verbreiten, und eine Wüste aus Menschenkörpern würden sie hinterlassen.«

»Laßt Euch keinen Bären aufbinden, Stierna. Das wird nie geschehen. Niemand weiß, wie ein solches Gerät zu bauen wäre. Und hätte man Pläne, würde es an den Materialien scheitern. Und besäße man die Materialien, wo sollte man es ausprobieren? Platz wäre vonnöten, viel Platz, ein ganzes Haus womöglich. Nichts bliebe verborgen – und wenn etwas nicht verborgen bleibt, ist es in kurzer Zeit allgemein.«

Stierna unterbrach den Redefluß des Doktors barsch.

»Ich habe eben nicht richtig zugehört, Doktor. Was habt Ihr als letztes gesagt? Was würde man benötigen?«

Pezel sah den Schweden an, der sich zu ihm umgedreht und beide Hände auf seine Schultern gelegt hatte. Noch immer einen Kopf größer als er, schüttelte ihn der Hauptmann, daß ihm schwindlig wurde.

»Wenn Ihr mich so grob behandelt, werde ich nichts wiederholen, Stierna!«

Nikolaus Pezel stotterte ihm seine Ablehnung entgegen. Plötzlich hielt Stierna inne, als wäre ihm eben erst aufgefallen, was er tat.

»So ist es recht. Also, zuletzt sprach ich über die Materialien.«

Wieder unterbrach ihn Stierna heftig.

»Nein, was habt Ihr weiter gesagt. Erinnert Euch.«

Der Doktor zögerte etwas.

»Ich sagte, so ein Gleiter benötige Platz, viel Platz. Mehr, als man hier in Augsburg zur Verfügung stellen kann.«

Stiernas Augen leuchteten. Jetzt bekam alles einen Sinn. Der Blutfleck, das Färberhaus, das Verschwinden Ole Larssons, die Ballen Tuch im Haus des Färbers.

»Doktor, nehmt es mir nicht übel, aber Ihr habt mich auf eine Idee gebracht, die es nachzuprüfen gilt, dringend. Ihr verzeiht, wenn ich mich verabschiede, aber wir sehen uns heute noch beim Festessen vor der Stadt, im Kommandeurszelt. Ihr seid doch anwesend? Ach ja, vergeßt nicht, Bernhard von Sachsen-Weimar verabscheut die weißen Spitzenkragen. Sie sind ihm zu weibisch. Tragt lieber einen Harnisch oder Feldbekleidung.«

Eine Antwort wartete der Schwede nicht mehr ab. Hastig stieg er von der Schanzwehr, nicht ohne einen letzten Blick auf den Heerhaufen zu werfen, der träge und schmutzigfarben wie eine Schlammflut gegen die Stadtmauer brandete. Er würde ohne ihn nach Böhmen ziehen müssen.

Stierna polterte die hölzernen Treppen hinunter. Noch während er die letzten Stufen hinabsprang, rief er bereits den am Stadttor versammelten Soldaten Befehle zu. Eine Gruppe unter

Führung des einäugigen Feldwaibels schälte sich heraus, sechs Mann in Uniform, Schwerter an der Seite und glänzend polierte Hellebarden in der Hand. Er winkte sie zu sich heran und herrschte sie an, ihm im Eilschritt zu folgen.

DRITTES BUCH

Die Entscheidung

1.

Es kostete Idler Mühe, den Drachen auf das flache Dach des Schuppens hinaufzuziehen. Sperrig war er und unhandlich. Richard schob kräftig von unten, aber der Wind zerrte an den Flügeln, und mehr als einmal gelang es ihm nur mit Gesines Hilfe, sich auf dem Dach zu halten, sonst hätten ihn die unregelmäßigen Böen zusammen mit dem Drachen heruntergerissen. Gesine hielt ihn mit einem Strick fest, den sie ihm um die Hüfte gebunden hatte, damit er sich gefahrlos weit über das Dach hinausbeugen konnte. Nach einigen Flüchen und einer atemlos machenden Anstrengung lag das Fluggerät endlich obenauf.

Reibenstein hatte nicht übertrieben. Die neuen Örtlichkeiten waren vom Gelände her großzügig. Der Garten fiel zur Stadt hin leicht ab. An dessen höchster Stelle stand der Schuppen. Von dort aus konnte man gut dreihundert Ellen weit segeln. Das Dach des Schuppens, unter dem Idler und Richard bereits seit mehreren Tagen schliefen, war wegen der hohen Mauern, die den Garten umgaben, von außen nicht einsehbar, so daß sie auch tagsüber Flugversuche unternehmen konnten. Nur von den Domtürmen aus hätte man Einblick nehmen können. Aber wer stand schon auf den Domtürmen?

Idler stemmte die Hände in die Hüften und bog sich nach hinten durch, glücklich darüber, das Fluggerät am Startplatz zu haben. Er sah hinaus übers Land. Heute schob sich die Morgensonne mächtig über das Hügelland im Osten Augsburgs, glühend rot, mit fein eingeflochtenen Wolkenschleiern. Der morgenfrische Wind trug von außerhalb der Mauer das Surren und Brummen des Lagerlebens vor der Stadtbefestigung bis hier herauf. Es klang wie der gleichmäßige Lauf eines vom Wasser angetriebenen Mühlrades, wenn man sich früh am Tag noch ganz auf die gedämpften Geräusche konzentrieren konnte.

Horn und von Sachsen-Weimar zogen mit dem Heer der Protestantischen ab. Es ginge nach Böhmen, hieß es, dem Ungarn entgegen und dem Kaiser auf den Fersen.

Die Schweden hatten einen immer härteren Stand hier im Süden des Reiches. Richelieu drängte mit französischen Truppen von Westen her ins Reichsgebiet vor, Ferdinand gewann Verbündete zurück, das katholische Lager schritt von Sieg zu Sieg – und die gesamte Stadt hoffte auf eine Niederlage der Schweden, die endlich das Leben in der Reichsstadt wieder würde erträglich werden lassen.

Das Hauptheer mit den Geschützen und den Truppen zu Fuß war bereits weitergezogen. Zurückgeblieben waren nur der Troß und etwas leichte Reiterei, die das Gros der Armee schnell erreichen und verstärken konnte. Vier Tage hatte man veranschlagt, die Stadt vor den Mauern abzubrechen und in Bewegung zu setzen. Es wurde Zeit. Zuletzt hätten die Soldaten den Bürgern die Haare vom Kopf gefressen. Die Speicher waren leer, die Umgebung Augsburgs ausgeplündert, Lebensmittelvorräte für den Herbst vorzeitig verzehrt. Schon jetzt zeichnete sich für den herannahenden Winter eine Hungersnot ab.

Idler riß sich von seinen Betrachtungen los. Es gab Wichtigeres, Gegenwärtigeres. Er mußte das Fluggerät drehen, damit es richtig lag. Breitbeinig trat er über die Flügel hinweg und versuchte dann, unter das Gerät zu kriechen, um es zu schultern. Gesine trat an ihn heran und nestelte den Knoten des Strickes auf, mit dem sie ihn angebunden hatte, wobei ihre Finger wie zufällig zärtlich über seinen Körper strichen. Idler hielt inne, um Gesine Gelegenheit zu geben, ihn weiter zu streicheln. Die aber verpaßte ihm mit dem freien Ende des Seiles einen Streich auf den Hintern, kicherte in der für sie eigenen Stimmlage und eilte dann leichtfüßig die an den Schuppen gelehnte Leiter hinunter.

»Bist du fertig, Salomon?« rief Richard gedämpft von unten herauf.

»Einen Moment noch, Richard. Der Drache ist schwer. Außerdem reißt der Wind an den Flügeln. Ich muß aufpassen, daß es mich nicht vom Schuppen weht.«

Die letzten Worte hatte er geflüstert und eher an sich gerichtet als an den Freund vor dem Häuschen.

Idler sah nach unten. Richard zwinkerte mit seinem verbliebenen Auge und hob den Daumen. Idler stemmte mit einem Rauschen den gesamten Drachen in die Höhe – und dann stand er auf dem Schuppen. Von unten mußte er jetzt aussehen wie ein Engel, der sich mit seinen hellen Flügeln weiß vom blauen Himmel abhebt.

Idler drehte den Drachen in den Wind. Die vereinzelt herantreibenden Böen zerrten an ihm und an dem Flugapparat. Er sah hinaus auf den von der Sonne mit Licht und Schatten gesprenkelten Garten.

Gestern noch hatten sie zwei Apfelbäume, die seine Flugbahn behinderten, abgesägt. Klein waren sie gewesen und verkümmert, weil ihnen die Pflege des Schnitts fehlte, aber Gesine hatte trotzdem um die Bäumchen geweint. Dennoch waren Richard und er standhaft geblieben. Die Bäume störten seinen Flug und hätten sicher den Vogel selbst beschädigt, wenn er daran hängengeblieben wäre. Idler wollte sich keiner unnötigen Gefahr aussetzen. Gesine war danach mit ihren Fingern über die tränenden Schnittflächen gefahren und hatte sie geküßt.

»Wann, glaubst du, soll ich springen, Richard?«

Es war das erste Mal, daß Idler selbst, ohne Zutun des Windes, über den Absprung entscheiden mußte, und obwohl er ahnte, daß ihn der Drachen tragen würde, war er doch unsicher und bekam weiche Knie, die ungewollt heftig zitterten. Idler atmete tief durch.

Vom Perlach herüber ertönte schwach die Glocke, die fünf Uhr anschlug. Vom Wind aber, der jetzt leicht drehte und auffrischte, wurde der Klang verweht.

»Warte, bis der Wind den Drachen von selbst heben wird, Salomon, wie letztens, dann sinkst du nicht sofort ab, sondern schwebst sicher eine Zeitlang.«

Idler sah hinüber zum Perlach. Noch würde er ihm keinen Besuch abstatten, heute noch nicht, aber bald würde er um das Haupt dieses alten Herrn dort hinten schweben, dem der Stadtbaumeister Holl erst eine neue Mütze verpaßt hatte. Wie würde der Mattheis schauen, wenn er ihm durch eine der Turmluken des Perlachs sein »'n Morgen« zuriefe.

Schwarz und himmelwärts strebend stand der Perlach, und eben verklangen die letzten Schläge für fünf Uhr, aber der Wind hatte noch immer nicht so weit aufgefrischt, daß er einen Sprung wagen konnte.

»Ich steh mir hier die Füße in den Bauch, Richard!« witzelte Idler von oben herab. Er war trotz allem guter Dinge, die Mühen der vergangenen zwei Jahre mußten sich jetzt endlich auszahlen.

Eine, zwei, drei stärkere Böen fuhren plötzlich hinein in den Garten und drückten gegen die Flügel des Drachens.

»Paß auf, Salomon!« warnte ihn Richard von unten. »Es ist gleich soweit!«

Tatsächlich. Aus den Böen wurde ein noch etwas fahriger Wind, aber er nahm an Stärke zu. Idler ließ sich nach rückwärts, bis ans hintere Ende des Daches treiben, dann versuchte er, die Flügel schräg zu stellen, und als die Bäume im vorderen Teil des Gartens durch ihr Rauschen ankündigten, daß eine weitere, jetzt noch stärkere Bö über das Grundstück fegte, lief er los, stieß sich vom Dach ab und ließ sich in den ihn kräftig hochtreibenden Windstoß hineinfallen.

2.

»Du fliegst!« schrie Richard, aber Idler hörte ihn kaum. Zu sehr war er mit sich selbst und dem beschäftigt, was mit ihm geschah. Zuerst meinte er zu stehen, erschrak darüber, weil er glaubte, das Fluggerät würde ihn nicht nach vorne wegtragen, sondern sich nach hinten überschlagen und mit ihm auf den Boden schmettern, aber nach einer kurzen Unsicherheit stabilisierte sich der Vogel, kippte nach vorne weg und begann in immer schnellerem Tempo in den Garten hineinzugleiten. Idler hockte sich regelrecht in den Bügel, versuchte, durch das Verlagern des Körpergewichts die Lage des Gleiters in der Luft zu ändern. Ein weiterer Windstoß traf den Vogel, nahm ihn mit hoch. Jetzt hatte er bereits die Höhe der Mauer erreicht, fiel aber wieder. Bis zum Ende des Gartens waren es noch gut einhundertfünfzig Ellen. Alles ging in rasender Geschwindigkeit. Es sauste in seinen Ohren, ein Rauschen, als würde alles Wasser der Welt an ihm vorbeischießen. Tränen blies ihm der Wind in die Augen. Er zwinkerte ununterbrochen. Kaum daß er sich darauf besinnen konnte, den Drachen zu lenken. Er raste auf die Mauer zu. Wie sollte er bremsen, wie verhindern, daß er zusammen mit dem Gleiter gegen die Umfassung des Gartens schlug? Er sah keine Möglichkeit, dem Fliegen Einhalt zu gebieten. Da nahm ihm eine Bö diese Sorge ab, fuhr unter die Flügel, stellte den Drachen steiler auf, hob ihn so über den Horizont der Mauer hinaus, und Idler flog, als hätte er einen Satz gemacht, über die Gartenbegrenzung hinweg. Er versuchte dadurch, daß er sich nach links lehnte, die Flugrichtung zu beeinflussen. Es gelang ihm. Er glitt in die Gasse außerhalb des Gartens hinein und stellte mit Schrecken fest, daß eben eine schwedische Patrouille den Weg heraufkam. Idler hatte die aufgehende Sonne hinter sich, so daß die Soldaten ihn im ersten Augenblick nicht sahen. So schwebte er näher in der Hoffnung, über die Köpfe hinwegzusegeln oder von einer Windbö wieder zurück in den Garten gehoben zu werden.

Plötzlich erkannten die Landsknechte das Fluggerät, das auf sie zuschoß und unaufhaltsam zu sinken begann, da der Wind in der engen Gasse nicht die Kraft besaß, den Drachen zu heben. Idler stieß einen Schrei aus, der die Soldaten warnen sollte, die zu fünft standen und ihn anstarrten, wie er mit Schrecken feststellte. Sie wichen keinen Fußbreit von der Gasse, ließen den Schuster in seinem Gerät auf sich zuschießen.

Idler mußte die Augen schließen. Gelähmt wie Tauben, die dem anfliegenden Sperber nicht mehr auszuweichen vermögen, schienen alle, und er konnte sich gut vorstellen, daß auch ihn beim Anblick eines schneeweißen Vogels, der einen gellen Schrei ausstieße und auf ihn zuschösse, der Verstand für eine ganze Zeit verlassen hätte.

Hatte er sich nicht eben dies in seinen Träumen gewünscht: die Menschen starr vor Angst, unfähig, sich zu bewegen, sich dem Bann des Drachens zu entziehen? Erträumt hatte er es sich, aber gleichzeitig mit der Möglichkeit, Gewalt über den Wundervogel zu besitzen, ihn zu fliegen, ihn zu lenken, zu steuern. Nichts davon gelang ihm jetzt. Wie ein Magnet wurde er von der Gruppe angezogen – und mit einem gewaltigen Schlag fuhr er unter sie, warf sie über den Haufen und zu Boden, so daß ein Heulen und Schreien einsetzte, das er sich so nicht gewünscht hatte.

Betäubt hing Idler in seinem Drachen, hatte sich Brust und beide Beine geprellt und hörte im Halbdämmer um sich das Stöhnen und Wimmern der verletzten Landsknechte.

»Weg!« durchfuhr es ihn. Er mußte einfach weg, fort, bevor die Soldaten wieder zu sich kamen, denn es war zu befürchten, daß sie sich an ihm und seinem Fluggerät rächen würden. Zwei der Jüngeren rappelten sich wieder auf, hielten sich die Köpfe und rannten, ohne einen Blick zurückzuwerfen, davon, während sie wie hysterisch »der Teufel, der Teufel« schrien.

Idler versuchte, sich aus der Verschlingung zu befreien, in

der ihn sein Flugapparat gefangenhielt. Die Bewegungen, das Kippen und Wippen, das dabei entstand, ließ einen weiteren Soldaten hochfahren und schreiend Reißaus nehmen, dabei schleppte er einen Kameraden mit sich, dessen eines Bein verquer am Unterschenkel baumelte.

3.

Nachdem Idler sich befreit hatte und einige Schritte zurücktrat, weil er nicht wußte, ob er fliehen oder den Drachen bergen sollte, lag vor ihm eine gespenstische Szene. Über die Sonnenscheibe huschten die ersten Wolken und verdüsterten die Winkel der Gasse. Der Drachen lag weiß längs zur Straße, weithin nach Bienenwachs duftend, hatte sich beim Aufprall gedreht und war nach vorne gekippt. Direkt vor ihm, dort, wo an der Spitze des Fluggeräts drei Hölzer zusammenstießen, lag eine Gestalt. Bevor er darauf zugehen konnte, tauchten in der Gasse hinter ihm bereits Richard und Gesine auf, um ihm zu helfen.

»Schnell«, rief Idler, »ich bin mit einer Patrouille zusammengestoßen. Die meisten haben Reißaus genommen, nur einer liegt noch unterm Drachen. Wir müssen das Gerät fortschaffen, bevor er erwacht.«

Richard nickte stumm. Mit kräftigen Armen packte er an und zog den Drachen beiseite. Gesine kniete neben dem Landsknecht, hatte sein Hemd an der Brust geöffnet und war mit der Hand daruntergefahren. Richard setzte das Fluggerät wieder ab und trat neben sie.

»Was ist?« Idler legte den Drachen ab und sah nun die ernsten Mienen der beiden.

»Kennst du ihn?« fragte Richard, und Idler sah sich den Soldaten genauer an. Es war der einäugige Feldwaibel Stiernas, der in sein Haus eingedrungen war und Maria mit gequält hatte, wenn man den Ausführungen der Welschgen Jenna glauben durfte. Jetzt lag er reglos, ohne Atem. Die Klappe, die das zerschlagene Auge bedeckt gehalten hatte, war hochgerutscht und lag ihm auf der Stirn. Darunter sah man Blut, das bereits dunkle Streifen über die Narbe zog.

Richard hob die Klappe an und rückte sie zurecht. Unter dem schwarzen Filz kam ein münzgroßes Loch zum Vorschein, das sauber und rund ausgebrochen war. Der Schädel des Landsknechtes war offenbar durchschlagen worden.

»Er ist tot! Wir sollten ihn beiseite schaffen, sonst wimmelt es hier bald von Soldaten und Schweden.«

»Nein«, bestimmte Idler tonlos, »nein. Er bleibt hier liegen. Sie werden ihn holen. Sollen sie mich doch finden, sollen sie mich doch vierteilen und rädern. Ich wollte nicht, daß dieser Vogel Menschen tötet. Das wollte ich nicht.«

Idler war immer leiser geworden. Zuletzt sprach er nur noch zu sich selbst, flüsterte die Worte.

Richard legte ihm einen Arm um die Schultern, während Gesine dem Toten die Lider zudrückte und sich dann aufrichtete, einen Ausdruck tiefster Traurigkeit in den Augen. Auch sie trat auf Idler zu, strich ihm mit einer Hand über die Wange und fuhr kurz über seine Augen, die er bereitwillig unter dem sanften Druck ihrer Hand schloß.

»Und du bist geflogen, Salomon. Du hast etwas getan, das nie zuvor einem Menschen gelungen ist. Du bist durch die Lüfte gesegelt wie ein Nachtvogel.«

Idler sah Gesine an.

»Es war ein Versuch. Wenn ich beim ersten Versuch bereits einen Menschen töte, Gesine, was passiert, wenn diese Dinge allgemein werden, wenn ich regelmäßig fliege, wenn alle Menschen regelmäßig mit ihren Gleitern unterwegs sind? Tote werden die Straßen säumen, denen die Vogelmaschinen folgen. Mord und Totschlag werden sie verbreiten unter den Menschen.«

Natürlich, er hatte etwas geschaffen, das in der Welt einzigartig war. Aber hatte er nicht einen hohen Preis dafür bezahlt?

War nicht der Einäugige bereits das zweite Opfer seines Dranges, diesen Wundervogel zu bauen? Hatte nicht Maria bereits ihre Gesundheit lassen müssen? Sicher, er war nur Landsknecht – und dem Tod verkauft. Aber warum mußte sein Flugapparat ihn umbringen?

»Ich wollte niemanden töten, Richard!« stotterte Idler.

»Ich weiß«, bestätigte Gesine. »Salomon, jetzt ist nicht die Zeit, darüber nachzudenken, was wir hätten anders machen sollen. Wir müssen den Drachen wegbringen. Die Soldaten können jederzeit mit Verstärkung hier sein. Komm. Hilf uns.«

Schwerfällig griff Idler nach den Spanten und Seilen des Vogels, schulterte ihn und trug ihn zusammen mit Richard längs der Gasse zu einem schmalen Tor in der Mauer des Gartens. Sie stellten ihn aufrecht und schoben ihn so in den Hof hinein, der sich dahinter auftat.

Die Uhr vom Perlach herüber schlug einmal. Kaum eine Viertelstunde war seit dem ersten Start vergangen.

Eine weitere Viertelstunde später war das Fluggerät wieder in seinem Versteck. Sie hatten es in einem Schnittholzstapel neben dem Schuppen verborgen. Dort war durch die Entfernung der zweiten rückwärtigen Lage ein Raum entstanden. In den drei Ellen breiten Gang konnten sie den Gleiter leicht schieben. Vor den Eingang wurde dann wieder Schnittholz geschichtet, das den Vogel jedem neugierigen Blick entzog.

4.

»Gut, daß du zu mir findest. Jetzt ist es an der Zeit, Rotzbub.«

Unruhig, als treibe sie ein inneres Verlangen, aufzustehen und die Treppen hinabzugehen, schlug der Kopf der Hutter Babette hin und her. Ihr kauzähnlicher Schrei fuhr aus dürrer Kehle, einmal, zweimal, vergellte unter der Traufe, daß es Idler den Rücken hinablief. Tonlos hauchte sie ihre Wörter:

»Jetzt braucht er dich nicht mehr, Schuster. Jetzt ist der Franzose unterwegs, der Kardinal. Reibenstein muß Erfolge vorzeigen. Der Fuchs muß aus seinem Bau – und dann wird er den Jägern in die Falle laufen.«

Stumm stand Idler neben der Alten, hielt ihre weichledrige, faltige Hand, fühlte die Knochen und Sehnen unter ihrer schlaffen Haut.

»Versprochen hast du's mir, Schuster. Agnes und Gesine haben dich versteckt und versorgt. Du bist mir etwas schuldig.«

Ein Lachen deutete sich an, hustend, hohl.

»Auch für die Blicke unter den Rock, vor Jahren. Erinnerst du dich, Rotzbub?«

Ihr einziges Auge funkelte, als glühe in ihm der ganze Haß ihres zerstörten Körpers. Erschrocken wandte Idler seinen Blick ab, aber ein überraschend kräftiger Handgriff hielt ihn fest.

»Dich wird er beseitigen wollen, sobald er die Zeichnungen hat. Stell es klug an. Du mußt aus dieser Stadt verschwinden, bevor er die Blätter in Händen hat. Für die Fuchsfalle laß mich sorgen. Lange hatte ich Zeit, darüber nachzudenken.«

Wieder entfuhr der Kehle der rauhe Käuzchenruf, hallte hinaus auf die Straße, weg über die Vorstadt.

»Auf dich muß ich mich verlassen können, Schuster. Mit dem Leben wirst du bezahlen, wenn auch nur ein Steinchen nicht an seinem Ort liegt.«

Sie beugte sich zu ihm hin, zog ihn mit ihrem krüppeligen Arm zu sich hinab und begann ihm den Plan auseinanderzusetzen, einen Plan, in dem er, Salomon Idler, der fliegende Schuster, eine besondere Rolle zu spielen hatte.

Schweiß stand Idler auf der Stirn, als die Hutter Babette endete. Die Dachspitzluft war mit einem Mal stickig und verbraucht und überhitzt.

»Den Prinzipal, Idler, hat Richard bereits informiert. Geh zu ihm. Und macht Euch keine Sorgen um den Schweden. Es war ein einträgliches Geschäft.«

Entspannt lehnte sie sich in ihrem Stuhl zurück, schloß das Auge, lächelte und begann zu murmeln. Jetzt, das ahnte Idler, trieb sie ihm davon. Beinahe unhörbar begann sie in ihrer Stimme zu flüstern. Idler beugte sich über die Alte, horchte angestrengt:

»... diese Welt ist ein einziges Vergessen. Es ist der Humus, auf dem sie gedeiht, deshalb sollten wir uns nicht beklagen, Kauz. Es steckt keine böse Absicht dahinter. Man lebt und wird erinnert – und irgendwann entschwindet man dem Gedächtnis der Generationen. Vielleicht ist diese Stille um uns her auch ein Segen, Kauz. Lange war es nicht mehr so.«

5.

»Ihr seid verrückt, Idler, Euch hier sehen zu lassen«, begrüßte ihn der Prinzipal, schritt auf einen Krug zu, der auf einem Metallständer stand, und goß daraus zwei Gläser mit rotem Wein voll. »Stierna sucht Euch, seit sein Feldwaibel erschlagen wurde. Euch lastet er es an. Ein begehrter Mann seid Ihr geworden, Schuster. Das Kopfgeld für Euch hat sich um ein beträchtliches erhöht. Und die Lebensmittelpreise auf dem Schwarzmarkt machen den Betrag um so begehrenswerter. Je länger die Kaiserlichen um die Stadt schleichen, desto höher steht Euer Kopf im Kurs.«

»Verdient es Euch und meldet mich. An solchen Sold kommt Ihr nie wieder«, spottete Idler, wohl wissend, daß der Prinzipal sich hüten würde, ihn zu verraten.

Der Prinzipal lachte, bot ihm das Glas Wein und meinte leichthin:

»Wir sind darauf angewiesen, in den Städten dieses Landes unser Brot zu verdienen. Glaubt Ihr, ich hätte nicht bemerkt, daß Ihr von der hiesigen Bettlerzunft verborgen werdet? Ich müßte ein schlechter Prinzipal und ein noch schlechterer Beobachter sein, um das nicht zu sehen. Ich will es mir mit den Stadtarmen nicht verderben. Nicht hier in Augsburg und nicht anderswo. Außerdem«, er machte eine Pause und musterte dabei den Boden, »bin ich es der Babette schuldig.«

Damit unterbrach er sich, gab dem Schuster mit seinem Becher Bescheid, setzte ihn an die Lippen und leerte ihn.

»Leider stark mit Wasser verdünnt, aber die Zeiten sind karg, und Wein wird selten«, murmelte er entschuldigend.

Idler dankte und trank ebenfalls einen kräftigen Schluck. Jetzt verstand er langsam die Zusammenhänge.

»Was treibt Euch zu mir, Schuster? Wir kennen uns kaum, eigentlich gar nicht, wenn ich die wenigen Begegnungen vor und während meines Siechtums einmal abrechne. Was also wollt Ihr von mir?«

Der Prinzipal hatte Idler den Rücken zugekehrt, sprach gegen den Weinkrug und die Zeltwand, während er sich nachschenkte. Mit einer Handbewegung unterbrach er Idler, der eben zu einer Erklärung ansetzen wollte.

»Eure Rechtfertigungen interessieren mich nicht.«

Dabei drehte er sich zu Idler um, betrachtete ihn, trank aus seinem Becher, grinste, als hätte er die Gedanken seines Gegenübers erraten.

»Wir verlassen Augsburg in wenigen Tagen, Idler. Die Nachricht, daß die Kaiserlichen auf die Stadt zumarschieren, daß Horn und von Sachsen-Weimar ihren Vormarsch nach Böhmen gestoppt haben, um Augsburg zu entsetzen, läßt Schlimmes befürchten. Wir werden daher, wenn unser Spiel hier zu Ende ist, eine andere, weniger bedrängte Stadt aufsuchen.«

Wieder unterbrach er sich und musterte den Schuster mit zusammengekniffenen Augen und einer beruflichen Neugier. Langsam, als müßte er die Worte einzeln über die Zunge rollen, fuhr er fort:

»Ihr könnt uns begleiten, Schuster. Zusteigen dürft Ihr aber erst außerhalb der Stadt.«

»Warum wollt Ihr mir helfen?«

»Ihr werdet gejagt. Stierna wird Euch aufs Rad flechten lassen, was sicher noch eine der harmloseren Strafen sein dürfte. Mir geht es gegen den Strich, daß Menschen mit Courage verfolgt werden. Diese Zeit bringt so viele Würmer und Maulenstößer hervor, daß einem graut. Deshalb helfe ich Euch, Idler. Außerdem habt Ihr noch Groschen geworfen, als die Landsknechtsbrut eines unserer Stücke sprengte, erinnert Ihr Euch? Ich vergesse nichts, Schuster. Davon leben wir. Und – meine Tochter hält große Stücke auf Euch.«

Idler zögerte etwas, obwohl er sich seine Worte zuvor lange zurechtgelegt und beinahe auswendig gelernt hatte.

»Ihr sollt es nicht umsonst tun. Ich kann Euch etwas anbieten, als Tauschwert für Eure Hilfe sozusagen, Prinzipal. Kein Geld, keine Waren wie Euer Leinen. Nur eine Geschichte, meine Geschichte, wie geschaffen für Euch und Eure Truppe. Bei Eurem Talent fürs Spiel aus dem Stegreif. Allerdings verbunden mit einer Bedingung.«

Der Schauspieler hob die Augenbrauen, erstaunt über das Angebot.

»Setzt Euch. Laßt hören. Für Geschichten sind wir immer offen. Je unwahrscheinlicher, desto begieriger nehmen die Menschen sie auf.«

Idler ging zum Krug und schenkte sich nach. Mit Wasser versetzten Wein hatte er schon lange nicht mehr genossen. Dann setzte er sich auf einen der Lederhocker und begann dem Prinzipal von seinen Modellen und Flugversuchen zu erzählen.

Die Augen des Künstlers begannen zu leuchten. Ein Lächeln flog über sein Gesicht, als Idler geendet hatte.

»Der Stoff für einen Roman, wie sie jetzt in Mode kommen, Schuster – und für eine Truppe wie die unsere. Keine Haupt- und Staatsaktion, aber ganz nach dem Geschmack des Publikums.«

Stumm verfolgte Idler die Begeisterung des Prinzipals, den es aus dem Sitz gerissen hatte und der jetzt im Zelt aufgeregt auf und ab lief, mit Gebärden und Stellungen bereits einzelne Szenen entwarf.

»Ich sehe, Ihr seid interessiert. Auf Euch käme allerdings der Teil zu, die Geschichte, die ich begonnen habe, zu beenden.«

Idler bemerkte die Falten auf der Stirn des Schauspielers, den nachlassenden Schwung in den Bewegungen.

»Ich sagte doch, die Geschichte enthält eine Bedingung, eine einzige nur.«

Der Prinzipal setzte sich wieder und betrachtete Idler mit leicht geneigtem Kopf:

»Sprecht!«

Auf seinem Lederhocker beugte sich Idler so weit vor, daß sie sich im Flüsterton unterhalten konnten. Mit wenigen schnellen Worten unterbreitete er dem Prinzipal den Plan der Hutter Babette. Der Schauspieler senkte den Kopf, starrte auf den grauen Stein zu seinen Füßen, betrachtete die Ritzen und Schrunden und sandigen Körner des Straßenbelags. Nach einiger Zeit blickte er dem Schuster ins Gesicht, kniff die Augen zusammen.

»Was Ihr vorhabt, ist gefährlich. Mein Gott.«

Alle Begeisterung war aus dem Gesicht des Prinzipals gewichen. Er ließ den Schuster nicht aus den Augen. Dann hielt er ihm die Hand hin:

»Aber meine Unterstützung habt Ihr, Idler. Soll es gelingen!«

Dabei verzog der Prinzipal keinen Mundwinkel, brachte kein Lächeln zustande.

Nach der anschließenden Frage, wo und wann sie sich außerhalb der Stadt treffen und gemeinsam weiterziehen würden, wollte er sich eben verabschieden, als ihn der Schauspieler am Arm festhielt.

»Auf ein Letztes, Idler.«

Idler zog die Brauen hoch, fühlte den harten Griff am Oberarm und glaubte bereits, der Prinzipal hätte seine Meinung geändert und würde ihn doch noch den Schergen der Stadt ausliefern. Er sah sich bereits in den Eisen, im Stadtgefängnis unterhalb des Rathauses neben Hexen, Mördern, Diebsgesindel und trunkenen Landsknechten in diese dunklen Käfiglöcher gepfercht.

Doch der Prinzipal beugte sich zu ihm herüber und begann im Flüsterton zu sprechen:

»Gefallen wird es Euch. Oh, wir arbeiten Eure Geschichte auf, daß Ihr sie nicht wiedererkennt: der Höllensturz des Schusters Salomon Idler. Etwas übers Fliegen, daß den Schweden Hören und Sehen vergeht.«

Ein erleichtertes Grinsen fing sich in Idlers Antlitz, das die Freude über das Gelingen des Plans deutlich zeigte. Auch der Prinzipal lachte jetzt meckernd, bis er ernster wurde und hinzufügte:

»Es ist ein Stück ohne Schluß, ohne Auflösung auf der Bühne. Die Auflösung wird durch die Menge erfolgen, durch schwedische Soldaten und Hellebardiere und die aufgebrachten Zuschauer. Hauptdarsteller aber werdet Ihr sein, Schuster. Wenn Ihr Euch nicht vorseht, wird man versuchen, Euch in Stücke zu reißen.«

6.

»Geh nicht, Salomon!«

Idler fuhr herum. Auf der Treppe zum ersten Stock in Agnes' Haus stand Gesine. Sie war in den letzten Wochen magerer geworden, seit die Belagerung der Stadt Wirkung zeigte.

»Du? Ich hab' dich nicht gehört.«

»Du siehst mich. Genügt dir das nicht?«

Langsam stieg Gesine die letzten Stufen hinauf und betrat den Raum. Das Licht fing sich in ihrem aufgelösten Haar, das dadurch bläulich schimmerte. Sie schritt auf ihn zu, und Idler schien es, als berühre sie dabei kaum die groben Bohlen des

Zimmers. Ihr Hemd war leicht geschürzt, die Oberkleidung unter der Brust geschnürt. Durch das grobe Leinen hindurch zeichneten sich Hüften und Brüste ab, und Idler fühlte, daß er schon längere Zeit mit keiner Frau geschlafen hatte.

Nicht recht erklären konnte sich Idler, woher Gesine gekommen war, denn er hatte keine Schritte gehört. Aber das alles war jetzt nebensächlich.

»Was hast du eben gesagt?« erkundigte er sich, und seine Stimme klang trocken und rauh. Er mußte zweimal schlucken, bis er die Frage zustande brachte.

»Du sollst nicht zum Weinmarkt hinauf. Der Schwede wird dir eine Falle stellen!«

Idler nickte und atmete tief durch.

»Woher weißt du …?«

»Ich war beim Prinzipal, als du dort warst!«

»Du hast gelauscht?« Vorwurfsvoll hob Idler eine seiner Brauen, konnte aber ein Lächeln nicht unterdrücken. »Eigentlich kann es dir doch egal sein.«

»Zufällig. Ich war nebenan, als du mit dem Prinzipal geredet hast – und Ihr wart nicht gerade leise, das mußt du zugeben. Geh bitte nicht!«

»Es wird sich nicht vermeiden lassen, Gesine. Ich habe den Prinzipal gebeten, den Schweden von meiner Anwesenheit heute zu unterrichten.«

Gesine legte den Kopf schief, ungläubig betrachtete sie Idler.

»Warum? Wenn du ihm in die Hände fällst, wird er dich rädern, wenn nicht Schlimmeres!«

»Das glaube ich auch. Aber ich muß es einfach versuchen. Ich weiß, was ich tue, glaub mir. Richard und Agnes sind auch da. Sie achten auf mich.«

Während ihres Gespräches war Gesine auf Idler zugegangen. Jetzt stand sie noch einen Atemhauch von ihm entfernt. Idler nahm den feinen Duft von Lavendel wahr. Langsam begann sie ihre Gewandschleife zu lösen. Idler hielt ihre Hand fest. Für einen Moment tauchte Marias Gesicht vor ihm auf mit seinem leeren Blick und den tief in den Höhlen liegenden Augäpfeln.

»Nein«, sagte er. Sein Mund war trocken. Er fühlte, daß er Gesine keinen allzu großen Willen entgegenzusetzen hatte. Noch einmal schüttelte er den Kopf, als wolle er Marias Bild aus seinem Kopf verscheuchen. »Nein«, formte Idler deutlich das Wort mit den Lippen. Gesine überwand seinen Widerstand beinahe unmerklich. Mit einer Hand griff sie ihm ins Haar, krallte sich fest und zog sanft, aber bestimmt seinen Kopf in den Nacken. Marias Schattenriß auf seinem Gedächtnis verblaßte, machte Platz für ein noch unbestimmtes Begehren.

»Es bleibt uns nicht viel Zeit, Salomon«, flüsterte sie und küßte sein Kinn. Ihr Haar fiel ihm über die Augen, die er schloß, um ganz in den Bann ihres Duftes zu geraten. Langsam glitten ihre Lippen über seine Wangen, die Nase, den Mund.

»Wir verlassen bald nach dem Stück die Stadt. Und zuvor möchte ich noch ... deine Frau werden, Salomon. Heute! Jetzt!«

Idler schlug die Augen auf und blickte sie durch den Haarschleier hindurch an. In Gesines Blick entdeckte Idler eine Sanftmut und eine Ergebenheit in die Dinge, die ihn verwirrten. Daneben strahlten ihm Trotz und Wille entgegen, so daß er nicht wußte, wie er ihr Einhalt gebieten sollte.

Wie konnte eine Frau, die sich so gegen die Zeit und ihre Grausamkeiten stemmte, sich so in der Fürsorge gegenüber anderen verlieren? Vielleicht erahnte Gesine seine Gedanken, vielleicht wollte sie ihm nur zeigen, daß auch sie ein Bedürfnis nach Nähe hatte, denn sie begann, die restlichen Bänder ihres Kleides zu lösen. Nackt stand sie vor ihm.

Idler blickte zu Boden. Noch lebte Maria.

Gesine beugte den Kopf, suchte seine Augen, zwang ihn damit beinahe, sie anzusehen.

»Maria!« flüsterte er beinahe unhörbar, konnte aber Gesine jetzt nicht mehr aus den Augen lassen.

Sie entfernte sich drei Schritte von ihm, ließ ihren Körper wirken, drehte und wand sich, kreiste mit Hüften und Brust. Durch den Spalt zwischen Scham und Oberschenkel fiel Licht. Gesines Anblick, die Rundungen ihrer Hüften, die Spitzen der Brüste, die sich dunkel gegen die bleiche Haut abzeichneten, die schwarze Scham, deren Duft ihn lockte, seit sie auf ihn zugetreten war, all das ließ ihn vergessen, wo er war, was er tat.

»Ich bin verheiratet!« versuchte er ein letztes Mal, sich zu wehren. Aber Gesine kniete sich neben ihn, langte mit einer Hand unter seinen Kittel, zog seinen Hosenriemen auf, suchte seinen Bauch, strich langsam und mit kreisenden Bewegungen darüber, zog ihm dann den Bund über die Knie herab, beugte sich über ihn. Wie von selbst glitt seine Hand über ihre Schultern, suchte ihre Brüste. Sein Herz begann heftiger zu schlagen. Hitze füllte sein Gesicht. Gesine legte sich auf den Dielenboden und zog ihn zu sich hinunter. Mit zittrigen Händen begann er, sie zu erforschen. Sie küßten sich, rangen miteinander, bis Gesine auf ihn kroch. Er fühlte, wie sie sich warm und eng um ihn legte, wie sie ihn langsam führte, reizte, geduldig blieb, bis er sich verkrampfte und ihr mit heftigen Bewegungen der Lust zuvorkam. Sie entließ ihn aber nicht. Gesine kreiste vorsichtig mit dem Becken. Ihre Augen blieben geschlossen, als müßte sie sich konzentrieren, bis ihr Fühlen einem Höhepunkt zulief. Plötzlich öffnete sie die Augen und betrachtete Idler, dessen schuldbewußtes Gesicht ihr ein Lächeln entlockte, das sich langsam verkrampfte.

»Ich will dich nicht verlieren, Salomon!« flüsterte Gesine ihm ins Ohr, bis kleine, atemlose Schreie auch sie unterbrachen.

7.

Noch verwirrt von seinem Erlebnis mit Gesine trat Idler auf den Weg hinaus. Er folgte Gesine und Agnes in einigem Abstand.

Schräg stachen Sonnenstrahlen in die Gasse hinab und malten Schattenrisse an die Wände der Häuser, hell und dunkel. Mild strich ein Wind in die schmale Schlucht. Wenn Idler die Augen schloß, glaubte er sich erinnert an Tage des Friedens vor langer Zeit. Jetzt aber trug der Luftzug den Pesthauch der Fäulnis mit sich, und Wärme ließ die schlechten Straßen regelrecht gären. Scharf leuchtete das helle Gestirn den Menschen ins Gesicht, die mager und abgerissen in den Winkeln der Brandlücken hockten, auf das nahe Ende warteten und still vor sich hin wimmerten oder in endlosem Schreien ihre Seele dem Herrn empfahlen.

Ganz war Idler noch nicht in der Gegenwart angekommen. Dicht an ihn geschmiegt, war Gesine bei ihm eingeschlafen, einen Arm um seinen Hals geschlungen, das Gesicht zwischen Schulter und Haaransatz verborgen. So hatte die stumme Agnes sie angetroffen und wach gerüttelt. Keinen Vorwurf, keine Anklage hatte er in Agnes' Blick gelesen, eher das Vergnügen darüber, daß die beiden sich gefunden hatten. Nur zu Eile hatte sie Gesine und ihn angetrieben. Die Bühne stand, der Prinzipal wollte beginnen, Richard wartete vor Ort.

Das häßliche Kreischen einer Rassel riß Idler aus seinen Gedanken. Dann erscholl der Ruf: »Bringt die Toten heraus! Bringt die Toten heraus!« Auf hohen Speichenrädern bog am oberen Ende der Häuserschlucht ein Pest- und Leichenwagen in die Gasse ein.

Wie oft in den letzten Jahren hatte er das gehört, hatte er das gesehen: das Rasseln der Räder, die vermummten Gestalten in Schwarz, die spitzen Mundtüten, die vorgebundenen Pestschnäbel?

Mit einem Mal war die gesamte Gasse leer, nur Ratten huschten wie graue Blitze über den Morast. Auch die beiden Frauen erstarrten, sahen sich um, zwängten sich dann in einen kaum mannshohen Durchgang, warteten. Idler folgte ihnen.

Er konnte hören, wie der Karren heranholperte, als rumpelten die Speichenräder auf einem Knochenweg. Vor dem Eingang zu ihrem Durchschlupf hielt er an. Aus der gegenüberliegenden Werkstatt zerrten die Totengräber stumm einen Leichnam auf die Straße, warfen ihn auf den Karren, dann zogen sie weiter, hinaus zu den Massenlöchern vor der Stadt.

Plötzlich stieß Agnes ihn an, deutete mit aufgerissenen Augen auf den vorüberrollenden Handwagen. Der letzte Tote hatte die Decke verschoben, mit der die darunter liegenden Körper den Blicken Neugieriger entzogen wurden. Ein Kopf sah darunter hervor, dessen Gesichtszüge er trotz seiner Blässe und der eingefallenen Wangen erkannte. Augenpartie, Nase, Mund, der weit aufklaffte, waren unverwechselbar: Maria, seine Frau, wurde hier hinausgefahren aus der Stadt.

Idler schlug sich die Hand vor den Mund, um einen Schrei zu unterdrücken. Ihm wurde für einen Moment schwindlig, die Beine knickten weg.

Maria tot! Wie ein Feuermal brannten die gebrochenen Augen seiner Frau in seinem Gedächtnis. Hastig, als müsse er etwas gutmachen, rutschte er aus dem Durchschlupf hinaus, rappelte sich hoch und stürzte dem Wagen nach, schrie: »Maria! Mein Gott, Maria!«

Die Totengräber ließen sich nicht beirren, schenkten Idler keinerlei Aufmerksamkeit, als dieser sich vor dem abermals stehenden Wagen auf die Knie warf und den aus dem Leichenberg herausragenden Kopf der Toten in die Hände nahm.

»Memento mori!« flüsterte einer von ihnen durch die Pestmaske hindurch, als wolle er ihn erinnern, ließ ihn aber gewähren, solange sie den nächsten Leichnam aus einem der Häuser herausschleppten und aufluden.

Was hatte er getan? Maria hatte er im Spital krepieren lassen, einsam, allein, weil er einem Traum nachjagen mußte, statt bei ihr zu sein.

Seine Hände zitterten. Sein Atem keuchte. Seine Knie schienen ihm ohne Knochen zu sein, so weich fühlten sie sich an.

Unverhofft ruckte die Karre an, riß ihm den Kopf aus den Händen. Wie eine Positionslaterne pendelte er kraftlos hin und her.

Eine Hand legte sich auf seine Schulter, während er dem Wagen nachstarrte, drückte ihn.

Idler schloß die Augen. Maria war tot – und er hatte sie ebenso in die Hölle geschickt, wie Stierna es getan hatte. Vielleicht noch schlimmer, denn gegen seine Behandlung hatte sie sich nicht wehren können. Statt sich neben sie zu setzen, hatte er seinen Flugapparat gebaut, hatte er mit Gesine geschlafen und es genossen.

In diesem Moment revoltierte sein Magen, und er spuckte den Ekel vor sich selbst in den Morast der Gasse.

»Salomon«, hörte er hinter sich Gesines Stimme flüstern, »sie war tot, seit Stierna sie hat laufen lassen. Glaub mir. Das will der Schwede. Er wartet auf dich auf dem Weinmarkt. Wenn du eine Schwäche zeigst, wird er dich in Eisen legen.«

Wie eine Stichflamme durchglühten ihn das Bild Marias, die Stimme Gesines und der Name Stierna. Was war diese Welt nur für eine Hölle!

8.

»Allgemeiniglich zu Kund und Wissen, daß allhier und itzt ein Geschicht über Himmelsflug und Höllensturz des Hansen und Narren, Salomon Idler, verführet und zur Sünd verleitet durch den Magister Eduard, filii satanae, pro publico wird frei aufgeführet und explizieret.«

Der Prinzipal stand aufrecht auf seiner Bühne, den Kopf hochgereckt, mit Stimmgewalt und einem neuentfachten Feuer darin, die Ankündigung hinausposaunend, daß die Umstehenden innehielten, um sich zu vergewissern, was hier und jetzt für ein Spektakel zu erwarten wäre.

»Auf dieß Mannier werd Hoffahrt und Eutelkeit demonstrieret, wandelet sich die Bühn zur Bühn des Lebens, und die Bretter kündent von den Naturen des Menschen, daß so viel schröcklich ist ind der Werlt, doch nichts erschröcklicher als der Mensch!«

Sie alle lauschten gespannt den Worten des Prinzipals, der eben erklärte, daß es sich um ein neues, eigens für die Zeit und die Stadt eingeübtes Stück handle, daß sie es zur Erbauung und zur Belehrung der Zuschauer und auf Bitten des Stadthauptmanns Stierna, den sie ihren Gönner nennen dürften, heute und an derselben Stelle hier zum besten geben würden. Etwas Geduld müßte er dafür verlangen, etwas Ruhe und ein wenig Freude, sich auf die schwierigen Charaktere, die ungewöhnliche Handlung und das überraschende Ende einzulassen.

»Daß niemand nicht glaubet, er käme vorbei and der Sünd, und die Höllen sei nur für die Tumben und Narren. Ein jeglicher hierumb werd vom Teufel versuchet und mit Stricken und Fallen hinabgezogen ind das Elend der Dunkelhait. Nehmt Euch an Eurer Nasen, und lachet nit über die Schwachen, sondern nehmet sie als Beuspiel for die eigen Fehlbarkeit ind diesr Werlt!«

Er ließ seinen blauen Mantel dabei über die Köpfe der Zuschauer hinwegflattern, als wolle er damit ein Zauberkunststück vollführen und das Publikum verwandeln.

Idler stand inmitten der Menge, lauschte begierig den Ausführungen des Prinzipals, der mit seinem Sermon das Aufbauen der Kulissen überspielte. Neben Idler stand Agnes, hatte sich bei ihm eingehängt und den Kopf in Richtung des Schauspielers gedreht.

Die Menge um sie begann zu wachsen. Eine immer größer werdende Anzahl Neugieriger drängte auf den kleinen Platz zwischen den Buden, um die Aufführung nicht zu versäumen. Auffallend viele Stadtarme waren zugegen, wie die Bettlerplaketten zeigten, die an den Kleidungsstücken blinkten. Die Vorstellung war kostenlos, weil von Stierna bezahlt.

Wenige Schritte entfernt, schräg neben Idler, stand Richard auf seinen Stock gelehnt und ließ den Blick über die Köpfe schweifen. Idler sah aus dem Augenwinkel, daß er kleine Zeichen empfing und sie weitergab, hier auf ein hingeworfenes Wort lauschte, dort nach der anderen Seite nickte und Unverständliches in eine dritte Richtung murmelte. Als er den Blicken des Bettlers folgte, bemerkte er, daß dessen unsichtbare Verbindungen über den gesamten Platz hinreichten und ein Netz aus Kontakten darüber zogen, als wäre eine Spinne im Gange, die ihr Rad zu weben begonnen hatte und jetzt darauf wartete, daß ihr eine Fliege hineinsurrte.

Ein Gong ertönte, dessen Vibration lange nachklang, so daß mit dem Ausschwingen der Messingschale Ruhe einkehrte unter den Zuhörern. Die Bühne war leer, der Prinzipal hinter den Bühnenvorhang zurückgetreten. Das Schweigen breitete sich aus wie ein Teppich, den die Schauspieler zu betreten hatten, wollten sie beginnen.

Mit einem Ruck wurde der Vorhang zurückgerissen, und eine Gestalt betrat die Bühne, mehr Hanswurst als ernsthafte Person, die Bocksprünge vollführte, mit den Armen schlug, als wären es Flügel, und dabei schrie wie eine Wildente, die versuchte, sich von der Wasseroberfläche zu lösen und in die Lüfte zu steigen, was ihr aber gründlich mißlang.

Die wilden Possen, die der Hansen vollführte, die Grimassen, die er schnitt, die Verrenkungen seiner Glieder und zugleich die des Geistes, streuten Heiterkeit unter die Zuschauer. Sie weideten sich an der ungelenken Tolpatschigkeit des Narren.

Eine zweite Figur erschien, gekleidet in dunklen Sammet mit einem blutroten Umhang, eher ein Teufel denn ein Mensch, mit seinen schwarzgeschminkten Augenhöhlen, dem nur Pferdefuß und Schwanz des Leibhaftigen fehlten, und begann, den Narren auszufragen, bis sich herausstellte, daß es sich bei dessen merkwürdigen Bewegungen tatsächlich um Versuche handelte, das Fliegen nach dem Vorbild der Vögel zu lernen.

Der Schauspieler stellte sich vor als Magister Eduard, der in Rom und sonst auf der Welt alle Wissenschaften studiert habe und jetzt mit Kenntnissen so überreich beladen sei, daß er zwar selbst nicht mehr fliegen, mit dergleichen Kunst aber vertraut sei und sie daher lehren könne.

Idler amüsierte sich köstlich, erkannte er doch in der Geschichte seine eigene wieder. Agnes neben ihm puffte ihn mit der freien rechten Faust sanft in die Seite. Auch ihr gefiel der Beginn sichtlich.

Idler hatte für sich das Gefühl, daß er für kurze Zeit das Elend um sich herum vergaß, daß sein hungriger Magen verstummte, die kraftlosen Glieder sich strafften und die sonst dumpfen und müden Gesichter um ihn her durchweht wurden von einem Schimmer der Heiterkeit.

Idler sah sich um. Das Fenster, hinter dem Stierna residierte, war geöffnet. Dort oben saß der Hauptmann sicher auf einem Stuhl, sah sich das Stück mit an und beobachtete den gesamten Platz.

Auf der Bühne zog der Magister ein Manuskript aus dem Mantelsack und köderte damit den Hansen, der wie toll um die Teufelsgestalt herumsprang und nach dem Futteral fischte, ohne es festhalten zu können. Mitten in die Possen hinein fuhr der Prinzipal, der die Szenerie unterbrach und mit seiner weit schallenden Stimme den Fortgang der Komödie erläuterte.

So habe der Magister, rief er, nicht nur den Schwachen im Geiste gefangen mit seinen Kenntnissen, auch weit größere Persönlichkeiten seien diesem Aberglauben verfallen und jagten dem Hirngespinst der Engelhaftigkeit hinterher.

Auf Stelzen laufend zeigten sich zwei weitere Komödianten, die ebenfalls begannen, um den im Hintergrund noch agierenden Magister zu kreisen. Dieser schwenkte sein Futteral, und wie die Mücken umschwirrten ihn die drei Gestalten, Arme und Hände reckend, ohne in den Besitz des begehrten Gutes zu gelangen.

Idler entging nicht, daß sich um die Menschenansammlung mehr und mehr bewaffnete Landsknechte gruppierten, daß ein

Halbkreis geschlossen wurde mit der Zeit, den zu durchbrechen beinahe unmöglich war. Er orientierte sich näher zur Bühne hin, und obwohl die Zuschauer dicht an dicht standen, sich kaum bewegen konnten, öffnete sich ihm wie von selbst eine Gasse, durch die er mit Agnes mühelos nach vorne zum Bühnenwagen hin schlüpfen konnte.

Oben auf der Bühne hatte sich der Magister mit dem Narren zusammengetan und lehrte diesen mit langsamen Flügelbewegungen seines Mantels die Kunst des Fliegens, aber sooft der Hansen sich auch daran versuchte, sooft er von einem Stuhl aus herabsprang, wild mit den Armflügeln schlug, es gelang ihm nicht. Wie ein Stein fiel er zu Boden, krümmte sich vor Schmerzen und kroch doch wieder und wieder zum Magister hin, der ihm merkwürdigste Verrenkungen zur Übung eingab, mit einem Hochmut, der um sein Wissen nicht bangte. Hinter den beiden bewarfen sich die Stelzengeher mit Netzen, um anzudeuten, daß sie selbst in Intrigen und Zweifel verstrickt waren, ohne sich daraus lösen zu können. Immer dichter verhedderten sie sich in den Netzen, bis beide mit Poltern und Scheppern, mit Wehgeschrei und Schmerzgeheul niederkrachten und am Boden neben dem Träumer zu liegen kamen. Dort starrten sie sich gegenseitig an, bevor sie habgierig und halb gefesselt aufeinander zukrochen.

9.

Stierna überblickte von seinem Fenster aus den Platz und das Schauspiel. Etwas ging dort unten vor, das er nur schwer begriff. Zwischen dem dargebotenen Stück und der Menge, die es betrachtete, schien ein geheimes Einverständnis zu bestehen. Idler befand sich zwar unter der Menge, soviel hatte er gesehen, soweit war sein Plan gelungen. Aber direkt neben Idler stand Agnes, und um ihn versammelten sich zu viele Stadtarme, zu viele Bettler und Mäulenstößer, als daß es ihm nicht aufgefallen wäre. Und auch das Spiel gestaltete sich anders, als er es mit dem Prinzipal besprochen hatte.

Der Magister auf der Bühne hatte sein Manuskript eben aus der Hand gegeben und dem Hansen damit die Möglichkeit verschafft, tatsächlich das Fliegen zu erlernen, als von zwei Seiten die Stelzengeher begehrlich auf den Armen zuschlichen, ihre Holzfüße dabei dramatisch in den Bretterboden stampfend, als wollten sie den Trommelwirbel zu einer Exekution schlagen.

Stierna empfand diese Szene als Anspielung auf sein erfolgloses Bemühen, das Manuskript in die Hände zu bekommen. Jetzt aber sollten sich die Augsburger wundern. Heute hatte er nichts dem Zufall überlassen. Er wollte sich nicht mehr zum Narren halten lassen. Mit der rechten Hand gab er ein eindeutiges Zeichen.

In diesem Moment fielen unten auf dem Platz Mäntel zu Boden, und darunter kamen die gelb-blauen Uniformstoffe schwedischer Landsknechte zum Vorschein. Dann wurden am Rande der Menge Degen gezogen, Befehle bellten über den Platz, Hellebardiere, die aus den Seitengassen traten, richteten ihre Waffen auf und riegelten das Gelände ab, während weitere Landsknechte sich plötzlich in die Menge drückten.

Stierna konnte nicht umhin, sich innerlich auf die Schulter zu klopfen. Sein Plan, den Schuster zu fangen, hatte gewirkt. Er stützte das Kinn auf die Hände, während er das Geschehen unten auf dem Weinmarkt beobachtete.

Vor der Bühne selbst entwickelte sich die Lage dramatisch. Die Stadtarmen beschwerten sich lauthals darüber, daß sich die Soldaten in Augsburg nicht zu benehmen wüßten, und fragten wütend, warum das Stück unterbrochen würde. Fäuste wurden gegen sein Fenster geschüttelt. Sie traten mit ihren Stöcken und Lumpen den Landsknechten in den Weg und wurden zu zweit oder dritt aus der Menge gegriffen und von der Bühne weggezerrt. Sie wehrten sich entschlossen, und mancher erhielt einen

Schlag mit der flachen Klinge, um wieder zur Vernunft zu kommen, aber eben das stachelte die Menge weiter auf. Die Bettler schwangen ihre Stöcke, die sie geschickter zu handhaben wußten als mancher Soldat seinen Degen. Eine wilde Prügelei entbrannte. Je zwei Bettler stürzten sich auf einen Soldaten, den sie festhielten und schlugen.

Stierna ließ den Blick über die Menge schweifen. Nirgends konnte er mehr den Schuster entdecken, und Agnes war ebenfalls wie vom Erdboden verschwunden. Er beugte sich weit über die Brüstung hinaus und schrie, daß Idler zu fangen sei, anderenfalls würde er dafür sorgen, daß die an dieser Aktion beteiligten Landsknechte dem schwedischen Troß nachgeschickt würden. Aber alles Toben half nichts. Die Menge stand dicht zusammen. Zur Bühne hin gab es kein Durchkommen, und von Idler fehlte jede Spur.

Stierna konnte ein Fluchen nicht unterdrücken. Bereits jetzt ahnte er, daß sein eigentlicher Plan, der so hoffnungsvoll begonnen hatte, mißlungen war. Sicher, Idler konnte sich zwischen den Leibern versteckt halten, aber Stierna glaubte nicht daran. Er schlug mit der Faust auf das Fensterbrett. Wütend stand er auf und eilte hinunter auf den Weinmarkt.

Als er aus der Tür seines Hauses trat, standen sich die Stadtarmen mit ihren Stöcken und die Landsknechte gegenüber. Die Prügelei hatte aufgehört. Stierna dachte an seinen Adjutanten und an seinen Feldwaibel, die beide in dieser Stadt ihr Leben gelassen hatten.

Wenn er jetzt nachgab, konnte er mit seinen Soldaten ebensogut abziehen. Niemand mehr würde ihre Autorität anerkennen. Wenn er jedoch in die Menge schießen lassen würde, dann gäbe es einen Aufstand. Weder das eine noch das andere diente seiner Sache.

Mit einer harschen Handbewegung befahl er einen der Feldhauptleute zu sich heran.

»Öffnet eine Gasse, und laßt die Stadtarmen abziehen. Das

letzte Dutzend dieser Aufständischen greift Ihr heraus und hängt es auf!« befahl er unwirsch. »Aber achtet auf den Schuster in der Menge.«

Stierna beobachtete, wie der Feldwaibel seine Befehle brüllte. Langsam entspannten sich die Mienen in der Menge. Die Stangen sanken herab, und erste zögerliche Versuche wurden unternommen, durch das sich bildende Spalier der Landsknechte den Platz zu verlassen. Immer mehr Bettler schlossen sich den Abziehenden an, bis der Platz leer war. Obwohl Stierna jeden einzelnen genau gemustert hatte, waren Agnes und Idler nicht unter ihnen gewesen.

Auf einen Zuruf hin wurde die Gasse an ihrem oberen Ende geschlossen, und die letzten der Bettler waren zwischen Landsknechten eingekeilt. Ein Toben und Rufen entstand, aber das interessierte Stierna nicht mehr. Er ging zurück ins Haus.

Sein Plan war gründlich mißlungen. Und doch hatte er eine Spur gefunden. Idler war mit Agnes bei der Theateraufführung gewesen. Zusammen mit der kleinen Hure, die er zufällig kennengelernt hatte, der taubstummen Schönen. Vielleicht wohnte er auch bei diesem Frauenzimmer.

Er rief nach seinem Adjutanten und nach dem neuernannten Feldwaibel. Bis beide erschienen, beobachtete er den Platz und fluchte in sich hinein. Während vor der Bühne draußen das letzte Dutzend in Ketten gelegt wurde, betraten seine Offiziere den Raum.

»Durchsucht die Zelte der Schauspieler! Holt mir den Prinzipal! Ich bin mir sicher, daß diese Bande mit am Verschwinden Idlers beteiligt war. Allein kann er vom Weinmarkt nicht geflohen sein. Dazu hätte er sich in Luft auflösen müssen.«

Stierna lehnte sich auf die Brüstung und sah hinüber. Während draußen die Ketten klirrten, trat der Prinzipal auf die Bühne hinaus, sah zu Stierna hoch und ließ weiterspielen. Niemand sah mehr zu außer Stierna. Langsam formierten sich die Schauspieler wieder. Die Stelzenläufer schlichen Kreise bildend auf den Narren zu, beugten sich in ihrer Begehrlichkeit immer weiter vor, um einen Blick auf das Manuskript zu erhaschen oder ihm das Papier als solches zu entwenden. Eine letzte Möglichkeit, in den Besitz des Geschenks zu gelangen, bot sich den beiden, als der Hansen es hoch in die Luft hielt, um eine seiner eingeübten Flugbewegungen zu erproben. Sie beugten sich weit vor, zu weit für ihren unsicheren Stand, und stürzten, nachdem der lesende Narr die Blätter eher unbeabsichtigt weggezogen hatte, übereinander, hielten sich gegenseitig noch eine Zeit und krachten dann mitsamt der Stelzen unter ohrenbetäubendem Lärm auf den Bretterboden, wo sie liegenblieben. Der Narr aber stieg auf einen Stuhl, steckte sich das Blätterwerk in den Hosengürtel, streckte die Arme, bewegte sie leicht und mit Vorsicht und hob ab vom Stuhl, schwang sich hinauf gen Himmelszelt, das durch den blauen Mantel des Prinzipals gestaltet wurde, und flog davon. Beide Stelzenläufer sahen ihm mit Erstaunen nach.

Säuerlich blickte Stierna auf das Ende. Die Truppe verbeugte sich vor seinem Fenster. Kurz darauf betrat sein neuer Feldwaibel die Bühne und verhaftete den Prinzipal.

Jetzt erst fiel Stierna auf, wie nahe die Zelte der Schauspieler am Salzstadel standen – und er begriff. Das Gebäude selbst war der einzige Ort, den er nicht hatte bewachen lassen. Von den Zelten aus ins Innere des Salzstadels und von dort aus zu St. Ulrich hinüber war bei der Verwirrung, die entstanden war, ein sicherer Fluchtweg. Er hieb mit der Faust auf das Fensterbrett.

Über ihm flatterte plötzlich ein kleiner Schlag Tauben in Formation. Stierna sah erstaunt hoch, da sich kaum mehr Vögel in der Stadt fanden. Er zählte sieben Tiere, die sich wohl in den Turmnischen der Ulrichskathedrale verborgen halten konnten. Sie zogen ihre exakten Bahnen in den Himmel, als hätten sie diese zuvor mit Zirkel und Lineal in den Äther geschrieben. Ihn ärgerte die Mühelosigkeit, mit der sie durch die Luft pfeilten. Er trat einen Schritt zurück, nahm eine Armbrust von der Wand, zog einen Bolzen auf, zielte gegen die Tauben und ließ ihn von der Sehne schnellen. Im Flug überschlug sich eine der Tauben und stürzte haltlos zu Boden. Stierna lachte.

10.

»Er wird kommen, Gesine, ich bin mir sicher!« meinte Idler mit gepreßter Stimme, während er zusammen mit Richard, dem Einäugigen, das Fluggerät die Leiter zum Wehrgang hinaufstemmte. »Aber wir müssen den Drachen abflugbereit halten!«

Idler zog von oben, und mit gemeinsamer Anstrengung gelang es den Männern, den Vogel auf die Brüstung hinaufzuhieven.

Im Zuge der Bauarbeiten an der Fortifikation im Osten war an dieser Stelle die Wehrverbauung aus Holz abgetragen worden, so daß nur ein einfacher Steinsims übrigblieb, auf den hinaufzuklettern ohne Anstrengung möglich war. Reibenstein hatte ihnen die Stelle verraten und versichert, daß in dieser Nacht während des Mondaufgangs keine der Wachen einen Kontrollgang zu diesem Abschnitt hier unternehmen würde. Hier wollten sie sich treffen.

»Du mußt mir Reibenstein nur lange genug vom Hals halten, bis ich den Vogel geschultert habe.«

Richard half Idler noch, den Drachen an die Mauerbrüstung zu stellen.

»Er kommt«, flüsterte Idler, als er ein Geräusch wahrnahm. »Jetzt gilt es!«

Auf dem Wehrgang tauchte die Gestalt Reibensteins auf, den Degen in der Hand. Sofort stellte sich Richard mit seinem Bettlerstab zwischen ihn, Gesine und Idler.

»Wie ich sehe, seid Ihr soweit, Idler!« meinte Reibenstein mit einem rauhen Ton in der Stimme. Er räusperte sich. »Fliegt der Vogel?«

»O ja«, meinte Idler. »Er fliegt. Aber deshalb sind wir nicht hier.«

»Richtig. Ihr habt mir das Manuskript zugesagt, Idler«, drängte Reibenstein. »Ihr habt mich lange genug hingehalten, heute kommt Ihr mir nicht davon.«

»Ihr seid ungeduldig, Reibenstein. Aber ich versichere Euch, daß Ihr das Futteral mit dem Manuskript bekommen werdet. Heute noch.«

Idler sah den Gesandten nicht an, sondern beschäftigte sich mit seinem Gleiter. Er prüfte, ob die Halterungen und Verbindungen den Transport ohne Beschädigungen überstanden hatten.

»Außerdem fehlt dem Geschäft noch eine Kleinigkeit, Reibenstein.«

Jetzt erst wandte er sich dem Gesandten zu, der, die Lippen zusammengepreßt und den Degen in der Hand, wartete. Idler streckte ihm seine offene Hand hin.

»Gold für das Manuskript. Und ich versichere Euch, es wird das letzte Mal sein, daß ich Euch zur Kasse bitte.«

»Ihr habt eine Begabung, Euch Feinde zu machen, Idler. Ich hoffe, Ihr wißt, was Ihr von mir verlangt.«

»Nun, Reibenstein, ich denke, daß das Gut, das ich Euch aushändigen werde, dem Gegenwert angemessen ist. Ihr macht keinen schlechten Tausch dabei – und was sind für Euch schon zweihundert rheinische Gulden?«

Idler lächelte etwas spöttisch, stieg auf den Sims der Wehrverbauung hinauf und blickte hinunter auf das Vorfeld. Unter ihm lag der Wassergraben, dessen fauliger Geruch die Wände hochzog und einen Pesthauch über die Landschaft legte. Sechzig Fuß fiel hier das Mauerwerk ab, eine gewaltige Höhe. Südlich davon bauchte sich die Mauer der Jakober Vorstadt ins Umland hinein und umschloß das Armenviertel der Stadt. Nördlich von ihm war eine Bastion aufgeschüttet worden, die jetzt schon den Namen »Lueg ins Land« trug, weil man von der Höhe aus weit ins Bayerische bis nach Friedberg hinübersehen konnte. Vor ihm erstreckten sich gut sechshundert Fuß gerodetes Land außerhalb des Stadtgrabens, und dann kamen die Lechauen, die noch nicht allzu dicht wuchsen und tagsüber immer wieder Lichtungen und freie Plätze sehen ließen. Hinter sich ahnte Idler den Turm des Perlachs, der seine Glockenschläge herübersandte. Vielleicht würde er ihm heute einen Besuch abstatten. Reibenstein würde sich wundern.

Jetzt, in der Dunkelheit und im fahlen Schein des Halbmondes, schienen die Flächen vor ihm, das Mauerwerk und die Bastion Teil einer alles verschlingenden Dunkelheit zu sein. Er wäre viel lieber bei Tageslicht geflogen, aber der Unfall letztens und Nachstellungen durch die Schweden verhinderten dies. Das Fluggerät wäre aufgefallen.

Mit Gewalt mußte Idler sich von seinen Gedanken losreißen.

»Wo ist das Geld, Reibenstein?«

»Es ist ein Tauschhandel, Idler, Ihr wißt es. Ihr bekommt die Gulden nur für das Manuskript, keine Minute eher.«

Idler nickte.

»Hilf mir bitte, den Gleiter auf den Sims zu heben, Gesine«, wandte er sich an die Schlangenbeschwörerin. Mit einigen geübten Handgriffen hatte Idler das Gerät geschultert. Gesine hielt es in der Waage. Idler stieg jetzt auf den Stumpf der Stadtmauer. Ein leichter Wind fuhr unter den Gleiter, und Idler hatte Mühe, sich auf dem Sims aufrecht zu halten. Noch zeigte der künstliche Vogel zum Stadtinneren hin.

»Was tut Ihr?« fuhr Reibenstein dazwischen und machte einen Schritt auf Richard zu, aber der hob nur den Bettelstab und faßte ihn mit beiden Händen fest.

»Ihr werdet es gleich erleben, Reibenstein!« keuchte Idler. »Gesine!«

Gesine hatte sich bislang im Hintergrund gehalten. Jetzt folgte sie Idlers Kopfnicken und schürzte das Gewand.

»Ihr dürft gerne wegsehen, wenn es Euch nichts ausmacht,

Reibenstein«, kommentierte Idler die Tatsache, daß Gesine unter ihr Hemd griff, das zwischen ihre Beine gebundene Futteral herausnahm und es Richard überreichte.

Reibenstein hatte sich dem Gleiter zugewandt.

»Seid Ihr endlich soweit, Jungfer?« erkundigte er sich gelangweilt.

»Ihr dürft Euch umdrehen und den Beutel mit Goldstücken bereitlegen, wir haben das Manuskript«, konterte Gesine geschickt.

Richard, der sich jetzt wieder auf seinen Stab stützte, zeigte dem Gesandten das Futteral und gab Gesine gleichzeitig den Wink, auf Reibenstein zuzugehen und den Beutel entgegenzunehmen, den dieser aus seiner Brusttasche hervorkramte. Schwer und hart lag er in dessen Hand.

»Wir tauschen das eine gegen das andere. Gesine wird den Handel übernehmen.«

Reibenstein unterbrach Idlers Redefluß.

»Das Futteral ist neu. Ihr seid des Todes, wenn Ihr mich hinters Licht führen wollt.«

»Nun, mein lieber Reibenstein, der Auftrag Magister Eduards lautete dahingehend: ein Paar Stiefel und ein Futteral für das Manuskript. Beides habe ich angefertigt. Die Stiefel trage ich selbst, das Futteral wird samt Inhalt Euch zugehören, sobald Ihr uns Euer Scherflein übergeben habt.«

»Und wer garantiert mir, daß in diesem Futteral auch die Manuskripte stecken?«

In der Stimme Reibensteins schwang Mißtrauen mit. Idler mußte das Tauschgeschäft beschleunigen, bevor Reibenstein davon Abstand nahm. Jetzt griff Gesine ein. Sie trat zwischen die Männer und streckte die Hand nach dem Beutel aus.

»Sein Wort muß Euch genügen, Reibenstein. Er steht dazu. Mehr kann er Euch nicht bieten. Wenn Ihr in den Besitz der Manuskriptblätter kommen wollt, müßt Ihr ihm trauen – oder doch zumindest mir.«

Reibenstein zögerte noch.

»Ehrlichkeit ist keine Tugend, die in diesen Kriegszeiten gedeiht, Schuster, aber Ihr wart bis dahin ein zuverlässiger Mensch. Also will ich es wagen!«

»Es wird Euch nichts anderes übrigbleiben, Reibenstein, wenn Ihr das Manuskript wollt!«

Reibenstein streckte die Hand mit dem Beutel aus und hielt ihn Gesine hin. Mit der anderen griff er nach dem Futteral, das ihm Gesine gleichzeitig mit derselben Gestik übergab. Gesine nahm das Gold entgegen, und auch das Futteral wechselte den Besitzer. Richard stellte sich wieder, beide Hände am Stab, vor den Schuster und sein Gerät, während Gesine den Beutel zu Idler hinauflangte.

»Ihr habt noch nicht gesehen, wie mein Vogel fliegt, Reibenstein. Seht es Euch an. Das steht nicht im Manuskript. Ohne diesen Gleiter ist es nämlich wertlos.«

Während Gesine Idler den Beutel unters Hemd steckte, hob Reibenstein den Degen. Wortlos wendete Idler seinen Vogel nach außen, bereit, den Flug hinein in die Dunkelheit zu wagen.

»Ich verbiete es Euch, hinabzuspringen, Idler. Ihr und Eure Vogelmaschine seid entscheidend für den Kaiser und die katholische Liga. Gerade in der Zeit, da die Liga auf Augsburg vorrückt und das Umland in Händen hält. Bleibt, wo Ihr seid.«

Idler lachte in den leichten Wind hinein, der vom Graben unten hochwehte.

»Ihr seid ein Narr, Reibenstein. Glaubt Ihr wirklich, mich durch Eure Drohungen gefügig machen zu können? Jetzt, wo der Flugapparat fertig ist?«

Damit stieß er sich ab von der Mauer und ließ sich in die Dunkelheit unter sich fallen.

11.

Idler stieß einen gellenden Schrei aus, stürzte. Der Gleiter ächzte unter der Last, die er zu tragen hatte. Wind schlug ihm die Luft vom Mund, daß er einige Male schlucken mußte und zu ersticken glaubte. Dann rissen einige der Lederriemen mit einem hellen, scharfen Klang. Er fiel weiter. Hinter ihm her schallte das Lachen Reibensteins, der Idlers Sturz von der Höhe aus mitverfolgte. Idler erwartete, jeden Augenblick den Boden zu berühren. Lange konnte es nicht mehr dauern. Er streckte seine Beine nach hinten, um die Flügel in den Wind zu stellen, und plötzlich verwandelte sich der Sturz in eine sanftere Bewegung, in ein Gleiten und Segeln, das an Schnelligkeit nachließ, das ihn spürbar trug, ja hinauftrug, und dann konnte er den Horizont vor sich erkennen, der vom mondhellen Himmel in die Schattennacht gezeichnet wurde. Er unterschied Bäume und Sterne, sah den Lech vor sich blinken und rechts von sich die Stadtmauer schwarz in die Höhe ragen. Ein leichter Wind, der aus den Auwäldern aufstieg, hob ihn, und Idler begann, den Drachen mit seinem Körper einmal nach links, dann nach rechts zu drehen. Wie weit entfernt er vom Boden war, konnte er nicht ausmachen, aber als er einen Bogen flog und auf die Stadtmauer selbst zustrebte, entdeckte er, daß er nicht allzu tief gestürzt sein konnte, denn er befand sich beinahe in Höhe der Mauerkrone, von der er herabgesprungen war. Also war der endlose Sturz, den er gefühlt hatte, eine Sinnestäuschung gewesen. Wie eine der Eulen, die sich nächtens über der Stadt sehen ließen, um Jagd auf Mäuse und Ratten zu machen, fühlte er sich.

Von der Mauerkrone herüber drang der Schrei Reibensteins, der ihn aufforderte zurückzukehren. Idlers Antwort darauf war einfach. Er verlagerte sein Körpergewicht, legte seinen Gleiter damit schräg und zeichnete in die Schwärze der Nacht einen

Bogen, der ihn von der Stadtmauer wegführte, hinaus in die Lechauen, vielleicht hinüber ins Bayerische.

Nachtwind ließ ihn an Höhe gewinnen. Nur das Rauschen seiner Schwingen, die durch die Dunkelheit schnitten wie Messer, war zu hören. Was war das für eine Welt! Wie klein und unscheinbar geriet sie einem von hier oben aus! Der Lech blinkte wie ein breites Leibband herüber, nicht größer, die Straßen waren zu hellen Linien geworden, die auf der Hochebene entlangfingerten.

Leichtigkeit nahm ihn gefangen, schwerelos schien er, mit einem Kribbeln in Bauch und Kopf, so daß ihn schwindelte. Von hier oben betrachtet, verlor sich die Welt im Unbedeutenden. Nicht satt sehen konnte sich Idler. Weit zog sich der Horizont hinaus und verlief hinten, ganz hinten ins Tintenschwarze. Wie eine Eule glitt er durch diese Flüssigkeit aus Dunkel und Nichts, lautlos beinahe, federbeschwingt. Stumm blieb er, erstarrt in einer Ehrfurcht, die ihm nur der Blick herab von den Stadttürmen abnötigte, die ihn ins Land hineinsehen ließen, und aus den Menschen, die sich für groß und unsterblich hielten mit ihren Seelen, Ameisen machten, die zertreten werden konnten.

Ein Fühlen stieg auf in Idler, das er nicht beschreiben konnte, das sich gebärdete, als würde alles an Welt in ihn hineinfließen, als wäre er ein Walfisch, wie der des Jonas, und alles würde in seinen Schlund stürzen. Unter ihm weg glitten Wipfel und Wasser, Sträucher und Wiesen, vor ihm floh das Wild, die letzten Rehe und Sauen, die Füchse und Marder, und selbst Greifvögel nahmen vor ihm Reißaus, weil er sich diese Nacht nahm, als gehöre sie ihm.

Ein Geräusch weckte ihn aus seinen Träumereien. Von weither drangen die Schläge von Kanonen, die wie dumpfes Donnergrollen heranrollten. Das mußten die kaiserlichen Truppen sein, die vor Wörth an der Donau lagen.

Vergessen war plötzlich das Neue, das Wunderbare. Hart

schlugen die Riemen, die Druck und Kraft des Windes gesprengt hatten, gegen die Seidenflächen der Flügel. Die losen Teile knallten in die Stille der Nacht hinein. Idler, dem langsam die Kälte des Abends in die Glieder fuhr, konnte nicht ausmachen, welche Verbindungen beschädigt waren, hatte aber das Gefühl, daß die Schläge mit zunehmendem Flug stärker und ausladender wurden, als würde sich etwas abrollen oder ablösen. Der rechte Flügel begann unruhiger in der Luft zu liegen, brach aus, und Idler mußte sich immer weiter nach links legen, um das Gerät in der Luft zu halten.

Es war ein engelgleiches Gefühl, das ihn beschlich, so zwischen Himmel und Erde zu schweben, sich durch den Äther zu tasten, als wäre er ein Teil davon. Wer vor ihm hatte das vollbracht, und wer nach ihm würde das wieder vollbringen? Würde er für Jahrhunderte der einzige bleiben, oder würden bereits im nächsten Jahr die Lüfte voll sein von seinen Flugmaschinen, die den Tod auf die Menschen herabregnen ließen? Er wünschte sich in diesem Augenblick, daß Maria oder Gesine oder Richard ihn sehen könnten, aber sie alle hatte er zurückgelassen. Richard hatte Gesine sicher längst von der Stadtmauer herabgeführt, solange Reibenstein noch tobte und hinter ihm herschrie.

Er mußte lachen, lachte frei und ungehemmt hinaus in die Nachtluft und freute sich darüber, daß seine Idee Wirklichkeit geworden war, daß der Gleiter flog, daß er ihn hinwegtrug über den Auwald und jetzt auch über den Lech, dessen Lauf er einige Zeit folgte.

Sein Nachtvogel verlor beständig an Höhe. Bereits unangenehm heftig schlug der rechte Flügel. Die gerissenen Riemen hatten wohl die Seidenbespannung mitbeschädigt, so daß er das Gefühl bekam, bald wieder in einen Sturzflug überzugehen.

Stunden hin hätte er noch so zwischen Sternendecke und Wasseroberfläche des Lechs dahingleiten können. So vergaß er die Zeit, ließ all die Mühe hinter sich und kehrte einer Stadt den

Rücken, die ihn nicht wiedersehen würde, solange der Krieg kein Ende gefunden hatte oder zumindest der Schwede daraus vertrieben war.

Er lenkte seinen Drachen gegen das westliche Lechufer, stieg über den Auwald hinweg und segelte, immer schneller fallend, in Richtung des Hauptweges, der gen Süden führte und der schon zu Zeiten der Römer bestanden hatte.

Das Feuer sah er zu spät. Es war niedergebrannt, kaum daß die Glut in den Nachthimmel hineinglomm. Ein Ruf hatte Idler auf die Gruppe von Landsknechten aufmerksam gemacht. Eine der Wachen, die um das Feuer saß, hatte den riesigen Vogel entdeckt, der für ihn direkt aus dem Mond kam, und warnte die Schläfer. Jemand warf Zunder in die Glut, die plötzlich zur Flamme aufloderte und dem kleinen Trupp, der wohl auf Beute in der Umgebung Augsburgs aus war, die Sicht nahm. Idler wollte seinen Gleiter hochreißen und erst eine Wegstrecke entfernt niedergehen, aber der zerschundene rechte Flügel ließ kein Manöver mehr zu. Mit einem Zischen, das die Luft teilte, fuhr der Drache unter sie, riß den aufrecht stehenden Wärter mit, daß er sich überschlug, bäumte sich auf. Idler schrie aus Leibeskräften. Wenige Meter segelte er noch durch die Luft, dann berührte die rechte Flügelspitze den Boden. Idler wurde herumgewirbelt. Sein Vogel drehte über die Achse, die durch die Bodenberührung gebildet wurde. Idler warf sich nach links, um auszugleichen, um seinen eigenen Fall zu dämpfen. Noch einmal kam der Flügel frei, und der Drachen sauste über den stoppeligen, steinigen Boden und fuhr ein zweites Mal unter die Gruppe von Landsknechten, bis er liegenblieb und sich auf die Seite legte. Das alles geschah einzig unterbrochen durch die gellenden Schreie Idlers und die würgenden der Menschen, die vom Fluggerät erfaßt worden waren.

Das Lagerfeuer war durch den Gleiter auseinandergerissen worden und wie ein roter Schweif dem Fluggerät nachgezogen. Langsam verglühten die Holzkohlen zwischen den feuchten

Grassoden. »Teufelswerk« und »Satansvogel« schrien die Soldaten, die Hals über Kopf flohen.

Nach einiger Anstrengung befreite sich Idler aus dem Gestell seines Drachens und trat neben den Vogel.

Ein Geruch nach verbranntem Fleisch stieg Idler in die Nase, aber das konnten auch die Lederriemen sein, die noch frisch waren, damit sie nicht allzu leicht brachen. Trotzdem begann er die Umgebung zu untersuchen. Die Feuerstelle war leer, die Soldaten hatten sich in alle Winde zerstreut.

Gegen den Sternenhimmel zeichnete sich schwarz der Drachen ab. Teufelsvogel, schoß es Idler durch den Kopf. Teufelsvogel – aufsteigen mit ihm, hinaus aus dieser Welt, hinauf über die Sphären. In Idler stieg ein Schrei auf, der so gewaltig war, so weit weg lag von dem, was in diesem Dasein zu hören war, daß ihm selbst eine Gänsehaut den Rücken hinablief. Niemand, war sich Idler sicher, würde sich im Laufe der Nacht diesem Platz nähern, aber spätestens zum Morgengrauen würden die Soldaten zurückkehren und den Ort des nächtlichen Spuks besuchen. Er mußte sich also um einen Unterschlupf für die Nacht sorgen.

Gen Norden ragte noch die dunkle Silhouette Augsburgs gegen den Himmel, die schlanke Turmnadel von St. Ulrich in das Weiß des Mondes. Idler wandte sich nach Osten, dem Lech zu. Dort drückte er sich ins Unterholz und legte sich für den Rest dieser Nacht zur Ruhe, nicht ohne sich noch einmal das Schauspiel ins Gedächtnis zurückzurufen. Seinen Traum hatte er sich erfüllt, sein Ziel war erreicht – über diesen Überlegungen schlief er ein.

12.

Von der Gasse aus betrachtete Stierna den ersten Stock des Fachwerkbaus. An den Fenstern direkt über ihm waren die Läden in der frühen Morgenstunde noch nicht aufgestoßen worden. Verlassen wirkte das Haus. Das Holz des Fachwerks kragte gegen die Straße hinaus, die Fächer waren bröckelig und zeigten an vielen Stellen bereits das Untergeflecht. Man sah, daß kein Mensch im Hause wohnte, der die schadhaften Teile ausbesserte. Es roch überall nach Taubenmist.

Der Schwede räusperte sich, während er den Kopf senkte.

Er würde sie sich kaufen, diese Dirne, die mit Idler gemeinsame Sache machte. Wie sie sich an den Schuster gedrängt, wie sie ihn umschmeichelt und umgarnt hatte während der Vorstellung. Deshalb auch hatte er den Handwerker nicht finden können. In der sicheren Gewißheit, daß er Agnes' Haus nicht durchsuchen würde, hatte der Hundsfott sich bei ihr eingenistet und sie ihm abtrünnig gemacht.

Stierna fühlte sich verletzt. In ihm stieg eine Wut auf, die er so gegenüber einer Frau noch nie gefühlt hatte. Er hob wieder den Blick und spürte, wie Reibenstein, der hinter ihm stand, ihn voller Neugier beobachtete. Nichts wollte er ihm verraten, nichts aus seinem Innersten diesem Katholiken preisgeben.

Was kümmerte ihn auch eine Dirne, ein loses Frauenzimmer hier in Augsburg? Waren sie doch alle gleich, diese Weiber, die sich um das Himmelreich brachten, weil sie aus Wollust ihren Körper feilboten.

Ihn ärgerte zudem, daß ihm dieser billige Handwerker vor der Bühne des Prinzipals entwischt war. Als hätte er etwas geahnt, als wäre ihm der Plan verraten worden. Schon deshalb hatte er sich Reibensteins versichert und ihn aus dem Gottesdienst holen lassen, direkt aus dem Beichtstuhl Pater Konrads.

Wieder sah er die Hausfront hinauf, die sich ihm auf die Straße hinaus entgegenneigte.

Hatte er nicht schon einmal vermutet, dem Haus wären Augen zu eigen und es könnte sehen? Heute schien es ihm, als wäre es blind und würde nichts erkennen, ihn und Reibenstein eingeschlossen. Kein Blick folgte ihnen. Vielleicht aber war es nur noch nicht erwacht aus seinem nächtlichen Dämmer?

»Habt Ihr das Haus schon einmal betreten, Reibenstein?«

Stierna, bereits dazu entschlossen, das Tor zu öffnen und mit der Durchsuchung zu beginnen, ohne darauf zu warten, daß die Bewohner erwachten, nahm in der Antwort des Gesandten erstaunt ein Zögern wahr. »Nun?«

»Nein, nie. Das hätte ich mir gemerkt.«

Stierna beobachtete Reibenstein unauffällig von der Seite. Mit einem Unbehagen, das Stierna als ein Unbehagen des Wiedererkennens deutete, blickte nun auch Reibenstein an dem Haus empor, musterte die verschlossenen Läden und die vorkragenden Geschosse. Woran erinnerte er sich?

Stierna zögerte noch, dann drückte er die Torflügel nach innen, die sich widerwillig und schwer ächzend öffneten, betrat den Tordurchgang, sah sich zuerst unschlüssig um, bevor er die Türe zum Innenhof und zum Gebäude selbst aufschob und mit schweren Schritten nach oben stieg.

Das Plätschern des Brunnens, der sein Wasser über einen Teil des Innenpflasters laufen und dann in einen mehrere Fuß tiefen Schacht verschwinden ließ, begleitete ihn.

Die Zimmer fand Stierna wie gewohnt vor. Stühle und Tisch standen zum Fenster hin, das Bett im Schlafgemach war noch zerwühlt. Bis vor kurzem hatte Agnes darin gelegen, ob alleine oder mit einer Männerbekanntschaft, war ihm jetzt unwichtig.

Mit großen Schritten durchquerte der Hauptmann die Räume, lief vom Wohnteil hinüber ins Schlafzimmer und wieder zurück. Dabei betrachtete er aufmerksam Wände und Holzwerk, drückte hier, schob da und blieb schließlich vor Reibenstein stehen, der ihm langsam gefolgt war und unschlüssig inmitten des Wohnraums stand.

»Fällt Euch etwas auf, Reibenstein? Irgend etwas, das dieses Haus von anderen, vergleichbaren, unterscheidet?«

Es war eine gute Methode, fand Stierna, Entdeckungen, die er selbst eben erst gemacht hatte, als Selbstverständlichkeit hinzustellen und andere damit zu verunsichern.

Reibenstein zuckte mit den Achseln, sah sich um und verneinte.

»Dann, werter Reibenstein, öffnet das Fenster, und seht hoch. Sagt mir danach, wie viele Stockwerke Ihr gesehen habt.«

Reibenstein tat, wie ihm geheißen, schob den Rupfen beiseite, der das Fenster verhängte, und stieß den Laden zurück. Luft und Licht strömten in den Raum. Es roch plötzlich nach warmer Lehmfüllung und feuchtem Altholz. Dann streckte er seinen Kopf nach draußen und meinte, nachdem er wieder ins Zimmer zurückgekehrt war:

»Es sind insgesamt zwei Stockwerke und ein Dachgeschoß mit Luken.«

»Nun«, spöttelte Stierna, »dann fehlen uns zwei Stockwerke. Wir sind in den ersten Stock hinaufgestiegen. Hier geht es aber nirgends nach oben weiter. Aber vielleicht gehört ja der höherliegende Gebäudeteil zu einem angrenzenden Haus.«

Unter Stiernas Blick schien Reibenstein nervös zu werden. Er blickte fahrig umher, versuchte den Eindruck zu erwecken, er denke nach.

»Sicher nicht. Beide Seiten stehen frei. Der Zugang muß im oder am Haus liegen. Außentreppen konnte ich von außen aber keine erkennen, also muß sich die Treppe im Inneren befinden.«

Die beiden Männer durchsuchten die Zimmer ein weiteres Mal, horchten auf lockere oder hohle Bodendielen, verschoben Tische und Truhen, klopften die Wände ab.

Aus dem Augenwinkel heraus beobachtete Stierna den Katholiken. Er hatte ihn deshalb mit hierhergenommen, da er das Gefühl nicht los wurde, daß Reibenstein ihm etwas verschwieg. Wenn er das Haus kannte, dann würde er vielleicht versuchen, eine nach oben führende Tür zu verheimlichen, um späterhin alleine hierher zurückzukehren. Aber Stierna sah sich getäuscht. Aus Agnes' Schlafzimmer, in das Reibenstein eben verschwunden war, rief ihn dessen Stimme:

»Ich habe den Durchstieg, Stierna. Hier, seht selbst.«

13.

»Nach Euch, Reibenstein!« wies Stierna dem Gesandten den Weg.

Beide bückten sich und schlüpften in den Schrank und durch ihn hindurch. Fünfzehn Stufen führten nach oben, die an ihren Stoßstellen mit Öl getränkt waren, damit sie nicht knarzten.

Noch mit der Technik beschäftigt, die hier benutzt worden war, die Treppe geräuscharm zu machen, hörte der Schwede Reibenstein unter einer der Dachschrägen wühlen.

»Nun, habt Ihr etwas gefunden, mein lieber Reibenstein?« wiegte er den Gesandten in Sicherheit. Die letzten Schritte in den Raum setzte er gemächlich und langsam. Stierna sah sich um.

»Ach, hier seid Ihr. Ein merkwürdiges Obergeschoß. Nur Strohschütten und einige Decken, sonst nichts. Wer hier wohl geschlafen hat?«

»Nun«, entgegnete der Gesandte spitz, »das hoffe ich doch von Euch zu erfahren. Warum auch solltet Ihr mich sonst im Morgengrauen hierhergeführt haben? Obwohl ich mir denken kann, was Euch bewegt.«

Stierna grinste den Katholiken an. Offenbar war diesem noch nicht bewußt, wie ernst und lebensgefährlich seine Lage war.

»Auf Eure Frage von eben zu antworten, ich habe etwas gefunden. Es war hier unter den Vorsprung geklemmt.«

Damit kniete sich Reibenstein hin, schlüpfte unter die Sparren in einem der Winkel, die das Dach mit dem Fußboden schnitt, und zog ein zerschlissenes papierenes Futteral hervor.

»Vielleicht handelt es sich um das Manuskript, an dem wir beide interessiert sind.«

Stierna streckte seine Hand danach aus. Reibenstein wurde blaß und reichte sichtbar widerwillig das Futteral mit dem kostbaren Inhalt an ihn weiter.

Nach dieser Übergabe begannen die beiden, auch dieses Stockwerk zu untersuchen. Stierna klemmte sich das Futteral unter die linke Achsel und gab damit zu verstehen, daß nur über seine Person an das Manuskript zu gelangen war. Langsam und mit wachen Augen durchschritt er den Raum. Ihm entging nichts, auch nicht das fahrige, so offensichtlich oberflächliche Verhalten Reibensteins.

Stierna ahnte, daß Reibenstein etwas verbarg, hinter das er kommen mußte.

Vier Menschen hatten hier einmal gehaust, den Blutspuren und dem Ort derselben im Strohlager konnte er sogar entnehmen, daß zwei davon Frauen gewesen waren. Bis auf die vier Strohlager enthielt der Stock keinerlei Einrichtung, keinen Stuhl, keinen Schrank, keinen Tisch.

Im Hintergrund des Raumes führte eine weitere Treppe hinauf, diesmal nicht versteckt, sondern ganz offen. Nach oben zu war sie mit einer hölzernen Falltüre verschlossen. Es mußte die letzte Etage sein, das oberste Dachwerk.

Stierna sah Reibenstein an, aber der zuckte mit den Schultern. Was sollte sie oben schon erwarten?

Als wäre dort ein Magnet verborgen, zog es Stierna zur Treppe. Er stieg die Stufen empor, zwei Schritte genügten für ihn, dann hob er die Türe an und steckte seinen Kopf hindurch.

Seine Augen erkannten in der Dunkelheit erst einmal nichts. Der Boden roch muffig und schwer nach Urin und anderen Ausscheidungen.

14.

Hohl wie in eine Tonröhre gesprochen schwebte die Stimme im Raum:

»Na, wie gefall' ich Euch? Laßt sie walten, die christliche Nächstenliebe, treibt Euren Stahl in meinen Leib, wie ihr Eure

Männlichkeit in mich getrieben habt. Jetzt. Ich möchte sie erleben, die Stille beim Hinübersinken in diese andere Welt. Jetzt Schwede, wäre es Zeit.«

Erschrocken hielt der Schwedenhauptmann inne. Langsam gewöhnten sich seine Augen an das matte Licht. Stierna erspähte einen Korbstuhl und wurde eines Gesichts gewahr, das sich an die Rückenlehne des Stuhles schmiegte und eher dem Schädelknochen eines Toten ähnelte.

Während er mit der Linken die Bodentüre gänzlich hochdrückte, wanderte die rechte Hand zum Dolch, der im Gürtel steckte. Das Leder des Griffes war noch morgendlich feucht. Langsam stieg er höher. Aus dem Dämmer schälte sich die Gestalt im Stuhl, die zwei käuzchenhafte Schreie ausstieß. Stierna verschlug es die Sprache.

Wer war sie? Was hatte sie hier auf dem Boden zu suchen? Langsam trat er einen Schritt näher. Die Tür hatte er gegen die Balken gelehnt, die das Dach trugen. Unter seinem Gewicht knarrten die Bohlen matt.

Jetzt erst konnte er den sich unruhig bewegenden Körper auf dem Sitz genau erkennen, jetzt erst hatten sich seine Augen an die Dunkelheit gewöhnt, und was er sah, verursachte in ihm eine Übelkeit, daß er sich mit seiner Linken an einem der Dachschrägen einhalten mußte. Beinahe wäre ihm das Futteral entglitten. Es war eine Frau gewesen, soviel konnte er noch erkennen, da sie nackt war. Aber ihr Leib war über und über bedeckt mit den gräßlichsten Wundnarben, die er je gesehen hatte. Kein Säbelhieb, kein Dolchstich, keine Kugel hinterließ solche Male auf der Haut eines Verletzten.

Plötzlich sprach ihn die Stimme an, die sich bislang hinter seinem Rücken im Schwarz des Schattens verborgen hatte:

»Sie wurde von der Inquisition in den Schoß der Kirche zurückgeholt. Man hat sie nicht zu dem Geständnis bewegen können, eine Hexe zu sein. Dafür wurde sie länger gefoltert als nötig.«

Stierna fuhr herum, suchte im Dunkeln, erkannte einen Umhang, eine Kapuze. Seine Hand verkrampfte sich am Dolch. Dann erkannte er die Bettlerin im schwarzen Umhang, die Welschge Jenna. Die Person in seinem Rücken beunruhigte ihn nicht. Eine Pause entstand, in der Stierna sich wieder der Gestalt im Korbstuhl zuwandte und sie weiter betrachtete.

»Das haben sie von ihr übriggelassen. Sie betet jeden Abend ein Ave Maria für die gnädige Errettung ihrer Seele«, beendete die Welschge Jenna im Hintergrund ihre Anklage.

Sie hatte leise gesprochen, so leise, daß Stierna glaubte, die Stimme käme nicht von ihr, sondern aus dem Gebälk, aus dem Raum selbst. Gerade noch hörbar war sie gewesen, gerade noch verständlich.

Hinter ihm war Reibenstein die Treppen hochgestiegen und blickte jetzt an ihm vorbei.

»Mein Gott«, murmelte er. »Wer ist das?«

Die Welschge Jenna, ganz in ihren schwarzen Umhang gehüllt, der nur wenig vom Gesicht frei ließ, erhob sich jetzt.

»Erkennst du uns nicht, Fuchs?« zischte die Stimme vom Stuhl her, tonlos, was ihr in Stiernas Ohren etwas Dämonisches gab, als wäre ihre Erscheinung nicht von dieser Welt.

Die Gestalt hinter Stierna trat vor, nahm den Korbstuhl, drehte diesen in Reibensteins Richtung, so daß er den Körper der Alten gänzlich sah.

»Ich bin's, Fuchs. Die Babette.«

Starr wurzelte Reibenstein, riß Mund und Augen auf, verlor für einen Moment die Gewalt über seine Mimik, verzerrte das Gesicht, als litte er Schmerzen. Dann bewegte er sich mit einer Körperdrehung Richtung Abstieg, aber der Schwede vertrat ihm den Weg.

Mit einer Handbewegung streifte nun auch die Person hinter der Hutter Babette die Kapuze vom Kopf, und Reibenstein entfuhr ein Ausruf.

»Die Welschge Jenna!«

»Ja, die bin ich, die Welschge Jenna. Wart Ihr nicht dabei, als ich Pater Konrad zu Idler geführt habe?«

Auch Reibenstein langte nach dem Messer in seinem Gürtel, doch Stierna war auf der Hut. Im nächsten Moment war ihm der Dolch entwunden.

»Ich habe Eure Frage noch nicht beantwortet, Reibenstein. Erinnert Ihr Euch nicht an die, welche hier siech liegt und auf ihr Absterben wartet seit fünfzehn Jahren?«

Reibenstein wurde blaß, was sogar im dämmrigen Licht des Oberbodens auszumachen war. Stierna, der noch immer das Gelenk des Gesandten umfaßt hielt, fühlte, wie ein Zittern durch dessen Körper ging.

»Ich kenne die Frau nicht«, preßte Reibenstein zwischen den Zähnen hervor.

Er versuchte, sich aus dem Griff des Schweden zu lösen und die Treppe zu erreichen, aber Stierna hielt ihn fest.

Die Welschge Jenna lachte bitter und setzte ihre Anklage fort, die Stierna mit jedem Wort sprachloser machte.

»Es ist die Babette, die Hutter Babette. Erinnert Ihr Euch jetzt? Habt nicht Ihr sie angezeigt beim Augsburger Rat? Habt nicht Ihr den Bischof dazu bewegen können, die Anklage zu verfolgen, obwohl der Rat den Fall zurückgewiesen hatte? Habt nicht Ihr als Zeuge gegen sie ausgesagt und damit den Rat gezwungen, die Person der heiligen Inquisition zu übergeben? Wir haben hier gearbeitet, die Hutter Babette und ich, die Welschge Jenna, auch wenn ich damals noch beinahe ein Kind war. Ich weiß um ihr Schicksal. Und ich kenne Euch. Damals, Reibenstein, habe ich Euch gesehen und gehört! Jetzt kennt Ihr das Schicksal der Hutter Babette. Es wird Euer Stolperstein werden auf dem Weg hinüber in die ewige Glückseligkeit. Der Länge nach werdet Ihr in den Kot schlagen, nur weil ihr Körper Euch nicht zu Willen war. Jetzt könnt Ihr Euch bedienen, wenn es Euch nicht graut. Sie kann sich nicht mehr wehren. Jetzt ist sie ebenso hilflos wie damals, Reibenstein!«

Die Welschge Jenna atmete schwer. Stickig war die Luft hier oben, erfüllt vom Geruch der Exkremente, die unkontrolliert dem Körper der Alten entflossen. Auch Stierna würgte es, und er fühlte sich schwach in den Beinen. Sie nahm einen Lappen, tauchte ihn in einen bereitstehenden Eimer und begann, den Leib der Frau zu waschen. Sie reinigte den Unterleib, ohne sich weiter um die beiden Männer zu kümmern. Plötzlich richtete sie sich auf. Wie in einem Buch konnte Stierna in ihren Augen lesen. Verachtung lag in ihrem Blick, Verachtung für die Männer, Verachtung für diesen Krieg und diese Religion, Verachtung für das Leben in dieser Zeit.

»Verschwindet. Sterben kann sie allein. Sie braucht Euch nicht dazu.«

Stierna wandte sich dem Abstieg zu und zog Reibenstein hinter sich her.

»Auf ein Wort, Schwede. Ihr wißt, daß er für den Franzosen arbeitet, für den Kardinal am Bourbonenhof, für Richelieu? Dafür mußte die Babette leiden.«

Stierna hob kurz den Kopf und zuckte mit den Schultern. Er stieg, den Gesandten noch immer in einem unerbittlichen Griff, hinab ins zweite Stockwerk. Dort erst ließ er los. Er öffnete eines der Fenster, das auf ein Dach hinausging, dazwischen klaffte eine der vielen Brandlücken, gerade breit genug, daß ein Mensch am Grund darin laufen konnte. Draußen schien die Sonne dünn und herbstlich.

»Habt Ihr das getan, Reibenstein?« fragte Stierna und kehrte Reibenstein den Rücken zu, weil er sein Gesicht nicht sehen wollte. Stierna wußte, was er antworten würde.

»Alles erlogen. Ich kenne die beiden nicht. War nie hier. Der Krieg bietet so viele Gesichter an, da kann man sich irren.«

Stierna sah hinaus auf die Gasse.

Wenn der Regen einsetzte, wurde Augsburg noch schlimmer, als es an sonnigen Tagen war. Selbst der Regenbogen, der sich kräftig und schillernd eben über die Stadt spannte und von dem er einen Teil sehen konnte, änderte daran nichts. Es war, als würde sich der Boden um einen halben Meter heben, um alles und jeden darin versinken zu lassen. Augsburg verkam zu einem einzigen Morast.

»Und die Geschichte mit Idler?«

Es klang wie beiläufig, ohne größeres Interesse, ohne eine wirkliche Neugier hinter der Frage. Stierna spielte mit dem Futteral, das er bislang unter eine seiner Achseln geklemmt hatte, versuchte, die Knoten daran zu lösen.

»Nun, Reibenstein, ich höre?«

»Es ist richtig. Ich habe von Idlers Aufenthaltsort gewußt. Pater Konrad hat ihm damals die Letzte Ölung gegeben, als er mit Pest im Brechhaus lag. Ich dachte, er würde sterben. Die Schlangenbeschwörerin, die mit dem Prinzipal umherzieht, pflegte ihn.«

Stierna hätte sich beinahe selbst eine Ohrfeige gegeben. An den Pater hatte er einfach nicht gedacht.

»Und so hat er überlebt.«

Jetzt erst drehte sich Stierna um, betrachtete den Fuchs genau, der viel von seiner Selbstsicherheit eingebüßt hatte. Langsam trat er auf ihn zu und griff nach seinem Handgelenk.

»Ihr habt gegen mich gearbeitet, Reibenstein. Wir sind im Krieg. Ich werde Euch füsilieren lassen, das ist schmerzloser, oder vielleicht vor eine meiner Kanonen binden. Auch das ist ein schneller Tod. Vielleicht aber lasse ich Euch nur die Augen ausschälen, dann könnt Ihr mit Eurem Gewinsel die Alte dort oben mit ernähren helfen. Sie wird hungrig sein, hungrig nach Euch, Reibenstein. Wer weiß, ob sie einen versteht, ob sie noch hört und sieht. Gründe habe ich genug, Franzosenfreund. Kardinal Richelieu wird sich freuen, einen Sünder dem ewigen Heil zugeführt zu haben. Hintergangen habt Ihr mich. Was schwer wiegt. Was ich aber nicht durchgehen lassen kann, ist der Verrat am eigenen Herrn. Und da Tilly tot ist, werde ich ihm Respekt erweisen und Euch in seinem Namen aburteilen. Auch wenn er Katholik war.«

Stiernas Ausführung war bösartig geworden im Unterton, mit jedem Satz hatten sich seine Hände enger um das Handgelenk Reibensteins gelegt, so daß dieser vor Schmerzen in die Knie ging. Als würde die Alte Stiernas Vorgehen von oben bestätigen wollen, drang ein kauzähnlicher Schrei durch die Bodentüre nach unten. Aber da warf die Welschge Jenna die Bodentüre zu, so daß der Ruf nur noch gedämpft zu ihnen hinunterdrang. Stierna zog Reibenstein nahe an sich heran und flüsterte:

»Ihr habt es mir leichtgemacht, mich zu entscheiden, Reibenstein. Es soll sein, bevor die Kaiserlichen hier sind. Heute noch. Ich brauche keinen Richterspruch für einen Teufel, wie Ihr einer seid. Ihr springt mir freiwillig über die Klinge der gerechten Sühne.«

15.

Heftig hieben Fäuste gegen die Zellentür, so daß sie aufsprang und mit einem Krachen gegen die Wand schlug. Pater Konrad fuhr aus dem Bett, noch halb im Schlaf. Benommen warf er sich auf den Boden seiner Zelle, senkte das Gesicht zu Boden und rief: »Der Herr erbarme sich!« Getöse und Geschrei kündigten unzweifelhaft die Abrechnung an, das Armageddon, den Untergang der Welt, das Ende der Zeiten. Die Angst vor dem Jüngsten Tag würgte ihn. Er fühlte sich emporgehoben, zog die Beine an, schrie wieder mit geschlossenen Augen: »Herr, erbarme dich!« Dann zwang er sich, die Augen zu öffnen, um dem Unvermeidlichen ins Antlitz zu schauen, konnte aber statt der das Augenlicht blendenden Erzengel nur die gelb-blauen Uniformen dreier breitschultriger schwedischer Landsknechte in seiner Zelle erkennen.

»Los. Aufstehen. Mitkommen!« forderten sie den verstörten Pater Konrad auf, den sie an den Armen aufgehoben hatten und auf die Beine stellen wollten.

Kein Jüngster Tag, keine Abrechnung, nur die alte verlogene Welt. Die Erkenntnis verstörte und erleichterte Pater Konrad zugleich, bis er wach genug war, seinen unwürdigen Zustand zu begreifen.

Erschrocken streckte Pater Konrad die Beine aus, fühlte die kalten Bodenfliesen der Zelle unter seinen Füßen, bemerkte, daß er nackt war, bedeckte rasch seine Blöße vor den grinsenden Kerlen und schob sie aus seiner Zelle mit der Bemerkung: »Ankleiden kann ich mich allein!«

Ungehalten schlug er die Tür zu. Hastig warf er sich die Kutte über, schlüpfte in seine Strohsandalen und lugte nach draußen. Nein, es war kein Alptraum, jedenfalls nicht der vom Weltuntergang. Die Kerle harrten vor seiner Zellentür und blafften ihn unwirsch an, als er die Tür öffnete:

»Nehmt eine Stola und sonst noch mit, was Ihr für eine Beichte benötigt. Vorwärts.«

Pater Konrad raffte zusammen, was er zur Hand hatte, und trat vor die Tür. Zwei Mann nahmen ihn in die Mitte und stießen ihn vorwärts.

»Was soll das? Bei unserem Herrn, was habt Ihr vor?«

In einem Eilmarsch hetzten sie vom Konvent bei St. Ulrich aus am Afrawäldchen vorbei bis zu den Hexenlöchern hinter dem Rathaus. Dort wurden die Gefangenen der Stadt in niedrigen Eisenkäfigen zusammengepfercht und harrten auf fauligem Stroh ihrer Verhandlung.

Stierna erwartete ihn bereits. Dem Pater gab es einen Stich, als er den Schweden erblickte, der offenbar ungeduldig auf und ab schritt. Was hatte Stierna vor? Zu wem wurde er geführt?

»Ich habe einen Sohn Eurer Kirche, Pater«, begrüßte ihn der Schwede und deutete in Richtung der Gefängnislöcher. »Er verlangt nach Euch. Obwohl ich Euch warnen müßte. Er ist nicht das, was ich einen botmäßigen Katholiken nennen möchte.«

Pater Konrad horchte auf. Wen hielt Stierna da eingepfercht?

Als sie sich den Käfigen näherten, begannen die Gefangenen,

mit ihren Fäusten, mit Holzlöffeln und anderen Gegenständen gegen die Gitter zu schlagen, so daß von dem Höllenspektakel die Krähen auf dem Platz davor hochflogen, die sich über die Leichen auf dem Rad hergemacht hatten. Ein süßlicher Geruch nach Verwesung und Exkrementen lag über den Hexenlöchern und der nebenan liegenden Richtstätte – und Pater Konrad wünschte sich, die Herrschaft der Schweden würde bald ein Ende finden, damit die Hochgerichtsbarkeit wieder außerhalb der Stadt vollzogen werden konnte. Innerhalb der Mauern verdarb sie die Luft mit ihren schlechten Dünsten.

Das Gesicht Reibensteins traf ihn wie ein Schlag. Jeden hätte er hier vermutet, nur nicht ihn. Der Fuchs war in die Falle gegangen. Das Eisen hatte sich um seine Fänge geschlossen. Man hatte ihm eine Halskrause angeschmiedet, die mit einer Kette an der Wand befestigt war. Brandwunden am Hals, die vom glühenden Ring herrührten, hatten sich entzündet und schwärten eitrig. Die Vorrichtung erlaubte nur eine hockende Stellung, auch im Schlaf.

»Reibenstein!« flüsterte der Pater in sich hinein und trat näher an den Käfig heran, nachdem der Schwede ihm angedeutet hatte, daß Reibenstein tatsächlich derjenige war, der ihn hatte rufen lassen.

»Die Beichte, Pater, ich möchte beichten«, krächzte der Fuchs heiser.

Pater Konrad nahm seine Stola heraus, legte sie sich um, murmelte Vorbereitung und Läuterung in Latein, schickte dann einen strafenden Blick in Richtung Stierna, der sich gehorsam trollte, und wollte mit der Beichte beginnen.

Reibenstein unterbrach ihn rasch.

»Endlich, Pater Konrad. Gebt mir die Absolution für meine Sünden. Gebt sie mir, jetzt.«

»Was soll das? Warum seid Ihr hier?« wisperte der Mönch, den Kopf in sein Brevier gesenkt, das er aus dem Ärmel gezogen hatte.

»Man wird mich heute an dieser Stelle richten, Pater.«

In Reibensteins Augen trat ein flehentlicher Glanz, der Pater Konrad durch und durch ging. Alle Selbstsicherheit, alle füchsische Schläue und Gerissenheit waren wie mit einem Lappen weggewischt. Darunter zum Vorschein kam eine ängstliche, vor der Hinrichtung bebende Kreatur.

Unmerklich schüttelte der Mönch den Kopf.

»Es war vorauszusehen, mein Lieber. Irgendwann ...«

Reibenstein sprach gepreßt, als müsse er die Worte mit den Zähnen zurückhalten.

»Wollt Ihr mir Vorhaltungen machen? Gerade Ihr?«

»Nein, Reibenstein, das nicht. Aber Ihr hättet eben die Finger lassen sollen von dieser Sache. Man dient nicht zwei Herren. Und Tillys Tod – Ihr seid daran nicht unschuldig, wenn ich Euch erinnern darf. Ihr wißt es.«

Die Augen Reibensteins weiteten sich vor Schreck.

»Zur Hölle mit Euch, Pater Konrad. Ihr seid mir einen Dienst schuldig. Als Mann Gottes und des Kardinals von Frankreich ...«

»... werde ich mich hüten, Euch loszusprechen. Weiß ich etwa, was Eure schwarze Seele sonst noch belastet? Jetzt, kurz vor der Schwelle ins Jenseits, wo alle zu reuigen Sündern werden, habt Ihr Angst um Euer Seelenheil! Warum kam die Läuterung nicht die Jahre zuvor? Gelegenheit hattet Ihr! Es könnte sonst passieren, daß wir uns im Paradies wiederbegegnen. Das wollen wir doch vermeiden. Ihr seid ein Tier, ein gefährliches Tier, und Ihr wißt es.«

Der Mönch sackte noch weiter in sich zusammen, als würde er eben eine schwere Bürde aufgeladen bekommen. Reibenstein zerrte ohnmächtig vor Wut an seiner Halskette. Ein Schrei versuchte sich seiner Kehle zu entwinden, aber die Entzündung hatte offenbar die Stimmbänder angegriffen, so daß er nur ein heiseres Krächzen zustande brachte. Kaum verständlich kollerten daraus Wortbrocken hervor, die dem Pater die Sorgenfalten auf die Stirn drückten.

»Ich werde Euch … Ihr erinnert … das Futteral … Euch zur Aufbewahrung übergeben … Ihr glaubt … enthält Pläne für Idlers Flugmaschine … wollt sie weitergeben … ein Bote des Franzosen … Kardinal Richelieu wartet darauf!«

Ein irres Lachen kroch die Kehle Reibensteins hoch. Einen kurzen Satz wiederholte er ständig:

»Ihr glaubt … Ihr glaubt … Ihr glaubt … Ihr glaubt …«

Dazwischen kicherte er, als hätte er das beste Gaukelspiel vor Augen. Unvermittelt brach er ab, starrte den Mönch an, versuchte mit den Händen durchs Gitter zu greifen und bekam ihn am Halskragen zu fassen. Er zog Pater Konrad zu sich her und zerrte ihn so nahe an das Gitter heran, daß dessen Gesicht an die Stangen gedrückt wurde und er den schlechten Atem Reibensteins riechen konnte.

»Ihr werdet keinen Erfolg damit haben, Reibenstein«, keuchte Pater Konrad.

Beinahe tonlos flüsterte Reibenstein:

»Die Absolution, Pater. Jetzt, schnell. In diesem Bündel ist nichts. Leer ist es. Versteht Ihr? Nur Unverständliches. In wenigen Tagen wird der Gesandte des Franzosen hier eintreffen. Die Lilie, sein Zeichen ist die Lilie. Das wird nicht leicht werden für Euch, oder hattet Ihr geglaubt, ich würde Euch die Unterlagen einfach so überlassen? Den Fuchs, Pater, Ihr kennt ihn schlecht. Das Bündel, öffnet es und seht nach, ob das Manuskript wirklich drinnen liegt. Ihr werdet nichts finden. Habt Ihr mich verstanden?«

Jetzt bekam Reibensteins Krächzen einen bedrohlichen Unterton. Der Pater versuchte, sich zu befreien, was ihm nicht gelang. Plötzlich ließ Reibenstein los.

»Nur ich weiß, wo das Original geblieben ist!«

Pater Konrad beschlich ein Gefühl, als wären für einen kurzen Moment die Eigenschaften des Fuchses zurückgekehrt. Reibenstein hatte die Fäden wieder in der Hand. Er zischte den Pater an:

»Los jetzt!«

»Und wenn Ihr die Unwahrheit sagt?«

»So bleibt Euch nicht mehr viel Zeit und mir die Ewigkeit in der Hölle. Aber dort, ich verspreche es Euch, werden wir uns wiedersehen. In wenigen Tagen nur.«

»Warum sollte ich Euch glauben?«

»Leckt mich ...«, entfuhr es Reibenstein, der vom Gitter endgültig abrückte und sich nach hinten an die Wand verzog. Pater Konrad zögerte und blieb vor dem Gitter hocken. Schweißperlen sammelten sich auf seiner Tonsur, bevor sie im schütteren Haar versickerten.

»Nicht einmal Sühne könntet Ihr noch leisten.«

Spöttisch trotzte Reibenstein den Einwürfen des Geistlichen.

»Oh, macht Euch darüber keine Gedanken. Auf dem Rad sühnt es sich ausgezeichnet.«

Der Pater nickte endlich, schlug mit der Rechten das Kreuz über den Gefangenen.

»Ego te absolvo!«

»Ihr habt einen Logenplatz für heute mittag frei, mein bester Freund«, schnarrte es ihm höhnisch aus der Dunkelheit des Lochs entgegen. »Ich habe durchaus schon die Erfahrung gemacht, daß solche Schauspiele manchen Bürger der Stadt geläutert haben. Zudem sind sie beliebt.«

»Wer hat das Manuskript?«

Der Fuchs grinste ihn an, weil dem Pater offensichtlich die Bestürzung über die Enthüllung Reibensteins ins Gesicht geschrieben stand.

»Stierna!« warnte Reibenstein.

Pater Konrad wandte sich um und sah Stierna sich mit einem schlendernden Gang nähern. Die Zeit war um.

»Wer, Reibenstein? Wer?« Nervös zuckten die Gesichtsmuskeln Pater Konrads.

Reibenstein sprach so leise, daß Pater Konrad sich mit dem Kopf beinahe durch die Stäbe des Gitters zwängen mußte.

»Trefft mich doch in der Hölle, Pater! Den Teufel werde ich tun und Euch die Früchte meiner Arbeit ernten lassen!«

Reibenstein lachte höhnisch. Ein Fluch entwand sich den Lippen Pater Konrads.

Stierna stellte sich neben den Pater und fragte süffisant:

»Ist das der neue katholische Ablaß, Pater?«

16.

Es war ein Vormittag, an dem die Stunden gar nicht mehr durch die schmale Öffnung rieseln wollten, die ihnen das Stundenglas dafür gewährte. Pater Konrad verhockte die Zeit auf Stiernas Stube und begann, die Fliegen an der Wand zu zählen, von denen manche bereits ohne Einwirkung plötzlich von der Wand fielen und auf den Dielenbrettern liegenblieben. Einmal stand er auf und sah nach, aber die Fliege war tatsächlich tot. Wie diese Fliegen würde auch die Bevölkerung Augsburgs bald von den Mauern fallen, wenn die Schweden sich nicht ergaben und damit die Versorgung der Stadt wieder ins Rollen brachten, geschwächt vom nagenden Hunger dieser Tage.

Aus den Augenwinkeln heraus beobachtete Pater Konrad den Schweden. Ole Stierna hockte an seinem Schreibtisch, ein zerschlissenes Ölpapier-Futteral in Händen, das dem ähnlich sah, das Reibenstein ihm selbst übergeben hatte. Pater Konrad sah, wie Stierna die Verschnürung betrachtete und mit aller Sorgfalt begann, das Päckchen von seinen Riemen zu befreien. Jeden Knoten löste der Hauptmann mit großer Vorsicht, jede Schleife lockerte er langsam, als hätte er alle Zeit dieser Welt, bis das Futteral mit seiner ganzen Steifheit, die es trotz geöffneter Riemen die Form beibehalten ließ, vor ihm auf dem Pult lag. Gemächlich klappte er die Hüllen weg und befreite das darunter liegende Manuskript von seiner Verschnürung. Auch das geschah in einer Langsamkeit, daß Pater Konrad endlich verstand, warum die Fliegen Zeit fanden, eines natürlichen Todes zu sterben.

»Kanntet Ihr Reibenstein, Pater?« fragte Stierna nach einer endlosen Zeit des Schweigens.

Pater Konrad wußte nicht, wieweit er Stierna die Wahrheit sagen mußte und inwieweit er sie ihm verheimlichen konnte. Schließlich verfügte der Hauptmann über ein gehöriges Maß an Wissen. Trotzdem schüttelte er erst einmal den Kopf.

»Nein, er ist mir heute erstmals bewußt begegnet. Warum?«

»Ich glaubte es nur, weil er ausdrücklich Euch verlangte und nicht irgendeinen Priester.«

»Er ist Katholik. Ich predige täglich zweimal in St. Ulrich. Unter den Katholiken der Stadt genieße ich dafür einen gewissen Ruf. Er kannte mich sicher daher! Vielleicht hat er auch schon bei mir gebeichtet.«

Pater Konrad hatte glücklicherweise den Zusatz gefunden, denn er erinnerte sich, daß Reibenstein aus seinem Beichtstuhl heraus abgeführt worden war.

Stierna nickte. Er wandte sich wieder seinen Manuskripten zu. Jedes Blatt faltete der Schwede sorgfältig auf und legte alle zu einem Stapel zusammen. Dann ging er noch einmal bei jedem einzelnen Bogen mit einer Vergrößerungslinse über die Seiten.

Soweit Pater Konrad die Zeichnungen sehen konnte, fand Stierna nichts Bedeutendes. Es waren ausnahmslos wertlose, unzusammenhängende Schmierereien, aus dem Zusammenhang gerissene Skizzen und damit unbrauchbar. Einige der Blätter waren leer, andere von Kerzenwachs besudelt oder schwarz vor Ruß. Nirgends aber entdeckte der Schwede wohl das, was er erhofft hatte: Zeichnungen einer Kriegsmaschine, eines Flügelapparats oder ähnliche Ungeheuerlichkeiten.

Zeit seines Wartens überlegte Pater Konrad, ob Reibenstein wußte, wo sich das Manuskript befand. Daß Reibenstein übertölpelt worden war, glaubte er einfach nicht. Etwas mußte dahinterstecken, etwas mußte Reibenstein geplant haben, als er verhindern wollte, daß das Manuskript ihm in die Hände fiel. Aber soviel er darüber nachdachte, ihm begegnete kein großer Plan, keine geniale Idee, die dahinterstehen konnte, eher eine persönliche Vorliebe, ein egoistisches Denken, wie der Bischof es gezeigt hatte. Reibenstein hatte es für sich benutzen wollen. Weiter nichts! Nichts weiter?

Pater Konrad zuckte zusammen und schreckte aus seinen Gedanken auf, als Stierna die Blätter wütend durchs Zimmer schleuderte. Der Hauptmann hieb mit der Faust auf den Tisch und begann so zu fluchen, daß Pater Konrad sich mehrmals heimlich bekreuzigte. Wild fuhr der Hauptmann aus seinem Stuhl auf, trat auf Pater Konrad zu, packte ihn am Arm und zog ihn hoch.

»Euer Freund wird mich nicht länger zum Narren halten!«

Der Schwede zerrte Pater Konrad über die Stufen hinunter und trieb ihn hinaus auf die Straße. Pater Konrad zitterte am ganzen Leib. Er ahnte, wohin Stierna ihn zog.

Als sie auf dem Richtplatz unterhalb des Fletzes ankamen, waren bereits einige Dutzend Neugierige eingetroffen, um zu sehen, wie heute mit den Delinquenten verfahren wurde.

17.

Es waren die Kälte und deutlich vernehmbare Stimmen in seiner Nähe, die Idler weckten. Bewegungslos lag er und spähte durch das Gestrüpp des Auwaldrains hinaus auf die Ebene. Über den Wiesen lag ein feiner Nebel, der die Sicht behinderte. Trotzdem war der Lagerplatz der Kaiserlichen genau zu erkennen. Aus der Feuerstelle stieg noch Rauch auf in dünnen Fäden, durchwirbelte die Nebelbänke und zeigte so an, daß nicht alle Glut erloschen war. Vorsichtig erhob sich Idler, strich Feuchtigkeit und lose Gräser aus seinem Gewand, rieb sich die

Hände, preßte sie zur hohlen Faust zusammen und blies Wärme hinein. Kaum einen Laut verursachte er. Die Kaiserlichen hielten sich irgendwo in der Nähe verborgen, mochten ihn entdecken. Aber um ihn her verharrte alles. Nur die Vögel sangen bereits ihre Lieder, wenn auch zaghafter und engherziger als bei sonnigen Tagesanbrüchen.

Wenn der Jüngste Tag einst anbrechen sollte, dachte sich Idler, würde er so über die Menschen kommen: naß und kalt und neblig und freudlos. Eine Qual würde es sein, den Gräbern zu entsteigen in diese triste Welt, und all diejenigen, denen ein heiteres Paradies vorgeschwatzt worden war, würden vor Gram darüber, daß sie belogen worden waren, lieber in ihren Grüften liegenbleiben wollen.

Er stand so und sinnierte über die Leere dieser Welt, über deren Undankbarkeit, als er wieder Stimmen und diesmal auch Schritte vernahm.

Aus dem Nebel schälten sich schwarze Körper, die mit Degen und Muskete bewaffnet waren. So nahe an ihm schlichen sie vorüber, daß er nach ihnen hätte greifen können. Sie flüsterten miteinander, ohne daß Idler verstehen konnte, was gesprochen wurde. Vorsichtig näherten sich die Männer der Feuerstelle – Idler zählte insgesamt vier Landsknechte –, stießen mit den Schuhspitzen in die Glut und ließen sie aufsprühen. Vorsichtig umkreisten sie immer selbstsicherer die Lagerstelle, nachdem sie nichts fanden, was auf eine Gefahr hindeutete, bis einer einen schwachen Schrei ausstieß, auf den hin alle zusammenliefen. Sie hatten den Drachen entdeckt.

Idler sah, wie sie sich bekreuzigten. Offenbar machten ihnen der Vogel, die schweren Schwingen, das hölzerne Gestell Angst. Eiligst steckten sie ihre Köpfe zusammen und berieten, während immer wieder einer von ihnen vorsichtig in den Nebel hinausspähte, um drohende Gefahren rechtzeitig zu erkennen.

Übermut stieg in Idler hoch. Er formte die Hände zu einer Muschel, legte die Daumen aneinander und blies zwischen ihnen hindurch. Einen Klagelaut konnte er so dem Hohlraum entlocken, der die Gruppe sichtbar zusammenfahren ließ. Jedes Gespräch verstummte. Alle sahen zum Lechrain hinüber.

Jetzt begann Idler mit einer heiseren und irrsinnigen Stimme hoch aufzulachen und meckerte, daß ihm selbst eine Gänsehaut über den Rücken lief.

Die Landsknechte sprangen auf und hasteten wie eine Herde Ziegen über die Auwiesen hinweg in Richtung Norden und verschwanden aus Idlers Sichtkreis. Idler wiederholte sein verrücktes Lachen noch einmal. Ein Angstschrei aus vier Kehlen antwortete ihm. Idler grinste. Wenn er etwas sicher wußte, dann war es das, daß die Soldaten nie wieder diesen Ort aufsuchen würden.

Als er steif vor Kälte aus dem Gestrüpp herausstakste, in das er sich schlafen gelegt hatte, war er zufrieden mit sich. Er rieb sich eine Weile Beine und Arme, um das Blut in Gang zu bringen und etwas Wärme in die Glieder zu bekommen. Jetzt mußte er noch das Fluggerät in Sicherheit bringen. Umständlich lud er sich den Sternenvogel auf den Rücken und trug ihn zum Gestrüpp. Unter überhängendes Schlinggewächs zwängte er ihn, deckte ihn mit Zweigen und abgestorbenen Knöterichranken ab und betrachtete zufrieden sein Werk. Zwei Bäume in der Nähe prägte er sich ein, dann ging er mit schnellen Schritten in Richtung Westen. Dort mußte das Band der alten Römerstraße verlaufen. In Höhe der Wagenhals-Vorstadt, in einer leeren Scheune, wollte er mit Richard zusammentreffen – wenn alles gutgegangen war.

Vielleicht stieß gegen Abend südlich des Spitalhofs die Schauspielertruppe mit ihrem Prinzipal, Gesine und Agnes hinzu. Aber das konnte er nicht mit Bestimmtheit sagen.

Das taunasse Gras schlug gegen seine Unterschenkel, und die Kühle des Nebels drang ihm unter das Gewand. So gern er es mochte, daß ihn ein Morgen mit seiner Frische einfing, so klamm und kalt war ihm jetzt, und er sehnte sich nach der Wärme Gesines. Hoffentlich war es ihr gelungen, mit den Schauspielern die Stadt zu verlassen.

Wie ein Stich traf ihn das Gesicht seiner Frau, die ihn aus dem Frühnebel heraus anstarrte. Mit der Hand wischte er sich über die Augen, das Gesicht verschwand – nur die Erinnerung blieb. Was besaß er jetzt? Geflogen war er. Eine Erfahrung konnte er sein eigen nennen, die noch kein Mensch zuvor in dieser Form gemacht hatte. Und für welchen Preis? Dafür, daß er seine Frau verraten hatte, daß er sich nach Gesine sehnte, nach ihrer Wärme, ihren Umarmungen. Was unterschied ihn noch von Stierna und Reibenstein? Einzig die Tatsache, daß er sich aus Augsburg davongestohlen hatte und kein Vergnügen mehr darin fand, dorthin zurückzukehren.

Erst die Sonne, die durch die Nebelschwaden stach, holte ihn aus seinem Grübeln, und so stolperte er weiter.

Nach einer guten halben Stunde stieß er auf die lehmige Straße und schritt an ihr entlang nach Norden zur Wagenhals-Vorstadt, Gesine und Richard entgegen.

18.

Der Henker, mit beiden Händen auf sein Schwert gestützt, erwartete den Hauptmann bereits. Der setzte sich auf einen bereitgestellten Sessel aus rotem Leder, nahm die Papierrolle in die Hand, die ihm ein Stadtschreiber reichte, und begann unverzüglich damit, Urteile zu verlesen.

Pater Konrad sah sich verstohlen um. Stierna hatte ihn mitten hineingezogen in die Versammlung. Es war ihm unmöglich, zu fliehen, schloß sich doch ein innerer Ring aus Soldaten eng um die freie Stelle in der Mitte, in der Stierna, der Henker, zwei von dessen Gehilfen und eben er selbst sich befanden.

Pater Konrad setzte sich zu Füßen des Tisches, der sich vor dem Sessel aufbaute, in dem der Hauptmann sich niedergelassen hatte, und folgte den Urteilsbegründungen. Die beiden ersten Strafen begnügten sich mit Auspeitschung und Stadtverbannung, die beide den Menschen selbst verschonten. Unverzüglich wurden sie durchgeführt. Zwei Bettler, die ihrem Aussehen nach aus dem Süden stammten, denn die dunkle Gesichtsfarbe, die schwarzen Haare und die ebenso schwarzen Augen waren für die Gegend unüblich, wurden in den Kreis geschleppt und an einen Pfahl gebunden. Einer der Henkersgehilfen entledigte sich seines Obergewands, nahm eine Peitsche aus Rindsleder in die Hand und ließ sie zweimal schnalzen. Seine muskulösen Arme kündeten von einer schmerzhaften Strafe. Fünfzehnmal schlug der Scherge zu, fünfzehnmal knallte die Peitsche auf den Rücken jedes Delinquenten, fünfzehnmal wurde der Schlag vom wollüstigen Stöhnen der Menge begleitet. Für Pater Konrad war es zuviel. Niemals würde er einem Menschen Schmerzen zufügen können. Warum nur verrohte der Mensch im Krieg zu einem Tier? Warum warf er alle Humanität, alle Rücksichtnahme über Bord? Ihm wurde elend, und er schloß schon beim ersten Schlag die Augen, konnte aber die Bettler aus Leibeskräften schreien hören. Sie fluchten in einer welschen Sprache. Nachdem die Prozedur vorüber war, befreite man die beiden vom Pfahl, band sie an den Handgelenken zusammen, hängte sie mit einem Strick an einen Karren und zog sie unter dem Johlen der Zuschauer aus der Stadt.

Während ein Teil der Menge mitlief, um zu sehen, wie sie in den Staub des Weges vor dem Jakober Tor geworfen wurden, ging Stierna zum nächsten Fall über.

Pater Konrad krümmte sich unter dem Tisch zu einem Knäuel zusammen und preßte die Arme gegen seinen Bauch.

Eine Bank wurde hereingetragen. Der Henker, mit den Urteilen bereits vertraut, lehnte das Schwert gegen einen der Stühle, langte hinter sich und entnahm seinem Besteckkasten ein gekrümmtes Messer und ein Mundeisen aus Metall.

Mittlerweile hatten Schergen und Henkersknechte Reibenstein aus den Hexenkammern geholt und schleiften ihn auf den Platz. Bis zu dem Augenblick, da er die Bank sah und die Riemen, mit denen er auf ihr festgeschnallt werden konnte, war er ruhig geblieben. Jetzt begann Reibenstein heulende Klagerufe auszustoßen, als ob er wüßte, welches Martyrium ihm bevorstand.

Pater Konrad krampften sich die Eingeweide zusammen. Ihm würde übel.

Laut verlas der Schwede die Anklageschrift:

»Im Namen des Kanzlers und Statthalters seiner königlich schwedischen Majestät, Axel Oxenstierna, und des Stadtkommandanten der Freien und Reichsstadt Augsburg, Johann Georg aus dem Winckel, klagen wir an den Gesandten des kaiserlichen Generalissimus Johann Tserclaes Graf von Tilly, Heinrich von Reibenstein, gegen den Willen des Stadtkommandanten, Johann Georg aus dem Winckel, und gegen die Gesetze dieser Stadt verstoßen zu haben. Außerdem klagen wir ihn an, protestantische Bürger dieses Gemeinwesens willentlich und bei vollem Bewußtsein den Folgen der katholischen Inquisition überliefert zu haben. Weiter klagen wir ihn an, das Vertrauen des Hauptmanns der städtisch schwedischen Truppen, Ole Stierna, für eigene Zwecke mißbraucht und gegen die hiesige Besatzung verwendet zu haben.«

Die gesamte Verlesung der oberflächlich gehaltenen Artikel über bestritt Reibenstein lautstark, dieser Vergehen schuldig zu sein. Jetzt aber, nachdem der Hauptmann geendet hatte, ging er über zu Beschimpfungen und geiferte, daß ihm der Schaum vor dem Mund stand. Nur mit Mühe konnten die Henkersgehilfen den Rasenden in ihrer Gewalt halten.

»Im Namen seiner königlich schwedischen Majestät und seines Statthalters ergeht folgendes Urteil:

Reibenstein wird an Augenlicht und Zunge verstümmelt, auf daß er in Zukunft weder durch Blicke noch durch ungemäße Reden weiter Unheil wird anrichten können. Um weiter in Demut vor unseren Herrn treten zu können und um der Hoffart des Delinquenten Einhalt zu gebieten, lassen wir ihm die Sehnen der Beine durchtrennen ...«

In diesem Moment gebärdete sich die Menge um den freien Platz wie toll. Begeisterte Rufe wurden laut, manche schrien, man solle sich beeilen, so daß Pater Konrad den Schluß der Anklageschrift nicht mehr verstand. Es war ihm auch egal. Bereits bei der ersten Tortur, die verlesen wurde, konnte er seinen Magen nicht mehr zurückhalten und erbrach sich auf den Platz.

Reibensteins Brüllen wurde im Grölen der Begeisterung erstickt. Man zerrte ihn auf die Bank, schnallte den wild um sich Schlagenden auf die Pritsche. Der Henker trat an den Gesandten heran, der entsetzt auf die Instrumente starrte.

Das Schälmesser in die Höhe hebend, gebot der Henker der Menge Ruhe. Wie auf ein Zeichen hin verstummten die Schreier und Kreischer. Gebannt sahen sie den geschickten Bewegungen des Scharfrichters zu. Der spreizte mit der einen Hand die Lider des Delinquenten und fuhr mit dem Messer zwischen Augapfel und Schädelhöhle.

Pater Konrads Bewußtsein verdunkelte sich. Wie von fern hörte er das Grölen der Menge, die nicht mehr menschenähnlichen Schreie Reibensteins. Als er wieder zu sich kam, sah er, wie die Henkersgesellen den verstümmelten Körper aus dem frei gebliebenen Ring hinaustrugen. Dort legten sie ihn in den Staub, das Gesicht nach unten, damit er an seinem Blut nicht erstickte.

Noch einmal erbrach sich Pater Konrad. Dann wandte er sich zu Stierna um, der ihn erst jetzt wieder zu bemerken schien. Er gab ihm ein Zeichen, daß er den Richtplatz verlassen könne.

»Kümmert Euch um ihn, Pater Konrad. Er muß mir am Leben bleiben. Ein rascher Tod hieße mir zu wenig gebüßt für seine Schandtaten.«

Der Benediktiner richtete sich auf. Er wischte sich den bitteren Magenschleim vom Mund.

»Ihr seid nicht Gott, Stierna!«

Offenbar nachdenklich sah der Schwede ihn an.

»Recht habt Ihr, der bin ich nicht. Aber vielleicht bin ich sein willenloses Werkzeug. Seht es einmal so. Durch die Hand des Herrn gebe ich ihm zurück, was er ausgeteilt hat, Mönch.«

Pater Konrad wollte noch etwas erwidern, aber der Hauptmann wandte sich ab und seinen Unterlagen zu. Die Henkersknechte zerrten eine Weibsperson in das Rund, die sich keifend gegen die rüde Behandlung verwahrte.

Mit langsamen Schritten näherte sich Pater Konrad dem Mißhandelten, während hinter ihm die Stimme des Schweden wieder anhub und erneut Anklagepunkte verlas. Reibenstein war jetzt bewußtlos, aber der Atem ging.

Er hob den Körper des Gesandten hoch, packte ihn sich auf den Rücken und schleppte so den aus Augenhöhlen und Mund Blutenden zum Heilig-Geist-Spital.

Bestand nicht wenig Unterschied darin, ob ein Mensch sein Leben hindurch zwar Augen hatte zu sehen, aber in eigener Verblendung nur das sehen wollte, was ihm nützte? War es nicht besser, dann auf das Augenlicht zu verzichten, um wieder zu lernen, auf die innere Stimme zu hören? Brachte nicht die ewige Dunkelheit Licht in die Herzen der Menschen? Versanken sie nicht ohne diese Offenbarung in das finsterste Seelendunkel, aus dem heraus ihnen selbst die gnadenvollste Erlösung nicht helfen konnte?

Furcht packte ihn, und er floh diesen Gedanken.

Jetzt erst durchfuhr ihn der Schrecken. Jetzt erst begriff er, was Stierna veranlaßt hatte, ihn der Verstümmelung beiwohnen zu lassen. Der Hauptmann traute ihm nicht. Er hatte das falsche Manuskript erhalten und suchte nach dem rechten – und das konnte jeder besitzen, der mit Reibenstein bekannt war, also auch er selbst.

Eine unbestimmte Furcht ergriff ihn, als sei diese letzte Begegnung ein Fingerzeig des Herrn gewesen. Voller Panik stürzte er in Richtung des Konvents davon.

19.

Einer blinden, kopflosen Furcht gehorchend, die sich ihm in den Nacken hockte und hinter ihm herhetzte, lief Pater Konrad zurück in den Schutz des Konvents, in den Schutz der altehrwürdigen Kirche zu St. Ulrich. Er riß sich an den vorstehenden Steinen die Zehen auf, ohne daß er sich weiter darum kümmerte, er stolperte mehr als einmal, landete auf dem Boden, stützte sich mit beiden Armen ab, rappelte sich wieder hoch und hastete weiter, bis ihn die Dunkelheit der Kathedrale umfing und das erhitzte Gesicht kühlte.

Pater Konrad genoß die Frische der Kirchenluft, die ihm einen wohligen Schauer über den Körper jagte. Minutenlang blieb er stehen, schloß die Augen und wollte nichts anderes fühlen. Dann raffte er doch seine Kutte, versuchte vergeblich die Stellen, die blutgetränkt und feucht waren, vor den Augen der Betenden zu verbergen. Seine roten Hände wischte er am Leinen seines Gewandes ab. Er begutachtete sie und bemerkte, daß sich braune Ränder unter den Nägeln abgesetzt hatten. Er mußte sie am Brunnen im Konvent reinigen. Atemlos trippelte er dann durch das Mittelschiff, würdigte den frei hängenden Christus kaum eines Blicks. Flüchtig schlug er sein Kreuz, als er an ihm in Richtung Sakristei vorüberhuschte, und bevor er im Nebenraum verschwand, ließ er noch einmal seinen Blick über das Innere des Gotteshauses schweifen, ob ihm auch niemand hierher gefolgt war.

Trotz seiner Eile musterte Pater Konrad den Kirchenraum genau, aber ihm fiel nichts auf, was nicht an anderen Tagen ebenso hätte sein können. Einige ältere Frauen knieten in den Bänken, die Köpfe in die gefalteten Hände vergraben, und beteten ihrer täglichen Erlösung entgegen. Ein Krüppel hatte beim Mesner eine Kerze erstanden, humpelte jetzt damit in Richtung Kerzenhalter der Simpert-Kapelle und entzündete sie dort. Einer seiner Mitbrüder lag zum Kreuz ausgestreckt vor dem Marienaltar und tat Buße, ein anderer ersetzte eben die Leuchterkerzen an den Pfeilern gegen neue und bereitete so den großen Abendgottesdienst vor. Zuletzt fiel sein Blick auf einen schon an der Kleidung als wohlhabenden Bürger erkennbaren Mann, der sich über die Bibel gebeugt hatte und das Tageskapitel las. Doch der hatte schon dort gestanden, bevor er die Kirche betreten hatte.

Lautlos wie ein Schatten huschte er jetzt in die Sakristei, eilte von dort aus weiter ins Konventsgebäude dahinter und barg sich endlich in der Stille seiner Zelle.

Der Raum war kahl und spartanisch eingerichtet. Ein Bett, auf dem ein mit Pferdehaar gefüllter Bettsack lag, zum Fenster hin stand ein Stehpult, darauf griffbereit Papier und ein Faß schwarzer Tinte mit fünf Gänsefedern. Ein kleiner Kasten in der hintersten Ecke, passend an die Wand gefügt, enthielt einige persönliche Dinge wie ein Buch mit privaten Aufzeichnungen. Sonst war der Raum leer, was von der weißen Kalkung der Wände unterstrichen wurde. Nur knapp über dem Boden entlang lief eine gelbe, ausblühende Putzschicht, die darauf hindeutete, daß im Winter eine feuchte Kälte in die Klause drängte.

Pater Konrad legte sich zuerst auf die Pritsche, sah gegen die Decke, auf der sich der Staub sammelte, seit er hier lebte. Grau umwölkt und inselhaft schien ihm dieser Ausblick, den er genoß, um sich zu beruhigen. Die Augen geöffnet, starrte er empor, während der Blick sich nach innen richtete. Aber wo er auch hinsah, das Gesicht Reibensteins folgte ihm, diese gräßliche, blutverschmierte Fratze, die es nachdem gewesen war.

Endlich fühlte er sich ausreichend beruhigt, um sich das Schriftstück, das er für den Gesandten aufbewahrte, ansehen zu können. Pater Konrad erhob sich etwas ungelenk, stützte sich dabei mit einer Hand gegen die Wand ab, die sich dort, wo er immer an dieselbe Stelle griff, bereits schwarz verfärbte.

Dann kniete sich der Mönch nieder, strich eine Zeit suchend über die Bodendielen, drückte endlich gegen eine, die sich hob.

Er nahm sie aus der Reihe, langte mit hochgekrempeltem rechtem Arm unter die Bretter und zog das Futteral heraus, das Reibenstein ihm zur Aufbewahrung übergeben hatte.

Mit ungelenken Bewegungen ließ er die Diele wieder in die Öffnung zurückfallen, trat sie fest, verwischte mit seinen Sandalen jedes Anzeichen dafür, daß er sie eben erst entnommen hatte, setzte sich auf seine Holzliege, das Bündel auf dem Schoß, und betrachtete es mit einer Mischung aus Furcht und Neugier.

Sollte diese Welt doch an ihren Geheimnissen ersticken. Alles wurde verborgen und versteckt, durfte nur wenigen zugänglich sein, war Wissen für Mächtige oder die es werden wollten. Wie viele Kriege hatte die menschliche Geheimniskrämerei um nichts schon ausgelöst, wie viele Menschen waren gestorben, weil sie irgendwelchen Geheimnissen nachspürten, einer Neugier nachgaben, die so unstillbar war wie das Leben selbst. Wie viele?

Er wußte es nicht, saß nur da, das Futteral auf seinem Schoß, das brannte und ihn nicht mehr in Ruhe ließ und von dessen Inhalt er wußte, daß er einen erblinden lassen konnte, wenn man einen zu neugierigen Blick darauf werfen wollte.

Pater Konrad sah noch einmal zur Decke hinauf, folgte dem Netz der Spinn- und Staubfäden darauf eine Zeitlang und begann schließlich die Verschnürung des Futterals zu lösen. Das Leder war neu, die Nahtstellen frisch, die Lederschnüre, mit denen Idler das Paket umwickelt hatte, waren in feuchtem Zustand aufgetragen worden und hatten sich eng darumgelegt.

Aus dem Kästchen am Fenster holte sich der Mönch ein Federmesser und begann, die Riemen entzweizuschneiden. Auswickeln hätte ihm zu lange gedauert. In der Lederhaut hinterließen die Schnüre schmale Striemen, die dem Futteral eine zusätzliche Stabilität verliehen. Mit aller Kraft riß er jetzt die lose gewordene Ummantelung ab und faltete sie auf. Drei, vier Lagen mußte er entfernen, bis er auf die Manuskripte stieß. Gelbliches Papier empfing ihn, das, zusammengefaltet und geschützt vor

Feuchtigkeit unter den frischen Lederhüllen, deren Farbe, ein bräunliches Gelb, angenommen hatte. Sorgsam legte der Pater den Inhalt heraus, faltete die Umhüllung wieder zusammen und schob sie unter seine Pritsche. Dann begann er, die Papiere zu sichten. Aus dem kleinen Kästchen unter dem Fenster entnahm er eine Lesehilfe. Was er erblickte, verschlug ihm den Atem.

Pater Konrad erinnerte sich an dieses endlose Warten, als Stierna auf die Blätter sah. Auch der hatte die Bögen aufeinandergelegt, auch der hatte sie studiert, auch der hatte eine Lesehilfe zur Hand genommen, weil er glaubte, sein Augenlicht würde ihn langsam verlassen.

Was er in der Hand hielt, waren ebenfalls nichts als wirre Skizzen, die in sich keinerlei Zusammenschau zuließen. Sogar über eine Kerzenflamme hielt er sie, und mit leichter Säure aus verdünntem Urin bespritzte er das Papier, weil er darauf eine Geheimschrift vermutete, aber kein Verfahren brachte etwas ans Licht.

Hier wurde ein falsches Spiel gespielt, soviel begriff Pater Konrad. Er wußte nur nicht, von wem. Reibenstein? Idler? Seine eigene Rolle darin konnte er nicht erkennen. Wenn Reibenstein nicht einem Betrug aufgesessen war, dann hatte er die Karten mit gemischt, ohne daß Idler es geahnt hatte.

Möglicherweise hatte Idler Reibenstein aber auch nur wertlose Skizzenblätter zusammengepackt und übergeben, während er selbst mit Hilfe seines Fluggerätes aus der Stadt geflohen war und sich so Reibensteins Zugriff entzogen hatte.

Langsam begriff der Mönch, daß Reibenstein sein Versagen und seine Hinrichtung möglicherweise vorausgesehen hatte, daß er ihn benutzt hatte, um sich vor Gott freizukaufen, das Manuskript aber aus der Stadt schaffen wollte. Nur dort konnte es noch die Franzosen erreichen. Nicht aber, wenn die Stadt belagert wurde und keine Seele mehr hinaus-, geschweige denn hineingelangte.

Langsam verstand er. Nur mit Hilfe der französischen Truppe vor der Stadt, die sich irgendwo in den Wäldern aufhielt und bald mit ihm Kontakt aufnehmen mußte, war Idler noch aufzuhalten. Das hatte Reibenstein geahnt – und ihn benutzt, wie er alle immer benutzt hatte.

Aber auch die Kaiserlichen hatten so einen leichten Zugriff zum Manuskript, wenn sie es denn fanden. Pater Konrad schloß die Augen. Hatte Reibenstein die Kaiserlichen benachrichtigen können? Hatte er sie benachrichtigen wollen? Wußten die Franzosen, daß Idler kam? Zu viele Unwägbarkeiten lagen in diesen Gedanken – und nirgends fand sich darin die Spur des Manuskripts.

Idler konnte nur nach Süden entkommen, war also gewiß auf dem Weg nach Landsberg. Nur eine Tagesreise entfernt lag das Kloster Lechfeld. Dorthin mußte er. Wenn überhaupt, dann fand er bei ihnen Hinweise auf Idler und den Prinzipal. Vielleicht traf er auch auf die Franzosen. Bevor sie nach Augsburg kamen, nahmen sie dort üblicherweise Quartier.

Einem schnellen Entschluß folgend, warf er sich seinen Mantel über und schnürte die Kutte. Dann trat er auf den Gang hinaus, dessen Lichthof ihn empfing. Ein sonniges Zeichen. Das Manuskript würde ihm gehören – und mit ihm dessen Geheimnis.

20.

Idler wartete, auf dem Heuboden der leeren Scheune in eine Nische gedrückt, bis die Dunkelheit sich wie ein Mantel über die Wagenhals-Vorstadt legte. Von seinem Standplatz aus konnte er durch die Bretterlücken die Arbeiten an der Stadtwehr beobachten. Überall auf den Wehrgängen hatte man Feuer entzündet, um auch bei Nacht die Ausbesserungs- und Schanzarbeiten fortsetzen zu können. Der Schein der Brände streute seine Helligkeit bis weit in die Vorstadt hinein. Idler wußte, daß für die Baumeister Eile geboten war. Vor wenigen Tagen noch hatte ein Donnergrollen den Abend erfüllt, obwohl keine Wolke am Himmel zu sehen gewesen war. Furchtsam waren die Menschen auf offener Straße stehengeblieben und hatten gelauscht. Manche hatten zu jammern begonnen, andere das Herannahen des Jüngsten Tages prophezeit. Am nächsten Morgen hatte man dann die wahre Ursache des unheimlichen Ereignisses erfahren: Die Kaiserlichen waren gegen Nördlingen vorgerückt und hatten es erstürmt. Die Kanonade hatte man bis Augsburg vernommen, über zwei Tagesreisen weit.

Idler hoffte inständig, daß Richard an den Wachen vorbei entfliehen konnte, bevor die Kaiserlichen den letzten Weg aus der Stadt abschnitten, den Weg nach Süden. Sie hatten seine und Richards Flucht gemeinsam geplant. Die Schanzarbeiten am Roten Tor hatten sich durch Attacken der Kaiserlichen verzögert. Dort und in der Verlängerung der Schlossermauer konnte man noch einigermaßen unbehelligt nach draußen gelangen, ohne Leib und Leben zu riskieren.

Jetzt wartete Idler darauf, daß sich Richard einfand. Er mußte das Manuskript mitbringen! Ihm selbst war es zu unsicher gewesen, es auf dem Flug bei sich zu tragen, schließlich hätte Reibenstein auch Landsknechte gegen ihn einsetzen können – und wenn man es bei ihm selbst gefunden hätte …

Plötzlich vernahm Idler ein Geräusch, ein regelmäßiges Plätschern. Durch den Lechkanal, der sich östlich von ihm hinzog, wateten Menschen.

»Hierher!« flüsterte eine Stimme.

Idler hörte einen bayerischen Dialekt und hätte beinahe laut geflucht.

»In die Scheune?«

»Nein, Hias, wir bleiben draußen. Wir sollen die Arbeiten ausspionieren. Da ist es besser, wir sehen etwas.«

Idler mußte tief durchatmen. Das waren Landsknechte, Bayerische, und damit gehörten sie zu den Kaiserlichen Truppen. Langsam kamen sie näher. Idler zählte vier, und als einer von ihnen vor einer der Lücken stehenblieb, durch die Idler von oben herabspähen konnte, erkannte er die Landsknechte wieder, die er am Morgen vertrieben hatte.

Idler begriff, daß es sich um eine Vorhut handelte, eine Vorhut, die es sich zur Aufgabe gemacht hatte, Schwächen der Stadtbefestigung auszukundschaften. Wenn sie Feuer machten, so hoffte Idler, würden sie Richard warnen. Aber die Landsknechte dachten nicht daran, sich durch einen Feuerschein zu verraten, der sie zugleich blenden würde.

Oberflächlich durchsuchten sie die Scheune auf mögliche Besucher, dann beobachteten sie aufmerksam die Befestigung und unterhielten sich, den Rücken an die Scheunenbretter gelehnt, über die Stärke der Mauern, die Höhe der Wälle und die mutmaßliche Bewaffnung.

Idler verzweifelte beinahe.

Langsam ging der Mond auf und beleuchtete die Szene zusätzlich mit seinem kaltweißen Licht. Hoffentlich erkannte Richard die Gefahr rechtzeitig. Ihm selbst waren die Hände gebunden.

Ob er eingeschlafen war, wußte er nicht. Idler fuhr hoch, als vor der Scheune Waffenlärm anhub und Stimmen laut wurden.

»Ho, ho, wen haben wir denn da?«

Idler preßte ein Auge gegen die Lattung und versuchte zu erkennen, was draußen vor sich ging. Sein Herz schlug im Augenblick wie rasend. Im Licht des Mondes erkannte er eine Gestalt, die zweifellos Richard gehörte, umringt von den vier Landsknechten. Sie hielten ihn mit ihren Waffen in Schach. Idler glaubte an Richards Kopf eine Wunde zu sehen.

»Seid Ihr Schweden oder Kaiserliche?« hörte er Richards Stimme fragen.

»Bayerische«, war die kurze Antwort in einem oberbayerischen Tonfall.

Richards Stimme schien erleichtert, obwohl Idler ein leichtes

Zittern heraushörte, jedenfalls setzte er sich auf die Wiese vor der Scheune und sah zum Wortführer der Landsknechte hinauf.

»Ich bin katholisch und aus der Stadt geflohen. Sie wollten mich einfangen. Aber lieber kämpfe ich für den Kaiser als für die Schweden. Habt Ihr zu essen?«

Idler sah, wie der Landsknecht ihn langsam umrundete.

»Warum sollten wir dir glauben?«

»Ein knurrender Magen redet ungern. Wenn Ihr mir nicht glauben wollt, ist es Euer Problem.«

»Du bist Soldat?«

Idler glaubte seinen Ohren nicht zu trauen. Richard warb für sich. Beinahe hätte er losgelacht, wenn er nicht um seine Sicherheit hätte fürchten müssen.

»Reisläufig!« betonte Richard unwirsch. »Wer gut lohnt, kriegt gut War'.«

Der Wortführer der vier trat an ihn heran, besah sich die Wunde auf seinem Kopf.

»Der hat aber zugelangt!« meinte er.

Richard nickte.

»Es war für ihn das letzte Mal. Ein Schwed' weniger.«

Die Gruppe lachte. Einer der Landsknechte reichte ihm offenbar ein Stück Brot, denn Idler sah, daß Richard herzhaft in etwas hineinbiß. Bei ihm selbst meldete sich langsam ebenfalls der Hunger.

»Was weißt du über die Stadtbefestigung?«

Richard machte eine einladende Handbewegung.

»Was Ihr wissen wollt, aber setzt Euch. Mir wird das Genick steif vom Hochsehen!«

Wieder lachte die Gruppe, senkte die Waffen und ließ sich neben Richard nieder.

»Ein Essen und der Feldscher werden dir guttun. Wir haben letztens erst Kameraden verloren. Treue Knechte kann unser Hauptmann immer und überall gebrauchen. Steh auf, Freund.

Sollst uns begleiten. Es geht gegen Augsburg nächste Woche. Du wirst dir dein Süppchen warm halten können.«

Dabei deutete er auf die Wunde an Richards Kopf. Richard lachte gezwungen.

Idler fiel ein Stein vom Herzen. Richard hatte die Gefahr gemeistert. Das einzige, was ihm Probleme bereitete, war die Tatsache, daß er nicht wußte, wo sich das Manuskript befand. Hatte Richard es bei sich? Ahnte Richard, daß er sich in der Nähe befand?

Der Gedanke war ihm unerträglich, daß er nicht eingreifen konnte. Idler wollte nicht Landsknecht werden. So beschloß er, wach zu bleiben und auf Richards Äußerungen im Gespräch mit den Landsknechten zu horchen. Vielleicht versteckte der Einäugige ja darin eine Botschaft für ihn.

Die ganze Nacht über erzählte Richard von den Fortifikationen, und die Landsknechte prahlten mit ihren Heldentaten und der Schönheit des freien Lebens im kaiserlichen Sold. Alsbald nannten sie ihn Richard von Augsburg und erzählten vom Schwur, den er zu leisten habe, wenn er einer der ihren werden wollte.

»Jeden können wir gebrauchen, und wäre er blind, oder trüge er nur ein Auge durch die Welt. Das reicht, um die Lanze gegen Augsburg zu führen. Soll belagert werden, die Schwedenburg, bis die in Leonberg sich einig geworden sind. Wollen verhandeln mit den Schweden. Da könnte man es ebensogut mit dem Teufel versuchen. Und ich sage dir, keine Sorge, der Feldschreiber wird dich für tauglich erkennen.«

Prahlte der Wortführer.

»Und dann heißt es: los, hindurch.«

Idler wußte, daß der Landsknecht damit das Spießjoch meinte, das zwei in die Erde gerammte Hellebarden und ein quer aufgelegter Langspieß bildeten. Dort hindurch ließ man die Knechte schreiten, besah sich ihren körperlichen Zustand und entschied dann, ob der Feldschreiber sie in seine Musterrolle übernehmen sollte. Er konnte sich nicht vorstellen, daß Richard diese Prüfung bestand. Nur was mit den Männern geschah, die nicht genommen wurden, konnte er nicht sagen.

Plötzlich lauschte Idler angestrengter. Der Hias hatte wieder das Wort ergriffen.

»Von Übergabe schwätzen sie, die Herren Würdenträger. Als wenn der Schwed' nicht längst Verstärkung heranführte und nur Aufschub gewinnen möchte.«

»Jetzt komm dem Neuen doch nicht mit Politik, Hias! Wenn er den Knechtsvertrag unterschrieben hat, gibt's Hellebarde und Schwert beim Zeugmeister – und den ersten Sold. Und den werden wir auf den Kopf hauen und unter die Menschen bringen!«

Die Gruppe lachte rauh. Selbst Richard stimmte in das Gelächter mit ein und übertönte alle. Idler hatte den Verdacht, daß er ihn damit warnen wollte.

Nicht ein Wort fiel während der Nacht. Irgendwann mußte er eingeschlafen sein, denn als Idler erwachte, blinzelten die ersten Sonnenstrahlen durch die Bretterlücken. Idler fuhr auf.

Der Platz vor der Scheune war leer. Richard und die Landsknechte waren verschwunden.

21.

Schwerfällig rollten die beiden Schaustellerwagen dem Roten Tor zu. Die weißen Aufbauten schwankten, während die vier Haflinger, je zwei vor jedem Karren, mühsam am Kummet zerrten. Pater Konrad sah sie auf sich zukommen. Er stand neben dem Torwärter und musterte die Menschen, die der Stadt den Rücken kehrten.

Nur langsam ging es vorwärts, da Predigerberg und Bäckergasse die Menschen nicht mehr zu fassen vermochten, die in hellen Scharen aus der Stadt flohen.

Pater Konrad beobachtete, wie die Peitsche des Prinzipals

nicht nur auf die Rücken der Gäule einschlug, sondern ihre Schläge auch links und rechts des Wagens verteilte, die vertrieb, welche mitfahren wollten, sich der Kolonne entgegenstellten oder einfach nur zu langsam waren. Der Prinzipal schien es eilig zu haben, die Stadt zu verlassen, was der Pater ihm nicht verdenken konnte, nachdem Stierna ihn hatte verhaften lassen.

Fluchend und schreiend wichen die Flüchtenden aus, unerbittlich schoben sich die beiden Karren weiter, und je näher sie dem Tor kamen, desto dichter wurde die Menschenmenge, desto zähflüssiger die Leibermasse vor ihnen, und am Durchgang selbst drängten sich die Fliehenden derart, daß an ein Fortkommen kaum mehr zu denken war.

Pater Konrad hatte die Kontrolle bereits passiert und wartete nur noch auf den Prinzipal und seine Wagen. Er hatte erfahren, daß sie fliehen wollten, nachdem Stierna ihnen die Schuld an der Flucht des Schusters aufbürdete. Ob sie tatsächlich mit ihm in Verbindung standen, mußte er erst herausfinden.

Die Schweden hatten die Tore geschlossen. Brücke und Graben wurden bewacht. Verlassen durfte die Stadt nur, wer nicht Bürger war. Augsburger hielt man in den Mauern. Man brauchte sie zur Verteidigung der Wälle. Niemand sollte sich seiner Verantwortung entziehen können. Die Wachen hatten strikten Befehl, und so mancher Handwerksmeister, so mancher Kaufmann wurde unter Verwünschungen und Lästerungen wieder in die Stadt zurückgetrieben. Pater Konrad hoffte nur, daß die Truppe des Prinzipals die Stadt würde verlassen können. Nur so würde sie ihn auf Idlers Spur setzen und vielleicht auf die des Manuskripts. Er selbst vermutete wie Reibenstein, daß Idler es beim Flug bei sich getragen hatte. Wenn die Truppe den Schuster außerhalb der Stadt traf …

Die Landsknechte kümmerten sich wenig um das Gezeter und das Geschrei der Wartenden. Tröpfchenweise ließen sie die Menschen durch das Tor. Der Rat hatte eigens für die Musterung alle städtischen Zinseintreiber abgestellt, die jeden Steuerzahler persönlich kannten.

Als der erste Wagen vor dem Tor anlangte, schob Pater Konrad sich seine Kapuze tiefer ins Gesicht. Der Prinzipal sah vom Kutschbock herab auf die Torwachen. Unauffällig schob sich der Pater näher, damit ihm kein Satz entgehen konnte. Wortlos reichte der Prinzipal dem Wächter ein Schreiben hinunter, verschränkte die Arme und wartete offenbar auf dessen Wirkung. Pater Konrad sah, daß Gesine den Landsknecht anlächelte. Sie spielten mit allen Mitteln. Er wußte, es bedurfte nur eines Winks, und die gesamte Truppe wäre in der Stadt eingeschlossen. Er benötigte sie aber draußen.

Als Pater Konrad sah, wer das Blatt entgegengenommen hatte, erschrak er. In den wenigen Augenblicken, als er das Näherkommen der Truppe beobachtet hatte, mußte die Wache gewechselt haben. Ein junger Bursche betrachtete unbeholfen die Schrift, drehte das Papier in jede Richtung und gab es schließlich zurück.

»Durchfahrt untersagt!« befahl er und griff eben nach den Zügeln, um die Haflinger zu wenden. Behende stieg der Prinzipal vom Kutschbock und griff höflich, aber bestimmt ins Geschirr.

»Was habt Ihr gesagt?«

Pater Konrad lief der Schweiß übers Gesicht. Er ärgerte sich über den Kerl, der die Truppe aufhielt, und über sich, der diesen Zwischenfall nicht vorhergesehen hatte.

Mürrisch erwiderte der Landsknecht, er habe untersagt, daß die Wagen die Stadt verlassen dürften. Sie sollten wieder umkehren. Männer wie ihn hätte man zur Verteidigung der Mauern gegen die Kaiserlichen nötig.

Pater Konrad hoffte, daß die Zornesröte, die dem Prinzipal ins Gesicht stieg, eine gespielte war.

»Könnt Ihr lesen?« hörte er, wie der Prinzipal gepreßt fragte.

Die Unruhe, die der Bursche an den Tag legte, zeigte wohl nicht nur ihm, sondern auch dem Prinzipal, daß er diese Kunst nicht beherrschte. Pater Konrad beobachtete ein Aufblitzen in den Augen des Schauspielers.

»Ich dachte es mir. Wenn Ihr lesen könntet, hättet Ihr gesehen, daß dieses Schreiben die Unterschrift des königlich schwedischen Statthalters von Augsburg, Johann Georg aus dem Winckel, trägt. Ihr hättet aber auch«, und damit drehte er das Papier um und zeigte auf das Siegel an dessen Rückseite, »auf das Petschaft achten können. Laßt uns vorbei. Das Schreiben bestätigt, daß meine Truppe berechtigt ist, das Tor ungehindert zu durchschreiten.«

Pater Konrad hoffte, daß das bestimmte und beherzte Auftreten des Prinzipals den Jungen überzeugte. Und dennoch atmete er auf, als er sah, daß ein älterer und diensthöherer Soldat auf die Gruppe zuschritt und nach der Ursache der Verzögerung fragte.

»Euer junger Freund will das Siegel des Statthalters nicht anerkennen. Der Brief hier bestätigt, daß wir passieren dürfen!« murrte der Prinzipal.

Mit einer Geste der Großzügigkeit streckte er auch dem alten Haudegen den Brief hin. Dieser betrachtete das rote Siegel auf dem braunen, brüchigen Papier, drehte das Blatt in der Hand, warf einen kurzen Blick hinüber zu Pater Konrad, der kurz nickte, und reichte es schließlich zurück.

»Ihr könnt passieren. Es hat seine Richtigkeit mit Brief und Siegel.«

Pater Konrad war erleichtert. Die Truppe konnte Augsburg ohne Durchsuchung der Wagen verlassen.

»Der Passierschein gilt für beide Wagen!« betonte der Prinzipal und erklomm bereits den Kutschbock.

Der ältere Landsknecht nickte, winkte den Torwächtern, sie sollten das Fallgitter hochziehen. Schwer rollten die Wagen an, polterten über die hölzernen Bohlen der Brücke und knirschten endlich auf der Kiesstreu der Straße in Richtung Süden.

Hinter ihnen schritt Pater Konrad über die Zugbrücke. Endlich stand auch er vor den Mauern. Er sah den Karren nach, bis das Gatter wieder herabfiel und die Kette den Übergang hob.

Die Schauspielertruppe trieb die Haflinger an und fuhr am Spitalhof entlang. Das Gelände war eben und übersichtlich. Sie zogen den Weg entlang, der noch aus der Zeit des Römischen Reiches stammen sollte, jetzt aber durch eine breite Fuhrrinne links und rechts erweitert war, weil einzelne Pflastersteine aus der Wegebebauung ausgebrochen waren und es sich bei schönem Wetter angenehmer außerhalb der befestigten Straße fuhr.

Pater Konrad hatte es nicht eilig. Er ließ reichlich Abstand und folgte den Wagen langsam, die Kapuze tief ins Gesicht gezogen.

Als die beiden Wagen in Höhe der Wagenhals-Vorstadt an einer alten Scheune vorüberfuhren, konnte Pater Konrad eine Gestalt erkennen, die sich aus dem Grau der Scheune löste und auf den vordersten Wagen stieg. Er wußte, daß dies niemand anderer als Salomon Idler sein konnte. Ein Freudenschrei, der bis zu ihm drang, bestätigte ihm dies.

Jetzt schritt er eilig aus, bis er die Wagenhals-Vorstadt beinahe hinter sich hatte. Dann bog er nach Westen ab, bis zu einem einzelnen Bauerngehöft. Dort erwartete ihn tatsächlich der Cellerar des Franziskaner-Klosters vom Lechfeld. Er hielt zwei Esel in der Hand.

»Jetzt gilt's!« begrüßte er ihn. »Wir müssen schneller sein! Sie sind nach Süden unterwegs. Sie werden sich wundern!«

22.

Kanonendonner begleitete ihre Flucht.

Idler zuckte bei jedem Vibrieren der Luft zusammen. Er hielt die Zügel selbst in der Hand und lenkte die Haflinger über den holprigen Weg nach Süden, während der Prinzipal hinten im Wagen zu schlafen versuchte. Neben ihm saß Gesine auf dem

Kutschbock. Gesine starrte mit leerem Blick vor sich hin, starrte auf die Pflasterung, als würde sie jeden Stein zählen, der sie weiter von Richard entfernte. Auch Idler war stumm und in sich gekehrt.

Idler hatte ihr von seinem nächtlichen Erlebnis erzählt. Richard war nicht mehr erschienen. Daß er Landsknecht geworden war, schien außer Frage zu stehen, und weil sich von der Stadt her bereits die Schläge der kaiserlichen Artillerie vernehmen ließen, waren sie im Morgengrauen unverzüglich aufgebrochen. Jetzt hatten sie einen halben Tag und eine gute Strecke hinter sich gebracht.

Mit langsamen Ochsenkarren oder das Hab und Gut auf zweirädrige Wagen verteilt, die selbst gezogen oder geschoben wurden, drängten mit ihnen Flüchtlinge nach Süden.

Idler trieb die Pferde mit sanften Peitschenhieben einen leichten Hügel hinauf. Agnes, von der Idler nie geglaubt hatte, daß sie die Hutter Babette verlassen würde, lief neben dem Karren her und hielt sich mit der Hand fest, ebenfalls den Kopf zu Boden gesenkt. Ihrem Gesicht war weder Trauer noch Angst anzusehen. Es schien, als füge sie sich in ihr Schicksal.

»Dort vorne legen wir eine Rast ein!« meinte der Prinzipal, der seinen Kopf aus dem Wageninneren streckte und gähnte. »Dieses Donnern bringt einen um jegliche Muße.«

Vor den beiden Wagen stieg das Kloster Lechfeld über den Horizont. Gesine sah hoch, sah zu Idler hinüber, und der bemerkte aus den Augenwinkeln heraus, daß sich ihre Augen mit Tränen füllten, die ihr über die vom Staub und Schmutz verdreckten Wangen liefen und dort feuchte Kanäle hinterließen. Idler legte seinen Arm um ihre Schultern und flüsterte dann:

»Wir werden Richard wiedersehen. Glaub mir.«

Lange starrte Gesine ihn an. Idler fühlte, wie sie sich in seine Augen grub, wie sie über die ebenfalls schmutzverkrustete Stirn wanderte, den Blick in seine Haare wühlte – und dann nickte sie, zaghaft noch.

»Wir werden ihn wiedersehen!«

Brüchig war die Klostermauer, der sie sich näherten, und alt und kaum ausgebessert, als würde sich nie ein Mensch um sie kümmern. Aber jeder wußte, daß die Zeit der beste Lehrmeister war – und eine saubere, ausgebesserte und befestigte Klosterumfriedung hätte sofort die Landsknechtshaufen vor die Tore gespült, denn sie würde Reichtum vermuten lassen. Und wo Reichtum war, konnte man sich bedienen. Hier aber wurde die Armut augenfällig. Kein Fähnchen von Landsknechten würde an solch einer armseligen Hütte Gefallen finden.

Die beiden Fuhrwerke hielten vor dem Klostertor, dessen schwere Eichenholztür schief in den Angeln hing. Der Prinzipal, Gesine und Idler stiegen herab. Hinter ihnen krochen vier weitere Schauspieler aus den Wagen. Agnes begann sofort, Felle auf der Wiese vor der Klosterumfriedung auszubreiten. Die Mönche des Klosters Lechfeld unterbrachen die Arbeit und eilten herbei, um die Ankommenden zu begrüßen und zu prüfen. Es war eine Handvoll zerlumpter und vom Beten abgemagerter Gestalten.

Idler fragte nach einem Mittagsmahl und einer Unterkunft für wenige Stunden. Gegen Nachmittag, versicherte er, wolle die Gruppe weiter.

Erleichtert nahmen die Brüder die Nachricht auf, führten die Truppe ins Refektorium und bewirteten sie mit einem bescheidenen Mahl aus Gries.

Während die Schauspieler aßen, verschwanden die Mönche plötzlich. Idler stand auf, trat an eines der Fenster und spähte hinaus.

Sein Verdacht, die Schwarzkittel könnten etwas im Schilde führen, wurde aber entkräftet, als aus der kleinen hölzernen Kapelle ein Gesang emporstieg. Beim ersten Ton flogen aus den Schallritzen des Türmchens Tauben aus. Träge ließen sie sich in die Luft fallen und segelten unaufgeregt, ohne mit den Flügeln zu schlagen, hinunter zum Refektorium und landeten auf dessen auskragendem Dachfirst. Idler schloß kurz die Augen und fühlte ihrem Flug nach. Ja, er wußte, was sie eben erlebt hatten. Dann setzte er sich zurück an den Tisch und langte zu.

Der Prinzipal durchbrach als erster wieder die Stille, die angefüllt war mit dem schwebenden Ton des Leidens, vermittelt durch die Kehlen des Männerchores aus dem kleinen Kapellenraum. Idler zugewandt, fragte er unvermittelt:

»Seid Ihr tatsächlich geflogen, Idler?«

Die Blicke begegneten sich. Der Prinzipal hatte seine Augen noch immer zusammengekniffen, als sehe er in die Sonne, während die Idlers aufgerissen waren vor Überraschung. Idler nickte einmal langsam, dann schneller.

»Geflogen, Prinzipal, ja, geflogen bin ich. Aber ich bin immer schon ein Bürger des Himmels gewesen. Begründet liegt das in der Unruhe meines Herzens, das hinaus will über die Dinge und Zustände dieser Zeit. Was kommt es da noch auf ein Fluggerät an?«

»Dann ist der Traum des Daidalos Wirklichkeit geworden!« murmelte der Schauspieler.

»So sieht man sich wieder, Schuster!« hallte plötzlich aus dem Hintergrund des Refektoriums eine Stimme, der man anhörte, daß sie daran gewöhnt war, größere Räume zu beschallen. »Eßt ruhig weiter. Laßt Euch durch meine Anwesenheit nicht stören.«

Sofort hatte Idler die Gestalt erkannt, die dort durch die Tür getreten war, obwohl jetzt hager und staubverschmutzt, mit schlaff herabhängenden Halsfalten, aber immer noch mit einem bezwingenden Lächeln.

»Wie kommt Ihr hierher, Pater Konrad?« murmelte er.

»Darf ich mich setzen? Oder komme ich ungelegen?«

Mit einem Mal fröstelte Idler in der Kühle des Gebäudes. Er faßte sich rasch. Was konnte ihm der Benediktiner schon anhaben? Die kaiserlichen Truppen waren mit der Erstürmung Augsburgs beschäftigt, und die Mönche dieses Fleckens machten ihm einen friedlichen Eindruck. Auch glaubte er nicht daran, daß Pater Konrad Gewalt anwenden würde. Beruhigt lehnte sich Idler zurück und harrte der Dinge, die der Mönch ihm mitteilen würde.

»Was wollt Ihr?«

Umständlich nahm Pater Konrad Platz, entnahm der Schüssel auf dem Tisch einen Schlag Hirsegries, senkte seinen Löffel in die Schale, aß mit beunruhigender Langsamkeit. Die Schauspieler, die mit dem Mahl fertig waren, verließen auf einen Wink des Prinzipals hin den Raum, sicherten, das wußte Idler, Pferde und Wagen.

»Wie soll ich beginnen, Idler? Hab' ich Euch nicht geholfen, weil ich den Mann an der Torwache bestochen hatte?«

Idler sah verblüfft den Prinzipal an. Dieser schien sich an die Kontrolle zu erinnern.

»Dann seid Ihr hinter der Absperrung gestanden. Ich habe gesehen, wie ihr genickt habt.«

»Scharfäugig, Prinzipal«, lächelte Pater Konrad. »Aber zu Euch, Idler. Ihr seid geflogen? Habe ich richtig gehört? Wenn auch nicht auf den Perlach hinauf, so doch mit Eurem Teufelsvogel ein gutes Stück weit in die Welt hinein.«

Idler wußte nicht, wie alles zusammenhing. Warum hatte der Benediktiner die Wache bestochen? Was versprach er sich davon? Aber schon der nächste Satz ließ keinen Zweifel an den Absichten Pater Konrads.

»Nun, um die Sache kurz zu machen, nachdem Ihr Reibenstein übers Ohr gehauen habt, will ich das Gerät und das dazugehörige Manuskript. Es gehört der Kirche und soll wieder an sie zurückgehen! Außerdem ist es sicherer für Euch.«

Langsam erhob sich Idler, während Pater Konrad gänzlich unbeteiligt weiter seinen Gries verschlang.

»Mehr nicht?«

»Nein, mehr nicht«, antwortete er, den letzten Löffel hinunterwürgend. Beschwörend fügte er hinzu. »Ich mag Euch eigentlich, Idler, Eure zielstrebige Art. Es würde mir weh tun, wenn Euch ein Leid geschähe. Geht das Geschäft ein!«

»Nichts bekommt Ihr!«

Den Satz hatte Idler geflüstert und mit einem Unterton versehen, der keinen Zweifel daran ließ, daß er in dieser Sache keinen Spaß verstand.

»Gebt mir das Manuskript, und Ihr werdet unbehelligt bis nach Bozen kommen. Dafür sorge ich«, versuchte der Pater mit ruhiger Stimme Idler umzustimmen.

Laut lachte Idler den Benediktiner aus.

»Glaubt ihr, ich begebe mich in die Höhle des Löwen? Nein. Bozen interessiert mich nicht. Das Manuskript bleibt bei mir, und damit Schluß. Zu viele sind schon dafür gestorben.«

Pater Konrad atmete tief durch und schob den leeren Teller von sich weg.

»Dann habt Ihr es tatsächlich bei Euch? Gut, mehr wollte ich nicht von Euch erfahren. Gehabt Euch wohl, Schuster.«

Kreidebleich stand Idler da und gestand sich ein, einen Fehler begangen zu haben. Pater Konrad hatte ihn überrumpelt.

Bevor der Pater das Refektorium verließ, drehte er sich noch einmal um, schlug das Kreuz über den Schuster.

»Ich hatte Euch gewarnt. Ego te absolvo!« rief er in den Raum und verschwand.

Der Gesang aus der Kapelle verstummte.

23.

Eine halbe Stunde später waren die Fuhrwerke wieder unterwegs. Idler machte den Prinzipal darauf aufmerksam, daß die aufziehenden Wolken nicht nur Regen ankündigten, sondern auch eine frühe Dämmerung versprachen. Man wollte Kaufering noch vor Anbruch der Nacht erreichen. Dort sollten sich ihre Wege trennen.

Die Bäume warfen keine Schatten mehr. Langsam verloren sich alle Farben. Grau wurde die Welt um sie her, grau und schwarz.

Noch bevor Kaufering in Sicht kam, lenkte der Prinzipal seinen Wagen vom Weg ab und hinein in ein kleines Wäldchen, das licht und eher scheu am Rand wuchs. Schwerfällig holperten die beiden Karren über Wurzeln und abgestorbene Äste. Die Haflinger zogen, daß ihnen der Schaum aufs Fell trat, und der Prinzipal mußte mehrmals mit der Peitsche nachhelfen.

»Jetzt vor den Toren Landsbergs zu übernachten ist unsinnig, zuviel Gesindel treibt sich hier herum. Besser, wir machen Rast im Freien. Wenn die Sonne aufgeht, brechen wir wieder auf. Ich denke, es ist besser so.«

Idler stimmte ihm bei. Auch Idler hatte wenig Lust dazu, einer Bande von Marodeuren in die Hände zu fallen. Die beiden Wagen hielten in einer Senke. Von der Straße aus waren sie nicht mehr zu sehen.

»Wenn wir draußen kein Feuer anzünden, wird uns niemand hier vermuten. Zum Kochen benutzen wir die Feuerstelle im Wagen.«

Idler staunte über die Ausstattung der Truppe. Im hinteren Wagen befand sich eine aus Ton und groben Steinen gefertigte Feuergrube, in der eine kleine Flamme unterhalten werden konnte, die ausreichte, ein Abendessen zuzubereiten. Ihr Feuerschein blieb unter den groben Planen verborgen. Er vermutete darin eine verarbeitete Erfahrung aus den Wanderungen der Kriegsjahre.

Idler schlang das Nachtmahl schnell hinunter, er war hungrig. Er sah den Schauspielern zu, die sich zerstreuten, aber alle in der Nähe der Wagen blieben, falls es regnen sollte. Der Prinzipal legte sich sogar direkt darunter, nahe der Feuerstelle. Idler und Gesine saßen noch auf dem Kutschbock des Wagens und betrachteten die Sterne.

»Dort oben«, begann Idler, »dort wachsen die Hoffnungen.

Als Sternschnuppen fallen sie zur Erde und einem jeden Menschen in den Schoß, der verzweifelt ist. Glaub mir, für alle hängt hier eine Hoffnung am Firmament, und irgendwann gehört sie dir oder mir, Gesine.«

Gesine drückte sich eng an ihn, preßte Ohr und Wange an seine Brust.

Idler schlang einen Arm um sie und fühlte das rhythmische Heben und Senken ihres Körpers, während sie atmete. Suchend ließ Idler seine andere Hand über ihre Brust gleiten, fühlte ihr Beben, erspürte ein Verlangen, das ihm entgegenwuchs aus dieser Nacht.

»Am liebsten würde ich aus dieser Zeit hinaustreten in eine andere, friedlichere, Gesine. Aber ich denke, daß andere Zeiten ähnliche Schrecken haben werden, wie die unsere sie birgt. Es müßte schon einen neuen Menschen geben, wenn sich etwas ändern sollte. Kannst du dir das vorstellen, Gesine? Ein neuer Mensch.«

Er senkte den Kopf, suchte ihren Mund, tastete sich vom Kinn an aufwärts, bis ihre Lippen die seinen berührten.

»Du bleibst ein Träumer!«

Sie schlang die Arme um seinen Hals, zog ihn langsam hinab auf ihre Brust, die warm und füllig und angenehm sein Gesicht liebkoste, streichelte.

Bevor Idler zu vergessen begann, bevor er sich in den Armen dieses Gefühls verlor, traf ihn noch einmal ein Bild, das sich ihm ins Gedächtnis eingeschnitten hatte, so daß es schmerzte: Marias Gesicht mit dem klaffenden Mund und den unnatürlich geweiteten Löchern der Nase. Hinunterschlucken wollte er es, sich abwenden von diesem Bild, doch die Klaue der Schuld griff nach ihm und riß seinen Kopf zurück, so daß sich alles verwischte, die Sterne zu Sternen wurden, die Brüste Gesines zu Brüsten, die Nacht zur leeren Dunkelheit.

»Was ist, Salomon?« flüsterte Gesine, die offenbar sein verändertes Verhalten spürte.

Unruhig schnaubten die Haflinger. Ein Rascheln schien sich dem Lager zu nähern, das Zirpen der Grillen verstummte. Deutlich war das Brechen von trockenen Ästen zu hören.

»Was ist das?« flüsterte Idler noch, als ein Schlag die Stille durchbrach. Glühend wie ein Komet fiel ein feuriger Pfeil in die Mitte des Lagerplatzes, zwei, drei weitere folgten, setzten den Küchenwagen in Brand. Gebrüll fuhr auf, Schreie drangen aus dem Gebüsch, Kreischen. Dann wimmelte es plötzlich auf dem Platz von Reitern. Die Schauspieler schreckten hoch, schrien und liefen durcheinander. Eine Anzahl Reiter stürmte auf den Lagerplatz und trieb die Schauspieler zu Paaren. Idler zog Gesine nach hinten in den Wagen, kroch dann hastig weiter zur rückwärtigen Seite und sprang behende aus dem Karren heraus, um sich im Gebüsch zu verkriechen. Das geschah so schnell, daß er Gesines Hand verlor, sie in Dunkelheit und Wirrnis nicht wiederfand und sich ohne Gesine verstecken mußte.

Ein unbeschreibliches Gebrüll erfüllte den Platz. Vor Idler schlugen aus dem zweiten Wagen Flammen. Er konnte erkennen, daß Agnes einen der Wassereimer über Gestell und Plane schüttete, dann aber mit einem Degenstreich niedergestochen wurde.

Wie ein Löwe schlug der Prinzipal um sich, wurde aber von einer Übermacht von Landsknechten niedergezwungen.

Der Spuk dauerte nicht lange. Schnell war der Widerstand gebrochen, dann trat Ruhe ein.

Aus dem Hintergrund ritten zwei Gestalten heran. Idler kroch tiefer ins Gestrüpp hinein, fand dort die Höhlung eines Fuchsbaues, barg sich darin bis zu den Schultern. Sehen konnte er zwar nichts mehr, aber zu hören war alles. Inbrünstig betete er, daß das Feuer nicht auf sein Gesträuch übergriff.

»Wo ist der Schuster?« vernahm er die Stimme Pater Konrads. »Habt ihr ihn laufenlassen? Und warum brennen die Karren? Wenn das Manuskript darin liegt, ist es verloren, Marquis. Ihr Unglücksraben, ihr Hundsfotte.«

»Pater Konrad, es ist müßig, meine Leute zu beschimpfen. Sie verstehen Euch ohnehin nicht. Bedauerlich ist, daß das Manuskript möglicherweise in den Wagen verbrennt. Dafür wird Euch der Kardinal zur Rechenschaft ziehen, und Richelieu ist in der Wahl seiner Mittel nicht zimperlich.«

Keinen Reim konnte sich Idler auf die Bedeutung dieser Sätze machen. Richelieu? Waren die Franzosen bis Augsburg vorgedrungen, oder war es nur eine kleine Gruppe reitender Boten?

»Nun, der Prinzipal lebt. Er wird uns sicher sagen können, wo sich der Schuster aufhält.«

Nichts konnte Idler sehen, er hörte nur, wie ein Körper auf den Platz geschleift wurde, wie eine Peitsche niederfuhr, wie ein Mann aufstöhnte.

»Nun, werter Freund? Wo ist der Schuster?«

Wenn der Prinzipal ihn jetzt verriet, würden sie jeden Stein in der Umgebung umdrehen – und dann gnade mir Gott, dachte Idler noch.

Eine brüchige Stimme begann zu sprechen.

»Nachdem er Euch getroffen hatte, Pater Konrad, hat sich der Lumpenhund aus dem Staub gemacht. Ein feiner Kerl. Nicht einmal meinen Fuhrlohn hat er mir entgolten. Eine Frechheit. Bei Anbruch der Dämmerung ist er weiter nach Westen, die alte Salzstraße entlang.«

Stille herrschte, als der Schauspieler seine Geschichte vortrug. Jetzt unterbrach ihn der Franzose, den Idler sofort am Tonfall erkannte.

»Hatte er ein Futteral bei sich? Ein Bündel aus genähtem Leder?«

»Nicht, daß ich wüßte, Herr. Nur einen Säckel und einen Wanderstab. Ich dachte mir nur die ganze Zeit über, daß der Kerl für eine hungernde Stadt recht Fett angesetzt hatte.«

Pater Konrad mischte sich in das Verhör ein.

»Dann hatte er sich das Manuskript möglicherweise um den Bauch gebunden.«

»Die alte Salzstraße, sagt ihr?«

»Ja!«

»Nun denn. Wir erreichen ihn noch, wenn wir uns beeilen. Er ist zu Fuß unterwegs, wir sind beritten.«

So überraschend der Spuk begonnen hatte, so schnell war er beendet. Das halbe Dutzend Reiter saß auf und preschte davon.

Idler hörte noch den Pater ein heiseres Nein kreischen, dann peitschte ein Schuß durch die Nacht, und Idler mußte sich beherrschen, um nicht laut aufzuschreien.

24.

Einen Moment lang verlor Idler die Orientierung, wußte nichts mehr von der Zeit, von sich, wiegte sich in einem weichen, rhythmischen Grau und schreckte unvermittelt hoch.

Offenbar war er kurz eingeschlafen, denn die Morgendämmerung zeigte ihre ersten Faltenwürfe am Himmel. Unsicher lauschte er, aber nur das zaghafte Zwitschern einzelner Vögel klang in den anbrechenden Tag hinein. Außer Büschen und dunklem Laub konnte er nichts um sich her erkennen.

Brandiger Geruch stieg ihm in die Nase. Hastig schob er sich aus dem Fuchsbau, kroch unter dem Gebüsch hindurch, dessen äußeres Blattwerk verkohlt war, und besah sich das Lager der Schauspieler.

Weißer Rauch kringelte sich von den Wagentrümmern her in die Luft. Verrenkt vom Tod lagen die Körper zweier Schauspieler in der Senke. Zuinnerst, dort, wo nachts die beiden Reiter gestanden hatten, deckte der blaue Mantel die Gestalt des Prinzipals ab. Die anderen blieben verschwunden.

Eine ganze Weile musterte Idler aus der Deckung heraus die Umgebung nach Anzeichen auf der Lauer liegender Landsknechte, dann erst wagte er sich in die Mitte des Platzes.

Als er den Mantel beiseite zog, entdeckte er das Loch im

Rücken. Jetzt wußte er, wem der letzte Schuß gegolten hatte. Idler drehte den Prinzipal auf den Rücken. Mit gebrochenen Augen sah dieser hinauf in den Morgenhimmel.

Trotz der Gefahr, entdeckt zu werden, beschloß er, den Körper zu begraben.

Idler suchte sich eine Stange, trat auf die Wagen zu und begann in ihren Trümmern zu stochern. Vielleicht fand er etwas Brauchbares, um ein notdürftiges Grab damit auszuheben.

Vor dem Wagen, auf dessen Kutschbock er mit Gesine gesessen hatte, fand er Agnes, den Wassereimer noch in der Hand, blaß, den Hals blau unterlaufen, das Hemd gerötet von Blut. Idler wollte sich eben abwenden, aber die Finger der Frau bewegten sich leicht. Rasch griff er unter ihren Kopf, hob ihn hoch. Agnes schlug die Augen auf, sah ihn an, matt und schwach. Sie deutete auf die rechte Schulter. Mit einer vorsichtigen Bewegung streifte er ihr Hemd ab, sah, daß der Degenstich des Landsknechts nur zwischen Oberarm und Körper hindurchgegangen war und eine Schnittwunde, aber keine lebensgefährliche Verletzung verursacht hatte.

Behutsam half er Agnes auf und brachte sie hinunter in die Senke, riß die Bluse in Streifen, verband die Wunde notdürftig. Einem der Schauspieler zog er das Hemd aus, nötigte Agnes dazu, es anzuziehen, ihre Blöße zu bedecken. Erschöpft rollte sich die Frau zusammen, schlief sofort wieder ein.

Wo war Gesine? Hatten die Landsknechte sie verschleppt? Oder lag sie verletzt oder gar tot in einem der Wagen? Idler traute sich nicht, nach ihr zu rufen, denn ohne Zweifel war die Gegend voller Soldaten, wem auch immer sie dienten.

Irgendein Umstand hatte vom Ochsenkarren vor ihm einiges übriggelassen. Die Ladefläche war nur zum Teil verbrannt, das Innere herabgebrochen. Wie ein Gerippe standen Räder und Deichsel am ansteigenden Rand der Senke. Von Gesine keine Spur.

Das Manuskript fiel ihm ein. Richard hatte es dem Prinzipal

mitgegeben, da er ahnte, daß dieser die besten Möglichkeiten besaß, die Stadt unbehelligt zu verlassen. Als Idler das gehört hatte, hatte er vor Freude laut geschrien. Gelegen hatte das Futteral unter einer der Kisten, die jetzt verbrannt waren. Lustlos stocherte er in der Asche herum. Keine Schaufel, keine Hacke, kein Grabstock. Im Aschenhaufen unter dem Wagen stieß er aber auf einen harten Gegenstand, den er zu sich herholte: das Futteral. Es war verkohlt, aber das frische Leder hatte der Hitze standgehalten. Idler schüttelte erstaunt den Kopf, steckte es sich unter das Hemd, war erleichtert. Die Schriften und Zeichnungen bargen seinen Traum. Er suchte weiter. Eine Hellebarde fand er schließlich, deren Schaft verbrannt war. Er nahm das Eisen an sich, schritt hinunter in die Senke zur Leiche des Prinzipals.

Mit Hilfe des Hellebardenstückes begann Idler, die Erde aufzubrechen. Es gelang leidlich. Als er knietief im Boden stand, Schweiß ihm über Rücken und Gesicht lief und er eine Pause einzulegen gedachte, schrak er ein zweites Mal an diesem Tag hoch.

Schritte näherten sich, schleichend, als hätten sie etwas zu verbergen. Fest umklammerte er das Eisen, bereit, sich zu drehen und dem Fremden hinter ihm die scharfe Schneide in den Leib zu stoßen.

»Für wen ist die Grube?« sprach ihn vom Grubenrand aus eine weibliche Stimme an, die Idler sofort erkannte. Alle Spannung fiel von ihm ab, er ließ die Hellebarde fallen, drehte sich langsam um und sah in das lächelnde Gesicht Gesines. Blaß war sie, mit tiefen Ringen unter den Augen. Ein Schrei löste sich, Idlers Schrei, weil Gesine noch lebte.

»Was ist mit dir? Ich dachte, du bist tot? Wie kommt das ...?«

Ohne Gesines Erklärung abzuwarten, sprang er aus der Grube, umarmte sie, lachte, drehte Gesine, während er sie an der Hüfte hielt, gebärdete sich wie irrsinnig, bis beide erschöpft niedersanken.

Willenlos hatte Gesine die Freude des Schusters über sich ergehen lassen. Neben ihr standen zwei weitere Mitglieder der Truppe, die sich offenbar ebenfalls hatten retten können.

»Für wen ist die Grube?« wiederholte sie tonlos ihre Frage, zwang damit Idlers Blick auf den Boden.

»Für die Getöteten, Gesine, den Prinzipal und den Bärtigen. Agnes lebt noch. Ich wollte ...«

Gesine hielt ihm mit der Hand den Mund zu, sah an ihm vorbei, schluckte und biß sich die Lippen.

»Agnes hat mich mit Wasser übergossen, als der Wagen brannte. Mit dem Kleid bin ich am Holz hängengeblieben, und sie hatte es gesehen.«

Ihr Unterlippe zitterte.

»Davongekommen. Durch ihre Hilfe. Es hat mir die nötige Zeit gegeben, den Rock zu zerreißen.« Ihr Blick wanderte über das noch rauchende Skelett des Wagens. »Statt sich zu verstecken.«

Mit wasservollen Augen sah sie zu Agnes hinüber, die schlief. Idler erhob sich wieder, trat an den Rand der Grube, sah hinein.

»Sie könnte für jeden von uns sein, Gesine.«

Dann sprang er über sie hinweg, hob den Körper des Prinzipals auf und ließ ihn hinabgleiten ins Erdreich. Als würde jeder Wurf Erde den Tod vervollständigen, zelebrierten Idler und Gesine das Begräbnis.

»War er dein Vater?« fragte Idler wie beiläufig, und Gesine ließ sich Zeit mit der Antwort, bis das Gesicht des Toten mit Erde bedeckt war.

»Nein, er vertrat Vaters Statt. Mutter hat mir nie von Vater erzählt. Es war vielleicht besser so.«

Idler nickte, preßte die Lippen aufeinander, wollte nicht weiter in sie dringen.

»Wir müssen weg von hier, bevor die Franzosen wiederkommen.«

»Ja«, meinte Gesine. »Aber wohin? Überall ist Krieg. Überall sind wir nur die Beute der Mächtigen.«

»Dann könnten wir ebensogut hierbleiben. Warten wir ab, bis Augsburg von den Kaiserlichen eingenommen wird, und kehren dann zurück. Das wäre ehrlich. Aber zuerst müssen wir zurück zum Flugdrachen.«

»Und das Manuskript? Hat es unbeschadet überstanden?«

Gequält lächelte Idler, griff unter sein Hemd, zog das angesengte Futteral heraus. Gesine blinzelte zu ihm hinüber, reichte ihm die Hand über das Grab.

»In seinem Namen.«

25.

»Was jetzt?«

Mit vereinten Kräften hatten sie den Flugdrachen aus dem Gebüsch gezogen und von den vertrockneten Ranken des Knöterichs befreit, Idler, Gesine und vier der Schauspieler, die den Überfall überlebt hatten. Jetzt lag er vor ihnen, weiß und hilflos wie ein Mauersegler, dessen Gefieder aus Angst davor gebleicht war, daß er sich aus eigener Kraft nicht mehr in die Luft erheben konnte. Hinter den Männern stampfte eines der Komödiantenpferde am Halfter.

»Wir können den Drachen nicht mitnehmen. Es fehlt an Platz. Mit nur einem Gaul! Und wenn uns der Benediktiner und seine französischen Freunde weiter auflauern, müssen wir beweglich bleiben.«

Verträumt blickte Idler auf seinen Teufelsvogel, dem jetzt alle Mächtigkeit und Größe fehlte.

»Weißt du eigentlich, wie es ist, wenn die Welt unter einem hinweggleitet, Gesine? Wenn man sich fühlt, als wäre man nicht mehr gebunden an all diese erdschweren und nichtigen Dinge?«

Tief mußte Idler einatmen, weil ihn das Gefühl einholte, er könne schweben wie irgendeiner der Vögel um sie her.

»Das Erlebnis der Leichtigkeit in einer Zeit der Schwere, die einen in den Staub der Straße drückt. Davon, Gesine, müßte man den Menschen erzählen.«

Langsam begann Idler um das Fluggerät herumzuwandern. Die Wunde der gerissenen Lederriemen klaffte. Feucht und mit Erde beschmutzt, ragte eines der Flügelenden in die kalte Morgenluft, eine Stange schien geknickt zu sein. Wieviel Leid hatte ihm dieses Gerät gebracht? Ein Traum, natürlich, ein schöner Traum war hier in Erfüllung gegangen, aber auch ein Alptraum entstanden, der ihn hinauskatapultiert hatte aus seiner festgefügten Welt, aus den Bahnen seiner Zeit.

»Was jetzt?« unterbrach ihn Gesine wieder.

Idler nickte und biß sich auf die Lippen:

»Hier können wir den Vogel jedenfalls nicht lassen. Man würde ihn finden über kurz oder lang – und dann …«

Idler wollte seine Befürchtungen nicht aussprechen, wozu der Flugdrachen verwendet werden konnte. Jetzt schalteten sich die anderen Schauspieler ein, die bislang stumm um den Vogel herumgestanden und ihn mit Scheu betrachtet hatten.

»Man müßte ihn zerlegen. Er wäre so leichter zu verbergen!«

»Oder mitnehmen. Man müßte ihn nur verteilen«, schlug der vor, der noch immer das Pferd hielt.

»Oder anzünden«, warf Idler dazwischen, in einem Anflug von Mut und dem Bewußtsein, diese Tat jemandem schuldig zu sein, der, ohne es zu wissen, seinem Drachentraum den letzten Anschub zur Verwirklichung gegeben und dafür gebüßt hatte: Maria.

»Andere Möglichkeiten müßten sich bieten, den Menschen eine Ahnung zu geben von der Leichtigkeit des Schwebens zwischen Himmel und Erde, sie mitzunehmen auf eine Drachenreise.«

Eine Lerche stieg auf mit ihrem flirrenden Gesang. Idler sah hoch, lauschte dem Vogel.

»Es gibt eine Möglichkeit, Salomon.«

Gesine war an ihn herangetreten, berührte mit einer Hand seinen Arm und drückte ihn sanft.

»Der Prinzipal ist tot, Salomon. Und wenn wir den Menschen erzählen wollen, wie leicht das Leben ist zwischen Himmel und Erde, dann kann das nur auf der Bühne geschehen.«

Sie lehnte sich an Idler, der langsam erwachte, die Lerche vergaß und Gesines Körper fühlte, der ihn wärmte. Langsam legte er einen Arm um sie. Endlich wußte er, wofür er zurückgekehrt war, wofür er alle der Gefahr aussetzte, von den kaiserlichen Truppen aufgegriffen zu werden.

»Wir werden den Vogel dorthin zurückschicken, wohin er gehört, nämlich hinauf zu den Sternen. Und wenn er nicht von selbst zu den Sphären will, werden wir nachhelfen!«

Seine Umhängetasche nahm Idler von den Schultern, holte Klinge, Feuerstein und Zunder heraus.

»Du willst ihn wirklich ...?«

Gesine zog die Augenbrauen hoch.

»Ja. Für mich, denn er verfolgt mich. Und für sie!« Mit dem Kinn deutete Idler in Richtung der Stadt. »Außerdem, Gesine, ganz verloren ist mein Teufelsvogel nicht.«

Mit der flachen Hand schlug er sich gegen die Brust. Darunter saß das Futteral. Mit drei gezielten Hieben schlug er Funken aus dem Metall und ließ sie auf den Zunderschwamm fallen. Dann hielt er die trockenen Knöterichranken dagegen und blies kräftig hinein.

»Glaubst du, es ist richtig, den Teufelsvogel anzuzünden?«

»Ja. Ich wollte es schon tun, als ich hier die Landsknechtstruppe aufgeschreckt habe. Aber ich war noch nicht soweit. Jetzt ist es anders. Nicht nur Maria ist tot. Der Prinzipal lebt nicht mehr, Richard ist verschwunden. Und alles nur des Teufelsvogels wegen. Selbst wir wissen nicht, ob die nächste Stunde, der nächste Tag den Tod bringen wird.«

Schnell fingen die trockenen Blätter Feuer, und die Flamme züngelte die dürren Stiele hoch. Mit einer raschen Bewegung hielt er den brennenden Zweig unter eine der Tragflächen. Explosionsartig flammte der Stoff auf, und das Feuer fraß sich weiter. Die Mischung aus Wachs und Honig, die die Flächen abgedichtet hatte, war Nahrung für den Brand. Bald schlugen gelbe Flammen aus dem Drachen, loderten auf und fielen in sich zusammen, als das Futter verbraucht war.

Stumm standen Idler und die anderen vor dem Feuer.

»Es gibt gute Vögel, und es gibt Deibelsvögel ...«, murmelte er.

Dann wandte Idler sich ab.

»Kommt, bevor uns der Rauch verrät.«

Während er sich umdrehte und nach Süden schritt, wurde er sich bewußt, daß er am Beginn eines neuen Lebensabschnitts stand. Die Botschaft des Drachens wollte er hinaustragen in die Welt, zusammen mit Gesine und den anderen Schauspielern.

»Gesine. Ich glaube, Euer neuer Prinzipal wird Euch nach Italien führen. Die Pfaffen werden Augen machen, wenn sie das Manuskript im Klingelbeutel finden. Aber erst am Ende dieses Krieges, damit es nicht in falsche Hände gerät, und nachdem wir genügend Geld zusammenhaben, es kopieren zu lassen. Ganz trennen werde ich mich von ihm, glaube ich, nicht mehr. Und das erste Stück, das wir spielen werden, kenne ich auch schon.«

Epilog

Während Idler und Gesine mit der Schauspieltruppe Augsburg für Jahre den Rücken kehrten, brach die Stadt unter der Belagerung der Kaiserlichen in die Knie. Der Ring um Augsburg wurde so eng gezogen, daß selbst die Karren der Fugger keinen Weg mehr hindurchfanden. Hunger und Pest hielten reiche Ernte.

Ole Stierna hatte vom Stadtkommandanten den Befehl erhalten, die Stadt selbst nicht zu übergeben. So harrte er aus. Die Wahrheit über den Inhalt des Manuskripts erfuhr er nie. Schon deshalb nicht, weil er im Frühjahr 1635 die Schweden aus der Stadt führte. Fahnen und Waffen reckten die Protestanten stolz gegen die Belagerer, wie es der Vertrag von Leonberg vorsah, der zwischen dem protestantischen städtischen Rat und dem kaiserlichen Oberbefehlshaber General Gallas ausgehandelt worden war. Sein weiterer Lebensweg verliert sich in den Wirren des Dreißigjährigen Krieges.

Richard, der als gedungener Landsknecht am 28. März 1635 mit den kaiserlichen Truppen einrückte, fand eine von Hunger und Pest geschwächte und dezimierte Augsburger Bevölkerung vor.

Am Wegrand begegnete der Einziehende einer Gestalt, die ihn erschreckte, nicht weil sie beinahe nur noch aus Haut und Knochen bestand, sondern weil ihr Augen und Zunge fehlten und die ersten Zahnreihen ausgeschlagen waren. Kriechend erbettelte sich die jämmerliche Gestalt ein Almosen von den wohlgenährten Landsknechten, die sich an den Versorgungslieferungen, die für die Stadt bestimmt gewesen wären, satt gefressen hatten. Richard erkannte Reibenstein in dieser jämmerlichen Gestalt nicht.

Auch in Agnes' Haus hatte der Hunger Einzug gehalten. Richards erster Weg zu seiner Mutter brachte ihm die Gewißheit, daß der Tod die Hutter Babette diesmal nicht übersehen hatte. Und weil im Haus selbst keine Leiche lag, erfuhr er auch, daß sich jemand um die Frau gekümmert hatte.

Richard fand die Welschge Jenna vor der Moritzkirche, gezeichnet von den schwarzen Beulen der Pest. Die Freundin verschaffte ihm eine der Metallplaketten der Stadtarmen, so daß der Einäugige nach Erhalt seiner Sturmprämie seine Identität wieder wechseln konnte. Aus dem Landsknecht wurde erneut der Bettler.

Die Welschge Jenna war es auch, die am 6. April, als die katholischen Geistlichen in die Stadt einzogen, unter ihnen der Fürstbischof Heinrich von Knöringen, dem Oberhaupt der Kirche entgegentrat, ihm ins Gesicht spuckte und ihn mit dem Eiter ihrer Schwären besudelte, bevor Richard sie davon abhalten konnte. Ein Landsknecht stach die Sterbende nieder und beendete so ihr ohnehin erlöschendes Leben.

Die scheidende schwedische Garnison ließ eine geschlagene Stadt zurück. Ihr wirtschaftlicher Niedergang war besiegelt.

Im selben Jahr trat Frankreich auf seiten der Schweden gegen den katholischen Kaiser in den Krieg ein. Süddeutschland und Augsburg blieben jedoch für längere Zeit abseits des Kriegsschauplatzes. Der Benediktiner von St. Ulrich, Pater Konrad, zog sich in sein Kloster zurück. Seine Mission war vorerst beendet.

Das Leben der Augsburger drängte zurück in die alten Bahnen. Richard scharte Freunde um sich, genoß gelegentliche Auftritte von Schaustellern und Komödianten und wartete auf die Rückkehr des großen Träumers, auf Salomon Idler und seinen Teufelsvogel.

Idler verschrieb sich neben seinem Schusterhandwerk der Schaustellerei, wurde Prinzipal einer Laientruppe, kehrte nach einiger Zeit zurück und verstarb erst 1670 in Augsburg. Seine Entdeckung aber wurde vergessen.

Danksagung

Ohne die Mithilfe ganz besonderer Menschen wäre dieses Buch nie entstanden.

Ich möchte mich an dieser Stelle bei meiner Frau Ingrid bedanken, die sich den Roman immer wieder durchgelesen hat und mir mit Anregungen und Kritik hilfreich zur Seite stand.

Dank sagen möchte ich vor allem meinem Agenten, Roman Hocke, der an die Geschichte des großen Träumers Salomon Idler glaubte, mich mit Rat und Tat unterstützte und die Geburt dieses Buches einleitete.

Nicht vergessen werden soll an dieser Stelle mein Lektor, Herr Matthias Bischoff, der mit kritischen Anregungen und viel Geduld dieses Buch ermöglichte. Vielen Dank.

Der Lockruf des Goldes

Roland Adloff
Der Goldkocher
Die wahre Geschichte des Lips Tullian,
Sohn des gleichnamigen Haupträubers
und Alchemicus zu Berlin
Roman
400 S. · geb. m. SU
€ 19,90 (D) sFr 37,–
ISBN 3-8218-0896-9

Lips Tullian will sich vom räuberischen Leben seines Erzeugers, dem berüchtigten Räuberhauptmann Tullian, lossagen und ein anständiges Leben führen. Nachdem Soldaten das Räubernest vor den Toren Berlins ausgehoben haben, findet der heruntergekommene junge Mann Unterkunft beim Hofapotheker Zorn. In dessen Diensten steht auch der ingeniöse Alchemist Böttger, auf dem die Hoffnungen der ganzen preußischen Adelsgesellschaft ruhen: Angeblich kennt er das Geheimnis des Goldmachens. Lips Tullian, von Kindheit an von der Magie der schwarzen Kunst fasziniert, wird zu seinem Gehilfen. Schon glaubt er sich am Ziel und träumt vom ewigen Reichtum, als sein Vater mit seinen Spießgesellen in Berlin auftaucht und den jungen Mann in tödliche Gefahr bringt ...

Eichborn.

Kaiserstraße 66
60329 Frankfurt
Telefon: 069 / 25 60 03-0
Fax: 069 / 25 60 03-30
www.eichborn.de

Wir schicken Ihnen gern ein Verlagsverzeichnis.

JEFFERY DEAVER

»Der beste Autor psychologischer Thriller weit und breit!«
The Times

»Jeffery Deaver ist brillant!«
Minette Walters

43715

GOLDMANN